Melissa Foster

Immer mit dir

DIE AUTORIN

Mit mehr als zehn Millionen verkauften Büchern ist Melissa Foster eine preisgekrönte *New-York-Times-*, *Wall-Street-Journal-* und *USA-Today-*Bestsellerautorin. Ihre Bücher werden vom *USA-Today-*Bücherblog, vom *Hagerstown Magazine*, von *The Patriot* und vielen anderen Medien empfohlen. Melissas Bücher sind als Taschenbuch, digital oder als Hörbuch bei den meisten Online-Buchhandlungen erhältlich.

Besuche Melissa auf ihrer Website oder chatte mit ihr auf Social Media. Sie diskutiert gern mit Buchclubs und Lesegruppen über ihre Romane und freut sich über Einladungen.

MelissaFoster.com

Melissa Foster

Immer mit dir

Die Steeles auf Silver Island

LOVE IN BLOOM – HERZEN IM AUFBRUCH

Aus dem Amerikanischen von Janet König

Vorwort

Ich liebe es, über alleinerziehende Mütter und Väter zu schreiben – aufgrund ihrer Stärken und ihrer Schwächen. Levi Steele macht da keine Ausnahme. Er war noch sehr jung, als Joey geboren wurde, und die Umstände, unter denen sie auf die Welt kam, waren alles andere als ideal, doch er hat nie zugelassen, dass diese Umstände seine Gefühle für seine Tochter beeinträchtigten. Er ist nicht auf der Suche nach der großen Liebe, aber das Schicksal, seine Familie und auch seine Freunde haben andere Vorstellungen, und natürlich kann er gar nicht anders, als sich in die unglaubliche, selbstlose schöne Frau zu verlieben, die immer für ihn und Joey da gewesen ist. All meine Geschichten können unabhängig voneinander oder als Teil der umfangreicheren Serien gelesen werden, also tauche gleich ein und genieße das humorvolle und unfassbar leidenschaftliche Abenteuer.

Ein Familienstammbaum der Steeles und eine Karte von Silver Island sind auf meiner Website zum Download zu finden: MelissaFoster.com/Checklisten_und_Stammbaume

Wer über neue heiße Liebesgeschichten auf dem Laufenden bleiben möchte, abonniert am besten meinen Newsletter: MelissaFoster.com/Newsletter_German

Die Reihe »Love in Bloom – Herzen im Aufbruch«

Die Steeles sind nur eine der vielen Serien-Familien aus der weitverzweigten Sammlung von Liebesromanen »Love in Bloom – Herzen im Aufbruch«. Jedes Buch kann für sich oder als Teil der jeweiligen Serie gelesen werden. Du wirst allen Figuren in späteren Geschichten immer wieder begegnen, sodass du keine Verlobung, Hochzeit oder Geburt verpasst. Eine vollständige Liste aller Serientitel sowie eine Vorschau auf kommende Veröffentlichungen findet sich am Ende dieses Buches und unter:
MelissaFoster.com/Herzen-im-Aufbruch

Eins

Levi Steele ging es miserabel und das hatte er seinem älteren Bruder Archer zu verdanken.

Normalerweise schlief er wie ein Murmeltier, wenn er seine Eltern auf Silver Island besuchte. Die Zeit, die er mit seiner Familie und den Freunden, die er seit Ewigkeiten kannte, verbrachte, gab ihm immer ein Gefühl des inneren Friedens und erinnerte ihn an seine Kindheit. Damals hatte er sich schlimmstenfalls über die Streiche seiner älteren Zwillingsbrüder Jack, von allen Jock genannt, und Archer Sorgen machen müssen. Ihre Streiche waren für gewöhnlich ziemlich fies, doch er würde jederzeit einen ihrer Scherze hinnehmen und hätte dafür gern darauf verzichtet, wie Archer ihm am Abend zuvor zugesetzt hatte. Sein Bruder hatte ihm allen Ernstes vorgeschlagen, einen Annäherungsversuch bei Tara Osten, der schönen blonden Tante seiner achtjährigen Tochter Joey, zu wagen. Und als wäre das nicht genug, hatte Archer ihn auch noch geärgert, indem er ihm den ganzen Abend erzählte, wie Tara ihn angeblich ständig flirtend anlächelte.

Levi kannte Tara schon seit Ewigkeiten. Sie war ein entzückend pummeliges und introvertiertes Kind gewesen und später zu einer schönen, witzigen und selbstbewussten Frau geworden, die sich auf der Insel und anderswo einen herausragenden Ruf als Fotografin erarbeitet hatte und es trotzdem noch irgendwie schaffte, sich den Vibe des Mädchens von nebenan zu erhalten. Ihre ganz eigene Anmut und die unschuldigen blauen Augen hatten in Levi schon immer das Bedürfnis ausgelöst, sie zu beschützen. Er wusste nicht, ob sie unschuldig war oder nicht, und ja, gelegentlich waren ihm einschlägige Gedanken gekommen, doch diesen Mist hatte er schnell wieder aus seinem Kopf verbannt. Sie war die *Schwester* von Joeys leiblicher Mutter, zum Henker noch mal, und er wusste verdammt gut, dass er ein derartiges Hornissennest zu meiden hatte. Aber nun, nachdem Archer derart das Maul aufgerissen hatte, konnte Levi nicht mehr aufhören, die Bemerkungen seines Bruders zu zerpflücken. Nach Joeys Geburt hatte Levi sein Herz allen Frauen gegenüber vorsätzlich verschlossen, und jetzt fragte er sich, ob das seine Wahrnehmung verändert hatte. Hatte Tara vielleicht wirklich mit ihm geflirtet und ihm war das irgendwie entgangen? Heiße und gleichzeitig finstere Gedanken schossen ihm durch den Kopf.

Meine Güte, will ich, dass sie mit mir flirtet?

Zum Teufel mit dir, Archer!

Er zog sich zum Joggen um und erinnerte sich daran, wie Tara im Alter von fünfzehn Jahren auf Anhieb ganz vernarrt in seinen kleinen Wonneproppen gewesen war. Er war neunzehn Jahre alt gewesen und hatte noch bei seinen Eltern gelebt, als er erfahren hatte, dass Amelia schwanger war, und bei Joeys Geburt war er zwanzig gewesen. Tara hatte jeden Tag nach der Schule vorbeigeschaut und war in den Sommerferien gleich morgens gekommen, um Zeit mit seiner Tochter zu verbringen. Als Baby hatte Joey unter Koliken gelitten, und sie hatte es geliebt, auf Taras Armen ihr Nickerchen zu halten und ihre winzigen Finger in die langen blonden Haare ihrer Tante zu krallen. Sie hatte geweint, wenn irgendjemand auch nur versuchte, sie Tara abzunehmen. Levi hatte immer noch seine kleine honigblonde Tochter vor Augen, wie sie im Alter von zwei Jahren hinter Tara hertapste, bis Tara sie auf den Arm nahm und ihre Pausbäckchen liebkoste, was Joey immer zum Kichern brachte. Er war überzeugt, dass Tara die doppelte Dosis an Muttergenen abbekommen hatte, da ihrer Schwester offenbar keine vergönnt gewesen waren.

Amelia war ein Jahr älter als Levi, und sie hatten nie wirklich gedatet, doch sie hatten einmal miteinander geschlafen, als Amelia übers Wochenende vom College nach Hause gekommen war. Zwei Monate später hatte er per Textnachricht erfahren, dass sie schwanger war. Diese Nachricht hatte sich für immer in seinem Gedächtnis festgesetzt. *Ich bin schwanger. Es ist von dir. Ich werde es bekommen, und wenn du es nicht willst, gebe ich es zur Adoption frei.*

Bei dem Gedanken daran, wie sie das Wort *es* benutzt hatte, drehte sich ihm noch immer der Magen um.

Er zog die Jogginghose an. Nie würde er vergessen, wie die Welt stillgestanden hatte, während er die Nachricht verarbeiten musste. Damals hatte er auf dem Bau gearbeitet und überlegt, was er mit seinem Leben anstellen sollte. Er liebte es, mit den Händen zu arbeiten, und im Gegensatz zu Jock, der von einer Karriere als Drehbuchautor geträumt und seither zwei Romane geschrieben hatte, war er nicht an einem Collegestudium interessiert gewesen. Ebenso wenig hatte er wie Archer danach gestrebt, auf dem Weingut der Familie zu arbeiten. Aber von dem Moment an, in dem Levi diese Textnachricht gelesen hatte, war ihm klar gewesen, dass unabhängig davon, welchen Weg er beruflich einschlagen würde, die Fürsorge für sein Baby immer an erster Stelle stehen würde.

Er hatte geglaubt zu wissen, was als alleinerziehender Vater auf ihn zukommen würde, doch sein Irrtum hätte größer nicht sein können. Mit der Arbeit, dank der er sich Windeln, Babymilch und alles andere, was so ein winziges Wesen brauchte, leisten konnte, mit den fast schlaflosen Nächten und der Sorge um alle möglichen Kleinigkeiten, hatte er sich wie ein Zombie aus Twilight Zone gefühlt. Zum Glück hatte er sich immer auf seine Familie, Freunde, Tara und nach einer Weile auch auf ihre Familie verlassen können. Nun verstand er, was seine Mutter und Großmutter gemeint hatten, wenn sie sagten: *Es braucht ein Dorf…*

Er zog sich seine Sportschuhe an und hoffte, dass eine Joggingrunde genug Endorphine freisetzen würde, um den schlechten Schlaf der letzten Nacht und das mentale Chaos, das Archer ausgelöst hatte, hinter sich zu lassen. Archer war nie besonders gut darin gewesen, Emotionen zu verstehen oder angemessen mit ihnen umzugehen, bis Indi Oliver, mittlerweile seine Verlobte, ihren Zauber auf ihn ausgeübt hatte. Dadurch hatte er sich sehr verändert, doch offensichtlich brauchte er noch immer Hilfe, wenn es darum ging, das Verhalten anderer zu deuten, denn je mehr Levi darüber nachdachte, umso klarer wurde ihm, dass er Tara noch nie mit irgendjemandem flirten sehen hatte. Sie war ein beständiger und wichtiger Teil in seinem und Joeys Leben, und seine Tochter konnte von Glück sagen, sie zu haben. Ach was, sie beide hatten wahnsinniges Glück, und es war absolut unnötig, dass er das aufs Spiel setzte. Archer wusste, dass sie eine ungezwungene Freundschaft verband, und das bedeutete, dass sie ihn oft anlächelte, und Levi konnte sich beim besten Willen nicht erklären, warum sein Bruder mehr hineininterpretieren wollte.

Er schaute aus dem Fenster, und als ob die Antwort mit der Sonne vor ihm aufgetaucht wäre, wurde ihm klar, dass sein nerviger Bruder ihm nur aus Spaß so zusetzen wollte. Der Mistkerl spielte ihm einen Streich.

Levi fluchte, wischte sich mit einer Hand über das Gesicht und war einfach nur sauer, dass er sich von seinem Bruder ärgern ließ. Er steckte das Handy in das Sportarmband und versuchte, seinen Ärger zu verdrängen, während er die Kopfhörer einsteckte und dem Duft frischen Kaffees nach unten folgte, doch die miese Stimmung pickte auf ihn ein wie eine Krähe auf einen Tierkadaver.

Als er den Flur entlangging, hörte er zwei seiner Schwestern reden. Gestern Abend hatte Indi die Eröffnung ihres Kosmetikgeschäfts gefeiert, und die ganze Familie war dort gewesen, um sie zu unterstützen. Während Jock, Archer und ihre jüngste Schwester Jules auf der Insel lebten, wohnte Levi in Harborside, Massachusetts, seine Zwillingsschwester Leni lebte in New York City und ihre älteste Schwester Sutton war in Port Hudson zu Hause, was in Upstate New York lag.

Joey saß im Pyjama mit seiner Mutter und Leni am Küchentisch. Sutton lehnte sich an die Arbeitsplatte und goss sich gerade einen Kaffee ein, als Levi in die Küche kam. »Guten Morgen, Ladys.«

Er gab Joey einen Kuss auf den Kopf, drückte liebevoll ihre Schulter und sah den lächelnden Blick seiner Mutter. Shelley Steele war eine große, schöne Frau mit einem lebhaften Wesen. Sie hatte lange kastanienbraune Haare, trug einen Pony, der ihr ein jugendliches Aussehen verlieh, und hatte ein Herz aus Gold, das voll und ganz seinem Vater gehörte. Seine Eltern hatten ihn mehr über Geduld, das Elterndasein und Liebe gelehrt, als er jemals hätte verlangen können.

»Da ist wohl jemand unter die Räder gekommen.« Sutton, eine große, selbstbewusste, blonde und hartnäckige Fernsehreporterin, trug ihren Kaffee zum Tisch und tauschte einen geheimnistuerischen Blick mit Leni aus.

»Grandma hat Blaubeerpfannkuchen gemacht.« Joey schaute mit ihrem entzückenden Sommersprossengesicht und vollem Mund zu ihm auf. Sie hatte die helle Haut und die zimtbraunen Haare von Amelia, doch zum Glück hatte sie Levis Lebenslust und Herzensgüte geerbt. »Du siehst komisch aus, Dad.«

»Vielleicht guckst du ja schief.« Er fuhr sich durch die Haare und holte sich ein Glas Wasser.

»Vielleicht auch, weil du ziemlich fertig aussiehst.« Leni nahm einen Schluck von ihrem Kaffee und schaute ihn unter ihren kastanienbraunen Haaren hervor spöttisch an. »Was ist dir denn gestern Abend passiert?«

»Und was ist *dir* gestern Abend passiert?«, entgegnete er. Wie immer tauschten sie ihre ewigen neckenden Bemerkungen ganz selbstverständlich aus.

»Was ist dir denn zu Ohren gekommen?«, fragte Leni keck.

Er füllte sein Glas mit Wasser auf und hielt ihrem Blick stand. »Und dir, was ist dir zu Ohren gekommen?« Wenn Archer zu ihr oder irgendjemandem etwas über Tara gesagt hatte, würde Levi ihn umbringen. Das Letzte, was Tara gebrauchen konnte, waren irgendwelche Gerüchte.

»Das würdest du wohl gern wissen, wie?« Lenis Mundwinkel hoben sich verschlagen.

»Es reicht, ihr beiden«, unterbrach ihre Mutter sie mit einem Kopfschütteln. »Ihr benehmt euch, als wärt ihr wieder Teenager.«

Joey kicherte.

Levi lehnte sich gegen die Arbeitsfläche, trank sein Wasser

und musste, wie seine Schwestern, schmunzeln. Ihre Sticheleien waren immer nur Spaß. Sie waren Vertrauenspersonen füreinander. Seine Zwillingsschwester war die sarkastischste seiner Geschwister, aber sie war auch die am praktischsten Veranlagte und Besonnenste, die Entscheidungen immer eher mit ihrem Verstand als mit dem Herzen traf. Er war sich ziemlich sicher, dass er der Einzige war, der wusste, warum sie ihr Herz Männern gegenüber nicht mehr öffnete, und er würde dieses Geheimnis mit in sein Grab nehmen. Und ebenso wusste er, dass sie seine Geheimnisse wahrte.

Leni war die Erste gewesen, die er angerufen hatte, nachdem er jene Nachricht von Amelia erhalten hatte. Sie war in New York am College gewesen, und als er ihr erzählt hatte, dass er das Baby behalten wollte, war sie nach Hause auf die Insel gekommen. Die ganze Nacht über hatten sie geredet, und Leni hatte das getan, was sie am besten konnte. Sie hatte Listen aufgestellt – unzählige – und Levi gezwungen, alle guten und schlechten Dinge festzuhalten, die als alleinerziehender Vater möglicherweise auf ihn zukommen würden. Selbst mit neunzehn Jahren war sie weitaus praktischer und klüger gewesen als die meisten anderen in ihrem Alter. Sie hatte ihm dabei geholfen, eine Liste mit den Kosten aufzustellen, die ein Kind von Geburt bis zum College mit sich bringen würde. Das hatte ihn in Panik versetzt, doch sie hatte ihm geholfen, sich weniger verloren zu fühlen. Sie hatte daran geglaubt, dass er ein großartiger Vater sein würde, und in all den Jahren seither war sie, wann immer es mal schwierig wurde, da gewesen, um ihm zu verstehen zu geben: *Ich weiß, dass du das schaffst.*

Seine Mutter betrachtete ihn mit gerunzelter Stirn. »Schatz, du siehst tatsächlich etwas mitgenommen aus. Warst du gestern Abend mit den Jungs unterwegs und hast etwas zu viel getrunken?«

»Ich habe seit Jahren nicht zu viel getrunken. Ich habe einfach nur schlecht geschlafen.« Von dem Moment an, in dem er erfahren hatte, dass er ein Kind gezeugt hatte, war der Drang, sich um den Verstand zu saufen, verschwunden gewesen. Damals hatte er einen Kater als etwas Unerträgliches angesehen, doch gegen Archers Fähigkeit, ihm mit Worten zuzusetzen, war das gar nichts.

»Es tut mir leid, dass du nicht gut geschlafen hast«, sagte seine Mutter. »Joey hat erzählt, dass du einen großen Nachmittag mit den fröhlichen Frustschwestern geplant hast.«

Als Joey noch ein Baby gewesen war, hatte Levi eine Gruppe von Müttern kennengelernt, die sich regelmäßig am Wochenende trafen, um sich auszutauschen und Zeit miteinander zu verbringen, und er hatte sie die Fröhlichen Frustschwestern getauft. Im ersten Jahr nach Joeys Geburt hatten sie ihn davor bewahrt, den Verstand zu verlieren. Sie hatten seine Erschöpfung und seinen Frust nachempfinden können und Verständnis dafür aufgebracht, wenn er mitunter das Gefühl gehabt hatte, seine eigene Identität zu verlieren. Wenn er und Joey in der Stadt waren, trafen sie sich immer noch mit einigen von ihnen und ihren Kindern.

»Du sagst aber jetzt nicht ab, oder, Dad?«, fragte Joey.

»Auf keinen Fall, Peanut. Ich weiß doch, wie sehr du dich darauf freust, ihnen deine neuen Tricks auf dem Skateboard zu zeigen.« Seine Tochter hatte eine lange Prinzessinnen-Phase durchgemacht, doch mittlerweile hatte sie ihre Liebe zum Skateboarden entdeckt. Er war froh darüber, dass sie ihren Leidenschaften nachging, und er tat alles in seiner Macht Stehende, um sie darin zu unterstützen. Dazu gehörte auch, dass er ihr Trainingsstunden im Skateboarding ermöglichte.

»Vergiss nicht meine neuen Dark-Knights-Sachen, die ich von Onkel Brent bekommen hab«, rief Joey.

»Die sind alle in deiner Tasche und stehen bereit.« Levi und seine älteren Cousins, die Zwillinge Jesse und Brent, die auch in Harborside wohnten, gehörten dem Motorradclub Dark Knights an. Joey war mit den Bikern aufgewachsen, und sie alle passten auf sie auf und kümmerten sich um sie, als wäre sie die eigene Tochter. Sie stand ihnen so nah, dass sie die meisten von ihnen *Onkel* nannte. Jesse und Brent waren Inhaber eines Surfshops und eines Restaurants, und Brent stand schon seit seiner Kindheit regelmäßig auf einem Skateboard. Seit dem letzten Jahr trainierte er Joey, und er hatte ihr einen Helm und Schützer mit dem Dark-Knights-Emblem geschenkt, die sie auf ihrem ersten Turnier in ein paar Wochen tragen sollte. Es war eine große jährliche Veranstaltung, die zum fünfzehnten Mal in ihrer Stadt stattfand, und Joey war fest entschlossen, einen Pokal zu gewinnen.

»Ich bin froh, dass du dir die Zeit nimmst, um dich mit den Frustschwestern zu treffen«, sagte seine Mutter. »Neulich habe ich mit Grace Chabot gesprochen, und sie hat mir erzählt, dass ihre Tochter noch immer Single ist.« Sie zuckte vielsagend mit den Augenbrauen.

»Und wo sind all die Gruppen mit den heißen alleinerziehenden Vätern?«, wollte Sutton wissen.

»Auf dieser Insel findest du die nicht«, meinte Leni mürrisch.

Levi stellte sein Glas in den Geschirrspüler. »So ist das in unserer Gruppe nicht.«

»Aber es könnte doch so sein«, sagte seine Mutter. »Schatz, du hast so viel Liebe zu geben. Wie alle unsere Kinder, nur nicht so unbeschwert, wie es früher bei dir der Fall war. Weißt du nicht mehr, wie du vor Joeys Geburt warst? Du hattest viele Freundinnen, und du hast sie immer liebevoll behandelt und sie verwöhnt, und jede einzelne von ihnen hat deinem Leben etwas Besonderes gegeben.«

Er konnte sich nicht vorstellen, wie eine Frau in dem prall gefüllten Terminkalender von ihm und seiner Tochter Platz haben sollte, und noch weniger konnte er sich ausmalen, wie er seine Aufmerksamkeit zwischen seiner Tochter und einem anderen Menschen aufteilen sollte. Er hatte nicht vor, Joey zu vernachlässigen. Das tat ihre Mutter schon zur Genüge.

»Er hatte nicht einfach nur eine Menge Freundinnen«, mischte Leni sich ein. »Levi war auf der Highschool heiß begehrt. Alle Mädchen wollten ihn.«

Er war kein Kind von Traurigkeit gewesen, aber als er im Alter von zwanzig Jahren Vater geworden war, hatte er andere Talente entwickelt. Wie zum Beispiel die Fähigkeit, Windeln zu wechseln und dabei gleichzeitig dem Baby die Flasche zu geben oder sich auch nach nur zwei Stunden Schlaf um seine süße Kleine samt all ihrer Sachen zu kümmern.

»Er hat es immer noch drauf«, sagte Sutton, als würde er nicht im gleichen Raum stehen.

»Könnten wir bitte davon absehen, meine Dating-Fähigkeiten zu analysieren? Mein Leben ist gut so, wie es ist.« Wenn er sich etwas Erleichterung verschaffen musste, tat er es, wenn Joey anderweitig beschäftigt war, und in den letzten Jahren war das sowieso wesentlich unwichtiger geworden als in jüngeren Jahren.

»Ach, Schatz.« Seine Mutter stand vom Tisch auf und trug ihren Teller zur Spüle. In ihrem rostbraunen Pullover und mit den Jeans sah sie hübsch aus. »Ist es denn so schlimm, dass ich dich mit einer Frau an deiner Seite glücklich sehen möchte? Mit einer Person, zu der Joey aufschauen und mit der sie sich unterhalten kann?«

»Du wirst nicht jünger«, merkte Sutton mit einem Funkeln in den Augen an, das so viel sagte wie: *Zum Glück hat sie dich gerade auf dem Kieker und nicht mich.* »Du solltest dir vielleicht lieber eine Braut suchen, bevor du deine Haare und all die Muskeln verlierst.«

»Wir haben doch Tara«, warf Joey ein.

»Tara gehört nicht auf diese Art zu uns, Peanut«, sagte Levi.

»Aber sie würde es sich wünschen.« Leni grinste, spießte ein Stück von ihrem Pfannkuchen mit der Gabel auf und steckte es sich in den Mund.

»Nein, so ein Quatsch! Warum behauptest du so etwas?« Levi sah sie wütend an. »Was hat Archer dir erzählt?«

Leni hob eine Augenbraue. »Was hat er *dir* erzählt?«

»Nichts. Vergiss es«, murrte Levi.

»Ach, komm schon. Jetzt muss ich wissen, was Archer gesagt hat«, drängte ihn Sutton. »Ging es um Mouse?«

Sein Beschützerinstinkt meldete sich sofort, als er den Kosenamen hörte, den Amelia ihr gegeben hatte, als sie ein kleines Mädchen gewesen war und sich bei Partys immer in der Kammer versteckt und dort heimlich Kleinigkeiten gegessen hatte, um den Kritteleien ihrer Mutter aus dem Weg zu gehen. Auch wenn ihre Schwester anfangs gesagt hatte, Tara sähe eben aus wie eine süße kleine Maus, und seine Schwester und ihre Freundinnen den Spitznamen liebevoll benutzten, was Tara nichts auszumachen schien, so erinnerte ihn der Spitzname doch an das unsichere kleine Mädchen, das er zu oft in der Kammer gefunden hatte – und an die herablassende Art, in der Amelia ihn verwendet hatte, nachdem sie Sex gehabt hatten. *Von jetzt an wirst du immer, wenn du die kleine pummelige Mouse siehst, an mich denken.* Er hatte keine Ahnung, warum sie damals Tara erwähnt hatte, und er hatte nie gefragt, doch als er an diesem Abend nach Hause gegangen war, hatte er sich benutzt gefühlt, als wäre er eine unwichtige Figur in irgendeinem schrägen Spiel, was überhaupt keinen Sinn ergab, denn Tara war damals erst vierzehn Jahre alt gewesen. Er bereute es nicht, Joey bekommen zu haben, und er wollte sich ein Leben ohne sie gar nicht vorstellen, aber dass er sich dazu hatte anstacheln lassen, mit Amelia zu schlafen, bereute er durchaus. Die Frau hatte ein Herz, das kälter als ein Eisberg war.

»Warum gehört Tara nicht auf diese Art zu uns, Dad?«, fragte Joey. »Wir haben doch immer viel Spaß, wenn Tara bei uns ist.«

»Genau, warum, *Dad?*«, ärgerte Sutton ihn.

Leni stützte die Ellbogen auf den Tisch und faltete die Hände, um dann ihr Kinn darauf zu legen und ihn erwartungsvoll anzusehen. »Erzähl doch mal.«

Es gab nichts Schlimmeres als die geballte Schikane seiner Schwestern. Da konzentrierte er sich lieber ganz auf seine Tochter, die unschuldig verwirrt wirkte. »Joey, Tara und ich sind nur Freunde, das weißt du.«

»Das weiß ich«, sagte Joey. »Ihr seid richtig gute Freunde. Ihr lacht viel, wenn ihr zusammen seid, und du sagst immer, dass sie deine Lieblingstanzpartnerin ist.«

Seine Tochter hatte ein Gedächtnis wie ein Elefant. Er und Tara tanzten seit Jahren bei Veranstaltungen auf der Insel miteinander. Sie war eine großartige Tänzerin, und sie bewahrte ihn davor, mit den alleinstehenden Frauen zu tanzen, die versuchten, mit ihm anzubändeln. Er hielt sich von allem fern, was ihn auch nur im Entferntesten zum Tratschthema der Insel machen konnte. »Du hast recht, Joey, aber Grandma wollte damit sagen, dass sie sich freuen würde, wenn ich jemanden date, also wenn ich eine Frau finde, mit der mich mehr als Freundschaft verbindet.«

»Und wenn du dich verliebst, deine Familie vergrößerst …« Seine Mutter seufzte verträumt. »Jock ist verheiratet, Jules und Grant suchen nach einem Hochzeitsdatum und jetzt sind auch Archer und Indi verlobt. Kannst du es mir verdenken, wenn ich möchte, dass all unsere Kinder so glücklich sind wie euer Vater und ich?«

Levi staunte immer wieder darüber, dass sich seine Eltern nach sechs Kindern und jahrzehntelanger Zusammenarbeit auf dem Weingut der Familie immer noch wie Frischverheiratete benahmen. Ständig hielten sie Händchen, berührten und küssten sich, wobei die Liebe bei ihnen ganz einfach und reizvoll wirkte. Doch Levi hatte damit vor langer Zeit abgeschlossen, um sich voll und ganz auf seine Tochter zu konzentrieren.

»Sutton ist älter als ich«, merkte Levi an. »Sie sollte auf deiner Verkuppelungsliste ganz oben stehen.« Er grinste seine Schwester an.

»Sutton wird erst heiraten, wenn sie ihren heißen Boss in die Tasche steckt«, sagte Leni.

Sutton verdrehte die Augen. »Oder am besten gleich in einen Leichensack.« Sie war bei Weitem nicht ausreichend für ihren Reporterin-Job qualifiziert gewesen, als ihre Firma sie befördert hatte, und seitdem versuchte ihr Chef sie feuern zu lassen.

»Was ist ein Leichensack?«, wollte Joey wissen.

»Ein Sack, in den man arrogante Chefs packt, wenn sie einen nerven«, sagte Sutton.

Levi sollte seiner Tochter sicher erklären, dass seine Schwester nur einen Scherz machte, doch es war besser, das Thema einfach zu wechseln und seiner Schwester nicht die Gelegenheit zu geben, noch mehr verwirrende Kommentare abzugeben.

»Sutton ist noch dabei, herauszufinden, wie ihr beruflicher Weg aussehen soll, aber deine Firma ist rasant gewachsen«, merkte seine Mutter an.

Levi war Eigentümer der Niederlassung von Husbands for Hire in Harborside, einem Unternehmen, das ursprünglich von Mitgliedern der Dark Knights in einem anderen Bundesstaat gegründet wurde. HFH bot handwerkliche Dienstleistungen an, und Levi half gern anderen Menschen, doch nachdem er mehrere Mitarbeiter eingestellt hatte, konnte er expandieren. Jetzt verbrachte er mehr Zeit mit größeren Projekten und tat das, was er leidenschaftlich gern machte: Er kaufte Häuser in mehr oder weniger baufälligem Zustand und verwandelte sie in einzigartige Schmuckstücke.

»Und was ist mit Leni?«, fragte Levi. »Sie ist auch Single.«

»Ja, klar«, meinte Leni sarkastisch.

»Sie ist im Moment mit ihrer Arbeit verheiratet. Das weißt du doch«, sagte seine Mutter. »Du stehst beruflich gut da und die richtige Frau könnte für dein und für Joeys Leben eine große Bereicherung sein.«

Sie sah so hoffnungsvoll aus, dass er sich fast schon fragte, worauf er eigentlich wartete.

»Du könntest Tara daten«, schlug Joey vor.

Seine Schwestern versuchten, sich ein Lachen zu verkneifen, als sie ihn ansahen.

»Nein, Peanut. Wie gesagt, Tara ist nur eine Freundin.«

»Eine Freundin, die ständig bei dir zu Hause übernachtet«, bemerkte Leni.

»Ich habe gehört, dass sie in den Frühlingsferien zwei Wochen bei euch wohnt, um auf Joey aufzupassen«, sagte Sutton. »Das ist eine lange Zeit.«

»Und ganz und gar nicht ungewöhnlich«, meinte Leni in einem Ton, der zu verstehen gab, dass es dadurch noch auffälliger wurde.

Sie waren so penetrant. Seinen finsteren Blick ignorierten seine Schwestern einfach.

»Genau, sie ist in Joeys Schulferien meistens da, oder?« Sutton hob eine Augenbraue.

»Ja, und ich finde es toll«, rief Joey. »Meine Ferien fangen direkt nach dem Frühlingsball an. Ich kann es kaum noch abwarten.«

Leni schaute zu ihm. »Ich wette, Daddy kann es insgeheim auch kaum noch abwarten.«

Wütend sah er sie an. Er musste von hier wegkommen, bevor er explodierte. »Hey, Jo, ich dreh meine Joggingrunde, okay? Sei lieb zu Grandma.«

»Okay!« Joey wandte sich wieder ihren Tanten zu. »Dad fängt ein großes Projekt an, und Tara hat gesagt …«

Levi verließ die Küche, bevor seine Schwestern sich wieder auf ihn stürzen konnten. Er hielt das Gesicht in die Sonne und versuchte wieder einmal, seinen Frust in den Griff zu bekommen. Es kam ihm heute wie ein nie endender Kampf vor.

Er stellte seine Playlist an und lief los. Er war schon immer ein Läufer gewesen, und dieser Tatsache war es ebenso zu verdanken wie seiner harten körperlichen Arbeit, dass er ziemlich gut in Form war. Er lief am Weingut seiner Familie – Top of the Island Winery – vorbei, die Straßen in der Nachbarschaft entlang, durch die er als Jugendlicher mit dem Rad gestreift war, und sah in der Ferne immer mal wieder das Meer. Er winkte Familien zu, die ihre Autos wuschen, und den

Kindern, die in den Gärten spielten. Normalerweise genügte so eine Joggingrunde, um einen klaren Kopf zu bekommen, doch selbst die friedvollen Aussichten und die Musik von den Strokes auf den Kopfhörern konnten nichts gegen die Bemerkungen seiner Mutter ausrichten, die noch immer in seinem Kopf widerhallten. Seit Jock sich in seine jetzige Ehefrau Daphne und ihre kleine Tochter Hadley verliebt hatte und sie auf die Insel gezogen waren, hatte Levi immer, wenn er sie sah, ein *Vielleicht eines Tages* in sich aufflackern bemerkt. Doch nie gestattete er sich, diesem Gedanken weiter nachzugehen.

Jetzt aber dachte er darüber nach und sofort schoss ihm Tara in den Kopf. *Zum Teufel mit Archer und unseren neugierigen Schwestern!* Er versuchte, diese Gedanken zu verdrängen, indem er noch schneller lief.

Sein Handy piepste, er nahm es aus seinem Sportarmband heraus und sah eine Nachricht von Leni in der Gruppe mit all ihren Geschwistern, Daphne und Indi, die auch Lenis beste Freundin war. Er öffnete die Nachricht und las: *Archer, was hast du gestern Abend zu Levi über Tara gesagt?*

»Verdammt, Leni!«

Zwei weitere Nachrichten poppten auf. Die erste von Jules, Königin der Gruppenchats. *Uuh! Das gefällt mir! Levi und Tara würden so ein süßes Paar abgeben. Ich hab JEDE Menge Ideen, um den beiden auf die Sprünge zu helfen.* Jules und ihre Verkuppelungsaktionen. Levi las die Nachricht von Jock. *Ist es nicht ein bisschen früh für Gruppennachrichten? Archer und Indi sind wahrscheinlich beschäftigt.* Er fügte ein zwinkerndes Emoji hinzu. Dann kam noch ein Kommentar von Leni. *Sieben Sekunden können wir auch noch warten.* Sutton, Jules und Daphne schickten lachende Emojis und Archer antwortete: *Ich hab ihn gefragt, wann er vorhat, sein Glück bei Tara zu versuchen.*

Sie fährt voll auf ihn ab. Ich schalte jetzt mein Handy ein oder zwei STUNDEN lang ab.

Innerlich vor Wut schnaubend stellte Levi den Gruppenchat auf lautlos und die Musik dafür umso lauter. Das Handy verstaute er wieder im Sportarmband, bevor er den Hügel hinaufsprintete und sich wünschte, er könnte die Stimmen in seinem Kopf auch auf lautlos stellen.

800 Gable Place.

Selbst die Adresse – *Giebelplatz* – war einzigartig. Nur drei Häuser konnten solch einen eleganten Straßennamen für sich beanspruchen. Es gab viele andere hübsche Straßennamen auf der Insel, doch für Tara klang keiner davon so besonders oder bedeutend wie Gable Place.

Sie stand auf der gegenüberliegenden Straßenseite und bewunderte das Haus, das ihr Herz vor sechs Jahren erobert hatte, als sie für ihren ersten bezahlten Foto-Auftrag unterwegs gewesen war. Sie war erst achtzehn Jahre alt gewesen und hatte sich wahnsinnig gefreut, engagiert worden zu sein, um die interessantesten Häuser auf der Insel zu fotografieren. Es war keine Überraschung, dass 800 Gable Place nicht auf dieser Liste stand. Sie hatte sich in dem älteren Teil der Stadt verirrt und war zufällig auf dieses Haus gestoßen, das auf allen vier Seiten Giebel hatte, jeweils ein großes Panoramafenster zu beiden Seiten einer kleinen Veranda und eine rote Eingangstür mit schwarzen Läden, wie sie auch an dem Nebengebäude angebracht waren.

Das Haus hatte sich in einem so schlechten Zustand befunden, dass die meisten es wahrscheinlich keines weiteren Blickes gewürdigt hätten, und die Jahre, die seitdem vergangen waren, hatten dem versteckten Juwel auch nicht gutgetan. Die weiße Farbe wirkte schmuddelig und blätterte ab, das Geländer auf der Veranda fehlte teilweise, einer der Fensterläden in einem der Giebel war kaputt und der andere hing wie ein schiefer Zahn herab. Die Äste eines riesigen, wunderschönen Baumes breiteten sich über die Hälfte des Daches aus, auf dem einzelne Schindeln fehlten und das von Moos bedeckt war. Dachrinnen hingen bedenklich schief, und ein riesiger Riss hatte sich anscheinend durch eines der vorderen Fenster gezogen, denn ein Klebeband zierte es wie ein Blitz von unten bis nach oben. Das Grundstück wirkte auch, als wäre es in Vergessenheit geraten. Der Rasen war hochgewachsen, die Büsche ungeschnitten, und der verwitterte Zaun sah aus, als gehörte er zu einem Spukhaus. Doch als eine Frau, die mehr als die Hälfte ihres Lebens übergewichtig gewesen war und die zuerst – und oft auch zuletzt – aufgrund ihres Äußeren beurteilt wurde, wusste Tara, dass das Aussehen ebenso sehr täuschen konnte wie Menschen lügen konnten. Sie beurteilte Schönheit aufgrund des Gefühls, das Menschen und Gegenstände ihr gaben, und mit dieser Haltung hatte sie noch nie falschgelegen.

Abgesehen von den seltenen Momenten, in denen sie in den Spiegel schaute.

Doch darüber wollte sie an diesem ungewöhnlich warmen und sonnigen Aprilmorgen nicht nachdenken. Sie konzentrierte sich auf das warme, wohlige Gefühl, das sie bei diesem Haus empfand, und ihre Gedanken schlugen einen hoffnungsvollen Pfad ein, den sie schon zu oft gegangen war und mit dem sie schließlich vor drei Monaten endgültig abgeschlossen hatte, als sie am Silvesterabend ihren Vorsatz für das kommende Jahr getroffen hatte. Sie hatte sich immer vorgestellt, dort mit dem Mann zu leben, nach dem sie seit ihrem neunten Lebensjahr verrückt gewesen war – Levi Steele, dem loyalsten, gutmütigsten Mann, den sie je kennengelernt hatte –, und seiner entzückenden, lebhaften und sportverrückten Tochter Joey. Sie malte sich aus, wie sie das Haus mit dem Duft frisch gebackener Kekse und der Wärme von Familientraditionen füllen und die Wände mit Fotos von Familienmitgliedern und Freunden zieren würde, wie sie jeden Raum mit Farben, Textilien und gemütlichen Möbeln, auf denen Platz genug für drei war, zum Leben erwecken würde. Sie hatte praktisch vor Augen, wie Joey auf dem Gehweg Skateboard fahren und mit Levi im Garten Baseball spielen würde, wie sie gemeinsam Familienspaziergänge unternehmen und essen würden, und nachdem sie Joey zu Bett gebracht hätten, würde sie Levi lieben, wie er es verdient hatte, geliebt zu werden, und sie würde von ihm geliebt werden, wie sie sich immer erträumt hatte, von ihm geliebt zu werden – mit allem, was er zu geben hatte.

Eine Autohupe schreckte sie unsanft aus ihren Fantasien, und sie ließ die Flyer, die sie in der Hand gehalten hatte, zu Boden fallen. Das Auto hielt neben ihr an, und Georgia Smythe, eine Freundin ihrer Mutter und Inhaberin einer süßen Modeboutique in der Stadt, ließ das Fenster auf der Beifahrerseite herunter. Die braunen Haare fielen ihr sanft um das freundliche Gesicht, als sie vom Fahrersitz zu ihr hinausschaute.

»Hallo, Tara. Alles in Ordnung?«

»Ja, danke. Ich habe wohl vor mich hingeträumt.« Sie kam sich lächerlich vor, weil sie Fantasien über einen Mann und ein Leben hinterherhing, das sie nie haben konnte. Es spielte keine Rolle, dass ihre ältere Schwester Amelia ihren Beruf einem Leben als Mutter von Joey vorgezogen hatte, anstatt zu versuchen, beides miteinander zu vereinbaren, oder dass sie Joey nur wenige Male im Jahr sah. Amelia war immer noch Joeys Mutter und damit war Levi Steele tabu.

»Sei vorsichtig, Liebes«, sagte Mrs. Smythe. »Nicht, dass dir etwas passiert.«

Und genau das war der Grund dafür, dass sie sich diesen Fantasien nicht mehr hingeben durfte und weshalb sie entschlossen war, sich an ihren Neujahrsvorsatz zu halten, indem sie sich von diesem Kindheitstraum verabschiedete. Ein Haus zu kaufen, war ein guter erster Schritt, und es war ja nichts dabei, wenn sie hoffte, einen Mann kennenzulernen, der so wunderbar war wie Levi, oder? Einen Mann mit einem ähnlichen Sinn für Familie, mit Humor und mit Lippen, die sie küssen, lecken und in denen sie aufgehen wollte? Einem Mann, der die Gedanken an ihn auslöschen konnte?

Ihr wurde klar, dass Mrs. Smythe noch immer auf eine Antwort wartete, und so schüttelte sie den Kopf, um einen klaren Gedanken zu fassen. »Danke, das mache ich.«

»In Ordnung, Liebes. Hab noch einen schönen Tag.«

Während Tara Mrs. Smythe davonfahren sah, dachte sie daran, wie weit sie es schon gebracht hatte. Die letzten paar Jahre hatte sie in dem Bewusstsein verbracht, dass sie aufhören musste, ihren Träumen über Levi nachzuhängen, und sie hatte all ihre Energie in ihre Arbeit gesteckt, um sich einen Namen als die Fotografin von Silver Island schlechthin zu machen. Sie hatte sich auf der Insel und darüber hinaus, bis ans Cape Cod, Harborside und anderen Regionen an der Küste, so schnell einen Ruf erworben, dass sie sich nie die Zeit genommen hatte, um sich einen Namen für ihre Firma zu überlegen. Zum Glück mochte sie ihren Geburtsnamen, denn *Tara Osten, Fotografin* war zu ihrer Marke geworden.

Wenn die viele Arbeit sie doch nur wirklich davon abhalten würde, an Levi zu denken, doch die Gedanken an ihn und Joey waren so allgegenwärtig wie die Luft, die sie atmete. Sie hatte das auf ihre Liste mit den Dingen, die sie akzeptieren musste, gesetzt, ebenso wie die Unfähigkeit ihrer Schwester, eine elterliche Verantwortung zu übernehmen, und die Nörgelei ihrer Mutter.

Sie berührte den runden silbernen Anhänger mit einem Loch in Herzform an ihrem Lederarmband und dachte an Joey und Levi. Sie hatte Joey das Armband mit dem in das Loch passende Herz geschenkt. *Egal, wie weit wir voneinander entfernt sind, im Herzen sind wir uns immer nah.* Im Gegensatz zu Amelia und bis zu einem gewissen Maß auch ihre Mutter, waren Levi und Joey ein großer Bestandteil ihres Lebens und sie würde in Gedanken immer bei ihnen sein. Dem war nicht zu entkommen, und sie wollte auch nicht aufhören, an sie zu denken. Genau aus dem Grund hatte sie letztendlich beschlossen, dass es reichte und dass ein guter Vorsatz in Ordnung war. Vorsätze waren besser als Ziele. Sie waren Entscheidungen, zu denen man zu stehen hatte. Solange sie ihre Gedanken an Levi unter Kontrolle hatte, würde sie schon damit klarkommen.

Wenn nur ihre nächtlichen Fantasien nicht wären. *Die nun absolut tabu sind,* ermahnte sie sich.

Sie drehte sich um, als sie schwere Schritte vernahm, und als hätte sie ihn manifestiert, kam Levi den Hügel hinaufgerannt — in einem schwarzen Tanktop, grauen Jogginghosen und mit einer vom Schweiß verlockend glänzenden Haut. Sie beurteilte andere nicht nach ihrem Aussehen, aber das bedeutete nicht, dass ihr dieser große, breitschultrige Adonis mit den Tattoos, die seinen gesamten Arm von der Schulter bis zum Handgelenk bedeckten, nicht außerordentlich gut gefiel. Als er näherkam, trat ein sexy Lächeln in sein Gesicht. Zwei Dinge an Levi Steele machten sie zu einem hoffnungslosen Fall: seine schwarzen Bikerstiefel und dieses Lächeln. Im Geiste setzte sie noch Jogginghosen auf die Liste und schalt sich augenblicklich dafür.

»Hey, Blondie«, sagte er und atmete kaum schneller. Seine kurzen braunen Haare waren an den Schläfen leicht feucht und seine dunklen Augen funkelten in der Sonne. Sie waren seine Superkraft. Mit einem einzigen Blick konnte er Ärger schon im Anflug abwenden oder die stärksten Beine in Pudding verwandeln.

»Hallo …«, brachte sie nur heraus, bevor sie sich davon ablenken ließ, dass er sein Tanktop auszog und sich damit den Schweiß aus dem Gesicht wischte, nur um seine muskulöse Brust und sein Sixpack ihrer Bewunderung auszusetzen. Hatte sie ein Schild über dem Kopf, auf dem *Entführe mich ins Land der Versuchung* stand?

»Alles okay?«

Sie blickte auf und sah sein Grinsen. *Oh Mann!* Ihre wildgewordenen Hormone würden sie noch umbringen. Sie musste dringend einen Ersatz für ihre Fantasien finden. Und zwar sofort. »Mir geht's gut, aber du solltest dir das Tanktop lieber wieder anziehen, damit du keinen Unfall verursachst. Du weißt doch, wie die Frauen hier auf der Insel sind. Kaum sehen sie einen Mann mit freiem Oberkörper, verlieren sie schon den Verstand.«

»Oje, anscheinend werde ich alt, wenn ich schon mein T-Shirt ausziehen muss, um die Aufmerksamkeit der Frauen auf mich zu ziehen.«

Sie verdrehte die Augen.

»Was machst du hier oben? Die Straße dekorieren?«

Mist. Sie hatte die Flyer vergessen, die auf dem Boden verstreut lagen. »Du kennst mich doch. Ich versuche immer, alles etwas hübscher zu machen.« Levi arbeitete viel, um Joey ein schönes Zuhause zu bieten, und er verbrachte viel Zeit mit ihr. Doch auch wenn sie einen Garten voller Beete und Vogeltränken hatten und noch dazu eines der coolsten Häuser, die Tara je gesehen hatte – mit heimlichen Verstecken, vielen gemütlichen Ecken und Schiebetüren in Scheunentoroptik, alles eigenständig von Levi erbaut –, so hatte er doch nur wenig Zeit für den Garten übrig, ganz zu schweigen davon, ihn gelegentlich wieder in Schuss zu bringen. Wenn Tara bei ihnen war, was recht oft vorkam, werkelten sie und Joey im Garten, pflückten Blumen, die sie im Haus aufstellten, und fanden andere Möglichkeiten, um alles etwas aufzuhübschen.

Sie bückte sich, um die Flyer aufzuheben, und er ging neben ihr in die Knie, um ihr zu helfen. Sein moschusartiger Duft war nicht gerade hilfreich. »Schon gut, ich schaff das schon.«

Er sah sie an, als hätte sie etwas Albernes gesagt, und sammelte weiter die Flyer auf. Sein Blick fiel auf ihre Brust und ließ ihren Atem gleich schneller werden. »Die Kette trägst du immer, oder?«

Sie berührte die goldene Kette mit dem aquamarinblauen Herzanhänger – einer Kombination aus dem Unendlichkeitszeichen und einem Herzen –, die er und Joey ihr letztes Jahr zu Weihnachten geschenkt hatten. »Ich nehme sie nie ab.«

»Das gefällt mir«, sagte er nachdenklich und betrachtete die Flyer, als sie beide wieder aufstanden. »Fotografierst du wieder für Charmaine?« Charmaine Luxe war eine Maklerin hier auf der Insel.

»Nein. Ich war bloß in der Nähe und wollte mir das weiße Haus ansehen. Es ist mein Lieblingshaus auf der Insel.«

»Wirklich?« Er zog die Augenbrauen zusammen. »Was gefällt dir so daran?«

»Alles. Ich liebe diese Giebel und die großen Fenster. Das ganze Haus strahlt etwas so Warmes und Wohliges aus, als würde es nur auf eine Familie warten, die es zum Leben erweckt, und hinten im Garten hat es dieses großartige Kutscherhaus, das perfekt für ein Fotostudio wäre. Du hältst mich sicher für verrückt, weil du all die Makel siehst. Aber ich sehe einen Rohdiamanten.«

»Tara, wie kannst du so etwas einem Mann unterstellen, der beruflich Häuser kauft, renoviert und wieder verkauft?«

»Keine Ahnung. Ich dachte mir, du siehst eher die negativen Seiten, bevor du die Schönheit erkennst.«

Er hob eine Augenbraue. »Und ich dachte, du kennst mich.«

Sie übernachtete so oft bei ihnen, um auf Joey aufzupassen und wenn sie in der Gegend Kunden hatte, dass sie Dinge wusste, die sie lieber nicht wissen sollte. Zum Beispiel hörte sie gelegentlich, wie er mitten in der Nacht aufstand und nach Joey sah, und wenn Joey weinte, konnte sie den Kummer seiner Tochter in seinen Augen gespiegelt sehen. Und wenn Joey lachte, sah er sie jedes Mal an, als wäre es das herrlichste Geräusch auf Erden. Manchmal traf sie ihn auch auf der Veranda hinter der Küche an, wo er mit einem unfassbar einsamen Gesichtsausdruck geistesabwesend aufs Wasser hinausblickte. Einem Blick, den er nie hatte, wenn er bei seiner Familie auf der Insel war. Doch diese Dinge behielt sie für sich. »Ich kenne dich auch.«

»Allmählich bezweifle ich das.« Er stieß sie mit der Schulter an. »Im Ernst, hast du jemals erlebt, dass ich etwas nach seinem Äußeren beurteile?«

Na ja, du hast meine so selbstbewusst auftretende und umwer-

fend aussehende Schwester einfach mal so spontan flachgelegt ...

Das konnte sie auch nicht sagen, also beließ sie es bei: »Nein. Du hast recht. Das war albern von mir.« Sie hatte sich immer gefragt, was in der Nacht geschehen war, als ihre Schwester schwanger geworden war. Auf der Insel verbreiteten sich Gerüchte schnell. Selbst mit vierzehn hatte sie schon gewusst, dass Levi keiner von den Typen war, die mit allen Mädchen rumgemacht hatten. Und doch hatte Levi mit Amelia geschlafen, als diese sich gerade auf der Höhe ihrer Gehässigkeit befunden hatte. Mittlerweile war Amelia erträglicher, aber sie war immer noch selbstsüchtig, und Tara hatte nie verstanden, warum er es getan hatte. Vor allem weil ihre Schwester immer klar gemacht hatte, dass sie sich von keinem Typen an die Kette legen lassen würde, und Levi hatte zuvor andere Freundinnen gehabt, mit denen er eine Zeit lang zusammen gewesen war. Auf diese Freundinnen war Tara ein wenig eifersüchtig gewesen, doch als er etwas mit Amelia angefangen hatte, hatte das ihr Teenagerherz gebrochen. Ihre beste Freundin Bellamy Silver hatte ihr damals gesagt, dass neunzehn Jahre alte Jungs nun mal eher mit ihren Schwänzen denken. Als Tara älter wurde und ihre eigenen Erfahrungen mit Männern gemacht hatte, wurde ihr klar, dass die meisten von ihnen mit diesem Anhängsel dachten, aber sie war immer der Ansicht gewesen, dass Levi anders war. Dass er Sex mit Amelia gehabt hatte, hätte eigentlich ausreichen müssen, um ihre Schwärmerei für ihn zu beenden, doch wenn sie im Laufe der Jahre irgendetwas begriffen hatte, dann dass ihr Verstand und ihr Herz nicht kooperierten, wenn es um Levi und Joey ging. Jetzt versuchte sie, sich nur auf ihren Verstand zu verlassen, und damit fuhr sie wesentlich besser.

»Ich muss damit anfangen, dir einige meiner Projekte zu

zeigen, bevor ich da Hand anlege.«

»Klingt gut.« Sie sah ihm gern bei der Arbeit zu. Nicht so sehr, wie es ihr sicher gefallen hätte, wenn er bei ihr Hand anlegen würde, doch sie konnte es sich nicht leisten, weiter diesen Hirngespinsten nachzuhängen.

»Super! Dann machen wir das.« Sein Gesichtsausdruck wurde ernst und er fuhr sich mit der Hand durch die Haare. »Hör zu, ich weiß, dass Joey dich gestern in eine unangenehme Situation gebracht hat, als sie vorgeschlagen hat, dass du die Frühlingsferien bei uns verbringst. Also wenn du lieber einen Rückzieher machen und nicht auf sie aufpassen möchtest, versteht sie das sicherlich.«

»Sie hat mich gar nicht in eine unangenehme Situation gebracht. Ich freue mich darauf, Zeit mit Joey zu verbringen und ihr dabei zuzusehen, wie sie den Skateboard-Wettkampf gewinnt. Außerdem weißt du genauso gut wie ich, dass euer Garten zum reinsten Dschungel verkommen würde, wenn ich nicht wie jedes Jahr die Frühlingsferien bei euch verbringen würde.«

»Das ist wahr. Ich bin froh, dass du keinen Rückzieher machst. Ich hab dich gern bei mir.«

Ihr hoffnungsvolles Herz schlug bei seinen Worten und seinem Blick, der intensiver war als gewöhnlich, gleich schneller.

»Ich meine, *wir* haben dich gern bei uns«, korrigierte er sich.

»Klar. Natürlich.« Die Enttäuschung versetzte ihren Verstand wieder in den Aktionsmodus und zerrte ihr dummes Herz zurück zu ihrem zweiten Vorsatz: nicht mehr so lange Zeiträume in Levis Haus zu verbringen. Nach den Frühlingsferien musste sie diesbezüglich unbedingt etwas unternehmen.

»Und was hat es jetzt mit diesen hier auf sich?« Er wedelte mit den Immobilienflyern herum.

»Eigentlich nichts. Ich hab nur angefangen, nach Häusern zu schauen. Deshalb war ich hier oben. Hab mir die Gegend angesehen, damit ich nicht Charmaines Zeit vergeude.«

Die Überraschung war ihm anzusehen. »Du schaust dich nach einem Haus um und ich erfahre das als Letzter? Damit schubst du mich aber so richtig von meinem Podest.«

»Du bist nicht der Letzte. Um genau zu sein, bist du sogar der Erste.«

Er straffte die Schultern. »Schon besser. Ein Haus ist eine große Entscheidung.«

»Ich weiß, aber es ist an der Zeit, dass ich flügge werde. Das Fotostudio, das ich angemietet habe, wird ab nächsten Monat zum Kauf angeboten, und ich bin mir nicht sicher, ob ich ein neues finde, also brauche ich einen Plan B. Ich hoffe, dass ich ein Haus finde, in dem Platz für ein Studio ist.«

»Und du kannst dir einen Hauskauf leisten?«

Ihre Dienste waren so gefragt, dass sie ihre Preise in den vergangenen drei Jahren hatte verdreifachen können. »Ich musste nie Miete für eine Wohnung bezahlen, also häuft sich das Geld auf meinem Konto einfach an, und eine Immobilie ist eine gute Investition. Außerdem raubt es mir etwas die Luft, bei meinen Eltern zu wohnen.«

»Du meinst deine Mutter«, sagte er verständnisvoll. »Sie ist nicht einfach. Ich habe keine Ahnung, wie du es so lange ausgehalten hast.«

Er wusste, dass ihre Mutter wegen allem, vom Essen bis hin zur Kleidung, herumnörgelte. Aber er wusste auch, dass ihre Mutter nicht bösartig war. Sie war einfach nur speziell, und Tara wollte gern glauben, dass ihrer Mutter nicht bewusst war, wie sehr sie anderen mit dem, was sie sagte, wehtat. Sie war immer eine von Taras größten Unterstützern gewesen, wenn es um ihre Liebe zur Fotografie ging. Als Tara jünger war, hatte ihre Mutter nach Fotoausstellungen Ausschau gehalten und Tagesausflüge mit ihr nach Boston, New York und an andere Orte gemacht, die nicht zu weit entfernt lagen. Klar, das hatte bedeutet, dass sie sich zu kleiden und zu benehmen hatte, wie ihre Mutter es für angemessen hielt, aber ihre Mutter hatte Anstrengungen auf sich genommen wie sonst niemand, und das war ihr anzurechnen.

»Ich hatte zu viel zu tun, um mir darüber Gedanken zu machen. Aber da es beruflich jetzt läuft, kann ich anfangen, mich auf mein Privatleben zu konzentrieren, und das geht nicht unbedingt, wenn ich bei meinen Eltern wohne.«

Seine Kiefermuskeln zuckten. »Nein, wahrscheinlich nicht. Wer begleitet dich bei den Hausbesichtigungen?«

Sie hatte überlegt, Jules und Bellamy zu fragen, ob sie mitkommen würden, hatte aber noch nicht die Gelegenheit dazu gehabt. »Charmaine.«

»Nein, ich meine, um die Bausubstanz einzuschätzen und zu beurteilen, ob alles in Ordnung ist. Hilft dir dein Vater oder einer deiner Brüder nicht dabei?«

»Mein Vater und Robert haben so viel zu tun, da will ich sie nicht damit behelligen, und Carey hilft Drake die nächsten Wochen mit einem seiner Läden.« Sie stand ihren beiden älteren Brüdern sehr nah. Robert war für das Wildreservat der Insel zuständig und Carey half seinem Freund Drake Savage in dessen Musik-Läden an der Ostküste und verkaufte Schallplatten und andere Sachen, die etwas mit Musik zu tun hatten, auf Flohmärkten und anderen Veranstaltungen. Er führte ein Vagabundendasein und sein Terminkalender war alles andere als vorhersehbar.

»Wann siehst du dir Häuser an?«

»Nächsten Samstag. Charmaine bekommt an anderen Orten auf der Insel noch ein paar neue Immobilien herein, also dachte ich mir, ich warte noch und sehe sie mir alle auf einmal an.«

»Großartig. Dann komme ich mit.«

Die Aussicht, sich mit Levi zusammen Häuser anzuschauen, war ebenso nervenaufreibend wie aufregend. »Planst du, nächstes Wochenende wieder zu kommen?«

»Jetzt schon«, sagte er fröhlich.

»Du musst nicht extra kommen, nur um mir beim Besichtigen der Häuser zu helfen.« *Aber, doch, bitte!*

»Möchte ich aber. Häuser sind meine Leidenschaft, und Joey wird begeistert sein, ihre Großeltern und Hadley wiederzusehen.« Jock hatte Hadley adoptiert, nachdem er und Daphne geheiratet hatten, und Joey liebte ihre Cousine abgöttisch.

»Und es würde dir sicher nichts ausmachen? Ich weiß doch, wie viel du zu tun hast.«

»Ich habe nie zu viel zu tun, um dir zu helfen.« Wieder bedachte er sie mit diesem sexy Lächeln.

Es wäre so einfach, mehr in diese Aufmerksamkeit hineinzuinterpretieren …

»Du gibst zwei Wochen auf, um sie mit uns zu verbringen. Da kann ich wohl ein bisschen Zeit aufbringen, um mir ein paar Häuser mit dir anzuschauen.«

Das machte es leichter. Er wollte sich einfach nur revanchieren. Nicht, dass sie das für nötig gehalten hätte, aber sie konnte sein Fachwissen zur Einschätzung der Immobilien gut gebrauchen. »In Ordnung, wenn es dir wirklich nichts ausmacht. Danke.«

»Wunderbar. Wann hast du den ersten Termin?«

»Um zehn.«

»Dann nehme ich eine frühe Fähre und hole dich bei deinen

Eltern ab. Ist das in Ordnung?«

»Ja, das ist perfekt.«

»Ich freue mich darauf. Jetzt sollte ich wohl besser mal meine Joggingrunde zu Ende bringen. Sehe ich dich heute Abend im Rock Bottom?«

Gestern Abend hatte eine kleine Feier anlässlich der Verlobung von Archer und Indi in Indis Studio stattgefunden, an der die Familien und Freunde teilgenommen hatten. Die eltern- und kinderfreie Party heute Abend veranstaltete Wells Silver, einer von Bellamys älteren Brüdern, in seinem Restaurant Rock Bottom Bar and Grill, einem der angesagtesten Abendlokale auf der Insel.

»Ja! Ich gehe mit Jules und Bellamy. Das wird bestimmt toll.«

»Großartig, und wir haben unser Date.«

War ihr da etwas entgangen? »Ein Date?«

»Um uns die Häuser anzuschauen.«

»Oh, ja, klar. Tut mir leid, bin mit den Gedanken schon ganz woanders.«

»Hast du einen anstrengenden Tag vor dir?«

»Ja.« *Aber das war es nicht, was mich gerade abgelenkt hat.* »Ich fotografiere bei der jährlichen Fahrzeugwaschaktion der Polizei und Feuerwehr.«

»Machst du Fotos von den Typen mit freien Oberkörpern?« Er zuckte mit der Augenbraue. »Meinst du, du schaffst das, ohne den Verstand zu verlieren?«

Sie sah ihn ausdruckslos an. »Haha.«

»Hey, das waren deine Worte, nicht meine.«

»Die treffen aber nicht auf mich zu. Du läufst hier mit freiem Oberkörper rum und mir geht's gut dabei, oder?«

»Ja, stimmt, und das tut meinem Ego gar nicht gut.« Er

zwinkerte ihr zu. »Bis heute Abend.« Er machte ein paar Schritte und schaute dann über die Schulter, wobei er sein Tanktop in die Höhe hielt. »Das ziehe ich wohl lieber mal an, damit ich keinen Unfall provoziere.« Er zog das Shirt über und joggte davon.

»Deinem Ego geht's wunderbar«, rief sie ihm hinterher. *Am Zustand meines Herzens muss ich allerdings noch arbeiten.*

Zwei

Der Rhythmus der Musik dröhnte durch die Luft und wetteiferte mit dem Getöse der Menge, die im Rock Bottom tanzte und sich amüsierte. Levis Geschwister und einige ihrer Kindheitsfreunde saßen an einem Tisch an der Tanzfläche. Archer war Indi den ganzen Abend nicht von der Seite gewichen, und noch nie hatte er glücklicher ausgesehen als jetzt, während er mit seinen Kumpels Brant Remington und Grant Silver, dem Verlobten von Jules, herumscherzte. Jock und Daphne hielten sich an den Händen und plauderten mit Leni, Sutton und Grants jüngeren Geschwistern Keira, Fitz und Wells. Auch wenn Levi sich unfassbar darüber freute, dass drei seiner Geschwister ihre große Liebe gefunden hatten, so war doch nur ein gewisses Maß an Schmuserei erträglich für einen Kerl, der gerade mit Dingen zu kämpfen hatte, an die er eigentlich gar nicht denken sollte.

Er entschuldigte sich, um sich an der Bar einen Drink zu bestellen. Eine süße Brünette machte ihm schöne Augen und versuchte, seine Aufmerksamkeit auf sich zu lenken. Es gab jede Menge wunderschöne Frauen hier, doch Levi war ganz gefesselt von dem Anblick der umwerfenden Blondine, die mit Bellamy und Jules tanzte und die so absolut tabu war. Im Alltag war

Tara vielleicht der Inbegriff von süß und vorsichtig, aber wenn sie tanzte, verwandelte sie sich in eine auf- und erregende Verführerin. Er glaubte, dass ihr das gar nicht einmal bewusst war. Es war, als wäre sie von der Musik besessen, während sie sich so sinnlich in ihrem hautengen schulterfreien gelben Top bewegte, das kurz über ihrer tief sitzenden Skinny-Jeans endete, die Levi – und zu vielen anderen Männern – Blicke auf nackte Haut und ihren sexy Bauchnabel erlaubten. Heiße Blitze schossen ihm durch den Körper und sprühten mit jeder ihrer Hüftbewegungen immer mehr Funken.

Mist!

Er ermahnte sich, wegzuschauen. Doch er konnte es nicht. Er wollte es nicht! Immer hatte er beschützend ein Auge auf sie gehabt, warum also gingen seine Gedanken in eine Richtung, die sie gar nicht einschlagen durften? Eine Richtung, in die sie in den letzten Jahren immer wieder gewandert waren, die er stets rasch gemieden und geleugnet hatte.

Sein verfluchter Bruder hatte nicht nur dafür gesorgt, dass er seine Begegnungen mit Tara analysierte. Er hinterfragte jetzt auch seine eigenen Motive und sah sie auf eine neuartige Weise, was ihn höllisch verunsicherte.

Der Barkeeper brachte ihm seinen Drink. Levi bezahlte und ging zurück zum Tisch, wo gerade drei verschiedene Unterhaltungen stattfanden. Er machte sich nicht die Mühe, herauszufinden, worum es in ihnen ging, sondern ließ den Blick zurück zu Tara gleiten, als das Lied auch schon endete und sie und die Mädchen in Richtung des Tisches kamen. Ryan Lacroux, der am meisten angeschmachtete Polizist der Insel, hielt sie auf und plauderte mit ihnen. Der Typ zog den kleinen Sohn seines drogenabhängigen Bruders groß, und mit seinen kurzen dunklen Haaren und markanten Gesichtszügen sah er aus, als gehörte er auf ein Zeitschriftencover. Mit anderen Worten: Er war für alleinstehende Frauen ein Aphrodisiakum auf zwei Beinen, und die anerkennenden Blicke, mit denen er Tara bedachte, waren nicht zu übersehen, was bei Levi einen Anflug von Eifersucht auslöste.

Zähneknirschend nahm er diese ungewollten Gefühle zur Kenntnis. War Ryan einer der Gründe, aus denen sie sich auf ihr Privatleben konzentrieren wollte? Er sah zu den anderen Typen, die sie abschätzend beäugten, und fragte sich, wer wohl sonst noch auf ihrem Radar auftauchen würde. Unbewusst ballte er die Fäuste. Dann wanderte sein Blick wieder zu Tara, die gerade von Ryan wegging. Sie schaute zu Levi und lächelte, sodass ein vertrautes Gefühl von Glück zwischen ihnen eine Brücke schlug. Sie hob die Hand zu ihrem üblichen hüfthohen Gruß, bei dem sie immer mit den Fingern wackelte. In ihren Augen lag nichts Verführerisches, in ihrem Lächeln nichts Flirtendes. Er übersah keine *eindeutigen Anzeichen.*

Er war einfach nur ein Idiot.

Normalerweise war er nicht leicht zu verunsichern. Er hatte alles in seinem Leben unter Kontrolle. Das musste er auch, seiner Tochter zuliebe. Wie er es hatte zulassen können, dass Archers Bemerkungen oder auch die seiner Schwestern – *und auch meine eigene Grübelei* – etwas in ihm geweckt hatten, was das Leben seiner Tochter so vollkommen verkorksen konnte, konnte er überhaupt nicht nachvollziehen. Es war an der Zeit, mit diesem Mist endgültig abzuschließen.

»Hallo, Bruderherz«, sagte Archer und zog Levis Aufmerksamkeit auf sein arrogantes Grinsen. »Denkst du darüber nach, was ich gestern Abend gesagt habe?«

»Ja, und du liegst vollkommen daneben. Hör auf, dich weiter in das Leben anderer einzumischen, verstanden?«, warnte

Levi ihn. Ihre Geschwister und Freunde beobachteten sie beide interessiert, doch nach dem Gruppenchat an diesem Morgen entschied er nun, sie alle *und* die ansteigende Hitze zu ignorieren, als Tara sich dem Tisch näherte. Entschlossen, sich in ihrer Gegenwart nicht anders zu verhalten als sonst, zog er einen Stuhl für sie herbei. »Du hast da ziemlich heiß ausgesehen, Blondie. Ich musste mich um ein paar Typen kümmern, die sich an dich herangepirscht haben.«

»Danke.« Taras blaue Augen funkelten verschmitzt. »Aber ich wusste gar nicht, dass du so gepolt bist.« Schmunzelnd nahm sie auf dem Stuhl Platz. Bellamy, eine zierliche Frau, die ihre brünetten Haare in einem Jagged Bob trug, saß auf ihrer anderen Seite. Bellamy war eine Lifestyle-Influencerin, die auch in Teilzeit für Jules arbeitete.

»Was schaut ihr alle so komisch?«, fragte Jules, als sie sich neben Grant setzte. Ihre langen braunen Haare trug sie offen, nur die Seiten waren auf dem Kopf zusammengebunden und fielen brunnenartig herab, wodurch sie eher wie eine College-studentin als wie eine erwachsene Geschäftsinhaberin aussah. Jules war Eigentümerin des Geschenkeshops Happy End in der Stadt.

Bellamy zuckte mit den Schultern und sah über den Tisch hinweg zu den anderen. »Sie können einfach nicht fassen, dass die heißesten Frauen im Lokal an ihrem Tisch sitzen.«

Alle lachten.

»Da nun alle hier sind, möchte ich mit euch anstoßen.« Jock hob sein Glas und sah Archer an. »Bis letztes Jahr hätte ich niemals gedacht, dass ich je wieder so mit euch allen zusammen-sitzen würde, und schon gar nicht, dass ich auf Archers Verlobung anstoßen würde.«

Archer presste sichtbar die Zähne aufeinander und die Gefühle spiegelten sich in seinen Augen.

Während Jock über Bruderliebe und Freundschaft sprach, wanderten Levis Gedanken Jahre zurück in die Zeit, als Jocks schwangere Freundin Kayla, die gleichzeitig Archers beste Freundin gewesen war, bei einem grauenvollen Unfall ums Leben gekommen war. Levi hatte mitangesehen, wie die Beziehung seiner Brüder in die Brüche ging und zu einer zehn Jahre lang anhaltenden Kluft geführt hatte, die jeden in ihrer Familie in Mitleidenschaft gezogen hatte und erst vor Kurzem überwunden worden war. Levi war zum Zeitpunkt des Unfalls ungefähr siebzehn Jahre alt gewesen, und er hatte sich nicht vorstellen können, jemanden so sehr zu lieben, dass der Verlust ihn vollkommen verändern und von seiner Familie fortreißen würde. Doch in der Sekunde, in der ihm Joey in die Arme gelegt worden war, hatte er es verstanden. Diese übermenschlich großen Gefühle hatten ihn wie ein Vorschlaghammer getroffen, und er hatte sich geschworen, alles in seiner Macht Stehende zu tun, um sie in Sicherheit und zu einem anständigen Menschen großzuziehen. Er war auch stolz auf sich. Er war immer vorsichtig gewesen, wenn es darum gegangen war, wen er in ihr Leben ließ, und er zog ein glückliches, selbstbewusstes Mädchen heran – trotz der ständigen Enttäuschungen, die sie mit ihrer Mutter erlebte.

Tara lehnte sich zu ihm herüber und flüsterte: »Jocks Rede ist auf wunderschöne Weise aufrichtig. Man merkt, dass er Schriftsteller ist.«

Vor dem Unfall hatte Jock einen Bestseller geschrieben, doch er hatte erst wieder angefangen zu schreiben, nachdem Daphne in sein Leben getreten war. Es war seltsam, wie manche Menschen andere beeinflussten. Joey hatte mehrere Erwachsene, zu denen sie aufschaute, aber Tara war ihre Seelenverwandte geworden. Sie war diejenige, der sie ihre Geheimnisse anvertraute und die sie zuerst anrief, wenn sie Neuigkeiten zu berichten oder ein Problem hatte, bei dem Levi ihr nicht helfen konnte. Er hatte Joey ein Tablet gekauft, damit sie mit ihrer Mutter in Kontakt bleiben konnte, und er wusste, dass sie und Amelia sich gelegentlich schrieben, aber er wusste auch, dass sich Joey und Tara mehrmals pro Woche per Videocall oder Chat austauschten. Ihm wurde klar, dass er auch oft mit Tara sprach, und dass sie auch der erste Mensch war, den er anrief, wenn es etwas über Joey zu berichten gab, aber er würde jetzt nicht anfangen, darüber nachzudenken, was das zu bedeuten hatte.

»Auf Archer und Indi!«, sagte Jock und alle stimmten ein.

Tara stieß mit Levi an, als auch sie rief: »Auf Archer und Indi!« Dann drehte sie sich zur anderen Seite und stieß mit Bellamy an.

»Ich freue mich für euch beide, aber ich kann immer noch nicht fassen, dass Archer tatsächlich verlobt ist, noch dazu mit meiner besten Freundin«, sagte Leni.

»Das haben wir dir zu verdanken«, sagte Indi. »Ich habe am Silvesterabend zu dir gesagt, dass du auf mich aufpassen sollst, damit ich nicht in seinem Bett lande, aber du warst zu beschäftigt, um mich zurückzuhalten.«

Leni verdrehte die Augen. »Als ob irgendetwas euch beide hätte aufhalten können.«

»Ich glaube, irgendjemand hat hier etwas ins Wasser gemischt.« Wells schob sein Wasserglas mit einem angewiderten Gesichtsausdruck von sich und alle am Tisch schmunzelten. Er war groß, dunkelhaarig, unfassbar eingebildet und meistens auf Beutefang.

»Da könntest du recht haben.« Keiras Blick wanderte prüfend über die Runde am Tisch. »Ich glaube, es ist Jock.«

»Hey! Mein Mann würde niemandem etwas untermischen«, rief Daphne, eine Blondine mit üppigen Kurven.

»Da wäre ich mir nicht so sicher. Überleg doch mal.« Keira warf ihre hellbraunen Haare zurück. »Zuerst verliebt ihr beiden euch und zieht auf die Insel. Dann erwischt es Grant und Archer, direkt nacheinander? Zwei der mürrischsten Typen auf der ganzen Insel? Irgendetwas stimmt hier doch nicht.«

Brant schlug mit der flachen Hand auf den Tisch. »Reserviert mir zwei Kisten von diesem Wasser, denn ich bin auf der Suche nach der großen Liebe.« Der Bootsbauer mit seinen blauen Augen und den Grübchen in den Wangen war einer von Jocks und Archers engsten Freunden. »Ich hatte immer gedacht, dass ich der Erste bin, der sich verliebt.«

»Ich dachte, es wäre Fitz«, sagte Levi und schaute zu dem glattrasierten, blonden Charmeur gegenüber von ihm. Fitz führte gemeinsam mit seinen Eltern das Silver House Resort.

Fitz winkte mit einem höhnischen Lachen ab.

»Das dachte ich nicht.« Sutton sah Levi an. »Ich dachte, du wärst der Erste, der sich häuslich niederlassen würde.«

»Ich hab mich häuslich niedergelassen«, sagte Levi.

Leni hob eine Augenbraue. »Sie meint mit einer Frau.«

»Joey und ich haben eine tolle Frau in unserem Leben.« Levi legte den Arm um Tara. »Stimmt's, Tara?«

»Ich bin ziemlich toll«, sagte Tara mit einem Achselzucken.

»Ziemlich toll? Du bist absolut wunderbar«, sagte Levi.

»Das weiß ich jetzt nicht, aber ...« Tara senkte den Blick und wirkte entzückend verlegen.

»Aber ich«, sagte Levi genau in dem Moment, als Jules und Bellamy gleichzeitig bestätigten: »Doch, das bist du.«

»Nichts für ungut, Tara, aber ich glaube, seine Schwestern haben nicht von einer Tante Schrägstrich Babysitterin gesprochen«, sagte Keira.

»Sie ist viel mehr als Joeys Babysitterin!«, entgegnete Levi heftiger, als er es beabsichtigt hatte, aber er wollte nicht, dass irgendjemand dachte, dass sie nur das für sie wäre.

Tara sah ihn neugierig an.

»Ach ja?«, fragte Leni schnippisch nach.

»Das weißt du doch genau.« Levi sah seine so gern provozierende Schwester streng an. »Ohne Taras Hilfe könnte ich das alles und die Erziehung von Joey gar nicht schaffen.« Er erwiderte Taras Blick. Sein Arm lag noch immer um ihre Schulter und er zog sie näher an sich. »Ich hoffe, du weißt, wie dankbar Joey und ich dir für alles sind, was du für uns tust.«

»Natürlich«, sagte sie offenherzig. »Leni ärgert dich doch einfach nur gern.«

»Zum Glück ist dir klar, dass meine Schwester eine erstklassige Nervensäge ist.«

Leni grinste frech.

»Ich weiß nur, dass du dich – wenn es denn so weit ist – mit der richtigen Frau zusammentun musst.« Grant nahm Jules' Hand. »Niemand hat je so viel Sonnenschein in meine Welt gebracht wie meine Pixie.« Grant hatte seinen linken Unterschenkel bei einer verdeckten Mission beim Militär verloren und war als veränderter, missmutiger Mann mit kurzer Zündschnur auf die Insel zurückgekehrt. Irgendwie war es Jules, die als kleines Kind eine Krebserkrankung überwunden hatte und Freude wie Konfetti verbreitete, gelungen, ihn aus den Fängen der Verzweiflung zu befreien und ihm zu zeigen, wie schön das Leben sein konnte.

Jules sah Grant an, als hätte er einen Wurf Hundebabys auf dem Arm. »Oh, Baby, du bist auch mein Sonnenschein.« Sie gab ihm einen Kuss.

»Siehst du? Es geht immer um eine Verbindung«, fügte Indi hinzu.

»Im Schlafzimmer und außerhalb.« Archer zwinkerte Indi zu und grinste Levi mit einem Seitenblick auf den um Tara gelegten Arm an.

Tara riss die Augen auf. »Wir sind kein …«

Archer, dieser Mistkerl. »Und du dachtest, Leni ist die Einzige, die gern andere ärgert.« Er nahm den Arm von ihrer Schulter.

»Freunde zu sein, ist auch wichtig«, sagte Daphne. »Man muss ebenso viel miteinander reden und lachen können, wie man … ihr wisst schon.«

»Ich weiß es genau.« Jock gab ihr einen Kuss auf die Schläfe und Daphne wurde rot.

»Bei euch drei frischen Paaren sieht das mit der Liebe verdammt gut aus«, sagte Sutton.

Genau das dachte Levi auch. Vielleicht lag es an seinen so glücklich verliebten Geschwistern, dass er auch Tara in einem neuen Licht sah.

»Bei denen sieht es widerlich gut aus, aber ich halte mich an meine Cupcakes.« Keira war Eigentümerin des Coffee Shops Sweet Barista.

»Da bin ich ganz bei meiner Schwester«, sagte Fitz. »Das Leben ist zu kurz. Warum sollte man nicht so viel Zuckerguss wie möglich genießen, bevor die Bäckerei schließt?«

»Hört, hört!« Wells hob das Glas und nahm einen Schluck.

Levi hatte eine ähnliche Einstellung vertreten, bevor er von Amelias Schwangerschaft erfahren hatte, doch diese Neuigkeit hatte alles verändert. Plötzlich war die Warnung seines Vaters, dass Sex lebenslange Auswirkungen haben konnte, zu seiner Wirklichkeit geworden, und er hatte angefangen, jede einzelne seiner Handlungen daran zu messen, was sein Kind von ihm lernen sollte. Er konnte sich nicht mit irgendwelchen Frauen amüsieren, wenn er wollte, dass Joey so zu ihm aufschaute, wie er zu seinem Vater aufschaute.

»Hey, Levi, apropos Zuckerguss«, sagte Fitz. »Leni behauptet, dass du mit keiner der alleinstehenden Fröhlichen Frustschwestern anbändelst. Wie kommt's?«

»Du könntest uns zumindest mal mit ihnen verkuppeln«, schlug Wells vor.

»Das sind seine Freunde, Wells, nicht seine Feinde«, grätschte Leni dazwischen. Sie und Wells waren in Highschoolzeiten mal zusammen gewesen, und er musste sich immer wieder Sprüche anhören, weil er sie betrogen hatte.

Keira und Sutton schmunzelten.

»Im Ernst, Levi, ich habe keine Ahnung, wie du das machst. Ich liebe Jules, aber ich würde mich nicht freiwillig mitten in eine Art Junggesellinnenabschied begeben.« Grant strich sich über den Bart und seine zotteligen Haare stießen auf dem Kragen seines Henley-Shirt auf.

»Ich hätte überhaupt kein Problem damit, ein bisschen Zeit mit den Ladys zu verbringen«, rühmte sich Brant. »Ich liebe es, zu reden, und ich liebe Frauen. Die perfekte Kombi. Dafür brauche ich nur noch ein Kind.«

»Du könntest dir Hadley ausleihen«, schlug Wells vor.

»Nein, kann er nicht«, sagte Jock.

»Ich weiß, dass du das nicht ernst meinst, aber lass die alleinerziehenden Mütter in Ruhe«, sagte Levi. »Die haben schon genug um die Ohren.« Einige der Fröhlichen Frustschwestern waren geschieden. Das Elterndasein war nichts für schwache Nerven. Er musste nicht verheiratet sein, um zu wissen, dass es Paare einander näherbringen, ihre Differenzen verstärken oder eine ohnehin schon kriselnde Ehe überfordern konnte.

»Als ehemals alleinerziehende Mutter ist es schön, zu sehen, dass ein Mann für alleinerziehende Mütter einsteht«, sagte Daphne.

»Ich sage nur, wie es ist. Diese Frauen haben mir so oft aus der Patsche geholfen. Ihre Freundschaft ist mir wichtig.« Er schaute zu Tara, die ihm auch schon unzählige Male aus der Patsche geholfen hatte, wenn es um Joey gegangen war.

»Das verstehe ich jetzt, Bikerboy. Du hast ähnliche Schlachten geführt wie ich. In dieser Gruppe gibt es auch eine Art Kameradschaft, nur unter Frauen.« Grant nahm einen Schluck von seinem Drink.

»Ganz genau«, bestätigte Levi.

»Apropos Elterndasein …« Keira schaute zu Jules, Bellamy und Tara, die gegenüber von ihr saßen. »Wir haben euch mit einem gewissen köstlichen alleinerziehenden Daddy reden sehen.«

Levi straffte die Schultern und streckte die Brust raus. »Ich wurde ja schon mit einigen Adjektiven bedacht, aber ich glaube, *köstlich* gefällt mir am besten.«

Die Männer schmunzelten.

»Zum Glück siehst du gut aus, denn dein großes Ego zieht das Ganze etwas runter«, scherzte Tara.

»Verdammt!«, sagte Wells.

»Das ist schon in Ordnung.« Levi legte wieder den Arm auf ihre Stuhllehne und grinste arrogant. »Ich hab etwas, das noch größer ist und mich an der Spitze hält.«

Tara nahm einen Schluck von ihrem Drink und sah ihn verschmitzt an. »Wie ich sehe, hast du dir den Rat deiner Eltern, große Träume zu haben, zu Herzen genommen.«

Alle brachen in Gelächter aus, auch Levi.

»Nur um das mal festzuhalten, Levi«, sagte Keira, »du bist ein heißer alleinerziehender Vater, aber du bist auch für die meisten von uns wie ein Bruder. Können wir also bitte jetzt auf Ryan zu sprechen kommen, den heißesten Polizisten und Dad weit und breit?«

Levi presste die Zähne aufeinander, während ihm die Eifersucht wieder zu schaffen machte.

»Ryan ist echt heiß«, stimmte Bellamy zu. »Und er hat Tara so was von abgecheckt.«

Verdammt noch mal!

»Hat er gar nicht!«, widersprach Tara heftig. »Er hat sich nach den Fotos erkundigt, die ich bei der Autowaschaktion von ihm gemacht habe.«

»Oberkörperfreie Fotos von ihm, vollkommen nass und lecker«, fügte Bellamy hinzu und zuckte vielsagend mit den Augenbrauen.

»Hört ihr jetzt bitte mal auf?«, forderte Tara.

»Was? Stimmt doch.« Bellamys Blick wanderte über die am Tisch Sitzenden. »Und das ist noch nicht alles. Zwei Typen haben Tara bei der Waschaktion um ein Date gebeten. Zwei!«

Was für eine Art Folter war das? Wüsste Levi es nicht besser, hätte er glauben können, dass Bellamy von Archer angestiftet worden war, all das zu sagen, nur um ihn zu ärgern. Aber Tara war hinreißend. Natürlich waren die Kerle hinter ihr her. Er wollte gerade fragen, wer sie um ein Date gebeten hatte, als Tara, Jules und Bellamy loskreischten und aufsprangen. »Friends!«, riefen sie einstimmig, als das Lied von Marshmello & Anne-Marie gespielt wurde. Levi kannte es gut. Es war eines von Taras und Joeys Lieblingsliedern.

»Wetttanzen!«, brüllte Jules und zog Grant neben sich hoch, woraufhin Daphne und Indi auch Jock und Archer zur

Tanzfläche zerrten und Bellamy um den Tisch herumrannte und rief: »Wer ist nicht mein Bruder?«

Bellamy schnappte sich Brant. »Du gehörst mir!« Sie riss ihn hoch und schleppte ihn mit sich.

Während Keira sich Leni schnappte und gemeinsam mit Sutton Fitz und Wells zum Tanzen animierte, strahle Tara Levi wortlos an und streckte ihm die Hand entgegen. Sie war so süß und wusste, dass sie gar nicht fragen brauchte.

Er nahm ihre Hand und stand auf. »In Ordnung, Blondie. Zeigen wir denen mal, wie das geht.«

Sie hatten schon so oft miteinander getanzt, dass er ihre Moves auswendig kannte, und so tanzten sie inmitten der Menge schnell in vollendeter Harmonie. Tara schwenkte die Hüfte und streckte die Hände räkelnd, anmutig und sexy über den Kopf. Levi umfasste ihre Hüften und zog sie näher an sich. Ihre Körper bewegten sich im Rhythmus wie schon hunderte Male zuvor. Nur dass er sich ihrer geschmeidigen Gestalt, die seine Oberschenkel und seine Brust berührte, sehr bewusst war.

Jules tanzte zu ihnen herüber. »Get that friend shit out of your head«, sang sie und tanzte wieder zurück zu Grant. Sie sah sich selbst als Musikliebhaberin, doch die Songtexte kannte sie nie wirklich.

Tara und Levi schüttelten beide den Kopf und tanzten sofort harmonisch weiter. Mit einem verführerischen Ausdruck in den Augen sang Tara leise das Lied mit, in dem es darum ging, dass sie nur Freunde waren. Sie tanzte noch aufreizender, drehte sich langsam im Kreis, mit einem Arm über dem Kopf, während die Schultern und Hüften nahezu darum bettelten, berührt zu werden. Mit einem Lächeln drehte sie sich wieder zu ihm um. *Du kleine heimtückische Sirene.* Lautlos sang er nun den Text mit und warf ihr darin vor, dass sie ihn so unzweideutig ansah.

Mit ihren sündhaften Tanzmoves ließ sie die Temperatur noch weiter ansteigen, und er ließ sich voll darauf ein. Sie hatten schon immer so getanzt, denn sie wussten, dass es sicher und nicht ernst gemeint war.

Als das Lied endete, blieben sie auf der Tanzfläche, tanzten zu dem nächsten Lied und dem danach, während ihre Blicke nicht voneinander losließen, ihre Körper und Hände sich berührten. Das hier fühlte sich anders an, persönlicher, intimer. Sie tanzten so lang und so eng miteinander, dass alles um sie herum verblasste, bis Tara das Einzige war, was er noch sah, mit ihren halb geschlossenen Augen, den glänzenden blonden Locken, die über ihren Brüsten wippten, während sie sich in der Musik verlor. Es kribbelte ihn in den Fingern, so gern hätte er die Hände in diese Haare geschoben, ihren nackten Körper an seinem gespürt.

Er musste zurück in diese sichere Zone kommen, musste aufhören, sie als eine sinnliche Frau zu sehen, und diese Tür schließen, die Archer aufgestoßen hatte, doch nichts in ihm wollte das.

Der Song »Better« von Khalid setzte ein und Tara schlang mit einem unbeschwerten Lächeln die Arme um seinen Hals. Sie legte die Wange auf seine Brust, sodass ihre Brüste gegen ihn drückten und Hitzepfeile in seine unteren Regionen entsendete. Sie fühlte sich so gut an, dass er sie enger an sich zog und sich fragte, wie er so oft mit ihr hatte tanzen können, ohne von ihrer Weiblichkeit in den Bann gezogen worden zu sein. Wie lang war es her, dass er diese magnetische Anziehungskraft verspürt hatte, diesen Schmerz, der bis ins Mark ging, wenn man eine Frau wollte, und nicht nur diese bedürftige Erleichterung? Er spielte ein gefährliches Spiel, das zu verlieren er sich nicht leisten konnte. Sie schaute auf, sah ihn mit ihrem liebreizenden, vertrauensvollen Blick an, und er sah weder Joeys Tante noch Amelias Schwester. Er sah eine wunderschöne, sinnliche Frau, und ihn überkam das überwältigende Verlangen, seine Lippen auf ihre zu senken und ihre Sinnlichkeit zu kosten, ihre Energie voll und ganz zu fühlen. *Mist!* Während sie tanzte, wie sie immer getanzt hatte, verlor er allmählich den Verstand und hatte Schwierigkeiten, die Realität von der Fantasie zu unterscheiden. Das Einzige, was er wirklich wusste, war, dass sie sich unglaublich anfühlte und dass er wünschte, das Lied würde niemals enden.

Drei

Tara verband eine Hassliebe mit den Morgenstunden. Sie liebte die vielen Möglichkeiten, die ein neuer Tag mit sich brachte, doch sie konnte es nicht ausstehen, aus ihren Träumen von Levi aufzuwachen und gezwungen zu sein, die Realität ihrer platonischen Beziehung zu akzeptieren und sich wieder einmal zu schwören, ihrem Vorsatz zu folgen und keinen Fantasien über ihn nachzuhängen. Sie duschte, trocknete sich die Haare und legte etwas Make-up auf. Während sie sich hellbraune Skinny Jeans und einen weißen Pullover anzog, machten sich Gedanken an den letzten Abend breit, und sie rief sich jedes Wort, jede Berührung und die Glut in seinen Augen in Erinnerung.

Sie erstarrte wie ein Reh im Scheinwerferlicht. *Was mache ich denn da? Nein. Nein. Nein. Das kommt gar nicht infrage.* Ihr Vorsatz betraf keine langweilige Diät und auch kein ödes Fitnessprogramm, die man einfach so in den Wind schießen konnte. Es ging hier um ihr Leben, und sie hatte ein erfülltes und schönes verdient, ebenso wie sie die Art von umfassender Liebe verdient hatte, die Jules und Grant verband.

Sie stopfte eine Jacke in ihre Tote-Bag und schwor sich, dass sie nach Levis und Joeys Besuch heute Morgen, bei dem sie sich von ihren Eltern verabschieden wollten, heroische Anstrengungen unternehmen würde, um nicht wieder bis zum nächsten Wochenende an ihn zu denken, wenn er wiederkommen wollte, um mit ihr Häuser anzusehen. Sie schlüpfte in ihre Leinenschuhe und atmete ein paar Mal tief durch. Ihr Blick wanderte über die Fotos von Familienmitgliedern und Freunden, die alle in bunten, jeweils passenden Rahmen steckten, und blieb an einem Foto von Levi und Joey hängen, auf dem Joey erst sechs Tage alt gewesen war. Sie war so ein winziges Baby gewesen. Tara war nach der Schule bei ihnen vorbeigegangen und hatte Levi tief schlafend auf einer Decke auf dem Boden des Wohnzimmers seiner Eltern vorgefunden. Er lag auf der Seite, mit dem Kopf auf einem Sofakissen, Joey schlief in seiner Armbeuge und unter seiner Hand lag eine halbvolle Milchflasche. Joeys Wange ruhte auf seinem Arm. Die Knie hatte sie angezogen und ihre winzigen Füße schmiegten sich an ihn. Levis andere Hand umfasste ihren Po. Er war unrasiert, seine vollen braunen Haare standen in alle Richtungen ab und auf seiner Schulter sah man getrocknete Spucke, aber auf seinen Lippen lag ein kleines Lächeln.

Sie hatte keine Ahnung, wie Amelia an einem Dienstag so ein wunderhübsches kleines Mädchen zur Welt bringen und in der folgenden Woche zurück an die Uni hatte gehen können. Und schon gar nicht, wie sie ihr Baby und einen unglaublichen Mann zurücklassen konnte, der sich geschworen hatte, alles in seiner Macht Stehende zu tun, um ihr Kind anständig großzuziehen. Es machte Tara noch immer rasend vor Wut, dass Amelia sich erst Wochen später gemeldet hatte, um zu erfahren, wie es Joey ging.

Allerdings hatte sie noch nie etwas von dem verstanden, was Amelia tat.

Sie atmete lautstark aus und betrachtete skeptisch ihr Spiegelbild. Meistens sah sie darin morgens die kluge, starke Frau, die sie geworden war. Aber an manchen Tagen sah sie noch dieses mollige, unsichere Mädchen, das sich mit Essen tröstete und von Amelia, die immer wie eines der perfekten Projekte ihrer Mutter ausgesehen hatte, heimlich mit spitzen Bemerkungen malträtiert wurde. An solchen Morgen betrachtete Tara immer etwas länger die Fotos von Jules und Bellamy, die sie in die Ecken des Spiegels geklemmt hatte. Sie waren immer für sie da gewesen, um sie aufzurichten, wenn Amelia sie niedergemacht hatte – zumindest in den Fällen, in denen sie ihnen davon berichtet hatte. Sie dachte an all die Male, die Levi sie bei Partys in der Vorratskammer angetroffen und sich zu ihr gesetzt hatte, um gemeinsam Kleinigkeiten zu essen und zu reden, bis sie sich sicher genug gefühlt hatte, um herauszukommen. Wenn sie es dann endlich geschafft hatte, war er an ihrer Seite geblieben, und nie hatte er zugelassen, dass sie sich unwohl fühlte, weil sie sich überhaupt erst versteckt hatte. Sie hatte sich ihm nie anvertraut, was die Kommentare ihrer Schwester anging, so wie sie sich Jules und Bellamy anvertraut hatte. Es war ihr zu peinlich, ihm gegenüber zuzugeben, dass ihre eigene Schwester sie so armselig gefunden hatte.

Zum Glück hatte sie – nachdem Amelia zum Studium fortgezogen war und nach Jahren der Arbeit an ihrem Selbstbewusstsein und ihrer mentalen und körperlichen Gesundheit – ein gesünderes Verhältnis zum Essen entwickelt und gelernt, gut zu sich zu sein, sodass solche schwierigen Morgen immer seltener wurden.

Sie schaute sich noch ein letztes Mal in ihrem Schlafzimmer um, um sicher zu sein, dass sie nichts hatte herumliegen lassen, denn die Lektion ihrer Mutter hatte sich fest in ihrem Kopf verankert. *Ob wir uns in der Öffentlichkeit bewegen oder zu Hause, wir müssen immer so gut wie möglich aussehen und stets bereit für Gäste sein.* Ihre Mutter machte mehr aus dem Bürgermeister-Status ihres Mannes, als gerechtfertigt war. Er war in das Amt gewählt worden, weil er ein fürsorglicher, kluger Geschäftsmann war und andere immer freundlich behandelte, und nicht aufgrund der Art, wie er sich anzog oder sein Zuhause präsentierte. Ihr Vater war auf der Insel aufgewachsen und genoss das Kleinstadtleben so sehr, dass er oft von seiner Jugend erzählte, und er wusste, dass materielle Dinge den Menschen hier nicht so wichtig waren. Ihre Mutter dagegen war mit reichen Eltern in einer vornehmen Gegend in Connecticut aufgewachsen. In der Vergangenheit zu schwelgen, war für sie etwas Unpraktisches, sie zog es vor, in der Gegenwart zu leben. *Warum zurückschauen, wenn man nur mit Vorwärtsschritten Erfolg haben kann?*

Da das Haus perfekt für Gäste hergerichtet war, hatte es sich leider nur selten wie ein Zuhause angefühlt. Sobald Robert ausgezogen war und Amelia und Carey begonnen hatten, sich fern der Insel ein Leben aufzubauen, hatte ihre Mutter ihre Zimmer wie den Rest des Hauses in blütenweißen, beigen und blauen Farbtönen gestaltet. Das Bedürfnis ihrer Mutter nach Perfektion war für Tara fast ebenso sehr ein Fluch wie Amelias Egoismus, aber ihrer Mutter gab es eine Daseinsberechtigung, und wahrscheinlich brauchte jeder Mensch etwas, an dem er sich festhalten konnte.

Nur zu schade, dass es für Amelia eher das Reisen als das Mutterdasein war.

Taras Rettung war, dass ihre Großmutter bei ihnen eingezogen war, nachdem ihr Großvater vor einigen Jahren verstorben war, und die obere Etage mit ihr teilte, während sich das

Schlafzimmer ihrer Eltern im Erdgeschoss befand. Tara zog ihre Zimmertür zu und ging den Flur entlang zu Careys ehemaligem Zimmer, das sie nun als Büro benutzte.

»Hallo, liebe Mitbewohnerin«, rief ihre Großmutter, als Tara an ihrem Zimmer vorbeiging.

Sie schaute hinein und entdeckte Blanche Osten, die Mutter ihres Vaters, in weißen Caprihosen, einem pink-beige gestreiften T-Shirt und flachen beigen Schuhen neben der Kommode stehen. Sie hatte mehrere modische Brillen und heute trug sie ein rundes pinkfarbenes Gestell. Ihre Großmutter war mit gerade mal eins fünfzig und wahrscheinlich nicht mehr als fünfundvierzig Kilo ein elfenhaftes Wesen, das die weißen Haare sehr kurz trug und eine rebellische Ader hatte. Tara liebte sie abgöttisch.

Nach ihrem Einzug hatte ihre Großmutter als Erstes Roberts altes Schlafzimmer umgestellt und neu dekoriert. Die eintönige Einrichtung hatte sie mit bunten Decken und Vorhängen sowie mit schillernden Gemälden aufgepeppt. Sie gehörte auch der BH-Brigade der Insel an, einer Gruppe von älteren Damen, die sich schon seit Teenagerzeiten gemeinsam im BH sonnten und die unter dem Deckmantel eines harmlosen Bingo-Abends gern Zeit im Pythons verbrachten, einem Stripperclub auf Cape Cod. Die Gruppe war von Levis Großmutter Lenore gegründet worden, und im Laufe der Jahre hatte sie viele ihrer Töchter, Enkelinnen und Schwiegertöchter für ihre Sonnenanbetungsaktivitäten angeworben. Taras Mutter gehörte dazu, während Tara sich auf Bitten von Jules und Bellamy gelegentlich zu ihnen gesellte.

»Was gibt's, Grandma?«

Sie winkte Tara ins Zimmer. »Dürfte ich mir deinen Laptop mal ausleihen, Süße?«

Tara verschränkte die Arme und sah ihre aufmüpfige Großmutter streng an. »Das letzte Mal hatte er anschließend einen Virus von Websites, die ich lieber nicht nennen möchte.«

»Ja, aber das hast du ja schnell wieder in den Griff bekommen. Sei nicht so altmodisch. Ich würde nur gern einen neuen Freund von mir bei seinen geschäftlichen Unternehmungen unterstützen.«

»Was für ein Freund ist das?«

»Er heißt Sylvester Stabone.«

»Sylvester Sta*bone*?«, wiederholte Tara seufzend. »Grandma, wie alt ist der Typ und was macht er beruflich?«

»Er ist wahrscheinlich Ende zwanzig. Der wäre was für dich, Süße. Er ist sehr talentiert. Manchmal ist er Feuerwehrmann, oder Polizist, oder Bauarbeiter. Ich glaube, er könnte alles sein, was du willst.«

»Hast du ihn mit den anderen aus der BH-Brigade am vergangenen Wochenende kennengelernt? Arbeitet er im Pythons?«

»Du sagst das, als wäre das etwas Schlimmes. Er arbeitet sehr hart für sein Geld und er hat viele Talente.«

»Und was für eine Art von Geschäft möchtest du unterstützen? Seinen Auftritt bei OnlyFans?«

Sie straffte die Schultern und wedelte mahnend mit dem Zeigefinger. »Du brauchst mir nicht einzureden, dass ich mich dafür schämen sollte, Freude am menschlichen Körper zu haben. Das ist nur natürlich. Ich bin vielleicht alt, meine Süße, aber ich bin nicht tot.«

»Grandma, du solltest wirklich einen besseren Weg finden, um deine Zeit und dein Geld zu verplempern.«

Ihre Großmutter winkte ab. »Du hörst dich schon an wie deine Mutter. Ihr Leben könnte in der Tat etwas mehr Pfeffer vertragen. Apropos mehr Pfeffer im Leben.« Sie sah sie mit großen Augen aufgeregt an und sprach in verschwörerischem Tonfall weiter: »Konntest du gestern Abend mit deinem Liebsten tanzen?«

Fast jeder auf der Insel hatte von ihrer Schwärmerei für Levi gewusst, als sie jünger gewesen war, doch sobald ihr bewusst geworden war, wie falsch es war, den Vater des Kindes ihrer Schwester anzuschmachten, hatte sie versucht, ihre Gefühle unter Verschluss zu halten. Nicht einmal Jules oder Bellamy gegenüber, ihren Bollwerken und sicheren Häfen, hatte sie es eingestanden. Den Frauen, die sie immer unterstützt hatten und es auch immer würden. Doch ihre Großmutter hatte es Tara nie abgekauft, dass sie ihre Schwärmerei überwunden hatte, und so hatte sich Tara ihr schließlich anvertraut.

»Er ist nicht *mein Liebster*.«

»Nur, weil du deine Vorzüge nicht ausspielst, mein Schatz. Wenn ich all das hätte, was für dich spricht, dann würde ich nur mit einem Trenchcoat bekleidet und mit einem einladenden Lächeln vor seiner Haustür sitzen.«

»Du meine Güte, Grandma!« Sie lachte. »Ich habe dir doch gesagt, dass ich einen Vors…«

»Dass du einen Vorsatz getroffen hast, ich weiß«, vollendete ihre Großmutter den Satz ausdruckslos und richtete dann den Zeigefinger auf sie. »Aber du weißt, was ich davon halte. Levi Steele sollte ganz oben auf deiner To-do-Liste stehen und nicht wie eine lästige Angewohnheit abgelegt werden.«

»Grandma! Ich gehe jetzt zum Frühstücken nach unten. Kommst du auch?«

»Nein. Ich werde Sylvester dabei behilflich sein, Geld zu verdienen. Stimmt's?«, fragte sie hoffnungsvoll.

»In Ordnung, aber wenn du erwischt wirst, erzählst du Mom lieber, dass du dir meinen Laptop geklaut hast, und halte dich von diesen anderen Seiten fern!«

Ihre Großmutter wackelte freudig mit den Hüften. »Braves Mädchen.«

»Levi und Joey kommen noch vorbei, um sich zu verabschieden, bevor sie zurück nach Harborside fahren.«

»In dem Fall komme ich hinunter und verabschiede mich, wenn ich mit meiner betriebswirtschaftlichen Unterstützungsmaßnahme fertig bin. Aber das könnte etwas dauern.« Leiser fuhr ihre Großmutter fort: »Und, mein Schatz, wenn Levi nicht zu schätzen weiß, was er direkt vor Augen hat, dann lass es deine Grandma wissen und ich verkuppele dich mit Sylvester.«

»Grandma!«, warnte Tara sie.

»Ich mein ja nur.« Ihre Großmutter verließ eilig ihr Schlafzimmer und verschwand in Taras Zimmer.

Tara schüttelte den Kopf und ging in ihr Büro. Sie verstaute den Terminkalender in ihrer Tote-Bag und schnappte sich ihre Fototasche. Als sie nach unten ging, hörte sie ihre Mutter in der Küche reden, und so atmete sie tief durch und ermahnte sich zur Geduld.

Die Küche war grell weiß gestaltet, mit hellen Bambusdielen, unterschiedlichen Beige- und Blautönen und Blumensträußen, die ihre Mutter jede Woche im Ort besorgte, um die Theke zu dekorieren. Tara liebte die Blumen, auch wenn ihre Mutter sie nicht kaufte, damit ihre Familie sich an deren Schönheit erfreuen konnte, sondern nur damit Gäste, die selten auftauchten, sie bewunderten. Die Blumen erinnerten Tara an ihre Kindheit, als sie und ihre Mutter zu Beginn der Saison immer gemeinsam in die Gärtnerei gegangen waren und Blumen und Pflanzen für ihren Gärtner ausgesucht hatten. Sie konnte nicht mehr sagen, wann genau diese Ausflüge eher von kritischen Kommentaren als von Spaß geprägt waren, doch irgendwann hatte ihr das die Freude daran vollkommen genommen.

Ihr Vater saß in einem weißen Hemd und einer Anzughose mit seinem Tablet am Tisch und las. Bürgermeister Patrick Osten war Ende fünfzig, hatte kurze braune Haare, ein kleines Bäuchlein und immer ein freundliches Wort auf den Lippen. In der Mitte des Tisches stand ein Teller mit Rührei und Ziegenkäse, aufgeschnittenem Obst verziert mit Minzblättern und Weizentoasts. *Wir müssen immer auf Gäste vorbereitet sein.* Ihre Mutter Marsha stand in blauen Hosen, einer cremeweißen Bluse und Pumps an der Kücheninsel, telefonierte und machte sich Notizen dabei. Die schulterlangen blonden Haare trug sie mit Seitenscheitel und hinter die Ohren gestrichen. Tara hatte die hohen Wangenknochen, die helle Haut und die blonden Haare von ihrer Mutter geerbt, doch die blauen Augen und das Warmherzige hatte sie von ihrem Vater.

Ihr Vater schaute von seinem Tablet auf. »Da bist du ja, Jelly Bean.« Seit sie ein kleines Mädchen gewesen war, hatte er sie so genannt, und immer hatte es ein wenig zusätzliche Sonne in den Moment gebracht.

»Guten Morgen, Dad. Mit wem redet Mom denn gerade?« Sie legte ihre Taschen auf die Arbeitsfläche und schenkte sich ein Glas Orangensaft ein.

»Goldie Gallow aus Seaport. Sie organisieren eine Spendenaktion. Deine Mutter hat mich gebeten, auszuhelfen, ich dachte, es wäre eine wunderbare Gelegenheit, ein paar Fotos von deinem alten Dad in Bürgermeisteraktion zu machen.«

»Klar. Wann denn?«

»An dem Sonntag, an dem du nach den Frühlingsferien von Joey und Levi zurückkommst.«

»Gut. Lass mich einfach die Einzelheiten wissen, sobald du

sie hast.« Ihr Vater hatte gerade das zweite Jahr seiner dritten vierjährigen Amtszeit als Bürgermeister von Silver Island hinter sich, und Tara fotografierte ihn für die Zeitung, seit sie achtzehn war.

»Großartig. Setz dich zu mir.« Er klopfte auf den Stuhl neben sich, und trank einen Schluck von seinem Kaffee, als sie Platz nahm. »Habt ihr jungen Leute euch gestern Abend gut amüsiert?«

Ihr Vater hatte immer Interesse an ihrem privaten Leben gezeigt und sie ermutigt, sich beruflich auf eigene Füße zu stellen. Er hatte ihr geholfen, sich selbstständig zu machen, und verstand alle Aspekte, die damit verbunden waren, vom Marketing über die Buchhaltung bis hin zu den Verhandlungen und der angemessenen Preisgestaltung für ihre Dienstleistungen. Zunächst war sie vor den hohen Preisen, die er vorgeschlagen hatte, zurückgeschreckt, doch schnell war ihr klar geworden, dass ihre Fähigkeiten höhere Beträge rechtfertigten als die von weniger begabten Fotografen.

Sie hatte das Glück gehabt, viel Unterstützung von Familie, Freunden und Bekannten bekommen zu haben. Ihre Mutter hatte ihr geholfen, ihren ersten Auftrag für die Zeitung an Land zu ziehen, und sie hatte immer bei ihren Freunden und ehrenamtlichen Gruppen Werbung für Taras Arbeit gemacht. Ihre Brüder hatten sie ermutigt, so wie Levi es auch stets getan hatte. Levi hatte seine eigene Firma auch erst wenige Jahre zuvor gegründet, und er hatte ihr geholfen, mit einigen ihrer größten Frustmomente fertig zu werden. Seine Eltern und Bellamys Eltern waren bekannte Unternehmer in der Region, die ihr auch den Rücken gestärkt, ihr immer mit Rat zur Seite gestanden und sie im Laufe der Jahre für viele Projekte engagiert hatten. Auch an Freunden, die ihr Tipps zu Marketing und Social

Media geben konnten, hatte es nie gemangelt.

»Ja, wir amüsieren uns immer prächtig, und es ist schön, Archer und Indi so glücklich zu sehen.« Archer war so viele Jahre mit einem mürrischen Gesicht durch die Welt gelaufen, dass sie sich gefragt hatte, ob er wohl je wieder lächeln würde.

»Absolut«, sagte ihr Vater nachdenklich. »Ihre Familie hat einen wahren Höllentrip hinter sich. Es ist hart, wenn deine Kinder nicht miteinander auskommen.«

»Das weiß ich«, sagte sie entschuldigend.

Taras Verhältnis zu Amelia war immer ein Streitpunkt zwischen Tara und ihren Eltern gewesen. Amelias Schwangerschaft hatte ihre Familie ins Chaos gestürzt und so richtig hatten sie sich nie davon erholt. Als Amelia ihren Eltern erzählt hatte, dass sie ein Kind erwartete, war ihre Mutter entsetzt gewesen, weil ihre Tochter, die Tochter des Bürgermeisters, so etwas hatte tun können, und sie hatte Levi diffamiert. Als gehörten nicht immer zwei dazu. Ihr Vater hatte sich mehr darüber Sorgen gemacht, dass Amelia darauf bestanden hatte, das Baby abzugeben. Er hatte befürchtet, dass sie ihre Meinung später ändern könnte. Ihre egoistische Schwester hatte diese Sorge schnell aus der Welt geräumt. Aber ihr Vater war dennoch eine Zeit lang auf Distanz zu Levi gegangen. Tara wusste nicht, wie Levi damit zurechtgekommen war. Doch Levis Liebe zu Joey, seine permanenten Bemühungen, ihre Familie in Joeys Leben zu integrieren, obwohl ihre Eltern ihn so behandelt hatten, und sein Anspruch, der bestmögliche Vater zu sein und Amelia nicht aus Joeys Leben zu streichen, hatten ihren Vater für ihn eingenommen, auch wenn ihre Mutter sich ihm gegenüber noch immer reserviert verhielt.

»Was steht bei dir heute auf dem Plan?«, fragte ihr Vater und wechselte munter das Thema, wie er es immer so gut konnte. Auch wenn er sich anfangs Levi gegenüber kühl verhalten hatte, so war er doch niemand, der lange unguten Gefühlen nachhing.

»Ein Fotoshooting mit einem Baby, dann mit einer Familie, mit einem neuen Kunden, und später halte ich noch Ausschau nach ein paar neuen Locations für ein Fotoshooting mit Bellamy am Donnerstagabend. Das wird bestimmt ein großartiger Tag.« Bellamy bewarb sich um die Teilnahme an der Fernsehsendung *Der Bachelor*, aber sie behielten es noch für sich, da Bellamys Familie es nicht befürworten würde. Sie hatten es nicht einmal Jules erzählt, da sie mit Bellys großem Bruder Grant verlobt war. Tara fand es grauenhaft, es vor ihr zu verheimlichen, doch Bellamy wollte Jules nicht in die Situation bringen, dass sie ihren Verlobten anlügen musste.

»Hab ich gerade gehört, dass du heute einen neuen Kunden triffst?«, fragte ihre Mutter, als sie um die Kücheninsel herumkam, nachdem sie ihr Telefonat beendet hatte. Sie legte Tara eine Hand auf die Schulter und drückte sie leicht, bevor sie sich setzte.

Das war ihre Version einer Umarmung. Bei Tara ließ das einfach nur immer die Sehnsucht nach mehr zurück.

»Ja, in Chaffee.« Auf Silver Island gab es mehrere Ortschaften – das noble Silver Haven, wo sie wohnten, dann das Künstlerstädtchen Chaffee mit seinen Kopfsteinpflasterstraßen und bunten Geschäften, und die zwei für New England typischen Fischerdörfchen Rock Harbor und Seaport. Tara liebte die außergewöhnliche Mischung, und da es auf der ganzen Insel nur eine Highschool gab, wuchsen alle gemeinsam in diese enge Gemeinschaft hinein.

Ihre Mutter blickte abschätzend an ihr herab. »Schatz, vielleicht solltest du etwas Netteres anziehen.«

Tara versuchte, nicht die Augen zu verdrehen. »Die Leute kommen wegen meiner Fähigkeiten in Sachen Fotografie zu mir, Mom, nicht wegen meines Outfits.« Diese nervige Unterhaltung führten sie schon seit Jahren. Zu Beginn der Selbstständigkeit hatte Tara versucht, sich etwas eleganter anzuziehen, wenn sie mit Kunden zusammentraf, aber als sie im Laufe der Zeit immer mehr zu tun hatte, war es wichtiger geworden, bei den Fotoshootings bequeme Kleidung zu tragen statt zu versuchen, die Leute mit schicken Sachen zu beeindrucken.

Ihr Vater zwinkerte ihr zu, als wollte er sagen: *Super, wie cool du bleibst, mein Schatz.*

»Tja, aber es kann ja nie schaden, sich von der Konkurrenz abzuheben.«

»Wenn meine Arbeit nicht besser wäre als die von anderen Fotografen, dann hätten sie mich gar nicht erst kontaktiert.« Taras Geduldsfaden drohte zu reißen.

»Tara hebt sich von allen anderen ab, egal, was sie anhat«, sagte ihr Vater.

»Natürlich tut sie das. Ich wollte nur, dass sie sich so einen Vorteil verschafft. Tara, Liebes, iss etwas Ei und Obst«, schlug ihre Mutter vor und nahm einen Schluck Kaffee.

Tara hielt ihr Glas hoch. »Ich habe Orangensaft.«

»Du weißt, dass du davon nicht satt wirst, und dann isst du nebenbei irgendeinen Unsinn, was nicht gesund ist.«

»Leute in meinem Alter ernähren sich von Koffein. Ich habe alles, was ich brauche.«

Die Küchentür ging auf und Robert – groß, sportlich und mit grünem T-Shirt und Jeans bekleidet – kam herein. Er hatte Joey auf dem Arm, was Taras Verärgerung durch Freude ersetzte, und hielt eine Schachtel mit Gebäck von Sweet Barista in der anderen Hand.

»Seht mal, wen ich vor dem Haus gefunden habe.« Robert stellte die Schachtel auf die Arbeitsfläche. Er lebte in Rock Harbor und war ganz vernarrt in Joey und Levi.

Levi kam hinter ihm herein und sah in seiner schwarzen Lederweste mit dem Emblem der Dark Knights auf dem Rücken, einem T-Shirt, den verschlissenen Jeans und schwarzen Bikerstiefeln wie verruchter Sex auf zwei Beinen aus, was in ihr eine gefährliche Mischung aus Aufregung und Angst auslöste. Hatte er gestern Abend auch die Verbindung zwischen ihnen gespürt oder bildete sie sich das alles nur ein? Der Blick seiner dunklen Augen fiel auf sie, und ein sexy Lächeln breitete sich auf seinem Gesicht aus, was ihre Aufregung noch etliche Gänge höher schalten ließ.

Ich werde das hier nicht zu etwas machen, das es nicht ist, schwor sie sich.

»Da ist ja meine Jojo-Bean«, rief ihr Vater aus, als alle aufstanden, um sie zu begrüßen. Joey grinste, als sie den Spitznamen hörte, den er ihr schon als Kleinkind verpasst hatte.

»Onkel Robert hat Muffins und Gebäck mitgebracht!« Joey wand sich aus Roberts Arm. Sie trug eine schwarze Lederjacke, auf deren Rücken DARK KNIGHTS TOCHTER stand, was Levi immer als seine Hände-weg-Warnung bezeichnete. Sie rannte in ihren Bikerstiefeln – auch eine Miniversion der Stiefel ihres Vaters – auf dem makellosen Boden direkt zu Tara.

Tara schloss sie in die Arme. »Machst du mit Daddy eine Motorradtour, wenn ihr nach Harborside zurückkommt?« Sie schaute zu Levi, als ihr Vater ihn umarmte und ihre Mutter anschließend unbehaglich die Arme um ihn legte.

»Nee, ich hab mich zum Spielen verabredet.« Joey flitzte zu ihren Großeltern. »Grandpa! Grandma! Ich habe einen neuen

Trick auf dem Skateboard gelernt …«

Während Joey von ihren Künsten auf dem Skateboard erzählte, kam Levi zu Tara herüber. »Sie bleibt bei ein paar von den Frauen der Club-Mitglieder und ihren Kindern, während ich eine Tour mit den Jungs mache.«

Tara schaute zu ihrer Mutter und sagte leiser: »Ich würde alles dafür geben, in diesem Moment bei dir auf dem Bike sitzen zu können anstatt hier.«

»Daran kann ich jetzt gerade nichts drehen, aber ich würde es gern in die Tat umsetzen, wenn du in den Frühlingsferien bei uns bist.«

Er hielt ihrem Blick stand, und die Luft zwischen ihnen schwirrte vor elektrischer Spannung, als würde er versuchen, eine tiefergehende Botschaft zu senden. *Es geht doch nichts über ein kleines bisschen restliches Wunschdenken, um eine Frau in den Wahnsinn zu treiben.* Robert kam zu ihnen hinüber und holte sie zurück in die harte Realität. »Das wäre schön«, sagte sie. »Aber wer passt dann auf Joey auf?«

»Sie hat schon drei Einladungen zum Spielen in ihren Ferien. Da finden wir die Zeit.«

»Hey, Levi. Jetzt bin ich ein wenig eingeschnappt«, scherzte Robert. »Du weißt doch, wie sehr ich den Wind im Gesicht liebe. Wo bleibt meine Einladung, dir den Rücken zu wärmen?«

»Werde du erst mal so süß wie deine Schwester, dann darfst du auch mal mitfahren«, erwiderte Levi ebenso scherzend.

Robert schmunzelte. »Da kann ich mir wohl nicht allzu große Hoffnungen machen, oder?«

Levi hatte sie schon oft als *süß* bezeichnet. Aber süß nannte man eher kleine Mädchen, und so sah er sie wahrscheinlich noch immer. Als sie ihren Vorsatz fürs neue Jahr getroffen hatte, hatte sie alles aufgeschrieben, in das sie mehr hineininterpretiert hatte, und die Bezeichnung *süß* gehörte dazu. An dieser Liste hatte sie sich festgeklammert, in der Hoffnung, es würde ihr helfen, aus ihrem Verrückt-nach-Levi-Zustand herauszukommen. Es hatte tatsächlich geholfen und das hier war eine gute Erinnerung.

»Ihr solltet zu meinem Wettkampf kommen!«, schlug Joey ihren Großeltern begeistert vor. »Ich bin die beste Skateboarderin in meiner Altersklasse. Ich gewinne bestimmt einen Pokal!«

»Darauf wette ich, Liebes. Wir werden versuchen, zu kommen«, sagte Taras Vater aufmunternd.

»Skateboarden?« Ihre Mutter schaute missbilligend zu Levi und schenkte dann Joey ein angestrengtes Lächeln. »Würdest du nicht auch gern mal Tanzen oder vielleicht Schwimmen ausprobieren?«

»Ich schwimme den ganzen Sommer lang und ich tanze ständig mit Daddy und Tara in unserem Wohnzimmer«, sagte Joey. »Die beiden tanzen toll.«

Levi legte einen Arm um Taras Schulter und zog sie fest an seine Seite. »Tara lässt uns beide gut aussehen.«

Während Tara das Lob quasi in sich aufsaugte, bemerkte sie erneut einen missbilligenden Gesichtsausdruck von ihrer Mutter. Sie duckte sich unter Levis Arm weg und inspizierte die Leckereien, die Robert mitgebracht hatte.

Joey setzte sich auf einen Stuhl am Tisch. »Grandpa, wenn ich etwas Rührei esse, darf ich dann einen Muffin essen?«

Das kluge Mädchen fragte Grandpa und nicht Grandma.

»Hey, Tara«, rief Robert ihr zu, während er sich einen Kaffee einschenkte. »Erinnerst du dich noch daran, als ich dich dabei überrascht hab, wie du herumgetanzt und in deine Bürste gesungen hast?«

Tara tat so, als konzentrierte sie sich auf das Gebäck. »Nein, nicht so richtig. Oh. Nein, ich erinnere mich nicht!«

Robert lachte.

Levi kam zu ihr hinüber. »Das muss ich hören.«

»Das war nichts, da war ich vierzehn.« *Und hatte Liebeskummer.*

»Vierzehn und fantastisch.« Robert sprach leiser weiter, damit ihre Eltern ihn nicht hörten. »Ich kam fürs Wochenende nach Hause und dachte, alle wären weg, doch der Song von Taylor Swift ›You Belong with Me‹ war von oben zu hören. Also ging ich hoch und entdeckte dann die hier, wie sie auf ihrem Bett tanzte, die Haarbürste wie ein Mikro vor ihr Gesicht hielt und lautstark mitsang.«

Levi grinste und Tara zeigte mit dem Zeigefinger auf ihn. »Sag nichts!« Sie lehnte sich gegen die Arbeitsfläche und sah Robert missmutig an. »Vielen Dank auch.«

»Du weißt doch, dass ich dich liebhabe, und du konntest absolut mit Taylor Swift mithalten. Ich war wirklich beeindruckt.« Robert trug die Gebäckteilchen zum Tisch, wo Joey sich intensiv mit ihren Großeltern unterhielt.

Ein sexy Lächeln umspielte Levis Lippen. »Warum ist es dir peinlich, eine Swifty zu sein?«

Weil ich von dir gesungen habe. »Ist es mir nicht.«

»Gut, denn ich bin froh, dass du eine Swifty bist, die gern singt und tanzt. Als Joey ihre Prinzessinnenphase hinter sich gelassen und stattdessen Sport und Skateboarden für sich entdeckt hat und diese Mädchen in der Schule sich über sie lustig gemacht haben, da bist du mit deiner ›Shake It Off‹-Lektion wirklich zu ihr durchgedrungen. Ich hatte schon alles versucht, damit sie sich besser fühlt, und wusste nicht mehr, was ich noch tun sollte.«

»An das Videotelefonat erinnere ich mich gut. Du warst mit

deinem Latein am Ende.« Er war verzweifelt gewesen angesichts von Joeys Kummer und Tara hatte beide beruhigen müssen. Levi war kurz davor gewesen, zu den Mädchen nach Hause zu stürmen und den Eltern ins Gewissen zu reden. Doch Tara wusste, wie verzerrt das Bild der Eltern von ihren Kindern sein konnte und dass eine Konfrontation für Joey alles noch schlimmer machen konnte. Was Joey betraf, so gab Tara ihr die Hilfe, die sie sich selbst als Kind nicht hatte geben können. Sie hatte ihr erklärt, dass manche Leute vielleicht versuchten, sie zu erniedrigen, weil sie neidisch oder eingeschüchtert waren. Sie war ehrlich gewesen und hatte gesagt, dass manche Menschen auch einfach nur gemein waren, dass es jedoch in Joeys Macht stünde, darüber zu entscheiden, wie sie sich von den Worten beeinflussen ließ und wie sie die Menschen behandelte, die sie verletzten. Sie hatten lange darüber geredet, was die Äußerungen der anderen bei Joey für Gefühle auslösten und wie sie mit diesen Mädchen umgehen konnte. Als Joey aufgehört hatte zu weinen und sie sich besser fühlte, hatte Tara ihr anvertraut, wie sie immer ihre Stimmung aufhellte. Beide hatten sich ihre Haarbürsten geschnappt, den Song ›Shake It Off‹ von Taylor Swift laut aufgedreht und gesungen und getanzt, bis sie mit einem Lachkrampf zusammengebrochen waren, was auch Levi die Anspannung genommen hatte. Am nächsten Tag war Tara nach Harborside gefahren und hatte auf Joey gewartet, als sie von der Schule nach Hause gekommen war, denn sie hatte sich sowohl um Joey als auch um Levi Sorgen gemacht. Sie war übers Wochenende geblieben, nur um sicher zu sein, dass es beiden gut ging.

»Du wusstest genau, was zu tun war. Du hast ihr etwas gegeben, womit sie sich identifizieren konnte und was sie gestärkt hat, und ich hätte nicht dankbarer sein können«, sagte

Levi und nahm sie in Gedanken mit zurück in diese Momente.

Ich hatte viel Übung darin, schlechte Gefühle zu überwinden.

»Jetzt ist es ihr übliches Stimmungsaufhellungsritual. Wenn sie sauer auf mich ist, zum Beispiel wenn ich ihr etwas verboten habe, dann dreht sie diesen Song auf und singt voller Trotz mit.«

Tara zuckte innerlich zusammen. Das konnte sie sich gut vorstellen. Joey war ein Hitzkopf. »Tut mir leid …?«

»Muss es nicht. Ich will, dass sie ihre Meinung kundtut. Sie hat großes Glück, dich zu haben, Tara.« Levi sprach leise, ernst. »Ebenso wie ich.«

Er schaute sie an wie vorhin schon, als hätten seine Worte eine tiefere Bedeutung. Sie wandte den Blick ab, versuchte, die hoffnungsvoll flatternden Schmetterlinge in ihrem Bauch zu beruhigen, und beobachtete Joey, die angeregt mit ihren Eltern und Robert plauderte. »Ich würde alles für sie tun.« Sie sah Levi an. »Es ist leicht, sie liebzuhaben. Du hast ein erstaunliches Mädchen großgezogen. Sie fühlt sich wohl in ihrer Haut und nimmt alle für sich ein.«

Sein Gesichtsausdruck wurde ernst. »Nicht wirklich alle.«

»Lass mich jetzt lieber nicht auf meine Schwester zu sprechen kommen«, grummelte sie.

»Ich dachte an diese fiesen Mädchen in der Schule, aber deine Schwester gehört auch dazu. Ich weiß, dass sie Joey liebt, aber nicht so wie wir.«

Wie er *wir* sagte, ließ ihren Körper ebenso intensiv erschaudern wie gestern Abend, als würde er sie enger an sich ziehen, nur dass er sie dabei nicht berührte. Sie wollte gerade sagen, dass sie gehen sollte, damit sie nicht weiter diese gefährlichen Märchen in ihrem Kopf durchspielte, doch er kam ihr zuvor.

»Der Abend gestern war toll, oder?«

Er sprach leise, als sollten die anderen ihn nicht hören. Ah, was das mit ihr anstellte! »Ja, ich fand's super.«

»Ich vergesse immer wieder, was für eine gute Tänzerin du bist, bis wir wieder auf der Tanzfläche stehen. Das ist so ganz anders als mit Joey im Wohnzimmer.«

Das ist immer so.

»Du hast all deine besten Moves gezeigt.«

Wenn ich in deinen Armen liege, kann ich mich von meiner besten Seite zeigen. »Das muss an dem Wein oder so gelegen haben.«

»Oder so«, sagte er leise und sexy.

Sie hatte eindeutig den Verstand verloren, denn es klang wirklich so, als würde er mit ihr flirten, und ihr dummes Herz raste bei diesem – sie hätte es beschwören können – heißen Funkeln in seinen Augen, als würde er es genauso meinen, wie sie wollte, dass er es meinte. Aber das konnte nicht stimmen. »Ich, äh, sollte lieber los. Ich treffe heute Morgen einen Kunden.« Sie nahm ihre Taschen von der Arbeitsfläche, bevor sie noch mehr falsch verstehen konnte. *Ich werde meinen Vorsatz nicht brechen,* spulte sie in ihrem Kopf wie ein Mantra immer wieder ab.

»Gehst du schon, Jelly Bean?«, fragte ihr Vater, als sie sich die Taschen umhängte.

»Ja.« *Bevor ich anfange, Märchen über mich und Levi zu erfinden, wie wir im Baum sitzen und uns küssen!* »Ich muss in mein Studio.« Sie legte die Hand auf Joeys Rücken. »Bekomme ich zum Abschied eine Umarmung, süße Maus?«

Sehr zum Missfallen ihrer Großmutter stellte Joey sich auf den Stuhl und umarmte Tara. »Ich werde dich vermissen.«

Es wurde nie einfacher, sich von ihr oder Levi zu verabschieden. »Ich dich auch, aber wir schreiben uns, in Ordnung?«

Ein Strahlen trat in Joeys wunderschönes Sommersprossengesicht, als sie nickte.

»Sorg dafür, dass dein Vater sich benimmt.« Sie schaute verstohlen zu Levi, doch sein Blick ruhte noch immer auf ihr, als würden Wärmelampen den Raum zwischen ihnen in Brand setzen. Vielleicht lag Wells gar nicht so falsch mit dem Gedanken, dass jemand etwas ins Wasser gemischt hatte. Oder vielleicht hatte auch jemand ein Halluzinogen in den Orangensaft getan.

Joey kicherte. »Das mach ich.«

Als Joey sich wieder setzte, stand Robert auf und zog Tara in eine feste Umarmung. »War schön, dich zu sehen, Schwesterherz. Du siehst umwerfend aus, wie immer.«

Er war immer so gut zu ihr gewesen, dass sie sich manchmal fragte, warum sein und Careys Lob die spitzen Bemerkungen von Amelia nicht wettgemacht hatte. »Danke. Du siehst auch nicht allzu übel aus.« Sie warf einen Blick auf das Gebäck und nahm sich ein Eclair.

»Schatz, willst du nicht lieber etwas Obst essen?«, fragte ihre Mutter.

»Nee.« Tara nahm einen herzhaften Biss von ihrem Eclair und ging Richtung Tür.

»Ich bring dich noch hinaus.« Levi kam neben sie und flüsterte: »Sollen wir in die Kammer flüchten?«

Sie lachte, als sie hinausgingen, und war ihm für den Scherz dankbar. »Ich werde mich nie wieder verstecken, aber meine Mutter würde ich gern in die Kammer stecken.« Sie biss noch einmal von ihrem Eclair ab.

»Gibst du mir etwa nichts ab?«

»Ich weiß nicht genau«, überlegte sie, als sie bei ihrem Auto stehenblieb. »Das schmeckt ziemlich gut. Was bekomme ich denn dafür?«

Er sah sie eindringlich an, trat näher und raunte: »Du bekommst etwas zu sehen.«

Er legte die Finger um ihr Handgelenk und hielt den Blick auf sie gerichtet, während er die Creme aus dem Inneren des Eclair leckte. Ihr Herz raste wie wild. Seine Zunge glitt über ihre Fingerspitzen, und sie hielt wie erstarrt den Atem an, als er langsam und tief in die Creme eintauchte. Seine Augen wurden dunkel wie die Nacht, und dann legte er die Lippen um den Eclair, biss ab und gab einen tiefen, kehligen, unerträglich sexy Laut von sich. *Heilige Mutter der Hitze!* Sie stolperte nach hinten, schwindelig vor Begehren, doch sein Arm glitt um sie, bevor sie gegen das Auto fallen konnte, und er zog sie an sich. Jegliche Luft wich aus ihrer Lunge. Beide atmeten sie schwer, die Herzen hämmerten wie wild und die Lippen waren nur einen Hauch voneinander entfernt. Er zog die Brauen zusammen, ein Wettstreit von glühender Lust und Zurückhaltung spiegelte sich in seinem Gesicht. Eine Stimme in ihrem Kopf rief immerzu: *Küss ihn. Tu's einfach. Küss ihn.* Als hätte er ihre Gedanken gehört, zogen sich seine Mundwinkel zu einem Lächeln nach oben, und er legte den Arm fester um sie, als die Küchentür aufgestoßen wurde und Joey herausgerannt kam. Aufgeschreckt wichen sie voneinander zurück.

Tara hielt sich am Auto fest, um nicht umzufallen, und wandte ihrer Familie den Rücken zu, als sie allesamt aus dem Haus kamen. Sie versuchte, zu verstehen, was gerade passiert war.

»Dad, ich hole mein Skateboard und zeige Grandpa ein paar von meinen Tricks!« Joey rannte zu Levis Wagen.

»Großartig.« Levi trat hinter Tara und sagte so leise, dass nur sie es hören konnte: »Anscheinend habe ich es noch immer drauf, und dafür musste ich nicht einmal mein T-Shirt ausziehen.«

Er hielt ihr die Fahrertür auf, grinste frech und schlenderte davon, ohne sich auch nur ein einziges Mal umzusehen.

Sie stopfte sich den Rest des Eclair in den Mund, um diesen nervigen Typen von Mann nicht anzufauchen, und setzte sich hinters Lenkrad. Als sie losfuhr, war sie so unfassbar wütend auf sich und versuchte verzweifelt, die Lust aus ihrem Hirn zu verbannen. Sie brauchte dringend göttlichen Beistand. Wenn er ihr die Fähigkeit zu denken schon raubte, indem er irgendein dummes Spiel spielte, wie wäre es dann erst, wenn er es wirklich ernst meinte?

Vier

Die Tage vergingen in einem Strudel aus Fotosessions und Bildbearbeitung, Terminen mit neuen Kunden und zu vielen unanständigen Tagträumen über Levi. Taras Gedanken pendelten hin und her zwischen dem Glauben, dass sie viel mehr als ihre übliche Freundschaftschemie gefühlt hatte, und der Erinnerung an das falsch interpretierte Eclair-Debakel. Es kam ihr vor, als würde ihr Kopf jeden Moment explodieren. Gestern Abend hatte sie sich mit Joey per Videocall unterhalten wollen, doch sie wusste, dass sie dann Levi sehen würde, und sie versuchte noch immer, ihren Neujahrsvorsatz nicht gänzlich fahren zu lassen. Als sie sich zwang, Joey stattdessen zu schreiben, kam es ihr wie ein kleiner Sieg vor. Ein kleiner Schritt in Richtung Entwöhnung von Levi zwischen den Besuchen.

Weiter so, Tara!

Es war Donnerstagabend, und sie war auf dem Weg, um Bellamy im Geschenkeladen Happy End für ihr Fotoshooting abzuholen. Sie fuhr die Main Street entlang und versuchte, sich auf den Ort zu konzentrieren, den sie so liebte, anstatt auf das Chaos in ihrem Kopf. In wenigen Wochen würden die Geschäfte länger geöffnet haben, die Blumenkästen wären prall gefüllt mit bunten Blüten und auf den Gehwegen würden sich die Touristen tummeln. Tara liebte alles an Silver Island, von ihren Freunden und ihren sich allesamt nahstehenden Familien bis hin zu den Veranstaltungen auf der Insel und der Art, wie die Luft all die Düfte des Meeres mit sich trug, egal, wo sie sich aufhielt. Sie hatte nie das Reisefieber gepackt, wie es bei Amelia der Fall gewesen war. Ihre Schwester hatte die Welt sehen wollen, solange Tara sich erinnern konnte, und sie war froh, dass Amelia die Insel verlassen hatte, da sie Joey keine Mutter sein wollte. Tara glaubte nicht, dass sie es ertragen könnte, sie jeden Tag zu sehen. Doch so wenig sie Amelia auch mochte, so hegte ein Teil von ihr doch immer noch die Hoffnung, dass ihre Schwester Joey zuliebe eines Tages zu Verstand kommen und merken würde, dass das Leben aus mehr als nur Geld, Partys und Ruhm bestand.

Sie stellte das Auto vor Jules' Laden ab und stieg aus. Sie betrachtete die Schaufenster mit den roten Rahmen und die beiden eisernen Giraffen am Eingang mit ihren pastellfarbenen Sonnenbrillen und Silver-Island-Basecaps. Jules dekorierte sie jeden Tag neu.

Tara schaute durch die Glastür zu den bunten Ständern mit den unterschiedlichsten Schildern und frühlingshaften Deko-Artikeln und entdeckte Jules und Bellamy an der Kasse. Die Verspannungen im Nacken und in den Schultern lösten sich bei ihrem Anblick ein wenig. Sie klopfte ans Fenster, woraufhin Jules winkte und in einem schwarzen Minirock und einem pfirsichfarbenen Pullover herübereilte, während ihr die goldbraunen Haare über die Schultern wehten.

Sie schloss die Tür auf und zog Tara ins Geschäft hinein, um dann wieder abzuschließen. »Du kommst gerade rechtzeitig. Wir machen eine Verkostung des Toffees, das wir von einem neuen Anbieter bekommen haben.«

»Yippie! Ich brauche etwas Leckeres. Es war eine höllische Woche, und mir schwirrt so viel im Kopf herum, dass ich keinen klaren Gedanken fassen kann.«

»Was dir im Kopf herumschwirrt, ist das zufällig knapp eins neunzig groß, hat einen Arm voller Tattoos und einen großartigen Hintern?«, fragte Bellamy, die in den weißen Hosen und dem hellblauen Seiden-Tanktop sehr schick aussah und sich nun auf den Tresen neben die offene Schachtel mit dem Toffee setzte.

»Nein!«, log Tara.

»Bellamy, sie will nichts von Levi.« Jules gab Tara ein Stück Toffee. »Wie oft soll ich dir das noch sagen?«

»Ach, komm schon. Du hast doch gesehen, wie sie letztes Wochenende zusammen getanzt haben. Ich dachte, der ganze Raum würde in Flammen aufgehen.« Mit einem selbstzufriedenen Grinsen steckte Bellamy sich ein Toffee in den Mund.

»Da haben nur zwei Freunde getanzt«, beharrte Jules. »Tara steht doch nicht auf solche Typen wie Levi. Er sieht zu gut aus und ist zu nett.«

Tara verdrehte die Augen.

»Du hast recht. Dieser Hintern ist zu viel für Tara.« Bellamy kicherte.

»Okay, es reicht.« Tara sah ihre Freundinnen finster an. »Ihr braucht nicht so eine Show abzuziehen wie damals in der siebten Klasse, als ihr mich dazu gebracht habt, in der Talentshow zu ›Thriller‹ zu tanzen.«

»Was meinst du?«, fragte Bellamy.

»Ich habe keine Ahnung, wovon du redest.« Jules versuchte, ein Lächeln zu unterdrücken.

»Doch, hast du. Diese ganze Gute-Freundin-schlechte-

Freundin-Sache.« Sie ahmte ihre Stimmen nach. »*Frag Tara nicht, ob sie mit uns tanzen will. Sie hasst es, vor anderen Leuten zu tanzen. Nein, tut sie nicht. Sie liebt es. Ohne sie geht es nicht. Sie ist die Beste. Klar geht das. Wir gewinnen die Talentshow.*« Sie sah sie ernst an. »Ihr erinnert euch?«

»Nein«, sagten sie kichernd.

Tara stöhnte auf. »Ihr seid ja so nervig.«

»Es funktioniert«, flüsterte Jules hörbar.

»Und wie. Wir sind so gut darin«, flüsterte Bellamy zurück.

»Ihr seid beide Nervensägen.« Tara wusste nicht, warum sie nach all den Jahren, in denen sie ihr Geheimnis für sich behalten hatte, nun ernsthaft überlegte, es preiszugeben, aber vielleicht lag der Grund dafür, dass sie nicht über Levi hinwegkam, genau darin, dass sie ihre Gefühle für sich behielt. Man wusste doch, dass Geheimnisse alles nur noch verlockender machten.

»Ich hab dir doch gesagt, dass sie nichts von ihm will«, sagte Jules.

»Vielleicht sollte ich mich dann an Levi ranmachen.« Bellamy nahm die verschiedenen Toffee-Sorten in Augenschein, als hätte sie Tara nicht gerade höllisch geärgert.

»Bellamy!«, warnte Tara.

»Was? Du willst ihn schließlich nicht, und so viele Männer stehen hier in der Gegend ja nicht zur Verfügung.«

»Ah! Also gut. Ich fasse es nicht, dass ich euch das erzähle, aber ...« Sie atmete tief durch und ließ die Bombe platzen: »Ich bin immer noch in Levi verknallt. Es war gelogen, als ich gesagt habe, ich bin über ihn hinweg. Okay? Seid ihr jetzt zufrieden?«

Beide kreischten wie verrückt.

»Ich wusste es doch!« Jules hüpfte auf den Zehenspitzen. »Warum hast du es uns nicht erzählt?«

»Hast du eine Ahnung, wie peinlich es ist, zuzugeben, dass ich auf deinen Bruder stehe?«

»Warum? Jules schläft mit meinem Bruder und ihr ist das nicht peinlich«, sagte Bellamy.

»Kein bisschen, und wir machen wirklich unanständigen Kram.« Jules kicherte. »Erzähl uns alles!«

»Da gibt es nichts zu erzählen. Ihr wisst ja, dass ich für ihn geschwärmt habe, als ich jünger war, und diese Gefühle sind nie verschwunden. Sie wurden einfach nur immer noch größer und in den letzten Jahren sind sie *zu* groß geworden.«

»Weil du kein Teenie mehr bist. Du bist eine erwachsene Frau mit Bedürfnissen«, sagte Bellamy. »Und Levi ist so was von einem Mann.«

»Kribbelt es am ganzen Körper, wenn du in seiner Nähe bist, so wie bei mir, wenn ich mit Grant zusammen bin?«

»Das ist viel mehr als ein Kribbeln. Das ist ein einziges bebendes Zittern.«

Wieder kreischten Bellamy und Jules auf.

»Hört ihr jetzt bitte mal auf?«, flehte Tara sie an. »Es fällt mir wirklich schwer, das zuzugeben, und es ist gar nicht gut.«

»Entschuldige«, sagten sie beide, und Jules flüsterte: »Sie irrt sich. Es ist wunderbar.«

Tara sah sie wenig amüsiert an, und so versuchten beide, sich zu beruhigen.

»Ich wünschte, es wäre wunderbar, aber ihr könnt mir glauben, das ist es nicht. Ich liebe meine Freundschaft zu Levi, und ich habe große Angst, dass ich sie ruinieren und dass alles irgendwie unangenehm werden könnte. Ich habe den Vorsatz getroffen, meine Gefühle für ihn hinter mir zu lassen, aber die sind in letzter Zeit echt schwer zu ignorieren.« Sie ging auf und ab, während die Geständnisse einfach so aus ihr herausplatzten.

»Als wir am letzten Wochenende miteinander getanzt haben, kribbelte es bei mir tatsächlich am ganzen Körper, doch ich glaube nicht, dass er irgendetwas empfunden hat, denn er hat sich ganz normal verhalten, als er am nächsten Morgen zum Haus meiner Eltern gekommen ist, um sich zu verabschieden. Aber dann hat er an meinem Eclair geleckt und an meinen Fingern, und da dachte ich doch wieder, er wäre interessiert, versteht ihr? Ich hab mich so getäuscht. Dieses ganze Lecken an der Creme war ein einziger Witz. Er meinte, er hätte es noch drauf, selbst mit angezogenem T-Shirt. Ich weiß, dass ich an meinem Vorsatz fürs neue Jahr festhalten muss, vor allem nach diesem peinlichen Fiasko, aber mein dummes Herz schafft es einfach nicht, diesen Levi-liebenden-Kreislauf zu durchbrechen, als gäbe es tatsächlich eine Chance darauf, dass er sich jemals für mich interessieren könnte. Ich muss aufhören, so an ihn zu denken, denn er sieht mich als Joeys Tante, die ich ja auch bin, und Joey gehört zu Amelia, und das macht es noch seltsamer, dass ich auf ihn stehe. Und ihr wisst ja, wie meine Mom sich ihm gegenüber verhält, also selbst wenn er durch irgendein Wunder mit Drogen versetztes Wasser trinken und mich anders sehen würde, könnte das nie etwas werden. Aber ich kann einfach nicht aufhören, mich nach ihm zu sehnen, und ich fühle mich so ohnmächtig. Echt, ich muss in eine Levi-Reha oder so.«

Frustriert stöhnte sie auf, blieb stehen und sah ihre Freundinnen verlegen an. Jules grinste von einem Ohr zum anderen. Bellamy hatte die Augen weit aufgerissen und blinzelte hektisch, als könnte sie nicht glauben, dass Tara so blöd war, nach all diesen Jahren noch auf Levi zu stehen, auch wenn sie anfangs so begeistert herumgekreischt hatte. »Bitte, sagt etwas. Egal was, ich komm damit zurecht.«

Bellamy hob den Zeigefinger. »Könnten wir noch mal auf

den Teil mit dem Lecken an deinem Eclair zu sprechen kommen? Ist das eine Umschreibung für Oralsex?«

»Ja, und das mit dem angezogenen T-Shirt«, sagte Jules aufgeregt. »Was war das?«

Sie erzählte ihnen, was sich abgespielt hatte, als sie ihm beim Joggen begegnet war. »Wir ärgern uns ja immer gegenseitig und schrecken auch nicht vor anzüglichen Witzen zurück. Aber ich hab mich eindeutig nicht mehr unter Kontrolle, denn ich war kurz davor, mir die Klamotten vom Leib zu reißen und seine Zunge alle möglichen Dinge mit mir anstellen zu lassen – noch dazu auf der Auffahrt meiner Eltern!«

»Tara, er hat an deinen Fingern geleckt!«, sagte Bellamy. »So ärgert ihr euch normalerweise nicht.«

Jules reichte ihnen beiden noch ein Stück Toffee. »Sie hat recht. Ich glaube, mein Bruder hat mal die Lage gecheckt, um zu sehen, wie du reagierst.«

»Wenn, dann ist er eindeutig nicht interessiert, denn ich habe idiotisch reagiert. Aber ich weiß genau, dass du dich irrst. Vielleicht ist er nicht ganz so überheblich wie Archer, aber er hat ein verdammt großes Ego, und ich weiß, dass er sich nur beweisen wollte, dass er es noch draufhat, und das hat er wahrlich.« Tara wedelte sich vor dem Gesicht herum und lehnte sich neben Bellamy gegen die Arbeitsfläche. Niedergeschlagen seufzte sie. »Was soll ich tun, Mädels? Er begleitet mich an diesem Wochenende, wenn ich mir ein paar Häuser anschaue, und ich will nicht, dass es unangenehm wird.«

»Du siehst dir Häuser an?«, fragten Bellamy und Jules gleichzeitig.

»Ich fange gerade erst an. Bei Indis Eröffnungsfeier habe ich mit Charmaine geredet, und sie meinte, es wäre ein guter Zeitpunkt, um eine Immobilie zu kaufen. Sie hat mir Informa-

tionen geschickt und ich hab mir ein paar Gegenden angeschaut.«

Jules und Bellamy sahen sich betroffen an und weckten
Schuldgefühle in ihr.

»Warum hast du uns nichts erzählt?«, wollte Jules wissen.

»Es tut mir leid! Ich wollte euch fragen, ob ihr sie euch mit
mir anschaut, aber dann hat Levi sich angeboten, und mein
dummes Herz hat die Kontrolle über mein Hirn übernommen.
Ihr müsst mir dabei helfen, dass ich nicht mehr auf diese Art an
ihn denke.«

»Oder vielleicht müssen wir dir dabei helfen, dass du seine
Aufmerksamkeit erregst«, schlug Jules vor. »Egal, wie stark sich
die Kerle immer geben, ich glaube, sie sind blind, wenn es um
Frauen geht. Ich musste mich Grant praktisch an den Hals
werfen, und dann hat er auch noch versucht, mich wegzuschie-
ben. Absolut keine Ahnung hatte er. Dabei sind wir perfekt
zusammen.«

»Das seid ihr wirklich«, stimmte Bellamy zu. »Ich habe euch
beide noch nie glücklicher gesehen.«

Jules riss die Augen auf. »Ich habe eine Idee! Wir können
Indi bitten, dir ein Umstyling zu verpassen, und du kaufst dir
ein paar sexy Klamotten. Damit bekommst du seine Aufmerksamkeit.«

»Und wir bringen dir bei, richtig gut zu flirten, damit du
bereit bist, wenn du die Frühlingsferien bei ihm verbringst. Stell
dir vor, du kochst das Abendessen und er kommt in die Küche.«
Bellamy setzte sich aufrechter hin und schob die Träger ihres
Tanktops von der Schulter. »Du musst ihn berühren. Das lieben
die Kerle. Also leg deine Hand auf seinen Arm oder seine Brust
und dann hauchst du quasi ganz sexy: *Hey, Levi.*« Sie ließ ihre
Stimme rau werden. »*Die Spaghetti sind feucht und die Sauce ist*

heiß. Wie wär's, wenn ich mich um deine Fleischklößchen kümmere?«

Sie brachen in hysterisches Gelächter aus.

»Ich werde ihn nicht auf seine Fleischklößchen ansprechen.« Tara stöhnte auf. »Ihr wisst, dass ich kein Flirttalent bin. Außerdem soll er mich so wollen, wie ich wirklich bin. Jules musste sich für Grant auch nicht verändern.«

»Ich meinte damit nicht, dass du dich verändern musst«, sagte Jules. »Du bist perfekt, so wie du bist. Einige Typen gehen mit einer Sonnenbrille durchs Leben, und dann musst du dich eben so hell machen, dass sie dich nicht übersehen können.«

»Aber das bin ich nicht, Jules. Ich weiß die Ratschläge zu schätzen, doch ich versuche ja, zu akzeptieren, dass es nicht dazu kommen wird, und nicht, es zu erzwingen. Deshalb habe ich den Vorsatz gefasst, in meinem Leben nach vorne zu schauen und meine Gefühle für Levi hinter mir zu lassen. Und bevor ihr fragt ... Ich hatte auch Angst, euch das zu erzählen, weil es peinlich ist, dass ich einen Vorsatz brauche, um über einen Kerl hinwegzukommen, der mich nie so gesehen hat.«

»Wir sind deine besten Freundinnen. Wir urteilen nie über dich«, sagte Bellamy.

»Ich weiß, aber ich kam mir trotzdem albern vor.«

»Was beinhaltet dieser Vorsatz?«, erkundigte sich Jules.

»Also, der erste Schritt besteht darin, dass ich mir mein Leben so einrichte, dass ich alles auf null setzen und neu anfangen kann. Ich dachte mir, ich kaufe ein Haus und konzentriere mich darauf, es zu meinem zu machen, zu meinem Zuhause, und vielleicht gehe ich ein bisschen mehr raus und bin offener für andere Männer, als ich es bisher gewesen bin.«

Jules atmete hörbar durch. »Nein! Ich weiß, dass du es vorher nie zugegeben hast, aber ich habe immer gewusst, dass du und Levi füreinander bestimmt seid.«

»Das dachte ich auch«, sagte Tara leise. »Aber ich habe mich geirrt, und so blöd ich es auch finde, so muss ich doch irgendwo anfangen, wenn ich jemals über ihn hinwegkommen will. Ich denke auch, dass die Frühlingsferien mein letzter längerer Besuch bei ihnen sein sollten.«

»Was?«, entfuhr es Jules. »Das kannst du Joey doch nicht antun.«

»Und dir selbst auch nicht. Sie werden dir so sehr fehlen«, sagte Bellamy.

Allein der Gedanke, sie seltener zu sehen, tat Tara in der Seele weh, doch sie wusste, was die Stunde geschlagen hatte. »Das stimmt zwar, aber er wird sich irgendwann in eine andere Frau verlieben, und wenn ich jetzt nicht anfange, mich von ihnen zu entwöhnen, wird es dann nur noch schwerer. Wer weiß, vielleicht habe ich mich so sehr auf ihn konzentriert, dass ich denjenigen verpasse, der wirklich für mich vorhergesehen ist.« Durch den Versuch, sich selbst zu überzeugen, tat die Vorstellung nur noch mehr weh, doch sie hielt sich an die Durch-Schein-zum-Sein-Theorie.

»Das glaube ich nicht«, sagte Jules vorsichtig. »Wahrscheinlich ist es jetzt nicht hilfreich, aber ich glaube fest daran, dass unsere Herzen wissen, zu wem wir gehören, und zwar schon lange bevor unser Verstand es weiß. Sieh dir Jock und Daphne an. Nachdem sie sich kennengelernt hatten, ist er ein ganzes Jahr lang herumgereist und hat versucht, sie zu vergessen, und er konnte wegen allem, was er durchgemacht hatte, nicht einmal die Nähe von Hadley ertragen. Und sie passen perfekt zueinander. Er konnte dem nicht entkommen, weil es die wahre Liebe ist.«

Bellamy glitt von dem Tresen herunter und stemmte die

Hände in die Hüften. »Du hast recht, das ist nicht hilfreich. Sie will aufhören, an Levi zu denken, Jules. Ihr wisst doch, was die beste Art sein soll, über einen Typen hinwegzukommen?« Sie hob die Augenbrauen. »In Harborside gibt es eine Menge heißer Biker. Vielleicht ist da einer für dich dabei.«

»Vielleicht«, sagte Tara halbherzig, denn sie wusste, dass es nicht dazu kommen würde. Seit Monaten versuchte sie, Levi zu vergessen, doch niemand ließ die Schmetterlinge in ihrem Bauch so flattern. »Da muss schon eine ernsthafte Konkurrenz an den Start gehen, um mich von Levi abzulenken. Wahrscheinlich sollte ich das Angebot meiner Großmutter annehmen, die mich ihrem Freund Sylvester Sta*bone* aus dem Pythons vorstellen wollte.«

Alle lachten lauthals.

Als Tara wieder zu Atem kam, sagte sie: »Oder ich bewerbe mich wie Bellamy beim Bachelor.«

Jules riss überrascht die Augen auf und Tara bemerkte ihren Fehler.

»Oh, Mist! Tut mir leid, Bell«, rief sie aus. »Ich wollte das nicht verraten.«

»Du bewirbst dich beim Bachelor und erzählst mir nichts davon?«, sagte Jules ungläubig. »Macht Tara deswegen heute Abend Fotos von dir?«

»Ja, tut mir leid. Ich wollte es dir erzählen«, beteuerte Bellamy. »Aber du hättest es Grant erzählen müssen, und du weißt, dass er mich nicht in dieser Sendung sehen will.«

Jules verschränkte die Arme und Traurigkeit umspielte ihre Lippen. »Zuerst tut Tara jahrelang so, als würde sie Levi nicht mögen, außerdem erzählt sie uns nicht, dass sie Häuser besichtigt, und jetzt hast du auch so etwas Gewaltiges vor und vertraust mir nicht genügend, um mich einzuweihen? Und ich dachte, wir könnten uns alles erzählen.«

»Es tut mir leid, dass ich euch nichts von meinen Gefühlen für Levi erzählt habe, und ich wollte euch wirklich fragen, ob ihr die Häuser mit mir anschaut«, sagte Tara.

»Ich vertraue dir doch, Jules«, sagte Bellamy mit sanftem und gleichzeitig entschlossenem Tonfall. »Doch ich respektiere auch deine Beziehung mit Grant, und ich weiß, dass du keine Geheimnisse vor ihm haben magst.«

»Das stimmt, aber …« Jules zog die Stirn in Falten. »Das hier ist ein Geheimnis unter besten Freundinnen. Das kann ich bewahren, ebenso wie ich Taras Geheimnis für mich behalten werde.«

»Bist du sicher? Denn meine Familie dreht durch, wenn sie erfährt, was ich vorhabe«, erinnerte Bellamy sie.

Jules nickte. »Ja. Es sei denn, Grant quält mich mit Oralsex, denn ich habe überhaupt keinen freien Willen mehr, wenn er das macht, und dann werde ich deine Geheimnisse ausplaudern.«

»Iiiih.« Bellamy verzog das Gesicht. »Ich will nichts davon hören, was du und mein Bruder so treibt.«

Jules verdrehte die Augen. »Ich erzähl dir ja keine schmutzigen Einzelheiten, wie zum Beispiel …«

Bellamy steckte sich die Finger in die Ohren. »Lalala. Ich kann dich nicht hören.«

»Bellamy!«, sagte Jules eindringlich, doch Bellamy sang nur noch lauter. Jules kitzelte sie und sie lachten.

»Ich hab euch lieb, und ich verspreche euch, keine Geheimnisse mehr vor euch zu haben«, sagte Tara. »Mit euch geht es mir immer gleich viel besser.«

»Weil wir so wunderbar sind.« Bellamy verteilte noch ein paar Toffees. »Ich verspreche es auch.«

»Gut, denn ich würde nur ungern nach neuen besten Freundinnen Ausschau halten müssen«, drohte Jules.

»Willst du mitkommen, wenn wir die Fotos für meine Bewerbung machen?«, fragte Bellamy.

»Würde ich gern, aber Grant und ich haben noch etwas vor«, erklärte Jules munter.

»Was denn?«, fragte Bellamy.

Flüsternd antwortete Jules: »Das willst du nicht wissen.«

Sie unterhielten sich noch ein paar Minuten, und als sie sich zum Aufbruch vorbereiteten, hielt Bellamy Tara am Arm fest und raunte ihr zu: »Nur damit du es weißt, ich opfere mich gern als Begleitung, wenn du ins Pythons gehen musst, nachdem du in Harborside warst. Wir lassen die Verlobte hier, damit sie unsägliche Dinge mit meinem Bruder anstellen kann, und wir beide können die mögliche Konkurrenz ausspähen, denn ich bin eine *sehr* gute Freundin.«

Fünf

»Charmaine hat acht Hausbesichtigungen für heute auf dem Plan«, sagte Tara am Samstagmorgen, als Levi mit ihr zur ersten Immobilie fuhr. »Drei am Randgebiet von Silver Haven, zwei in den östlichen Bezirken von Rock Harbor und drei in Seaport …«

Levi versuchte, sich zu konzentrieren, doch er stand auf verlorenem Posten. Mit den Haaren, die sie zu einem Messy Bun hochgesteckt hatte, und ihrem langärmeligen Pulli mit V-Ausschnitt, der über eine Schulter gerutscht war, sah sie absolut umwerfend aus. Es half auch nicht, dass er die ganze Woche über versucht hatte, sich davon zu überzeugen, seine Gefühle seien nur eingebildet, und dass seine Gedanken immer wieder zu dem Begehren abdrifteten, das er am vergangenen Wochenende in Taras Augen gesehen hatte. Das Bild aus seinem Kopf zu verbannen, war ihm wahnsinnig schwergefallen.

Es war immer noch da, wie eine verflixte neonfarbene Reklametafel, die ihn immerzu lockte.

»Aber ich will nicht deinen ganzen Tag vereinnahmen. Ich kann ein paar auf später legen oder sie allein anschauen.«

Sie sah ihn mit diesen süßen blauen Augen an und – schwupps – erfasste ihn diese magnetische Kraft, dieser Drang, ihr näher zu sein, wieder aufs Neue. Er konzentrierte sich auf die Straße und sagte: »Ich bin für dich da, Tara. Mein ganzer Tag gehört dir. Joey wird sich prächtig mit meinen Eltern und Hadley amüsieren, und morgen früh muss ich gleich wieder zurück, also besichtigen wir am besten heute gleich alle.«

»In Ordnung, aber wenn dir langweilig wird ...«

Mit einem Seitenblick brachte er sie zum Schweigen. »Wenn ich den Tag nicht mit dir verbringen wollte, würde ich es nicht tun.« Sie kümmerte sich immer gut um ihn und Joey, doch heute sollte es um sie gehen, und er würde dafür sorgen, dass es dabei blieb. Er wusste Dutzende Kleinigkeiten über sie, und vorausgesetzt, dass er sein Begehren unter Kontrolle behalten könnte, freute er sich darauf, herauszufinden, was sie sonst noch ausmachte.

Er fuhr durch das Wohngebiet zur Seaside Lane. Auch wenn es keine nennenswerte Kriminalität auf Silver Island gab, wollte er doch, dass sie in einer sicheren Gegend wohnte, also suchte er die Straßen nach Anzeichen ab, die auf Probleme hindeuten konnten, wie Bierdosen oder Müll, Autowracks oder heruntergekommene Häuser. Zufrieden stellte er fest, dass die älteren, zweistöckigen Häuser recht gut in Schuss waren. Sie hatten meist kleine, aber gepflegte Gärten, und auf den Gehwegen sah er Kreidebilder von Kindern, was er als gutes Zeichen wertete.

»Da ist es.« Tara zeigte auf ein hübsches Haus mit Zedernholzschindeln, grünen Fensterläden und einem verwitterten Zaun.

Charmaine, eine attraktive, langbeinige Brünette wartete davor. In dem blauen Kleid, den Pumps und mit einer Akte in der Hand sah sie sehr professionell aus, als sie ihnen zuwinkte.

Tara winkte zurück und atmete tief durch.

»Nervös?«

»Ein bisschen.« Sie zog die Augenbrauen zusammen. »Ist das seltsam?«

»Nein. Es wäre seltsam, wenn du es nicht wärst. Das ist ein großer Schritt. Man kann sich leicht von der Freude über einen Hauskauf mitreißen lassen, aber wenn man nicht weiß, worauf man achten muss, kann das ein Fass ohne Boden werden. Deshalb bin ich ja hier. Keine Sorge, ich bin an deiner Seite.« Er zwinkerte ihr zu und ging ums Auto herum, um ihr beim Aussteigen zu helfen. Tara nahm seine Hand und ein Stromschlag fuhr seinen Arm hinauf. *Was zum Henker…?* Ihr Blick huschte zu ihm auf, als hätte sie es auch gespürt.

»Hallo, Tara«, sagte Charmaine und Tara zog rasch ihre Hand zurück. »Levi, dich habe ich gar nicht erwartet.«

»Ich bin die moralische Unterstützung«, erklärte er.

»Levi kennt sich mit Häusern sehr gut aus«, sagte Tara etwas nervös.

»Ich habe schon viel über Husbands for Hire gehört. *Mietbare Ehemänner* – der Name gefällt mir. Und so einen Service könnten wir hier auf der Insel auch gut gebrauchen.« Charmaine gab Tara die Akte, die sie in der Hand hielt. »Dies sind die Exposés für alle Häuser, die wir uns anschauen werden.«

»Danke.« Tara nahm das Exposé mit der Beschreibung des ersten Hauses heraus.

Levi griff nach der Akte, damit sie sich auf die Eckdaten dieses Hauses konzentrieren konnte. Sie gab sie ihm mit einem süßen Lächeln.

»Schauen wir uns doch zuerst drinnen um«, schlug Charmaine vor.

Tara nickte. »Gern.«

Er legte eine Hand auf Taras Rücken, als sie Charmaine den Weg zum Haus und hinein in eine kleine gefliese Diele folgten.

Rechts davon lag ein mittelgroßes Wohnzimmer mit einem grauenvollen orangenen Teppich und Blumenvorhängen. Links sahen sie ein Esszimmer mit Parkett, und am Ende des Flurs konnte er Schränke erspähen, die auf eine Küche schließen ließen.

»Wir haben hier drei Schlafzimmer und zwei Bäder«, sagte Charmaine. »Es muss offensichtlich etwas modernisiert werden, aber die Wohngegend ist schön. Der Kamin wurde längere Zeit nicht benutzt, mir wurde jedoch mitgeteilt, dass er funktioniert, und die Veranda, die von der Küche abgeht, wurde erst vor drei Jahren gebaut.«

»Womit wird geheizt?« Levi wusste bereits, dass es nicht das richtige Haus für Tara war. Es war zu beengt. Sie brauchte einen offenen Raum mit viel Sonnenlicht, wo sie Pflanzen ans Fenster stellen und sich um sie kümmern konnte, so wie sie es in seinem Haus tat. Doch die Entscheidung hatte nicht er zu treffen.

»Die Heizung läuft mit Strom und es gibt einen Gasherd«, erklärte Charmaine.

»Großartig. Kriechkeller oder ein Untergeschoss?«

»Kriechkeller.«

»Irgendwelche Modernisierungen an der Elektrik oder den Geräten in den letzten zehn Jahren?«

»Du bist wirklich gut darin«, sagte Charmaine. »In der Waschküche stehen eine neue Waschmaschine und ein neuer Trockner, aber das sind dann auch schon alle Neuerungen.« Sie sah ihn erwartungsvoll an, als rechnete sie mit weiteren Fragen.

»Okay, gut. Danke.«

»Normalerweise gehe ich nach draußen, während die Kunden sich umsehen, aber ich kann auch mit euch durchs Haus gehen, wenn ihr möchtet«, bot Charmaine an.

Levi sah Tara an und überließ ihr die Antwort.

»Ich denke, wir kommen zurecht«, sagte sie.

»Dann lasse ich euch mal allein.«

Nachdem Charmaine gegangen war, sagte Tara: »Ich bin froh, dass du hier bist. Mir wären diese Fragen nie in den Sinn gekommen. Was ist besser, Strom oder Gas?«

»Hängt davon ab, wen du fragst.«

»Ich frage dich«, sagte sie keck.

»Ich mag Gas. Das ist effizienter als Strom. Aber so etwas lässt sich leicht ändern. Wichtiger ist, dass dir das Haus und die Nachbarschaft gefällt.«

»Das sehe ich genauso. Dann sehen wir uns doch zuerst mal die Schlafzimmer an.«

Er grinste und konnte sich nicht zurückhalten. »Jetzt kommen wir endlich zur Sache.«

»Damit meinte ich nicht …« Sie wurde rot und verdrehte die Augen. »Ich wollte sagen, lass uns oben anfangen und uns dann nach unten vorarbeiten.«

»Eine Frau ganz nach meinem Geschmack.«

Sie sah über die Schulter. »Fängst du gern oben an?«

»Nicht bei Häusern, aber bei Frauen.« *Meine Güte!* Er hatte keine Ahnung, wo das herkam, doch anscheinend machte sein Mundwerk sich in Gegenwart von Tara in letzter Zeit immer selbstständig.

Sie sah ihn ausdruckslos an. »Ich glaube, das siehst du verkehrt. Würden die meisten Kerle nicht sagen, dass sie gern unten anfangen?«

»Vielleicht, wenn sie es nur auf eine schnelle Nummer abgesehen haben.« Sie betraten ein schmerzhaft kleines Hauptschlafzimmer, das gelb gestrichen war und weiße Zierleisten sowie zwei Fenster hinaus in den hinteren Garten hatte.

Sie schaute hinaus, bevor sie ihn neugierig ansah. »Wie sind wir auf Frauen zu sprechen gekommen?«

Mist. Schnell überlegte er sich eine Antwort. »Denk doch mal nach, egal ob bei einem Haus oder einer Beziehung, das Wichtigste ist doch die Basis, oder? Bei Häusern schaut man sich das Fundament, den Keller oder den Kriechkeller an.«

»Das ist zumindest sinnvoll.« Sie schaute in einen Einbauschrank. »Warum ziehst du es denn vor, bei Frauen oben anzufangen? Augenblick mal! Bist du ein Busen-Fetischist?«

»Ich habe Fetische für alles.« Es war entzückend, wie sie errötete. »Aber ich lerne eine Frau gern erst kennen, bevor es zur Sache geht. Ich möchte herausfinden, was sie denkt, was ihr wichtig ist, was sie mag, was sie abtörnt … und was sie antörnt.«

»Und das fragst du sie einfach?«, fragte sie ungläubig.

»Nein, ich bin einfach nur aufmerksam.«

Sie stemmte die Hand in die Hüfte und hob die Augenbrauen, als glaubte sie ihm nicht. »Und worauf achtest du da so?«

»Auf vieles. Zum Beispiel, wie sie küsst.«

»So viele Arten, zu küssen, gibt es ja wohl nicht.«

Vorsichtig, meine Liebe. Jetzt hast du mein Interesse geweckt. »Und ob! Wie eine Frau küsst, sagt eine Menge über sie aus. Hat sie es eilig oder nimmt sie sich Zeit? Ist sie aggressiv oder sinnlich …«

Sie hob die Hand. »Versteh schon. Aber meine Freundinnen würden sagen, wenn du über all das nachdenken kannst, während du küsst, dann küsst du die falsche Frau.«

»Vielleicht haben deine *Freundinnen* recht.« Er machte Anführungszeichen in die Luft, als er Freundinnen sagte.

»Nur zu deiner Information, ich rede tatsächlich von meinen Freundinnen. Ich habe noch nie jemanden geküsst, der mich so ein Feuerwerk erleben lässt, wie sie es beschreiben.« Sie legte den Kopf zur Seite. »Worauf achtest du noch so?«

Er war noch immer bei ihrer Bemerkung, dass sie noch nie so um den Verstand geküsst worden war und dass er gern derjenige wäre, mit dem sie es zum ersten Mal erlebte. Diesen Gedanken schloss er behutsam weg und sagte: »Wie sie reagiert, was sie sagt und was sie *nicht* sagt.«

»Wie sie auf was reagiert?«

Wenn ich an ihrem Eclair lecke, kam ihm in den Sinn, doch es war aufschlussreich, etwas über ihre Wahrnehmung zu erfahren. Ihm gefielen ihre Fragen und ihre Neugier und so eine Gelegenheit wollte er sich nicht entgehen lassen. »Ich zeige es dir.« Ihre Blicke trafen sich, und langsam verringerte er die Distanz zwischen ihnen, wobei ihm angenehm auffiel, dass ihr Atem flacher wurde. Mit den Fingerspitzen fuhr er über ihre freie Schulter und sie keuchte kurz leise und unfassbar sexy auf. Dann ließ er die Rückseite der Finger über ihre Wange gleiten, woraufhin ihre Augen dunkler wurden und ihre Lippen sich mit einem Seufzer leicht öffneten.

»Was sonst noch?«, flüsterte sie.

Sein Weg in die Hölle war vorprogrammiert, doch das war ihm egal. Der lustvolle Blick, den sie ihm schenkte, war es wert. Jetzt legte er die Hand auf ihre Wange. Ihre Haut war weich und warm, als er mit dem Daumen über ihre Unterlippe glitt, und dann schob er die Finger in ihre Haare, umfasste ihren Nacken und packte gerade fest genug zu, dass sie es sicher bis in ihr Innerstes fühlen konnte, und hielt ihren Mund unter seinen. Sie fuhr mit der Zunge über ihre Lippen und machte sie verführerisch feucht. Die Hitze in ihren Augen zog ihn noch tiefer in ihren Bann. Die Lust braute sich tief und heiß in ihm zusammen, während Bilder von seinem Mund auf ihrem sein

Herz heftig pochen ließen. In seinem Körper pulsierte das Verlangen, sie noch weiter zu erforschen. Herauszufinden, was sie erregte, was sie noch viel mehr erleben ließ als ein Feuerwerk. Aber das hier sollte scherzhaft sein, ein Spiel, ein Austesten der Grenzen, kein Überschreiten von roten Linien, nach dem es kein Zurück mehr gab, egal wie sehr er diese Linien auslöschen wollte. Er konnte es sich nicht leisten, es sich mit einer der Personen, die in seinem und Joeys Leben am wichtigsten waren, zu vermasseln. Zögerlich zwang er sich, sie loszulassen und einen Schritt zurückzutreten. Er musste alles geben, um locker zu wirken, auch wenn das Begehren in ihm loderte. »Siehst du? So in etwa.«

»Mhm«, gab sie schwer atmend und mehrmals blinzelnd von sich.

Er musste verdammt noch mal damit aufhören, doch als er den Mund öffnete, platzte es aus ihm heraus: »Und du? Wo fängst du bei den Männern an? Oben oder unten?« *In der Tat, das Ticket in die Hölle ist gebucht.*

Etwas wie ein Schreck löste die Lust in ihrem Blick ab und ein entzückend sexy verwirrter Laut entwich ihr. »Das erzähle ich dir nicht. Meine Güte! Ich fasse es nicht, dass ich schon wieder auf deinen Unsinn hereingefallen bin. Können wir uns jetzt das Haus weiter anschauen?« Sie klang ein wenig nervös, als sie das Schlafzimmer verließ. »Wie sind wir überhaupt so vom Thema abgekommen?«

Genau das fragte er sich auch.

Angestrengt versuchte er, sein lüsternes Verlangen tief in sich zu verstauen, doch die sexuelle Spannung knisterte zwischen ihnen, als sie den Flur entlanggingen. Das hier bildete er sich mit Sicherheit nicht nur ein, doch sie wandte den Blick ab. War er zu weit gegangen? *Mist!* Was hatte er sich bloß gedacht. Er war hier, um ihr bei der Haussuche zu helfen, nicht um mit ihr zu flirten. Er musste zurück in diese sichere Zone, der sie vertraute, bevor er unwiderruflichen Schaden anrichtete.

Als sie das nächste Schlafzimmer betraten, bot sich der Einstieg, den er brauchte, um die Hitze mit ein wenig Humor etwas abzukühlen. Der Raum war der reinste Farbschock mit dem pinken Teppich und den knallorangenen Wänden. »Das hier ist toll. Perfekt als dein *Boom-chicka-wow-wow*-Zimmer.«

»Mein *was*?« Sie lachte.

»Du weißt, was ich meine. Ein paar Sofas, eine Polestange in der Mitte und schon hast du eine großartige Einrichtung für Boudoir-Fotografie.«

»Das hier ist kein Boudoir.« Sie schaute sich um und ein frecher Ausdruck trat in ihre Augen. »Es fehlt nur eine Disco-Kugel, dann wäre es perfekt für Filme wie *Boogie Nights*.«

»Du drehst keine Pornos! Ich muss dich aus diesem Zimmer schaffen.«

Er wollte ihre Hand ergreifen, doch sie wich ihm aus, wobei ihre Augen schelmisch funkelten. »Weißt du, wie viel diese Darsteller verdienen?«

Den Arm um ihren Hals gelegt, zerrte er sie aus dem Zimmer. »Das spielt keine Rolle. Ich sperre dich in meinen Kerker, wenn du auch nur mit dem Gedanken spielst.«

Sie verfielen sofort wieder in ihre üblichen scherzhaften Neckereien, während sie das letzte der Schlafzimmer inspizierten, das ebenso amüsant war. Anschließend gingen sie nach unten, schlenderten durch das Wohnzimmer, das Esszimmer und schließlich zu der knallgelben Küche mit den olivgrünen Geräten.

Belustigt sahen sie sich an und Tara sagte: »Geht es nur mir so, oder kommst du dir auch vor wie in einer Folge der

Sendung *Die wilden Siebziger?*«

»Absolut.« Nun, mit klarerem Kopf, konzentrierte er sich auf den Grund dafür, dass er ihr angeboten hatte, sie zu begleiten. »Aber das sind alles nur kosmetische Veränderungen, und du hast gute Beziehungen zu einem Typen, der alles schöner machen kann. Wichtig ist, wie dir die Aufteilung gefällt, die Größe der Zimmer und die Atmosphäre im Haus. Was meinst du?«

»Ich weiß nicht ... Abgesehen von meinem *Boogie-Nights-*Zimmer hat es nichts Besonderes, oder?«

Die einzige Möglichkeit, dass sie ein *Boogie-Nights-*Zimmer bekam, bestand darin, dass er die Hauptrolle darin spielte. »Es ist ein Haus für Anfänger. Du bist das Leben in dem eleganten Mini-Anwesen deiner Eltern gewohnt mit all den schicken Möbeln. Ist es das, was du suchst?«

Sie rümpfte die Nase und schüttelte den Kopf. »Das will ich nicht. Ich will so ein Haus wie deines, das sich heimelig anfühlt, und wenn man es betritt, will man gar nicht wieder gehen. Du weißt schon, was ich meine. So wie das Haus von Jules und Grant.«

Jules und Grant lebten in einem winzigen Strandhaus, das sich in einem miserablen Zustand befunden hatte, als Grant eingezogen war. Aber nachdem Jules sich ihren Platz in Grants Herz erobert hatte, hatten sie es zu einem herzlichen, offenen Zuhause gemacht. *So wie du mit meinem Haus.*

»Ich möchte so ein Zuhause, wie deine Eltern es haben«, fügte Tara hinzu. »Ich bin immer gern dort gewesen. Deine Mom kocht immer, kümmert sich um jeden und erzählt wunderbare Geschichten, und jedes Mal, wenn dein Vater an ihr vorbeigeht, legt er den Arm um sie oder berührt ihren Rücken.« Sie schwieg kurz, mit verträumtem Blick, und er fragte sich, ob sie daran dachte, wie oft er den Arm um sie legte oder mit der Hand ihren Rücken berührte. Das war ein Blick, den er gern öfter sehen wollte. »Ich könnte deiner Mom den ganzen Tag zuhören.«

»Das geht nicht nur dir so.« Alle liebten seine Mutter.

»Da bin ich mir sicher. Aber nicht nur wegen ihrer Geschichten oder ihrer leckeren Gerichte fühlt sich das Haus besonders an. Es liegt an ihr. Sie behandelt jeden wie ein Familienmitglied. Als ich klein war, hat meine Mutter Abendessen oder Nachtisch gemacht, mir immer winzige Portionen gegeben und gesagt, dass ich nur ein halbes Stück Kuchen oder die Hälfte von was immer sie gemacht hatte, essen sollte. Aber deine Mom hat mich nie ausgegrenzt oder mir das Gefühl gegeben, ich wäre anders als alle anderen. Ich bin zwar nicht ihre Tochter, also ist es nicht das Gleiche, aber wenn meine Mom das tat, wollte ich nur noch mehr essen, auch wenn ich gar keinen Hunger hatte. In Gegenwart deiner Mutter war ich immer so glücklich, dass ich gar nicht so viel Hunger hatte. Deine Mom macht alles mit so viel Liebe. Ich hoffe, du weißt, was für ein Glück du mit ihr hast.«

In ihm zog sich alles zusammen. Hunderte Male wäre er gern eingeschritten und hätte Taras Mutter darauf ansprechen wollen, wie sie an Tara herummäkelte, doch das stand ihm nicht zu. Er hatte mitangehört, wie ihre Mutter Ähnliches zu ihrem Mann und in geringerem Ausmaße auch zu Carey und Robert sagte. Amelia war diesen Kritteleien anscheinend entkommen, zumindest soweit er sich erinnern konnte. In Bezug auf ihr eigenes Äußeres war sie jedoch auch immer übermäßig kritisch gewesen.

»Ich weiß, dass ich großes Glück habe, aber du besitzt diese Eigenschaften auch, Tara, und ich weiß, dass es sich in deinem

Haus ebenso anfühlen wird, egal wie es aussieht.«

»Das hoffe ich.« Sie sah sich in der in die Jahre gekommenen Küche um. »Das hier ist eindeutig nicht *mein* Haus.«

»Eindeutig nicht.« Er legte den Arm um ihre Schulter. »Lass uns herausfinden, was Charmaine noch so für uns in petto hat.«

Sie sahen sich die anderen Häuser in Silver Haven an, aßen auf dem Weg nach Rock Harbor mit Charmaine zu Mittag und nahmen später dort die Häuser unter die Lupe. Sie waren in Ordnung, aber Tara hatte an jedem etwas auszusetzen, was gut war, denn Levi erging es ebenso. Er war froh, dass sie es ernst nahm und sich nicht einfach spontan für eines entschloss. Doch Tara war nie impulsiv gewesen, und er hatte das Gefühl, dass es nicht zu übersehen sein würde, wenn sie das richtige Haus fand. Sie würde so strahlen, wie sie es immer tat, wenn sie etwas wirklich ins Herz geschlossen hatte, so wie in dem Moment, als sie das Haus am Gable Place angeschaut hatte.

Es war nach sechs Uhr, als sie sich die letzte Immobilie in Seaport anschauten. Das süße Häuschen lag nur ein paar Straßen vom Wasser entfernt und war das hübscheste vom ganzen Tag. Es hatte Verzierungen an der vorderen Veranda und nach hinten hinaus lag ein großer Garten für Beete. Levi inspizierte kurz das Fundament, die Verschalung und die Fenster, um dann zur Eingangstür zu gehen.

Charmaine saß auf den Stufen der vorderen Veranda. »Was sagst du?«

»Sieht großartig aus. Ein süßes Haus.« Ihm wäre es lieber, wenn Tara näher an Silver Haven leben würde, damit seine Brüder und Robert ein Auge auf sie haben könnten, aber Seaport lag nicht so weit von ihren anderen Freunden und Familienmitgliedern entfernt. »Ist Tara noch im Haus?«

»Ja, ich glaube, sie ist oben. Ihr beide seid wirklich süß miteinander.«

»*Sie* ist süß«, sagte er. »Ich bin nur ein beschützender Freund.«

»Versteh schon. Aber wenn ich einen Freund hätte, der so aussieht wie du und mich so sehr zum Lachen bringt, wie ich euch beide lachen höre, dann würde ich alles tun, um mehr als nur Freunde zu sein. Die Chemie zwischen euch ist bemerkenswert.«

Da würde er ihr auf keinen Fall widersprechen. Die Frage war nur, ob sie überhaupt interessiert war. Und wenn ja, war es das Risiko wert, dem nachzugehen? »Danke. Wir kennen uns schon lange.« Er deutete mit einer Kopfbewegung zur Tür und versuchte so, nicht noch weiteren Bemerkungen wie denen von seinen Geschwistern Zutritt in sein Hirn zu gewähren. »Ich gehe mal hinein. Wir brauchen sicher nicht mehr lang.«

Charmaine nickte. »Lasst euch Zeit.«

Er traf Tara im oberen Stockwerk an, wo sie gerade aus dem Fenster des Badezimmers schaute. Die Sonne stand schon tief und beleuchtete ihre umwerfende Gestalt. Sie spielte mit einer Haarsträhne, was sie immer tat, wenn sie in Gedanken versunken war.

»Hallo, Blondie. Was hältst du von dem Ausblick?« *Der kann nicht annähernd so gut sein wie der, den ich von hier aus habe.*

Sie sah über die Schulter und lächelte, doch es war ein leicht ernüchtertes Lächeln, das ihm ihre Antwort lieferte, noch bevor sie etwas gesagt hatte. »Der Ausblick ist nett. Ich kann das Wasser sehen.«

»Aber es haut dich nicht um, oder?« Er war sicher gewesen, dass ihr dieses Haus gefallen würde, mit den offenen Räumen, dem Whirlpool und dem sonnendurchfluteten Wohnzimmer.

»Mir gefällt vieles daran, aber nein, es haut mich nicht um. Ich sehe mich nicht auf lange Zeit hier.« Sie sah ihn mit einem gequälten Gesichtsausdruck an und sprach leiser weiter: »Wie soll ich das Charmaine beibringen? Sie hat den ganzen Tag mit uns verbracht. Ich habe so viel ihrer Zeit vergeudet, dass ich das Gefühl habe, ich sollte ihr für eines der Häuser ein Angebot machen.«

»Gut, dass ich dabei bin, damit dein Herz nicht in Schwierigkeiten gerät.« Er zog sie in seine Arme und sie legte die Wange an seine Brust. Das war für sie beide nichts Neues. Seit Jahren hatte er sie immer mal wieder spontan in die Arme genommen, doch so bewusst wahrzunehmen, wie gut sie sich anfühlte, das *war* neu. Und gefährlich. Er zog sich zurück und versuchte, seine Gefühle unter Kontrolle zu bringen. »Du wirst für keines der Häuser, die wir uns heute angesehen haben, ein Angebot machen, und du wirst deswegen kein schlechtes Gewissen haben. Häuser zu zeigen, ist Charmaines Job, und du stehst erst am Anfang deiner Suche. Es könnte Monate dauern und das weiß sie auch.«

»Ich könnte niemals so viel von ihrer Zeit verschwenden.«

»Das ist ein Prozess, Tara, keine Verschwendung. Komm mit. Ich sage es ihr, und dann führe ich dich zum Essen aus, damit wir darüber reden können, was du wirklich suchst.« Er nahm ihre Hand und führte sie aus dem Badezimmer.

»Du musst mich nicht zum Essen ausführen.«

Er drückte ihre Hand. »Ich glaube, ich habe gerade herausgefunden, warum du noch nie richtig geküsst worden bist.«

»Ich fasse es nicht, dass ich dir das erzählt habe«, sagte sie matt. »Okay, wenn es dir Freude macht … Warum?«

Er blieb in der Tür zum Schlafzimmer stehen und sah ihr in die Augen. »In den letzten wenigen Stunden hast du mir gesagt, dass ich nicht den ganzen Tag mit dir verbringen muss, dass ich mir nicht jedes Haus ansehen muss, dass ich dir kein Mittagessen kaufen muss, dass ich dir nicht die Tür aufhalten muss, und noch ein paar andere Dinge. Du bist eine kluge, schöne Frau und hast es verdient, dass dir Türen aufgehalten werden und dir noch viel mehr als nur Mittag- oder Abendessen spendiert werden.«

Ein Strahlen trat in ihr Gesicht, als hätte er ihr das spektakulärste Haus präsentiert, das sie je gesehen hatte, und das war ein verdammt wundervoller Anblick.

»Es wird Zeit, dass du aufhörst, Leuten zu erzählen, was sie nicht für dich tun sollen, sondern stattdessen lernst, einfach Danke zu sagen.«

Sie verdrehte die Augen. »Ich bin es nicht gewohnt, dass Leute etwas für mich tun, und es fällt mir nicht leicht, solche Angebote anzunehmen. Es kommt mir egoistisch vor oder anmaßend.«

»Ich weiß, dass es dir nicht leichtfällt, aber du bist der am wenigsten egoistische oder anmaßende Mensch, den ich je kennengelernt habe.« Er wusste nicht, ob es ihre eigene Unsicherheit war, die sie so zurückhaltend machte, oder das Bedürfnis, sich von ihrer Mutter und ihrer Schwester abzugrenzen. In jedem Fall aber würde er es ihr leichter machen. Er kannte nur eine todsichere Methode, die sie veranlasste, alles zu tun.

Sie senkte den Blick, und er hob ihre miteinander verschränkten Hände, um ihr Kinn anzuheben, damit er ihr Gesicht sehen konnte. »Wenn du es schon nicht für dich selbst machen willst, dann tue es für Joey. Dir ist es vielleicht nicht bewusst, aber du machst es auch, wenn du bei mir bist und ich dir anbiete, dir etwas zu trinken zu holen oder eine Decke oder sonst irgendetwas. Sie lernt von dir, Tara. Wenn du dich verhältst, als wärst du meine Zeit oder meine Energie für diese kleinen Dinge nicht wert, dann schaut sie sich dieses Verhalten von dir ab, und ich weiß, dass du das nicht willst.«

»So habe ich das noch nie gesehen.«

»Das weiß ich.« *Und ich habe dich auch noch nie so gesehen wie in letzter Zeit.*

»Du hast recht. Ich will nicht, dass Joey solche Dinge schwerfallen.«

»Gut. Ich möchte, dass du dich so fühlst, wie du dir wünschst, dass Joey sich fühlt. Wie wäre es also, wenn wir das ein wenig üben?« Er drückte ihre Hand. »Und jetzt tu mir den Gefallen und lass mich dich zum Essen ausführen, damit die Leute in Seaport wissen, dass ich es immer noch draufhabe.«

Sie stöhnte auf. »Als wüssten sie das nicht.« Sie gingen nach unten. »Du könntest einfach an dem Eclair von irgendeiner Frau lecken und ihre Beine zu Pudding werden lassen.«

Er schmunzelte und konnte wieder einmal nicht widerstehen, bis an die Grenze zu gehen. Er zog sie näher an sich und sagte leiser: »Du spielst ein gefährliches Spiel, Blondie, wenn du mir erzählst, dass deine Beine wegen mir zu Pudding geworden sind.«

»Levi!« Sie gab ihm einen Klaps, und er lachte lauthals, als sie nach draußen gingen.

»Worüber lacht ihr beiden so herzlich?«, fragte Charmaine.

Sie lächelten sich wissend an und sagten gleichzeitig: »Eclairs«, woraufhin sie wieder losprusteten.

Sechs

»Das war wie in einer schlechten Sitcom.« Seit über einer Stunde saßen sie im Whit's Pub, einer einfachen Kneipe am Kai in Seaport, und Tara erzählte Levi von einem ihrer lustigsten Fotoshootings. »Jedes Mal, wenn die Eltern ihre Kinder in Position gebracht hatten, fing das Baby an zu weinen oder der Zweijährige warf Sand durch die Gegend. Und die Dreijährige schrie grundlos herum, was dem kleinen Hund Angst eingejagt hat, sodass er bellend herumgeflitzt ist und das Jüngste in Panik versetzt hat.«

»Und trotzdem liebst du es, Kinder zu fotografieren, und machst es immer wieder.« Levi schüttelte den Kopf.

»Ich liebe es wirklich.« Sie nahm einen Schluck von ihrem Wein und schob den leeren Teller beiseite.

Als Vorspeise hatten sie Venusmuscheln gegessen und als Hauptgericht Pasta mit Jakobsmuscheln, was beides köstlich gewesen war. Sie waren bisher noch nie allein zum Essen ausgegangen, und auch wenn dies kein Date war und sie Joey vermisste, genoss sie es trotzdem, ihn ganz allein für sich zu haben. Doch so sehr sie es auch in ihrer Fantasie zu mehr machen wollte, so hatte sie das, was er zuvor gesagt hatte – *Wenn du es schon nicht für dich selbst machen willst, dann tue es für Joey –*, in mehr als einer Hinsicht getroffen. Diese Bemerkung in Verbindung mit der wunderbaren Zeit, die sie miteinander verbrachten, beseitigte die letzten Zweifel, die sie an ihrem Vorsatz noch hatte. Ihre Freundschaft war perfekt. Sie war witzig, locker und mit einem Spritzer Flirtlaune, der ihr das Gefühl gab, etwas Besonderes zu sein. Ja, klar, in letzter Zeit fühlte sie sich weitaus mehr als besonders, aber sie wollte nie etwas tun, das ihre Freundschaft zerstören konnte, und ihr wurde klar, dass es albern gewesen war, sich irgendetwas Magisches zu erhoffen. Sie hatte das alles vollkommen falsch betrachtet. Es war schon etwas Magisches geschehen. Levi war ein Mann, der seine Ziele verfolgte, und auch wenn Tara nicht auf die Art zu seinem Ziel wurde, wie sie es sich erhoffte, hatte er sie dennoch in seinem und Joeys Leben aufgenommen, und sie liebte es, Teil dessen zu sein. Das wollte sie ganz bestimmt nicht für etwas aufs Spiel setzen, das nie passieren würde, und mit dieser Perspektive war es leichter, sich zu entspannen und einfach wieder sie selbst zu sein.

»Du hast bestimmt keinen Augenblick die Kamera heruntergenommen, während du mit dieser Familie zusammen warst, oder?«

Er kannte sie so gut. »Genau. Einige meiner besten Aufnahmen entstehen in den am wenigsten erwarteten Momenten. Zum Beispiel wenn die Eltern am Ende ihrer Geduld sind, sie aber ihr Kind auf den Arm nehmen oder sich zu ihm hocken und das Kind daraufhin lächelt. Dann sehe ich förmlich, wie ihre Liebe den Ärger verdrängt. Das sind einige meiner Lieblingsmomente. Die sind so echt und schön, dass ich allein beim Gedanken daran Gänsehaut bekomme. Sieh hier.«

Sie zog den Ärmel hoch und streckte den Arm aus. Mit seiner großen kräftigen Hand glitt er darüber, während er den

Blick keine Sekunde von ihren Augen löste, ihr Handgelenk sanft drückte, Stromschläge bis in ihr Herz jagte und erst dann wieder losließ. Wie gern hätte sie diese prickelnden Gefühle ausgekostet, doch sie wusste es besser und legte die Hände in den Schoß. *Ich werde dich nicht begehren. Ich werde dich nicht begehren.*

»Auf die Art hast du auch tolle Fotos von mir und Joey gemacht, aber ich kann mir nicht vorstellen, wie man mehrere Kinder und einen Hund unter Kontrolle bringen kann.«

»Ja, das war nicht einfach. Der Hund ist immer wieder weggerannt und die Kinder sind ihm hinterhergejagt. Sie hatten mich eine Stunde gebucht, aber letztendlich hat es drei gedauert, von denen ich mir die Hälfte der Zeit die Geschichten der Dreijährigen angehört habe, denn die hatte so viel zu erzählen.«

»Oh, Mann.« Levi lehnte sich zurück, lächelte und schüttelte den Kopf. »Weißt du noch, wie Joey immer Geschichten erzählt hat, die nie geendet haben, und gerade, wenn wir dachten, sie wäre fertig, hat sie tief durchgeatmet und direkt zur nächsten angesetzt?«

»Das fand ich immer so schön, wenn sie das gemacht hat.« Tara erinnerte sich an Joeys entzückend theatralische Angewohnheiten, wenn sie beim Erzählen mit den Händen herumfuchtelte oder ihr Gesicht verzog. Manchmal flüsterte Levi dann: *Ich lenke sie ab, damit du rausgehen kannst, bevor du wahnsinnig wirst.* Doch Tara hatte das nie angenommen. Sie wollte diesen Teil von Joeys Leben nicht verpassen. »Weißt du noch, als sie vier war und manchmal so aufgeregt, dass sie nicht reden konnte? Sie hat dann immer die Fäuste geballt und am ganzen Körper gezittert.«

»Ja, ich hatte immer Angst, dass sie einen Krampfanfall hat.«

»Ach, Quatsch!«

Er schüttelte den Kopf. »Sie war so verflixt süß.«

»Diese Zeit vermisse ich irgendwie. Aber jetzt erzählt sie noch bessere Geschichten.«

»Und ob.« Er nahm einen Schluck, und ein sanfter Ausdruck trat in sein Gesicht, als würde er an Joeys Geschichten denken.

»Vermisst du die Zeit, als sie klein war?«

Er zuckte mit den Schultern. »Gelegentlich vielleicht, wenn wir darüber reden zum Beispiel, aber es war auch hart damals. Ich bin nur froh, dass wir die ersten Jahre heil überstanden haben.«

»Ach, komm schon. Du bist immer so ein guter Vater gewesen. Du hättest nie zugelassen, dass ihr irgendetwas zustößt.«

»Danke, aber zu fünfzig Prozent hatte ich keine Ahnung, was ich getan habe. Sie war so winzig und verletzlich.« Er nahm einen Schluck. »Ich dachte, wenn sie größer wird und nicht mehr ganz so zerbrechlich ist, würde ich mir weniger Sorgen machen, doch das hört nie auf.«

»Geht mir genauso, dabei bin ich nur ihre Tante.«

»Du bist nicht nur ihre Tante, Tara. Du bist einer der wichtigsten Menschen in unserem Leben.«

Sie erinnerte sich daran, dass sie mitangehört hatte, wie er im Rock Bottom etwas Ähnliches zu Keira gesagt hatte, und so glücklich es sie auch machte, sie zwang sich, es zu relativieren. Sie war *eine* wichtige Freundin.

Ihre Kellnerin, Macie Walsh, die wirklich liebe alleinerziehende Mutter, die gerade eine zweite Stelle in Indis Boutique angefangen hatte, kam an ihren Tisch, um die Teller abzuräumen. »Hat's geschmeckt?«

»Ja, großartig, danke«, sagte Levi, und Tara bestätigte: »Es war köstlich, danke.«

»Kann ich euch noch mit einem Nachtisch in Versuchung führen?«, fragte sie. »Wir haben heute Abend einen unfassbar leckeren Boston Creme Pie.«

Levis Blick huschte zu Tara, und an seinem verschmitzten Grinsen erkannte sie, dass er auch an das Eclair dachte.

»Klingt perfekt«, sagte er. »Ein Stück und zwei Gabeln, bitte.«

»Kommt sofort.«

Nachdem Macie gegangen war, sagte Tara: »Bist du sicher, dass du eine Gabel willst? Du könntest den auch einfach mit der Zunge aufschlecken.«

Ein sündhafter Blick trat in seine dunklen Augen, so wie schon auf der Auffahrt ihrer Eltern, doch sie fiel auf diesen kleinen Trick nicht wieder herein, sondern wappnete sich gegen die heiße Woge, die dieser sexy Blick über sie hereinbrechen ließ. Mit der Zeit würde es einfacher werden, alles zu relativieren, oder? Sie würde sich doch nicht ewig ermahnen müssen, richtig?

»Das würde ich schon«, sagte er verführerisch. »Aber ich möchte dich nicht in Verlegenheit bringen, indem du in aller Öffentlichkeit feucht wirst.«

»Halt den Mund!« Sie warf mit der Serviette nach ihm. »Ich werde in Zukunft in deiner Gegenwart viel vorsichtiger in meiner Wortwahl sein.«

»Ach, komm schon. Sei keine Spielverderberin. Bei dir lass ich mich gern mal gehen.«

»Du bringst mich gern aus dem Gleichgewicht, stimmt's?«

»Ja, macht nun mal Spaß. Du bist so entzückend, wenn du verlegen bist, und ich achte oft genug auf das, was ich sage, wenn Joey dabei ist.«

Sie nahm einen Schluck von ihrem Wein und klopfte sich insgeheim auf die Schulter, weil sie sich nicht an all die Nettigkeiten klammerte, mit denen er um sich warf. Wegen des so gewonnenen Freiraums brachte sie den Mut auf, ihn das zu fragen, was sie schon seit Langem beschäftigte. »Da du gerade von meiner wundervollen Nichte sprichst … Hast du je darüber nachgedacht, ob du noch mehr Kinder haben willst?«

»In unserem Leben passiert so viel, da habe ich mir darüber eigentlich noch nicht richtig Gedanken gemacht.«

»Ach, komm schon. Hast du nie eine Frau gedatet, die in dir den Wunsch ausgelöst oder zumindest die Überlegung angefacht hat, ob du noch mehr Kinder willst?« Sie konnte es kaum glauben, dass sie ihm diese Frage stellte, doch sie musste es einfach wissen. Sie unterhielten sich nie über die Leute, die sie dateten. Das Thema hatte sie nicht absichtlich gemieden. Sie wusste, dass er sich wahrscheinlich mit vielen Frauen traf, aber wenn sie sich sahen, dann entweder mit ihren Freunden oder mit Joey. Wenn ihre Freunde auf Dates anspielten, tat er es meist leichthin ab, und wenn sie mit Joey zusammen waren, waren ihre Gedanken selten woanders, denn sie war genau dort, wo sie sein wollte. Plötzlich kam ihr ein ganz schrecklicher Gedanke, und sie wünschte sich, sie könnte die Frage zurücknehmen. Denn wenn er ihr jetzt von einer Frau erzählte, die er datete oder in die er sich gerade verliebte oder mit der er sich eine Zukunft vorstellte, würde sie vielleicht auf der Stelle tot umfallen.

Er lehnte sich vor und verschränkte die Arme auf dem Tisch. »Ob du es glaubst oder nicht, aber heute Abend bin ich das erste Mal seit Ewigkeiten mal wieder mit einer Frau allein.«

»Ach, red keinen Quatsch.« Sie stellte entgeistert ihr Glas ab, doch dann wurde ihr klar, dass er vielleicht nicht mit ihr darüber reden wollte. »Du musst es mir nicht erzählen. Tut mir leid, ich war zu neugierig.«

»Ernsthaft, Tara. Wann sollte ich denn Zeit haben, mit jemandem auszugehen?«

»Keine Ahnung. Ich dachte vielleicht nach der Church oder sonntags, wenn du mit den Jungs eine Tour machst.« *Church* nannte der Motorradclub Dark Knights seine Treffen.

»Die Church findet mittwochabends statt und danach gehe ich immer nach Hause zu Joey. Die Sonntage gehören der Familie. Nach unseren Touren verbringe ich immer noch Zeit mit meinen Cousins und allen, die sonst noch ein bisschen bleiben wollen, und Joey ist immer dabei.«

Tara hatte seine Cousins Jesse und Brent in Harborside kennengelernt. Sie waren älter als Levi und besaßen das Hooligan's Restaurant und den Endless Summer Surf Shop. Sie mochte sie sehr. Die beiden vergötterten Joey, und es war offensichtlich, wie sehr sie Levi respektierten und liebten. Aber sie kaufte ihm nicht ab, was er über seine nicht existierenden Dates sagte. Ermutigt durch ihre neu errungene Haltung, konfrontierte sie ihn damit. »Du erwartest doch wohl nicht von mir, dass ich dir glaube, dass du nie mit Frauen ausgehst.«

»Ausgehen kann vieles bedeuten.« Er grinste verschmitzt. »Ich bin kein Heiliger, aber es ist mir alles andere als egal, was meine Tochter und die Eltern ihrer Freunde von mir denken. Ich kümmere mich um meine Bedürfnisse, wenn Joey nicht in der Nähe ist, und ich passe auf, dass ich nicht mit einer Frau zusammen bin, die sie kennt. Ich möchte nicht, dass meine Tochter je in irgendeiner manipulativen Taktik benutzt wird. Und wie gesagt, es ist schon eine Weile her.«

Sie wusste nicht, was sie erwartet hatte, doch diese krasse Offenheit überraschte sie, ebenso wie das Gefühl, das es in ihr auslöste. Zwar wollte sie sich ihn nicht mit anderen Frauen vorstellen, aber sie wollte dennoch, dass er glücklich war, auch wenn es nicht mit ihr war. »Das ist ehrenwert, aber es macht mich irgendwie auch traurig für dich.«

»Das sollte es nicht«, sagte er todernst. »So ist es richtig. Wie sieht's bei dir aus?«

»Was?«

»Hast du einen Mann am Start?«

»Schön wär's«, sagte sie mehr zu sich selbst.

Er biss sichtbar die Zähne zusammen. »Falls du dir etwas mit Ryan erhoffst … Der hat am vergangenen Wochenende eindeutig ein Auge auf dich geworfen.«

»Gar nicht! Bellamy lag da vollkommen daneben.«

»Nein, lag sie nicht. Wir Männer sehen das.«

Sie verdrehte die Augen. »Meiner Erfahrung nach sehen Männer nicht mal das, was direkt vor ihren Augen ist.«

»Dann bist du also tatsächlich an ihm interessiert«, murrte er und die Kiefermuskeln zuckten heftig.

»Das habe ich nie gesagt.« Sie nahm noch einen Schluck und fragte sich, warum er von Ryan redete.

»Also, er geht toll mit seinem Neffen um. Daran erkennst du, dass er ein toller Dad wäre.«

Sie verschluckte sich an ihrem Wein und spuckte ihn fast aus, sodass sie sich mit einer Serviette den Mund abwischen musste. »Wer sagt denn, dass ich nach einem Dad suche?«

»Keiner. War nur Spaß«, sagte er, als Macie mit ihrem Nachtisch kam.

»Ein Stück und zwei Gabeln.« Macie stellte einen Teller mit einem riesigen Stück Torte in die Mitte des Tisches und legte das Besteck daneben. »Kann ich euch sonst noch etwas bringen?«

»Ich denke, wir haben alles. Danke, Macie.« Levi gab Tara eine Gabel, als Macie sich entfernte, und wirkte dabei entspannter als noch wenige Momente zuvor. »Das hier sieht fast so gut aus wie das Eclair.«

»Fast? Das sieht himmlisch aus.« Sie nahm einen Happen und die süße Köstlichkeit schmolz in ihrem Mund. »Mmh, das ist ganz genauso gut.«

»Es wäre noch leckerer, wenn du es in der Hand hättest.« Er grinste.

Sie zeigte mit der Gabel auf ihn. »Ich lasse mich von deinen lächerlichen Spielchen nicht mehr verunsichern, also wisch dir dein freches Grinsen aus dem Gesicht.«

Jetzt zeigte er mit der Gabel auf sie. »Weißt du was, Osten? Ich glaube, das ist das erste Mal, dass wir beide allein essen gehen.«

»Stimmt. Irgendwie komisch, so ohne Joey, oder?« Sie versenkte ihre Gabel erneut in der Torte.

»Ich weiß nicht. Irgendwie gefällt es mir, dich für mich allein zu haben.«

Er sah ihr in die Augen, und sie fragte sich, ob er erkennen konnte, dass sie seine nette Bemerkung mit ihrem imaginären Tennisschläger abwehrte.

»Jetzt kannst du mir all deine Geheimnisse verraten.« Er nahm einen Happen und zog die Gabel dann langsam aus dem Mund, wobei sein Blick den ihren keine Sekunde losließ, als könnte er ihr die Geheimnisse mit seiner heißen Geste entlocken.

Wenn sie nicht entschlossen gewesen wäre, sich nicht wieder zum Narren zu machen, wäre sie vielleicht sogar darauf hereingefallen. »Ich bring deine Blase ja nur ungern zum Platzen, aber ich habe nicht viele Geheimnisse.«

»Und ob du die hast. Zum Beispiel hast du mir erst verraten, dass du ein Haus kaufen willst, als ich die Flyer gesehen habe.«

»Das war kein Geheimnis. Ich hatte nur gerade erst angefangen, mich umzuschauen, und wollte kein großes Ding daraus machen.«

»Ich glaube schon, dass es ein kleines Geheimnis war, oder? Du bist sehr verschwiegen. Das ist eines der Dinge, die ich an dir bewundere.«

Wenn er so weitermachte, würde sie richtig gut in Mentaltennis werden. »Verschwiegen kann man mich wohl tatsächlich nennen.« *Wenn man bedenkt, dass ich so lange ein Geheimnis vor meinen beiden besten Freundinnen gehabt habe.*

»Wir kennen uns schon seit Ewigkeiten, und ich denke, du weißt, dass du mir vertrauen kannst«, sagte er nachdenklich. »Du hast gesagt, dass du dein Privatleben in Ordnung bringen willst, und wenn du nicht nach einem Dad für deine Kinder suchst, wonach suchst du dann?«

Das war eine tiefsinnige Frage. »Willst du das wirklich wissen?«

»Ja, wirklich. Du hast eine große Veränderung und eine aufregende Zeit in deinem Leben vor dir. Ich würde gern wissen, wie du sie dir vorstellst.«

Sie atmete tief durch und erzählte ihm die Wahrheit. »Ich will wohl das, was ich mir schon immer erträumt habe. Ein Haus voller Liebe, mit Fotos von meinen Kindern an jeder einzelnen Wand, Fingerfarben-Bilder am Kühlschrank und einen Mann, der uns nur ungern am Morgen verlässt und es nicht abwarten kann, jeden Abend zu uns nach Hause zu kommen. Ich will nicht nur einfach zusehen, wie meine Kinder groß werden. Ich will ein Teil dieses Prozesses sein, bei den

Hausaufgaben und Schulprojekten helfen, Geburtstagstorten backen. An kalten Winterabenden möchte ich auf dem Sofa mit meiner Familie kuschelnd ins Kaminfeuer schauen, alberne Spiele spielen und geröstete Marshmallows mit Schokolade und Erdbeeren in Waffeltüten essen, weil alle anderen S'mores mit Keksen essen. Ich will mit meinen Kindern in Bürsten-Mikrofone singen und mit ihnen Kleider und Anzüge für den Highschool-Abschlussball einkaufen. Und keine einzige Sekunde lang möchte ich ihnen jemals das Gefühl geben, nicht gut genug zu sein.«

Sie kam sich vor wie Joey, die ohne Punkt und Komma reden konnte, doch die Worte kamen ohne Umwege direkt aus ihrem Herzen und waren nicht aufzuhalten. »Ich will von einem Mann geliebt werden, der mich zum Lachen bringt und der mich tröstet, wenn ich weine, der meine Lieblingsdinge akzeptiert, auch wenn sie seltsam sind. Einen, der mein Herz auf Händen trägt, wie ich seines auf Händen tragen werde, und der mich und unsere Kinder liebt, auch wenn wir uns selbst nicht lieben. Und ich will mit dem Mann für immer zusammen sein, in Zeiten, in denen das Leben zu schwierig zu sein scheint, als dass man es überstehen könnte, und genauso, wenn wir nicht aufhören können zu lachen und so voller Hoffnung sind, dass wir platzen könnten. Aber vor allem möchte ich mit einem Mann zusammen sein, der mich ansieht, wie dein Vater deine Mutter ansieht, wie deine Brüder Indi und Daphne ansehen und wie Grant Jules anschaut. Als wäre ich alles, was er je wollen könnte, auch an meinen schlimmsten Tagen. Als wäre ich alles für ihn auf der Welt und Balsam für seine Seele. Ich will der Mensch sein, dem er genug vertraut, um sich ganz zu zeigen, und bei dem er weiß, dass er von diesem Menschen bedingungslos geliebt wird, egal ob er Haare verliert oder zwanzig Kilo zunimmt, denn das, was uns verbindet, geht viel tiefer.« Sie spürte etwas Nasses auf ihrer Wange, und als sie es fortwischte, merkte sie, dass es eine Träne war. Sie presste die Lippen aufeinander und senkte verlegen den Blick. »Tut mir leid, dass ich hier so rumfasele.«

Levi konnte diese wunderschöne leidenschaftliche Frau ihm gegenüber einfach nur anstarren – denn genau das sah er. Entweder sie hatte einen Vorhang gelüftet oder er hatte hinter einer Nebelwand gelebt. Er wusste nicht, was ihm die Sicht so lange genommen hatte, doch er sah nicht mehr Joeys Tante oder Amelias Schwester. Er sah eine Frau mit Hoffnungen und Träumen von einer unglaublichen Zukunft, und wenn er sich vorstellte, Teil all dieses Vertrauens und der Liebe zu sein, dann wollte er alles, was sie soeben beschrieben hatte. Er verzehrte sich danach, spürte den dumpfen Schmerz eines Verlangens, als hätte sie die Seiten seiner Autobiografie gelesen, die er noch gar nicht geschrieben hatte.

Er war verblüfft. Umgehauen. Von den Socken. Wie konnte er all diese Dinge so verzweifelt wollen, wenn er noch nie darüber nachgedacht hatte?

Die Antwort dröhnte in seinem Kopf. *Ich musste nie darüber nachdenken.* Sie hatten es wie selbstverständlich gelebt, ohne jegliches Zutun. Er und Tara hatten das Meiste von dem, was sie gerade gesagt hatte, zusammen mit Joey schon oft getan. Sie hatten Waffeltüten geröstet und alberne Spiele gespielt, wenn sie die Kraft verlassen hatte. Joey nannte Tara Hausaufga-benflüsterin, weil sie ihr helfen konnte, ohne dass es in Frust ausartete. Die Liste war unendlich lang – Schulprojekte, in Haarbürsten-Mikrofone singen, Kleider für Schulveranstaltungen kaufen, Geburtstagstorten backen und – das Wichtigste – ein ureigenes Vertrauen.

Verdammt …

»Das klingt wahrscheinlich nach einem total naiven Mädchen«, sagte sie und riss ihn aus seinen Gedanken.

Er räusperte sich und versuchte, sich zusammenzureißen. »Nein, gar nicht. Du verdienst das alles.« *Und ich vielleicht auch.*

An etwas anderes konnte er nicht mehr denken, als sie ihre Torte aufaßen und noch ein wenig blieben, um Musik zu hören, bevor sie zurück nach Silver Haven fuhren. Auf dem Weg war Tara schweigsam, und das war angesichts von Levis Gemütszustand wahrscheinlich auch gut so. Vielleicht bildete er sich das Ganze doch nicht nur ein. War es Zufall, dass sie das alles gesagt hatte? Wollte er, dass es so war? *Auf keinen Fall!* Doch es spielte keine Rolle, was er wollte oder wie sehr er sich zu ihr hingezogen fühlte. Etwas mit Amelias Schwester anzufangen, glich einem Griff ins Hornissennest, und er konnte diese verdammten Viecher, die sich aufs Stechen vorbereiteten, praktisch schon hören.

Als sie am Haus ihrer Eltern ankamen, stieg er aus, um die Beifahrertür für sie zu öffnen, wobei er versuchte, sein Begehren und seine Fragen zurückzuhalten. Mit jedem Schritt zog sich seine Brust enger zusammen, wurde dieser sehnsuchtsvolle Schmerz tief in ihm stärker. Er öffnete die Tür und nahm ihre Hand, während ihr süßes Lächeln sein Herz traf, als er ihr beim Aussteigen half.

»Danke für das Essen und dafür, dass du mich bei der Häuserbesichtigung begleitet hast. Ich hatte viel Spaß.«

»Ich auch. Sag Bescheid, wenn du dir während der Woche

noch weitere ansehen willst. Ich könnte für einen Nachmittag kommen.« Er wollte sich nicht verabschieden. Er wollte ebenso sehr noch mehr Geheimnisse von ihr erfahren, wie er sie küssen wollte.

»Mache ich. Vielen Dank noch mal.«

Sie umarmte ihn und er erwiderte die Umarmung. Sie roch feminin und vertraut und fühlte sich unglaublich in seinen Armen an. All seine Sinne waren geschärft, doch am Ende war es sein Herz, das dieser unausweichlichen magnetischen Kraft zum Opfer fiel. Er kämpfte dagegen an wie ein Hai, der an der Angel hing, während sein Verstand zappelte, sich loszureißen versuchte, doch ihre Anziehungskraft war zu stark. Er spürte, dass sie zurücktrat und musste gegen den Drang angehen, sie fester zu umarmen und ihr zuzuflüstern: *Spürst du es auch oder bin ich allein damit?* Zögernd ließ er sie los.

Mit ihren schönen Augen schaute sie voller Vertrauen zu ihm auf. »Wir sehen uns nächsten Sonntag?«

Das kam ihm wie eine Ewigkeit vor. »Ich freue mich darauf.«

»Ich mich auch.«

Als sie die Auffahrt hinauf zum Haus ging, brannte sich die Verzweiflung wie ein Fegefeuer durch ihn hindurch. Er musste wissen, ob sie es auch gespürt hatte oder ob ihn sein Verstand ausgetrickst hatte. »Tara!«, entwich ihm hastig und hitzig, noch bevor er es zurückhalten konnte.

Sie drehte sich herum. »Ja?«

Seine eigenen Worte kamen ihm wieder in den Sinn. *Wenn du es schon nicht für dich selbst machen willst, dann tue es für Joey.* Wenn es seine Tochter betraf, war die Grenze zwischen richtig und falsch immer eindeutig von einer einfachen Regel gezogen: Mach nichts, was ihr schadet. Noch nie hatte er etwas so dringend gewollt, als dass er diese Grenze missachten wollte. Bis jetzt.

Bis Tara.

Ihre Augen funkelten im Mondschein, und mit jeder Faser seines Körpers wollte er sie fragen, ob sie es auch gespürt hatte, doch er konnte diese Hornissen nicht aufschrecken, wenn so viel auf dem Spiel stand. Er hob das Kinn und schloss widerwillig das Tor zu diesem Gedankenchaos. »Einen schönen Abend noch.«

»Dir auch. Umarme Joey für mich.«

Er sah ihr nach, als sie ins Haus ging, und sagte sich, dass er das Richtige getan hatte, egal wie falsch es sich anfühlte.

Während er zum Haus seiner Eltern fuhr, ging er alles durch, was sie gesagt und was er in der vergangenen Woche gefühlt hatte, und als er ankam, wusste er nicht mehr, wo oben und wo unten war. Er ließ den Blick über das über zwanzig Hektar große Weingut gleiten, als er zu dem weitläufigen zweistöckigen Haus mit den Spitzdächern und einem angebauten Pavillon zu einer Seite der großen vorderen Veranda ging. Ihre Großmutter Lenore bewohnte das Kutscherhaus hinter dem Hauptgebäude. Genau das wollte Tara. Die Sicherheit, das wohlige Gefühl und die Liebe – er war damit aufgewachsen und hatte es immer als selbstverständlich angesehen.

Als er das Haus betrat, wurde ihm bewusst, dass er immer gedacht hatte und davon ausgegangen war, dass er es eines Tages auch haben würde. Bis er diese Nachricht von Amelia bekommen und sich von dieser Selbstverständlichkeit verabschiedet hatte.

Es war spät, und im Haus war es still, als er sich bückte, um die Stiefel aufzubinden.

»Dachte mir doch, dass du es bist«, sagte sein Vater vom

Eingang des Wohnzimmers am anderen Ende des Flurs her. Steve Steele hatte eine breite Brust, kurze graumelierte Haare und einen akkurat gestutzten Bart. Er legte gerade eine geblümte Decke zusammen.

»Hey, Pop. Komme gleich.«

Er ließ seine Stiefel an der Tür stehen und ging zu seinem Vater. Auf dem Boden waren Spielsachen verstreut, und eine Gruppe von Stofftieren lag aufgereiht auf einer Armlehne, zugedeckt und jedes mit einem einzelnen Stück Popcorn davor. Eine große Schale mit Popcornresten stand auf dem Couchtisch, neben vier leeren Gläsern, ein paar zusammengeknüllten Servietten und einer von Joeys Basecaps. Zwei weitere Decken lagen unordentlich auf dem Sofa.

Levi schnappte sich eine Decke und faltete sie zusammen. »Filmabend mit dir, Mom und Grandma?«

»Fast. Deine Großmutter hat heute Abend mit ihren Freunden bei den Remingtons Bingo gespielt.« Er legte die Decke aufs Sofa und machte sich daran, die letzte zusammenzulegen. »Jock wollte etwas Besonderes für Daphne machen, also hatten Hadley und Joey eine Pyjamaparty. Sie schlafen schon seit einiger Zeit. Deine Mutter ist gerade nach oben gegangen, um noch einmal nach ihnen zu sehen und sich selbst bettfertig zu machen.«

»Das hat Joey bestimmt gefallen. Mom hat es gar nicht erwähnt, als ich ihr geschrieben habe, um zu sagen, dass es später wird.«

»Wundert mich nicht. Wir hatten mit den Mädchen ziemlich viel um die Ohren. Wie waren die Hausbesichtigungen?«

»Interessant. Ich lege die in die Truhe.« Als er die Decken verstaute, ging ihm durch den Kopf, wie sehr sich sein Leben doch von Taras unterschied. Er konnte sich nicht vorstellen, dass ihre Mutter herumliegende Decken oder für Stofftiere ausgelegte Popcornstücke zulassen würde.

Sein Vater sammelte das dreckige Geschirr und die herumliegenden Popcornstücke ein. »Ihr wart lange unterwegs. Hat Tara ein Haus gefunden, das ihr gefällt?«

»Keines, für das sie so richtig Feuer und Flamme war.« Levi folgte ihm in die Küche. »Entspann dich, Dad. Ich mach das.« Er machte sich daran, das Geschirr abzuspülen. »Tut mir leid, dass ich so spät gekommen bin. Ich war mit Tara noch zum Essen im Whit's Pub in Seaport.«

Sein Vater lehnte sich gegen die Arbeitsfläche. »Am Hafen? Es ist schön dort, und ich habe mich nicht beschwert. Ich war nur neugierig.«

»Kannst du dir vorstellen, dass nach all den Jahren, die ich Tara nun schon kenne und in denen sie so oft bei uns war und auf Joey aufgepasst hat, dies das erste Mal war, dass ich sie allein ausgeführt habe?«

Sein Vater hob eine Augenbraue. »Das ist wahrscheinlich gar nicht so ungewöhnlich. Wie war es?«

Erhellend. Er schaute zu dem Mann, der ihm alles darüber beigebracht hatte, was es bedeutete ein Vater zu sein, und seine Gedanken wanderten zurück zu jener Nacht, in der er seinen Eltern von Amelias Schwangerschaft erzählt hatte. Er hatte eine Heidenangst gehabt, aber nicht, weil er ihnen erzählen musste, dass sie schwanger war. Er hatte versucht, verantwortungsbewusst zu sein. Dass das Kondom gerissen war, war ja nicht sein Fehler gewesen, und er wusste, dass seine Eltern das verstehen würden. Er hatte Angst gehabt, dass sie von ihm verlangen würden, dass er Amelia heiratete, und das hätte er für kein Geld auf der Welt getan. Aber sie hatten ihn zu nichts gedrängt. Sie hatten ihm zugehört, und anschließend hatten sie ihn in die

Mangel genommen, indem sie ihm vor Augen führten, was es wirklich bedeutete, Vater zu sein, und wie sehr sich sein Leben ändern würde. So wie Leni es auch getan hatte. Doch er war in seiner Entscheidung, das Baby behalten zu wollen, standhaft geblieben, und nichts hätte seine Meinung ändern können. Sie hatten ihn umarmt, ihm gesagt, wie sehr sie ihn liebten, und ihm versichert, dass sie ihn auf jede ihnen mögliche Weise unterstützen würden. Aber sie hatten auch klargemacht, dass er für sein Baby aufkommen und da sein musste. Er würde keinen Freifahrtschein für sein Vaterdasein bekommen, während er sich auf Partys herumtrieb.

Sein Vater sah ihn erwartungsvoll an, und ihm wurde bewusst, dass er ihm noch nicht geantwortet hatte. »Es war interessant.«

»Scheint mir eine Menge *interessant* für einen Tag zu sein.«

Sein Vater war nicht die Art von Mensch, der seine Nase ins Leben seiner Kinder steckte. Das musste er nicht. Levi hörte praktisch das unausgesprochene Angebot, darüber zu reden. Er vertraute seinem Vater und wollte seinen Rat, doch Amelias Schwangerschaft hatte die Beziehung seiner Familie zu den Ostens geändert, und er wollte die Situation nicht schon wieder komplizierter machen. Er stellte den letzten Teller in die Geschirrspülmaschine, und als er sich die Hände abtrocknete, versuchte er, der eigentlichen Frage seines Vaters auszuweichen. »Absolut. Mom hat letztes Wochenende etwas gesagt, was mich dazu gebracht hat, über die Zukunft nachzudenken. Hast du kurz Zeit oder wartet Mom auf dich?«

»Sie ist mittlerweile wahrscheinlich schon vollkommen in einen Roman vertieft. Ich habe alle Zeit, die du brauchst.«

Levi lehnte sich gegen die Arbeitsfläche und sah ihn an. »Du weißt, dass ich keinen Sinn fürs Daten hatte, seit ich von

Amelias Schwangerschaft erfahren habe.«

»Ja, das hast du gesagt.«

»Tja, ich frage mich, ob es an der Zeit ist, darüber nachzudenken, oder glaubst du, es würde zu viel Unruhe in Joeys Leben bringen?«

»Das kommt wohl darauf an. Ich würde nicht empfehlen, einen Haufen Ladys, mit denen du es nicht ernst meinst, in ihr Leben zu bringen.«

»Du weißt, dass ich das niemals machen würde. Ich bin nicht auf kurze Abenteuer aus, Dad. Das liegt so weit hinter mir, dass ich manchmal das Gefühl habe, gerade fünfzig und nicht neunundzwanzig geworden zu sein.«

Sein Vater nickte. »Das macht das Elterndasein mit einem, und ich kann mir vorstellen, dass es als Alleinerziehender doppelt so anstrengend ist. Aber du bist sehr verantwortungsbewusst, Levi. Mit Joey wurde dir vom Leben ein richtiger Tritt in den Hintern verpasst, und du hast jeden Tag gemeistert, ohne dich zu beschweren. Du hast Joey an erste Stelle und deine eigenen Bedürfnisse über eine lange Zeit hinweg hintangestellt.«

»So wie Eltern es eben machen. Das habt ihr mir beigebracht.«

»Nicht alle Eltern, aber ich bin froh, dass du es gemacht hast. Du bist Joeys Ritter in glänzender Rüstung und wirst es immer bleiben. Du weißt, was gut für deine Tochter ist, und brauchst weder meine Erlaubnis zum Daten noch die von jemand anderem. Aber du hast einen Crashkurs absolviert, in dem du herausfinden musstest, wer du für Joey sein kannst, und den hast du mit Bravour bestanden. Doch in der Zeit hattest du nie die Gelegenheit, herauszufinden, wer du für dich selbst sein konntest, dich auszuprobieren, frei zu sein und eine Affäre zu haben, oder dich zu verlieben.«

»Ich bereue es nicht, Joey großgezogen zu haben.«

»Das weiß ich und wir sind unfassbar stolz auf dich. Als ihr Vater hast du mehr geleistet, als man von dir hätte erwarten können. Viele Männer hätten Amelia aus Joeys Leben verbannt, weil sie sie wie eine Nebensächlichkeit behandelt. Aber du hast versucht, dem Wohl deiner Tochter zuliebe diese Verbindung aufrechtzuerhalten, und ich weiß, dass das mit Sicherheit nicht leicht ist.«

»Nichts am Leben als Elternteil ist einfach, außer sein Kind zu lieben. Ich kann mir nicht vorstellen, dass es für ein kleines Mädchen leicht ist, ohne eine Mutter aufzuwachsen. Deshalb versuche ich, meine Gefühle gegenüber Amelia nicht zwischen die Beziehung von ihr und Joey kommen zu lassen. Ich will nicht, dass Joey wegen ihrer Mutter mit Verlustängsten aufwächst.« Das war der einzige Grund, aus dem Levi – ungeachtet der kaltherzigen Art, mit der Amelia die Neuigkeit ihrer Schwangerschaft verkündet hatte – immer gehofft hatte, dass sie eine Rolle in Joeys Leben spielen wollte. Doch in den ersten drei Jahren hatte Amelia keinerlei Anstrengungen in Bezug auf Joey unternommen und sie nur gesehen, wenn sich ihre Wege zufällig auf der Insel kreuzten. Selbst dann hatte es keine geplanten Besuche gegeben. Sie hatte sie in der Stadt gesehen und angemerkt, wie süß Joey war, doch ihr Tonfall hatte deutlich gemacht, dass sie eigentlich ganz woanders sein wollte. Erst als Joey vier oder fünf Jahre alt gewesen war und besser kommunizieren konnte oder – wie Amelia es so unhöflich formuliert hatte – sie *endlich ein Mensch geworden war*, hatte sie allmählich mehr Interesse an ihr gezeigt. Sie hatte angefangen, Geburtstagsgeschenke und Weihnachtskarten zu schicken und hatte ein paar Mal im Jahr angerufen, um mit Joey zu reden. Levi hatte sie zu Geburtstagspartys und Schulveranstaltungen eingeladen, doch sie war normalerweise beruflich zu viel unterwegs, um dort aufzutauchen. Sie hatte sich einen Namen gemacht und vor ein paar Jahren hatte ihr *Handbuch für Frauen, die gern reisen* mehrere Wochen ganz oben auf allen möglichen Bestsellerlisten gestanden. Amelia war für Joey wie eine entfernte Tante, und bei den seltenen Gelegenheiten, zu denen sie aufgetaucht war, hatte sich Joey immer sehr gefreut, sie zu sehen. So wenig Levi Amelias Prioritäten leiden konnte, so wusste er doch genau, dass diese Verbindung für seine Tochter sehr wichtig war.

»Ich weiß nicht, ob ich das Richtige mache, wenn es um Amelia geht. Sie war von Anfang an aufrichtig, was die Tatsache anging, dass sie keine Mutter sein wollte. Aber ich glaube, dass auf einer Insel wie dieser, auf der sich alle so nahestehen, ein wenig Kontakt besser ist als gar keiner, zumal Tara und ihre Eltern Teil von Joeys Leben sind.«

»Ich denke, dass du das Richtige machst. Du tust alles, was du kannst, und Joey hat viele Frauen in ihrem Leben, die sie abgöttisch lieben. Das wird hoffentlich alle möglichen Ängste abwenden.« Ein sanfterer Ausdruck trat in das Gesicht seines Vaters. »Aber deine Welt kann sich nicht nur um dein Kind drehen, Levi, sonst wird all die Hilfe erdrückend. Ich kann dir nicht sagen, was du in Bezug auf dein eigenes Leben tun sollst, doch als dein Vater hoffe ich, dass du das Daten und das Verlieben nicht verpasst, denn egal wie sehr du Joey liebst, glaub mir, es gibt einen Teil in dir, den sie nicht füllen kann.«

Er hätte sich nie zugestanden, darüber nachzudenken, bevor Archers Bemerkung ihn aus dem Konzept gebracht hatte. »Das wird mir allmählich bewusst.«

»Gut. Wird auch Zeit. Ich weiß, dass es dir so vorkommt, als hättest du alle Zeit der Welt, um an dich zu denken. Aber diese Zeit vergeht so schnell, mein Junge. Nicht mehr lange und Joeys Terminkalender ist voll mit Schulbällen und Dates. Du wirst überrascht sein, wie oft du abends allein zu Hause sitzt und auf sie wartest. Es wäre nett, wenn du jemanden hättest, mit dem du diese Abende verbringen kannst.« Sein Vater schwieg kurz, zweifellos um das ein wenig sacken zu lassen. »Hast du dich in letzter Zeit mal einsam gefühlt?«

»Eigentlich nicht, aber ich glaube, ich weiß, warum das nicht der Fall ist.«

»Verrätst du es mir?«

Sein Vater hatte neben Archer gestanden, als sein Bruder die Bemerkung in Bezug auf Tara gemacht hatte, und sich daraufhin rasch zurückgezogen. Levi war nicht sicher gewesen, wie er diesen schnellen Abgang hatte verstehen sollen, und deshalb war er darauf bedacht, Tara nicht zu erwähnen.

»Deine Augenbrauen zucken, mein Junge. Hör auf zu grübeln und spuck's aus«, sagte sein Vater und riss ihn aus den Gedanken.

»Joey und ich haben eine gute Freundin, und wenn sie da ist, macht sie alles schöner. Doch sie hat ihr eigenes, prall gefülltes Leben, und erst vor Kurzem wurde mir klar, dass ich in ihrer Abwesenheit nicht nach jemandem Ausschau gehalten habe, um diese Lücke zu füllen, und ich glaube Joey auch nicht.«

»Hattest du mit dieser Freundin mal eine Liebesbeziehung?«

Levi schüttelte den Kopf. »Nein, das ist mir bis vor Kurzem nicht mal in den Sinn gekommen.«

»Und was glaubst du, warum nicht?«

»Ich *weiß*, warum nicht. Ich habe nach Joeys Geburt Scheuklappen aufgesetzt und sie nie abgenommen. Ich wollte mich nicht auf irgendjemanden oder irgendwas einlassen, was uns aus der Bahn werfen konnte. Und jetzt hat jemand diese Scheu-klappen einfach so abgerissen und damit eine Flut von Gedanken und Gefühlen losgetreten, von der ich nicht einmal geahnt habe, dass es sie gibt.«

»Das Gefühl kenne ich nur zu gut. In dem Moment, in dem ich deine Mutter gesehen habe, war es um mich geschehen.«

»Ich habe nie gesagt, dass es um mich geschehen ist. Ich bin mir nicht mal sicher, ob ich es mir leisten und das Risiko eingehen kann, herauszufinden, ob sie das Gleiche empfindet. Ihre Beziehung zu Joey ist wichtiger als meine eigene egoistische Sehnsucht.«

Sein Vater legte die Hand auf seine Schulter und schüttelte den Kopf. »Und ich dachte, du wolltest aufhören, dich hintanzustellen. Nur du allein kannst entscheiden, welche Richtung du einschlägst, aber meiner Erfahrung nach wirst du nicht in der Lage sein, diese Scheuklappen wieder aufzusetzen, wenn das, was du fühlst, das Wahre ist.«

Sieben

Levi hatte nur selten miese Tage, und schon gar nicht mehrere nacheinander, aber am Mittwochabend war er völlig neben der Spur. Er hatte genug Fehler gemacht, um einen Kunden, zwei Mitarbeiter und sich selbst zu verärgern. Er musste einen klaren Kopf bekommen und aufhören, an Tara zu denken. Die Situation war unfassbar frustrierend. Während sie alles in Gang setzte, um sich eine Zukunft aufzubauen und irgendwann einmal eine Familie zu haben, versuchte er, sich sein und Joeys Leben ohne Tara vorzustellen, obwohl sie doch immer ein Teil davon gewesen war.

Es gelang ihm nicht und er wollte es, verdammt noch mal, auch gar nicht.

Als sie am Sonntag bei seinen Eltern vorbeigekommen war, um Joey einen Osterkorb zu bringen, hatte er kaum mit ihr sprechen können, und seitdem hatte er das Handy mindestens ein Dutzend Mal hervorgeholt, um ihr eine Nachricht zu schreiben, nur um es unverrichteter Dinge wieder wegzustecken.

Er war kein Weichei. Bei jeder anderen Frau hätte er eine Nachricht geschrieben oder angerufen. Ach was, er hätte am Samstagabend etwas gesagt oder sich den Kuss, den er so sehr gewollt hatte, einfach genommen, und ihren Körpern die

Entscheidung für alles Weitere überlassen. Aber sie war eben nicht irgendeine Frau, und er konnte es sich nicht leisten, das Falsche zu sagen oder zu tun. Das Problem war, dass er mit keiner Faser seiner selbst das Richtige tun wollte, und das machte es unmöglich, sich auf etwas anderes zu konzentrieren, auch nicht auf seinen Sonnenschein von Tochter, die ihm im Hooligan's gegenübersaß und pausenlos über ihre Mitschüler und die am Wochenende anstehende Schulparty quasselte, für die er sich als Aufsicht eingetragen hatte.

»Und dann hat Chelsea Billy erzählt, dass Sara ihn mag, und jetzt gehen Sara und Billy zusammen zu der Party, und sie hat gesagt, sie will ihn heiraten.« Joey warf die Hände in die Luft. »Ich hab keine Ahnung, warum Sara ausgerechnet Billy mag. Der kann nicht mal Skateboard fahren. Der einzige Junge, den ich je heiraten wollte, war Maverick, aber der ist jetzt mit Chloe verheiratet, also bin ich mit Jungs durch ...«

Sein Kumpel Justin »Maverick« Wicked war ein Dark Knight aus dem Chapter in Bayside, und Joey hatte über ein Jahr lang für ihn geschwärmt und jedem, der es hören wollte, erzählt, dass sie ihn heiraten würde. Sie hatte auch Chloe, die Maverick zu der Zeit datete, davon in Kenntnis gesetzt. Joeys Freundinnen hatten sich in den vergangenen Monaten in verschiedene Jungs verknallt, und ihm graute vor dem Tag, an dem sie ihm von ihrem neuen Schwarm berichten würde.

Es hatte einige Momente im Leben seiner Tochter gegeben, die ihn aus dem Konzept gebracht hatten, zum Beispiel als er sie das erste Mal zum Spielen zu einer Freundin gebracht hatte und nicht den Nachmittag über dort geblieben war. Es war ihm vorgekommen, als hätte er einen Teil von sich zurückgelassen. Als sie darauf bestanden hatte, mit dem Schulbus zu fahren, war er ihr den ganzen Weg bis zur Schule gefolgt, und ihre erste

Pyjamaparty außerhalb von ihrem Zuhause war eine einzige Tortur gewesen. Was, wenn sie verängstigt aufwachte oder die anderen nicht nett zu ihr waren? Ja, er war einer von diesen nervigen, übervorsichtigen Vätern, und es war ihm verdammt egal, wer das wusste.

Doch Joey hatte jedes dieser Ereignisse unbeschadet überstanden.

Was sein starkes kleines Mädchen zu einem heulenden Elend hatte werden lassen, waren ganz andere Gefahren gewesen, die er nicht hatte kommen sehen. Als die Mädchen in der Schule sich über sie lustig gemacht hatten, weil sie anfing, sich für Sport zu interessieren, und sich nicht mehr mit ihr verabredeten, war Joey am Boden zerstört gewesen, was ihn zu einem Grizzlybären gemacht hatte, der sie am liebsten alle in Stücke gerissen hätte. Das war nur einer der vielen Abende gewesen, an denen er Tara um Rat gefragt hatte. Er wusste nicht, wann es passiert war, aber irgendwann im Laufe der Jahre hatte er angefangen, sich zuerst bei ihr Hilfe zu suchen, wenn es um Joey ging, noch bevor er seine Mutter oder Schwestern fragte. Tara war besonnen und schien immer genau zu wissen, was zu tun war. Deshalb wusste er, dass Joey sich vielleicht Tara und nicht ihm anvertrauen würde, wenn sie sich das erste Mal verliebte. Und wenn sie es ihm erzählte, dann würde er zuallererst Tara anrufen, denn er war sich ziemlich sicher, dass er im Gefängnis landen würde, wenn er einem kleinen Jungen drohte.

»Dad!«, sagte Joey genervt und riss ihn aus seinen Gedanken. »Dein Handy klingelt.«

»Tut mir leid. Danke, Peanut.« Er zog es aus der Tasche, sah Taras Namen auf dem Bildschirm, und sein Herz fing an zu rasen, als sei er ein dämlicher Schuljunge. »Hallo, Tara, vermisst du mich jetzt schon?«

»Ist das Tara?« Joey zappelte mit freudig glänzenden Augen auf ihrem Sitz herum. »Ich will mit ihr reden!«

Levi hielt einen Finger hoch und sagte lautlos: *Gleich!*

»Ja, ganz schrecklich«, sagte Tara munter. »Woher wusstest du das?«

Ihre Stimme nahm ihm die Anspannung, aber sie löste auch mehr von diesen widersprüchlichen Gefühlen aus, gegen die er seit Tagen ankämpfte. Er versuchte, sie zu ignorieren. »Das habe ich tief in meinem Innersten gespürt.«

»Was für ein Charmeur«, scherzte sie. »Hast du mich denn auch vermisst?«

»Mehr, als du dir vorstellen kannst, Tara«, platzte es so aufrichtig und echt aus ihm heraus, dass er befürchtete, ihr oder Joey könnte sein ungewohnter Tonfall auffallen, und so fügte er rasch hinzu: »Hast du noch Tipps für andere Häuser erhalten?«

Joey lehnte sich mit ausgestrecktem Arm über den Tisch. »Ich will mit ihr reden.«

Wieder hielt er einen Finger hoch.

»Noch nicht«, sagte Tara. »Aber ich bin mir sicher, dass da bald noch mehr Angebote kommen werden. Wo seid ihr gerade? Es ist so laut.«

»Wir sind im Hooligan's, zum Essen.«

»Dad! Bitte!«, quengelte Joey.

»Du meine Güte, es ist Essenszeit«, sagte Tara. »Tut mir echt leid. Ich habe gerade eine Fotosession beendet und dachte mir, ich melde mich kurz bei euch. Dabei habe ich gar nicht auf die Uhr geschaut. Sag Joey, dass ich sie später anrufe.«

»Damit dir ein Gespräch mit der coolsten Achtjährigen weit und breit entgeht? Auf keinen Fall.« Er zwinkerte Joey zu. Er wollte seine Unterhaltung mit Tara nicht beenden, aber Joey sah aus, als würde sie gleich wahnsinnig werden, wenn sie nicht sofort mit ihr sprechen konnte. *Ich verstehe dich so gut, meine Süße.* »Ich geb sie dir mal. Warte kurz.«

Joey riss ihm das Handy aus der Hand und erzählte auch Tara aufgeregt den neuesten Tratsch über ihre Freunde und die Schulparty. »Und Dad ist als Aufsicht dabei …«

Levi lehnte sich zurück, während eine Idee in seinem Kopf aufkeimte. In dem Moment kam Jesse an ihrem Tisch vorbei. Sein tätowierter, bärtiger Cousin war Mitte dreißig und hatte volle dunkle Haare, die knapp schulterlang waren. Wie Levi trug er seine schwarze Lederjacke über einem T-Shirt. Als Levi nach Harborside gezogen war, hatte Jesse vorgeschlagen, dass er ein Prospect bei den Dark Knights werden sollte, und es war die zweitbeste Entscheidung in seinem Leben geworden. Die absolut beste war der Entschluss gewesen, Joey großzuziehen.

»Hey, Jesse. Ich wusste nicht, dass du heute Abend arbeitest.«

»Ich musste ein paar Dinge im Büro erledigen.« Er schaute zu Joey, die immer noch angeregt mit ihrer Tante plauderte, und sah ihn amüsiert an. »Hat sie dich jetzt schon für die coolen Kids abserviert?«

»Nee, das ist Tara.«

Jesse grinste. »Sorry, lieber Cousin, aber für Tara würde ich dich auch abservieren.«

»Halt dich von ihr fern, alter Mann. Sie ist viel zu jung für dich.«

»Warte kurz, Tara.« Joey kniete sich auf den Stuhl. »Hallo, Onkel Jesse!« Sie umarmte ihn. »Stell dir vor! Tara kommt am Sonntag und bleibt ganze zwei Wochen!«

»Das ist toll! Bewahre aber dieses Mal ein paar von ihren Keksen für mich auf, okay?« Jesse wuschelte Joey durch die

Haare und sie kicherte.

»Dad, Tara will mit dir reden, und guck mal, da ist Emily.« Joey zeigte zum anderen Ende des Restaurants auf ihre Mitschülerin. »Kann ich kurz Hallo sagen?«

Emily winkte von einem Tisch herüber, an dem sie mit ihrer jüngeren Schwester Annie und ihrer Mutter Lauren saß. Lauren legte den Kopf zur Seite und lächelte flirtend. Die kurvige Brünette hatte es zu ihrer Vollzeitbeschäftigung gemacht, ihn anzubaggern. Mehr oder weniger aufdringliches Flirten von ihr und anderen alleinstehenden Müttern in den Dreißigern war er mittlerweile gewohnt, auch von Joeys Lehrerin, einer umwerfend schönen Rothaarigen. Es hatte mal eine Zeit gegeben, in der Levi sich zu den Frauen, die ihm hartnäckig nachstellten, hingezogen gefühlt hatte, weil die Aufmerksamkeit sein jugendliches Ego befriedigte, doch Amelia hatte diese Faszination in einen Widerwillen verwandelt, den er nie überwunden hatte. Er hob zum Gruß das Kinn, und in dem Moment wurde ihm ein weiterer Grund bewusst, aus dem er sich so zu Tara hingezogen fühlte. Sie hatte sich kein einziges Mal an ihn herangemacht. So, wie seine Gefühle über ihn hereingebrochen waren, fragte er sich, ob er sich schon immer für sie interessiert, aber diese Gefühle einfach nur unterdrückt hatte.

»Klar, Süße. Gib mir das Handy und bleib nicht zu lange an ihrem Tisch.« Er nahm ihr das Telefon ab und Joey eilte zu ihrer Freundin.

Als sich Jesse auf den Stuhl setzte, der nun frei geworden war, hob Levi das Handy an sein Ohr. »Hallo, Blondie.«

»Sie freut sich so auf diese Party. Ich bin froh, dass wir letzten Monat dieses Kleid für sie gefunden haben.« Joey trug nicht gerne Kleider, doch für diese Schulparty hatte sie eines haben wollen, zu dem sie auch ihre Skateboard-Sneaker tragen konnte. Tara war mit ihr Shoppen gewesen, während er arbeiten musste, und sie hatten ein süßes Kleid gefunden – mit einem ärmellosen Jeanstop mit funkelnden Steinchen am Ausschnitt und einem bauschigen, bunten Rock im Zipfellook, der perfekt zu ihren Sneakern passte. »Aber wir sollten Augen und Ohren aufhalten, wenn es um Jungs geht. Klingt so, als würde der Gruppenzwang ihr im Nacken sitzen.«

»Ich versuche, nicht daran zu denken.«

»Das dachte ich mir schon, aber keine Sorge. Sie ist ein kluges Köpfchen und sie redet mit uns. Das ist das Wichtigste.«

Uns. Sie benutzten das Wort sehr oft, wenn sie über Joey redeten, aber heute Abend löste es etwas ganz anderes in ihm aus. Zum Beispiel das Bedürfnis, Taras wunderschönes Gesicht und alles andere, was sie anging, zu sehen. »Ich hatte da so eine Idee … Hast du Freitagabend etwas vor?«

Jesse hob neugierig eine Augenbraue.

»Eigentlich nicht. Warum?«, fragte Tara.

»Hast du Lust, bei der Schulparty mein Date zu sein?«

Jesse schüttelte schmunzelnd den Kopf. Levi warf ihm einen finsteren Blick zu.

»Dein *Date*?«, fragte Tara.

»Ja. Du weißt doch, wie die alleinstehenden Mütter immer hinter mir her sind. Du kannst mir dabei helfen, sie abzuwehren.« *Ich hör mich so albern an.*

»*Ich* soll dein *Frauenabwehrmittel* sein?«, fragte sie ungläubig.

Nein, ich kann sie mir schon allein vom Hals halten, aber ich hätte dich gern an meiner Seite. Doch bevor er diese Karten auf den Tisch legte, musste er erst wissen, woran er war. »So in etwa. Was meinst du? Ich kann bestimmt dafür sorgen, dass

Taylor Swift für dich gespielt wird.«

»Du meinst das ernst?«, fragte sie leise.

»Und ob! Du weißt genau, dass wir unseren Spaß haben werden, und tu erst gar nicht so, als hättest du ein besseres Angebot, als mit dem heißesten Typen von Harborside und deiner Lieblingsnichte zu einem Grundschulball zu gehen.« Er war absolut schamlos.

»Tja, so gesehen … Wie kann ich da Nein sagen?«

»Ha!« Sein begeisterter Ausruf wurde wieder mit einem Kopfschütteln von Jesse quittiert.

»Diese Frauen müssen ja ziemlich aufdringlich sein, wenn du dich so freust«, sagte Tara.

Er freute sich so, dass er seine Finte schon vergessen und sich verraten hatte. »Allerdings. Du bleibst auf der Party am besten immer in meiner Nähe.«

Sie schwieg einen Moment lang, und er wünschte, er könnte ihre Gedanken lesen. »Mir ist gerade eingefallen, dass ich am Samstagmorgen ein Fotoshooting habe.«

Ist das eine Ausrede, um mich abzuservieren? »Ich verspreche dir, dass ich dich gleich nach dem Ball zur Fähre bringe, und ich kenne ein bestimmtes kleines Mädchen, das ausflippen wird, wenn sie hört, dass du mitkommst.«

»Großartig. Jetzt muss ich nur noch ein Kleid finden.«

»Kurz und sexy passt immer.« Levi konnte praktisch hören, wie sie die Augen verdrehte, und er fand es herrlich. Sie unterhielten sich noch kurz, schließlich beendete er das Gespräch mit einem Gefühl, als hätte er im Lotto gewonnen.

»Junge, ich hatte ja keine Ahnung, dass du auf Tara stehst«, sagte Jesse.

»Wie kommst du darauf?«

»Dein dämliches Grinsen sagt alles. Aber *so* gehst du das an?

Indem du sie auf eine Kinderdisco ausführst?«

»Das ist kompliziert.« Er fuhr sich über das Gesicht, doch sein verklärtes Lächeln war wie eingemeißelt.

Joey kehrte mit Emily und Annie an den Tisch zurück. »Dad, kann ich im Spielzimmer mit ihnen flippern, wenn ihre Mom mitkommt?«

Lauren kam ebenfalls auf ihren Tisch zu und verschlang ihn förmlich mit den Augen.

»Klar.« Er holte ein paar Dollar aus seiner Tasche und gab sie Joey. »Du kennst die Regeln.«

»Bleibt zusammen, geh nicht allein auf die Toilette und rede nicht mit Fremden«, zählte sie pflichtbewusst auf.

»Hallo, Levi. Hast du Lust mitzukommen?«, fragte Lauren, ohne Jesse auch nur eines Blickes zu würdigen.

»Danke, aber mein Cousin und ich sind mitten in einer wichtigen Besprechung. Vielleicht ein anderes Mal.«

»Ich komme darauf zurück«, sagte Lauren und folgte den Mädchen ins Spielzimmer.

»Ist das nicht die Frau, die dich nach dem Winterfest dazu bringen wollte, dass du mit ihr ausgehst?«, fragte Jesse.

»Ja, das ist sie.«

Jesse verschränkte die Hände hinter dem Kopf und lehnte sich zurück. »So allmählich ergibt das alles einen Sinn.«

»Wovon redest du?«

»Du wirst ständig von irgendwelchen Frauen angebaggert. Ich habe mich schon gefragt, warum du nie darauf eingehst. Jetzt weiß ich es. Du hast Mist erzählt, als du gesagt hast, du willst nichts von Tara. Wie lange läuft das jetzt schon mit euch?«

»Da läuft gar nichts und ich habe nie Mist erzählt.«

Jesse räusperte sich. »Dann verstehe ich wohl irgendwas

nicht. Wenn zwischen dir und Tara nichts läuft, warum weist du dann schöne Frauen ab?«

»Ich hab's nicht so mit aggressivem Anbaggern.«

»Und Tara?«

Er presste die Zähne zusammen, während er kurz darüber nachdachte, seine Gefühle zu verleugnen, doch dafür waren sie bereits zu groß geworden. »Sie hat keine Ahnung, dass ich auf sie stehe, was im Moment wegen Joey und Amelia auch gut so ist.« *Und wegen ihrer Familie, und wahrscheinlich aus hundert anderen Gründen, die ich noch nicht bedacht habe.* Levi erzählte ihm von Archers Bemerkungen und der emotionalen Lawine, die sein Bruder damit losgetreten hatte.

»Ach so, sie ist deine verbotene Frucht.«

»Das ist es nicht.« Seit Tagen versuchte er, seine Gefühle zu analysieren, und die gingen weit darüber hinaus, dass er etwas haben wollte, das er nicht haben konnte.

»Und ob es das ist«, sagte Jesse. »Jeder hat diesen einen Menschen, nachdem er sich sehnt, doch man überzeugt sich vom Gegenteil und ist dabei so gut, dass man glatt vergisst, wie man sich selbst verarscht. Doch wenn dieser Schalter erst einmal umgelegt wird, kann man es nicht mehr abschalten, denn hier drinnen« – er schlug mit der flachen Hand auf sein Herz – »und hier drinnen« – er tippte sich an die Schläfe – »hat man die ganze Zeit jeden anderen Mann oder jede andere Frau mit diesem Menschen verglichen. Wie lang man das gemacht hat, ist bei jedem anders, doch ich glaube, bei dir und Tara geht das schon ein paar Jahre so.«

Zu genau diesem Schluss war Levi auch gekommen.

»Aber es ist egal, ob es einen Monat oder eine Woche dauert. Es läuft immer auf das Gleiche hinaus«, sagte Jesse. »Es wird nie jemand anderes infrage kommen.«

Levi dachte einen Augenblick darüber nach und nahm einen Schluck von seinem Bier. »Was macht dich zu so einem Experten?«

»Hab es schon unzählige Male mitangesehen.«

Levi sah seinen Cousin nachdenklich an und ging im Geiste seine befreundeten Frauen und Ex-Partnerinnen durch. Jesse hatte ein paar durchgeknallte Verflossene und er war wirklich eng mit Brooke Baker befreundet. Brooke war die Eigentümerin von Brooke's Bytes, einem Internetcafé an der Strandpromenade, und führte außerdem zusammen mit ihrer gemeinsamen Freundin Cassidy Lowell, einer Fotografin, eine Catering- und Eventplanungsfirma. Doch Jesse war mit vielen Frauen befreundet. Er war ein guter Zuhörer und das zog sie an wie die Fliegen. »Wer ist deine verbotene Frucht?«

»Das würdest du wohl gern wissen, wie?« Er grinste, doch gleich darauf wurde sein Gesichtsausdruck wieder ernst. »Wo ist also das Problem? Amelia taucht so gut wie gar nicht in Joeys Leben auf, und eure Geschichte beschränkt sich auf eine einzige gemeinsame Nacht, richtig?«

»Schon, aber das spielt keine Rolle. Sie ist immer noch Joeys Mutter, und Tara ist immer noch Amelias Schwester und Joeys beste Freundin … die ich gerade zu einer dämlichen Grundschulparty eingeladen habe, nur damit ich sie sehe.« Kopfschüttelnd lehnte er sich zurück. »Mein Gott, wie armselig bin ich drauf.«

»Du stehst auf eine umwerfende Blondine, die dich ansieht, als würdest du ihr die Sterne vom Himmel holen, und die deine Tochter liebt. Echt, Junge, richtig armselig«, merkte Jesse sarkastisch an.

»Findest du, dass sie mich so ansieht?«

»So wie alle anderen Frauen? Als wäre dein bestes Stück aus

purem Gold?«

Levi schüttelte den Kopf. »Antworte einfach auf die Frage. Ich muss herausfinden, ob das hier einseitig ist und ich mir alles nur einbilde, bevor ich den Verstand verliere. Aber wenn ich sie frage, ob sie auf mich steht, steche ich in ein Wespennest, das unsere Beziehung und ihr Verhältnis zu Joey zerstören könnte.«

»Dann ist es ja gut, dass du einen goldenen Zauberstab hast, denn wenn du in der Nähe bist, hat sie eindeutig nur Augen für dich und Joey. Merkst du denn nicht, wie sie dich ansieht?«

»In letzter Zeit irgendwie schon, aber ich bin so von ihr eingenommen, dass ich meinem Urteilsvermögen nicht mehr traue.«

»Entweder bist du schon zu sehr aus der Übung, oder du bist zu bescheiden, und wir wissen beide, dass du nicht *so* bescheiden bist. Ja! Sie sieht dich so an. Und was für einen Plan schmiedest du nun für die Party? Willst du sie fragen, ob sie mit dir geht, und sie in die Abstellkammer vom Hausmeister zerren, um sie zu befummeln?«

Dass er in der Kammer vom Hausmeister mit Iris Simmons erwischt wurde, die in den Genuss seines ersten Schlabberkusses und nervöser Schweißhände gekommen war, würde wohl nie in Vergessenheit geraten. Zum Glück hatte er nicht lange gebraucht, um die Kunst des Herummachens zu erlernen. »In etwa so albern komme ich mir vor. Als wäre ich wieder in der siebten Klasse, mit all diesen Gefühlen und keiner Ahnung, wie ich damit umgehen soll.«

»Ach was, der Levi der siebten Klasse war der heißeste Bad Boy weit und breit. Wenn du dir von dem etwas abgucken könntest, hättest du vielleicht eine Chance.«

Levi erinnerte sich an dieses seltsame Jahr, in dem er auf Boy Bands gestanden hatte und sich die Haare blond färben wollte. Archer und Jock hatten ihm angeboten, ihm dabei zu helfen. Dabei hatte er nicht geahnt, dass seine hilfsbereiten älteren Brüder ihm nur einen Streich spielen wollten. Sie hatten seine Haare pink gefärbt und ohne sein Wissen einen Penis in seinen Hinterkopf rasiert. Irgendwie war es ihnen gelungen, ihn von allen anderen fernzuhalten, bis er am nächsten Tag in die Schule gegangen war. Es wäre ein legendärer Streich geworden, wenn seine Mutter seinen Ruf nicht gerettet hätte, indem sie ihm den Kopf rasiert hatte, nachdem er von der Schule nach Hause geschickt worden war. Die Mädchen waren begeistert von seinem neuen Look gewesen und hatten ihn als Rebell und harten Kerl bezeichnet. Sein Gefühl, ein unbeholfener Junge zu sein, wandelte sich durch nichts weiter als einen neuen Haarschnitt und aufgepumptes Selbstbewusstsein in die Überzeugung, der krasseste Bad Boy der Schule zu sein. Die Aufmerksamkeit seiner weiblichen Gefolgschaft hatte er in vollen Zügen genossen, und das war der Anfang des Levi Steele gewesen, der versucht hatte, herauszufinden, wer er war und wo er hineinpasste. Zu Weihnachten hatte er sich eine Lederjacke gewünscht und den unbeholfenen Jungen damit für immer abgelegt.

»Im Ernst, Junge«, sagte Jesse. »Was willst du in Bezug auf Tara unternehmen?«

»Keine Ahnung. Es steht viel auf dem Spiel. Ich werde es mir wohl überlegen, wenn ich sie sehe.«

Jesse grinste. »Wenn gar nichts mehr geht, gibt es ja immer noch die Abstellkammer.«

Acht

»Meine Freunde freuen sich total, dass du zum Ball kommst. Sie wollen alle mit dir tanzen.« Joey saß in ihrem hübschen Kleid und mit den Skater-Sneakern auf dem Waschbecken oben im Bad und fummelte an ihrem Armband herum, während Tara sich vor dem Ball schminkte. Tara hatte angeboten, Joey eine besondere Frisur zu machen, doch auf ihre ganz eigene Art hatte Joey gesagt, dass sie es mit den Haaren, so wie sie immer waren – glänzend und glatt –, rocken würde.

»Ich freue mich auch.« Die alte Tara hätte krampfhaft versucht, in Levis Einladung irgendetwas anderes zu sehen als die Notwendigkeit, die Frauen von ihm fernzuhalten. Aber die neue Tara, die mit einer realistischen Sichtweise und dem Plan, nach vorne zu schauen, versuchte, ihren Hirnschmalz nicht für solch unnütze Gedanken zu verschwenden. Stattdessen hatte sie beschlossen, einfach das zu tun, worum er sie gebeten hatte, und sich so zu geben, als wären sie zusammen. So zu tun, als wäre sie in Levi verknallt, sollte ihr wohl nicht schwerfallen. Sie war mit Jules und Bellamy shoppen gewesen und hatte ein sexy olivgrünes Kleid gefunden – mit einem enganliegenden Tanktop-Oberteil und einem fließenden Rock mit gezacktem Saum wie bei Joeys Kleid. Jules und Bellamy hatten ihr versichert, dass es angemessen für eine Schulparty war, und Joey war begeistert davon, dass sie ähnliche Kleider trugen. Passend zu ihrer Kette mit dem Herzanhänger trug sie goldene Ohrhänger.

»Daddy hat gesagt, dass du gleich nach der Party nach Hause musst, aber du kommst Sonntag doch wieder, oder?«

»Na klar!« Tara verwendete Eyeliner und legte auch etwas Rouge auf. »Hast du mal überlegt, was du in den Frühlingsferien sonst noch machen willst?«

»Oh ja, vieles! Skateboarden, ins Kino, an die Strandpromenade. Ich möchte im Brooke's Bytes Mittagessen, damit ich Brooke sehen kann.«

»Klingt großartig. Dein Dad möchte uns zur Strandpromenade vielleicht begleiten. Du weißt ja, wie gern er da in der Spielhalle ist.«

Joey kicherte. »Der ist wie ein großes Kind. In Ordnung, er kann mitkommen. Emily, Avery und Robby wollen sich zum Spielen treffen, und ich möchte den Film *Liebe zum Dessert* sehen und was Leckeres backen.« Emily und Avery waren ihre Freundinnen aus der Schule und Robby war einer ihrer Skateboard-Kumpel. »Daddy hat gesagt, wir sollten ihm wie beim letzten Mal etwas aus meinem Kochbuch kochen.«

»Klingt so, als hätten wir viel vor.«

»Seid ihr Mädels bald fertig, oder muss ich nach oben kommen und euch holen?«, brüllte Levi von unten hoch.

»Auf keinen Fall, Daddy! Du kennst Grandmas Regel!«, rief Joey. »Die Steele-Ladys bekommen immer ihren Auftritt!«

Diese Regel, die es schon gegeben hatte, solange sie denken konnte, war noch etwas, das Tara an den Steeles so liebte. Immer wenn sich Levis Mutter und seine Schwestern für eine Veranstaltung zurechtmachten, egal wie groß oder klein dieses

Event war, wartete Levis Vater unten an der Treppe und überschüttete sie mit Komplimenten, wenn sie die Stufen hinabschritten. Sie hatten Joey in ihr Ritual vor den Veranstaltungen miteinbezogen, seit sie ein Kleinkind gewesen war. Damals hatte eine von Levis Schwestern sie auf dem Arm nach unten getragen und er hatte beide überschwänglich bewundert. Tara war sich ziemlich sicher, dass es unmöglich war, im Steele-Haushalt aufzuwachsen und nicht selbstbewusst zu sein.

Sie versuchte, das Kribbeln in ihrem Bauch zu ignorieren, als sie mit dem Puderpinsel auf Joeys Nase stupste. »Du wirst auf der Party das schönste Mädchen sein, meine Süße.« Sie hob Joey von der Kommode herunter.

Joey lächelte zu ihr auf. »Bereit?«

»Und ob. Wir müssen nur noch unsere Pullis aus deinem Zimmer holen.« Tara nahm ihre Hand und erinnerte sich daran, wie sie Joey das erste Mal geholfen hatte, sich für eine Veranstaltung in Harborside herauszuputzen. Joey war vier Jahre alt gewesen, und die Dark Knights hatten ihren jährlichen Wohltätigkeitsball zur Finanzierung ihrer Lese- und Rechtschreibprogramme und Anti-Mobbing-Projekte veranstaltet. Auch damals schon hatte Joey sie angestrahlt und gesagt *Jetz kommt unsa Steele-Lady-Auftitt.* Tara hatte versucht, ihr zu erklären, dass sie keine Steele war, und hatte Joey überzeugen wollen, allein hinunterzuschreiten, aber Joey war so außer sich gewesen, dass Tara nachgegeben hatte. Levi hatte unten an der Treppe gewartet, und Tara wollte ihm schnell die Situation erklären, doch er hatte sie unterbrochen und gesagt: *In unserem Haus bekommen alle schönen Ladys ihren Auftritt.* Von Levi als schön bezeichnet zu werden, hatte ihr neunzehnjähriges Herz in einen Ausnahmezustand versetzt.

Jetzt schlug ihr Herz aus einem ganz anderen Grund wie

wild. Sie holte die beiden Pullover aus Joeys Zimmer und hoffte einfach nur, dass Levi ihr Kleid gefallen würde.

»Wir kommen!«, rief Joey.

Als sie hinunterschritten, war Levis Bewunderung unverkennbar. An Joey gewandt, sagte er: »Wow, meine Süße. Du siehst wunderschön aus.«

»Danke, Daddy.«

Sein Blick wanderte zu Tara, ruhte einige Herzpochen auslösende Sekunden auf ihren Augen und glitt dann langsam an ihr hinab. Sie wappnete sich gegen die Hitze, die durch sie hindurchschoss, und weigerte sich, ihren kindischen Fantasien nachzugeben.

Als er ihr wieder in die Augen schaute, zog er die Mundwinkel zu einem neckischen Grinsen hoch. »So viel Glück wie ich wird kein anderer Mann auf der Party haben – mit einem entzückenden Mädchen an einem Arm und einer umwerfenden Frau am anderen.«

Taras Wangen glühten.

»Kommt schon. Lasst uns los!« Joey rannte zur Tür.

Er legte eine Hand auf Taras Rücken und raunte ihr leise zu, während sie Joey folgten. »Das Kleid ist echt der Hammer.«

»Ist es zu viel?«

»Es ist perfekt. Aber ich bin froh, dass ich der einzige Vater bin, der sich als Aufsicht eingetragen hat. Ich würde mich nur ungern mit jemandem prügeln, weil der dich angafft.«

Die alte Tara wäre bei diesen Worten ganz schwach geworden, hätte sie mit kleinen Schleifchen versehen und wochenlang darüber nachgedacht. Nicht jedoch die neue Tara.

Eigentlich hatte sie gar keine Ahnung, was die neue Tara tun würde, denn sie war zu sehr damit beschäftigt, Levi auf dem Weg hinaus nicht anzuschmachten. Er sah unverschämt heiß aus in dem schwarzen Button-down-Hemd mit den hochgekrempelten Ärmeln, das seine muskulösen Unterarme und Tattoos offenbarte, mit den dunklen Jeans, die sich eng um seinen Hintern legten, und den Bikerstiefeln, die sie immer umhauten.

Zur Hölle mit ihm.

Zum Glück hatte sie es geschafft, ihren Kopf aus den rosa Wolken zu ziehen, als sie Joeys Schule erreicht hatten. Seit einer Stunde waren sie nun schon dort und die Party war in vollem Gange. Überall in der Turnhalle waren Bögen aus pastellfarbenen Ballons aufgestellt und funkelnde Lichter verliehen dem Raum eine magische Atmosphäre. Über der Bühne, auf der ein DJ Popmusik spielte, hing ein Transparent mit dem Schriftzug FRÜHLINGSGEFÜHLE. Die Kinder rannten in ihren süßen Outfits herum, tanzten, aßen Kleinigkeiten von dem Büfett und ließen sich am Fotostand ablichten, bei dem Accessoires wie witzige Hüte, Brillen, Krawatten, Schnurrbärte und Hasenohren bereitlagen. Tara und Levi hatten gerade mit Joey und ihren Freunden getanzt und beobachteten nun das Gewusel um sie herum.

»Gefahr im Verzug«, warnte Levi sie und schob den Arm um Taras Taille.

Er hatte wie eine Klette an ihr gehangen. Nichts, worüber sie sich beschweren würde. Sie amüsierte sich hervorragend, auch wenn sie von den anderen Aufsichtspersonen neugierig beäugt wurden. Sie folgte Levis Blick zu Joeys Lehrerin. Joey schwärmte in den höchsten Tönen von ihr. »Dein Ernst? Miss Moore baggert dich an?«

»Und ob. Wart nur ab.«

Tara wurde nervös. Sie hatte zwar bemerkt, dass einige der anderen Frauen Levi ständig im Blick behielten, doch bisher hatte keine ihn angebaggert. Miss Moore erwiderte Taras Lächeln, als sie an ihnen vorbei zu einer Gruppe von Kindern ging. »Ich glaube nicht, dass du meine Hilfe brauchst. Du wirst nicht angebaggert.«

»Weil der Plan funktioniert.«

Sie verdrehte die Augen.

Er legte den Arm fester um ihre Taille, sodass sie die Hitze unter seiner Hand nur noch stärker wahrnahm, als er sie an sich zog und ihr leise und so verführerisch zuraunte: »Verdreh du nur die Augen, aber die wissen alle ganz genau, dass es keine Konkurrenz für dich gibt, schon gar nicht in diesem Hammerkleid.«

Sie hielt den Blick starr auf Joey gerichtet, denn wenn sie Levi angeschaut hätte – so befürchtete sie –, hätte er vielleicht irgendwie die Schauer, die wie eine Flipperkugel durch sie hindurchschossen, gesehen oder gespürt. Krampfhaft bemühte sie sich um eine Antwort, die ihre schwindelerregende Schwärmerei nicht offenbarte. »Wahrscheinlich glauben sie, dass ich altersmäßig näher an den Kindern dran bin als an den Erwachsenen.«

»Das ist purer Neid, Tara, und der steht ihnen ins Gesicht geschrieben. Guck dir nur die Frauen am Eingang zur Turnhalle an.«

Sie schaute in die Richtung und sah, dass Emilys Mutter, eine schöne Brünette, die sie ein oder zwei Mal getroffen hatte, eine große dünne Blondine und eine zierliche Blondine sie beobachteten. Schnell schauten die Frauen weg. Gab es hier so viele alleinstehende Mütter? *Sie müssen ja nicht einmal Single sein, um zu bemerken, wie gut Levi aussieht.* »Okay, manche stehen also wirklich auf dich.«

»Hab ich doch gesagt. Die denken bestimmt alle: *Sie sieht*

umwerfend aus und seine Tochter liebt sie abgöttisch. Da können wir es ebenso aufgeben, um seine Aufmerksamkeit zu buhlen.«

»Inwiefern soll das gut für dich sein? Solltest du dich nicht an ihrer Aufmerksamkeit weiden?«

Er stellte sich vor Tara, versperrte so die Sicht der anderen Frauen und hielt sie mit seinem Blick gefangen. »Ich bin zu sehr damit beschäftigt, mich an deiner zu weiden.«

Er musste unbedingt damit aufhören, ihr heute Abend so nette Dinge zu sagen, denn sie legten sich um sie wie ein warmer Sommerwind, und am liebsten hätte sie die Augen geschlossen und wäre in ihm verschwunden. Wieder verlor sie sich zu sehr in ihm, dabei konnte sie es sich nicht erlauben, rückfällig zu werden. Raum zum Atmen. Das brauchte sie jetzt, um ihre Gefühle unter Kontrolle zu bekommen. *Ganz viel Raum.*

Eine Schar Kinder rannte an ihnen vorbei in Richtung Büffet.

Die perfekte Fluchtgelegenheit.

»Ich hol mir was zu essen. Bin gleich wieder da.« Noch bevor er ihr anbieten konnte, sie zu begleiten, eilte sie mit seinem heißen Blick im Nacken davon. Bildete sie sich das alles ein? Sie versuchte, diesem mentalen Tauziehen zwischen seinen Bemerkungen und seinem Benehmen, das sich besitzergreifend und nicht wie sonst beschützend anfühlte, ein Ende zu bereiten. Doch sie entkam dem genauso wenig wie dem Gefühl, dass er sie beobachtete.

Der Drang, sich umzudrehen, war so stark, dass sie gar nicht anders konnte, als über die Schulter zu schauen. Der Blick seiner dunklen Augen lag noch immer auf ihr. Er zwinkerte ihr zu, ein Lächeln auf den Lippen, und löste damit eine Woge von verwirrenden und gleichermaßen aufregenden Gedanken aus.

Spielte er wieder nur mit ihr oder war da mehr? *Aah!* Sie wünschte, sie könnte ihr Hirn abschalten.

Rasch drehte sie sich wieder herum und stieß fast mit einer anderen Frau zusammen. »Tut mir leid. Ich hab« – *den Verstand verloren.*

»Schon gut. Wenn ich meinen Mann dazu bringen könnte, mich auf diese Party zu begleiten, dann hätte ich auch Konzentrationsprobleme«, sagte die Frau freundlich und ging davon.

Tara besaß nicht die Geistesgegenwart, um sie zu korrigieren. Sie stellte sich ans Büffet und konzentrierte sich auf die Cupcakes und nicht auf den Mann, der sie zu seinem eigenen Vergnügen in den Wahnsinn trieb oder ... Levis Stimme erklang in ihrem Kopf. *Ich möchte herausfinden, was sie denkt, was ihr wichtig ist, was sie mag, was sie abtörnt ... und was sie antörnt.*

Könnte es sein, dass er ...?

Ihre Nerven standen in Flammen und noch einmal schaute sie verstohlen zu ihm. Er unterhielt sich mit Emilys Mutter. Sie musste praktisch quer durch den Saal zu ihm gerannt sein, sobald Tara weggegangen war. Die Eifersucht wollte sich festkrallen, und so drehte sie sich wieder zum Büffet herum, wo sie nun zwischen den zwei Frauen stand, die Levi zusammen mit Emilys Mutter beobachtet hatten.

»Das sieht aber köstlich aus«, sagte die zierliche Blondine.

»Da kann man gar nicht widerstehen«, sagte die größere Blondine.

So wie bei einem gewissen Mann. Augenblick mal. Redeten sie über Levi oder über die Cupcakes?

Die zierliche Blonde lächelte Tara an. »Du bist mit Levi hier, oder?«

Als ob ihr uns vor fünf Minuten nicht beobachtet hättet. »Ja, ich bin Tara.«

»Das Kindermädchen, stimmt's? Das sich während der Frühlingsferien um Joey kümmern soll?«, fragte die größere Blondine, während sie Tara herablassend von oben bis unten in Augenschein nahm.

»Nein, sie ist ihre Tante«, korrigierte die andere Frau sie. »Zumindest hat Lauren das von Emily gehört.«

»Emily hat recht. Ich bin Joeys Tante.« *Und ich bin wirklich nicht in der Stimmung für zwanzig weitere Fragen.* Sie nahm sich einen Cupcake.

»Ah, okay, also du und Levi scheint euch wirklich *ziemlich* nahezustehen«, sagte die Größere, als würde sie diese Tatsache sehr ärgern.

»Es sei denn, du bist seine Schwester?«, fragte die andere hoffnungsvoll.

»Für Geschwister stehen sie sich merkwürdig nahe«, sagte die größere Blondine.

Levi hatte nicht übertrieben. Sie waren wie gut aufeinander abgestimmte Aasgeier. Diese beiden sollten das Fleisch von ihren Knochen picken, während die kurvige Brünette den Eindruck erweckte, Levi bei lebendigem Leib zu verschlingen. Er schenkte der Brünetten ein anerkennendes Nicken.

Stand er auf sie?

Das grünäugige Monster hockte auf ihrer Schulter und bohrte die Krallen in ihre Haut.

Wenn er wollte, dass sie Frauen abschreckte, dann würde sie ihre Aufgabe erledigen, verdammt. Ermutigt durch ihren Frust, schaute sie die neugierigen Blondinen an. »Ich bin nicht seine Schwester und wir stehen uns sehr nah.« Sie wischte mit dem Finger etwas Glasur von dem Kuchen und hob die Augenbrauen. »So nah wie die Glasur dem Cupcake.« Sie leckte sich den

Finger ab, suhlte sich in ihren schockierten Blicken, zog die Papierform vom Cupcake ab und warf sie in den Mülleimer neben dem Tisch. »Ihr entschuldigt mich? Levi wartet.«

Sie marschierte durch den Raum und war auf die Frauen ebenso wütend wie auf Levi und sich selbst. Emilys Mutter warf den Kopf in den Nacken und lachte auf diese gekünstelte Art, die manche Frauen an sich haben, wenn sie einen Mann beeindrucken wollen. Levi warf Tara einen *Rette-mich*-Blick zu.

Sie besann sich auf Bellamys Ratschlag, setzte ihre sexy hauchende Stimme ein und sorgte für einen heftigen Temperaturanstieg. »Tut mir leid, dass es so lange gedauert hat. Ich weiß, wie gern du das Dessert teilst, und ich wollte den perfekten Cupcake haben.« Sie legte die Hand auf seine Brust, spürte seinen schneller werdenden Herzschlag und wandte sich verwegen an die andere Frau. »Sorry, es dauert nicht lang. Er ist ganz verrückt nach süßen Leckereien.« Sie hielt den Cupcake hoch. »Mund auf, großer Junge.«

Die Flammen loderten in seinen Augen, als sich seine Finger um ihr Handgelenk legten. Sein Blick ließ ihren nicht los. Seine Lippen berührten ihre Finger, als er in den Cupcake biss. Halleluja, ihm beim Essen zuzusehen, war wie ein Aphrodisiakum. Vielleicht war das auch die Art, mit der er sie ansah – als wünschte er, er würde *sie* von seinen Lippen lecken und nicht den Zuckerguss. Tara nahm nur vernebelt wahr, dass Lauren etwas sagte und fortging, denn Levi legte seinen anderen Arm um ihre Taille.

»Das hab ich wohl gut hingekriegt«, sagte sie mit leicht zittriger Stimme.

»Du kleine Sirene. Wo hast du dich so lange versteckt?« Er zog sie näher an sich, schob den Cupcake zu ihrem Mund, während es in seinen Augen vulkanartig brodelte. »Du bist dran.«

Wie ein Kätzchen, dem Milch angeboten wurde, schleckte sie seine schroffe Aufforderung auf und biss von dem süßen Gebäck ab. Das Blut rauschte laut in ihren Ohren und übertönte fast alles andere. Als es ihr endlich gelang, den Happen herunterzuschlucken, leckte sie sich über die Lippen, und seine Augen wurden dunkel wie die Nacht. Sie musste sich in Erinnerung rufen, wie man atmete.

»Dad! Tante Tara!«, rief Joey, die mit drei Freundinnen zu ihnen gerannt kam.

Tara versuchte, sich aus Levis Arm zu befreien, doch er ließ nicht los.

»Esst euren Cupcake auf und tanzt mit uns!«, sagte Joey.

»Bitte!«, bettelten auch ihre Freundinnen.

»Wir treffen uns gleich auf der Tanzfläche«, sagte Levi beiläufig, als hielte er sie nicht an seinem glühenden Körper gefangen.

»Okay!«, riefen die Mädchen gleichzeitig und rannten in Richtung Bühne.

Levi sagte kein Wort, als er den letzten Happen von dem Cupcake aufaß und dabei den Blick seiner hypnotisierenden Augen schweifen ließ. Er stellte sich so hin, dass sie beide mit dem Rücken zur Halle standen. Noch immer hielt er Tara fest an seiner Seite und schaute ihr tief in die Augen, als er ihre Hand an seine Lippen hob und die Zuckerglasur von ihren Fingern leckte. *Ach du heilige …* Fühlte er, wie sie innerlich glühte? Spürte er das bedürftige Pulsieren zwischen ihren Beinen? Mit Sicherheit konnten alle die Funken fliegen sehen, aber sie war nicht imstande, ihre Verbindung zu durchbrechen. Als er mit dem Daumen langsam über ihre Lippen fuhr, hauchte sie im Geiste: *Küss mich.*

Langsam breitete sich ein Lächeln auf seinem Gesicht aus.

»Zeit zu tanzen, du heimliche Sirene.«

Er nahm ihre Hand und wollte zu den Kindern gehen. Doch sie stand da wie festgewurzelt. Sie hatte Angst, dass ihre weich gewordenen Knie sie nicht tragen würden, wenn sie sich bewegte. Er drehte sich zu ihr um, und sie sah wahrscheinlich ebenso konfus aus, wie sie sich fühlte, denn sein Lächeln wurde zu einem verschlagenen Grinsen. »Jetzt lässt es sich wohl nicht mehr leugnen.«

»Was?«, fragte sie so voller Hoffnung, dass sie das Gefühl hatte, sie könnte jeden Moment platzen.

Er blickte sie eindringlich an und sagte: »Dass ich es immer noch draufhabe.«

Das riss sie aus ihrer Trance und im Bruchteil einer Sekunde wurde die Enttäuschung von Ärger zur Hölle geschickt. »In diesem Moment hasse ich dich.«

»Du weißt genau, dass du mich liebhast.« Seine Worte trieften vor Charme, und sein Grinsen wurde zu diesem jungenhaften und verspielten Lächeln, mit dem er ihr dämliches Herz erreichte, das ihn schon viel zu lange gemocht hatte. »Komm mit, Blondie. Lass uns ein bisschen Spaß haben.«

Als er sie zur Tanzfläche zog, sagte sie: »Ab sofort darfst du mich nicht mehr als dein Frauenabwehrmittel benutzen und auch nicht als dein Versuchskaninchen, mit dem du herausfinden willst, ob du *es* noch draufhast oder nicht. Verstanden, Steele?«

»Verstanden, Blondie.« Er zwinkerte ihr zu, und schon kreischten Joey und ihre Freundinnen auf und zogen sie in ihren Kreis, um zu tanzen.

Levi gab sich sofort albernen Tanzbewegungen hin, und Tara tat es ihm gleich, woraufhin die Mädchen und andere Kinder um sie herum in Gelächter ausbrachen, was wie Balsam für die Seele war. Sie tanzten mit den Mädchen, miteinander, zu einem Lied nach dem anderen, und da gab es keinen Raum mehr zum Grübeln oder für irgendetwas anderes als pure, ungetrübte Freude.

Das Lied »Butterflies« von MAX und Ali Gatie, auch eines von Joeys Lieblingsliedern, begann und Levi streckte die Hand nach ihr aus. »Komm her und tanz mit deinem geliebten alten Dad.«

»Lasst uns Fotos machen!«, rief eine von Joeys Freundinnen und schon rannten ihre Freunde in Richtung Fotokabine.

»Tut mir leid, Dad!« Joey rannte den anderen hinterher.

Levis Blick richtete sich auf Tara. »Du weißt, was das bedeutet.« Er lockte sie mit gekrümmtem Zeigefinger zu sich.

Tara legte die Hand auf die Brust, gab sich gespielt überrascht und schaute sich um, bevor sie lautlos *Ich?* von sich gab.

»Jetzt komm schon her.« Er zog sie an sich.

Sie legte die Arme um seinen Hals und sie gaben sich den mühelos sanften Bewegungen hin. Ein paar Kinder waren auch auf der Tanzfläche, doch Tara spürte die Blicke der anderen Erwachsenen. »Ist es in Ordnung, wenn wir hier einen Engtanz hinlegen? Alle gucken uns an.«

»Ich hab doch gesagt, die sind nur neidisch. Vergiss sie. Konzentrier dich auf mich.«

»Immer, wenn ich das tue, sorgst du bei mir für weiche Knie.« Überrascht stellte sie fest, dass die Wahrheit einfach so hervorkam.

»Nach dem, was du mir mit dem Cupcake angetan hast, bist du nicht in der Position, dich zu beschweren.«

»Was ich *dir* angetan habe?«

»Tu nicht so, als wüsstest du es nicht.«

Gern wollte sie glauben, dass sie die gleiche Wirkung auf

ihn hatte wie er auf sie, doch dieses Spiel würde sie nicht mehr mitspielen, denn sonst wäre sie am Ende wieder diejenige mit einem Schleudertrauma. Stattdessen antwortete sie ihm mit seinen eigenen Worten. »Dann hab ich es wohl auch immer noch drauf.«

»Oh ja, und wie!«

Und da war es wieder, dieses gewisse verführerische Etwas in seiner Stimme, das für ebenso viel Hoffnung wie Schmetterlinge sorgte. Innerlich verscheuchte sie die Viecher.

»Amüsierst du dich hier gut?«, fragte er.

»Mhm. Und du?«

»So schön wie heute war es für mich noch nie auf einer Schulparty.«

»Auch nicht auf deinen eigenen?«

»Auf keinen Fall. Schulpartys waren nervenaufreibend für mich.«

»Das glaube ich dir nicht. Du warst doch der Coole.«

»Nur weil ich cool war, heißt das noch lange nicht, dass ich nicht nervös war. Ein cooler Teenager zu sein, ist nicht einfach. Immer muss man das Richtige sagen und tun, um deine Freunde und die Mädchen zu beeindrucken.«

»Wem sagst du das«, erwiderte sie matt. »Die Schulpartys waren der Horror für mich, als ich in Joeys Alter war.«

»Du warst ein kleines Mauerblümchen, doch dann tauchte das ›Thriller-Girl‹ auf und hat alle umgehauen.«

»Jules und Bellamy können mich noch immer zu fast allem animieren.« Sie war sich sicher, dass er das auch konnte.

»Damals warst du süß und mutig, aber mir gefiel besonders die Darbietung, die du letztes Jahr auf dem Halloween-Fest zum Besten gegeben hast.« Er zog sie enger an sich. »Du hast deine Moves verbessert, aber vielleicht lag das auch an dem sexy

Maus-Kostüm.«

Ein kleiner Schauer schoss durch sie hindurch. Sie hatte das Kostüm tatsächlich mit der Hoffnung gekauft, dass er es sexy finden würde. »Du meinst also, ich sah nicht wie ein unkoordiniert herumfuchtelndes Gör aus?«, scherzte sie.

»Kaum.«

»Da kannst du dich bei deinen Schwestern bedanken. Als ich jünger war, habe ich oft Sutton und Leni auf den Festen in der Gegend beim Tanzen zugeschaut. Ich fand, sie waren die coolsten Mädels weit und breit.«

»Das fanden sie selbst auch«, meinte er schmunzelnd. »Wo wir gerade von meinen Schwestern reden … Willst du etwas Verrücktes hören?«

»Klar.«

Er zog sie etwas fester an sich. »Sie finden, dass wir beide daten sollten.«

Ein überraschtes *Oh* entwich ihr, bevor sie es verhindern konnte. *Du meine Güte!* Er hatte Schwestern – im Plural – gesagt, und das bedeutete, dass er nicht nur von Jules sprach. »Echt?«

»Verrückt, oder?«

Da war es wieder. So, wie er es empfand, ganz unverstellt. Einfach nur seine aufrichtigen Gefühle. »Ja, verrückt«, sagte sie leise und versuchte, diesen niederschmetternden Druck in ihrer Brust zu ignorieren.

Zum Glück war das Lied nun zu Ende und Joey und ihre Freunde stürmten auf sie zu, zerrten sie auseinander und von der Tanzfläche fort. »Kommt mit und macht Fotos mit uns.«

Der Rest des Abends verging in einem Nebel aus Schnappschüssen in der Fotokabine und Spaß auf der Tanzfläche mit Joey und ihren Freunden, was jedoch Tara nur wenig von dem

Schmerz in ihrer Brust ablenken konnte. Sie wusste nicht, warum sie so niedergeschmettert war. Sie hatte einen Vorsatz gefasst und den Gedanken daran, jemals mehr als Freundschaft mit Levi zu erleben, bereits aufgegeben. Warum also tat es dann so weh, endlich genau zu wissen, wo er stand? Sie haderte mit der Realität, von der sie dachte, dass sie sie bereits akzeptiert hatte, und sie sagte sich, dass es so gut war. Dass es ihr gut gehen würde und dass Freundschaft ohnehin das war, was sie wollte.

Als sie schließlich die Party verließen, hatte sie diese Traurigkeit fast verdrängt. Doch sie umgab sie noch immer, klebte an ihr wie die Feuchtigkeit vor einem Sommergewitter.

»Das war so toll!«, rief Joey aus, die Taras und Levis Hand hielt, als sie das Schulgelände verließen. »Ich bin froh, dass du mitgekommen bist, Tante Tara.«

»Ich auch.« *Denn jetzt weiß ich, wo ich bei deinem Vater dran bin.*

»Dann sind wir schon drei«, sagte Levi. »Wann kommst du am Sonntag, Tara?«

Irgendwie war es leichter gewesen, bei ihnen zu wohnen, bevor sie wirklich gewusst hatte, dass ihre Gefühle immer unerwidert bleiben würden. Sie hatte nicht einmal Zeit, ihrem Traum von mehr hinterherzutrauern. Vielleicht war es besser so. So war sie gezwungen, sich an ihrem Kameariemen zu reißen und die Wahrheit durch ihre Linse zu sehen, anstatt den schönen Fantasien nachzuhängen, die sie sich zusammengesponnen hatte. »Wann brauchst du mich denn?«

Seine Mundwinkel zuckten nach oben, und wenn sie es nicht besser gewusst hätte, hätte sie schwören können, ein flirtendes Funkeln in seinen Augen zu sehen. Aber sie wusste es besser. Es wurde Zeit, dass sie sich auf ihre Ziele konzentrierte –

ein Haus kaufen, ein Studio finden, über Levi hinwegkommen – und ihn wissen ließ, dass dies ihr letzter längerer Aufenthalt bei ihnen sein würde.

»Daddy macht ab zwölf eine Tour und ich spiele mit den anderen Kindern. Danach treffen wir uns alle im Taproom. Kann sie uns da treffen, Dad?« Der Taproom war ein rustikales Restaurant mit Bar, das tagsüber familienfreundlich war, abends ausschließlich von Erwachsenen besucht wurde und das zwei von Levis Freunden, den Zwillingen Wyatt und Delilah Armstrong, gehörte.

»Das muss Tara entscheiden.« Er öffnete die hintere Tür seines Geländewagens und half Joey beim Einsteigen. Sie rutschte hinüber auf die andere Seite der Rücksitzbank. »Was meinst du, Tara? Wir treffen uns gegen vier Uhr.«

»Das passt mir gut.«

»Yippie!«, freute sich Joey. »Tante Tara, setzt du dich zu mir nach hinten?«

»Klar.« Sie stieg hinten ein und war erleichtert, nicht vorne sitzen und sich mit Levi unterhalten zu müssen. So zu tun, als wäre sie glücklich, würde sie im Moment wohl kaum bewerkstelligen können.

Levi drückte leicht ihre Hand. »Geht es dir gut? Du bist irgendwie so ruhig.«

»Mhm. Bin nur müde.«

Levis Gesichtsausdruck wurde ernst, und er sah sie lange an, bevor er die Tür zuwarf und sich hinters Steuer setzte.

Joey schlief auf der zwanzigminütigen Fahrt zur Fähre ein und Levi hatte bestimmt hundertmal in den Rückspiegel zu Tara geschaut. Sie sah zum Fenster hinaus, um diesem stechenden Verlangen auszuweichen, das diese Blicke verursachten, und hielt sich in Gedanken eine Standpauke, um sich all die Gründe in Erinnerung zu rufen, aus denen sie ihren Vorsatz getroffen hatte. Sie konnte ohne seine Liebe leben, auch wenn sie sich innerlich leer fühlen würde, aber seine Freundschaft konnte sie nicht aufgeben, und sie musste Teil von Joeys Leben bleiben. Diese beiden Dinge waren nicht verhandelbar.

Sie legte den Kopf zurück, schloss die Augen und dachte an Jules, Indi und Daphne. Sie wollte haben, was sie hatten. Einen Mann, der für sie bis ans Ende der Welt gehen würde, der nicht mit ihren Gefühlen spielte. Sie öffnete die Augen wieder und schaute zum Fenster hinaus, während sie hinunter zur Anlegestelle fuhren, wobei sie sich zwang, nicht zu weinen, denn dieser Mann konnte Levi niemals sein. Warum nur war jetzt die Vorstellung so unerträglich, mit Levi in Freundschaft verbunden zu sein, wenn es während ihres Essens an dem Abend in Seaport noch akzeptabel erschienen war?

Die Traurigkeit hatte sie voll im Griff, als er anhielt. Er ließ den Motor laufen, während er ausstieg und ihr die Tür öffnete. Sie gab Joey einen Kuss auf den Kopf und flüsterte: »Hab dich lieb. Bis Sonntag.«

Schläfrig gab Joey ein »Nacht« von sich und schloss dann wieder die Augen.

Tara ergriff Levis Hand und stieg aus. Er schloss die Tür und zog sie zu ihrer üblichen Abschiedsumarmung an sich. Es war teuer, ein Auto mit auf die Fähre zu nehmen, und so kam sie nur mit ihrem, wenn sie arbeitete oder auf Joey aufpasste. Aber nicht, wenn sie nur ein paar Stunden mit den beiden verbrachte. Jetzt wünschte sie, sie wäre mit ihrem Auto gekommen und hätte diesen Moment vermeiden können.

Von der Fähre her ertönte der Aufruf, an Bord zu gehen, doch anstatt sie loszulassen, hielt Levi sie noch fester. Als sich seine Umarmung schließlich lockerte, ließ er noch einen Arm um sie gelegt und schaute ihr in die Augen, was die Schmetterlinge in ihr wider besseres Wissen in Aufruhr versetzte. Mit seiner warmen kräftigen Hand berührte er ihre Wange, als er den Kopf neben ihr Gesicht neigte und ihr zuflüsterte: »Vielleicht ist die Idee meiner Schwestern doch nicht so verrückt.«

Ihr stockte der Atem. Hatte sie richtig gehört? Seine Lippen streiften ihren Mundwinkel, bevor er ihr einen Kuss auf die Wange gab und heiße Schauer über ihre Brust jagte. Als seine Augen schließlich wieder ihre fanden, konnte sie nicht atmen, nicht denken, kaum stehen. Ein letzter Aufruf, an Bord zu gehen, ertönte, und sie brachte nur mühsam hervor: »Ich sollte lieber …«

Er nickte und trat einen Schritt zurück. »Wir sehen uns am Sonntag.«

»Gut«, sagte sie, oder zumindest glaubte sie das, ging zur Fähre und betete, dass ihre Beine nicht nachgeben würden. Levis Stimme hallte in ihrem Kopf nach – *Vielleicht ist die Idee meiner Schwestern doch nicht so verrückt –*, während sie an Bord ging und sich krampfhaft am Geländer festhielt. Wie ferngesteuert ließ sie sich auf den ersten Sitz nieder, den sie sah. Doch seine Worte waren so unfassbar, dass sie wieder aufstand, sich an die Reling stellte und die kühle Nachtluft einatmete, während die Fähre sich von der Anlegestelle entfernte. Sie schaute zurück zum Parkplatz, und ihr Herzschlag geriet ins Stolpern, als sie Levi erblickte, der im Licht der Scheinwerfer stand und ihr hinterherschaute.

Neun

Noch nie war die Zeit so langsam vergangen. Es war Samstagabend, und Levi saß auf Joeys Bett, seine Tochter im Arm, und las drei Kapitel aus einem ihrer Unicorn-Academy-Bücher. Sie hatten einen schönen gemeinsamen Tag hinter sich, aber der Blick in Taras Gesicht vor ihrer Abfahrt gestern hatte sich in sein Gedächtnis gebrannt, und abgesehen von purem Schock konnte er nicht sagen, was er gesehen hatte. Meine Güte, er war auch schockiert gewesen. Er hatte es ja nicht geplant, das zu sagen. Es war einfach so ohne Vorwarnung gekommen, und dann war es schon heraus. Wie ein zweischneidiges Schwert steckte es zwischen ihnen.

Er hatte sich heute bei ihr melden wollen, doch nicht, während er mit Joey zusammen war. Er würde es sich nie verzeihen, wenn er ihre Freundschaft zerstörte, und wenn er nicht bald mit ihr redete, würde er wahnsinnig werden, und dann wäre es sowieso egal, denn man würde ihn in ein Irrenhaus wegsperren und Joey müsste bei seinen Eltern leben.

Konnte er noch tiefer in diesen Kaninchenbau fallen?

Er las das dritte Kapitel zu Ende und klappte das Buch zu. Voller Ungeduld wartete er darauf, nach unten gehen und Tara schreiben zu können. Doch er und Joey hatten ein Ritual vor dem Schlafengehen, und er wollte sie auf keinen Fall darum bringen, nur um sich selbst einen Gefallen zu tun. *Oder mir selbst mein verdammtes Herz zu brechen.*

Verdammt! Seit wann machte er sich Gedanken um dieses Organ?

»Ich wünschte, es gäbe Einhörner in echt«, sagte Joey, als er das Buch auf ihren Nachttisch legte.

»Das wünschte ich mir auch, dann könntest du eines haben. Aber du kannst von ihnen träumen. Dadurch werden sie irgendwie echt.«

»Da-ad!«

Erst vor wenigen Wochen hatte sie damit angefangen, dieses Wort in zwei genervten Silben in die Länge zu ziehen, und ihm wäre es lieber gewesen, sie hätte es zurückgenommen. Und er hätte die Uhr zurückdrehen können bis zu der Zeit, in der sie noch nicht die Augen verdrehen konnte und in der sie geglaubt hatte, dass Daddy über magische Kräfte verfügte. Nachdem sein Vater gesagt hatte, dass Joeys Terminkalender irgendwann zu voll sein würde, um ihn an allem teilhaben zu lassen, hatte er das Gefühl, dass diese Zeit viel zu schnell kommen würde. Für nichts auf der Welt würde Levi darauf verzichten wollen, dass sie heranwuchs und ihr eigenes Leben in Angriff nahm, aber das hieß nicht, dass er die Verluste nicht mit jeder Faser seines Ichs spüren würde.

»Wie schön es wäre, wenn sie durch Träume echt würden«, sagte Joey. »Das wäre cool.«

»Wie schön es wäre …« Dann hätte er ein Verlangen in Taras Gesicht gesehen und nicht diesen schockierten Ausdruck. Er wusste überhaupt nicht, was er davon halten sollte. Hatte die Vorstellung, ihn zu daten, etwas so Schreckliches für sie? Oder hatte es ihr die Sprache verschlagen, weil sie ihn so sehr wollte?

Bitte, lass es Letzteres sein.

Er gab Joey einen Kuss auf die Stirn und stieg aus ihrem Bett.

»Vergiss nicht meine Plüschtiere.«

Er hob eine Augenbraue. »Habe ich das je vergessen?«

Sie schüttelte den Kopf und lächelte, als er die Stofftier-Familie um sie herum arrangierte. »Mr. Bear muss heute Nacht hier schlafen.« Er klemmte ihr den braunen Teddybär unter den rechten Arm. »Olive will mit Mr. Bear kuscheln.« Der Plüsch-igel landete neben dem Bären.

»Snout möchte hier schlafen!« Joey legte ihren Dalmatiner unter ihren linken Arm. »Und jetzt Peanut.«

Er tat so, als würde das Schweinchen Peanut über ihr Bein laufen, und sie kicherte. »Wohin?«

»Natürlich neben Snout.«

»Natürlich.« Ihre Stofftiere schliefen jede Nacht woanders. Sie setzten ihr Ritual fort, bis all ihre Stofftiere zu ihrer Linken und Rechten sowie auf beiden Schultern verteilt waren. Levi gab ihr einen Kuss auf die Stirn. »Hab dich lieb, Süße. Und jetzt schlaf schön. Du hast morgen einen großen Tag vor dir.«

»Tante Tara kommt«, sagte sie aufgeregt. »Vielleicht macht sie einen Abenteuer-Ausflug mit mir, während sie hier ist. Ich liebe ihre Abenteuer.«

»Das macht sie sicher gern.« Tara hatte eine wunderbare Vorstellungskraft, und sie hatte sich Abenteuer für Joey mit ausgefeilten Landkarten und Schnitzeljagd ausgedacht, seit Joey alt genug dafür gewesen war. Es war mit Sicherheit keine allzu unschuldige Überlegung, wenn er sich fragte, ob Tara auch im Schlafzimmer abenteuerlustig war.

Er versuchte, diesen Gedanken beiseitezuschieben, als er sich hinunterbeugte, um Joey noch einen Gutenachtkuss zu geben.

»Hab dich lieb.«

»Ich dich auch, Daddy. Träum was Schönes.«

»Du auch, Süße.« Er schaltete das Licht aus und zog die Tür hinter sich bis auf einen Spalt zu.

Tara spukte ihm weiter im Kopf herum, während er nach unten ging, den Blick über die offene Wohnküche gleiten ließ und die kleinen Dinge wahrnahm, die sie im Laufe der Jahre hinzugefügt hatte, wie zum Beispiel die Pflanzen, deren Pflege sie Joey beigebracht hatte und die in fast jedem Fenster standen, und das eingerahmte Bild von Joeys Handabdrücken, die Tara erstmals eine Woche nach Joeys Geburt gemacht hatte, um dann jedes Jahr an ihrem Geburtstag neue hinzuzufügen. Wie war ein fünfzehnjähriges Mädchen in der Lage gewesen, so etwas Besonderes zu machen? Er schaute zu der alten Holzleiter in der Ecke vom Zimmer, die sie und Joey einmal auf einem privaten Flohmarkt entdeckt hatten, als er bei der Arbeit gewesen war. Sie hatten sie rot angestrichen, mit goldenen Sternen verziert und Decken über alle Sprossen gelegt, sodass es den ganzen Raum heller machte.

Sein Handy klingelte und riss ihn aus seinen Gedanken. In der Hoffnung, es könnte Tara sein, holte er es aus der Tasche, entdeckte jedoch Lenis Namen auf dem Display. Er schob die Enttäuschung ganz weit von sich und nahm das Gespräch an. »Hallo, Leni.«

»Was stimmt nur mit deiner Spezies nicht?«

Er ließ sich auf das Sofa sacken. »Wie viel Zeit hast du?«

»Im Ernst! Ich habe fast jeden Abend der Woche eine Dreiviertelstunde damit verbracht, mit diesem Typen zu reden, und er hat mich gefragt, ob ich ihn zum Essen treffen will. Du weißt ja, dass ich Männer eigentlich immer erst auf einen Kaffee treffe, nur um sicherzugehen. Aber wir haben uns großartig verstanden, und da dachte ich mir, ich mach das einfach mal. Ich musste meine Termine umlegen, denn, du weißt schon … Arbeit. Und dann taucht der Typ einfach nicht auf und ruft nicht mal an? Was soll der Scheiß? Ist es so schwer, das Telefon in die Hand zu nehmen und anzurufen?«

»Tut mir leid, dass dir das passiert ist, aber du weißt ja, dass Männer Arschlöcher sein können.«

»Was du nicht sagst! Keine Ahnung, warum ich überhaupt zugestimmt habe, mit ihm auszugehen. Genau aus diesem Grund date ich nicht. Was hast du heute Abend vor?«

»Mich in den Wahnsinn treiben.« Er legte die Beine auf den Couchtisch. Sein Arm berührte das bunte Vater-Tochter-Kissen, das Tara ihm zu seinem zweiten Vatertag geschenkt hatte, und als er es zur Seite schob, blieb sein Blick an der riesigen Collage an der Wand neben der Küche hängen, die Tara und Joey gebastelt hatten. Sie hatten alte Bilderrahmen – ebenfalls Fundstücke von Flohmärkten – angemalt und verziert, dann in interessanten Winkeln aneinandergeklebt und mit Fotos bestückt, die Tara von Levi, Joey und der Familie gemacht hatte. An dem Abend, nachdem sie das gebastelt hatten, hatte er die geklebten Rahmen, die schon fast auseinanderfielen, mit Metallplättchen gesichert und aufgehängt. Seitdem hatte er einige Fotos gegen eines von Tara mit Joey als Baby auf dem Arm, eines, auf dem sie im Meer schwammen, und eines, das Jesse von ihnen dreien vor ein paar Jahren auf einer Heuwagenfahrt bei einem Herbstfest der Dark Knights gemacht hatte, ausgetauscht.

»Wegen was?«, fragte Leni.

»Ob du es glaubst oder nicht, wegen einer Frau.« Überall hatte sie ihre kleinen Noten hinterlassen, und mit jeder einzelnen waren wohlige Erinnerungen verbunden.

»Ach was! Das *muss* ich hören. Wer ist sie?«

Er schnaubte. So dumm war er nicht, doch einen Ratschlag konnte er trotzdem gebrauchen. »Lass mich dir eine Frage stellen: Wenn du schon lange mit einem Mann befreundet wärst, und er erzählt dir, dass er das Gefühl hat, da wäre vielleicht mehr zwischen euch, wie würdest du reagieren, wenn du auf ihn stehen würdest?«

»*Da wäre vielleicht …?* Ich würde ihn in die Wüste schicken. Du weißt, dass ich nichts mehr verabscheue als unentschlossene Typen.«

»Na, großartig«, zischte er. »Da hab ich das mit der Freundschaft wohl vermasselt.«

»Levi! Was hast du angestellt?«

»Anscheinend das Falsche. Seit wann ist das mit dem Daten so kompliziert geworden? Was ist aus der Zeit geworden, in der man eine Frau angucken und einfach *Hey, du bist süß, sollen wir was zusammen unternehmen* sagen konnte? Und in der man dann die nächsten drei Monate zusammen war, viel Spaß und großartigen Sex miteinander hatte?«

»Zum einen solltest du eine Frau niemals süß nennen. Süß passt zu Joey.«

Zweiter Treffer.

»Zum anderen warst du neunzehn, als du das letzte Mal richtige Dates hattest. Während dein Pimmel im Ruhestand war und sich träge im Takt von Aufzugsmusik bewegt hat, anstatt hüftenschwingend abzurocken …«

»Halt die Klappe! Bei mir läuft jede Menge, ich rede nur nicht drüber.«

»Sich Pornos anzugucken, wenn Joey schläft, zählt nicht.«

Er verzog das Gesicht. »Vergiss, was ich gesagt habe. Keine Ahnung, wie ich auf die Idee gekommen bin, ich könnte mit dir reden.«

»Weil du mir vertraust. Ich will dich doch nur ärgern. Welche Freundschaft hast du vermasselt?«

»Ist egal.«

»Nein, im Ernst, ich verspreche, meine zynische Seite im Zaum zu halten.«

»Unmöglich. Ich finde schon einen Weg.«

»Okay, aber ein paar Dinge muss ich dir wohl erklären. Das mit dem Daten funktioniert heutzutage nicht mehr mit Flirten unter vier Augen. Mittlerweile sextet man und schickt sich nackte Tatsachen über Snapchat, und Frauen chatten auch nicht mehr mit nur einem Typen. Wenn sich diese Freundin von dir also auf Dating-Apps rumtreibt – wie die meisten Frauen –, dann besteht die große Wahrscheinlichkeit, dass sie mindestens mit ein paar Männern chattet, ein Dutzend könnten es wohl sein. Frauen haben heutzutage Listen, und du kannst von Glück sagen, wenn du es an die Spitze schaffst.«

»Listen? Ein Dutzend Männer? Mist.« Mit so etwas hatte er eindeutig nichts am Hut, und er konnte sich auch nicht vorstellen, dass Tara es so handhabte. »Ich glaube nicht, dass sie bei Dating-Apps angemeldet ist.«

»Mach dir nichts vor. Die meisten Frauen in unserem Alter nutzen die.«

»Du nicht.«

»Weil ich keine Zeit habe, um mich durch ein Meer von Schlamm zu kämpfen.«

»Meine Güte, Leni! Wenn ich solchem Kram nicht haushoch überlegen bin, dann läuft da etwas richtig schief, und du machst mir auch nicht gerade Mut.«

»Oh, tut mir leid«, sagte sie sarkastisch. »Hätte ich lieber sagen sollen, dass jede Frau, die dir nicht zu Füßen liegt, verrückt ist? Dafür hättest du Jules anrufen müssen.«

Er lehnte sich vor und stützte sich mit den Ellbogen auf die Oberschenkel. Jules würde es wissen, wenn Tara auf Dating-Apps angemeldet war. Vielleicht sollte er sie fragen.

Überlegte er gerade tatsächlich, ob er seine kleine Schwester anrufen sollte, um mehr über eine Frau zu erfahren? Auf keinen Fall, und mit Lenis Hilfe Klarheit zu bekommen, war auch Quatsch. »Vergiss es, Leni. Ich werde sie anrufen.«

»Das würde ich nicht machen.«

»Warum nicht, verdammt?«

»Weil heutzutage niemand mehr telefoniert, vor allem nicht, wenn ihr euch nicht datet oder gerade eine Vorauswahl trefft, um herauszufinden, ob ihr euch daten wollt.«

»Vorauswahl? Das macht man tatsächlich so?«

»Ja, klar. Auch Videocalls vor dem realen Treffen, damit man sicher sein kann, dass man nicht gecatfisht wird.«

»Ich rede hier von einer Freundin, falls du dich erinnerst. Wir kennen uns.«

»Okay, dann vergiss das mit der Vorauswahl und dem Cat-fishen, aber du kannst davon ausgehen, dass sie auf den Apps chattet.«

»Ich frage sie, ob sie auf irgendwelchen Dating-Apps ange-meldet ist.«

»Mach das, wenn du wie ein besitzergreifender, unsicherer Arsch rüberkommen willst.«

Seufzend lehnte er sich zurück und schaute an die Decke. »Weißt du was? Das ist mir alles zu kompliziert. Bei dem Zirkus mache ich nicht mit. Entweder sie steht auf mich oder nicht.«

»Viel Glück dabei.«

»Ja, danke. Ich hoffe, dein Abend wird noch besser.«

»Oh, das ist er schon. Ich habe eine Flasche von Archers prämiertem Wein und meinen Laptop ...«

»Stopp! Den Rest will ich nicht wissen. Bis bald, Schwesterherz.« Er beendete das Gespräch und rief Taras Kontakt auf. Sein Daumen schwebte über dem Telefonsymbol, doch nach dem, was Leni gesagt hatte, überlegte er es sich anders und tippte eine Nachricht. *Hallo! Ich hoffe, dein Fotoshooting lief gut. Hast du über das, was ich gesagt habe, nachgedacht?* Er starrte die Nachricht eine Minute lang an, löschte sie dann, weil er sie nicht in die Enge treiben wollte, und tippte stattdessen: *Hallo! Wir freuen uns darauf, dich morgen zu sehen. Wie lief dein Fotoshooting?* Er las das dämliche Teil drei Mal durch, kam schließlich zu dem Schluss, dass Textnachrichten etwas für den Schlamm dieser Welt waren, wie Leni es so gnädig formuliert hatte, und rief Tara an.

Ihr Telefon klingelte so oft, dass er sich fragte, ob sie eine Vorauswahl bei ihren Telefonaten traf. Als er gerade aufgeben wollte, nahm sie das Gespräch an, doch der Lärm von Musik und lauter Menschenmenge dröhnte ihm ins Ohr und übertönte fast ihr *Hallo*.

»Hallo«, sagte er angespannt. »Ich wollte nur mal hören, wie dein Fotoshooting lief.«

»Mein was?«, brüllte sie nahezu.

»Dein Fotoshooting.«

»Oh! Das war großartig. Tut mir leid, ich kann dich kaum verstehen. Bin mit Bellamy unterwegs.«

Er riss sich zusammen, um die Eifersucht, die mit Wucht auf ihn einprügelte, abzuwehren. Was zum Teufel hatte er denn gedacht, was sie an einem Samstagabend tat? Auf dem Sofa sitzen und sich nach ihm verzehren? Sie war jung, wunderschön und Single. *Und ich bin ein verdammter Idiot.* Tara befand sich in einer ganz anderen Phase ihres Lebens als er. Sie liebte Joey, und sie opferte ihre Zeit, um mit ihr zusammen zu sein, aber das sagte rein gar nichts darüber aus, was sie von ihm hielt. Es stand ihm nicht zu, ihr hinterherzutelefonieren, denn sie war ungebunden und konnte abends feiern gehen, während er eine Tochter hatte, um die er sich kümmern musste. »Schön, dass es gut gelaufen ist. Viel Spaß noch. Wir sehen uns morgen.«

»Was?«, schrie sie.

»Wir sehen uns morgen«, sagte er lauter, beendete das Gespräch und wünschte sich, er hätte nicht angerufen.

Zehn

Tara fuhr am späten Sonntagnachmittag in Harborside von der Fähre und machte sich auf den Weg zur anderen Seite der Stadt, um Levi und Joey zu treffen, während ihr das Herz bis zum Halse schlug. Noch nie war sie so nervös gewesen. Dabei war es auch nicht gerade hilfreich, dass sie seit der Schulparty kaum geschlafen hatte oder dass Bellamy sie gestern Abend mitgeschleppt hatte. Tara hatte gehofft, dass es sie ablenken und sie sich auf etwas anderes konzentrieren könnte als auf die Tatsache, dass Levi eine Tür aufgestoßen hatte, durch die sie am liebsten stürmen würde, wobei sie jedoch nicht wusste wie. Sie war nicht imstande gewesen, ihre Gedanken für sich zu behalten, und sie hatte Bellamy anvertraut, was Levi gesagt hatte. Sie hatten fast den ganzen Abend geredet. Gestern war es ihr so vorgekommen, als wäre alles, was sie wollte, in greifbare Nähe gerückt und sie müsste nur die Hand ausstrecken und es sich nehmen. Doch während Bellamys Freude und Unterstützung am Abend zuvor ihr Selbstvertrauen gestärkt hatten, hatte sie nun – da sie allein war und zwei Wochen mit Levi und Joey vor sich hatte – das Gefühl, nur an einem dünnen Faden über dem Abgrund eines Zusammenbruchs zu hängen.

Sie hatte keine Ahnung, was sie zu Levi sagen sollte, oder

was sie zu erwarten hatte, wenn sie ihn sah. Sollte sie ihn darauf ansprechen? Einfach so etwas sagen wie *Hey, wegen dem, was du am Freitagabend gesagt hast? Ich bin dabei!* Oder sollte sie warten, bis er es ansprach? Und was war, wenn er es gar nicht ansprach? Wenn er bereute, es gesagt zu haben? Wenn er deshalb gestern Abend angerufen hatte?

Ihr Magen zog sich zusammen und sie fühlte sich etwas benommen.

Trotz der kühlen Temperatur schwitzten ihre Hände, die sie fester ums Lenkrad klammerte, während sie durch den lebhaften Küstenort fuhr und sich an das erste Mal erinnerte, dass sie Levi und Joey ein paar Wochen nach deren Umzug hierher besucht hatte. Sie war mit Jules, Sutton und Leni gekommen und hatte sich auf Anhieb in das gemütliche Flair des kleinen Surfortes verliebt, der so ganz anders war als die Touristeninsel Silver Island. Sie hatte sich nicht vorstellen können, wie Levi so weit entfernt von seiner Familie leben konnte, nachdem er sich im ersten Lebensjahr von Joey auf sie verlassen hatte, doch später an jenem Nachmittag hatten sie Jesse und Brent zum Essen getroffen, und seine Cousins waren in Begleitung von mehreren anderen Dark Knights aufgetaucht. Beim Anblick der ruppig wirkenden Männer mit ihren schwarzen Lederjacken und den furchterregenden Totenkopf-Patches auf den Rücken war Tara zunächst zurückhaltend gewesen. Sie hatte zuvor noch nie mit Bikern zu tun gehabt, und manche von ihnen sahen aus, als könnten sie den Schädel eines Mannes mit einer Hand zermalmen. Als Levi erzählt hatte, dass er ein Prospect bei dem Club werden wollte, mit dem Ziel irgendwann ein vollwertiges Mitglied zu werden, hatte sie sich um seine und Joeys Sicherheit Sorgen gemacht. Doch die Männer hatten Levi so behandelt, als wäre er bereits einer von ihnen, und waren mit so viel Liebe und

Aufmerksamkeit um Joey herumscharwenzelt, dass Tara sie sympathisch fand. Levis Schwestern und Tara hatten sie mit herzlichen Umarmungen begrüßt, als würden sie sie schon ihr ganzes Leben lang kennen, und sie hatten ihnen versichert: *Wenn ihr jemals in Schwierigkeiten seid, ruft uns an, dann kümmern wir uns um den, der euch Probleme bereitet.*

Sie hatte sich gefragt, was sie von Silver Island wussten und was genau *kümmern* zu bedeuten hatte. Leni, die streitlustige, furchtlose junge Frau, hatte genau diese Frage auch gestellt. Jesse, Brent und zwei so bedrohlich wirkende Kerle, wie Tara sie noch nie gesehen hatte – Ozzy, ein Hüne von einem Mann mit einem dichten Bart und rabenschwarzen Augen, der aussah, als würde er kleine Kinder zum Frühstück verspeisen, und Forge, noch ein Berg von Mann, halb Samoaner und halb Italiener, mit pechschwarzen Haaren und einer unfassbar breiten Brust –, hatten sich mit ihnen hingesetzt und geduldig erklärt, wofür die Dark Knights standen. Liebe, Loyalität und Respekt für alle. Sie hatten den Unterschied zwischen einem Motorradclub wie den Dark Knights und einer Bikergang erklärt. Tara hatte erleichtert erfahren, dass der Club wohltätige Aktionen für die Gemeinschaft unterstützte, wie zum Beispiel Alphabetisierungsprojekte und Anti-Mobbing-Kampagnen.

Lang hatte Tara nicht gebraucht, um zu verstehen, wie Levi sein Leben ohne die Familie in der Nähe in den Griff bekommen hatte, und um sich darüber klar zu werden, dass sie ihre eigene Regel gebrochen und die Männer, die bereits Levis Kameraden und Familie geworden waren, allein nach ihrem Äußeren beurteilt hatte.

Diesen Fehler hatte sie danach nie wieder gemacht.

Tara fuhr auf den Parkplatz in der Nähe der langen Anlegestelle, die in das Meer hinausragte und an deren Ende sich das

Restaurant befand. Motorräder standen aufgereiht am Rand des Parkplatzes. Levis glänzende schwarze Harley war leicht zu erkennen. Um den Lenkergriff waren mehrere bunte geflochtene Hals- und Armbänder gebunden, die Joey im Laufe der Jahre für ihn gemacht hatte. Tara hatte Joey geholfen, Geschenke für Levi zu basteln, seit sie ein Kleinkind gewesen war, und er hatte fast alle behalten, was noch einen Punkt auf der langen Liste mit Gründen darstellte, aus denen sie verrückt nach ihm war.

Sie stellte den Motor aus und wischte sich die schweißnassen Hände an der Jeans ab, als sie zu dem von Wind und Wetter gezeichneten Holzhaus am Ende der Anlegestelle schaute. Eine Lampe warf ihr Licht auf das große Schild aus Treibholz, auf dem *Taproom* stand. Selbst aus der Entfernung konnte sie die Leute – von denen viele schwarze Lederjacken trugen – auf der Außenterrasse erkennen. Sie brauchte die Aufnäher der Dark Knights auf den Rücken gar nicht sehen, um sie zu erkennen.

Als sie aus dem Auto ausstieg, atmete sie die kühle Meeresluft tief ein, um – vergeblich – ihre Nerven zu beruhigen. Sie steckte ihr Handy ein, hängte sich ihre kleine Handtasche quer über den Oberkörper und die Kamera um den Hals. Die Kamera war ihr Sicherheitsnetz. Eine schnell verfügbare Entschuldigung, um sich aus Gesprächen herauszuziehen. Sie wünschte, sie wäre mehr wie Leni, die sich ohne Zögern allen Situationen stellte. Alles, was sie wollte, war dort auf dieser Terrasse, doch es gab so vieles, was schieflaufen konnte, dass sie Angst hatte, sich dem zu stellen.

Doch sie hatte keine Wahl und zwang sich, einen Fuß vor den anderen zu setzen.

Wenige Minuten später war sie auf dem Anlegesteg und folgte dem Gewirr aus tiefen Stimmen, Lachen und Musik. Auf der Suche nach Levi ließ sie den Blick über die Terrasse gleiten und entdeckte Brandon Owens, der Gitarre spielte. Brandon war kein Dark Knight. Er war Grafikdesigner und Musiker und saß wenige Schritte entfernt von Levi, der bei Joker, einem anderen Dark Knight, stand und sich unterhielt. Joker war ein hemmungsloser Charmeur, der aussah wie Charlie Hunnam und für Levis Firma arbeitete.

»Tante Tara!« Joey stürmte in ihrer schwarzen Lederjacke und den pinkfarbenen Leggings samt schwarzer Stiefel auf sie zu.

Levi schaute herüber, ihre Blicke trafen in einem Donnerschlag-ähnlichen Moment aufeinander, bevor Joey sich in Taras Arme warf. Tara hob sie hoch und umarmte sie. Sie roch nach Erdbeershampoo und Pommes Frites.

Sie konnte nur staunen, wie schnell ein kleines Mädchen den Stress von Stunden voller Nervosität lindern konnte. »Amüsierst du dich gut?«

»Ja! Rate mal, was ich für eine gute Nachricht habe!«, rief Joey aus.

»Hm, lass mich überlegen. Du und Caleb, ihr heiratet?«, scherzte sie. Caleb war der neunjährige Sohn von Cannon – ebenfalls ein Dark Knight – und Debra Wheaton.

Joey kicherte. »Nein, sei nicht albern. Daddy hat gesagt, wir können heute Abend einen Film an der Wand sehen.« Levi hatte einen Beamer, den er an seinen Laptop anschloss, um Filme an der Wand im Wohnzimmer wiederzugeben, und Joey liebte es, Deckenburgen zu bauen und von dort aus zu schauen.

»Wirklich?« Sie sah, dass Levi und Joker in ihre Richtung kamen. Joker grinste und rieb die Hände aneinander, als führe er etwas im Schilde. Levis Kiefermuskeln waren angespannt und sein Blick zu ernst. Tara musste schlucken und befürchtete, dass er seine Meinung geändert hatte.

»Ja. Kann ich heute Abend in deinem Zimmer schlafen?«, bettelte Joey.

»Klar, wir machen nach dem Film eine Pyjamaparty.«

»Das wird so ein Spaß!« Joey zappelte, um sich aus Taras Armen zu befreien, und rannte zu Levi.

»Da ist ja meine sexy Lieblingsblondine«, sagte Joker, schlang den Arm um Tara und gab ihr einen Kuss auf die Wange.

»Hallo, Joker. Deine Bartstoppeln kitzeln.«

»Die fühlen sich an deinen Schenkeln sicher noch besser an.«

»Du hast echt einen Knall.« Sie überging seine Bemerkung mit einem Lachen, doch Levi sah aus, als hätte er in eine Zitrone gebissen.

Levi hob das Kinn. »Wie geht's?«

Offensichtlich nicht gut, denn normalerweise umarmst du mich und hast deine Hände nicht zu Fäusten geballt. »Gut.«

Joker legte den Arm um ihre Schulter. »Ihre Woche wird um einiges besser werden. Wie wäre es, wenn du mich dich an einem Abend ausführen lässt?«

Er zeigte ihr sein zum Dahinschmelzen verführerisches Lächeln, das ihm wahrscheinlich alle möglichen sexuellen Gefallen einbrachte, doch Tara schmolz für niemanden dahin – außer für diesen plötzlich missmutigen Biker, der eine Hand auf die Schulter seiner Tochter gelegt hatte. Sie hätte gedacht, dass Levi Joker einen Maulkorb verpassen würde, was er normalerweise machte, wenn der sie anbaggerte, doch das tat er nicht. Diese Erkenntnis traf sie wie ein Schlag. *Du hast deine Meinung geändert.* Während sie mit ihrer Enttäuschung kämpfte, war sie sich bewusst, dass Joey sie beobachte, und so gestattete sie es sich nicht, innerlich zusammenzubrechen.

»Danke, Joker, aber ich werde wohl ziemlich mit Joey beschäftigt sein«, sagte sie schließlich.

»Doch nicht rund um die Uhr. Levi muss vielleicht vor Mitternacht im Bett sein, aber er lässt dich sicherlich aus dem Haus, um Spaß mit mir zu haben.« Joker schaute zu Levi. »Stimmt's, Kumpel?«

»Du hast gehört, was sie gesagt hat«, sagte Levi streng. »Sie wird viel zu tun haben.«

Sie sah Levi dankbar an, und er nickte ihr kurz zu, wobei sich in ihr alles noch heftiger zusammenzog.

»In Ordnung.« Joker sah Tara vielsagend an. »Baby, falls du deine Meinung ändern solltest … Ich bin dein Mann.«

Ozzy kam zu ihnen, stellte sich in voller Größe neben Tara und gab ihr einen Kuss auf den Kopf. »Hallo, meine Süße. Schön, dich zu sehen. Ich werde dir mal das Gesindel vom Leib halten.« Er packte Joker am Nacken und zerrte ihn davon.

»Ist das meine Tara?«, sagte Brent, als er und Jesse zur Hintertür des Restaurants herauskamen.

»Ja!«, rief Joey und rannte zu Brent.

Jesse winkte und blieb dann stehen, um mit jemandem zu reden. Obwohl er und Brent Zwillinge waren, sie beide dunkle Haare hatten, die sie gleich lang trugen, und sportlich gebaut waren, unterschieden sie sich ebenso sehr wie Levi und Leni. Jesses Gesicht war markanter, sein Naturell ernster als das des heiteren Brent, und selbst im Hochsommer trug Jesse Jeans, seine Lederjacke und die Stiefel, während Brent meist in Boardshorts, mit Flipflops und mit freiem Oberkörper anzutreffen war. Doch da sie gerade von einer Tour mit dem Motorradclub zurückgekommen waren, trug Brent – wie auch Jesse und die anderen Männer – Jeans, T-Shirt, Stiefel und seine

Lederjacke.

Brent hob Joey mit einem Arm hoch und umarmte Tara mit dem anderen. »Wie ich höre, werde ich dich oft beim Skateboard-Training mit meiner kleinen Skater-Königin antreffen.«

»Sie wird ganze zwei Wochen lang dabei sein«, verkündete Joey freudig, als er sie wieder absetzte.

»Stimmt, ich freue mich schon darauf, ihre neuen Kunststücke zu sehen«, sagte sie, als Brent sie umarmte. Sie sah, dass Levi sich mit Forge und ein paar anderen der Jungs unterhielt. Tara wollte zu ihm und mit ihm reden, doch Brent berichtete ihr vom Skateboard-Training, und Joey zog sie beide zu einem Tisch mit ihren Freunden und einigen anderen Clubmitgliedern und ihren Partnerinnen, die alle aufstanden, um Tara zu begrüßen.

Tara ignorierte ihren Liebeskummer, gab sich so munter wie möglich und verbrachte die nächsten Stunden damit, sich mit Joey zu unterhalten und das Neueste von Tonya, Forges hübscher Freundin, die faszinierende grünbraune Augen hatte und mit der er seit zwei Jahren zusammen war, seiner vierjährigen Tochter Leilani und den anderen Freunden von Levi zu erfahren. Sie bemerkte einige flüchtige Blicke von Levi und die böse Miene, die er zog, wenn die Männer mit ihr flirteten, aber das war sie gewohnt. Allerdings war sie es nicht gewohnt, dass bei jedem ihrer Blickkontakte entweder seine Kiefermuskeln oder die Mundwinkel zuckten, so als würde er ein Lächeln zurückhalten. Als sie sich schließlich zum Essen an den Tisch setzten, standen Taras Nerven in Flammen.

Joey setzte sich neben Levi, und er klopfte auf den Stuhl zu seiner anderen Seite, um Tara zu deuten, dort Platz zu nehmen. Sie dachte, dass sie endlich einen kurzen Moment hätten, um miteinander zu reden, oder zumindest anzuerkennen, was er nach der Schulparty gesagt hatte. Doch abgesehen von ein paar Minuten Smalltalk, wie man ihn mit Menschen führt, die man gerade erst kennengelernt hat, in denen er sich nach ihrer Fahrt auf der Fähre erkundigte und das schöne Wetter kommentierte, und einer Zusammenfassung seines und Joeys Plan für die Woche, blieb er kurz angebunden. Dass Joey am Mittwochabend bei ihrer Freundin übernachtete, war in der Tat wichtig, aber es war nicht das, worüber sie reden wollte.

Seine Schulter berührte ihre, und schon schossen die Funken über ihren ganzen Arm. Sie schaute mit einem Lächeln zu ihm hinüber, doch die Muskeln in seinem Kiefer zuckten nur, und das machte die Kluft zwischen ihnen nur noch schmerzhafter.

Sie war keine bedürftige Frau, fühlte sich jedoch seltsam abgekoppelt von ihm und das war unerträglich. Sie vermisste sein Lächeln und ihre unbeschwerte Freundschaft, und sie fragte sich, was sie getan hatte, dass er derart auf Distanz ging, noch bevor sie überhaupt die Gelegenheit zu einem Gespräch gehabt hatten.

Wie sollte sie zwei Wochen in so einer Stimmung überleben?

Levi konnte an einer Hand abzählen, wie oft in seinem Leben er jemand hätte erwürgen können. Er war kein gewalttätiger Mensch, aber als sie schließlich das Restaurant verließen, wollte er den meisten Männern, auf die er sich in jeder Situation verlassen konnte, am liebsten in den Allerwertesten treten.

Wenn er noch einem Typen dabei hätte zusehen müssen, wie er mit Tara flirtete, hätte er nicht gewusst, was er getan hätte, doch es wäre mit Sicherheit nichts Nettes gewesen. Dabei war das vollkommener Unsinn, denn er hatte sich ja entschlossen, Tara in Ruhe zu lassen. Sie hatte einen Mann verdient, der mit ihr unterwegs sein und Spaß haben konnte, wann immer sie es wollte.

Er trug Taras Gepäck und folgte ihr und Joey in das Gästezimmer im Erdgeschoss. Joey plapperte immerzu über die Deckenburg, in die sie sich legen wollte, um den Film zu sehen, und die süße, wunderschöne Tara, die es geschafft hatte, ihm unter die Haut zu gehen, ohne es überhaupt versucht zu haben, unterhielt sich mit einem angestrengten Gesichtsausdruck mit seiner Kleinen. Das war zweifellos auf sein mieses Verhalten zurückzuführen. Als könnte er irgendetwas dagegen tun. Er hatte noch nie so etwas für eine Frau empfunden, und er hatte keine Ahnung, wie er diese Gefühle abschalten sollte. Selbst jetzt noch ließ der Gedanke an Jokers Händen auf ihr den Wunsch aufkommen, ihm den Kopf abzureißen, dabei mochte er den Kerl und vertraute ihm.

»Danke«, sagte Tara leise, als er ihr Gepäck abstellte.

Ihr Blick huschte zögerlich zu ihm auf, ihre Augen leuchteten nicht wie sonst. Er fand es abscheulich, dass er das verursacht hatte. Er wollte sie in seine Arme ziehen und küssen, bis ihre Beine nachgaben, wollte alle Erinnerungen an den heutigen Nachmittag auslöschen, doch er traute sich nicht, genau das zu tun, also biss er die Zähne zusammen und verließ das Schlafzimmer. »Ich bereite den Beamer vor.«

»Ich ziehe mir den Pyjama an«, sagte Joey.

»Warte kurz. Ich hab dir etwas mitgebracht.« Tara öffnete einen Koffer und nahm eine in Geschenkpapier eingepackte

Schachtel heraus.

»Danke! Wofür ist das?«, fragte sie, als sie das Papier aufriss.

»Brauche ich einen Grund, um meiner Lieblingsnichte ein Geschenk zu machen?«

Joey hielt staunend eine pinke Flanellpyjamahose und ein langärmeliges schwarzes Baumwolloberteil mit einem schlafenden Einhorn und der pinken Aufschrift *Schlaf-Team* in die Höhe. »Guck mal, Daddy!«

In ihm zog sich alles zusammen. »Das ist wirklich etwas ganz Besonderes, Süße.« *Wie auch die Frau, die dir das geschenkt hat.* Tara schaute zu Joey, zu ihrem Koffer, zum Bett und auf den Boden – überallhin, nur nicht zu ihm, während er den Blick nicht von ihr abwenden konnte. Wie hatte er alles nur derart an die Wand fahren können, dass sie ihn schon nicht einmal mehr ansehen konnte? Zum Glück beeinflusste ihr Unbehagen nicht ihr Verhältnis zu Joey. *Noch nicht*, ging ihm durch den Kopf und löste ein flaues Gefühl in ihm aus.

»Danke.« Joey schlang die Arme um sie. »Ich wünschte, du hättest auch so einen.«

»Oh«, erwiderte Tara traurig. »Wenn ich gewusst hätte, dass du gern Partnerlook trägst …«

»Aber das weißt du doch«, sagte Joey. »Wir haben gleiche Sweatshirts, Valentins-Socken und die T-Shirts von den Dark Knights.«

»Du hast recht.« Tara zog die Augenbrauen zusammen. »Aber vielleicht …« Sie wühlte in ihrem Koffer herum und zog den gleichen Pyjama in ihrer Größe heraus.

»Wusste ich's doch.« Joey umarmte sie erneut.

»Das ist wirklich nett von dir, Tara.«

Endlich schaute sie ihn an, doch dieser angespannte Gesichtsausdruck kehrte zurück, als sie noch einmal in ihren

Koffer griff. »Die Pyjama-Fee hat dir vielleicht auch etwas mitgebracht.«

Sie warf ihm etwas zu, das er mit einer Hand auffing, während er eine solche Abscheu vor sich selbst empfand, dass es ihn innerlich zerfraß. »Das war aber nicht nötig.«

Sie zuckte mit den Schultern, schaute jedoch nicht weg, und in diesen wenigen Sekunden, bevor Joey ausrief: »Was ist es, Daddy?«, umgab Tara eine riesige Wolke des Unbehagens. Sie wandte den Blick ab, doch er sah sie weiter an, während ihm ein Dutzend Entschuldigungen durch den Kopf gingen, gefolgt von ebenso vielen Gründen, aus denen er die Distanz aufrechterhalten sollte.

»Dad!«, drängte Joey.

Er riss sich von Tara los und hielt ein unglaublich weiches schwarzes T-Shirt mit einem muskelbepackten Einhorn vorne darauf in die Höhe. Es stand auf den Hinterbeinen, trug eine Lederjacke und Stiefel, und hatte die Vorderbeine vor der breiten Brust verschränkt. Das Horn war – in den Farben der Dark Knights – gold und schwarz. *Schlaf-Team-Bodyguard* stand in fetten goldenen Buchstaben darüber. Er stellte die Füße fest auf den Boden und kämpfte gegen die magnetische Kraft an, die ihn zu Tara hinzog. »Das ist genial, Tara. Danke.«

»Gerne«, sagte sie, ohne aufzuschauen, während sie weiter in ihrem Koffer stöberte.

»Du bist unser Bodyguard«, rief Joey freudig, was jedoch von einem Gähnen ergänzt wurde. »Komm, wir ziehen das an.« Sie nahm seine Hand, zog ihn aus dem Gästezimmer hinaus und über den Flur zur Treppe.

»Ich stelle den Beamer auf, während ihr euch umzieht«, sagte er, als sie nach oben gingen.

»In Ordnung«, sagte Joey. »Ich bin froh, dass Tara hier ist.«

»Ich auch.« Die angespannte Situation legte sich wieder schwer auf seine Brust. Er musste reinen Tisch machen und die Sache mit Tara richtigstellen.

Während Joey sich umzog, holte er den Beamer aus dem Schrank im Flur und ging nach unten. Er stellte das Gerät auf den Couchtisch, ging zum Gästezimmer und überlegte dabei, was er sagen sollte. Er hatte keine Ahnung, wo er anfangen sollte. *Tut mir leid, was ich neulich Abend gesagt habe?* Aber das konnte er nicht sagen, denn es tat ihm nicht leid. *Ich meinte, was ich gesagt habe, aber du hast jemanden verdient, der ungebunden ist?* Seine Kiefermuskeln zuckten. Er wollte sie auch nicht loslassen. Aber er musste es.

Taras Tür war geschlossen und er hörte sie reden. Erzählte sie Jules oder Bellamy, dass er sich wie ein Arsch benommen hatte? Oder unterhielt sie sich mit einem Typen, den sie kennengelernt hatte, als sie gestern Abend unterwegs gewesen war?

»Verdammt!«

»Dad?«

Ruckartig drehte er sich herum und sah Joey in ihrem neuen Pyjama, in ihre Kuscheldecke eingehüllt und den Arm voller Stofftiere. »Hey, Peanut. Ich wollte Tara gerade sagen, dass du gleich runterkommst. Aber da du schon da bist, können wir doch zusammen den Beamer aufstellen.« Er legte die Hand auf ihre Schulter und führte sie zurück zum Wohnzimmer.

»Warum hast du geflucht?«

Weil ich ein Idiot bin. »Mir ist nur gerade etwas eingefallen, was ich hätte erledigen sollen.«

Sie machte es sich auf dem Sofa bequem und fing an, ihre Stofftiere zu platzieren, während er den Beamer anschloss. »Musst du das vor dem Film erledigen?«

Das würde er gern, doch mit Kinderohren in der Nähe hätte er keine Gelegenheit dazu. »Nee, das kann warten. Aber ich würde gern noch duschen, bevor wir mit dem Film anfangen.«

»Ich weiß.« Sie legte den Kopf auf das Vater-Tochter-Kissen und machte es sich unter ihrer Decke gemütlich.

»Woher weißt du das?« Er hatte den Beamer angeschlossen und gab ihr einen Kuss auf die Stirn, bevor er auf die andere Seite des Raumes ging, um die großen Stühle von der Wand wegzustellen, damit sie den Film sehen konnten.

»Weil du immer duschst, wenn du eine Tour mit dem Club gemacht hast«, sagte Tara, als sie in den pinken Flanellshorts, die ihre langen, sexy Beine betonten, und dem passenden Einhorn-Schlafshirt, das sich eng um ihre kleinen, perfekten Brüste schmiegte, ins Wohnzimmer kam.

Levi zwang sich, sie nicht anzustarren, und rückte die Stühle beiseite, während sie sich neben Joey setzte und sagte: »Sollen wir uns in unserer Ecke eine Deckenburg bauen?«

Unsere Ecke. Sie und Joey hatten einen Namen für all die verborgenen Plätze in ihrem Haus. *Unsere Ecke, unser Leseversteck, unser Lass-mich-in-Ruhe-Ort …* Zum ersten Mal überhaupt wünschte Levi sich, er wäre Teil von all dem, wenn sie von *uns* sprachen. Was sollte das? Er brauchte keine Verstecke oder besonderen Orte, doch allmählich gelangte er zu der Überzeugung, dass er Tara brauchte.

»Ja«, sagte Joey schläfrig. »Aber kann ich hier liegen bleiben und dir zugucken, während du sie baust?«

»Na klar, Süße.« Tara ging zu der Wand hinter dem Sofa und schob die hängende Holztür beiseite, die Levi dunkel gebeizt hatte, damit sie sich von den cremefarbenen Wohnzimmerwänden abhob, und hinter der sich ihre Ecke verbarg, deren Fläche so groß war wie ein Doppelbett.

Er hatte eine Plattform gebaut, auf die eine Matratze passte, samt herausziehbarer Leiter für Joey und eingebauten Schubladen, in denen ihr Spielzeug Platz fand. Als sie kleiner gewesen war, hatten sich in diesen Schubladen Windeln, Wechselkleidung und alles, was ein kleines Kind noch brauchen konnte, befunden. Die Plattform war cremefarben, passend zum Wohnzimmer, und die Wände der Ecke waren dunkelblau. Früher hatte sie gern ihren Mittagsschlaf in der Ecke gemacht. Damals hatte noch ein Geländer rund um die Matratze für Sicherheit gesorgt. Als Tara die Ecke das erste Mal gesehen hatte, hatte sie Sterne aus Karton ausgeschnitten, sie mit Alufolie umwickelt und gefragt, ob sie sie an die Decke hängen dürfte. Er hatte befürchtet, dass sich die Reißzwecken lösen könnten, also hatte er Metallstreben unter der Decke befestigt, an der sie die Sterne mit silbernem Band aufgehängt hatten.

Diese funkelnden Sterne hingen immer noch dort, ebenso wie Fotos von umwerfenden Sonnenuntergängen über dem Meer, die Tara von seiner Terrasse hinter dem Haus gemacht hatte, Fotos von Levi, der Joey vorlas, und verschiedene andere Bilder, die Joey und Tara im Laufe der Jahre von sich gemacht hatten, wenn sie mit ihren – wie Joey es nannte – Bettzeitsachen beschäftigt gewesen waren. Levi hatte Fotos von ihr und Tara gemacht, als sie draußen unter dem echten Sternenhimmel auf dem Rasen gelegen hatten, während Tara Joey Geschichten erzählt hatte, eines von ihnen beiden, wie sie aneinandergekuschelt auf dem Sofa gesessen und einen Film geschaut hatten, und ein Lieblingsfoto, das er letztes Jahr gemacht hatte, als Tara in den Winterferien bei ihnen gewesen war: Joey hatte sich einen Magen-Darm-Virus eingefangen, und Tara hatte sich geweigert, Abstand zu seiner kleinen Tochter zu halten, sodass sie sich angesteckt hatte. Die beiden schliefen in der Ecke, Stirn an Stirn, und Tara hatte den Arm beschützend um Joey gelegt. Bis zu dieser Sekunde war ihm nie klar gewesen, warum es sein Lieblingsfoto war. Es musste schon eine Menge Liebe im Spiel sein, wenn man mit Absicht zu einem quengeligen, erbrechenden Kind in den Ring stieg, und Tara hatte das mehr als einmal getan, ohne sich um ihre eigene Gesundheit zu scheren.

Sein Herz zog sich zusammen, als er zusah, wie sie die Bettenburg aufbaute, und die Gefühle, die er versucht hatte, zu bändigen, sich an die Oberfläche kämpften. Er musste von hier weg. »Ich gehe duschen.«

»In Ordnung«, sagte Tara, ohne sich umzudrehen.

Es war zum Kotzen.

Elf

Levi machte sich die größten Vorwürfe, als er unter die Dusche stieg, weil er sie in diese Situation gebracht hatte. Der Nachmittag im Taproom lief in quälender Endlosschleife vor seinem geistigen Auge ab, malträtierte ihn mit Bildern seiner Kumpel, die den Arm um Tara legten, und auf sie einprasselnder Angebote, sie mal auf eine Motorradtour oder ein Date zu entführen, als hätte sie ein *Bagger mich an*-Schild um den Hals hängen. Hatten sie schon immer so mit ihr geflirtet? Er war so angespannt, dass er das Gefühl hatte, eine wandelnde Bombe zu sein. Er legte die Hände an die nassen Kacheln, ließ den Kopf zwischen die Schultern fallen und schloss die Augen in der Hoffnung, dass das warme Wasser, das auf seinen Rücken prasselte, seine Verspannungen lösen könnte. Doch hinter den geschlossenen Lidern sah er Tara, die voller Verlangen zu ihm aufschaute, als sie sich die Häuser ansahen. Noch immer spürte er ihre Lippen an seinem Daumen, als er langsam darübergestrichen hatte, fühlte ihren stockenden Atem auf der Auffahrt ihrer Eltern, als er an ihrem Eclair geleckt hatte. Sie war so sexy, dass er hart vor Begehren wurde.

Wütend stellte er das heiße Wasser ab und hob sein Gesicht dem eisigen Regen entgegen, der nun auf ihn herabfiel, und versuchte sich im Kopfrechnen, um sein Verlangen zu unterdrücken. Doch Tara war alles, an das er denken konnte – wie sie ihn auf der Schulparty mit dem Cupcake fütterte, ihn ansah, als wünschte sie sich, seine Zunge wäre zwischen ihren Beinen, als er den Zuckerguss von ihren Fingern ableckte. Er hielt es nicht mehr aus. Sie war überall. Er legte die Hand um seine Härte, fest und schnell packte er zu, stellte sich statt seiner Hand ihren Mund vor, ihre lustvoll zu ihm aufschauenden Augen, bis er so in Ekstase geriet, dass seine Hüften heftig vorstießen. Er biss die Zähne zusammen, als er vom Orgasmus gepackt wurde, und stieß ihren Namen mit jedem Stoß aus. Fantasien, in denen er sie nackt sah, auf den Knien vor ihm, hämmerten auf ihn ein, ließen seinen Höhepunkt nicht enden, bis die letzte Welle mit einem unaufhaltsamen »Fuck!« aus ihm herausbrach.

Er lehnte sich an die Wand, mit geschlossenen Augen und schwer atmend, während ihn die Nachbeben noch erschütterten. Seine Härte war so empfindlich, dass ihn der Wasserstrahl fluchen ließ.

»Mein Gott«, keuchte er. Es war so verdammt lang her, dass er mit einer Frau zusammen gewesen war.

Als er schließlich wieder zu Atem kam, seifte er sich ab, und wie magnetisch wurden seine Gedanken wieder zu Tara hingezogen, sodass er sofort wieder hart wurde.

Dies würden die längsten zwei Wochen seines Lebens werden.

Als er mit dem Duschen fertig war, stellte er das Wasser ab und streckte den Arm nach dem Handtuch aus, griff allerdings ins Leere. Er schaute sich im Bad um, erinnerte sich daran, dass er am Morgen die Wäsche angestellt und noch keine Gelegenheit gehabt hatte, sie aus dem Trockner zu holen. *Na super.* Mit der Hand wischte er das Wasser von der Brust und den Armen und verließ die Dusche, um die Badezimmertür einen Spalt breit zu öffnen. »Joey! Kannst du mir bitte ein Handtuch bringen?«

Während er wartete, putzte er sich die Zähne und ermahnte sich, sich zusammenzureißen.

»Joey schläft, also dachte ich mir …«

Als er Taras Stimme vernahm, öffnete er die Badezimmertür etwas weiter und lugte hinaus – ihre Blicke trafen mit der Hitze tausend glühender Sonnen aufeinander. Die Funken sprühten, als diese umwerfenden blauen Augen an seinem nassen Körper hinabschauten. Sein verdammter Kumpel grüßte sie begeistert.

Sie warf ihm ein Handtuch zu.

Schnell wickelte er es sich um die Hüften.

Ihr Blick war starr auf seine Brust gerichtet. »Ich muss …« Geistesabwesend deutete sie hinter sich, doch sie rührte sich nicht vom Fleck. Er kam hinter der Badezimmertür hervor, und ihr Blick wanderte nun an seinem Körper hinab bis zu seiner Erektion, die sich gegen die Zwänge des Handtuchs wehrte. Sie leckte sich über die Lippen und Begehren brodelte in ihren Augen.

»Du gehst nirgendwohin. Wir müssen reden.« Er trat nun ganz ins Schlafzimmer und machte einen Schritt auf sie zu. Ihr Blick traf seinen, voller Begehren und Bedürftigkeit, während sie nervös mit den Fingern spielte, als wollte sie ihm am liebsten das Handtuch wegreißen. Ihre Nippel zeichneten sich unter dem dünnen Baumwollstoff ab. Unter ihren Schlafshirts trug sie nie BHs. Wie hatte er ihr je widerstehen können? Er schob sie gegen die Wand, verfluchte sich innerlich dafür, doch er konnte nicht anders. »Bist du sicher, dass Joey schläft?«

»Ja«, hauchte sie kaum hörbar.

»Tut mir leid, dass ich heute so ein Arsch war«, sagte er

harsch und wütend auf sich selbst. »Ich wollte dich nicht in Verlegenheit bringen mit dem, was ich nach der Schulparty gesagt habe. Aber ich meinte es so, wie ich es gesagt habe, und ich werde es nicht leugnen.«

Sie blinzelte mehrere Male und kniff diese wunderschönen Augen ein wenig zusammen, als würde ihr plötzlich klar, wie sehr sie sich in ihm verloren hatte. »Was du gesagt hast, hat mich nicht in Verlegenheit gebracht.«

»Warum konntest du mich dann heute Abend nicht ansehen?«

»Weil *du mich* nicht ansehen konntest!«, erwiderte sie heftig.

Er stützte die Hände zu beiden Seiten von ihrem Kopf an der Wand ab und hielt sie so in Schach, während die Wahrheit aus ihm hervorbrach. »Kein Wunder, denn wegen dir bin ich vollkommen verkrampft. Ich habe das Gefühl, ich drehe durch. In deiner Gegenwart kann ich keinen einzigen klaren Gedanken fassen. Ich kann nur daran denken, dass ich dich küssen, dich überall berühren will. In meinen Fantasien frage ich mich, wie du schmeckst, dich anfühlst, welche Laute du von dir geben würdest, wenn wir zusammen wären, und wenn ich sehe, wie die Jungs dich anbaggern, dann möchte ich sie in Stücke reißen.«

Ihre Lippen waren nur wenige Zentimeter voneinander entfernt und ihre Brust berührte seinen bloßen Oberkörper mit jedem kurzen, stockenden Atemzug. Er sehnte sich danach, sie zu spüren, und er musste all seine Kraft zusammennehmen, um nicht die Hände in ihren Haaren zu vergraben und sie an sich zu reißen.

»Erlöse mich aus meinem Elend, Tara«, flehte er. »Sag mir, ob ich allein mit diesen Gefühlen bin oder ob du es auch spürst.«

Sie öffnete den Mund, doch es kam kein Wort heraus. Ihre erhobene Hand schwebte zwischen ihnen und legte sich auf seine Brust. Diese leichte, nervöse Berührung jagte Stoßwellen durch sein Innerstes, und dann ging sie auf die Zehenspitzen und flüsterte: »Ich will dich schon, seit ich denken kann.«

Etwas in ihm brach auf, setzte ein so unbändiges Begehren frei, dass er sich nicht zurückhalten konnte. Seine Hände tauchten in ihre Haare ein, packten zu und sein Mund prallte heftig und besitzergreifend auf ihren. Sie schmeckte nach Sündhaftigkeit und Unschuld, und er wollte das alles. Er wollte sie nackt sehen, ihren Körper kosten. Er stellte sich vor, wie er über sie stieg, seinen Mund zwischen ihren Beinen vergrub, während sie an seiner Härte saugte, bis sie beide so heftig kamen, dass sie nicht einmal mehr ihren Namen kannten. Noch nie hatte er so viel allein bei einem Kuss empfunden, und er ermahnte sich, es langsam anzugehen, ihr Luft zum Atmen zu lassen, doch sie drängte sich an ihn und erwiderte sein Verlangen ebenso ungestüm und gierig. Sie krallte sich in seinen Rücken, stöhnte sehnsuchtsvoll in seinen Mund. Ihr Begehren ließ die Funken in ihm sprühen und er gab ein knurrendes »Fuck, Tara!« von sich. Er drückte seine Hüften an sie, rieb sich an ihr und strich mit einer Hand fest über ihre Hüfte, während er sie noch intensiver, gröber küsste. Er erforschte, nahm und genoss ihre sündigen Laute, von denen jeder einzelne das Inferno in ihm anfeuerte. Seine Hand glitt unter ihr Shirt, legte sich um ihre Brust, und sie gab ein langes, tiefes Stöhnen von sich. Er strich mit dem Daumen über ihren festen Busen und sie drückte ihre Hüften an ihn. *Genau, Baby, zeig mir, was du magst.* Er rollte ihren Nippel zwischen Daumen und Zeigefinger. Sie ließ den Kopf in den Nacken fallen und gab einen begierigen Laut von sich, der wie ein Blitz durch ihn hindurchfuhr.

Er fühlte sich wie losgelöst und animalisch, als er sich an ihrem Mund labte, an ihren Haaren zog. Sie war ebenso unbeherrscht, presste die Finger in seine Haut, rieb ihren Körper an seinem, als könnte sie ihm nicht nah genug sein, während er ihre Wange, ihren Kiefer küsste und ihr dann ins Ohr raunte: »Ich muss dich mit meinem Mund spüren.«

»Oh ja …«

Er hatte das Shirt schon hochgeschoben, den Mund auf einer Brust und die Hand auf der anderen, noch bevor sie ausgesprochen hatte. Er saugte so fest, dass ihr ein hohes »Ah« entwich.

Er zuckte zurück. »Zu heftig?«

Ihre Augen waren nur einen Spalt geöffnet, als sie seinen Kopf mit beiden Händen umfasste und seinen Mund zurück an ihre Brust zog. »Mach weiter!«

Die verführerische Sirene, die er schon einmal kurz gesehen hatte, kam wieder hervor, und sie war unfassbar heiß.

Er saugte ihren Nippel bis an seinen Gaumen und mit einem langen, sinnlichen Stöhnen schossen ihre Hüften vor. Er wiederholte es, und sie wand sich so verlockend an ihm, dass er sie weiter reizte und sich an ihrer Mitte rieb. Auf jeden Zungenschlag, jedes Saugen und Knabbern und Beißen reagierte sie mit sehnsuchtsvollerem Flehen. Ihre Haut war heiß und ihr Herz hämmerte gegen seine Brust, während er ihre Brüste mit gierigen Küssen bedeckte. Sie zitterte, ihre Fingernägel schnitten in seine Arme. Der Schmerz war angenehm, er machte das Gefühl, sie endlich mit Händen und Mund erobern zu dürfen, noch intensiver. Er schaute auf, musste ihre Augen sehen, die halb geschlossen waren, als er mit der anderen Hand an ihrem Rücken hinab und in ihre Shorts glitt, um ihren Hintern zu packen und sie noch näher an sich zu drücken.

»Levi!«, keuchte sie und er nahm sich fordernd einen weiteren Kuss.

Ihr Mund war so köstlich, sie küsste ihn gierig, ihre Hüften bewegten sich in perfektem Einklang mit seinen, während seine Zunge tiefer eintauchte und er ihre Grenzen austestete, als seine Finger abwärts wanderten. Mit den Lippen strich er über ihre. »Bist du feucht für mich, Baby?«

Ihr Atem stockte, und ihr Körper spannte sich an, als sie die Augen öffnete. Die Verlegenheit, die darin zu sehen war, berührte ihn tief. »Nur wir beide sind hier, Tara. Was wir hier sagen, bleibt unter uns.« Er küsste sie noch einmal, langsam, sinnlich, beruhigend, und er spürte, dass sie sich entspannte. Er zog den Kopf zurück und schaute in dieses tiefe Meer aus Begehren, und auch wenn die geröteten Wangen ihm verrieten, dass sie sich vielleicht sicherer fühlte, so war doch noch eine Verlegenheit spürbar. »Soll ich aufhören?«

Sie schüttelte den Kopf und flüsterte: »Ich will nur nicht antworten.«

Ein Lachen entwich ihm und er legte die Stirn an ihre. »Du machst mich fertig, Blondie.«

Sie kicherte. »Du mich auch.«

»Oh, ich mag dich so.« Er eroberte ihren Mund wieder mit einem tiefen, leidenschaftlichen Kuss, der schnell drängender wurde, bis sie beide ungestüm zupackten und sich verschlangen. Als er die Hand vorne in ihre Shorts und unter den Stoff ihres Slips schob, atmete sie hörbar ein, und sein Kuss wurde behutsamer. Seine Finger wanderten tief genug, um zu spüren, dass sie komplett enthaart war. Voller Ungeduld hielt er kurz vor diesem magischen Punkt inne, gab ihr Zeit, entweder ihre Meinung zu ändern oder sich mit der Vorstellung anzufreunden, dass er sie berührte.

Mit der Zunge glitt er über ihre Unterlippe. »Wie konnte ich nur so lange so blind sein?« Er küsste sie zärtlich. »Ich möchte dir so schöne Gefühle bereiten, dass du vergisst, was ich für ein Idiot war.«

Sie lächelte und bewegte die Hüften, was ihm das grüne Licht gab, das er sich erhofft hatte. Er wollte sie nicht noch mehr in Verlegenheit bringen oder nervös machen, aber er wollte ihr Gesicht sehen, wenn er sie das erste Mal berührte. Er küsste sie sanft, nahm dann den Kopf nur so weit zurück, dass er ihr in die Augen schauen konnte, als seine Finger über diesen explosiven Punkt glitten, durch ihre feuchte Mitte und wieder zurück kreisten. Mit großen Augen, voller Begehren, sah sie ihn an. Sie umklammerte seine Hüften, als er mit den Lippen über ihre fuhr, mit den Fingern zwischen ihre Beine glitt und dann wieder hinauf, qualvoll langsam, sodass ihr Atem stockte und sie keuchte. Mit geschlossenen Augen biss sie sich auf die Unterlippe.

»Sieh mich an, meine Schöne.«

Sie öffnete die Augen und hauchte nur: »Levi!«

»Vertraust du mir?«

Sie nickte, und ihre Augen waren so dunkel und begierig, dass er ihr am liebsten die Shorts vom Leib gerissen, ihre Beine gespreizt und seine Härte in sie gestoßen hätte, bis er ganz in ihr versank. Er sehnte sich danach, ihre feuchte Hitze um sich zu spüren, wollte alles dafür tun, dass sie beide den Verstand verloren. Doch das musste warten, denn er hatte noch nie etwas gesehen, das so sexy war wie diese vor Begehren bebende Tara.

»Ich möchte, dass du kommst, aber ich werde nichts übereilen.« Er küsste ihren Mundwinkel. »Und nachdem du unter meiner Hand gekommen bist, wirst du unter meinem Mund kommen.« Wieder wurden ihre Augen ganz groß, als er Küsse auf ihren Hals regnen ließ und ihr Shirt hochschob, um ihren Nippel zu lecken, zu saugen und zu beißen, während er sie streichelte, bis sie wimmerte, drängte, flehte und sich an ihn klammerte, als wäre er ihr Rettungsanker. Und genau das wollte er sein.

Als er zwei Finger in ihre feuchte Hitze schob, stöhnten sie beide auf. Er krümmte die Finger, suchte diesen verborgenen Punkt, der einen Stromschlag durch sie hindurchjagte, und nutzte seinen Daumen dort, wo sie ihn am meisten brauchte. Ihre Hände glitten an seinem Oberkörper hinab und lösten das Handtuch, das auf den Boden fiel und seine Härte offenbarte. Sie schaute hinab. Staunen und Bewunderung funkelten in ihrem Blick. Er war gut bestückt, da konnte er sich nicht beklagen.

»Berühr mich«, forderte er, und sie legte die Finger um seine Härte, was heiße Schauer durch seinen Körper rinnen ließ. Sie fing an, ihn zu streicheln und er wurde schneller in seinen Bewegungen. »Gib mir deine Hand.« Er führte sie zwischen ihre Beine, befeuchtete sie mit ihrer Erregung und legte ihre Finger dann wieder um seinen Schaft. Mit seiner Hand über ihrer strich er zwei Mal ganz fest und stöhnte dabei vor Zurückhaltung auf. Sie streichelte ihn weiter, er schob ihre Shorts und ihren Slip hinunter und schenkte ihr einen langen, lasziven Blick. Sie errötete. »Du bist absolut umwerfend. Schau selbst.« Er nickte in Richtung des Spiegels, der links von ihnen an der Wand hing. »Du bist so verdammt schön, Tara.«

Er legte die Hand wieder auf ihre feucht schimmernde Mitte, und ihr entwich noch ein sexy Keuchen, als er mit den Fingern in sie eindrang.

»Sieh uns an.« Ihr Blick wanderte zum Spiegel und er knabberte an ihrem Hals. »Streichel mich, während du kommst. Ich will, dass du siehst, was du mit mir machst.«

Er senkte den Mund auf ihre Brust, reizte sie zwischen den Beinen noch schneller und sie folgte ihm. »Hör nicht auf«, sagte er rau.

Sie brachte ihn immer mehr um den Verstand, bis an den Rand des Wahns. Mit stärkerem Druck reizte er ihre Perle, sie spannte die Beine an, und ihre Hand um seine Härte hörte auf, sich zu bewegen, als sie stöhnte: »Oh ja!«

»Halt dein Shirt hoch.« Das tat sie, und er legte eine Hand um seine Länge und reizte sie weiter mit der anderen, während sie zuschaute. Er senkte den Mund auf ihren Hals, küsste und saugte, bis sie nur noch zitterte und bettelte. Er umklammerte den Ansatz seiner Härte, um seine Erlösung hinauszuzögern, und biss in ihren Hals. Sie schrie auf, rieb sich an seiner Hand, und er bedeckte ihren Mund mit seinem, verschlang ihre Laute, während ihre Hüften zuckten, ihr Inneres heiß um seine Finger pulsierte, sie seine Härte packte und ihn fest und hart zum Kommen brachte. Vielleicht war sein Mädchen mit den blauen Augen doch nicht so unschuldig. Er kam so heftig, dass es sich anfühlte, als schösse es direkt aus seiner Seele heraus. Er stöhnte in ihre Küsse, während er sich auf ihren Bauch ergoss und sie beide sich ihrer lustvollen Erlösung hingaben. Sie auf diese Art einzunehmen, sie mit seinem Samen zu kennzeichnen, brachte eine primitive Genugtuung mit sich, und das gefiel ihm verdammt gut. Als sie sich matt an ihn lehnte und sie beide noch keuchten, hielt er sie fest, und sein heißer, klebriger Erguss verband sie miteinander.

»Mein Gott, Tara.« Er lehnte sich etwas zurück, um ihr Gesicht zu sehen. Sie wirkte wie benebelt, vollkommen berauscht. »Geht's dir gut?«

»Feuerwerk ... ist noch im Gange«, flüsterte sie fast.

»Dabei fangen wir gerade erst an.« Er küsste sie sanft, wischte sie mit dem feuchten Handtuch ab und kümmerte sich anschließend um sich selbst.

»Daddy?«

Beide erstarrten kurz, als sie Joeys Stimme hörten, bevor ihre von der Lust verwirrten Hirne in Aktionsmodus schalteten. Tara zog sich hastig wieder an und er schnappte sich eine Shorts aus seiner Kommode.

»Bin gleich da, Süße!« Mist! Hatten sie sie aufgeweckt? Er hatte sich so in Tara verloren, dass er nicht einmal daran gedacht hatte, seine Schlafzimmertür zu schließen. Doch sein Mangel an väterlicher Intelligenz war gerade nicht sein größtes Problem. Wie sollte er Tara zu verstehen geben, dass Joey nichts erfahren durfte, ohne wie ein Arschloch zu klingen? Für Diskussionen war keine Zeit, also begnügte er sich mit: »Wir sollten uns in Joeys Gegenwart zurückhalten.«

»Ja, in Ordnung.«

Er zog sein T-Shirt an. »Gut. Dann sind wir uns einig.«

Als sie das Schlafzimmer verließen, flüsterte sie: »Ich kann es kaum fassen, dass meine Beine mich tragen.«

»Das werden sie nicht mehr, sobald Joey zu Bett gegangen ist.«

Ach du Scheiße! Was war das denn gerade? Ist das wirklich passiert? Tara war sich nicht sicher, wer diese Frau da eben war, aber sie mochte sie, und Levi schien sie *sehr* zu mögen, daher hoffte sie, dass sie noch ein wenig blieb. Doch wie hatte sie all diese Dinge bei weit geöffneter Tür anstellen können? Was, wenn Joey hereingekommen wäre? Die einzige Erklärung dafür war, dass ihr Hirn in dem Moment ausgesetzt hatte, in dem sie ihn frisch geduscht gesehen hatte, und das Ergebnis war überragend. Levi weckte die selbstbewusste, ungeduldige, sexuelle Frau in ihr, die sich ihr ganzes Leben lang versteckt haben musste. Auch wenn es sie verlegen gemacht hatte, dass er sie fast nackt gesehen hatte und sie unanständige Dinge miteinander angestellt hatten, sehnte sie sich danach, es zu wiederholen! Mit ihm zu erforschen. Sich von ihm alles zeigen zu lassen in Sachen Berühren und Nehmen. Sie hatte ihn noch nie so gesehen, so sexy und fordernd, Grenzen überschreitend, über die sie noch nicht einmal nachgedacht hatte. Himmel, sie liebte es! Sie würde nie vergessen, wie seine Hand um seine herrliche Länge ausgesehen hatte, und als er auf ihrem Bauch gekommen war? Dieser Anblick allein hätte sie explodieren lassen können.

Wenn ihr Körper nach fast einer Stunde nicht noch immer vibrieren würde, wäre sie wahrscheinlich davon ausgegangen, dass sie das Ganze nur geträumt hatte.

Sie lagen in der zur Deckenburg umgestalteten Ecke, an Kissen gelehnt und mit Joey zwischen sich, die sich an Levis Seite gekuschelt hatte. Den Arm hatte er um seine Tochter gelegt, doch die Hand lag auf Taras Schulter. Seine langen, talentierten Finger hatte er unter den Saum ihres Shirts geschoben, um langsam Kreise auf ihrer Haut zu zeichnen, was verheerende Auswirkungen auf ihr Nervenkostüm hatte. Sie schaute verstohlen zu ihm hinüber und erwischte ihn dabei, wie er sie beobachtete. Ein langsames Grinsen hob seine Mundwinkel an, als wollte er sagen: *Genau, Blondie, ich denke auch an dich.*

Die Hitze stieg ihr über den Hals bis ins Gesicht auf, er drückte ihre Schulter und zwinkerte ihr mit einem absolut sündhaften Grinsen zu. Himmel, sie wollte ihn! Woher kam dieser unersättliche Appetit auf Sex jeder Art? *Einmal* hatte sie chaotischen Achterbahnsex mit einem Typen gehabt, den sie vier Monate lang gedatet hatte, und das war turbulent und gruselig zugleich gewesen. Doch hier saß sie nun und wartete voller Ungeduld darauf, dass Levi sie über die Schulter warf, in sein Schlafzimmer trug und es ihr auf jede erdenkliche Weise besorgte. Sie dateten noch nicht einmal, und doch würde sie ihn alles, was er wollte, mit ihr anstellen lassen. Was verriet das über sie? Kümmerte es sie, was es über sie verriet? Der Mann, den sie schon seit Ewigkeiten wollte, hatte ihr allein mit seinen Händen und seinem Mund einen himmelhochjauchzenden Orgasmus beschert. Ihr war nicht einmal bewusst gewesen, dass ihr Körper zu solchen Empfindungen in der Lage war.

Eine bessere Frage war da allerdings, ob sie *mehr* überhaupt überleben würde.

Als hätte er ihre Gedanken gelesen, schob er die Finger in ihre Haare, zog sanft daran, jagte so einen Blitz in ihr Innerstes und ließ sie vor Ungeduld brennen. Ihr Blick traf seinen, und übertrieben sinnlich leckte er sich über die Lippen, nahm die Unterlippe zwischen die Zähne und verriet ihr mit seinen dunklen Augen, wie sehr er sie mit dem Mund erobern wollte. *Ja, bitte …*

Sie riss den Blick von ihm los, versuchte, nicht daran zu denken, und wünschte sich, Joey hätte einen kürzeren Film ausgesucht.

Endlich verstand sie, was Jules gemeint hatte, als sie sagte, dass der richtige Mann sie ein Feuerwerk erleben lassen würde. Sie wollte eine absolute Nuklearexplosion, und es war egal, was das über sie aussagte, denn sie war sich ziemlich sicher, dass sie bis zum Ende der Nacht ohnehin tot sein würde.

Tod durch Orgasmus.

Was für eine schöne Art, sich zu verabschieden.

Tara hatte vorher schon gedacht, dass ihr Körper vibrierte, doch der Rest des Films war ein einziger Nebel aus heimlichen sinnlichen Berührungen, Zwinkern und lautlosen Versprechen, die ihr Herz hämmern und die Lust wie einen tosenden Strom durch sie rauschen ließen. Wenn sie den Mund aufmachen würde, um etwas zu sagen, würde sie sich mit Sicherheit wie eine rollige Katze anhören, die darum bettelte, berührt zu werden.

Als der Film zu Ende war, schaltete Levi den Beamer mit der Fernbedienung aus und kletterte aus der Ecke, wobei er schon nach Joeys Hand griff und sie allzu eifrig zur Treppe hin drängte. »Komm, Peanut, ab mit dir nach oben. Ich bringe dich zu Bett.«

Tara war froh, dass sie nicht die Einzige war, die schnell mehr wollte.

»Ich schlafe heute bei Tante Tara«, sagte Joey.

Tara wurde flau im Magen. Ihr Versprechen hatte sie vollkommen vergessen.

»Wie wär's, wenn du morgen Abend bei Tante Tara schläfst?« Er zwinkerte Tara zu.

»Aber sie hat es versprochen!« Joey sah sie flehend an. »Stimmt's?«

»Sie hat recht. Da habe ich wohl gerade nicht mehr dran gedacht.« Es brach ihr das Herz, und die Enttäuschung, die Levi anzusehen war, machte es noch schlimmer. Aber sie würde Sex nicht über ein Versprechen stellen, das sie Joey gegeben hatte, egal, wie sehr sie es wollte.

»In Ordnung.« Er sah Tara an. »Wie es aussieht, muss Daddy sich heute Abend wohl allein ins Bett bringen.«

»*Da-ad!* Du bringst dich doch jeden Abend allein ins Bett«, sagte Joey.

Er umarmte Joey. »Da hast du absolut recht, Süße. Halt Tante Tara nicht zu lange wach. Ich habe das Gefühl, sie wird ihre Energie brauchen, während sie hier ist.«

Ihr blieb die Luft weg.

»Mach ich nicht«, versprach Joey.

Er umarmte Tara, und sie wäre am liebsten in seinen Armen dahingeschmolzen, als er flüsterte: »Dann muss ich heute Abend wohl ohne Nachtisch ins Bett.«

Ihre Mitte zog sich sehnsuchtsvoll zusammen.

Er strich mit seinen Bartstoppeln über ihre Wange, jagte damit einen kitzelnden Schauer über ihre Brust und gab ihr einen Kuss auf die Wange. »Träum was Süßes, Tara.«

»Du auch«, brachte sie nur hervor.

»Ich habe das Gefühl, meine Träume werden alles andere als *süß* sein«, sagte er und ging nach oben.

Kurz darauf lag sie im Gästebett mit der schlafenden Joey neben sich, umgeben von einem Dutzend Stofftiere, und fragte sich, wie sie überhaupt schlafen sollte, wenn sie doch so aufgewühlt war. Noch nie hatte sie so etwas empfunden – so berauscht von verwegener Erwartung. War es normal, einen Mann so sehr zu begehren?

Auf dem Nachttisch vibrierte ihr Handy. Als sie Levis Nachricht las, schlug ihr Herz noch schneller. *Tja, das gab's auch noch nie. Meine eigene Tochter vermasselt mir die Tour.* Sie lächelte und tippte: *Tut mir leid. Hatte vollkommen vergessen, dass ich ihr eine Pyjamaparty versprochen hatte.* Joey regte sich neben ihr, und Tara drehte den Bildschirm von ihr weg, damit das Licht sie nicht störte.

Eine weitere Nachricht von Levi kam an. *Ich war bisher noch nie auf Joey neidisch.*

Taras Herz machte Sprünge. *Und ich wollte noch nie ein Versprechen brechen, das ich ihr gegeben habe.*

Seine Antwort kam sofort. *Ich bin froh, dass du es nicht getan hast. Du gehörst mir zwei Wochen lang. Wir haben noch jede Menge Zeit für unsere Übernachtungspartys.*

Sie riss die Augen auf, und alles in ihr brach in lautlosen Jubel aus und gleichzeitig machte sich Panik breit. Noch nie hatte jemand so mit ihr geredet. Was sollte sie darauf antworten? *Gut?* Das Wort kam ihr zu belanglos für das vor, was sie empfand. Sie tippte: *Ich freue mich drauf.* Klang sie so erfahrener? Ihr Daumen schwebte über der Senden-Taste. Zum hundertsten Mal an dem Abend fragte sie sich, ob das hier gerade wirklich passierte. Erweckte sie den Eindruck, als wäre sie diese Art von Chat gewohnt? Er kannte sie doch besser, oder? *Aah!* Sie würde jetzt keinen Rückzieher machen. Sie schickte die Antwort ab und hielt den Atem an.

Sekunden später poppte eine neue Nachricht auf. *Ich auch. Wie soll ich bloß schlafen, wenn ich weiß, dass du gleich da unten bist? Wenn ich weiß, wie dein Mund schmeckt und dein Körper sich anfühlt? Ich bin hart allein bei dem Gedanken an dich.*

Sie biss sich auf die Unterlippe und das Verlangen in ihr wurde immer größer. Sie schaute zu Joey, die neben ihr mit dem Bär im Arm fest schlief, und schrieb: *Kalte Dusche?* Er antwortete mit einem Emoji, das die Augen verdrehte. *Hat beim letzten Mal nicht einmal ansatzweise geholfen.*

Das gefiel ihr. *Deine Hand?*

Seine Antwort kam sofort. *Nur, wenn ich so tue, als wäre es deine.*

Sie war überzeugt, dass ihr das Herz gleich aus der Brust springen würde, als sie ein flehendes Emoji und einen Engel schickte, das Handy fest umklammerte und nun seine Antwort las. *Du unanständiges Mädchen. Willst du das wirklich?*

Sie konnte *Und ob!* ebenso wenig schreiben, wie sie es sagen konnte, also schickte sie ein breit grinsendes Emoji und schloss die Augen, denn sie konnte es selbst nicht glauben, was sie da tat. Eine Nachricht traf ein. Ein Teufel-Emoji und der Hinweis: *Stell dein Handy auf lautlos.* Schnell schrieb sie: *Ich kann nicht reden. Joey schläft.*

Seine Antwort raubte ihr den Atem. *Du musst nicht reden.*

Sie konnte ihren Klingelton nicht schnell genug ausstellen. Sein Anruf kam eine Minute später, sie hielt sich das Telefon ans Ohr und seine raue Stimme verursachte ihr Gänsehaut. »Du hast keine Ahnung, wie sehr ich mir wünschte, es wäre deine Hand.«

Sie konnte gar nicht anders, als zurückzuflüstern: »Ich auch.«

Ein raues Stöhnen war über das Telefon zu hören. »Oder dein Mund.«

Ihr entwich ein bedürftiges Wimmern, bevor sie die Lippen aufeinanderpresste.

»Himmel, Tara, die Laute, die du von dir gibst, machen mich rasend.« Seine Stimme klang gepresst vor Zurückhaltung. »Hast du so etwas schon einmal gemacht?«

»Nein«, flüsterte sie. »Du?«

»Nein! Das wollte ich noch nie, aber mit dir …« Seine Stimme verebbte und er schwieg kurz. »Du weckst das Tier in mir. Ich habe das Gefühl, wir brauchen ein Safeword, noch bevor diese zwei Wochen herum sind.«

Sie wusste, dass er nur Spaß machte, und sie hatte noch nie Interesse daran gehabt, auf diese Art dominiert zu werden, doch sie vertraute Levi und empfand so viel für ihn, dass nicht einmal das ein K.o.-Kriterium gewesen wäre.

»Ich möchte, dass du die Augen schließt und dir meine Finger in dir vorstellst.«

Sie schloss die Augen und schon jetzt zogen sich ihre inneren Muskeln zusammen.

»Ich kann immer noch spüren, wie eng und feucht du warst, ich fühle, wie sich alles zusammengezogen hat, als sie in dir waren.«

Sie hatte keine Vorstellung davon gehabt, wie heiß sie das machen würde, aber diese Worte aus seinem Mund, seine Stimme, so voller Verlangen, und mit seiner Härte vor Augen, um die er seine Hand gelegt hatte, machten sie feucht.

»Ich schmecke noch immer das Begehren, das ich auf deiner Haut geschmeckt habe, als ich an deinen Nippeln gesaugt habe.«

»Ich will dich mit meinem Mund erobern, Tara. Alles an dir.«

Sie gab einen verzweifelten Laut von sich, presste die Oberschenkel zusammen und krallte die Finger in das Laken, wobei es sie ein bisschen erschreckte, wie erregt sie war.

»Bist du schon feucht, Baby?«

»Ja!«, gab sie von sich, ohne zu überlegen. Eigentlich hätte es ihr unangenehm sein müssen, doch das war es nicht. Sie wollte diesen Teil von ihm, den noch nie jemand gehabt hatte, und sie wollte ihm auch dieses erste Mal von sich geben.

»Himmel! Du machst mich so hart. Aber das ist nicht gerecht, oder? Ich sollte aufhören, um dich nicht hängen zu lassen.«

»Wage es ja nicht, aufzuhören!«, zischte sie und kletterte aus dem Bett. »Ich schleiche mich ins Badezimmer.« Auf Zehenspitzen eilte sie ins Bad, schloss die Tür ab und keuchte vor purer

Ungeduld.

»Fuck, Tara, du bringst mich noch um. Lehn dich an die Wand und schieb die Hand in deinen Slip. Berühr dich, wie ich dich berührt habe. Lass deine Perle anschwellen.«

Sie kam seiner Aufforderung nach und seine unanständigen Befehle machten sie ebenso süchtig wie seine Küsse. Als sie mit den Fingern durch ihre feuchte Mitte glitt, entwich ihr ein Stöhnen. Sie presste die Lippen aufeinander.

Übers Handy vernahm sie einen unfassbar maskulinen, kehligen Laut. »Genau, Baby. Ich wünschte, ich würde gerade an deinem Nippel saugen, mich an deinem Körper hinabküssen.«

Schwindelig vor Begehren schloss sie die Augen und lehnte den Kopf zurück an die Wand, während noch mehr bedürftige Laute aus ihr herausbrechen wollten.

»Stell dir vor, du liegst in meinem Bett, nackt, die Beine auf meine Schultern gelegt, während ich mich an deiner Mitte erfreue.« Er sprach nun schneller, begleitete seinen eigenen Rhythmus. »Ich will, dass du wegen meinem Mund auf dir die Kontrolle verlierst. Ich will hören, dass du meinen Namen schreist, während ich in dich stoße.«

Ermutigt durch die Distanz und die Dunkelheit, flüsterte sie: »Erzähl mir, was du mit dir machst.«

»Ich streiche fest und schnell, stelle mir alle möglichen Arten vor, wie ich dich nehmen will, und alles, was ich mir von dir wünsche.«

»Ich will das alles machen.« Sie wurde zwischen ihren Beinen schneller. »Erzähl mir noch mehr.«

»Stell dir vor, wie ich auf dir liege, so tief in dir, dass du jeden Zentimeter spürst, und du weißt, dass du es auch morgen noch spüren wirst.«

Die Wogen und Flammen der Lust tobten in ihr, schwollen an und pulsierten, bis es sich anfühlte, als würde ihre Haut schmelzen.

»Spürst du mich in dir, Tara? Fühlst du mein Gewicht auf dir?«

»Ja!« Sie atmete schneller, stellte sich vor, wie seine kräftige Härte sich in ihr bewegte, seine starken Oberschenkel sie in die Matratze drückten.

»Ich halte deine Hände neben deinem Kopf fest, hebe deine Knie an, damit ich noch tiefer in dich stoßen kann.«

Immer schneller bewegten sich ihre Finger auf ihrer Perle, trieben sie immer höher.

»Ich bin kurz davor, Baby. So kurz davor!«

»Ich auch«, keuchte sie.

»Ich spüre deine Fingernägel in meinem Rücken, spüre, wie du dich unter mir windest.«

»Levi!«, flüsterte sie flehend, drückte sich von der Wand ab und umklammerte das Handy mit ihren Fingern so sehr, dass es schmerzte.

»Lass mit mir los, Baby. Schließ die Augen und stell dir uns vor, nackt, deine Beine um meine Hüften. Mein Mund auf deinem Hals, ich sauge und beiße dich so fest – Fuck!«

Sie schloss die Augen, als er ihren Namen ausstieß und die Lust über sie hereinbrach. Sie drehte sich zur Seite, krümmte sich gegen die Wand, um nicht aufzuschreien, während sein Stöhnen sich um sie legte, ihr unter die Haut ging, bis sie auf den Boden glitt und sich vollkommen und absolut in ihm verlor.

Zwölf

Der süße Klang von Taras Stimme ließ am Montagmorgen einen Sturm von schmutzigen Gedanken und Bildern auf ihn einprasseln und einen Schwall von unerwarteten Gefühlen so heftig über ihn hereinbrechen, dass Levi am Fuße der Treppe erst einmal stehenblieb, um das alles in den Griff zu bekommen. Er hätte sich nie vorgestellt, dass Tara und er so eine explosive Mischung abgeben würden. Abgesehen vom Sex gab es weitaus wichtigere Gründe, aus denen er auf Tara stand, doch er musste immerzu daran denken, wie sie ihn gestern Abend in seinem Schlafzimmer und am Telefon umgehauen hatte. Mann, er war von sich selbst schockiert gewesen! Nie hätte er gedacht, dass er einer Frau so sehr vertrauen könnte, um sich derart gehen zu lassen, und schon gar nicht während seine Tochter neben ihr schlief. Aber mit Tara hatte er gar nicht weiter darüber nachgedacht. *Sie* hatte den Samen gesät – *Deine Hand?* –, und er hatte gespürt, wie sehr sie den Samen hatte wachsen sehen wollen. Er hatte diese Fantasie ebenso sehr für sie wie für sich selbst Realität werden lassen wollen, und nachdem er erst einmal angefangen hatte, hatte es kein Zurück mehr gegeben.

Seine Länge zuckte. Mit den Gedanken ständig bei seiner heimlichen süßen, sinnlichen Sirene würde er den ganzen Tag über hart sein. Er entdeckte Tara, die gerade Erdbeeren abspülte und in ihren schwarzen Leggings und einem Jeanshemd, das sie in der Taille verknotet hatte, einfach umwerfend aussah. Ihre Haare waren nach der Dusche noch feucht und die Spitzen lockten sich. Da er jetzt wusste, wie ihre dicken Haare sich an seinen Fingern anfühlten, musste er die Fäuste ballen, so sehr sehnte er sich danach, sie zu berühren.

Komm schon, Junge. Reiß dich zusammen.

»Können wir vor dem Skateboard-Training noch picknicken?« Joey kniete auf einem Hocker an der Kücheninsel und trug ihr Lieblingsoutfit: blaue Leggings mit Skateboards darauf und ein langärmeliges T-Shirt, auf das in verschiedenen Farben überall SKATERGIRL gedruckt war. Mit einem Plastikmesser aus dem Kochset, das Tara ihr letztes Jahr zu Weihnachten geschenkt hatte, schnitt sie eine Banane.

»Klar«, sagte Tara. »Ich dachte mir, nach dem Training könnten wir zur Gärtnerei fahren und dann versuchen, den Vorgarten in Schuss zu bringen.«

»Yippie!«, rief Joey.

Tara und Joey gärtnerten zusammen, seit Tara im Alter von achtzehn Jahren die ersten Frühlingsferien in Harborside verbracht hatte. Er würde nie vergessen, wie Tara zum ersten Mal die Idee erwähnt hatte, im Garten Beete anzulegen. Er war so damit beschäftigt gewesen, als Alleinerziehender und in seinem Job die Oberhand zu behalten, dass er keinen Gedanken ans Gärtnern verschwendet hatte. Joey hatte sich so gefreut und sofort angefangen, Bilder von dem zu malen, was sie haben wollte. Zu dritt hatten sie Pläne gemacht und mit zwei Blumenbeeten am Haus klein angefangen. Jedes Mal, wenn Tara zu Besuch gekommen war, hatten sie und Joey mehr hinzugefügt, bis die Beete einen Großteil des Gartens vor dem

Haus und viel Raum im hinteren Garten einnahmen. Joey hielt liebend gern nach Vogeltränken Ausschau, und Levi hatte vor langer Zeit ein Kundenkonto bei der Gärtnerei eingerichtet, damit Tara kaufen konnte, was sie wollten, und es gefiel ihm, dass sie keine Hemmungen mehr hatte, dieses Konto zu belasten.

»Ich möchte nach einer Futterstelle für Kolibris schauen, wie Emily eine hat«, sagte Joey. »Die muss rot sein, weil die meisten Blumen, die sie mögen, auch rot sind, und Emilys Mutter hat gesagt, dass wir sie alle paar Tage saubermachen müssen, weil der Nektar sonst schlecht wird und die Vögel nie wiederkommen.«

Sie hatten ihn noch nicht bemerkt, und er beobachtete ihr Miteinander gern wie ein Außenstehender. Es war so rein, so schön.

»Bist du denn bereit, sie sauberzumachen, wenn ich nicht hier bin?«, fragte Tara. »Denn dein Daddy hat viel zu tun, und ich bin mir nicht sicher, dass er immer daran denken würde.«

Und schon wieder passte sie auf ihn auf. Wann hatte das jemand, der nicht zu seiner Familie gehörte, in den letzten zehn Jahren für ihn getan? Dem unbändigen Bedürfnis, Tara näher zu sein, war nicht zu entkommen. Dieser Zauber war ihre Superkraft, und während er von seinen Beinen durch das Wohnzimmer getragen wurde, hatte er keine Ahnung, wie er sich ihr je hatte entziehen können.

»Ich verspreche, dass ich das mache«, sagte Joey. »Ich will, dass die Vögel immer wiederkommen.«

»Dann bin ich absolut dafür.« Mit den Händen voller Erdbeeren drehte Tara sich gerade um, als Levi die Küche betrat. Ihre Blicke trafen sich.

Er hätte schwören können, dass die Welt um sie herum

stillstand, nur in dem Raum zwischen ihnen schwirrte die Luft wie unter Spannung stehende Drähte. Fast befürchtete er, dass Joey sich an den Funken verbrennen könnte. Taras Wangen waren hochrot, und er fragte sich, ob das auf die Hitze zwischen ihnen oder auf die *Aktivitäten* der letzten Nacht zurückzuführen war.

»Morgen!«, sagte Tara allzu energisch, während sie die Erdbeeren auf das Brett vor Joey legte und nervös versuchte, die wegrollenden Früchte aufzuhalten. »Mist!«

»Ich mach das schon.« Er sammelte die Erdbeeren ein. Sie schaute kurz auf und Nervosität spiegelte sich in ihren Augen. Er konzentrierte sich auf Joey, um Tara die Gelegenheit zu geben, sich zu sammeln.

»Ihr seht heute beide ganz besonders hübsch aus.« Er gab Joey einen Kuss auf den Kopf. »Ich mag deine Zöpfe.«

»Die hat Tante Tara mir gemacht«, sagte Joey. »Wir machen gerade Erdbeer-Banane-Pfannkuchen.«

»Das sehe ich.« Die meisten zerdrückten die Bananen, wenn sie Pfannkuchen zubereiteten, doch Joey mochte sie lieber in Stücken. Er legte die Hand auf Taras Rücken und spürte ein leichtes Zittern. »Wie geht es dir heute Morgen?«

»Gut, und dir?« Sie aß ein Stück Erdbeere.

»Ging mir noch nie besser.« Ein kurzer Blick hin zu seiner Tochter bestätigte ihm, dass sie konzentriert den Rest ihrer Banane schnippelte. Er glitt mit der Hand Taras Rücken hinunter und drückte ihren Hintern.

Sie riss die Augen auf, kniff sie dann leicht zusammen, sodass ihre Warnung absolut deutlich war, doch als sie sprach, verriet sie ihre Nervosität. »Hast du Hunger?«

»Großen!« Er sah ihr in die Augen. »Ich könnte stundenlang essen.«

»Dann machen wir dir Pfannkuchen«, bot Joey an.

Daran hatte ich jetzt gerade nicht unbedingt gedacht. »Danke, Peanut, aber so gut sich das auch anhört, ich nehme mir nur schnell einen Proteinriegel und einen Kaffee mit und muss gleich los auf die Baustelle.«

Tara ging in die Vorratskammer und Levi folgte ihr.

Von hinten legte er die Arme um sie und küsste ihren Hals. »Wie geht's meiner heimlichen Sirene?«

»Sie erwischt uns noch«, flüsterte Tara und drehte sich in seinen Armen um.

»Dann gibst du mir am besten ganz schnell einen Kuss.« Er küsste ihre lächelnden Lippen. »Geht es dir gut, und wirst du jetzt jedes Mal, wenn du mich siehst, verlegen?«

»Ja und … wahrscheinlich.«

»Ich bin es nur, Tara.« Er nahm ihr Gesicht in die Hände und flüsterte: »Wenn ich zu weit gegangen bin, musst du es mir sagen.«

»Bist du nicht. Ich bin ja diejenige, die damit angefangen hat«, antwortete sie leise. »Aber ich bin es nun mal nicht gewohnt, so etwas zu machen.«

»Ich auch nicht, aber du hast mich mit irgendeinem Zauber belegt. Du nimmst all meine Träume ein. Ich musste die Dinge selbst in die Hand nehmen, um den Morgen zu überstehen. In der letzten Woche hatte meine rechte Hand mehr zu tun als das ganze letzte Jahr.«

Wieder wurden ihre Wangen hochrot. »Sag so etwas nicht.«

Oh, mein süßer Schatz, es wird mir so eine Freude bereiten, dir richtig unter die Haut zu gehen. Er kam mit dem Mund ganz nah an ihr Ohr und raunte ihr zu: »Dann sollte ich wahrscheinlich auch nicht sagen, dass ich heute Abend Wiedergutmachung für die einhändigen Aktivitäten von gestern Abend leisten werde, also plane bitte keine Übernachtungsparty mit du weißt schon wem.« Er gab ihr einen Kuss auf die Wange. »Hey, Joey, wie läuft's mit den Erdbeeren?«

»Gut«, rief sie. »Hab die Hälfte geschafft.«

»Perfekt«, sagte er laut und flüsterte dann Tara zu: »Ich muss dich anfassen.« Er packte ihren Hintern, hielt sie fest an sich gedrückt und senkte die Lippen auf ihre, um sie ausgiebig und sinnlich zu küssen. Als sie sich in seinen Armen entspannte, zog er sich zurück. »Mhm, der Abend kann gar nicht schnell genug kommen.«

»Fertig!«, rief Joey. »Was macht ihr denn da drinnen?«

»Suchen die Pfannkuchenmischung«, antwortete Tara eilig, während er den Arm an ihr vorbeistreckte, sich dabei fest an sie drückte und sich einen Proteinriegel aus dem Regal nahm. Finster sah sie ihn an.

»Steht hier auf der Arbeitsfläche«, sagte Joey.

Levi sah Tara skeptisch an. »Bist du hier hineingegangen, um mir aus dem Weg zu gehen?«

»Nicht dir. Nur den Schmetterlingen, die du in mir toben lässt«, flüsterte sie. »Aber du hast trotzdem einen Schwarm losgetreten … und vielleicht habe ich gehofft, dass du mir hier hinein folgst.«

Hatte sie eine Ahnung, wie sehr ihn das erregte?

»Hör auf, mich so anzusehen«, zischte sie, nun wieder mit roten Wangen.

»Wie denn?«

»Als würdest du meine Schmetterlinge zum Frühstück verschlingen wollen.«

Er grinste.

»Omeingott! Raus hier.« Sie schob ihn aus der Vorratskammer hinaus.

Levi warf noch eine Ladung der Täfelung und anderen Müll in den Container vor dem Haus, das er gerade renovierte, und wischte sich den Schweiß von der Stirn. Seit Stunden schuftete er und hoffte, dass die körperliche Arbeit ihn von Tara ablenken würde. Aber eher fror die Hölle zu, als dass das passieren würde.

Mit großer Begeisterung hatte er diesen Auftrag angenommen. Die Bezahlung stimmte, und er liebte nichts mehr, als ein Haus bis auf das Gerippe freizulegen und eine komplette Sanierung vorzunehmen. Doch das war, bevor Archer einen Vulkan des Begehrens nach der süßen Blondine aktiviert hatte, die jetzt jeden einzelnen Gedanken von Levi bestimmte. Er würde alles dafür geben, diese zwei Wochen frei zu haben, um sie mit Tara und Joey zu verbringen. Die beiden verband wirklich eine wunderschöne Freundschaft, und plötzlich wollte er einen noch größeren Teil darin spielen. Es war ihm egal, was sie unternahmen. Er wollte einfach nur Zeit mit ihnen verbringen, an der Freude, die sie aneinander hatten, teilhaben.

Aber das wäre auch die reinste Qual, denn auch wenn er nun wusste, dass seine Gefühle für Tara schon eine Zeit lang in ihm schwelten, so konnte er es doch nicht riskieren, Joey Hoffnungen zu machen, bevor er nicht genau wusste, wie es in Tara aussah und in welche Richtung das alles ging. Tara hatte gesagt, dass sie schon seit Ewigkeiten etwas für ihn empfand, aber es war möglich, dass sie das nur im Überschwang des Augenblicks gesagt hatte, und Spekulationen konnte er sich nicht leisten. Er hatte bereits Grenzen überschritten, bei denen es kein Zurück mehr gab, und er wollte noch weiter gehen. Doch er musste möglichen Schaden begrenzen und Joey vor jeglichen negativen Konsequenzen bewahren. Er und Tara mussten reden, doch reden war das Letzte, was er im Sinn hatte, wenn sie allein waren.

Er wollte auf dem Handy nach der Uhrzeit schauen und entdeckte dabei eine entgangene Nachricht von Tara. Schnell öffnete er sie und sah ein Bild von ihr und Joey, die Grimassen in die Kamera schnitten. Sie hatte es vor zwei Stunden geschickt, und er wünschte sich, er hätte es nicht verpasst. Dann kam noch eine Nachricht mit einem Foto von Joey beim Skateboard-Training, gefolgt von *Wir haben einen tollen Tag. Du hoffentlich auch.* Das waren typische Nachrichten von Tara, wenn sie mit Joey zusammen war. Aber das rote Herz-Emoji war neu und das zauberte unweigerlich ein dümmliches Grinsen in sein Gesicht.

Er wollte sie sehen, wollte mit ihr reden, bevor sie wieder allein waren, und das Skateboard-Training war der perfekte Ort dafür, weil Joey beschäftigt war.

Ja! Genau das musste er jetzt tun.

Er schüttelte den Kopf über sich selbst, denn er wusste, dass er gerade nur eine Ausrede dafür gefunden hatte, Tara zu sehen. Der hartnäckige Drang, alles stehen und liegen zu lassen, um die Frau zu sehen, auf die er abfuhr, war vollkommen normal, sagte er sich, und vielleicht war es das auch. Doch für ihn war es bisher niemals normal gewesen.

Mit zusammengekniffenen Augen schaute er gegen die Sonne nach oben und rief Joker auf dem Dach zu: »Wie sieht's aus?«

»Gut, Chef. Ich bin fertig, bevor der Regen kommt. Keine Sorge.« Für später in der Woche war Regen vorhergesagt worden.

»Super. Ich bin mal kurz weg. Brauchst du irgendwas?«

Joker schaute mit einem verschlagenen Grinsen zu ihm hinunter. »Du könntest Tara für mich mitbringen, wenn du zurückkommst.«

Levi warf ihm einen finsteren Blick zu. »Bist du darauf aus, vom Dach geschubst zu werden?«

Joker lachte.

Mistkerl. Levi stieg in den Pick-up, den er für die Arbeit benutzte, und machte sich auf den Weg zur Skateanlage.

Letzten Sommer hatte Joey Surfen lernen wollen, doch Levi war für die Vorstellung, das Schicksal seiner Tochter in die Hände der launischen Mutter Natur zu legen, nicht zu begeistern gewesen. Er hatte mit Jesse und Brent darüber geredet. Sie waren passionierte Surfer und unterrichteten seit Jahren auch Kinder. Brent hatte vorgeschlagen, dass sie mit dem Skateboarden anfing, um ihr Gleichgewicht zu schulen und Muskeln aufzubauen, und sobald sie das im Griff hatte, konnten sie übers Surfen reden. Levi ging davon aus, dass er vielleicht ein Jahr gewonnen hatte, vielleicht mehr, falls sich ihre Interessen verändern würden. Seine zielstrebige kleine Tochter hatte sich im Internet über das Skateboarden schlau gemacht. Schnell hatte sie sich für die Skaterin Naila Blue begeistert, die jüngste Profiskaterin der Welt. Naila hatte sich all ihre Kunststücke mithilfe von YouTube beigebracht, war vor ein paar Jahren bei den Olympischen Spielen angetreten und hatte die Bronzemedaille gewonnen, was sie zur jüngsten Medaillengewinnerin ihres Landes gemacht hatte. Sofort hatte Joey sich ihr neuestes Ziel gesteckt – sie wollte bei den Olympischen Spielen als Skaterin antreten – und gab alles dafür.

Er erreichte den Harborside Skate Park und stellte das Auto beim Eingang ab. Als er aus dem Pick-up stieg, entdeckte er Tara auf dem Rasen, und sofort fühlte er sich leichter, als würde er von innen heraus erleuchtet werden. Ihre Gegenwart allein löste das in ihm aus. Kein Wunder, dass sie so süchtig machte. Er saugte ihren Anblick in sich auf, während sie durch ihre Kameralinse Joey beobachtete. Joey war gerade mit einem halben Dutzend anderer Kinder in der Halfpipe und übte ihren neuesten Trick, einen Miller Flip. Bei diesem Frontside Handplant drehte sie sich ganz herum zu einem Fakie, landete also in normalem Stand, fuhr aber rückwärts wieder herunter. Es war ein unfassbar komplizierter Trick, und zusammen mit ihren anderen Kunststücken würde sie bei dem Wettkampf mit Sicherheit unter die besten Drei kommen.

Brent fuhr auf seinem Skateboard zu Tara, flippte sein Board und fing es mit einer Hand auf.

Tara nahm die Kamera herunter, und Brent sagte etwas, das Levi nicht verstehen konnte. Tara winkte ab und schüttelte den Kopf. Brent ließ eindeutig seinen Charme sprühen. Sein schmeichelnder Gesichtsausdruck setzte bei Levi alle Muskeln unter Spannung. Er war nicht eifersüchtig auf seinen Cousin, oder?

Meine Güte, er war wirklich dabei, den Verstand zu verlieren, doch er beobachtete weiter, wie Brent das Skateboard auf den Boden legte und Tara sich hinhockte, um die Kamera in der Tasche zu verstauen, die neben ihr stand. Sie lächelte zu Brent auf, der ihre Hand nahm. *Was zum …?*

Ihr Cousin half ihr aufs Skateboard und legte die Hände um ihre Taille. Levi zog die Augenbrauen zusammen und beobachtete die Szene wie ein Adler. Sie stieß sich mit dem rechten Fuß ab und glitt vorwärts. Brent ließ sie los und ging neben ihr her, während sie mit ausgestreckten Armen wackelig weiterfuhr.

Levi ging durch das Tor, als Tara gerade das Gleichgewicht verlor und in Brents Armen landete, woraufhin beide lachten.

Levi ging auf sie zu und versuchte, seine alberne Eifersucht zu kaschieren. »Alles in Ordnung, Tara?«

»Ja«, sagte sie unbeschwert.

»Hey, Kumpel.« Brent legte die Hand auf Taras Rücken. »Ich pass schon auf sie auf, keine Sorge.«

Keine Sorge, von wegen!

»Ich hab ihm gesagt, dass ich dafür viel zu unkoordiniert bin«, sagte Tara.

»Er hat dich tanzen sehen. Er weiß, dass du nicht unkoordiniert bist.« *Und wenn er nicht die Hände von dir lässt, haben wir ein Problem.*

»Genau das habe ich ihr auch gesagt«, bestätigte Brent.

»Ihr habt beide nen Knall.« Tara schüttelte den Kopf. »Ich bleibe wohl lieber bei meinen Fotos.«

Als sie zurück zu ihrer Kameratasche ging, breitete Brent die Arme aus und grinste. »Ach, komm schon, Tara. Ich mach's mit dir.«

»Den Teufel wirst du tun.« Levi ging hinter ihr her und ignorierte Brents verwunderten Gesichtsausdruck. Er holte sie ein und der Höhlenmensch in ihm kam zum Vorschein. »Wir müssen reden.«

Ein sorgenvoller Blick trat in ihr Gesicht. »Hast du deine Meinung geändert? Falls ja, dann ist das in Ordnung.« Sie schaute zu Boden. »Das verstehe ich. Wahrscheinlich bin ich ganz anders als die Frauen, mit denen du normalerweise etwas anfängst.«

»Was?« Hatte sie den Verstand verloren?

»Ich habe darüber nachgedacht, und wenn es einfach nur mit dir durchgegangen ist …«

»Stopp! Meine Güte, Tara, das ist absolut nicht das, was ich sagen wollte.« Er trat näher an sie heran, wollte sie in den Arm nehmen und die Sorgen fortküssen, doch mit Joey in der Nähe konnte er das nicht. Er legte die Hände um ihre Taille und beanspruchte sie damit in gewisser Weise wieder für sich. Anscheinend machten seine Gefühle für sie ihn zu einem besitzergreifenden Neandertaler. »Ich nehme das, was ich mit dir anfange, sehr ernst. Ich habe noch keine Ahnung, was das zwischen uns ist, aber ich habe noch nie so viel an eine Frau gedacht wie an dich. Ich habe es heute nicht einmal einen ganzen Arbeitstag ohne dich ausgehalten.«

»Oh.« Die Erleichterung war ihr anzusehen. »Gut! Ich hatte mir schon Sorgen gemacht.«

»Wir wissen beide, wie viel auf dem Spiel steht, wenn das hier danebengeht. Ich erwarte es nicht, aber das alles ist neu und kompliziert, und es gibt viel, was wir nicht voneinander wissen. Das ist der einzige Grund, weshalb ich es vor Joey geheim halten will. Aber du musst wissen, dass ich dich nicht geküsst oder mehr zugelassen hätte, wenn ich mir nicht wünschen würde, dass es mehr zwischen uns wird.«

Sie lächelte und löste damit die Anspannung in ihm.

»Alles geht so schnell, und ich bin mir nicht sicher, wer ich mit dir bin, denn ich bin vorher noch nie eifersüchtig gewesen, vor allem nicht auf einen meiner Cousins. Ich weiß, dass Brent nur herumgealbert hat, aber es war unerträglich, seine Hände auf dir zu sehen, also möchte ich eines ganz deutlich machen. Wenn wir zusammen sind, will ich nicht, dass dich irgendjemand sonst anfasst oder küsst.«

Ein nervöses Lachen entwich ihr. »Mist! Ich hatte noch so einiges mit dem Typen vor, den ich vorhin kennengelernt habe.«

»Bitte sag mir, dass du mich nur ärgern willst.«

Sie verdrehte die Augen. »Glaubst du wirklich, dass ich

mich von irgendjemand anfassen lassen würde, nachdem ich endlich mit dem Typen zusammengekommen bin, den ich schon seit Ewigkeiten will?«

»Ich hoffe nicht, aber du bist eine umwerfende Frau, und die Welt ist voll von jungen notgeilen Typen.«

Sie stemmte eine Hand in die Hüfte. »Bin ich je mit einem Mann ausgegangen, während ich hier war?«

»Nein, aber das muss nichts heißen.«

»Tja, vielleicht aber doch.« Sie entfernte sich einen Schritt von ihm und drehte sich dann mit einem frechen Grinsen um. »Lass mich auch eines sehr deutlich machen. Ich habe eine Schwäche für einen älteren notgeilen Typen, der – wovon ich ausgehe – ebenfalls keine andere Person anfassen wird. Und wenn du irgendwelche Zweifel hegst, wer das wohl sein könnte, dann halte einfach nach dem Typen Ausschau, der es noch so richtig draufhat.«

Auf dem Absatz ihrer Tennisschuhe machte sie kehrt und schlenderte davon, während er ihr nur noch mehr verfiel.

Dreizehn

Tara schwebte auf Wolke sieben, als sie und Joey nach dem Skateboard-Training in der Gärtnerei herumstöberten. Sie hatte sich unfassbar gefreut, als Levi im Skatepark aufgetaucht war, aber das war nichts im Vergleich zu dem, wie sie sich gefühlt hatte, als er ihr gesagt hatte, dass er es nicht ertrug, wenn jemand anderes sie anfasste, denn sie ertrug es mit Sicherheit ebenfalls nicht, wenn eine andere Frau ihn anfasste. Sie wollte sich nicht zu große Hoffnungen machen und zu viel in das hineininterpretieren, was zwischen ihnen lief. Na ja, das stimmte so nicht ganz. Sie wollte alles hineininterpretieren, doch sie bemühte sich, ihre Erwartungen zu zügeln, was leichter gesagt als getan war, wenn er sie als umwerfend bezeichnete und sich eifersüchtig benahm.

Levi konnte jede Frau haben, die er wollte – und er wollte sie! Das war unglaublich. Nein, korrigierte sie sich. Es war nicht unglaublich. Er sollte mit ihr zusammen sein wollen. Sie war eine gute, ehrliche, liebevolle Frau, die hart arbeitete und ihn und Joey vergötterte.

Amelias böses Geflüster machte sich in ihrem Kopf breit. *Wer sollte eine pummelige kleine Maus wie dich schon wollen?* Tara musste bei diesem unguten Gefühl einmal schwer schlucken, doch es hielt nicht lange an. Sie hatte sich vor langer Zeit entschieden, dass sie sich von Amelia ihr Glück nicht mehr kaputtmachen lassen würde, und sie erinnerte sich daran, dass sie eine ganze Schar von Menschen um sich hatte, die sie mochten und schätzten und das auch schon getan hatten, als sie noch ein pummeliges, verwirrtes kleines Mädchen gewesen war.

Ganz oben auf dieser Liste standen Levi und Joey.

»Guck mal, wie schön der hier ist.« Joey hielt einen knallroten Hibiskus hoch. »Können wir den haben?«

»Du hast einen guten Geschmack. Ich glaube, der würde toll im Garten aussehen.«

Sie füllten den Einkaufswagen mit schönen Blumen und üppigen Sträuchern, überlegten, wohin sie was pflanzen wollten und wie schön die Beete aussehen würden. Dann machten sie sich auf die Suche nach einer Futterstelle für Kolibris.

»Guck mal, wie viele es hier gibt!« Joey rannte zu der recht großen Auswahl von Futterstellen, die aus verschiedenen Materialien und in unterschiedlichen Formen und Größen angeboten wurden, wobei sie alle eines gemeinsam hatten – die rote Farbe.

»Woher wusstest du, dass Kolibris gern Rot mögen?«

»Das hat mir Emilys Mom erzählt. Mittwoch übernachte ich bei Emily.« Joey nahm jede einzelne Futterstelle in dem Gang unter die Lupe.

»Ich weiß. Freust du dich schon?«

»Ja. Willst du ein Geheimnis hören?«

»Wenn du es mir verraten willst.« Bei Joeys Geheimnissen ging es normalerweise darum, wie sie und ihre Freundinnen sich mehr Kekse stibitzten oder dass die Mütter ihrer Freundinnen sie beim Übernachten länger aufbleiben ließen.

»Emilys Mom mag Dad.«

Sie begutachtete die Futterstellen und antwortete geistesabwesend. »Kann ich ihr nicht verübeln. Er ist ja ein Kerl, den man mögen muss.« Doch noch während sie das sagte, erinnerte sie sich daran, dass Emilys Mutter Lauren war, die Frau, die auf der Schulparty mit Levi geflirtet hatte. Es versprach lustig zu werden, wenn sie Joey am Mittwoch dort ablieferten.

»Nein, ich meine, Emily hat gesagt, dass sie ihn wirklich mag, dass sie seine Freundin sein will.«

»Oh.« Die Eifersucht überkam sie mit voller Wucht, und plötzlich wusste Tara, wie Levi sich gefühlt haben musste, als er mitangesehen hatte, wie sie in Brents Armen gelandet war. Hoffentlich hatten Levis besitzergreifendes Verhalten und Taras Cupcake-Verführungskünste den Flirtversuchen von Lauren ein Ende bereitet. Auch wenn sie ihr nicht verübeln konnte, an ihm interessiert zu sein. Er war freundlich, sexy und ein unglaublicher Vater.

Und jetzt gehört er mir.

»Aber ich sehe, dass Daddy nicht ihr Freund sein will.«

Ich hoffe nicht, nach allem, was wir getan haben und er zu mir gesagt hat. »Woran siehst du das?«, fragte sie so beiläufig wie möglich.

»Weil er nie so froh aussieht, wenn er sie trifft, wie bei anderen Müttern.«

Müttern? Plural?

»Oder wie bei dir. Er ist immer froh, dich zu sehen, aber ich weiß, dass er nicht dein Freund sein will, weil er sagt, dass es zwischen euch nicht so ist.«

Von dem Thema wollte Tara auf alle Fälle die Finger lassen. Sie versuchte, das Gespräch wieder auf die Futterstellen zu lenken. »Siehst du irgendeine Futterstelle, die dir gefällt?«

»Ja, die mit den vielen hübschen Farben.« Sie zeigte auf

einen Futterspender aus Glas mit Schnörkeln aus Rot, Grün und Blau auf der Kugel, in die der Nektar gefüllt wurde.

»Die ist schön, aber vielleicht sollten wir mit einer aus Plastik anfangen, bis du darin geübt bist, wie man sie sauber macht.«

»Gut, wie wäre es dann mit dieser?« Sie lief den Gang entlang und zeigte auf einen Futterspender, der wie eine riesige Erdbeere aussah, mit einem grünen Stängel und einem Aufhänger mit falschen Blättern.

»Die sieht perfekt aus.«

»Und hier ist das Futter dafür.« Joey nahm ein großes Glas mit Nektar aus dem Regal.

Sie bezahlten ihre Einkäufe und fuhren nach Hause. Nachdem sie alles auf der Veranda abgeladen hatten, begutachteten sie im Vorgarten den Dschungel aus hohem Gras und Unkraut, das sich in den letzten Monaten breitgemacht hatte. Als Tara und Joey mit dem Gärtnern angefangen hatten, waren sie in Bezug auf die Pflanzen vollkommen unwissend gewesen. Sie war nicht damit aufgewachsen, mit ihrer Mutter hübsche Blumen und Büsche auszusuchen, die sie als etwas Besonderes ansahen, und sie hatte auch keinen Baum gepflanzt – so wie sie es mit Joey gemacht hatte –, damit sie ihn wachsen sehen konnte, während sie selbst heranwuchs. Sie und ihre Mutter hatten Pflanzen ausgesucht, die ihre Mutter in Zeitschriften gesehen und von denen sie gedacht hatte, dass sie ihren Garten aus allen anderen herausstechen ließen. Das Aussuchen der Pflanzen war für Tara nicht das Angenehme gewesen. Aber es waren die einzigen Momente gewesen, in denen ihre Mutter mit ihren Kritteleien eine Pause eingelegt hatte. Zumindest hatten sie ein paar Jahre genossen, in denen sie friedvoll gemeinsam Blumen ausgesucht hatten.

Aber ebenso wie beim ersten Blick auf das Haus am Gable Place, so hatte sich auch beim ersten Besuch bei Levi und Joey das Haus mit den Zedernschindeln *richtig* angefühlt und irgendwie vertraut. Es hatte sich angefühlt wie Levi – angenehm, sicher und männlich. Sie hatte sich den Garten mit einer Fülle von verschiedenen Beeten voller bunter Blumen, Büsche und Sträucher vorgestellt. Die Beete, die sie vor Augen hatte, sahen ein bisschen wild aus, als wären sie natürlich gewachsen, und sie dachte, das würde einfach werden. Bei den Gärtnern ihrer Eltern sah das alles doch auch einfach aus.

Doch sie hatte schnell gelernt, dass Beete eine Arbeit darstellten, die Liebe erforderte, und für Levi und Joey empfand sie jede Menge Liebe.

Während sie über die Vergangenheit nachdachte und sah, wie ihre Visionen erblüht waren, wurde ihr bewusst, dass sie auf der ganzen Insel und in Harborside Fotosessions gemacht und sich eine Vielzahl von Häusern angesehen hatte, aber nie hatte sie sich mit einem davon so verbunden gefühlt wie mit Levis Haus und dem am Gable Place. Nie hatte sie vor einem der anderen Häuser gestanden und hätte am liebsten gleich damit losgelegt, den Garten aufzuhübschen oder die Inneneinrichtung zu verschönern. Abgesehen auch von dem Haus von Levis Eltern hatte sie nie wirklich so etwas empfunden. Sie war sich nicht sicher, was das bedeutete oder ob es überhaupt etwas zu sagen hatte. Doch es fühlte sich bedeutsam an.

Sie schaute zu Joey. »Was meinst du?«

»Das ist eine Menge Arbeit!« Joey nahm ihre Hand. »Guck dir nur das ganze Unkraut an.«

»Ich vergesse immer wieder, wie viel Arbeit es ist, bis unsere Frühlingsputzaktion ansteht. Aber für uns ist nichts zu viel. Wir stellen die Musik laut an und in Nullkommanichts sind die

Beete wieder wunderschön. Stimmt's?«

»Stimmt!« Joey strahlte sie an.

»Dann lass uns die Gartengeräte holen und loslegen.«

Sie gingen in den hinteren Garten. Levis Haus stand hoch oben auf einem Hügel und bot einen herrlichen Ausblick auf das Meer in der Ferne. Tara liebte die Abgeschiedenheit seines Grundstücks. In der Straße befanden sich noch andere Häuser, doch sie waren nicht so nah, und jedes war zu beiden Seiten mit Bäumen umgeben, sodass sie von ihren Nachbarn abgeschirmt waren.

Sie und Joey hatten ihren grünen Daumen auch im hinteren Garten zum Einsatz gebracht. Doch sie wussten, dass sie nicht an einem einzigen Nachmittag beide Gartenbereiche in Angriff nehmen konnten. Sie würden sich später in der Woche noch einmal Zeit nehmen, um in die Gärtnerei zu fahren und den Garten hinten ebenfalls zu verschönern. Sie schaute zu der mit Fliegenschutzgittern umgebenen Veranda, auf die man auch von der Küche aus gelangte, und dachte an all die Male, die sie Levi dort sitzen sehen hatte, wie er gedankenversunken aufs Meer hinausschaute. Vom Wohnzimmer aus konnte man auf eine Terrasse mit eingebauter Feuerstelle gehen. Im Laufe der Jahre hatte sie viele schöne Erinnerungen an Joey gesammelt, die eingepackt in ihren Mantel, mit Mütze, Handschuhen und einem Schal, der bis auf ihre Augen alles bedeckte, auf Levis Schoß am Feuer lag und beteuerte, dass ihr nicht kalt war. Ebenso waren ihr sommerliche Lagerfeuer im Gedächtnis, bei denen Joey herumrannte und versuchte, Glühwürmchen zu fangen, und wenn sie zu ausgepowert war, um noch länger herumzurennen, kuschelte sie sich auf einer Liege zu Levi oder Tara und ließ sich von ihnen Geschichten erzählen.

Sie verstaute diese schönen Erinnerungen in ihrem Herzen

und ging über den Rasen zu der riesigen Gartenhütte, die Levis Werkstatt gewesen war, bevor seine Firma so groß geworden war, dass er ein Lager für seine Gerätschaften anmieten musste. Die Hütte hatte Fenster, zwei große Türen und im Inneren befand sich jede Menge Unrat. Es war zu einem Lager für alles Mögliche geworden – von alten Möbeln über Joeys Babysachen bis hin zu ausrangiertem Werkzeug, Kartons mit Levis Kram, mit dem er aus dem Haus seiner Eltern ausgezogen war, den er aber nie durchgegangen war, und was sonst noch allem.

Sie öffneten die Türen und Tara blickte auf das Chaos, das sie jedes Mal, wenn sie es sah, aufräumen wollte. Joey und sie seufzten.

»Zum Glück hast du feste Schuhe an«, sagte Tara. »Wie es aussieht, musst du über die Kartons und den Rasenmäher klettern, um zu den Gartengeräten zu gelangen.«

»Die lege ich dann wieder in den Eimer und gebe sie dir rüber?«

»Wenn du den findest.«

Sie sahen sich an und lachten.

»Nächstes Mal bringe ich dir ein Wonder-Woman-Kostüm mit, damit du durch die Hütte fliegen und zusammensammeln kannst, was wir brauchen.«

»Das wäre so cool!«, sagte Joey. »Dann sollten wir aber auch eines für dich besorgen.«

Tara betrachtete das Chaos erneut. »Vielleicht sollte ich deinem Vater die ganze Arbeit abnehmen und die Hütte in Angriff nehmen, während ich hier bin. Wir könnten einen kleinen Privatflohmarkt veranstalten und die Sachen loswerden, die ihr nicht mehr braucht.«

»Das macht bestimmt Spaß. Ich helfe dir dabei.«

»Das wäre toll.«

»Darf ich bei dem Flohmarkt Limonade verkaufen und mir von dem Geld dann Aufkleber für meinen Skatehelm kaufen?«

»Das ist eine großartige Idee. Aber zuerst müssen wir mit deinem Vater klären, ob es in Ordnung ist, wenn ich hier ausmiste.«

»Er findet es schlimm, dass es hier so unaufgeräumt ist. Jedes Mal, wenn er den Rasenmäher rausholt, sagt er schlimme Wörter. Er glaubt, dass ich ihn nicht höre, aber das stimmt nicht.«

Sie machte sich in Gedanken eine Notiz, Levi darauf aufmerksam zu machen. »Wir müssen wissen, ob er irgendetwas von dem Kram behalten will.«

»Will er nicht. Er redet immer davon, dass er hier ausmisten will. Ich hole unsere Gartengeräte.« Joey zwängte sich zwischen dem Rasenmäher und einer alten Kommode hindurch.

»Brauchst du Hilfe, um da durchzukommen?«

»Nee, das schaffe ich schon.« Wie eine Bergsteigerin kletterte Joey über Kartons und unter einer Plane hindurch, die sich von den Dachsparren gelöst haben musste. Sie verschwand hinter Levis altem 10-Gang-Fahrrad und einem Aktenschrank, um schließlich mit einem Eimer in der Hand wieder aufzutauchen. »Gefunden!«

Zwanzig Minuten später hatten sie ihre Gartenhandschuhe, die Geräte und auch die Schubkarre aus dem Schuppen befreit. Tara suchte eine von Joeys Lieblingsplaylisten heraus und ließ sie laut laufen, während sie die Beete vor dem Haus von Unkraut befreiten. Sie sangen und alberten herum, und Joey redete über den Wettkampf, der an diesem Wochenende stattfinden sollte. Sie wollte jeden Tag trainieren, was für Tara in Ordnung war, außer dass für den Donnerstagnachmittag Regen vorausgesagt worden war.

Joey schaute zu ihr auf, während sie an einem Büschel Unkraut zerrte. »Dann stehe ich früh auf und trainiere vor dem Regen.«

»Gute Idee. Vielleicht können wir nachmittags ins Kino.« Sie warf eine Handvoll Unkraut in die Schubkarre.

»Kann ich meine Freunde fragen, ob sie mitkommen wollen?«, fragte Joey aufgeregt. »Du weißt doch, dass Emily, Avery und Robby sich mit mir verabreden wollten. Ich habe ihnen gesagt, dass einer von euch beiden ihre Eltern anrufen würde.«

Na super, dann darf ich wohl mal mit Lauren reden. »Ich wüsste nicht, warum das nicht gehen sollte. Ich rufe sie an, wenn wir hineingehen.«

»Können wir nach dem Kino für Daddy kochen?«

»Das würde ihm bestimmt gefallen. Wir sollten heute Abend oder morgen überlegen, was wir kochen wollen, damit wir dafür einkaufen können.«

Während Joey weiter über den Film redete, den sie sehen wollte, und über all die anderen Dinge, die sie in den Ferien unternehmen wollte, jäteten sie weiter und brauchten Ewigkeiten, bis sie damit fertig waren. Hinter dem Haus am Waldrand entledigten sie sich des Unkrauts und starteten dann endlich ihre Pflanzaktion. Es machte immer viel Spaß, Joey die Stellen aussuchen zu lassen, an denen sie die Blumen und Sträucher pflanzen wollte, und sie dann zusammen einzusetzen.

Nach getaner Arbeit waren ihre Knie und Gesichter dreckig und die Sonne hatte ihre Wangen gebräunt. Sie traten ein paar Schritte zurück und bewunderten das Resultat ihrer Mühen. Für die meisten Büsche und Sträucher war es noch zu früh, um zu blühen, aber inmitten des Grün lugten bunte Büschel von Narzissen und Tulpen hervor, und hübsche weiße Blutwurz und Forellenlilien waren um riesige Hortensien verteilt, deren große braune Triebe in wenigen Wochen blühen würden. Rosa, violette und weiße Leberblümchen bildeten einen Halbkreis um die blattreichen Taglilien und die Bodendecker. Glockenblumen und Buschwindröschen bedeckten mit ihren hübschen Blüten und üppigen grünen Blättern den Boden um einen Hartriegel mit rosa Blüten und um die hohen Gräser, den bunten Hibiskus und die Farnherzblume, die sie heute gepflanzt hatten.

»Daddy wird sich so freuen!« Der Stolz ließ Joeys Augen funkeln.

Genau das liebte Tara. Erinnerungen schaffen, an die sie zurückdenken konnten und die sie glücklich machten. Traditionen, die Joey weitertragen konnte, und eines Tages würde sie vielleicht mit ihren eigenen Kindern Beete anlegen. Später in der Woche wollte Levi eine Ladung Mulch mitbringen und ihnen helfen, ihn auszulegen, und diese Erinnerungen noch schöner machen. So sollte eine Kindheit sein, nicht voller Ängste darüber, was eine ältere Schwester sagen könnte, oder mit der Hoffnung, dass eine Mutter sie nicht in aller Öffentlichkeit dafür kritisieren würde, was sie für Schuhe trug oder dass sie zu viel Nachtisch aß. Joey würde eines Tages eine wunderbare große Schwester sein. Ihr Umgang mit Hadley war liebevoll und umsichtig. Tara stolperte über den Gedanken.

Warum denke ich darüber nach, dass Joey eine ältere Schwester sein könnte?

Sie schüttelte den Gedanken ab. »Das war gute Arbeit. Jetzt müssen wir sie nur noch gießen.«

»Ich hole den Schlauch!«

Joey rannte zum Haus, und in dem Moment hörte Tara Levis Pick-up die Straße herauffahren, was sofort diese Schmetterlinge wieder zum Leben erweckte. Tara winkte ihm zu, als er hinter ihrem Auto parkte, und ging zu ihm, während er ausstieg. Sein T-Shirt spannte sich über seinen Armmuskeln und seiner breiten Brust, sodass die Bilder von letzter Nacht vor ihrem geistigen Auge auftauchten, als sie die Finger nicht voneinander hatten lassen können. Seine dunklen Augen glitten hungrig über ihren Körper und jagten heiße Schauer vom Kopf bis hin zu ihren Zehenspitzen und über jede bedürftige Stelle dazwischen.

»Wo ist Joey?«, fragte er schroff, was sie stutzen ließ.

»Holt den Schlauch.« Sie hatte kaum Zeit, sein lüsternes Lächeln zu bemerken, da hatte er sie auch schon an sich gezogen und seinen Mund drängend auf ihren gelegt. Mit der Zunge tauchte er tief in sie ein, während er sie mit seinen kräftigen Armen herrlich fest und unverschämt besitzergreifend hielt. Sie ging auf die Zehenspitzen, schob die Hände in seine Haare und klammerte sich an ihn, denn dieser Kuss, dieser attraktive Mann war alles, was sie je gewollt hatte. Dann legte er seine Hände auf ihre Oberarme, schob sie von sich und ließ sie atemlos zurück. Verzweifelt im Zaum gehaltenes Begehren spiegelte sich in seinen Augen, und sie wusste, dass sie mit ihren Qualen nicht allein war.

»Daddy!«, rief Joey, ließ den Schlauch fallen und rannte zu ihm.

Mit einem verstohlenen Kneifen ließ Levi Tara los und wandte sich Joey zu, um sie auf den Arm zu nehmen. »Hallo, Süße. Wie war dein Tag?«

»Gut! Hast du die Beete gesehen?«

»Wie könnte ich die nicht sehen? Sie sind fast so schön wie du und Tante Tara.« Levi setzte Joey auf seine rechte Hüfte, legte den linken Arm um Tara und zog sie an seine Seite.

Während Joey sicher das sah, was sie immer gesehen hatte –

den liebevollen Umgang mit ihrer Tante –, genoss Tara es, ihn zu spüren, während ihr Körper nach dem Kuss noch immer vibrierte.

»Ich muss die Blumen gießen!« Joey wand sich aus seinem Arm und rannte zurück zu dem Schlauch.

Levi ließ Tara nicht los. »Das alles sieht unglaublich aus. Ihr beide müsst den ganzen Nachmittag gearbeitet haben.«

»Wir hatten viel Spaß.«

Seine Augen versanken in ihren, sein Blick wurde sanfter und glitt langsam über ihr Gesicht. »Du hast da Erde auf deiner Wange.« Seine warmen Finger strichen den Schmutz fort. Er zog die Augenbrauen zusammen und presste die Zähne aufeinander.

»Was ist los?«

Er schüttelte den Kopf. »Du bist einfach nur … Wie die Sonne auf dein Gesicht fällt, auf deine Haare und deine Augen … Du bist wunderschön, Tara.«

Verlegen senkte sie den Blick und versuchte, das Thema zu wechseln. »Joey hat sich gefreut, dass du vorbeigekommen bist, um ihr beim Training zuzusehen.«

Er trat noch näher an sie heran und lenkte ihren Blick wieder auf sein attraktives Gesicht. »Du weißt, dass ich meiner Tochter gern beim Skaten zusehe, aber ich wollte dich sehen.« Die Spannung zwischen ihnen schlug Funken, heiße, heftige und kitzelnde Funken. Gerade, als sie zu verglühen drohte, räusperte er sich und schuf wieder einen Abstand zwischen ihnen. Er schaute zu Joey, die die Pflanzen goss. »Was hältst du von Pizza zum Abendessen? Wir können uns an die Feuerstelle setzen und uns einen schönen Abend machen?«

Sie brauchte eine Sekunde, um sich von ihrem lusterfüllten Zustand zu befreien. »Wenn Joey auch dafür ist, dann gern.

Können wir halb …«

»Halb Oliven und halb Salami bestellen? Auf alle Fälle, Blondie.«

Sie lächelte, als sie zu Joey hinübergingen.

»Hey, Joey?«, sagte er.

»Ja?« Joey drehte sich herum und spritzte ihn mit dem Schlauch nass. »Hoppla! Tut mir leid!«

»Und ob dir das leidtun wird.« Er rannte auf sie zu, sie kreischte auf, ließ den Schlauch fallen und flitzte über den Rasen vor Levi davon.

»Tante Tara! Hilf mir!«, rief Joey.

Tara lief zu ihnen, um sich Levi in den Weg zu stellen, doch er wurde nicht einmal langsamer. Er beugte sich vor und warf sie sich wie einen Sack Kartoffeln über die Schulter. Tara kreischte, fuchtelte mit Armen und Beinen herum, während er auf Joey zustürmte und sie mit einem wilden Lachen über die andere Schulter warf. Alle lachten lauthals. Tara schaute zu Joey, die kopfüber neben ihr hing, und deutete auf Levis Hintern. Mit beiden Händen trommelten sie darauf ein.

»Ey!«, beschwerte sich Levi.

Tara spürte, dass seine kräftige Hand ihren Hintern umklammerte, und jaulte auf.

»Passt lieber auf, sonst grille ich euch über der Feuerstelle«, drohte Levi.

»Nein!«, schrie Joey.

»Oder ich schiebe euch in den Ofen wie Hänsel und Gretel«, scherzte er.

»Daddy!«

Er setzte Joey auf dem Boden ab, behielt Tara jedoch auf seiner Schulter und ging Richtung Haus.

»Was machst du da? Lass mich runter«, rief Tara.

»Dad!«

»Ich bringe sie in meine Höhle«, sagte er mit rauer Stimme. »Böse Mädchen müssen bestraft werden.«

Ein Schauer jagte durch Tara hindurch, auch wenn sie wusste, dass er nur Spaß machte.

Joey rannte zu der Verandatreppe und versperrte ihm mit ausgestreckten Armen den Weg. »Lass sie runter!«

»Sonst?«, fragte er amüsiert.

»Sonst zieh ich dir die Hosen runter!«, warnte Joey ihn.

Tara lachte, doch Levis Körper spannte sich an.

»Woher hast du das, dass man anderen die Hosen runterzieht?«, wollte er wissen.

»Robbys älterer Bruder hat das bei ihm gemacht«, erklärte Joey.

»Das hast du hoffentlich nicht gesehen. Du lässt die Finger von den Hosen der Jungs, hast du verstanden?«

»Da-ad!« Sie packte Tara am Fuß und zog fest daran.

»Hoppla!« Tara hielt sich an Levi fest, als er sie absetzte.

»Du hast Glück, dass sie dich verteidigt«, sagte er. »Sie hat dich davor bewahrt, dass ich dir den Hintern versohle.«

Tara versuchte, die fesselnden Bilder, die sich vor ihrem geistigen Auge abspielten, zu verdrängen, und sah ihn finster an. »Das würdest du nicht wagen.«

Mit einem verschlagenen Grinsen erwiderte er: »Ach nein?«

»Würdest du nicht!«, sagte Joey. »Du bist gegens Verhauen.« Sie nahm seine Hand und zog ihn in Richtung der Beete. »Komm! Ich will dir zeigen, was für Blumen wir gepflanzt haben.«

»Ich bestell die Pizza«, rief Tara ihnen hinterher und holte ihr Handy hervor.

»Bitte, vergiss nicht, meine Freunde anzurufen«, sagte Joey.

Levi schaute über die Schulter zurück, zwinkerte Tara zu und erwischte sie dabei, wie sie ein Foto von Joey und ihrem ziemlich heißen Daddy machte, die Hand in Hand davongingen.

Nachdem alle Pflanzen gegossen, die Futterstelle aufgehängt und die Pizza vertilgt worden war, saß Levi mit Joey und Tara gemütlich am Feuer. Während die Sonne unterging, füllten sie ihre Eiswaffeln mit Obst, Schokolade und Marshmallows und erhitzten sie in Grillkörben über den Flammen. Joey erzählte ihm von den Plänen, die sie geschmiedet hatten.

Sie und Tara teilten sich einen Sessel und beendeten gegenseitig ihre Sätze, während sie Schokolade gegen Erdbeeren tauschten und ihr Dessert aßen. Etwas Schöneres hatte er noch nie gesehen. Er hatte recht gehabt, als er zu seinem Vater gesagt hatte, dass er wohl wusste, warum er sich nicht einsam gefühlt hatte.

Genau deshalb.

Wenn Tara da war, fühlte sich seine und Joeys Welt vollständig an, und aus jedem Moment machten sie das Beste. In all den Jahren, in denen sie zeitweise bei ihnen gewohnt hatte, hatten sie die Abende nicht einfach nur so hinter sich gebracht, wie sie es manchmal taten, wenn sie nicht da war. Es war einfach, Routinen zu entwickeln und sie als solche zu empfinden. Doch sie brachte mehr Licht und Energie in ihr Zuhause, und er und Joey wollten jede Minute mit ihr verbringen. Kein Wunder, dass er in den letzten Jahren nicht versucht hatte, in einer Frau etwas Besonderes zu finden. Taras Energie umgab sie beide selbst, wenn sie nicht da war. Sie hatte gesagt, dass sie schon seit Ewigkeiten etwas für ihn empfand, aber sie hatte nie mit Joey im Wettstreit um seine Aufmerksamkeit gebuhlt, so wie andere Frauen es versucht hatten, nicht einmal in Gesprächen, und er hatte das Gefühl, dass sie es auch niemals tun würde.

Tara brach ein Stück von ihrer Eiswaffel ab und riss mit den Fingern den langen zähflüssigen Marshmallowfaden ab. »Ich hatte überlegt, den Schuppen auszumisten und einen kleinen Flohmarkt zu veranstalten, um die Sachen loszuwerden, die du nicht behalten willst.«

»Und ich will bei dem Flohmarkt Limonade verkaufen.« Joey hatte Marshmallowspuren auf Kinn und Wangen. Sie leckte sich die Finger ab. »Mit dem Geld will ich Aufkleber für meinen Helm kaufen.«

»Die Idee mit der Limonade gefällt mir, Peanut, aber Tara, du brauchst deine Zeit hier nicht darauf verwenden, unser Chaos aufzuräumen. Ich weiß nicht mal, was da alles drin ist.«

Sie schluckte ihren Bissen hinunter. »Das macht aber Spaß, und wenn du nicht weißt, was da drin ist, ist es die perfekte Möglichkeit, es herauszufinden.«

»Dann helfe ich dir dabei.«

»Der Gedanke dahinter war, dir die Aufgabe abzunehmen«, erklärte Tara ihm. »Du hast genug zu tun.«

»Das ist wirklich nett, aber da sind eine Menge schwerer Teile, und ich will nicht, dass du dir wehtust.«

»Tara und ich, wir sind stark, Dad«, mischte Joey sich ein. »Wir schaffen das.«

»Genau. Wir sind Frauen und stark wie Löwinnen«, scherzte Tara.

Joey hob die Hände wie Krallen in die Höhe und brüllte

wie ein Löwe.

Er betrachtete die beiden, die zusammenhielten wie ein Team oder eine verschworene Bande. Vielleicht sollte er sich unterlegen fühlen, doch das war nicht der Fall. Er wusste, warum Tara angeboten hatte, den Schuppen auszumisten. Aus dem gleichen Grund, aus dem sie den Garten in Schuss brachte und immer bereit war, ihre eigene Arbeit aufzuschieben und ihnen zu helfen. Denn nichts war ihr wichtiger als Joeys Glück, und ihr war klar, dass er Joey weniger Aufmerksamkeit schenken konnte, wenn er sich nach der Arbeit Zeit für diese Dinge nehmen würde. Tara war nicht nur lieb, schön und klug. Sie war selbstlos und das war in der heutigen Welt selten.

»In Ordnung, aber vergesst darüber nicht all die schönen Dinge, die ihr geplant habt.« Und ob er dafür sorgen würde, dass sie sich nicht wehtaten! Er würde morgen früh vor der Arbeit die schweren Teile herausholen und einen Weg freiräumen, damit sie zu den leichteren Kartons und allem, was sich dahinter verbarg, gelangen konnten.

»Machen wir nicht«, versprachen sie und schmiedeten weiter Pläne, während sie ihren Nachtisch aufaßen.

Als es fast neun Uhr war, streckte er Joey seine Hand entgegen und sagte: »Komm, du Dreckspatz. Du musst unter die Dusche und dann ins Bett.«

»Da-ad!«, beschwerte sie sich. »Ich hab Ferien. Können wir nicht noch eine Runde Geistergeschichte spielen?« Geistergeschichte war ein Spiel, bei dem einer anfing, eine Geschichte zu erzählen, der nächste führte sie fort und so weiter.

Er wollte unbedingt endlich mit Tara allein sein, doch Joey sah ihn mit flehendem Blick an, und Tara wirkte ebenso zerrissen, wie er sich fühlte. Sie beide wurden bei diesem kleinen Mädchen immer wieder schwach. »Eine Runde.«

»Yippie! Danke! Ich fange an.« Joey setzte sich auf und zog die Augenbrauen zusammen. »Es war eine kalte, dunkle Nacht. So eine, die Grandma Shelley *Heißer-Kakao-und-kuschelige-Decke-Nacht* nennen würde. Der Wind heulte durch die Straßen.«

Tara gab ein heulendes Geräusch von sich, was Joey erschauern ließ.

»Und die Bäume bogen sich raschelnd«, sagte Joey.

Levi pustete lautstark.

»Doch dem Mann, der den Weg entlanghumpelte, war nicht kalt.« Mit leiser Stimme fügte Joey hinzu: »Denn er war ein Zombie!«

»Und jeder weiß, dass Zombies vor nichts Angst haben«, ergänzte Tara. »Oder doch? Nur die Hexe, die auf ihrem Besen durch die Lüfte flog, kannte die Antwort …«

Eine Stunde und viele gruselige Zeilen später, nachdem Joey frisch gewaschen ins Bett gegangen war, duschte Levi endlich, zog sich eine Jogginghose und ein T-Shirt an und machte sich auf die Suche nach Tara.

Vierzehn

Levi fand sie in der Küche, wo sie die restlichen Beeren wegräumte, vor sich hin summte und zu einer imaginären Melodie mit ihrem kleinen sexy Hintern wackelte. Ihre zerknitterten gebatikten Schlafshorts bedeckten kaum ihren Hintern, und das passende langärmelige T-Shirt hing über einer seidig glänzenden, zum Küssen verführenden Schulter herunter. Ihre Haare waren feucht, und als er näherkam, roch er den frischen Lavendelduft ihres Duschgels. Er knabberte an ihrem Ohrläppchen und legte die Arme von hinten um sie.

Ihr stockte der Atem, dann drehte sie sich herum und legte die Hände auf seine Brust. »Du hast mich erschreckt!«

»Und du hast mich in diesen sexy Shorts angemacht.«

»Und das soll eine Entschuldigung sein?«, fragte sie lachend.

»Ja, weil ich gar nicht anders konnte.« Er glitt mit den Händen an ihrem Rücken hinunter, über die Mulde an ihrer unteren Wirbelsäule und packte ihren Hintern. »Du hast mir den Kopf verdreht, Blondie. Ich kann nicht aufhören, an dich zu denken, und wenn ich dich sehe, will ich dich einfach nur berühren.«

Ein Lächeln brachte ein Strahlen in ihre Augen. »Das höre ich gern, aber ...« Sie flüsterte: »Das hier ist schon irgendwie seltsam, oder?«

»Was genau?« Er wusste, was sie meinte, doch er wollte, dass sie es aussprach.

»Das hier. Das mit uns.«

»Ich finde, es ist perfekt.« Der Ansicht war er wirklich. Sie mussten noch viel herausfinden, und alles ging sehr schnell, aber es fühlte sich für ihn nicht seltsam an.

»Ich meine es ernst. Fühlt es sich für dich nicht irgendwie komisch an?«

»Mit Sicherheit ist die Dynamik für uns anders, aber ich mag es so. *Dich* mag ich, Tara, und ich mag es, wie ich mich in deiner Gesellschaft fühle. Geht es dir nicht so?«

»Damit meinte ich nicht irgendetwas Schlechtes. Ich habe auch ein gutes Gefühl bei uns beiden. Es ist eine gute Art von seltsam. Du hast recht, es ist eine andere Dynamik.«

Gott sei Dank! »Das verstehe ich. Wir haben ein paar Grenzen überschritten, und das in einem flotten Tempo. Willst du es etwas langsamer angehen?«

»Nein«, sagte sie rasch und legte die Arme um ihn.

»Wenn doch, dann sag es mir einfach. Es geht mir um viel mehr als Sex mit dir, Tara.«

»Das weiß ich.« Die Aufrichtigkeit ihrer Worte wurde durch ihren vertrauensvollen Blick untermauert.

Er strich die Haare aus ihrem Gesicht. »Ich weiß, dass wir noch nicht alles durchschaut haben, und wir wissen nicht, was langfristig zwischen uns passiert, aber hast du nicht gesagt, dass du schon seit Ewigkeiten für mich geschwärmt hast?«

Sie legte kurz die Stirn an seine Brust und schaute dann lächelnd zu ihm auf. »Vergisst du nie etwas, das ich sage?«

»Nein. Warum hast du es mir nie gesagt?«

»Das fragst du jetzt nicht wirklich, oder?«

»Doch! Ich hatte keine Ahnung, dass du auf mich stehst. Archer ist aufgefallen, wie du mich angesehen hast, und er hat bei Indis Einweihungsfeier etwas erwähnt.«

»Archer?« Die Verwirrung war ihr ins Gesicht geschrieben.

»Ja, ob du es glaubst oder nicht. Er hat eine Menge gesagt, und daraufhin hab ich alles infrage gestellt, was ich glaubte, über uns zu wissen. Erst danach wurde mir bewusst, dass mehr zwischen uns ist, als ich es mir eingestanden hatte.«

»Was meinst du?«

»Ich glaube, ich stehe schon seit ein paar Jahren auf dich, aber ich habe es verdrängt.« Das löste das wunderbarste Funkeln in ihren Augen aus. »Nach Joeys Geburt habe ich das Tor zu möglichen Beziehungen geschlossen, um mich auf sie zu konzentrieren, und erst nachdem Archer das alles gesagt und dieses Tor aufgestoßen hat, habe ich dich wirklich gesehen, dich vollständig gesehen, und auch unsere Freundschaft, und von dem Moment an konnte ich die Dinge, die ich sah und fühlte, nicht mehr ignorieren. Also, ja, ich möchte wissen, warum du mir nie etwas gesagt hast, obwohl du seit Langem wusstest, was du für mich empfindest.«

»Ist das nicht offensichtlich? Das Ganze mit Amelia und Joey, unser Altersunterschied und ganz abgesehen davon, dass du *du* bist und jede Frau haben kannst. Ja, klar, jetzt ist es gut gegangen, aber was, wenn ich versucht hätte, es dir zu sagen, und du mich nicht gewollt hättest? Dann hätte sich alles geändert.«

»Genau das sind die Gründe, aus denen ich auch gezögert habe, als mir bewusst wurde, wie sehr ich dich mag.« Über Amelia zu reden, war das Letzte, wonach ihm der Sinn stand, doch es war unvermeidbar. Er wappnete sich für ein unangenehmes Gespräch. »Aber das, was zwischen mir und Amelia gelaufen ist, war eine einmalige Sache, bei der das Kondom gerissen ist. Zwischen uns war nie etwas Besonderes oder Bedeutungsvolles, und es ist schrecklich, so etwas zu sagen, weil ich so meine Tochter bekommen habe, aber du musst die Wahrheit wissen.«

»Das habe ich mir gedacht. Sie hat es nicht so mit Gefühlen.«

»Möchtest du darüber reden?«

»Irgendwann ja. Aber nicht jetzt.«

»In Ordnung.« Erleichtert küsste er sie sanft und versuchte, die Stimmung etwas aufzuhellen. »Dann erzähl mir doch mal, Blondie, seit wann genau du auf mich stehst. Wie lang ist eine Ewigkeit?«

Sie wirkte ebenso erleichtert wie er darüber, dass sie die Gedanken an ihre Schwester für den Moment beiseiteschieben konnten. »So lang, dass es schon peinlich ist.«

»Ein Jahr?« Er hauchte einen Kuss auf ihre Lippen.

»Länger.«

Er küsste sie noch einmal. »Zwei Jahre?«

Sie schüttelte den Kopf und deutete auf ihren Hals.

Himmel, er mochte sie wirklich. Er senkte die Lippen auf ihren Hals und verwöhnte sie mit einem sinnlichen, sexy Kuss.

»Oh, Mann! Wenn du das noch einmal machst, kann ich vielleicht gar nicht mehr antworten.«

»Dann höre ich damit auf, bis du es tust.«

»Seit wann bist du so gemein?«, fragte sie scherzend.

Lüstern leckte er sich über die Lippen.

»Seit wir Kinder waren, zufrieden?«, gab sie nach. »Na ja, natürlich nicht auf diese Art, aber ich habe für dich geschwärmt, seit ich in Joeys Alter war, und als ich älter wurde und Jungs auf eine andere Art betrachtet habe, warst du dieser wunderbare, liebevolle, kluge und witzige Mensch, der alles für seine Tochter getan hätte. Und seien wir ehrlich, du bist unfassbar heiß.«

Er lachte.

»Als ich zwanzig war, konnte dir kein Mann der Welt das Wasser reichen.«

»Ach, Blondie.« Er umarmte sie und wünschte sich, er hätte das früher gewusst. »Du wolltest mich schon so lange und hast einfach damit gelebt? Das muss die reinste Qual gewesen sein. Ich habe fast den Verstand verloren, nachdem ich mich eine Woche nach dir verzehrt habe. Insofern bin ich froh, dass ich es so lange verdrängt habe, denn das hätte ich vielleicht nicht überlebt.«

»Es war nicht einfach. Ich hatte einen Plan, um über dich hinwegzukommen, aber der funktionierte nicht besonders gut.«

»Einen Über-Levi-hinwegkommen-Plan? Das musst du mir erzählen.«

»Halt den Mund.« Sie gab ihm einen Klaps auf die Brust. »Du bist mir was schuldig.« Sie tippte sich auf die andere Seite ihres Halses.

»Nächstes Mal darf ich die Stelle aussuchen.« Er drückte die Lippen auf ihren Hals und saugte kraftvoll.

»Ah, Sch…ade.«

Er hob eine Augenbraue. »Schade?«

»Ich hab's nicht so mit dem Fluchen, und es ist ja nicht meine Schuld, dass du mich mit deinem unverschämten Mund so durcheinanderbringst.«

»Ich werde noch viel mehr mit dir anstellen, nachdem du mir von deinem boshaften Plan berichtet hast, deine Schwärmerei für mich zu vergessen. Was hast du getan? Mein Foto als Dartscheibe verwendet?«

»Nein.«

»Eine Voodoo-Puppe von mir mit Nadeln gespickt?«

»Gute Idee, muss ich mir merken.«

»Den Teufel wirst du tun.« Er küsste sie auf die Lippen. »Du musst es mir nicht erzählen, wenn du nicht willst.« Er rieb mit seinen Bartstoppeln über ihre Wange, und sie atmete heftig ein, als er ihr ins Ohr flüsterte: »Aber mein Mund ist für dich tabu, bis du es mir verraten hast.«

»Auch das werde ich mir merken, für den Fall, dass ich mal etwas von dir will«, neckte sie ihn. »Wenn du es denn unbedingt wissen willst: Ich habe mir zu Beginn des Jahres vorgenommen, meine Gefühle für dich hinter mir zu lassen. Das ist ein Grund dafür, warum ich mir Häuser anschaue. Ich wollte dir nach diesen zwei Wochen sagen, dass ich nicht mehr für längere Zeit bei euch wohnen kann, weil es zu schwer für mich war, so zu tun, als wollte ich dich nicht.«

Seine Brust zog sich zusammen. »Du hättest Joey das Herz gebrochen.«

»Ich hätte mir mein eigenes gebrochen«, sagte sie leise.

»Ich habe gute Neuigkeiten für dich, Blondie. Du hättest auch mir das Herz gebrochen, also schlag dir das aus dem Kopf. Vielleicht solltest du Charmaine bitten, dir Mietobjekte zu zeigen, anstatt etwas zu kaufen, bis wir herausgefunden haben, was wir wollen.« Er küsste sie sanft und hob sie auf die Arbeitsfläche, um sich zwischen ihre Beine zu stellen. »Was empfindest du wirklich bei dem, was zwischen uns geschieht?«

Sie ließ die Finger über seine Brust gleiten. »Es ist furchterregend und wundervoll zugleich.«

»Wie wäre es, wenn wir uns auf das Wundervolle konzentrieren und hoffen, dass das Furchterregende mit der Zeit nachlässt?« Er glitt mit den Händen an ihren Beinen hinauf und unter den Saum ihrer Shorts, um mit den Daumen über ihre

Oberschenkel zu streichen.

Sie legte die Arme um seinen Hals. »Die Idee gefällt mir.«

Er küsste ihren Mundwinkel. »Mir auch. Wie kommt es nur, dass es mir so sehr fehlt, dich zu berühren?« Er hauchte Küsse auf ihren Hals und ihr Schlüsselbein.

»Keine Ahnung, aber hör nicht auf.« Sie legte den Kopf in den Nacken, um ihm mehr Raum zu geben. Er küsste weiter, flüsterte an ihrer Haut und schob beide Daumen zwischen ihre Beine. Sie spreizte die Beine weiter auseinander und seufzte sehnsüchtig, während er sie reizte.

»Mmh, Baby, du bist schon feucht für mich.«

Sie bewegte ihre Hüften und er kreiste mit einem Daumen langsam über ihre sensibelste Stelle. Süße, sexy Laute des Begehrens entwichen ihr. Mit dem anderen Daumen reizte er ihre Mitte, sie bewegte ihre Hüften noch mehr, schob die Hände unter den Bund seiner Jogginghose auf seine Boxershorts und packte seinen Hintern.

»Mmh, das fühlt sich gut an, aber ich will deine Hände auf meiner Haut fühlen.«

Ihre Hände glitten unter den dünnen Stoff auf seinen Hintern. Er stieß die Hüften vor und wurde zwischen ihren Beinen schneller. Ihr Stöhnen jagte eine Woge der Hitze bis in seine Länge.

»Gib mir deinen Mund«, verlangte er.

Sie umfasste seinen Hintern noch fester mit einer Hand und zog mit der anderen seinen Mund an ihren, um ihn zu küssen, als kämpfte sie um sein Leben. Ihre Zungen tanzten, Zähne prallten aufeinander, während er sie reizte, bis sie wimmerte und mit den Hüften vorstieß. Ihre Fingernägel gruben sich in sein Gesäß, und sie spreizte die Beine noch weiter, wobei ihre Ungeduld alles intensiver machte. Er schob zwei Finger in sie, krümmte sie. Sie schnappte nach Luft, und er atmete in ihre Lunge, während er sie mit den Fingern in den Wahnsinn trieb und weiter ihre geschwollene Perle reizte.

»Komm für mich«, knurrte er an ihren Lippen und eroberte ihren Mund aufs Neue. Seine Finger bewegten sich nun schneller, er liebte das Gefühl ihrer engen Hitze, den Geschmack ihres köstlichen Mundes. Als sie aufschrie, ihre Fingernägel sich in seine Haut gruben, blieb er bei ihr, streichelte und reizte, bis sie sich matt an ihn lehnte. Mit einer Reihe von zärtlichen Küssen zog er sich zurück. »Ich möchte dich gleich hier und jetzt mit meinem Mund verwöhnen, doch ich weiß, dass ich dann nicht aufhören will und mit …«

»Joey«, sagte sie gleichzeitig.

»Ja. Wir können nicht so unvorsichtig sein wie gestern Abend. Was hältst du davon, wenn wir unsere Party in dein Schlafzimmer verlegen?«

»Ich will dich, Levi. Ganz.«

Mit fünf kleinen Worten raubte sie ihm die Fähigkeit, zu sprechen. Mit seinem Mund auf ihrem trug er sie ins Gästezimmer. Er setzte sie ab, und als er sich umdrehen wollte, um die Tür abzuschließen, bemerkte er seinen Fehler und verkniff sich ein Fluchen.

»Was ist los?«

»Ich hab die Kondome oben gelassen.«

Sie hakte sich mit dem Finger im Bund seiner Jogginghose ein und zog ihn an sich. »Ich nehme die Pille.«

Sein ganzer Körper stand in Flammen. Mit jeder Faser wehrte er sich dagegen, diese Einladung einfach anzunehmen, während er die Hände auf ihre entzückenden Wangen legte und ihr tief in die vertrauensvoll schauenden Augen blickte. »So gern ich auch ohne etwas zwischen uns in dir wäre – und ich will das mehr als alles andere … Das mit uns fängt gerade erst an und ich habe bereits Joey. Ich will kein Risiko eingehen.«

Sie wirkte verletzt. »Glaubst du, ich würde dich austricksen, um schwanger zu werden? Hat meine Schwester das getan?«

»Auf keinen Fall, und nein, hat sie nicht. Ich habe dir doch gesagt, dass das Kondom gerissen ist. Ich vertraue dir vollkommen, Tara. Ich möchte mich nur die wenige Zeit, die ich habe, nachdem Joey eingeschlafen ist, auf dich konzentrieren und nicht ein Baby versorgen müssen. Ich weiß, es klingt lächerlich, bei der Verhütung zweigleisig zu fahren, aber ich versuche, uns beide zu beschützen, zumindest für den Moment.«

Mit sanfterem Ausdruck sah sie ihn an. »Das ist nicht lächerlich. Das ist fürsorglich.« Sie ging auf die Zehenspitzen und gab ihm einen Kuss. »Beeil dich.«

Schnell wie ein Blitz war er zurück und schloss die Tür hinter sich ab.

»Wow, wie ein gedopter Ninja!«

»Ich wollte dir keine Gelegenheit geben, deine Meinung zu ändern.« Er warf die noch nicht angebrochene Packung Kondome auf den Nachttisch und zog sie in seine Arme. »Wo waren wir stehengeblieben? Ach ja, wir wollten dich nackt sehen.«

Ihre Wangen glühten. »Ich werde nicht die Einzige sein, die hier nackt ist.«

»Oh, Baby, das ist kein Problem.« Er zog sein T-Shirt und seine Jogginghose aus und spürte ihren heißen Blick, mit dem sie ihn aufzusaugen schien. *Genau, meine Schöne. Ich gehöre ganz dir.* Er griff nach seiner Boxershorts und seine Länge zuckte ungeduldig. »Die lasse ich lieber noch an.« Er ging zu ihr.

»Warum?«

»Weil ich noch einiges mit dir vorhabe.« Er küsste sie auf

die Schulter. »Und wenn ich dieses Monster erst einmal in die Freiheit entlasse, wird es mitmischen wollen.«

»Du meine Güte! Als wenn ich nicht schon nervös genug wäre!« Sie verbarg ihr Gesicht.

Er nahm ihre Hände herunter und küsste ihre Lippen. »Warst du gestern Abend nervös?«

»Ja, anfangs«, gestand sie. »Aber da hast du mich nicht angesehen und es war dunkel.«

Das Licht im Schlafzimmer war nicht an, doch der Mond schien durch die offenen Vorhänge herein. »Es ist ziemlich dunkel hier, Tara, und ich *will* dich ansehen. Ich will dich überall sehen, schmecken, berühren, und ich will, dass du dich so gut fühlst wie noch nie.« In ihren Augen funkelte das Begehren und er strich mit den Lippen über ihre. »Willst du das?«

»Ja!«, sagte sie rasch, erregt und mit einem Hauch Nervosität.

Er küsste ihren Mundwinkel. »Ich weiß, dass du nervös bist, aber ich weiß auch, dass du mir vertraust.«

»Das tue ich«, flüsterte sie.

»Dann wird es Zeit, dass du dir selbst vertraust. Dass du weißt, wie schön du von innen und außen bist, und dass du dir die Macht dieses Wissens zu eigen machst und deiner Intuition ohne Angst folgst, denn es gibt hier kein Falsch oder Richtig. Es war wunderbar, wie du mich gestern Abend berührt hast, und übers Telefon zu hören, wie du zum Höhepunkt kommst, war das Heißeste, was ich je gehört habe.« Er kam ihrem Mund mit seinem so nah, dann glitt er mit den Fingern in ihre Haare und packte fest zu, wie sie es gern mochte. Er wurde mit einem zischenden Atemzug belohnt. »Willst du dich mit mir frei und mächtig fühlen und deine innere Sirene zum Vorschein kommen lassen?«

»Ja«, sagte sie flehend.

»Gut, denn ich habe mich schon darauf gefreut, meine Versprechen einzulösen.« Sein Mund fand ihren zu einem forschen Kuss, der sie dazu verleitete, sich an ihn zu klammern wie an einen Baum. »Oh ja, Baby, wir werden Spaß haben.« Er zog ihr das T-Shirt aus und warf es durch das Zimmer, was mit einem unfassbar süßen Kichern belohnt wurde. Dann machte er sich daran, ihr die Shorts und den Slip auszuziehen, doch ihr Fuß blieb hängen, sie verlor das Gleichgewicht und riss sie beide aufs Bett, wo sie lauthals loslachten.

»'Tschuldigung«, sagte sie mitten im Lachanfall und befreite sich von den störenden Kleidungsstücken.

»Auch eine Art, mich ins Bett zu kriegen.« Er küsste ihre lächelnden Lippen, wurde immer inniger, und ihr Lachen wurde zu bedürftigem Stöhnen. Seine Hand glitt an ihrer Seite hinauf, mit dem Daumen strich er über ihre seidene Brust, und sie atmete tief ein. Er küsste sie dort und dann neben ihrer Kette, die auf ihrer makellosen Haut glitzerte. »Ich liebe diese Kette an dir«, flüsterte er und senkte dann den Kopf, um mit der Zunge über ihren Nippel zu streichen. Ein langer, lustvoller Seufzer entwich ihr. »Mmmh, das gefällt meinem Mädchen.«

Sie schloss die Augen.

»Zeig mir deine blauen Augen, Blondie. Ich möchte, dass du mir dabei zusiehst, wie ich dich wahnsinnig mache.«

Sie öffnete die Augen und ihre Wangen glühten. »Ist das eine Art Konfrontationstherapie?«

Er fragte sich, ob sie überhaupt ahnte, wie überwältigend sie war. »So kann man es auch sehen.« Er knabberte an ihrer Brust und sie keuchte. »Oder du genießt einfach alles und versuchst nicht, es zu benennen.«

»In Ordnung, so machen wir das.«

Mit den Zähnen kratzte er über ihren Nippel.

»Levi!«

Das Flehen in ihrer Stimme spornte ihn an und es gab kein Halten mehr. Mit Mund und Händen liebkoste er ihre Brüste, reizte und kitzelte, saugte und knabberte, bis sie sich nur noch wand und stöhnte. Seine Augen ließen ihre nicht los, die Flammen zwischen ihnen schlugen hoch. Er stützte sich mit einer Hand ab und beobachtete seine andere auf ihrer Brust. Ihre Nippel waren rot von seinen Liebkosungen, ihre Haut erhitzt, und als er den Mund auf die harte Spitze senkte, trafen sich ihre Blicke und sie schloss die Augen. Er saugte fest. »Mach die Augen auf, Blondie.«

Sie riss die Augen auf. »Das ist die reinste Folter!«

»Soll ich aufhören?«

»Bist du verrückt?« Beide lachten. »Hast du überhaupt eine Vorstellung, was das mit mir macht, wenn ich dir dabei zusehe?«

Er grinste überheblich und wieder mussten beide lachen.

»Glaub mir, Tara, wenn du mich mit deinem Mund verwöhnst, werde ich jede einzelne Sekunde zusehen. Ich will sehen, wie du an mir saugst, leckst, mich berührst, und ich will keinen Augenblick davon verpassen.«

Sie legte eine Hand aufs Gesicht. »Was du alles sagst …«

Er küsste sie zwischen die Brüste und kam über sie, damit er ihr direkt in die Augen schauen konnte. Sie nahm die Hand vom Gesicht und lächelte ihn an.

»Du löst das in mir aus, Tara. Nur du! Und ich will es nicht zurückhalten. Doch wenn es dir zu viel ist, werde ich es.«

»Das ist es nicht. Ich mag es. Es ist nur einfach peinlich, wie sehr ich es mag.«

»Steh dazu, Baby. Nichts ist erregender, als zu wissen, dass du mich beobachtest und es genießt.« Er senkte seine Lippen zu einem langen, leidenschaftlichen Kuss auf ihre, rutschte dann etwas hinunter und betrachtete eingehend ihre weiblichen Kurven. »Du bist umwerfend, Baby.« Er leckte und saugte an ihren wunderschönen Brüsten, entlockte ihr noch mehr verführerische Laute, und fand seinen Weg mit feuchten Küssen hinab über ihre Rippen und zu ihrem Bauch. Als er innehielt, um seine Zunge langsam um ihren Bauchnabel kreisen zu lassen, krallte sie sich im Laken fest und reckte sich ihm entgegen.

»Himmel, das fühlt sich so gut an«, hauchte sie.

Er ließ sich Zeit, genoss es, ihre süße, heiße Haut zu kosten. Sie wand sich und wimmerte, während er weiter abwärts wanderte und mit dem Mund kurz vor ihrer Perle verharrte. Sie räkelte sich unter seinem heißen Atem, bewegte die Hüften und bei dem Duft ihrer Erregung lief ihm das Wasser im Mund zusammen. Ihre Augen waren geschlossen, und er beließ es dabei, während er seine süße, vertrauensvolle Tara, die sich ihm vollkommen hingab, ausgiebig betrachtete. »Du bist so verdammt schön.« Er küsste ihren Bauch. »Und du bist noch so viel mehr.« Die Emotionen tobten in ihm, drehten sich wie ein Kreisel, bis sein ganzer Körper vibrierte. Er musste ihre Augen sehen, wissen, ob sie es auch fühlte. Er öffnete den Mund, um etwas zu sagen, doch da machte sie die Augen auf, die so voller Emotionen waren, dass er darin hätte ertrinken können.

»Ich habe so ein Glück, dass du mir gehörst.« Er senkte den Kopf und ließ die Zunge über ihre feuchte Hitze und ihre Perle gleiten.

»Levi!«

Das verzweifelte Flehen sprach etwas tief in ihm an. »Keine

Sorge, Baby. Ich werde dich nicht hängen lassen, aber ich werde auch nichts überstürzen.« Er legte die Hände auf ihre Oberschenkel, leckte über ihre Mitte und ließ sie keuchen und stöhnen. Sie schmeckte wie warmer, süßer Honig und er konnte gar nicht genug bekommen. Er labte sich an ihr, leckte und saugte, drang mit der Zunge in sie ein. Sie wand sich und stöhnte. Als er ihre Perle zwischen die Zähne nahm, zuckte ihre Hüfte nach oben. Dann legte er ihre Beine über seine Schultern, leckte von ihrer Pforte zu ihrer Perle, verharrte dort, wiederholte es und fand einen Rhythmus, bis sie zitterte und bettelte und ihre flehenden Laute den Raum erfüllten. Sie klammerte sich so fest ins Laken, dass ihre Fingerknöchel weiß wurden. Er streckte einen Arm nach oben und legte eine Hand auf ihre Brust, um ihren Nippel mit Finger und Daumen zu kneten.

»Levi! Levi! Levi!«

»Sieh mir zu, Baby«, forderte er sie auf und mit einem Wimmern kam sie seinem Wunsch nach.

Dieses wunderschöne Blau ihrer Augen schimmerte entrückt, als er zwei Finger in sie gleiten ließ und seinen Mund auf dieses magische Nervenbündel senkte. Ihre Stirn kräuselte sich und sie biss die Zähne zusammen. »Le…«

Er krümmte die Finger, fand diesen verborgenen Punkt wie eine zielsichere Rakete, streichelte sie schnell, knetete währenddessen weiter ihren Nippel und saugte an ihrer Perle, bis sie explodierte und vor Lust aufschrie. Sie schlug die Hand vor den Mund, ihr Körper zuckte und pulsierte. Er wanderte tiefer mit seinem Mund, denn er musste ihr Beben und Zittern spüren. *Das pure verdammte Paradies!*

»Hör nicht auf.« Sie umfasste seinen Kopf und hielt ihn fest.

Sie stöhnte, bewegte sich rhythmisch und grub die Fingernägel in seinen Kopf, was einen köstlichen Schmerz und Lust bis in seine Länge jagte. Er wollte ihre Hände und ihren Mund überall auf seinem Körper spüren, doch das Bedürfnis, in ihr zu sein, war größer als das Bedürfnis nach Luft. Als sie schließlich atemlos auf die Matratze zurücksank und die Arme kraftlos neben sie fielen, hauchte er Küsse auf die Innenseiten ihrer Oberschenkel und nahm ihre Beine von seinen Schultern.

»Du bist so unfassbar sexy. Ich muss in dir sein.« Er zog seine Boxershorts aus, küsste sich an ihrem Körper hinauf, und als seine Härte an ihrer feuchten Mitte lag, wollte er das Kondom einfach vergessen und in sie stoßen, ihre Hitze fest um sich spüren. Noch nie hatte er ein so starkes Bedürfnis gespürt, das sich klauenartig an ihn krallte, doch dann öffnete sie die Augen, lächelte ihn mit einem befriedigten Lächeln an und flüsterte: »Küss mich.«

Ihre so liebliche Bitte ließ seinen Beschützerinstinkt wieder an die Oberfläche gelangen, und er küsste sie intensiv und langsam, und all die Emotionen, die sich in ihm zusammengebraut hatten, flossen in ihre Verbindung. Als ihre Lippen sich voneinander lösten, erfasste ihn die Bedeutung ihres Beisammenseins mit einer ungeheuren Wucht.

»Alles in Ordnung?«, flüsterte er. »Oder soll ich aufhören?«

»Wenn du jetzt aufhörst, muss ich dich umbringen.«

Sie sagte es mit einer solchen Ernsthaftigkeit, dass er lachen musste, was er mit einem Kuss beendete. Er griff nach der Kondompackung, und als er auf die Knie ging, um sie zu öffnen, streichelte sie über seine Härte. Das Kinn auf die Brust gesenkt, atmete er zischend ein.

»Mmh, das gefällt meinem Kerl«, kommentierte sie es scherzend mit seinen Worten.

»Du hast keine Ahnung, was deine Berührung mit mir anstellt.«

Sie leckte ihre Lippen. »Dann frag ich mich, was mein Mund erst mit dir anstellt.«

»Oh, Baby. Willst du es herausfinden?«

Sie nickte und sah ihn mit großen Augen voller Lust an.

»Setz dich auf und lehn dich ans Kopfteil.«

Rasch setzte sie sich auf, mit einem erwartungsvollen Lächeln, und streckte die Arme nach ihm aus, als wäre er ihre Lieblingsnachspeise, und dabei sah sie so sexy, liebenswert und so heiß aus, dass er diesen Moment mit Sicherheit in seinen Fantasien immer wieder erleben würde. Er legte die Kondomschachtel weg und sie umfasste seine Härte und zog ihn näher an sich. Mit den Knien neben ihren Schenkeln ließ er sich von ihr streicheln. Sie fuhr mit der Zunge über die kräftige Spitze, und mit diesem ersten Lecken schossen seine Hüften vor. Sein gesamter Körper war angespannt, und er versuchte, stillzuhalten, während sie immer wieder über den ganzen Schaft leckte und dann wieder um die Spitze kreiste.

»So groß … Ich bin vielleicht nicht besonders gut darin.«

»Baby, berühr mich einfach. Mehr brauchst du gar nicht machen.«

»Will ich aber. Ich will Neues mit dir erleben.«

Hatte sie überhaupt eine Ahnung, welche Tore das in seinen Fantasien aufstieß? Und dann traf ihn die Erkenntnis. *Neues erleben.* »Tara, hast du das hier schon mal gemacht?«

»Kommt darauf an, was du mit *das hier* meinst«, sagte sie leise.

»Das alles hier. Was wir gerade gemacht haben?«

Sie nickte. »Ein paar Mal, aber es war ganz anders. Es war …« Sie kräuselte die Nase und zuckte mit den Schultern.

»Und was wir jetzt gleich machen werden?«

»Einmal. So wie den eigentlichen Sex. Aber der Typ, mit

dem ich zusammen war, war wesentlich kleiner als du, und es hat keinen Spaß gemacht.«

Er fluchte. »Dann machst du das hier nicht.«

»Doch!«, beharrte sie. »Ich habe für ihn nicht empfunden, was ich für dich empfinde, und das war wohl auch der Grund, weshalb ich es nicht mochte.«

»Mein Gott, bitte sag mir, dass es nicht nur irgendein Kerl war.«

»War er nicht. Wir waren ein paar Monate lang zusammen, und ich dachte mir, wenn wir all das weiter machten, würden die Gefühle auch noch kommen, doch dem war nicht so, und das eine Mal, das wir Sex hatten, hatte ich mir einen magischen Orgasmus erhofft, stattdessen aber nur albernes Chaos erlebt. Aber du hast mir einen magischen Moment beschert, ohne überhaupt Sex zu haben. Ich will das mit dir, Levi. Ich will es schon so lange. Wenn du mich nicht lässt …« Sie schwieg kurz und hob eine Augenbraue. »… werde ich richtig sauer.«

Er schüttelte den Kopf. »Du bringst mich noch um.«

»Du darfst aber nicht sterben, bevor wir diesen unanständigen Akt vollzogen haben.«

»Diesen unanständigen Akt?«, wiederholte er schmunzelnd.

»Ja, so lange musst du noch aushalten. Danach bin ich wahrscheinlich sowieso tot, weil ich schon die Orgasmen, die du mir bisher beschert hast, kaum überlebt habe. Können wir jetzt aufhören, über meinen lächerlichen Mangel an Erfahrung zu reden, und herausfinden, ob ich zu dem hier tauge oder ob ich die Flinte ins Korn werfen und Nonne werden sollte?«

»Baby, ich glaube, wir wissen beide, dass hier niemand die Flinte ins Korn werfen wird.«

»Davon gehe ich mal aus. Könntest du mich jetzt bitte noch einmal küssen und mein Hirn abschalten?«

»Nichts lieber als das.« Er senkte seinen Mund auf ihren und versuchte – nach allem, was er gerade erfahren hatte –, es langsam anzugehen, doch als ihre Zungen sich fanden, wurde ihr Kuss intensiver und ihrer beider Hände waren überall. Sie legte die Hand fest um seine Härte, liebkoste ihn so perfekt, dass er den Mund mit einem Fluch von ihrem losriss. Er ging auf die Knie, und ihre ungeduldige Zunge machte sich an der Spitze seiner Länge zu schaffen und brachte ihn um den Verstand. Mit jedem Zungenschlag fuhr ein heißer Blitz durch ihn hindurch. Sie leckte seine Länge, quälte ihn mit langsamen Handbewegungen, verharrte auf der kräftigen Spitze, bis sein gesamter Körper in Flammen stand. Als wäre ihr Mund nur für ihn allein geschaffen. Sie wusste ganz genau, wie sie ihn rasend machte, wie sie ihn reizte und neckte, bis er fluchte, weil er sich zurückhalten wollte. Als sie ihn in ihren heißen, feuchten Mund nahm, ihn mit der Hand streichelte, während sie saugte und leckte, kämpfte er gegen die Hitze an, die in seinen Lenden brodelte. Sein Blick versank in ihrem, und mit ihren vollen Lippen um seine Härte, ihren zarten Fingern, die über seine Länge glitten, war sie ein so wunderschöner Anblick. Der Drang, zu stoßen, war so stark, dass er mit einer Hand am Kopfteil Halt suchte und die andere Hand in ihren Haaren vergrub. Sie schaute zu ihm auf, mit Augen, die vor Lust dunkel schimmerten und vor Anerkennung funkelten. *Ja, Baby! Dir gefällt das ebenso sehr wie mir, oder?*

Langsam zog sie seine Länge aus ihrem Mund, leckte ihn wieder ausgiebig und ein Stöhnen entwich ihm.

»Ich nehme an, ich mache das recht gut?«, fragte sie so unschuldig, dass ihm ganz anders wurde.

»Nichts an dem, was du mit mir machst, ist *recht gut*. Du bist unglaublich. Ich muss mich so zusammenreißen, um nicht zu kommen. Aber wichtig ist nur, wie du dich dabei fühlst. Wenn du es nicht genießt, musst du aufhören.«

Ein freches Grinsen trat in ihr Gesicht. »Ich mache das mit *dir*, und ich wusste, dass das den Unterschied macht. Ich mag es, dir Lust zu bereiten, und ich mag es, wenn du an meinen Haaren ziehst.«

»Meine Güte, Tara!« Er legte die Hand fest um den Ansatz seiner Härte, um seine Erlösung hinauszuzögern.

»Was ist? Sollte ich das nicht sagen?«

Ihre Unschuld war nicht gespielt, und deshalb wollte er sie, wollte sie vor allem und jedem beschützen und noch viel mehr. »Nein. Ich möchte wissen, was du magst, aber du kannst so was nicht sagen, wenn ich so kurz davor bin, zu explodieren.«

Sie kicherte. »In Ordnung. Darf ich es noch einmal sagen?«

»Fuck!«, rutschte es ihm heraus. »Du bist wundervoll, aber du spielst mit Dynamit, Baby.«

»Ich mach es nur noch ganz kurz«, sagte sie so süß. »Ich mag es, dich in den Wahnsinn zu treiben.«

»Allmählich frage ich mich, ob ich das heute Abend überlebe.« Er fuhr sich mit der Hand übers Gesicht und hielt sich dann wieder am Kopfteil fest, während er die Zähne zusammenbiss, als sie ihn noch tiefer in den Mund nahm und noch schneller wurde. Ihre Blicke trafen sich, und er spürte, dass sie sehen wollte, welche Wirkung sie auf ihn hatte, als sie schneller strich, fester saugte, während sein ganzer Körper vor Zurückhaltung angespannt war.

»Tara!«, warnte er. »Ich will in dir sein, wenn ich komme.«

Sie nahm ihn aus dem Mund und grinste ihn frech an. »Genau genommen bist du in mir.«

»Du bist wirklich mein Todesurteil.« Er zog sie vom Kopfteil weg, legte sie auf den Rücken und küsste sie so intensiv, bis der Drang, zu kommen, nicht mehr so heftig war. Dann küsste er sie zärtlicher. »Ich habe das Gefühl, dass ich nie genug von dir bekommen werde.«

»Da hab ich aber Glück.« Sie hob den Oberkörper und küsste ihn.

Mann, er liebte diese besitzergreifende Art. Er nahm ein Kondom aus der Schachtel und riss die Verpackung auf. Sie beobachtete ihn dabei, wie er es überzog, und als er sich auf sie legte, streckte sie die Arme nach ihm aus und spreizte die Beine. Sein Herz hämmerte in seinem Brustkorb. Was war das denn? Warum war er nervös? Als seine Härte an ihrer Pforte lag, und sie mit ihrem vertrauensvollen Blick, der von Begehren, Begierde und etwas noch viel Innigerem sprach, zu ihm aufsah, spürte er die Antwort tief in sich. Über Sex hatte er sich nie viele Gedanken gemacht. Es war ein pures Verlangen, das leicht zu stillen war. Aber das hier war alles andere als nur Sex und Tara war ihm nicht nur wegen Joey wichtig. Sie war ihm wichtig, weil er etwas für sie empfand, und er wollte sie nicht enttäuschen. Er wusste, dass er ein guter Liebhaber war, und er hoffte, dass er es ihr beweisen konnte, doch das genügte nicht. Er wollte mehr sein, als sie sich erhoffte, und das sorgte für mehr Druck. Er wollte nehmen und geben und sie spüren lassen, was sie mit ihm anstellte. Er wollte, dass sie sich nach seiner Berührung sehnte, nach seinen Küssen, seinem Mund, und vor allem wollte er, dass sie fühlte, was er für sie fühlte, und das alles spukte in seinem Kopf herum. Es war ihm zuvor nie so wichtig gewesen, dass er all das wollte, und er konnte nur hoffen, dass er es nicht vermasselte.

Sie legte die Hand auf seine Wange und riss ihn aus seinen Gedanken. »Denk nicht so viel nach.«

»Woher weißt du, dass ich nachdenke?«

»Weil deine Augenbrauen dabei immer zucken.«

Die Tatsache, dass sie etwas so Intimes wie seinen Tick bemerkt hatte, gab ihm den Rest, und er konnte nun ebenso wenig denken wie reden. Hungrig senkte er den Mund auf ihren und dann drang er langsam, behutsam in sie ein. Sie war so eng, dass ihm nur noch bewusster wurde, dass dies erst ihr zweites Mal war, und damit setzte er sich noch mehr unter Druck.

Er wollte dies zu etwas Besonderem für sie machen … für sie beide.

Als er vollkommen in ihr versunken war, waren der köstliche feste Druck, die Komplexität, die Tiefe und Echtheit seiner Emotionen so intensiv, dass er ihren Kuss unterbrach, um sich zu konzentrieren und die Zähne aufeinanderzupressen.

»Levi!«, sagte sie leise hauchend.

»Zu viel?« Wenn er ihr wehtat, würde er sich das nie verzeihen.

»Nein. Ich hatte nicht erwartet, dass es sich so gut anfühlt.«

Er legte seine Stirn an ihre und atmete ihren Duft tief ein. »Ich auch nicht.«

Die Emotionen in Levis Stimme ließen Taras Herz fast aussetzen, doch als er das Gesicht hob, lösten seine angespannten Muskeln und die pure, unverfälschte Lust, die in seinen Augen schimmerte, einen Energieschub aus. Sie wollte mehr davon sehen, wollte all die Kraft spüren, die er zurückhielt.

»Du fühlst dich fantastisch an, Baby. So verdammt gut«, sagte er mit rauer Stimme.

Er verschränkte seine Finger mit ihren, drückte ihre Hände auf die Matratze, so wie er es ihr gestern Abend beschrieben hatte, und es gefiel ihr, doch sie musste ihn berühren und sie wollte sich nicht zurückhalten. »Ich will dich anfassen.«

»Das will ich auch, aber wenn du mich jetzt berührst, während du mich wie in einer Schraubzwinge gefangen hältst, könnte ich wie ein Vulkan abgehen.«

Sie kicherte. »Du hattest wohl recht und ich werde nicht die Flinte ins Korn werfen.«

»Mit Sicherheit nicht. Meine süße Sirene bleibt.«

Er küsste sie wieder, zärtlich zunächst, doch als er anfing, sich zu bewegen und sie ihren Rhythmus fanden, wurde die Lust zu intensiv. Sie beantwortete seine schnelleren Stöße mit ihren Hüften und ihrer beider Körper übernahmen die Kontrolle. Sie bewegte sich auf eine Art, die sie selbst nicht erwartet hatte, sie stieß und rieb sich an ihm, und die bedürftigen Laute, die in ihren Küssen ertranken, waren nicht aufzuhalten. Dies war vollkommen anders als bei ihrem ersten Sex, und es ging weit über das hinaus, wie sie sich eine intime Begegnung mit Levi vorgestellt hatte. Bedürfnis und Begierde vereinten sich, strömten durch ihre Adern und schenkten ihr das Gefühl, kühn und sexy zu sein. Sie genoss es, sein Gewicht auf sich zu spüren, den Druck seiner Härte, die sie so vollkommen ausfüllte, und sie wusste, dass sie ihn nicht nur morgen fühlen würde, sondern für den Rest ihres Lebens, als hätte er diesen Teil seiner selbst in sie eingraviert, so wie er schon in ihr Herz eingraviert war.

»Oh, Tara, fühlst du das?«

»Das sind *wir*«, antwortete sie spontan, doch es war die Wahrheit. Ihre Verbindung machte es so unglaublich schön und richtig, und sie wollte mehr.

»Ich muss deine Hände auf mir spüren«, sagte er im gleichen Moment, in dem sie forderte: »Ich muss dich berühren.«

Er ließ ihre Hände los, und sie berührte ihn mit einer Verzweiflung, die sie sich nie hätte vorstellen können, und während sie seine heiße Haut, den stahlharten Rücken und die tiefen Furchen seiner Muskeln erforschte, wurde ihr Begehren immer größer. Ihre Küsse wurden rauer und hektischer, und er hob ihre Beine an den Knien an, um noch tiefer in sie einzudringen. Heiße Funken sprühten in ihrem Inneren, schossen in ihre Brust und ihre Gliedmaßen. Sie wollte in diesem köstlichen, stürmischen Zustand aufgehen. Sie klammerte sich an ihm fest und bettelte: »Mehr! Schneller!« Mit der Anstrengung legte sich ein feuchter Film auf ihre Körper. Das Geräusch von Haut gegen Haut erfüllte den Raum, zusammen mit ihrem sündigen Flehen und lustvollen Stöhnen.

»So gut!«, knurrte er. »Ich will dich auf jede erdenkliche Art.«

Die Tragweite dieser Erklärung löste einen Strudel ihrer Emotionen aus. »Ja!«

Ihre Hüften lösten sich von der Matratze, und während er wieder ihren Mund eroberte, schob er die Hände unter ihren Hintern, hob sie an und nahm sie auf fast unmögliche Weise noch tiefer. Ihr Verstand entglitt ihr. *Mehr, mehr, mehr*, hallte es in ihrem Kopf. Als er sie herumdrehte, sie auf allen Vieren stand und er hinter ihr kniete, fühlte es sich tabu an. Sie krallte sich ins Laken, fühlte sich unanständig und erregt zugleich. Eine vage Sorge darüber, was er mit seiner Lust versprechenden Härte erobern wollte, wallte in ihr auf, doch dann spürte sie ihn an ihrer Pforte. Sie spürte Erleichterung mit einer Spur von Sehnsucht, ebenso wie eine Art Schock über das Hochgefühl allein bei dem Gedanken daran, dass Levi sie an Orten berühren könnte, die sie sich nie vorgestellt hatte.

Er legte einen Arm um ihre Taille, hielt sie fest und küsste ihren Rücken. »Kann ich dich hart nehmen, Baby?«

»Ja! Mach.«

Seine Hüften schossen vor und sie schrie vor purer erregender Lust auf. Seine Hand glitt von ihrem Bauch hinab zwischen ihre Beine, während er von hinten immer wieder in sie stieß, und berührte sie gekonnt, bis das Universum in einer heftigen Kollision aus hell und dunkel, heiß und kalt explodierte und er sie mit seiner rauen, sexy Stimme in ungeahnte Höhen katapultierte. »*Genau, Baby… So eng… Verdammt, ja… Nimm es dir.*«

Sie verharrte auf dem Gipfel, atemlos und so von ihm erfüllt, und als sie schließlich herabschwebte, war sie überzeugt davon, gestorben und im Paradies gelandet zu sein.

Seine Stöße wurden langsamer und er murmelte an ihrer Haut: »Meine Güte, Tara. Ich hab dir doch nicht wehgetan, oder? Du hast dich so gut angefühlt, dass ich mich nicht zurückhalten konnte.«

Sie schüttelte den Kopf und er drehte sie sanft um. Überrascht stellte sie fest, dass er noch immer hart war, und als er über sie kam, sah er sie mit einem Blick an, der ihr Herz in Aufruhr versetzte. »Du bist nicht …?«

Er schüttelte den Kopf. »Ich wollte dein Gesicht sehen.«

»Wow! Du bist ja eine Art Sexgott. Hattest du Viagra zum Abendessen?«

»Nein, Baby. Das siehst du genau verkehrt herum. Du bist eine Sexgöttin und hast mich mit deiner magischen Pussy zum Sklaven gemacht.«

Ihr stockte der Atem, und dann lachte sie und schloss die Augen.

»Dir gefallen meine unanständigen Sprüche.« Er küsste sie und sie öffnete die Augen.

»Glaubst du, hm?«

»Ich bin aufmerksam, falls du dich erinnerst.« Er knabberte an ihrer Schulter und jagte heiße Schauer über ihren Körper. »Ich spüre, wie dein Körper reagiert, wenn ich dir sage, dass ich gern deine Perle vernasche und deine Nippel und deinen Mund koste.« Er legte ihre Beine um seine Taille, während er redete, und glitt dann mit beiden Händen unter ihren Kopf, während ihre Körper sich wieder vereinten.

In seinen Augen schimmerten die Emotionen, während er die Hüften langsam erotisch kreisen ließ. Ein Prickeln breitete sich auf ihren Beinen aus, konzentrierte sich in ihrem Unterleib. Sie schloss die Augen, wollte sich das Gefühl von ihm in ihr einprägen, doch das Bedürfnis, ihn zu sehen, war zu stark. Sie sah ihn an.

»Fühlt sich das gut an, Baby?«

»So gut!«, keuchte sie. »Küss m…«

Ihre Worte wurden von einem leidenschaftlichen Kuss erstickt, während er kreiste, in sie drängte und dies in einem berauschenden Rhythmus wiederholte. Das in ihrem Unterleib brennende und wogende Prickeln zehrte sie auf. Wuchs zu einer ungeheuren Welle heran, während er sie noch rauer, noch fordernder küsste. Sie erwiderte seine Bewegungen energisch, stieß die Hüften in die Höhe, labte sich an seinem Mund. Seine Muskeln waren angespannt und aus seiner Lunge drangen kehlige Laute in ihre hektischen Küsse. Sein nicht nachlassendes Begehren machte jede Empfindung noch intensiver, das Gefühl seines starken Körpers auf ihrem, die lustvollen Laute, die sie beide von sich gaben … All das trieb sie immer, immer höher, bis sie am Rand einer Klippe stand, sich an ihn klammerte, während sie beide immer wieder aneinanderprallten, ihre Zungen regelrecht kämpften. Seine Finger gruben sich in ihre Haare und er stieß noch härter, fast grob zu. Sie wollte diese Grobheit. Lechzte danach. Er richtete sich auf, als würde er spüren, was sie brauchte, und stieß aus einem neuen, erregenden Winkel in sie, was die Lust durch sie hindurchschießen ließ. Ein Höhepunkt raste über ihre Glieder in ihr Innerstes und katapultierte sie in die Ekstase, und er war bei ihr, stieß knurrend ihren Namen aus, als die Welt jeglichen Halt verlor. Und dann küsste er sie erneut, süß und langsam und ach, so perfekt! Er hielt sie unter sich in seinen Armen, war ihr Anker in dem Universum, das sich um sie herum drehte, bis sein schönes Gesicht wieder vor ihr ins Blickfeld geriet.

»Mein Gott!«, gab er langsam ausatmend von sich.

»Ich hätte nicht gedacht, dass man diesen magischen Moment noch toppen könnte, aber wow!«

Er lachte und küsste sie sanft und langsam. Sie genoss diese intensiven Küsse und dieses wunderbare Gefühl, ihn zu spüren, sie beide vereint zu spüren, und wünschte sich, er könnte für immer in ihr versunken bleiben. Sie küssten sich, bis sie keine andere Wahl hatten, als sich um das Kondom zu kümmern.

»Geh nicht weg«, flüsterte er und verließ das Bett.

»Wohin sollte ich schon gehen? Zum Einkaufen? Joggen?«

Er lächelte sie über die Schulter an und ging ins Badezimmer.

Auf Wolke sieben schwebend schaute sie an die Decke, doch sie konnte ihr Hochgefühl nicht für sich behalten. Sie schloss die Augen, grinste wie ein Honigkuchenpferd und wackelte vor Glück mit dem Hintern. Als sie die Augen wieder öffnete, stand Levi splitterfasernackt und amüsiert in der Badezimmertür.

Beschämt drehte sie sich auf die Seite und vergrub ihr Gesicht im Kissen. Er lachte leise und sie spürte, dass sich die Matratze neben ihr senkte. »Du kannst jetzt nach oben gehen«, sagte sie ins Kissen.

»Und das hier verpassen? Auf keinen Fall.« Er zog die Decke weg und gab ihr einen Klaps auf den Hintern.

Schockiert hielt sie den Atem an und sah ihn finster an. »Hau mich nicht!«

»Dann versuch du nicht, mich loszuwerden.«

»Wenn du nicht still und leise aus dem Bad kommen würdest, hätte ich meinen Freudentanz ungestört fortführen können. Du hältst mich bestimmt für ziemlich kindisch.«

»Wenn du gesehen hättest, wie ich im Bad triumphierend die Hand zur Faust geballt und gen Himmel gereckt habe, würdest du das nicht sagen.« Er legte sich neben sie und nahm sie in den Arm, sodass ihr Kopf auf seiner Schulter lag.

»Das hast du nicht wirklich gemacht.«

»Soll ich dir die Videoaufzeichnung zeigen?«

In Panik stützte sie sich auf den Ellbogen. »Hast du da drinnen Kameras? Hier etwa auch?« Hektisch sah sie sich um.

Schmunzelnd schüttelte er den Kopf.

Sie gab ihm einen Klaps. »Du hast mir einen Schrecken eingejagt.« Erleichtert ließ sie sich wieder neben ihn fallen und legte seine Hand auf ihr Herz. »Spürst du das?«

»Tut mir leid, Blondie.« Er drehte sich auf die Seite und gab ihr einen Kuss auf das heftig pochende Herz. »Aber es ist dir nicht mehr peinlich, oder?«

Sie verdrehte die Augen.

»Vielleicht kann ich es wiedergutmachen.« Er beugte sich hinunter und küsste sie.

Seine Hand glitt hinunter, er streichelte ihre Brust, und ihr

Körper wurde wieder zum Leben erweckt, samt fester Nippel und Gänsehaut am ganzen Leib. »Vielleicht«, erwiderte sie scherzhaft und spürte, dass er wieder hart wurde. Sie fuhr mit den Fingern durch seine Haare. »Hast du wirklich die Hand zur Faust geballt?«

»Ja.«

»Begleitet von dem Spruch *Ich hab's noch immer drauf?*« Sie kicherte und er blickte sie finster an.

»Du hältst dich für ziemlich witzig, oder?«

»Gib's zu. Das hast du gesagt, stimmt's?«

»Und wenn?« Er kitzelte sie an den Seiten und sie zog lachend die Beine an.

»Jetzt wünschte ich mir, du hättest wirklich ein Video.«

»Wie wäre es, wenn wir ein Video machen würden?« Er drückte seine Erektion an sie und in seinem Blick lag pure Verführung. »Deine Hand kann sich um mich zur Faust ballen und ich nehme alles auf?«

»Das würdest du nicht wagen.«

»Ach nein? Das könnte Spaß machen, Blondie. Was meinst du?«

Noch bevor sie antworten konnte, verschloss er ihren Mund mit seinem. Sie hatte sich nie für eine Frau gehalten, die auf Sexvideos stand. Aber bei Levi hatte sie das Gefühl, dass es keine Tabus gab.

Fünfzehn

Am Mittwochabend saß Levi mit Joker, Ozzy und Forge bei der Church, dem wöchentlichen Treffen der Dark Knights, an einem Tisch zusammen. Ihr Clubhaus befand sich ein paar Straßen von der Hauptstraße entfernt in dem alten Backsteingebäude der Post. Die Fenster waren geschwärzt, und das Emblem der Dark Knights – ein Totenschädel mit dunklen Augen, markanten Augenbrauen und spitzen Eckzähnen – befand sich gut sichtbar über der Eingangstür. Der Club war vor Jahrzehnten in Peaceful Harbor, Maryland, gegründet worden und hatte mittlerweile Chapter im ganzen Land. Harborside war mit seinen zweiundzwanzig Mitgliedern eines der kleineren Chapter, aber die eingeschweißte Gruppe genoss in der Gegend für ihre Bemühungen um die Sicherheit in Harborside und ihre Alphabetisierungs- und Anti-Mobbing-Projekte großes Ansehen. Das Harborside Chapter war von Jesse und Brent, dem President und seinem Stellvertreter, vor etwas mehr als zehn Jahren gegründet worden. Sie kamen ursprünglich aus Trusty, Colorado, und waren dort Mitglieder des Redemption Ranch Chapters in Hope Valley gewesen, in dem Finn, einer ihrer älteren Brüder, noch immer Mitglied war.

Levi schaute sich im Raum um. Diese Männer waren für

ihn in einer Zeit da gewesen, als er sich etwas verloren gefühlt hatte, und sie waren zu den Brüdern geworden, die ihm gefehlt hatten, nachdem er von seinen Freunden und seiner Familie fortgezogen war. Levi hatte sich immer auf die Church gefreut. Es war der Ort, an dem er sich entspannen und einfach einer von den Jungs sein konnte und nicht der *Dad* oder *Boss*. Doch heute Abend, während Jesse alle an den Wettkampf von Joey erinnerte und Brent Einzelheiten ihrer anstehenden Veranstaltungen durchging, wartete Levi ungeduldig auf das Ende des Treffens. Joey übernachtete bei einer Freundin und so hatten Tara und er das Haus für sich. Sie bearbeitete gerade Fotos, und er fragte sich, ob sie durch Gedanken an ihn ebenso abgelenkt war wie er durch Gedanken an sie.

Wieder schaute er auf die Uhr.

Nach zwei Nächten mit wenig Schlaf hätte er eigentlich erschöpft sein müssen, doch er fühlte sich verjüngt, als wäre er wieder achtzehn Jahre alt – nur noch besser. Seit der Zeugung von Joey war Sex für ihn nichts weiter als ein Ventil, ein Mittel zum Zweck gewesen, immer verbunden mit Sorgen um eine ungeplante Schwangerschaft und anhängliche Frauen, die sein Leben verkomplizieren konnten. Er hatte sich gefragt, ob er sich jemals wieder entspannen und es genießen können würde. Doch von dem Moment an, in dem er Tara geküsst hatte, war er so von ihr gefangen gewesen, dass es gar keinen Raum mehr für solche kalten, unangenehmen Gefühle gegeben hatte. Als sie am Montagabend miteinander geschlafen hatten, war er davon überzeugt gewesen, dass er loslassen konnte, weil er ihr so vertraute. Doch gestern Abend, als Tara nach zwei Stunden eines so intensiven Vorspiels und Sex, wie er es noch nie erlebt hatte, in seinen Armen geschlafen hatte, war ihm bewusst geworden, dass noch etwas viel Bedeutsameres als Vertrauen mitmischte. Und genau das hatte zu einem ganz neuen Maß an Intimität geführt.

Leider führte das auch dazu, dass es schwerer war, nicht zusammen zu sein. Gestern Abend hatte er Mist gebaut, indem er um ihren warmen Körper geschlungen eingeschlafen war. Fast wären sie heute Morgen ertappt worden, als Joey auf der Suche nach ihm an Taras Tür geklopft hatte. Er war aus dem Bett gesprungen, hatte sich eilig die Jogginghose angezogen und war aus dem verdammten Fenster geklettert. Mit seinem versteckten Schlüssel war er zur Haustür hereingekommen und hatte so getan, als käme er gerade von seiner Joggingrunde.

Er wusste, dass sie das Richtige taten, indem sie ihre Beziehung vor Joey geheim hielten, bis sie sich sicher waren, dass sie Bestand hatte, doch er fühlte sich in jeder Minute schlecht dabei. Zum ersten Mal in seinem Erwachsenenleben war er in einer Beziehung, und zwar mit der spektakulärsten Frau, die er jemals kennengelernt hatte. Er wollte Tara ausführen und sie öffentlich wie seine Freundin behandeln, nicht ihre Beziehung vor den Menschen verheimlichen, die er liebte. Joey zu schützen, musste jedoch an erster Stelle stehen.

»Hey, Steele, was ist denn heute Abend mit dir los?« Die tiefe Stimme von Forge riss Levi aus seinen Gedanken. »Hast du noch ein Date?«

»So ungefähr«, sagte Levi, als Jesse das Treffen endlich beendete.

»Heißt das, dass Tara allein zu Hause ist?« Joker nahm einen Schluck von seinem Bier. »Ich leiste ihr gern Gesellschaft.«

Levi sah ihn mit zusammengezogenen Augen an. »Hatte ich dir nicht gesagt, dass du dich von ihr fernhalten sollst?«

»Ey, Kumpel, hast du mal bemerkt, wie die mich anguckt? Die will ein Stück von dem hier haben und ich teile nur allzu gern.« Joker deutete auf seinen Körper. Er schaute zu Forge und Ozzy. »Hab ich recht oder hab ich recht?«

»Da liegt er nicht ganz falsch«, sagte Ozzy. Er war ein grantiger Fischer von Anfang vierzig, dem es an gesellschaftlichen Umgangsformen mangelte, auf den sie sich aber immer verlassen konnten. Wenn er nicht auf seinem Boot oder mit dem Motorradclub unterwegs war, kümmerte er sich um seine betagte Mutter oder genoss die Gesellschaft einer seiner vielen weiblichen Bekanntschaften. »Aber eine so süße Maus kann jeden Mann haben und du bist einer von der irren Sorte, Kumpel.«

»Ich bin vielleicht nicht so ein Riese wie du, aber ich hab einen anormal großen Schwanz. Wenn ich sie mit dem rannehmen könnte, würde sie ein paar Tage nicht laufen können«, rühmte Joker sich, als gerade Cannon, ein großer, bulliger Kerl mit dunklen Haaren und einer sehr kurzen Zündschnur an den Tisch kam.

Cannon legte die Hand auf Jokers Kopf und schüttelte ihn kurz. »Tut mir leid, dass ich dir das sagen muss, Joker, aber fünfzehn Zentimeter ist nicht anormal groß.«

»Wenn sie ihren Zoom benutzt, dann schon«, merkte Forge an.

Die Männer lachten.

»Ihr seid alle nur neidisch, weil Tara mich will«, sagte Joker. »Ihr könnt's bei ihr ja mal versuchen, wenn ich mit ihr fertig bin.«

Levi ballte die Fäuste, um nicht durchzudrehen.

»Dieses süße kleine Ding braucht keinen Jungen. Sie braucht einen Mann und ich wäre gern ihr *Daddy*«, sagte Ozzy.

Nur über meine Leiche.

Joker hob eine Augenbraue. »Dann lass uns doch mal Nägel

mit Köpfen machen. Ich wette fünfzig Dollar darauf, dass Tara nach einer Nacht mit mir auf Knien um mehr bettelt.«

Levi sprang auf, wobei sein Stuhl geräuschvoll nach hinten rutschte. »Das nächste Arschloch, das das Maul aufreißt, kriegt eins in die Fresse!«

»Hey, Junge.« Forge stand auf. »Reg dich ab, verdammt.«

»Schnauze, Forge. Wenn die so'n Mist über Tonya erzählt hätten, wärst du ihnen schon lange an die Gurgel gegangen.« Levis drohender Blick galt Joker. »Noch ein Wort über Tara, und dann war es das Letzte, was aus deinem Maul herauskommt.«

»Was zum Teufel ist hier los?«, fragte Jesse, der mit Brent zu ihnen herüberkam.

»Nichts«, zischte Levi.

»Das hörte sich aber nicht nach nichts an.« Brent schaute mit seinen dunklen Augen von Levi zu Joker.

Joker stand auf und grinste dreist. »Levi ist 'ne Laus über die Leber gelaufen, weil ich mir Tara klarmachen will.«

Levi bohrte den Finger in Jokers Brust. »Wenn dir dein Leben lieb ist, lässt du die Finger von meinem Mädchen.«

»*Deinem* Mädchen?«, fragte Joker amüsiert. »Jungs, habt ihr das gehört?«

»Klingt tatsächlich so, als würde Levi bei Tara Ansprüche anmelden«, sagte Cannon.

»Auf keinen Fall«, sagte Ozzy. »Der lässt sich nicht auf zwei Frauen aus derselben Familie ein.«

»Und auch keine Frauen, die Joey kennen«, fügte Forge hinzu.

»Tja, jetzt eben doch«, entgegnete Levi wütend.

Joker verschränkte die Arme und senkte das Kinn. »Dann würde ich sagen, unsere Arbeit wäre hier wohl erledigt, Jungs.«

Die Männer klatschten sich ab.

»Was zum Henker geht hier ab?«, fuhr Levi sie an.

»Mann, das war wie in einer Reality-Show, wie ihr beide in den letzten Jahren umeinander herumscharwenzelt seid«, sagte Cannon. »Da mussten wir einfach etwas unternehmen.«

Jesse schlug Levi auf die Schulter. »Manchmal muss man seinen Bruder etwas anstupsen, damit er nicht das Beste verpasst, was ihm je über den Weg gelaufen ist.«

»Also haben wir mal ein bisschen harmlos geflirtet«, erklärte Brent.

»Harmlos? Da bin ich mir nicht so sicher«, sagte Joker. »Nach unserer letzten Tour dachte ich schon, meine letzte Stunde hätte bald geschlagen.«

»Ja, Levi sah wirklich so aus, als würde er dich in Stücke reißen«, sagte Ozzy.

Levi fluchte. »Wessen geniale Idee war das? Bitte sagt mir, dass nicht Jules euch allen etwas geflüstert hat.«

»Ich würde mir gern von Jules etwas zuflüstern lassen«, sagte Ozzy verschlagen grinsend.

Levi bedachte ihn mit einem finsteren Blick. »Dann werde ich dich wirklich in Stücke reißen und Grant verspeist dich anschließend zum Frühstück.«

»Komm, Ozzy, hör jetzt auf«, sagte Brent. »Es war nicht Jules, Levi.«

»Das waren unser President und Tonya«, klärte Forge auf.

»Tonya?« *Was soll das denn?*

»Ja, Mann! Du solltest dich bei ihr bedanken«, riet Forge ihm. »Sie kennt sich in Herzensdingen aus. Jesses ursprünglicher Plan sah so aus, dass Joker mit Tara ausgehen sollte, aber Tonya wusste, dass das nicht gutgehen würde.«

Levi sah Jesse an. »Du hättest ihn mit Tara ausgehen lassen?

Nach allem, was ich dir erzählt habe?«

»Du bist so ein Dickkopf.« Jesse hob die Hände. »Ich dachte, wir müssten da mal ein bisschen Druck machen. Jetzt hol dein Mädchen, und dann treffen wir uns im Taproom, um sie anständig im Club willkommen zu heißen.«

So sehr sich Levi einen Abend allein mit Tara gewünscht hatte, so erfüllte ihn die Vorstellung, sie als seine Freundin zum Club mitzunehmen, mit Stolz. »In Ordnung, aber wir sagen Joey gegenüber von unserer Beziehung noch nichts, bis wir uns in allem sicher sind.« Er sah Joker an. »Glaubst du, dass du in Gegenwart meiner Tochter die Klappe halten kannst?«

»Hey, ich hab mein Leben riskiert, um dich und Tara zusammenzubringen.« Joker klopfte sich mit der Faust auf die Brust. »Da kann man wohl behaupten, dass du dich in dieser Sache auf mich verlassen kannst.«

Tara musste nicht überredet werden, mit ihm in den Taproom zu gehen. Sie freute sich ebenso wie er darauf, gemeinsam auszugehen. Voller Stolz betrat er das Restaurant mit seiner wunderschönen Freundin am Arm. Seine Kumpel johlten und applaudierten lauter als die dröhnende Musik und winkten ihm und Tara vom anderen Ende der Theke aus zu.

Tara lehnte sich näher zu ihm. »Warum klatschen die alle?«

»Weil sie Idioten sind.« Er küsste sie und genoss es, sich nicht zurückhalten zu müssen. »Sie freuen sich für uns. Mensch, Tara, ich freue mich auch für uns. Wir müssen vorsichtig sein, bis wir so weit sind, dass wir es Joey erzählen wollen, aber ich möchte dich auch außerhalb des Schlafzimmers wie meine

Freundin behandeln. Ich möchte mit dir ausgehen und mit dir angeben, wann immer es möglich ist.« Als er die Freude in ihrem Blick sah, musste er sie gleich noch einmal küssen, bevor sie zu seinen Freunden hinübergingen.

Die Jungs grölten und johlten: »Glückwunsch!«

»Ihr tut so, als würden wir heiraten«, sagte Tara mit vor Verlegenheit roten Wangen. Sie sah Jesse an. »Ich fasse es nicht, dass du den Kuppler gegeben und die anderen Jungs überzeugt hast, mitzumachen. Damit kannst du glatt mit Jules' Fähigkeiten, andere zu verkuppeln, mithalten.«

Jesse lachte. »Ich habe ihr ein Jahrzehnt an Übung voraus. Ihr beiden gehört zusammen, und ich bin froh, dass es endlich passiert ist.«

»*Endlich* ist das richtige Wort«, sagte Brent. »Ihr habt ziemlich lang gebraucht, um das zu kapieren. Ich hab euch beide schon vor drei Jahren als Paar gesehen.«

»Vor drei Jahren?«

Brent stieß ihn an. »Ich dachte, du würdest sie vor ihrem einundzwanzigsten Geburtstag nicht anfassen.«

Damit hatte er recht.

»Hätte ich es entscheiden können, wären wir schon vor Ewigkeiten zusammengekommen«, gab Tara zu und Levi fühlte sich wie ein König.

»Komm mal her, du Schöne.« Ozzy umarmte sie und zwinkerte Levi über ihre Schulter hinweg zu. »Falls er dich jemals wieder warten lassen sollte, lass es den alten Ozzy wissen. Ich werde dem Schwachkopf dann mal ein bisschen Verstand einbläuen.«

Als Nächster schloss Joker sie in die Arme. »Ich hätte dich nicht warten lassen.«

»Mein Gefühl verrät mir, dass die Frauen bei dir Schlange

stehen«, sagte Tara.

»Gummipuppen vielleicht«, sagte Cannon. »Ich kann nicht bleiben. Hab Caleb versprochen, dass ich ihm bei einem Modell helfe, das er heute Abend bauen will, aber ich wollte euch kurz gratulieren.«

»Danke«, sagte Tara. »Bitte grüße Deb und Caleb von mir.«

»Mach ich«, sagte Cannon, als Forge und Tonya sich zu Tara stellten.

»Glückwunsch, Mädel«, sagte Tonya und umarmte sie.

»Danke …? Es ist so komisch, Glückwünsche zu bekommen, nur weil wir uns daten.«

»Du datest einen der heißesten Junggesellen in Harborside«, sagte Tonya. »Darauf kannst du stolz sein.«

»Bin ich auch. Wo ist Leilani heute Abend?«

»Bei meiner Schwester.« Forge legte den Arm um Tonya. »Du wirst sie am Wochenende während Joeys Wettkampf sehen.«

In Taras Augen funkelte die Begeisterung. »Ihr kommt auch?«

»Das wollen wir auf keinen Fall verpassen«, sagte Tonya. »Und keine Sorge, wir lassen in Gegenwart von Joey nicht die Katze aus dem Sack.« Sie umarmte Tara gleich noch einmal.

»Hey, und ich werde nicht umarmt?«, scherzte Levi.

Tonya stemmte die Hand in die Hüfte. »Entspann dich, Steele. Zu dir komme ich noch.« Sie wandte sich an Tara. »Der ist ganz schön penetrant, oder?«

»Mitunter.« Tara warf Levi einen Blick zu. »Irgendwie mag ich das an ihm.«

Irgendwie beschrieb nicht annähernd, wie sehr sie seine Forderungen im Schlafzimmer genoss. Levi fragte sich, ob sonst noch jemand die Hitze in ihren Augen sehen konnte.

»Das hast du gut gemacht, Levi.« Tonya umarmte ihn. »Sei gut zu ihr, hast du gehört?«

»Ja, wird gemacht.« Er zog Tara in seine Arme und küsste sie. Er konnte sich nicht vorstellen, irgendetwas anderes als *gut* zu ihr zu sein.

»Wie wär's mit einer Lokalrunde, um das Paar zu feiern, auf das wir alle gewartet haben?«, rief Wyatt Armstrong hinter der Theke und schenkte schon den Tequila für alle ein. Wyatt und seine Zwillingsschwester Delilah waren Mitte zwanzig und hatten ein paar schwere Jahre hinter sich, nachdem ihre Eltern ums Leben gekommen waren und sie die Bar geerbt hatten. Wyatt war ein Mann, der hart arbeitete. Er war knapp eins neunzig, hatte hellbraune Haare und grüne Augen, die so von Trauer erfüllt gewesen waren, als er nach Harborside gezogen war, dass Levi sich gefragt hatte, wie er jemals darüber hinwegkommen würde. Er und Delilah hatten einen langen Weg zurückgelegt, um ihre Trauer und Naivität zu überwinden. Wyatt war mit seiner besten Freundin Cassidy verlobt und Delilah führte eine feste Beziehung mit ihrer besten Freundin Ashley.

»Das Paar, auf das wir alle gewartet haben?« Levi hob eine Augenbraue und fragte sich, ob er der Einzige war, dem Taras Interesse an ihm entgangen war, und wie alle anderen sein Interesse an Tara hatten erkennen können, während er es so verdrängt hatte, dass es ihm selbst entgangen war.

Wyatt verschränkte die Arme. »Soll ich etwa so tun, als hätten wir euch nicht alle die Daumen gedrückt?«

»Nein!«, ging Tara dazwischen. »Mir gefällt die Vorstellung, dass ich nicht die Einzige war, die uns die Daumen gedrückt hat. Wie geht's Cassidy?«

»Sie ist voller Begeisterung dabei, mit Brooke und Delilah

unsere Hochzeit zu planen. Sie freut sich sicher darüber, dass du hier bist. Sie hat immer mal wieder gesagt, dass sie sich bei dir melden will.«

»Ich würde sie gern sehen.«

»Vielleicht können wir uns alle mal an einem Abend treffen, wenn Joey bei einer Freundin übernachtet«, schlug Levi vor, obwohl er sich gar nicht sicher war, ob er auf eine Gelegenheit, Tara für sich zu haben, so gern verzichten wollte.

»Klingt wunderbar.« Wyatt schob die Gläser über die Theke und Tara, Levi und ihre Freunde nahmen sich eines.

Alle hielten die Gläser in die Höhe, als Wyatt einen Toast aussprach: »Auf dass wir alle Liebe und Glück mit dem einen Menschen finden, der dich in den besten und schlimmsten Zeiten erlebt hat und der dich trotzdem noch für so cool hält, dass er mit dir schlafen will.«

»Darauf trinke ich!«, rief Forge und alle jubelten.

Levi zog Tara enger an sich, während die anderen ihre Gläser leerten. »Auf uns, Blondie. Wenn ich doch nur früher den Hintern hochgekriegt hätte.«

»Ich finde, du machst das mit der Wiedergutmachung gerade gar nicht schlecht.« Sie ging auf die Zehenspitzen und küsste ihn. »Auf uns.«

Sie stießen miteinander an und tranken ihren Shot, während die anderen wieder jubelten.

»Hey, Forge«, rief Wyatt. »Wann machst du eine ehrbare Frau aus Tonya und steckst ihr einen Ring an? Haben wir vielleicht noch etwas, auf das wir anstoßen können?«

Forge legte den Arm um Tonya. »Würde ich sofort machen, wenn sie mich denn wollte, aber sie will noch warten.«

»Männer sind wie Wildtiere. Wenn sie erst einmal im Käfig sitzen, wollen sie nur noch raus.« Tonya schaute zu Forge auf, als wäre er ihr ganzes Universum. »Ich hab es nicht eilig, diesen Tiger einzusperren.«

»Unsinn«, sagte Cannon. »Ich gehe gern nach Hause zu meiner Frau.«

Eine lautstarke Diskussion über Liebe, Loyalität und die Lust, außerhalb einer Beziehung zu flirten, kam auf und breitete sich über Levi, Tara und seine Kumpel auf andere Barbesucher aus. Doch während Levi zuhörte, wie Tara mit seinen Freunden über die Vorzüge der Ehe sprach, wanderten seine Gedanken zurück zu seiner Tochter. Er hatte oft darüber nachgedacht, was Joey wohl alles durchleben würde, während sie heranwuchs. Er war keiner dieser Väter, die behaupteten, sie würden ihre Tochter niemals auf ein Date gehen lassen. Doch der Gedanke, dass irgendein Junge ihr irgendwann das Herz brechen würde, war fast unerträglich, auch wenn er wusste, dass Liebeskummer Teil der Jugend war, ein Ritus des Erwachsenwerdens. Er selbst hatte vielleicht nicht diesen Herzschmerz durch den Verlust der ersten Liebe erlebt, aber den Verlust der Jugend hatte er schmerzhaft zu spüren bekommen. Die Tatsache, dass er es nicht bereute, bedeutete nicht, dass er es nicht wahrnahm.

Er schaute zu Tara, die jetzt tief in ein Gespräch mit Tonya vertieft war, und fragte sich, wer wohl ihre erste Liebe gewesen war und ob er ihr Herz gebrochen hatte. *Als ich zwanzig war, konnte dir kein Mann der Welt das Wasser reichen.* War sie davor der Liebe gegenüber offen gewesen? Er wollte all die kleinen Dinge über sie wissen, die er im Laufe der Jahre verpasst hatte.

Jesse und Brent stellten sich zu ihm und Brent sagte: »Bist du nächsten Donnerstag da?«

»Ja, warum?«, fragte Levi, den Blick noch immer auf Tara gerichtet.

»Wir fahren mit dem Boot raus und dachten, du, Tara und

Joey wollt vielleicht den Tag mit uns verbringen«, sagte Brent.

»Klingt großartig. Ich muss das mit Tara und Joey abklären, aber das gefällt ihnen bestimmt.«

»Ich sage es ja nur ungern«, merkte Jesse an, »aber ich glaube, dass es dir schwerfallen wird, deine Gefühle für Tara vor Joey zu verbergen.«

»Die sind dir ins Gesicht geschrieben, Kumpel«, fügte Brent hinzu.

»Das glaube ich dir, aber ich schaffe das. Ich muss. Wir müssen uns noch über einiges klarwerden.«

»Ich verstehe, warum du vorsichtig bist, mit Amelia im Hintergrund und so.« Jesse verschränkte die Arme und beäugte ihn. »Ich wünschte nur, dir bliebe das erspart.«

»Dann sind wir schon zwei.«

Im Laufe des Abends nutzte Levi die Freiheit, Tara zu küssen und zu umarmen, wann immer ihm danach war, und das war wesentlich öfter, als ihm bewusst gewesen war. Er konnte nicht genug von ihren Berührungen, Küssen, ihrem Lächeln und Lachen bekommen, und auch nicht davon, wie sie frech mit seinen Kumpels herumalberte, als würde sie sie schon ihr ganzes Leben lang kennen. Ihm wurde bewusst, dass dem auch fast so war. Seine Cousins und die meisten seiner Freunde hatten Levi, Tara und Joey im Laufe der Jahre heranwachsen sehen. Tara hatte ihn buchstäblich in seinen schlimmsten Zeiten erlebt – in dem Jahr nach Joeys Geburt, in dem er unter Schlafmangel gelitten und versucht hatte, irgendwie durchzuhalten – und in seinen besten Momenten, die jetzt stattfanden. Auch Joey hatte sie in guten und schlechten Zeiten begleitet, sie war immer ein helles Licht und ein positiver Einfluss gewesen und hatte dafür gesorgt, dass Joey wusste, wie sehr sie geliebt wurde, ungeachtet Amelias Desinteresse und der reservierten

Haltung von Taras Mutter. Ebenso hatte sie auch ihm immer versichert, dass er ein großartiger Vater war, selbst in diesen ersten grauenvollen Wochen, in denen er bestimmt alles falsch gemacht hatte, und in den Kleinkindjahren, in denen er sich abgerackert hatte und in denen zu viele Trotzanfälle seiner Kleinen ihn fast zu Boden gerungen hatten.

Sie hatte ihnen so viel gegeben und er wollte ihr etwas zurückgeben. Er wollte ihre Hoffnungen und Träume kennen und derjenige sein, der sie verwirklichte. Doch in diesem Moment wollte er sie einfach nur in die Arme schließen. Sie unterhielt sich mit Joker, der sie davon überzeugen wollte, dass sie einen Biker-Kalender machen mussten. Levi legte den Arm um ihre Schulter. »Ich glaube nicht, dass wir uns auf eine solche Art verkaufen müssen.«

»Die Frauen lieben so was«, behauptete Joker.

»Wie gesagt, ich finde nicht, dass wir uns so in der Öffentlichkeit darstellen sollten.«

»Du bist vielleicht vergeben, aber ich darf so viele Frauen erobern, reizen und verwöhnen, wie ich möchte«, erinnerte Joker ihn. »Das Chapter in Bayside macht jedes Jahr bei Gunner Wickeds Kalender mit und die nehmen damit jede Menge Geld für sein Tierrettungsprojekt ein.« Gunner Wickeds Vater und sein Onkel hatten das Bayside Chapter gegründet und sowohl er als auch seine Brüder und Cousins waren alle Mitglieder. »Wir könnten das für unsere Alphabetisierungsprojekte und Anti-Mobbing-Kampagnen machen.«

»Da hat er nicht unrecht«, sagte Tara.

»Willst du wirklich, dass ein Foto von mir bei anderen Frauen an der Wand hängt?«, fragte Levi.

»Nein, aber es wäre gut, um Gelder zu beschaffen, und es ist ja auch nur ein Foto. Es ist ja nicht so, als wärst du persönlich in ihren Schlafzimmern.«

»Das mit dem Schlafzimmer übernehme ich für das Team«, bot Joker mit vielsagend zuckenden Augenbrauen an.

»Dann rede doch mal mit Jesse und Brent darüber«, schlug Levi vor. »Wenn ihnen die Idee gefällt, können sie es beim nächsten Treffen ansprechen und darüber abstimmen lassen. Aber ich mache da nicht mit. Ich will nicht, dass Joey denkt, es wäre in Ordnung, sich auf solche Art zu verkaufen. Und jetzt entschuldigst du uns bitte, denn ich möchte mit meiner Freundin tanzen.« Levi nahm Taras Hand und führte sie zur Tanzfläche.

Als er sie in seine Arme zog und sie anfingen, sich aneinandergeschmiegt langsam zu bewegen, sagte sie: »Tut mir leid wegen des Kalenders. Ich habe nicht darüber nachgedacht, wie Joey das sehen könnte.«

»Das ist schon in Ordnung. Ich weiß auch nicht, was in der Sache richtig oder falsch ist. Eigentlich wollte ich dich nur endlich in die Arme nehmen.«

»Da bin ich aber froh. Ich würde nirgendwo sonst lieber sein.«

Er küsste sie zärtlich. »Amüsierst du dich hier gut?«

»Ja. Du weißt ja, dass ich deine Freunde mag, aber mir gefällt es auch wirklich, mit dir hier so zusammen zu sein.«

»Mir auch, Baby. Mir war bis heute Abend gar nicht bewusst, wie sehr ich mich vor Joey zurückhalten musste. Ich mag es, deine Hand zu halten, dich zu küssen und dich an mich zu ziehen, wann immer mir danach ist. Ich will mehr davon, Tara. Mehr von *uns*.«

»Meinst du damit, dass du es Joey erzählen willst? Denn ich mache mir nicht nur wegen ihr Sorgen. Unsere Familien sind vielleicht auch nicht begeistert davon, dass wir zusammen sind.«

Sie hörte auf zu tanzen.

»Das ist mir bewusst«, sagte er beruhigend und zog sie fester an sich, während er sich weiter langsam zur Musik bewegte. »Meine Familie wird es in Ordnung finden, aber ich weiß, dass es bei deiner wahrscheinlich nicht so ist, und darüber müssen wir reden.«

»Das weiß ich, und das will ich auch, aber …«

»Aber wir sind gerade erst zusammengekommen, und du willst dir sicher sein, was uns angeht, bevor wir etwas sagen?«

»Nein, das ist es nicht. Ich habe ein gutes Gefühl bei uns. Ich bin einfach nur noch nicht bereit, mich mit meiner Mutter abzugeben, und mein Vater findet dich mittlerweile in Ordnung, doch das hier könnte ihn aufregen. Außerdem kommen meine Eltern und meine Großmutter zu Joeys Wettkampf. Wenn wir es Joey erzählen, dann müssen wir es ihnen erzählen, denn du weißt genau, dass Joey etwas sagen würde, und ich möchte nicht, dass es für uns oder Joey unangenehm wird.« Ihre Worte und ihr wunderschönes Gesicht waren von der Anspannung gezeichnet. »Können wir einfach bis nach ihren Ferien warten und es danach unseren Familien erzählen?«

»Sicher, Baby. Wir können warten.« Er zog sie ganz fest an sich und wog sich im Takt der Musik mit ihr hin und her in dem Versuch, ihr die Anspannung zu nehmen. »Aber du musst wissen, dass ich der ganzen Welt erzählen möchte, dass du mein Mädchen bist. Seit wir das letzte Mal im Rock Bottom getanzt haben, wollte ich, dass du zu mir gehörst.«

»Wirklich?« Sie schaute zu ihm auf. »Ich wollte es so sehr. Als ich am nächsten Tag aufgewacht bin, war ich immer noch ganz erfüllt von all den Gefühlen, die ich während unseres Tanzes hatte.«

»Dann sind wir schon zwei.«

»Warst du deshalb so in Flirtlaune, als du am nächsten Morgen an meinem Eclair geleckt hast?«

Er grinste. »Ich musste doch die Lage checken und herausfinden, ob du auf mich stehst.«

»Und mich quälen, indem du sagst, dass du es immer noch draufhast?«, fragte sie amüsiert. »Weißt du, wie seltsam das war, erst angemacht zu werden und gleich darauf zu denken, dass du gar nicht an mir interessiert bist?«

»Für mich war es genauso schlimm.« Er hielt sie ganz fest und senkte die Stimme. »Aber schau dir nur an, wo wir jetzt stehen. Du gehst mir so tief unter die Haut, dass ich die Finger gar nicht von dir lassen kann.«

Ihre Augen funkelten frech. »Du bist also nur auf den Sex mit mir aus, oder wie?«

»Ich werde dich nicht anlügen und leugnen, dass ich süchtig danach bin, in dir zu sein. Dir Lust zu bereiten, ist zu einer meiner Lieblingsbeschäftigungen geworden.«

Die Röte schoss in ihre Wangen. »Levi!«, flüsterte sie und schaute sich hektisch um.

»Außer dir kann mich niemand hören, und ich hoffe, du weißt, dass ich mehr als das will. Ich will alles von dir wissen, Tara, damit ich erkennen kann, was du denkst und fühlst. Jedes große und noch so kleine Detail möchte ich erfahren. Ich will wissen, wie deine Tage ablaufen und was deine Träume sind. Wo du dich in ein paar Jahren siehst.«

Sie sah ihn voller Sehnsucht an. »Das will ich auch, aber ich kann dir nicht sagen, wo ich in ein paar Jahren stehen werde, weil gerade jemand meinen Plan über den Haufen geworfen hat, über ihn hinwegzukommen, was mich in eine vollkommen neue Position bringt.«

»Ich wüsste da eine Menge neuer Positionen für dich.« Er

legte seine Lippen auf ihre. »Dann fangen wir klein an. Wer war deine erste große Liebe?«

»Das ist alles andere als *klein*. Wer war deine erste große Liebe?«

Liebe in der Hinsicht hatte er noch nie empfunden, doch er war sich sicher, dass er nun auf dem besten Wege war. »Du hast recht. Das ist keine kleine Sache.« Die Musik wurde schneller, doch er hielt sie weiter an sich gedrückt. »Wie wäre es hiermit: Ich weiß, du hattest einen tollen Tag mit Joey, aber wie lief deine Fotobearbeitung?«

»Richtig gut. Letzte Woche habe ich ein paar großartige Aufnahmen gemacht, und ich glaube, die Kunden werden zufrieden sein. Und bei dir? Wie ist dein Tag gelaufen?«

»Der war ohne dich lang und einsam.«

Sie legte die Stirn an seine Brust und lächelte dann zu ihm auf. »Ich würde am liebsten alles, was du sagst, fein säuberlich einpacken und für immer behalten.«

»Wie wäre es, wenn du mich für immer behalten würdest?« Er konnte es nicht glauben, dass er das gesagt hatte, aber er wollte es nicht zurücknehmen. Ihr Gesichtsausdruck spiegelte Ungläubigkeit und Hoffnung wider, und er war sich sicher, dass sie das Gleiche in seinem Gesicht las. *Halt an dieser Hoffnung fest, Baby. Ich werde es mit Sicherheit tun.*

Ein nervöses Lachen entwich ihr. »Das würde ich sofort. Dich in meinen Koffer packen und mit nach Hause nehmen. Aber ich könnte mir vorstellen, dass meine Mutter ein Problem damit hat, also hör auf, Wünsche in mir aufkommen zu lassen, die ich im Moment nicht wahr werden lassen kann, und bleib bei den kleinen Dingen. Ich meinte es ernst, als ich gesagt habe, dass ich mehr über deinen Tag hören möchte. Ich weiß, dass dein Projekt wichtig ist. Kommt ihr gut voran?«

Gern hätte er ihr gesagt, dass er es auch ernst gemeint hatte, doch so weit waren sie noch nicht. »Ja, dir würde das Haus gefallen, an dem ich gerade arbeite. Es hat viel Persönlichkeit.«

»Ich würde es gern irgendwann sehen.«

»Wirklich?«

Sie strahlte ihn an. »Du weißt, dass ich so etwas liebe.«

»Es ist gleich um die Ecke und unbewohnt. Was hältst du davon, wenn wir uns aus dem Staub machen und auf dem Heimweg dort vorbeifahren?«

Kurze Zeit später hielten sie vor einem viktorianischen Haus an, und selbst im Mondschein erkannte Tara, dass das Gebäude bereits bessere Tage gesehen hatte. Levi stieg aus und sie beobachtete, wie er in seiner Jeans und Lederjacke um das Auto herum auf ihre Seite ging. *Wie wäre es, wenn du mich für immer behalten würdest?*, hallte es leise in ihrem Kopf wider. Der Mann wusste, wie er ihr Herz in Brand setzen konnte, und sie hatte diese Worte bereits zusammen mit den anderen liebevollen Worten, die er gesagt hatte, in ihrem Herzen verstaut.

Er öffnete ihre Tür und nahm ihre Hand, um ihr beim Aussteigen zu helfen. »Wir bleiben nur kurz, aber ich freue mich, dass du sehen willst, woran ich arbeite.«

Er verschränkte ihre Hände und ging mit ihr die Auffahrt hinauf. Ein Paar zu werden war leicht und mühelos, doch sie wusste, dass sich das ändern konnte, sobald ihre Familien davon erfuhren. Sie war froh, dass er einverstanden war zu warten, denn sie wollte nicht, dass irgendetwas ihr jetziges Glück trübte.

Sie schaute zu dem Haus auf und stellte sich vor, wie er

daran arbeitete. Das Dach sah neu aus und bildete damit einen Kontrast zu dem restlichen vernachlässigten, wenn auch einzigartigen Gebäude. Die Veranda, die um das gesamte Haus verlief, war links abgerundet und bildete an der rechten Seite ein Viereck. An der linken Seite des Erdgeschosses befand sich ein Panoramafenster, das mit Brettern verschlagen war, und im ersten Stock war ein riesiges Erkerfenster ebenfalls zugenagelt. Genau darüber war ein Giebeldach mit einem Halbkreisfenster dort, wo wahrscheinlich ein Dachboden war. Rechts auf der Vorderseite des Hauses befand sich nur ein kleines rechteckiges Fenster im Erdgeschoss und ein großes Fenster im oberen Geschoss. Die Zierleisten waren hässlich rostfarben und größtenteils beschädigt oder gar nicht mehr vorhanden, wie auch die dunkelbraune Holzfassade, doch mit der kuriosen Veranda und den unterschiedlichen Fenstern hatte das Gebäude einen besonderen Charme.

»Das Haus hat tatsächlich Persönlichkeit. Es erinnert mich an einige der Häuser auf Silver Island.«

»Ich wusste, dass es dir gefällt, selbst in seinem jetzigen Zustand.«

»Wem gehört das Haus?«

»Autumn McConnell, einer alleinerziehenden Mutter aus Boston. Sie hat eine schwere Zeit hinter sich. Ihr Mann ist letztes Jahr gestorben, wie es scheint nach einem schrecklichen Kampf gegen den Krebs, und sie hat ihn gepflegt.«

Mitgefühl erfasste sie. »Oh, mein Gott, das ist ja furchtbar.«

»Ja, wirklich. Ich mag mir gar nicht vorstellen, was sie durchgemacht haben muss. Das ist einer der Gründe dafür, dass ich den Auftrag angenommen habe. Ich wollte nicht, dass sie von irgendeinem miesen Bauunternehmer übers Ohr gehauen wird.«

Er schloss die Haustür auf und folgte Tara hinein. Einige der Wände waren bis auf das Gerippe des Trockenbaus freigelegt, sodass man sehen konnte, was hinter dem vorderen Wohnbereich lag. Bogenförmige Durchgänge führten zu den Zimmern, und es gab einige längere Abschnitte von aufwändigen Kranzprofilen, die auf dem verschrammten und abgewetzten Parkett ausgelegt waren. Die breite Holztreppe mit ihrem verschnörkelten Geländer und den elegant geschnitzten Pfosten, von denen einige zerbrochen waren oder ganz fehlten, nahm die rechte Hälfte des Flurs ein. Durch die hohen Decken wirkten die Räume größer, und das war auch gut, denn Tara sah an den Seiten des Hauses keinerlei Fenster.

»Wow, das ist unglaublich. Man kann sich hier leicht eine Familie vorstellen, die allem Leben einhaucht, und die Sonne, die durch die Fenster hereinscheint.«

»Wenn wir fertig sind, wird es hier viel mehr Fenster und Tageslicht geben. Wir werden bei den meisten Zimmern Fenster hinzufügen, wir reparieren und arbeiten die Originalböden auf, modernisieren die Küche, in der es einen tollen Speiseaufzug gibt, und wir renovieren die Badezimmer, belassen aber die Badewanne auf Füßen in dem großen Bad. Komm, ich führe dich herum.«

Sie fingen oben an, wo Levi ihr die beiden Zimmer zeigte, die er verbinden wollte, um ein großes Schlafzimmer mit einem vollausgestatteten Bad zu schaffen, und zwei kleinere Schlafzimmer, die sich ein Durchgangsbad teilten. Als sie wieder nach unten gingen, erklärte er ihr seine Pläne für das Erdgeschoss. Sie liebte die Leidenschaft in seiner Stimme, als er die eingebauten Regale beschrieb, die er für das Büro im Sinn hatte, hinter dem er ein Geheimzimmer für Autumns Sohn zum Spielen bauen wollte. Er hatte Joey eine Geheimecke hinter ihrem Schrank gebaut, in der sie sich immer gern versteckte, wenn sie verstimmt war.

»Geheimzimmer sind so toll und das gesamte Haus scheint wundervoll zu werden.« Tara ging zu dem Schiebefenster auf der Rückseite des Hauses, schaute in den Nachthimmel hinaus und dachte an die Frau, die das Haus gekauft hatte. »Hat Autumn hier irgendwelche Verwandte?«

»Nein. Sie hat gesagt, dass sie einen Neuanfang machen will, um aus ihrer Trauer herauszukommen, und dass es schwer sei, dass mit Freunden und Familie in der Nähe zu schaffen, die ständig nach ihr sehen wollen.«

»In gewisser Weise kann ich das verstehen, aber es klingt einsam.«

Mit nachdenklichem Blick legte er die Hand auf ihren Rücken. »Es ist schwer, einsam zu sein, wenn man ein Kind hat, das sich auf dich verlässt, und wenn man sich ein neues Leben aufbauen will.«

Wenn jemand das beurteilen konnte, dann Levi. »Darf ich dich etwas zu der Zeit fragen, als du hierhergezogen bist?«

»Natürlich.«

»Ich weiß, dass du gesagt hast, du hast die Insel verlassen, um mehr Arbeit und eine bessere Bezahlung zu finden, aber ich habe nie verstanden, wie du von deiner Familie fortziehen konntest, obwohl sie dich doch alle so unterstützt haben.«

»Das war das Schwerste, was ich je getan habe. Ich dachte, ich würde ewig auf der Insel leben, und es fehlt mir immer noch, meine Familie um mich zu haben. Vor allem, nachdem Jock und Archer sich versöhnt haben und Jock und Daphne nun dort wohnen. Aber obwohl meine Freunde und meine Familie mir mit Joey geholfen haben, war es trotzdem schwierig, von den anderen immer so angesehen zu werden, als hätte ich etwas falsch gemacht. Ich wollte nicht, dass Joey in so einer Atmosphäre aufwächst. Als Metty mir dann von den Möglichkeiten im Baugewerbe in Harborside erzählt und mir angeboten hat, zusammen mit Joey bei ihr zu wohnen, bis ich Fuß gefasst hatte, habe ich die Chance ergriffen.« Metty Barrington war eine ältere Gärtnerin, die sich auf Steingärten spezialisiert hatte und deren Familie seit Generationen auf Silver Island lebte. Den Barringtons gehörte, neben anderen Unternehmen, die Lokalzeitung. Metty war mit Levis und Taras Großmüttern aufgewachsen. Als junge Erwachsene war sie weggezogen und hatte sich schließlich in Harborside niedergelassen, doch Gerüchten zufolge hatte sie ihre Finger noch in vielen Dingen auf der Insel im Spiel.

Levi war wegen des Geredes fortgezogen? Traurigkeit und Verärgerung zugleich machten sich in ihr breit. »Wegen meiner Eltern?«

»Zum Teil.« Angespannt sah er sie an. »Ich weiß nicht, ob du dich noch erinnerst, aber unsere Eltern waren ziemlich gut befreundet, bevor Amelia schwanger wurde.«

»Das weiß ich noch. Sie waren nie so gute Freunde, wie deine Eltern und die Silvers und Remingtons es sind, aber sie standen sich näher als heute.«

»Tja, dafür hat die Schwangerschaft gesorgt, ebenso dafür, dass meine Eltern von vielen schief angesehen wurden, so als wäre es ihre Schuld, dass ich Amelia geschwängert hatte.«

»Du meinst sicher, meine Mutter hat dafür gesorgt.« Die Wut brodelte in ihr. »Sie hat jedem, der es hören wollte, erzählt, dass du Amelia verführt hast.«

Er presste die Zähne aufeinander.

Tara nahm all ihren Mut zusammen und stellte die Frage, bei der sie sich nicht sicher war, ob sie die Antwort hören wollte. »War es so?«

Er trat einen Schritt zurück, und seine Kiefermuskeln zuckten, während er sich mit einer Hand übers Gesicht fuhr. »Spielt das eine Rolle?«

»Ich würde es gern wissen. Ich habe immer nur die Version meiner Mutter gehört, aber ich würde es gern von dir hören.«

Er zog die Augenbrauen zusammen. »Deine Schwester hat dir nie erzählt, was passiert ist?«

Nie würde sie den selbstzufriedenen Ausdruck in Amelias Gesicht vergessen, als sie in ihr Schlafzimmer geschlendert kam und lässig gefragt hatte: *Siehst du meine dunklen Augenringe? Levi und ich sind gestern Abend zusammen in der Kiste gelandet und ich bin richtig spät nach Hause gekommen. Ich will nicht müde aussehen, wenn ich nachher in den Unterricht gehe.* Tara war am Boden zerstört gewesen und hatte kein einziges Wort herausgebracht. Sie hatte einfach nur mit offenem Mund dagestanden, während ihr Herz in tausende Stücke zerbrach. Amelia hatte mit den Schultern gezuckt und gesagt: *Ach, weißt du was? Ist doch egal, ob ich müde aussehe. Levi war es eindeutig wert.* Und dann hatte sie so bösartig gelächelt, dass Tara gedacht hatte, ihre Schwester hätte Reißzähne.

Doch Levi brauchte diese grauenvollen Einzelheiten nicht zu wissen, und so schob Tara sie ganz weit beiseite und sagte nur: »Sie hat es mir unter die Nase gerieben, dass ihr zwei in der Kiste gelandet seid, aber sie hat mir nie erzählt, was in jener Nacht passiert ist.«

»Warum wollte sie dir das unter die Nase reiben?«

»Warum? Weil es bis etwa vor einem Jahr, als sie plötzlich aufgehört hat, mich wie den letzten Dreck zu behandeln, ihre Lebensaufgabe war, mich herunterzumachen. Sie hat nur mit mir geredet, wenn sie mich schlechtmachen wollte oder wenn sie mit irgendetwas angeben wollte, und nachdem ihr beide etwas miteinander hattet, habe ich herausgefunden, dass sie mein Tagebuch gelesen hatte und wusste, dass ich richtig in dich verknallt war.«

Voller Zorn zog er die Augenbrauen zusammen. »Soll das ein Witz sein, verdammt?«

»Warum sollte ich über so etwas Witze machen?«

»Das würdest du nicht, das weiß ich. Ich versuche nur, es zu verstehen. Ich weiß, dass sie immer egoistisch gewesen ist und dass ihr beide euch nicht nahesteht, aber ich hatte keine Ahnung, dass sie dich jemals heruntergemacht hat. Sie ist doch diejenige, die angefangen hat, dich Mouse zu nennen, oder? Ich weiß noch, wie sie allen erzählt hat, dass du dich immer wie eine süße kleine Maus in der Vorratskammer versteckst. Sie hat es so liebevoll gesagt, als würde sie dich entzückend finden.«

Tara verdrehte die Augen und ihre Wut bahnte sich den Weg nach draußen. »Genau das sollten du und alle anderen glauben, aber sie hat mir meine gesamte Kindheit über erzählt, dass ich nutzlos wäre und nicht die Aufmerksamkeit verdiente, die ich bekam, als hätte ich jemals viel bekommen. Sie war der Grund dafür, dass ich mich auf Partys in der Kammer versteckt habe.«

»Ich dachte, du hättest dich vor deiner Mutter versteckt, weil sie wegen allem an dir herumgemäkelt hat und weil du nicht in ihrer Gegenwart essen wolltest.«

»Die Bemerkungen meiner Mutter waren nichts im Vergleich zu denen meiner Schwester.« Sie schaute wieder nach draußen, denn sie wollte ihn nicht ansehen, während sie ihre Geheimnisse verriet. »Sie hat immer zu mir gesagt, dass ich nie einen Freund haben würde, weil ich weder hübsch noch klug war. Das ergänzte sie meistens mit der Bemerkung, dass ich mir das nicht zu Herzen nehmen sollte, weil Jungs sowieso nicht so toll sind, und dann hat sie mir Junk-Food gegeben, damit ich mich besser fühle. Deshalb habe ich meine Kindheit damit verbracht, meine Gefühle mit Essen zu ersticken.« Sie schaute auf und sah, dass Levi die Fäuste geballt hatte und dass seine Nasenflügel bebten. »Ist schon gut. Solche Bemerkungen macht sie nicht mehr.«

»Es ist nicht gut! Wie konnte ich nur so blind sein?«

»Du warst nicht blind. Sie war durchtrieben, hat alle manipuliert und immer aufgepasst, dass andere ihre herablassenden Kommentare nicht hörten. Meine eigenen Eltern haben mir nicht geglaubt, als ich es ihnen erzählt habe.«

»Warum hast du es mir nicht erzählt? Wir waren damals schon Freunde.«

»Es war mir zu peinlich, um es jemandem zu sagen, aber Bellamy und Jules haben es aus mir herausbekommen, weil ich eine Schulter brauchte, an der ich mich ausheulen konnte. Doch sie mussten mir versprechen, es niemandem zu erzählen. Du musst verstehen, dass ich zu dem Zeitpunkt, als Amelia ans College ging, einfach ein emotionales Wrack war. Sie war meine große Schwester, ich war zwölf Jahre alt und in dieser verwirrenden Hassliebe für sie gefangen. Erst nachdem sie ausgezogen war und ich endlich Raum zum Atmen hatte, wurde mir bewusst, wie sehr sie mich verletzt hatte. Aber meine Mom kritisierte immer noch an mir herum, und das war nicht gerade hilfreich. Mit der Zeit fing ich jedoch an, mich mit meinen Gefühlen auseinanderzusetzen, anstatt sie mit Essen zu unterdrücken, und wirklich mit Jules und Bellamy darüber zu reden, was ich empfand, anstatt es für mich zu behalten. Da Amelia mir jetzt auch nicht mehr etwas zu essen zustecken konnte, habe ich in der Folge auch abgenommen. Die Kilos fielen, meine Mom gab weniger Kommentare ab, und ohne dieses permanente negative Trommelfeuer fing ich an, herauszufinden, wer ich wirklich war, und ich mochte mich. Das war eine riesige Offenbarung. Aber als ich gerade dabei war, mein Selbstvertrauen zu entdecken, erzählte Amelia mir, dass sie von dir schwanger war, und das hat mir das Herz gebrochen.«

»Ich hatte keine Ahnung«, sagte er wütend und zog sie in seine Arme. Sein Herz hämmerte an ihrer Wange. »Und um deine Frage zu beantworten: Ich habe deine Schwester nicht verführt.«

Sie hob das Kinn an, und die sich in seinen Augen widerspiegelnden Qualen versetzten ihr einen schmerzhaften Stich. »Warum hast du es denn damals nicht bestritten, als meine Mutter diese Gerüchte in die Welt gesetzt hat?«

»Weil ich gesehen habe, wie deine Mutter sich dir gegenüber verhalten hat, und ich wusste nicht, ob Amelia deinen Eltern gesagt hat, dass ich sie verführt hätte, um sie sich vom Leib zu halten.«

»Du hast also die ganze Insel in dem Glauben gelassen, sie verführt zu haben, um meine Schwester zu beschützen? Um dieses egoistische Miststück zu beschützen?«

Seine Kiefermuskeln zuckten wütend. »Damals hielt ich das für besser, als die Wahrheit zu sagen.«

»Und die sieht wie aus?«

»Ich gebe es nur ungern zu, aber du hast es verdient, die Wahrheit zu kennen. Wir waren auf einer Party und sie hat mich den ganzen Abend über angebaggert. Ich mag ihre Persönlichkeit nicht, und selbst damals hat sie mich genervt, aber sie hat nicht aufgegeben. Sie hat mich vor meinen Kumpels geärgert, hat Mist erzählt, bis zu dem Punkt, dass ich blöderweise das Gefühl hatte, meine neunzehn Jahre alte Männlichkeit würde infrage gestellt. Ich hatte getrunken und wollte vor den Jungs nicht als Loser dastehen, außerdem war sie ein Jahr älter, sah toll aus …« Er schüttelte den Kopf. »Rückblickend war das ein armseliges Verhalten, aber so sehr ich mir wünschte, dass ich nie etwas mit ihr gehabt hätte, Joey wünsche ich mir nicht weg.«

»Natürlich nicht. Ich kann mir gut vorstellen, wie Amelia das mit dir gemacht hat. Sie hat immer bekommen, was sie wollte.«

»Es wird noch schlimmer, Tara. Sie hat nachher etwas zu mir gesagt, das ich nie verstanden habe – bis jetzt nicht –, und es zeigt einfach, wie verkorkst sie war.«

»Was hat sie gesagt?«

Er schloss kurz die Augen, atmete tief ein, und als er sie wieder öffnete, blickte er sie mit einer anderen Art von Pein in den Augen an. »Tara …« Er schüttelte den Kopf.

»Nein, das kannst du nicht machen!« Sie trat einen Schritt zurück. »Du musst es mir sagen.«

Er nahm ihre Hand und der Kummer stand ihm ins Gesicht geschrieben. »Sie hat gesagt: ›Jedes Mal, wenn du jetzt die kleine pummelige Mouse siehst, wirst du an mich denken.‹«

Tränen schossen Tara in die Augen. »Das hat sie gesagt? So sehr hat sie mich gehasst? Ich war doch nur ein Kind.«

Er zog sie an sich und legte die Wange auf ihren Kopf. »Es tut mir leid, Baby. Ich hätte dir das nicht sagen sollen.«

Das Bedauern in seiner Stimme ließ eine neue Woge der Wut über sie hereinbrechen, doch Amelia hatte sie schon zur Genüge beraubt, und eine eisige Gleichgültigkeit für ihre Schwester verdrängte die Traurigkeit und die Wut. Tara straffte die Schultern und gewann die Beherrschung zurück. »Ehrlich gesagt ist das keine so große Überraschung. Es tat einfach nur weh, es zu hören. Ich fasse es nicht, dass sie das zu dir gesagt hat, vor allem in dieser Situation. Ich habe keine Ahnung, was ich getan haben soll, um eine solche Verachtung verdient zu haben, und es macht mich sauer, dass sie dich als Waffe benutzt hat, um mir wehzutun. Aber so ist Amelia nun mal.«

»Es tut mir leid, Tara.«

»Das muss es nicht. Du hattest keine Ahnung, wie sie wirklich war. Letztlich hat sie mir einen Gefallen erwiesen, denn dich und Joey in meinem Leben zu haben, hat mir über all den Schmerz hinweggeholfen, den sie mir zugefügt hat. Du schätzt mich so, wie ich bin, und ich bin froh, dass du mich Joey so nah sein lässt. Ich glaube, ein großer Teil von mir wollte sicherstellen, dass sie nie das erlebt, was ich mit Amelia erlebt habe. Joey sollte von ihrer jüngsten Kindheit an wissen, wie besonders sie ist, damit niemals jemand dafür sorgen konnte, dass sie ihren Selbstwert infrage stellt. Mich um sie zu kümmern und zu beobachten, wie sie zu so einem süßen, begabten Mädchen heranwächst, hat mir in vielerlei Hinsicht geholfen, auch dabei, anzuerkennen, wer ich wirklich bin.«

»Baby, du bist eine wunderbare Frau mit einem riesigen Herzen. Hast du daran gezweifelt?«

»Ich habe nicht wirklich daran gezweifelt, aber nachdem mir von der Schwester, zu der ich eigentlich aufschauen sollte, jahrelang eingeredet wurde, dass ich wertlos war, war es schön, zu sehen, wie wichtig meine Liebe für sie war. Irgendwie habe ich das Gefühl, dass Joey und ich zusammen aufgewachsen sind.«

»Deine Liebe ist für noch viel mehr Menschen wichtig, als dir bewusst ist. Und nur damit du es weißt, ich habe auch das Gefühl, dass Joey und ich zusammen aufgewachsen sind. Ich war ein Kind, das ein Kind großgezogen hat.«

»Und du bist ein wunderbarer Vater geworden. Joey hat

großes Glück, dich zu haben.«

»Und wir beide haben Glück, dich zu haben, Tara. Das habe ich schon immer so empfunden, selbst als wir beide noch jünger waren und es nur eine Freundschaft zwischen zwei jungen Menschen war.« Er legte die Arme um sie. »Vielleicht waren wir schon immer füreinander bestimmt.«

»Diese Worte werde ich auch hübsch verpacken und aufbewahren«, flüsterte sie, schlang die Arme um seine Taille und küsste ihn auf die Brust. »Weißt du, was ich denke?«

Er hob fragend die Augenbrauen.

»Wir haben eine Nacht allein, und ich will sie keine Minute mehr damit verbringen, darüber zu sprechen, auf wie viele Arten Amelia uns wehgetan hat.«

Liebevoll sah er sie an und seine Hände glitten hinunter auf ihren Hintern. »Wie wäre es dann, wenn ich dich nach Hause bringe und dafür sorge, dass du sie vollkommen vergisst?«

»Meinst du, dass du der Herausforderung gewachsen bist?«

Er küsste sie verlockend auf die Lippen. »Baby, wir haben das Haus für uns, das heißt, es gibt viele Zimmer, die wir einweihen können, und keinen Grund, leise zu sein. Wenn ich mit dir fertig bin, wirst du dich nicht einmal mehr an deinen eigenen Namen erinnern.«

Sechzehn

Tara wachte mit dem beruhigenden Geräusch von Regen, der sanft ans Fenster klopfte, und einem leeren Bett auf. Sie griff nach ihrem Handy auf dem Nachttisch, um nach der Zeit zu sehen: 03:22 Uhr. Levi hatte seine unanständigen Versprechen tatkräftig eingelöst. Sie hatten es kaum ins Haus geschafft, da hatten sie sich auch schon die Klamotten gegenseitig vom Leib gerissen. Er hatte sie an der Haustür genommen, über der Sofalehne, auf dem Sofa, und all das hatte ihren Appetit nur noch mehr geweckt. Als sie es schließlich nach oben geschafft hatten, war sie in seinen Armen, umgeben von seinem starken Körper und eingelullt von seinen süßen geflüsterten Worten, eingeschlafen.

Und wo bist du jetzt?

»Levi?« Sie setzte sich auf und zog sich die Decke über ihre nackte Brust, während sie sich in dem dunklen Schlafzimmer umschaute. Die Tür zum Badezimmer war geöffnet, doch es brannte kein Licht. Sie stieg aus dem Bett, zog sich das T-Shirt über, das er gestern Abend getragen hatte, und atmete seinen männlichen Duft ein.

Sie trat aus dem Schlafzimmer in den Flur. »Levi?«

Nur Stille antwortete ihr, als sie nach unten ging und dem

Geräusch des Regens durch das Wohnzimmer hin zur offenen Terrassentür in der Küche folgte. Als Tara die Küche betrat, überkam sie eine Woge der Erinnerung mit Bildern vom Abend, als Levi sie auf die Kücheninsel gehoben und alle möglichen verruchten Dinge mit ihr angestellt hatte. Ein Hitzeschauer rann ihr trotz der kühlen Luft, die durch die offene Tür hereinwehte, über den Rücken.

Sie sah hinaus in die regnerische Nacht und entdeckte Levi, der mit freiem Oberkörper und mit den Unterarmen auf die Beine gestützt auf einem Stuhl saß. Wie oft hatte sie ihn so dasitzen sehen und war weggegangen, um ihn nicht zu stören? Sie überlegte, ob sie ihn mit seinen Gedanken allein lassen sollte, doch sie fühlte sich im wahrsten Sinne des Wortes zu ihm hingezogen, sie wollte – musste – wissen, ob es ihm gut ging, nach allem, was sie ihm offenbart hatte. Es musste ihm zu schaffen machen, dass die Mutter seines Kindes sich ihrer eigenen Schwester gegenüber wie ein Unmensch verhalten hatte.

Sie ging zu ihm hinaus und ließ die Finger über seine bloßen Schultern gleiten. Seine Haut war warm, die Muskeln fest. Er trug nur schwarze Boxershorts, und als er zu ihr aufschaute, zuckten seine Augenbrauen kurz und gleich darauf erschien ein leichtes Lächeln auf seinen Lippen.

»Hallo, meine Schöne.«

Sie schlang die Arme um sich in dem Versuch, die kühle, feuchte Luft abzuwehren, und fragte sich, über welchen Teil ihrer Beichte er nachdachte. »Konntest du nicht schlafen?«

»Ich bin immer etwas unruhig, wenn Joey nicht zu Hause ist.« Er zog sie auf seinen Schoß und legte die Arme um sie, sodass sie von der Wärme seines Körpers umgeben war.

»Das verstehe ich, aber ist das der einzige Grund, der dich wachhält?«

Er schüttelte den Kopf. »Ich muss immerzu daran denken, wie Amelia dich behandelt hat. Ich wünschte, du hättest mir damals erzählt, was da vor sich ging. Ich hätte dich davor bewahren können.«

Sie setzte sich rittlings auf ihn und schlang die Arme um ihn. »Das hast du.«

»Nein, habe ich nicht«, entgegnete er entschieden.

»Erinnerst du dich nicht an all die Male, in denen du dich zu mir in die Vorratskammer gesetzt hast und bei mir geblieben bist, bis du mich überzeugt hast, herauszukommen?«

»Das hat sie nicht davon abgehalten, dich jahrelang emotional zu misshandeln.«

»Ich glaube nicht, dass irgendjemand sie davon hätte abhalten können. Aber du hast mich daran erinnert, dass ich nicht so blöd war, wie sie mir einreden wollte, und du hast den Schmerz gelindert, den sie verursacht hat.« Sie küsste ihn. »Soll ich dir ein Geheimnis verraten?«

Er schob die Hand unter ihre Haare und auf ihren Nacken. »Ich will all deine Geheimnisse erfahren.«

Mit dem Finger fuhr sie das Tattoo auf seiner Schulter nach und erzählte: »Ein paar Mal bin ich mit der Hoffnung in die Vorratskammer gegangen, dass du mich dort irgendwann findest.«

»Dann hast du also schon immer auf ältere Männer gestanden?«

Es war schön, den scherzhaften Unterton in seiner Stimme zu hören. »Ich habe schon immer auf dich gestanden, auch wenn es damals eine unschuldige Schwärmerei für einen süßen Jungen war, der nett zu mir war.«

»Ich habe auch ein Geheimnis, das ich dir verraten will.« Mit dem Daumen strich er über ihre Wange. »Es klingt sicher etwas gruselig, aber ich verspreche, so war es nicht.«

»Hm, du machst mich neugierig.«

»Nachdem ich dich anfangs ein paar Mal in der Kammer gefunden hatte, verging keine einzige Party, auf der ich nicht dort nach dir gesucht habe.«

Ihr wurde warm ums Herz. »Das ist nicht gruselig. Das ist lieb.«

»Ich weiß das, und du weißt das, aber für einen Außenstehenden könnte es so klingen, als wäre ich ein dreizehnjähriger Junge gewesen, der sich einem achtjährigen Mädchen mit bösen Absichten näherte.«

»Falls das jemals jemand denken sollte, werde ich demjenigen sagen, dass er das vollkommen falsch sieht. Dir sind deine unanständigen Absichten ja erst jetzt bewusst geworden.«

Er legte die Stirn an ihre Brust und sagte mit satter und rauer Stimme: »Ich bin verrückt nach dir, Tara, und ich hoffe, dass alles, was ich sage und tue, dir immer nur gute Gefühle in Bezug auf dich selbst beschert.«

Sie küsste ihn auf den Kopf, und er schaute zu ihr auf, als sie sagte: »Wenn man bedenkt, dass ich mich hier bei dir und Joey am wohlsten fühle, würde ich sagen, du kriegst das ziemlich gut hin.«

»Stimmt das?«

Sie nickte. »Und jetzt, da wir zusammen sind, trifft das noch viel mehr zu, weil ich meine Gefühle für dich nicht verstecken muss, aber ich habe mich hier bei euch schon immer viel wohler gefühlt als zu Hause. Ich konnte in deiner und Joeys Gegenwart immer ich selbst sein.«

»Uns gefällt, wer und wie du bist.«

»Das freut mich. Außerdem bin ich gern in Harborside, fern von dem skeptischen Blick meiner Mutter und dort, wo mich niemand als Tochter des Bürgermeisters sieht.« Er zog die Augenbrauen zusammen und sie küsste ihn genau dazwischen. »Worüber grübelst du jetzt noch nach?«

»Dir fehlt nichts, oder?«

»Nichts, was dich und Joey betrifft.«

Er legte seine Lippen auf ihre. »Da ist noch etwas. Dies war der erste Abend, den wir ohne Joey hatten, und es tut mir leid, dass ich kein richtiges Date für uns geplant hatte. Ich hätte dir einen romantischen Abend schenken sollen, mit dem du bei deinen Freundinnen angeben kannst.«

»Wie kommst du darauf, dass ich mit dem Abend nicht angeben werde?« Die Aussicht, mit ihm auszugehen, hatte sie mit Begeisterung erfüllt, aber sie hatte sich gefragt, wie er in Gegenwart seiner Freunde mit ihr umgehen würde. Wäre es seltsam für ihn? Unangenehm für sie? Aber er war so aufgeregt gewesen, als er sie abgeholt hatte, dass er förmlich geleuchtet hatte und kein Raum für Sorgen geblieben war. Während sie dort gewesen waren, hatte er sich die ganze Zeit aufmerksam und fürsorglich gezeigt, hatte gefragt, ob sie etwas zu trinken oder zu essen haben wollte, und jedes Mal, wenn er fortgezogen wurde, hatte er sie auf die Wange, die Schläfe oder die Lippen geküsst. Selbst vom anderen Ende des Raumes hatte sie die Glut in seinem Blick gespürt, die Sicherheit ihrer Verbindung. Jedes Mal, wenn er sie wieder in die Arme geschlossen hatte, hatte er ihr süße oder unanständige Dinge zugeflüstert, die sie gleichermaßen erregt hatten. Es war ein perfekter Abend gewesen.

»Mit einem Haufen Biker Zeit zu verbringen, ist nicht gerade romantisch.«

»Dann verstehen wir unter Romantik wohl etwas Unterschiedliches.« Sie fuhr mit den Fingern über die Tattoos auf seinem Arm. »Ich finde es romantisch, wenn wir mit Joey zusammen sind und du mich mit diesem heimlichen Lächeln ansiehst, das nur ich verstehe, oder wenn du an mir vorbeigehst und meinen Rücken auf eine Art berührst, die mir verrät, dass du eigentlich mehr möchtest. Und heute Abend durfte ich dich in aller Öffentlichkeit küssen und alle anderen Frauen, die dich beäugt haben, wissen lassen, dass du vergeben bist.« Sie glitt mit dem Finger an dem Bund seiner Boxershorts entlang und spürte die darunter größer werdende Erektion. Seine Augen verdunkelten sich und sein durchdringender Blick ließ ihr Begehren noch stärker werden. »Ich durfte auch das Projekt sehen, an dem du arbeitest. Andere würden das vielleicht nicht als etwas Besonderes oder Romantisches ansehen, aber ich schon, denn ich weiß, wie wichtig deine Arbeit für dich ist und dass du alles in die Aufträge, die du annimmst, steckst.« Sie ließ die Finger über seine Bauchmuskeln gleiten und fühlte, wie er sie anspannte, während seine Kiefermuskeln zuckten. »Wir haben wichtige Dinge ausgesprochen, und das macht uns noch stärker.« Sie reizte seinen Nippel. Er stieß die Hüften vor und ein tiefes, grollendes Geräusch drang aus seiner Brust. »Außerdem hast du mir einige überwältigende Orgasmen beschert, die unserem perfekten romantischen Date die Krone aufgesetzt haben.«

»Mein Gott, Tara, wieso habe ich nur so ein Glück?« Seine großen, kräftigen Hände glitten unter ihr T-Shirt und packten ihren bloßen Hintern. In seinen Augen brannte gleißendes Begehren. »Du unanständiges kleines Ding.«

»Mhm.« Sie ließ den Kopf sinken und küsste seinen Hals unter Einsatz ihrer Zähne und ihrer Zunge, während sie sich an seiner Erektion rieb.

»Ah, Baby!«

»So etwas in der Art hatte ich im Sinn«, flüsterte sie.

Er zog ihr das T-Shirt aus, und die kühle Luft kitzelte kurz ihre Haut, bevor er eine Brust umfasste und ihren Mund mit einem unerträglich tiefen Kuss eroberte, der ihren gesamten Körper in Brand setzte. Seine Hand war heiß und grob, seine Küsse drängend und besitzergreifend. Seine andere Hand versank in ihren Haaren, zog ihren Kopf so zurück, dass er mit der Zunge noch tiefer eindringen, jeden Winkel erforschen konnte, als er sie innig küsste. Sie stöhnte und wand sich, während seine Zunge sie gekonnt mit jeder Bewegung berauschte, bis sie atemlos und ungeduldig war. Seine Hand fiel von ihrer Brust hinab in ihren Schoß, und dann glitt er mit seinen Fingern über ihre feuchte Mitte, sanft und kraftvoll zugleich, um dort in den gleichen irrsinnigen Rhythmus wie den seiner Zunge zu verfallen.

Sie klammerte sich an ihn, als sie ihren Mund von ihm losriss. »Ich brauche dich!«

»Du hast mich, Baby.« Wieder küsste er sie und hob die Hüften an, um seine Boxershorts hinunterzuschieben, doch abrupt hielt er inne und fluchte verhalten.

Sie brauchte einen kurzen Moment, bis ihr klar wurde, was ihn ärgerte. Die Kondome waren im Haus. Sie flüsterte ihm zu: »Die Pille kann nicht reißen wie ein Kondom. Wir sind geschützt.«

Sie spürte die Zurückhaltung in seinem Kiefer, seinem Hals und den Schultern, doch in der Sekunde, in der ihre Blicke sich trafen, wusste sie, dass er dies so sehr wollte wie sie. Sein Mund prallte auf ihren, grob und ungezügelt, seine Hände fuhren durch ihre Haare und über ihren Rücken hinunter, wo er fest ihren Hintern umklammerte, als würde er mit seinem eigenen Begehren ringen, in seinem Kopf kämpfen. Er unterbrach den Kuss und der Blick seiner dunklen Augen bohrte sich in sie. »Nie werde ich genug von dir haben.«

Er schob seine Boxershorts hinunter und umfasste ihre Taille, als sie auf die Knie ging. Ihre Blicke waren ineinander versunken, die Emotionen überwältigten sie, ließen sie schwer atmen und brachten ihr Herz zum Rasen. Sein fester Griff verriet ihr, dass es ihm ebenso erging, als sie sich auf ihn sinken ließ und jeden harten Zentimeter von ihm in sich aufnahm. Er fühlte sich größer, kräftiger und tiefer in ihr an als je zuvor, und beide stöhnten auf.

»Himmel, Tara!« Er legte einen Arm um ihre Taille, hielt sie fest, während sein Mund so sinnlich und köstlich ihren bedeckte, dass das Gefühl, von ihm so vollkommen ausgefüllt zu sein, noch unerträglicher wurde. Sie bewegte die Hüften, wollte auf seiner Härte gleiten, doch er hielt sie fest, behielt die Kontrolle, während sein Mund den ihren keine Sekunde lang verließ, und er sie um den verdammten Verstand küsste. Sie wimmerte sehnsuchtsvoll, ihre Fingernägel gruben sich in seine Haut, und er wich zurück, biss ihr in die Unterlippe, entlockte ihr ein Zischen und jagte ihr ein Prickeln bis in die Fußspitzen.

Er kniff ihr in den Hintern. »Du gehörst mir«, knurrte er.

»Ja, ja! Ich gehöre dir, und du hast ja keine Ahnung, wie mich das erregt, wenn du das sagst, aber ich werde wahnsinnig, wenn du nicht endlich anfängst, dich zu bewegen.«

Seine Finger packten wieder ihre Haare und sein unverschämter Mund lag erneut auf ihrem, als er unter ihr vorstieß. Sie krallte sich an seinen Schultern fest, während sie auf ihm ritt, drängend und hektisch, und ihr Körper sich bei jeder Aufwärtsbewegung nach ihm verzehrte. Trotz der kühlen Luft war ihre Haut jetzt feucht. Seine Härte glitt in sie und seine Hüften kreisten in einem gefährlichen Rhythmus, während sie sich an ihren Mündern labten. Als er zwischen ihre Beine griff, jagte seine Berührung einen Blitz durch ihr Innerstes, sie schrie auf und legte den Kopf in den Nacken.

»Ich liebe es, zu sehen, wie du kommst.«

Seine Worte spornten sie an, und sie wurde schneller, rieb ihre Hüften an ihm, legte den Kopf in den Nacken und stöhnte. Sein Mund bedeckte ihre Nippel, und er saugte so fest, dass die Lust in ihr tobte. Wieder schrie sie auf und der Laut hallte in dem trommelnden Regen wider. Seine Hände und sein Mund waren überall auf ihr, packten grob zu, bissen erotisch, und ihre Körper rieben und stießen aneinander. Ihrer beider Flehen drang hinaus in die Nacht, während sie knabberten und leckten, sie sich gegenseitig immer höher gen Erlösung trieben. Sie versuchte, zu widerstehen, es hinauszuzögern, doch die Lust war zu intensiv.

»Ich kann es nicht zurückhalten, Baby«, sagte er an ihrer Brust. »Du fühlst dich zu gut an.«

»Zum Glü…«

Er biss zu, stieß so heftig zu, dass ihr Verstand zerschellte. Die Lust explodierte vulkanartig in ihr, heiß, heftig und tobend. Ihr Körper pulsierte und zuckte, und er riss sie an sich, vergrub sein Gesicht an ihrem Hals, während er sich seiner eigenen Erlösung hingab. Die Ekstase brach wie kraftvolle Wellen über sie herein, hob sie in die Höhe und verschlang sie vollkommen. Als sie schließlich aneinander sackten, ihre letzten Schauer durch sie fuhren, hielt Levi sie ganz fest, küsste sie auf die Wange, den Hals und die Lippen und murmelte: »Wie soll ich verheimlichen, was ich für dich empfinde?«

Sie schloss die Augen und verinnerlichte die süße Pein in seiner Stimme.

Er lehnte sich etwas zurück, strich ihr mit dem Handrücken über die Wange und die Zärtlichkeit in seinen Augen war fast nicht zu ertragen. »Du brauchst meine Worte nicht aufzubewahren, Blondie, denn ich werde nie aufhören, sie zu sagen.«

Ihre Emotionen taumelten benommen. Er merkte sich wirklich jede Einzelheit.

Er küsste sie sanft und flüsterte: »Du bist atemberaubend.«

Sie nahm diese süßen Äußerungen und verstaute sie – trotz seines Versprechens – fürsorglich in ihrem Herzen und legte den Kopf auf seine Schulter. Eingehüllt vom kühlen Frühlingsregen und dem tröstlichen Gefühl, ihrer beider Herzen im Einklang schlagen zu hören, flüsterte sie: »Dito.«

Siebzehn

Levi wachte neben Tara auf, die sich eng an ihn gekuschelt hatte. Ihre weiche Gestalt passte perfekt an seinen kräftigen Körper. Während er dem friedvollen Rhythmus ihres Atems lauschte, dachte er an das, was Amelia ihr angetan hatte. Er hatte gewusst, dass Tara stark war, aber ihm war nie bewusst gewesen, wie stark sie schon als Mädchen gewesen sein musste. Die Vorstellung, dass Amelia ihn verführt hatte, um Tara eins auszuwischen, löste Wut und Ekel gleichermaßen in ihm aus. Ihm war schon immer klar gewesen, welch Glück er hatte, dass Joey nicht so war wie Amelia, doch er hatte keine Ahnung gehabt, wie viel Glück er wirklich hatte.

Er betrachtete die schlafende Schönheit in seinen Armen, die seiner Tochter all ihre Liebe schenkte, obwohl Joey die Tochter der Person war, die sie jahrelang gequält hatte, und sein Herz drohte bei dem Gedanken an Tara und Joey zu bersten. Genau das hier wollte er, jeden Morgen mit Tara in seinen Armen aufwachen, am Ende eines langen Tages das Strahlen in ihren Augen und das Lächeln seiner Tochter sehen und wissen, dass sie mit ihrer Tante Zeit verbracht hatte, die sie vergötterte, seit sie auf der Welt war. Er wollte Taras zufriedene Seufzer hören, wenn sie jeden Abend in seinen Armen einschlief, und auch die geflüsterten Laute, die sie von sich gab, wenn sie träumte. Es war verrückt, so schnell so viel zu empfinden, ein so unbändiges Verlangen nach mehr zu spüren, obwohl es doch erst angefangen hatte. Aber diese Gefühle waren so real wie das Zucken seiner Länge, als Tara sich enger an seine Hüfte schmiegte und ein genussvolles *Mmh* von sich gab.

Er küsste sie auf die Schulter. »Vorsicht, Blondie. Du weckst die Schlange auf.«

Sie drehte sich in seinen Armen um. »Wem willst du etwas vormachen? Diese Schlange schläft doch nie.«

»Die ist es nicht gewohnt, eine wunderschöne nackte Frau neben sich zu haben.« Er strich mit seinen Lippen über ihre. »Die vergangene Nacht war unglaublich. Die ganze Nacht über war ich hart allein bei dem Gedanken daran, wie du mich geritten hast.«

Ihre erröteten Wangen verführten ihn, sie zu küssen. »Und ich habe *vielleicht* geträumt, dass wilde Schlangen in meinen Körper eindringen.«

Er sah sie gespielt streng an. »Du meinst hoffentlich, *eine* wilde Schlange.«

»Das bleibt mein Geheimnis.«

Er knabberte an ihrem Nacken und sie kicherte.

»So, wie du dein Terrain abgesteckt hast, brauchst du dir keine Sorgen darum zu machen, dass mich jemand anderes nackt sehen könnte.«

Er betrachtete die Knutschflecken, die er auf ihrer Brust hinterlassen hatte, und küsste jeden einzelnen zärtlich. »Das tut mir nicht leid.« Er ließ die Zunge über ihren Nippel gleiten und sie streckte sich ihm entgegen. »Bist du wund? Wir haben es ziemlich heftig getrieben.«

»Sagen wir, ich spüre Muskeln, von denen ich gar nicht

wusste, dass ich sie habe.« Ihr Blick wurde verführerisch. »Aber ich habe mal gehört, das beste Mittel gegen Muskelkater ist es, diese Muskeln wieder zu benutzen.«

»Ich lasse dich vielleicht nie wieder aus meinem Bett, Blondie.« Er kam über sie und spürte ihre feuchte Mitte an seiner Erektion.

»Sind wir von nun an unten ohne unterwegs?«, fragte sie scherzend.

»Nachdem ich dich jetzt ganz und gar gespürt habe, gebe ich mich mit nichts anderem mehr zufrieden. Du hast einen risikobereiten Typen aus mir gemacht.«

»Dann sind wir quitt, denn du hast eine Sexfanatikerin aus mir gemacht.«

Sein Mund bedeckte ihren, als ihre Körper sich vereinten, und die Emotionen der letzten Tage übernahmen die Kontrolle. Wegen Amelias Boshaftigkeit wollte er Tara nur noch liebevoller wertschätzen, ihr zeigen, wie kostbar sie war, damit sie es nie wieder anzweifelte. Er bewegte sich langsam und sinnlich, streichelte und küsste sie, murmelte bewundernde Worte an ihrer warmen Haut und liebte sie mit allem, was er zu geben hatte.

Viel später lagen sie zufrieden und erschöpft beieinander, doch die Zeit verging viel zu schnell. Tara hatte noch ein paar Stunden, bis sie Joey abholen musste, doch er musste früher als gewöhnlich aufbrechen, um noch an einer Baustelle vorbeizufahren, auf der seine Männer arbeiteten, bevor er weiter zu Autumns Haus fuhr. Tara hatte sich wieder an ihn gekuschelt, die Augen waren geschlossen und ihre goldenen Haare lagen in Wellen über ihrer Brust. Er fuhr mit den Fingern hindurch und hauchte Küsse auf ihre Schulter. »Ich bin vernarrt in deine Haare, Baby. Ich liebe es, wie sie sich anfühlen, wie voll sie sind und wie du mich an ihnen ziehen lässt.«

»Ich bin in andere Teile von dir vernarrt.«

Er lachte. »Ich muss mich fertig machen.«

»Nur noch eine Minute?« Sie breitete sich an seiner Seite aus, legte den Arm über seine Brust und das Bein über seines.

Er küsste sie auf die Stirn und wünschte sich, er könnte die Arbeit sausen lassen. »Was habt ihr heute vor?«

»Da es regnet, dachte ich mir, wir gehen heute Vormittag einige Kartons im Schuppen durch.«

»Ich hole ein paar herein, bevor ich losfahre, dann müsst ihr das nicht machen.«

»Danke. Nach dem Mittagessen treffen wir uns mit Joeys Freunden zum Kino, und später kaufen wir ein, damit wir dir ein köstliches Abendessen und einen leckeren Nachtisch zubereiten können. Joey freut sich schon wahnsinnig darauf.«

»Nachtisch ist nicht nötig. Ich bekomme meinen später im Bett.« Er gab ihr einen Klaps auf den Hintern.

Sie setzte sich auf und sah ihn finster an, als er aus dem Bett stieg. »Ich verbitte mir den Klaps, sonst bekommst du auch einen auf den Allerwertesten.«

»Das könnte mir gefallen.«

»Das werden wir ja sehen.« Sie sprang aus dem Bett, jagte hinter ihm her und klatschte ihm kurz vor der Badezimmertür auf den Hintern.

Er drehte sich zu ihr um, sie kreischte und versuchte, davonzulaufen. »Du gehörst jetzt mir, Blondie.« Er legte den Arm um ihre Taille, hob sie hoch und trug sie zum Badezimmer.

»Das tut weh, oder?«, fragte sie lachend.

»Es fühlt sich gut an. So gut, wie es dir gleich ergehen wird, wenn ich dich an der Duschwand nehme.«

In ihren Augen loderten die Flammen. »Dann muss ich dir wohl öfter einen Klaps verpassen.«

Tara und Joey nutzten den verregneten Vormittag. Wie versprochen hatte Levi einige Kartons ins Haus getragen, bevor er zur Arbeit aufgebrochen war. Nach ein paar Drei-gewinnt-Spielen beim Frühstück goss Tara die Pflanzen im Haus und Joey drehte die Blumentöpfe um, damit nicht eine Seite mehr Sonne bekam als die andere, und anschließend stöberten sie die Kartons durch. Sie fanden Fotos und Jahrbücher aus der Schulzeit von Levi und Leni. Joey lachte viel, als sie die Bilder anschauten, und sie suchte einige aus, die sie einrahmen und im Haus aufhängen wollte. Auch wenn Tara sich noch gut daran erinnerte, wie Levi im Laufe der Jahre ausgesehen hatte, so sah sie ihn doch auf diesen Fotos nun anders, nachdem sie wusste, dass diese braunen Augen nicht nur das Offensichtliche wahrnahmen. Sie sahen direkt in ihr Herz. Und diese Lippen luden nicht nur zum Küssen ein. Sie flüsterten die süßesten und unanständigsten Dinge, die sie je gehört hatte.

Tara legte zwei Fotos beiseite, von denen sie Kopien machen wollte. Auf einem angelten seine Geschwister und einige ihrer Freunde an der Anlegestelle von Rock Harbor. Tara musste da etwa sechs Jahre alt gewesen sein und Levi somit ungefähr elf. Sie hielt eine Angel in der Hand und schaute zu Levi auf, der ihr gerade zeigte, wie man sie benutzte. Wie sie ihn ansah, hatte etwas Unschuldiges und Intensives an sich. Als hätte er all die Antworten, die sie je brauchen würde. Das andere Foto war entstanden, als sie neun Jahre alt gewesen war. Sie erinnerte sich noch an diesen sonnigen Nachmittag. Sie und Jules, Bellamy, Levi, Leni, Wells und Keira saßen auf einem Steg, die Füße baumelten über dem Wasser und sie aßen ein Eis. Die Jungs trugen nur Shorts und ihre schlanken, sonnenverwöhnten Körper waren mit Eis vollgekleckert. Die Mädchen hatten Tanktops und Shorts an, alle knochendürr – nur Tara nicht, die ein rundliches Gesicht und pummelige Arme und Beine hatte. Hinter ihnen ging die Sonne unter, und alle außer Levi lächelten in die Kamera. Er beugte sich mit offenem Mund vor, als wollte er an Taras Eis lecken. Sein anderer Arm lag beschützend um sie, wie er es schon damals oft getan hatte. Doch als sie das Foto jetzt sah, fragte sie sich, ob er sie nur festgehalten hatte, damit er von ihrem Eis essen konnte.

»Hat Daddy schon immer von deinem Nachtisch gegessen?«, fragte Joey.

»Er ist ein ziemlich konsequenter Nachtischdieb.«

Joey betrachtete das Foto. »Hat es dir etwas ausgemacht, dass du nicht so dünn warst wie die anderen Mädchen?« Sie hatte vorher schon Bilder von Tara gesehen, als sie mehr gewogen hatte, aber sie hatte nie etwas dazu gesagt.

»Ich wünschte, ich könnte das verneinen, aber um ehrlich zu sein, habe ich mich deshalb manchmal unwohl gefühlt.«

»Grandma Shelley ist dicker als die meisten Omas und es ist ihr egal.«

»Grandma Shelley ist die klügste, erstaunlichste Frau, die ich kenne, und ich wünschte, ich hätte ihr Selbstvertrauen gehabt, als ich jünger war. Aber ich habe mich nicht nur unwohl gefühlt, weil ich anders ausgesehen habe. Es ist kompliziert, doch es war eher wegen der Gründe dafür, dass ich zu viel gegessen habe.« Bedacht darauf, dass sie nichts Schlechtes über Amelia preisgab, sagte sie: »Jemand war gemein zu mir, und ich wusste nicht, wie ich damit umgehen sollte, also habe ich mich mit Essen getröstet und genug für zwei oder drei Mädchen gegessen. Deshalb wog ich so viel. Später wurde mir bewusst, warum ich so viel aß, und ich habe darauf geachtet, wann ich Hunger hatte und wann ich aß, um etwas anderes zu vergessen.«

»Zum Beispiel, dass du traurig warst?«

»Ja. Ich habe gelernt, mich gesünder zu ernähren, und mit der Zeit hat sich mein Gewicht so eingependelt, wie es wahrscheinlich immer sein sollte.«

»Aber du isst immer noch viel«, merkte Joey an. »Manchmal isst du vier Stücke Pizza.«

»Ich esse wirklich viel«, sagte Tara lachend. »Aber normalerweise renne ich auch viel herum und verbrenne Kalorien. Und weißt du was?«

»Was?«

»Jetzt würde ich mich nicht mehr unwohl fühlen, wenn ich zunehmen würde, weil mehr Kilos nichts daran ändern, wer ich bin, und ich würde nicht aus den falschen Gründen zu viel essen.« Tara legte das Foto beiseite. »Wir sollten uns fürs Kino fertigmachen.«

»Ist diese Person noch immer gemein zu dir?«, fragte Joey.

»Nein.« *Aber es tut weh, wenn sie dich enttäuscht.* »Hol dir doch noch ein Sweatshirt, falls es kühl im Kino ist. Ich sammele meine Sachen zusammen und dann können wir deine Freunde treffen.«

Als Joey nach oben rannte, stellte Tara den Karton zu den anderen an die Wand und ging in ihr Zimmer, um noch kurz im Bad zu verschwinden und sich auch einen Pullover zu holen. Überrascht entdeckte sie einen Zettel, der unter den Badezimmerspiegel geklemmt war. *Blondie* war in Levis krakeliger Handschrift auf den gefalteten Zettel gekritzelt. Ihr Herz tat einen Sprung, als sie ihn las. *Wie soll ich je wieder allein duschen? Ich kann es nicht abwarten, dich wieder in die Finger zu bekom-*

men. Ich meine, dich mit dem Mund zu verwöhnen. Will sagen, ich kann es nicht abwarten, dich heute Abend zu sehen. Versuch, mich nicht allzu sehr zu vermissen. Levi.

Tara konnte gar nicht mehr aufhören, zu lächeln, als sie ihr Handy nahm und schrieb: *Hab gerade deinen Zettel gefunden. Zu spät. Ich vermisse dich schon zu sehr.* Sie fügte ein lächelndes Emoji mit drei Herzen darum hinzu und tippte: *Kann es kaum erwarten, dich zu sehen. Ich meine, deine Hände und deinen Mund zu spüren. Aber bin ich nicht dran, meinen Mund bei dir zum Einsatz zu bringen?* Sie konnte es kaum glauben, wie frei von Scham sie ihm gegenüber war, doch es fühlte sich ganz natürlich an, als sei ihr Herz endlich im Gleichgewicht. Sie schickte die Nachricht ab und sofort überkam sie die Angst, dass Joey irgendwann sein Handy sehen könnte. *LÖSCH DIE NACHRICHT, damit Joey sie nicht sieht! Lösch die Nachrichten von neulich Abend auch!*

Begleitet von einem reuevollen Stich löschte sie alle unanständigen Nachrichten von ihrem Handy. Als sie kurz darauf das Bad verließ und nach ihrem Sweatshirt griff, vibrierte ihr Telefon. Sie öffnete die Nachricht von Levi, ein GIF mit einem Mann, der *Löschen! Löschen!* rief.

Sie schickte ein trauriges Emoji, gefolgt von einem Herzen, und verließ ihr Zimmer.

Joey hatte mit ihren Freunden im Kino viel Spaß und lud sie alle zu ihrem Skateboard-Wettkampf ein. Nach ihrem Stopp im Supermarkt hörte es kurz auf zu regnen. Tara bot Joey an, sie zum Skatepark zu fahren, doch nachdem Joey sie aufgeklärt hatte, was alles passieren konnte, wenn ein Skateboard nass wurde – die Rollenlager konnten Schaden nehmen, das Griptape sich lösen oder das Deck verlor den Pop –, entschieden sie sich, den Park auszulassen und stattdessen nach Hause zu fahren. Joey spielte auf ihrem Tablet, während Tara auf ein paar Nachrichten antwortete, die sie wegen anstehender Fotoshootings erhalten hatte. Ihr fiel ein, was Levi vorgeschlagen hatte, und so schickte sie auch eine E-Mail an Charmaine mit der Bitte, weiter Ausschau nach Häusern und Studioräumen zu halten, die zu mieten waren.

Etwa eine Stunde bevor sie Levi zu Hause erwarteten, fingen sie an, Hähnchenbrustfilet mit Parmesankruste vorzubereiten, und während der Ofen vorheizte, machten sie Himbeer-Käsekuchen-Häppchen für den Nachtisch, wie sie es in der Backshow *Just Desserts* gesehen hatten. Joey saß in gestreiften Leggings und mit einem langärmeligen grünen Shirt auf der Arbeitsfläche neben dem Herd und half Tara, die schmelzende Schokolade umzurühren.

»Ich würde wirklich gern den Finger da reinstecken«, sagte Joey.

»Das ist eine großartige Idee, wenn du dich verbrennen willst.«

»Ich mache es ja nicht. Ich würde es aber gern. Ist sie fast fertig?«

»Ich glaube schon«, sagte Tara.

Joey schaute in den Topf. »Sind da noch Klümpchen?«

»Ich sehe zumindest keine.« Tara nahm etwas Schokolade auf den Rührlöffel und ließ sie zurück in den Topf laufen.

»Ich glaube, sie ist fertig.«

»Ich auch.«

Joey kletterte von der Arbeitsfläche und kniete sich auf

einen Stuhl am Tisch vor einen der Eiswürfelbehälter, die sie herausgestellt hatten, während Tara die Schokolade in zwei Schälchen goss und diese zum Tisch trug. Joey scrollte auf ihrem Tablet zum nächsten Teil des Rezepts, dem sie folgten, und las vor: »Überziehen Sie den Eiswürfelbehälter mit Schokolade und frieren Sie ihn fünf Minuten lang ein.« Sie sah Tara an. »Was bedeutet überziehen?«

»Ich glaube, wir sollen eine dünne Schicht Schokolade in jedes Würfelfach geben, also nicht zu viel. Wir brauchen noch Platz für die Himbeeren und die Käsekuchenmischung.«

»So?« Joey füllte eine kleine Kelle mit Schokolade und gab in jedes Würfelfach ein bisschen davon.

»Perfekt.«

Während sie den Eiswürfelbehälter mit Schokolade überzogen, sagte Joey: »Ich hoffe, Daddy mag das. Grandma Shelley sagt, dass Menschen alles mögen, was mit Liebe gemacht wurde, und alles, was wir für Daddy machen, ist mit Liebe gemacht.«

»Alles, was dein Vater für dich macht, ist auch mit Liebe gemacht.«

»Außer, wenn er mir einen Streich spielt.«

Levi und seine Brüder waren Meister im Aushecken von Streichen, doch Tara war nicht bewusst gewesen, dass er auch mit Joey Schabernack trieb. »Dein Dad spielt dir Streiche?«

»Einmal, nachdem ich und Grandpa ihm einen gespielt hatten«, sagte sie, als sie ein weiteres Würfelfach mit Schokolade füllte.

»Grandpa Steve hat dir beigebracht, wie du deinem Dad einen Streich spielen kannst?« Sie lachte. »Dieser hinterhältige Kerl.«

»Das war witzig! Wir sind früh aufgestanden und haben Dads Pick-up weiter weg an die Straße gestellt. Als er später nach draußen gegangen ist, dachte er, jemand hätte ihn genommen, ohne zu fragen. Wir haben so getan, als wüssten wir nichts davon, und dann dachte er, jemand hätte ihn gestohlen, und hat verbotene Wörter gesagt. Er wollte die Polizei anrufen, und da meinte Grandpa, wir müssen ihm die Wahrheit sagen.«

»Das ist ein toller Streich. Wie hat sich dein Dad an euch gerächt?«

»Er hat uns echt gut erwischt. Als ich und Grandpa einen Film angeguckt haben, hat er Wasser in Becher gefüllt und sie auf dem Kopf auf einen Teller gestellt. Frag mich nicht, wie das Wasser da dringeblieben ist, er hat es mir nicht verraten. Dann hat er Schlagsahne obendrauf gespritzt, was ja in Wirklichkeit die Unterseite der Becher war, aber das wussten wir ja nicht. Er hat uns in die Küche gerufen und gesagt, dass er uns einen heißen Kakao gemacht hat, und als wir die Becher angehoben haben, war plötzlich alles voller Wasser.«

Tara lachte. »Dein Dad hat viel Übung darin, anderen einen Streich zu spielen, aber das macht er nur bei Leuten, die er liebhat.«

»Hat er dir schon mal einen Streich gespielt?«

Sie dachte an das Eclair. »Ja, hat er.« *Aber ich glaube, dahinter steckte eher Lust als Liebe.* »Ich denke, wir sollten uns bei ihm rächen. Was hältst du davon, wenn wir in einem ganz besonderen Häppchen keine Himbeere, sondern eine Olive verstecken?«

»Oh ja! Das machen wir!«

Sie füllten die übrigen Eiswürfelbehälter mit Schokolade, und als sie sie in das Gefrierfach stellten, klingelte es an der Tür.

»Ich geh schon!« Joey rannte los und Tara folgte ihr. Joey spähte zum Seitenfenster hinaus. »Das ist der Paketbote.« Sie öffnete die Tür und begrüßte ihn: »Hallo!«

»Hallo«, erwiderte der Bote, schaute auf das Päckchen und

dann zu Joey und Tara. »Ich habe eine Lieferung für Tara Osten.«

»Das bin ich.« Tara nahm ihm das Päckchen ab und bedankte sich.

»Von wem ist das?«, wollte Joey wissen, noch bevor Tara die Tür geschlossen hatte.

Tara schaute auf den Absender, auf dem *J & B* und Bellamys Adresse vermerkt war. »Das ist von Tante Jules und Bellamy.«

»Mach auf!« Aufgeregt hüpfte Joey auf Zehenspitzen herum, während Tara die Schachtel öffnete. »Was ist es?«

Auf einem Bündel Papiertücher fand Tara zunächst einen gefalteten Zettel, den sie öffnete und las. *Hallo! Gib Joey die gelbe Geschenketüte, um sie abzulenken, während du in die schwarze Tüte schaust. Wir drücken dir die Daumen! Jules und Bellamy.* Ihr Herz machte einen Freudensprung, und ihr fiel ein, dass die beiden noch nichts von ihr und Levi wussten.

»Was steht da? Kann ich sehen, was sie geschickt haben?« Joey griff in den Karton.

Schnell zog Tara ihn weg. »Immer mit der Ruhe. Sie haben dir etwas geschickt.« Sie nahm die gelbe Geschenketüte heraus und gab sie ihr.

Während Joey hineingriff und begeistert aufschrie, als sie Skateboard-Aufkleber, einen Notizblock mit Skateboards darauf und eine Packung bunter Filzstifte entdeckte, lugte Tara in ihre Geschenketüte und sah etwas Pinkes mit Spitze, noch etwas Seidiges und einen weiteren Zettel. Sie verstaute die Tüte wieder in dem Karton und las Jules' geschwungene Schrift. *Das ist der Plan: An einem Abend, nachdem Joey eingeschlafen ist, schlenderst du aus deinem Zimmer. Du trägst die Dessous und den Morgenrock aus Satin, der sich aus Versehen öffnet. Hoppla! Levi wird dir gar nicht widerstehen können!* Unter Jules' Text stand außerdem in Bellamys nach links geneigter Handschrift: *Denk dran, deine sexy Stimme einzusetzen und ihn zu berühren!*

Sie war ganz außer sich vor Freude, dass ihre Freundinnen eine Nacht der Verführung für sie und Levi geplant hatten. Schnell verstaute sie den Zettel wieder in dem Karton und schloss ihn. »Bin gleich wieder da.«

Eilig ging sie in ihr Zimmer, legte die Geschenketüte und den Zettel in eine Schublade und freute sich darauf, den Plan schon bald umzusetzen, während sie Jules und Bellamy schrieb: *Hab gerade das Päckchen bekommen. Die Sachen sind wundervoll, und ich weiß, dass Levi ganz vernarrt darin sein wird.* Sie schickte die Nachricht ab und fast in der gleichen Sekunde bemerkte sie ihren Fehler. Sie hatte sich verraten. Sie fing an, eine Nachricht zu tippen, um ihre Spuren zu verwischen, doch da rief Bellamy auch schon per Videocall an. Mist! Tara nahm das Gespräch an und die freudigen Gesichter von Jules und Bellamy tauchten auf.

»Du *weißt* es?«, fragte Bellamy.

»Bist du etwa schon in den Genuss von Würstchen und Eiern gekommen?« Jules riss begeistert die Augen auf.

»Und mit Sicherheit gab's eine Soße dazu«, rief Bellamy aus.

Taras Wangen glühten.

»Tatsächlich!« Jules hüpfte aufgeregt herum.

»Ich wette, Levi hat ihre Soße verschlungen!«, fügte Bellamy hinzu. »Wie köstlich war er denn?«

»Du meine Güte, Mädels, seid leise!« Tara schloss die Zimmertür. »Joey weiß es nicht, und ich will noch nicht, dass meine Eltern es erfahren, also dürft ihr es niemandem erzählen.«

»Machen wir nicht, aber ich will alles wissen. Wie seid ihr zusammengekommen? War es besser als die Chaosnummer?«, fragte Bellamy neugierig.

»Natürlich war es das«, sagte Jules fast verärgert. »Die Steeles beherrschen ihr Handwerk.«

»Iiih!«, sagte Bellamy. »Woher weißt du so etwas über deine Brüder?«

Jules zog die Augenbrauen zusammen. »Weiß ich ja nicht. Ich gehe nur einfach davon aus, weil Daphne und Indi sich gegenseitig damit aufgezogen haben, wer wohl den besseren Sex bekommt und …«

»Leute!«, flüsterte Tara hektisch. »Ich kann jetzt nicht darüber reden. Joey sucht mich sicherlich gleich.«

»Sag uns nur, ob es etwas Ernstes zwischen euch ist, oder ob es für ihn nur eine Affäre ist«, sagte Bellamy. »Ich hoffe nicht, denn dann wäre ich echt sauer.«

»Es ist keine Affäre«, schimpfte Jules. »Ich weiß, dass er verrückt nach ihr ist. Das spüre ich tief in mir drin.«

»Wir sind beide ziemlich verrückt nacheinander«, sagte Tara schnell, denn sie befürchtete, dass das Gespräch schon zu lange dauerte. »Er möchte allen von uns erzählen, aber ich mache mir wegen meiner Eltern Sorgen, also müsst ihr es unbedingt für euch behalten.«

»Machen wir«, versprach Bellamy.

»Jules?«, fragte Tara nach.

»Ich schwöre, ich werde kein Wort sagen.« Jules lehnte sich näher an den Bildschirm heran und sagte leiser: »Aber ich freue mich so dermaßen, dass ich es von den Dächern schreien könnte!«

»Nein!«, warnten Tara und Bellamy sie gleichzeitig.

»Danke noch mal für die Geschenke, aber ich muss jetzt wirklich Schluss machen«, sagte Tara. »Hab euch lieb.«

»Wir dich auch«, sagten sie beide.

»Wir sehen uns Samstag«, sagte Jules.

Tara beendete den Anruf und war froh, dass sie ihren Freundinnen von ihrem Glück erzählt hatte. Sie brachte den Karton nach draußen zum Papiermüll in die Garage und erinnerte sich daran, welch himmlisches Gefühl es gewesen war, in Levis Armen aufzuwachen, und wie anders der Sex an dem Morgen gewesen war. Sie waren vollkommen erfüllt voneinander gewesen, jedoch nicht auf diese unbeherrschte Weise wie die Abende zuvor. Es war noch leidenschaftlicher, langsamer, inniger, lieblicher gewesen. Sie wollte diese Zärtlichkeit ebenso, wie sie den animalischen Sex begehrte, den sie anschließend in der Dusche gehabt hatten.

Während Levi sich fragte, wie er jemals wieder allein duschen sollte, machte Tara sich Gedanken darum, wie das alles funktionieren sollte, wenn sie wieder zurück auf die Insel ging. Sie konnte nicht jedes Wochenende zu den beiden fahren, sie hatte ja Termine mit Kunden, und da Joeys Freunde in Harborside waren, konnten sie und Levi auch nicht jedes Wochenende auf die Insel kommen. Doch sie dachte schon viel zu weit. In zehn Tagen erst musste sie zurück auf die Insel, also schob sie die Fragen für den Moment beiseite und ging hinein.

»Ich glaube, die fünf Minuten sind um«, sagte Tara zu Joey, die damit beschäftigt war, bei der Haustür ihr Skateboard mit den Aufklebern zu verschönern.

»Eine Sekunde noch«, sagte Joey.

Taras Handy vibrierte und sie las die Nachricht von Levi. *Vermisse meine Mädchen. Muss noch in der Werkstatt vorbeifahren, dann komme ich nach Hause.*

Tara tippte *Wir vermissen dich auch*, fügte ein Kuss-Emoji hinzu, schickte es ab und steckte das Handy in die Hosentasche. In der Küche schob sie das Hühnchen in den Ofen und stellte den Timer ein. Als sie die restlichen Zutaten für den Nachtisch bereitlegte, ebenso wie ein Glas Oliven, kam Joey in die Küche gerannt.

»Fertig!«

»Super, denn dein Dad kommt bestimmt bald, und wir müssen seine leckere Olivenüberraschung vorbereiten.«

»Das wird so ein Spaß!« Joey kletterte auf einen Stuhl am Tisch und las die Anweisungen auf ihrem Tablet, während sie Frischkäse, Puderzucker und Vanille vermengten. Als alles ordentlich vermischt war, gaben sie die Schlagsahne hinzu. »Davon sollen wir jetzt etwas in jeden Würfel geben.« Nachdem das erledigt war, steckte sie kichernd eine Olive in eine der Formen in der Ecke. »Wie sollen wir wissen, dass das hier seine ist?«

»Gute Frage. Wir müssen uns merken, welche es ist, während wir sie einfrieren, und dann können wir mit der Dekoschriftfarbe, die wir für die Cupcakes benutzen, unsere Namen auf einige schreiben, zum Beispiel zwei für jeden, und die servieren wir dann heute Abend.«

»Okay. Darf ich schreiben?«

»Na sicher. Meinst du, du kannst schon mal die Himbeeren in die anderen Formen stecken und die mit der Mischung auffüllen, während ich schnell mal im Bad verschwinde?«

»Klar.«

Als Tara aus dem Bad zurückkehrte, hatte Joey bereits fast alle Formen mit der Frischkäsemischung gefüllt. »Gut gemacht.«

Sie schmolzen noch mehr Schokolade und gossen sie darauf. Tara stellte sie in das Gefrierfach. »Die für deinen Dad ist hinten links in der linken Form. Kannst du dir das merken?«

»Links und hinten links«, sagte Joey gerade, als ein Videoanruf auf ihrem Tablet einging. »Das ist Amelia!«

Angstgefühle erfassten Tara wie eine eisige Windböe, als das makellose und perfekt geschminkte Gesicht ihrer Schwester auf dem Bildschirm erschien. Ihre himmelblauen Augen wurden gekonnt von den dichten, dunklen Wimpern betont. Kein einziges ihrer rotblonden Haare tanzte aus der Reihe. Sie trug ein goldenes Glitzeroberteil mit dünnen Trägern. Vor dem Hintergrund eines dunkelblauen Meeres wirkte sie wie der Inbegriff von Eleganz, was bei Tara ein ärgerliches Gefühl der Unzulänglichkeit auslöste, und das störte sie über alle Maßen. Doch all diese alte Unsicherheit wurde von ihrem Beschützerinstinkt in Bezug auf Joey verdrängt, und so lauschte sie aufmerksam.

»Hi, Amelia!«, rief Joey.

»Hallo, Joey. Wie geht's dir?« Amelia sprach in einem ruhigen Tonfall, so als würde sie gerade eines ihrer Reisevideos aufnehmen und nicht zum ersten Mal seit Monaten das Gesicht ihrer entzückenden Tochter sehen.

»Gut! Ich und Tante Tara haben gerade einen Nachtisch gemacht und wir werden meinem Dad einen Streich spielen.«

»Oh! Tante Tara ist da?«

Die Enttäuschung in Amelias Stimme versetzte Tara einen schmerzhaften Stich. Auch das ärgerte sie, und sie versuchte, es zu ignorieren, als sie hinter Joey trat und beschützend die Hand auf ihre Schulter legte. »Hier bin ich.«

»Tante Tara verbringt die Frühlingsferien mit mir«, erklärte Joey.

»Wie nett. Gut siehst du aus, Tara.«

Amelia lächelte, und nicht zum ersten Mal fragte Tara sich, wann ihre Schwester so eine gute Schauspielerin geworden war. »Danke, du auch.«

»Wir hatten so viel Spaß! Heute haben wir …«

Während Joey ihr von all den Dingen erzählte, die sie bereits unternommen hatten und die sie für die nächste Woche geplant hatten, beobachtete Tara, wie der Blick ihrer Schwester vom Bildschirm weg huschte und sie jemandem, der offensichtlich auf sie wartete, kaum sichtbar zunickte. Tara besuchte die Social-Media-Accounts ihrer Schwester absichtlich nicht, schaute weder ihre Videos noch las sie ihre Artikel, doch es verging oft so viel Zeit zwischen ihren Besuchen, dass Tara mitunter ihrer Neugier nachgegeben hatte. Dabei war sie auf Fotos von ihrer Schwester in Spanien gestoßen, auf denen Amelia in einem blau-weiß-gestreiften Badeanzug, mit einem Sonnenhut und einer großen Sonnenbrille großartig ausgesehen hatte; in Israel inmitten eines Sonnenblumenfeldes in einem weißen Leinenkleid, mit einer gewebten Handtasche, die Haare in einer komplizierten Hochsteckfrisur, die wahrscheinlich stundenlange Arbeit erfordert hatte, bei ihr aber lässig und einfach wirkte, als wäre sie so wunderschön aus dem Bett gestiegen. Ihr Gesicht war der Sonne zugewandt und ihr Lächeln strahlend. In diesen Augenblicken der Schwäche hatte Tara auf den Fotos nach Anzeichen von Einsamkeit oder Reue gesucht, doch gesehen hatte sie nur ihre perfekte Model-Schwester, die ihre Tochter im Stich gelassen hatte, um ihre eigenen Träume zu verwirklichen.

»Hast du die Nachricht wegen meinem Skater-Wettkampf bekommen? Kannst du kommen und mir zugucken?«, fragte Joey und lenkte Taras Aufmerksamkeit wieder auf das Gespräch.

»Genau deshalb rufe ich an.« Amelia richtete ihren Blick auf Tara und klang ungewöhnlich begeistert. »Das will ich um nichts auf der Welt verpassen. Ich komme am Samstagmorgen.«

»Wirklich?« Joey strahlte Tara an. »Sie kommt!«

»Das ist ein Wunder«, entfuhr es Tara, die schnell merkte, wie sarkastisch es klang. »Ich meine, dass du es trotz deines vollen Terminkalenders schaffst.«

»Ich musste ein paar Dinge umorganisieren, und es wird schwer, die schöne Côte d'Azur zu verlassen, aber ich freue mich darauf, Zeit mit Joey zu verbringen.«

»Ich mich auch! Kannst du über Nacht bleiben? Bitte!«

»So und nicht anders stelle ich es mir vor«, sagte Amelia.

Tara brachte ihre aufeinandergepressten Zähne gerade so weit auseinander, dass sie »Großartig« sagen konnte.

Levi war bester Laune nach Hause gekommen, und das Essen, das an sich schon phänomenal gewesen war, wurde dadurch, dass Joey und Tara es zubereitet hatten, noch besser. Doch nachdem er erfahren hatte, dass Amelia kommen würde, war seine Laune umgeschlagen. Sie waren fast mit dem Essen fertig, und Joey hatte von nichts anderem geredet, seit sie Platz genommen hatten.

»Darf ich lange aufbleiben, wenn Amelia hier ist?«, fragte Joey.

»Mal sehen.« Er schaute zu Tara. Viel hatte sie nicht gegessen, doch sie gab alles, um einen freundlichen Gesichtsausdruck beizubehalten. Am liebsten hätte er Amelia die Hölle heißgemacht, wegen allem, was sie Tara angetan hatte, und Tara hätte er gern jetzt gleich in den Arm genommen und ihr versprochen, dass er nicht zulassen würde, dass Amelia ihr je wieder wehtat.

»Bitte!«, bettelte Joey. »Ich sehe sie nie.«

Das ist ihre Schuld, nicht meine. »Ich habe gesagt, mal sehen.«

»Ich durfte auch lange aufbleiben, als Tara den ersten Abend hier war«, maulte Joey.

»Pass auf, welchen Tonfall du an den Tag legst, junge Dame«, warnte er.

Joey lehnte sich auf ihrem Stuhl zurück und verschränkte schmollend die Arme. »Aber Amelia bleibt nie über Nacht. Ich verspreche auch, dass ich nicht quengelig werde.«

Levis Verärgerung stieg bei der Vorstellung, dass Amelia unter seinem Dach schlafen würde, doch das war nicht Joeys Schuld, ebenso wie es nicht ihre Schuld war, wenn er Amelia nicht so weit vertraute, dass sie sie nicht enttäuschen würde. »Du hast recht, Süße. So oft kommt sie ja nicht. Wenn sie will, dann ist es für mich in Ordnung.«

»Danke!« Joey stand auf und schlang die Arme um seinen Hals. Anschließend setzte sie sich wieder, um aufzuessen. »Rate mal, was heute noch passiert ist.«

»Du meinst, es kommt noch was?« Verwundert sah er Tara mit einem Augenzwinkern an, und sie lächelte aufrichtig, als Joey ihm von den Geschenken erzählte, die Jules und Bellamy geschickt hatten.

»Das war aber nett von ihnen«, sagte er.

»Ich bin fertig. Kann ich mein Skateboard holen, um dir die Aufkleber zu zeigen, die sie mir geschenkt haben?«

»Bring erst deinen Teller zur Spüle.«

Sie kam seiner Aufforderung nach und sprintete gleich darauf aus dem Zimmer.

»Meinst du, wir können es wagen, bevor sie wieder da ist?« Levi lehnte sich zu Tara hinüber. »Es tut mir leid, Baby. Ist es in Ordnung für dich?«

»Sie ist Joeys Mutter. Da muss es für mich in Ordnung sein. Wo schläft sie normalerweise?«

»Nirgends. Ich bin ziemlich geschockt, dass sie kommt und noch dazu über Nacht bleiben will.«

»Joey hat sie darum gebeten. Ich ziehe nach oben in das Extrazimmer, solange Amelia hier ist, damit sie ihr eigenes Bad hat.«

»Mir wäre es lieber, du wärst in meinem Schlafzimmer.« Er gab ihr rasch einen Kuss und drückte ihre Hand, die er wieder losließ, als sich Joeys Schritte näherten.

»Guck mal! Sind die nicht cool?« Joey zeigte ihm ihre Aufkleber.

»So was von cool«, sagte Levi.

»Der Regen soll heute Abend aufhören, und wir planen, morgen früh zum Skatepark zu fahren, bis Joey keine Lust mehr hat.« Tara lächelte seine Tochter liebevoll an. »Stimmt's, Spätzchen? Wir wollen doch sicher sein, dass du gut auf Samstag vorbereitet bist.«

»Stimmt«, bekräftigte Joey.

»Apropos Samstag«, sagte Levi. »Jules hat in der Chatgruppe gefragt, wer kommt, und alle außer Sutton, Daphne und Indi werden dort sein. Sie müssen leider arbeiten.«

»Och … Kommt Hadley?«, fragte Joey.

»Ja!« Er tippte Joey auf die Nase. »Sie kommt mit Onkel Jock und beiden Großeltern, und deine beiden Urgroßomas kommen auch. Wir treffen uns alle bei dem Wettkampf.«

»Vielleicht können ja alle über Nacht bleiben«, schlug Joey vor.

Levi und Tara warfen sich einen *Bloß nicht*-Blick zu.

»Das wird wohl nicht möglich sein, Kleines«, sagte Levi. »Sie müssen alle wieder zurück auf die Insel.«

»Ich dachte mir, wir könnten alle nach dem Wettkampf zum Mittagessen zu uns einladen«, schlug Tara vor. »Wir können Aufschnitt und Beilagen für ein Sandwich-Büfett besorgen und Kekse oder Brownies zum Nachtisch machen.«

»Können wir beides machen?«, fragte Joey.

Er war gerührt, dass Tara noch immer bereit war, sich für Joey ins Zeug zu legen, obwohl ihre Schwester da sein würde. »Klingt großartig. Sagt mir einfach, was ich einkaufen soll.«

»Du hast genug um die Ohren. Joey und ich können das erledigen.«

»Können wir jetzt unseren Nachtisch essen?«, fragte Joey. »Wir haben dir etwas ganz Besonderes gemacht, Dad.«

»Ich habe nicht das Gefühl, dass Tante Tara schon mit dem Essen fertig ist.«

»Ich bin fertig«, sagte Tara. »So hungrig war ich nicht.«

Er tippte auf Joeys Skateboard. »Bring das doch schon mal weg, während ich den Tisch abräume.«

Rennend verließ sie die Küche, und Levi zog Tara von ihrem Stuhl zu sich hoch, um sie zu küssen. »Der Samstag wird wahrscheinlich ziemlich unangenehm, aber wir werden den schon irgendwie überstehen.«

»Da bin ich mir sicher.«

»Allerdings habe ich keine Ahnung, wie ich meine Lippen von dir fernhalten soll ...«

»Ich bin so weit!«, verkündete Joey, die plötzlich wieder im Raum stand und sie beide enttäuscht ansah. »Ihr habt ja noch nicht einmal angefangen, den Tisch abzuräumen.«

»Ich war damit beschäftigt, Tara zu kitzeln.« Er packte sie in der Taille, woraufhin sie kreischte und sich von ihm wegduckte.

Joey lachte. »Da-ad! Ich hol den Nachtisch, während ihr den Tisch abdeckt.«

Er klatschte in die Hände. »Guter Plan.«

Während sie aufräumten, stellte Joey den Nachtisch auf den Tisch und erzählte ihm von dem Karton mit den Fotos, die sie durchgesehen hatten. »Du willst bestimmt Tara ihren Nachtisch wegessen, so wie du ihr Eis gegessen hast, als ihr noch Kinder wart, aber wir haben dir deine eigenen kleinen Käsekuchen gemacht, damit du sie ihr nicht wegnehmen brauchst.«

Er merkte, dass die Nachricht von Amelias Besuch Tara immer noch beschäftigte, und so versuchte er, die Stimmung aufzubessern. »Vielleicht teilt Tara ihre Süßigkeiten ja später mit mir.« Ihre leicht errötenden Wangen verrieten ihm, dass die Botschaft angekommen war.

»Vielleicht«, sagte Joey. »Aber du musst zuerst deine essen.«

Er musste Tara einfach ärgern. »Und was ist, wenn Tara meine essen will?«

Tara riss die Augen auf und nun glühten ihre Wangen.

»Das darf sie nicht«, beharrte Joey. »Ich habe ihr auch extra welche gemacht.«

Joey nahm sie beide bei der Hand und zog sie hinüber zum Tisch. Auf drei Servietten lagen jeweils zwei Kuchenwürfel mit ihren Namen in verschmierter Zuckergussschrift darauf. »Das hier sind deine.« Sie zeigte auf die Würfel, auf denen *Dad* stand. »Die sind für Tara und das sind meine.« Sie ging auf die andere Seite des Tisches und stellte sich vor ihre eigenen.

»Die sehen toll aus. Aber das hier kommt mir so offiziell vor, als wären wir Kuchentester.«

»Joey hat viel Arbeit hineingesteckt«, sagte Tara.

Sie alle nahmen einen der mit Schokolade überzogenen Würfel, und Joey sah aus, als würde sie vor Ungeduld fast platzen, so sehr wartete sie darauf, dass er und Tara den Nachtisch aßen. Sie steckten sich die Mini-Käsekuchen in den

Mund und die süße Schokolade schmolz auf Levis Zunge. Er biss zu, und ein angewiderter Laut entwich ihm, bevor er es verhindern konnte. Gleichzeitig spuckte Tara ihren Würfel in eine Serviette und Joey krümmte sich vor Lachen.

»Du hast mich reingelegt, du kleine Verräterin!«, sagte Tara und brach ebenfalls in Gelächter aus.

»*Was* war das?« Levi stürzte ein Glas Wasser herunter.

»Eine Olive«, antworteten beide gleichzeitig und prusteten erneut los.

»Ich habe euch beiden einen Streich gespielt, Daddy!«, sagte Joey stolz. »Ich kann es nicht abwarten, das Grandpa Steve zu erzählen!«

»Und ich kann es nicht abwarten, es dir heimzuzahlen«, warnte Tara sie.

Und so retteten ein paar Oliven ihnen den Tag.

Achtzehn

»Wie lange dauert es noch, bis Amelia kommt?«, brüllte Joey von oben herunter.

»Fünf Minuten weniger, seit du das letzte Mal gefragt hast«, rief Levi zu ihr hinauf. Es war fast neun Uhr am Samstagmorgen und Joey hatte sich schon dutzende Male erkundigt. Amelia hatte seit Donnerstagabend auf keine von Levis Nachrichten geantwortet, nachdem sie bestätigt hatte, dass sie gegen neun Uhr kommen würde.

Er und Tara hatten die beiden letzten Nächte in ihrem Zimmer verbracht und sich einen Wecker auf vier Uhr morgens gestellt, damit er nach oben gehen konnte, bevor Joey aufwachte. Diese zusätzliche gemeinsame Zeit machte es ihm noch schwerer, in Gegenwart von Joey auf Abstand zu bleiben. Gestern Abend hatten sie zu dritt Servierplatten für das Sandwich-Büfett zusammengestellt. Sie hatten laut Musik aufgedreht, schräg mitgesungen, sich alberne Tänze dazu ausgedacht und unendlich viel gelacht, während sie Brownies und Kekse gebacken und sie mit unsauber gezeichneten Skateboards verziert hatten. Laut Joey war es der schönste Abend ihres Lebens gewesen und Levi hatte es ebenso empfunden.

An diesem Morgen hatten sie Taras Sachen nach oben in das ungenutzte Zimmer gebracht. Nur widerwillig verscheuchte er sie aus dem Zimmer, das ihres war, seit sie vor Jahren das erste Mal bei ihnen übernachtet hatte, doch Tara betonte, dass es ihr nichts ausmachte, weil sie ihm und Joey so auch näher war. Sie war so selbstlos, dass es ihn noch mehr anekelte, was Amelia ihr angetan hatte.

Er hörte Schritte und sah Tara die Treppe hinunterkommen. In ihrem dünnen weißen Pullover, den sie an den Handgelenken aufgekrempelt hatte, den grauen Skinny-Jeans und den weißen Tennisschuhen war sie wunderschön. Die Haare fielen ihr in Wellen über die Schultern, doch im Moment sah sie aus, als würde sie entweder ihm den Hals umdrehen oder weinen.

»Was hab ich angestellt?«

»Du gar nichts.« Ihre Stimme war voller Schmerz, doch gleichzeitig auch von Wut durchdrungen. Sie gab ihm ihr Handy.

Er las die Nachricht von Amelia. *Mir ist etwas dazwischengekommen, ich schaffe es nicht. Sag Joey, dass es mir leidtut, und ich schicke ihr ein großes Geschenk.*

Zorn brannte in seiner Brust, vereint mit der Traurigkeit, die seine Tochter empfinden würde. »Hast du es Joey schon gesagt?«

Sie schüttelte den Kopf.

»Ich hätte es wissen müssen.«

»Sie war in Frankreich, als sie Joey am Donnerstag angerufen hat«, zischte sie leise. »Ihr hätte doch klar sein müssen, dass sie es nicht bis heute Morgen schafft, und dann hat sie noch nicht mal den Mumm, es Joey selbst zu sagen. Ich bin so sauer, dass ich auf irgendetwas eindreschen könnte.«

Er zog sie in seine Arme. »Ich sag es Joey.«

»Wie kann sie ihrer Tochter so etwas antun?«

»Das frage ich mich schon seit Jahren.«

Tara schaute zu ihm auf, als sie sich aus seiner Umarmung löste. »Es tut mir leid, Levi.«

»Es gibt nichts, was dir leidtun müsste.«

»Sie ist meine Schwester.«

»Das heißt nicht, dass du für ihr Handeln verantwortlich bist. Wenn jemand außer Amelia Schuld trägt, dann ich. Ich muss das tun, was ich von Anfang an hätte tun müssen, und zwar einen Besuchsplan mit festgelegten Tagen und Zeiten aufstellen. Wenn sie es nicht schafft, hat sie eben das Nachsehen. Dies wird das letzte Mal sein, dass sie Joey wehtut.«

»Ich bin bereit!« Joey rannte in ihren schwarzen Leggings, dem langärmeligen schwarzen T-Shirt mit dem Logo der Dark Knights und ihren Skate-Sneakern die Treppe herunter. Sie strahlte wie die Morgensonne. »Ist es schon so weit?« Sie eilte zum Fenster und schaute hinaus. »Ich frage mich, was für ein Auto Amelia dieses Mal gemietet hat. Vielleicht diesen coolen schwarzen Wagen, den sie das letzte Mal hatte.«

Es war zum Kotzen. »Schatz, komm mal kurz her. Wir müssen uns unterhalten.«

Joey hüpfte durch den Raum zu ihm hin. »Ja?«

»Wir haben gerade eine Nachricht von Amelia bekommen. Sie muss arbeiten und kommt nicht weg.« Das Leuchten in den Augen seiner Tochter schwinden zu sehen, versetzte ihm einen tiefen Stich. »Es tut mir leid, Peanut.«

»Aber sie hat gesagt, sie würde es um nichts auf der Welt verpassen«, sagte sie ungläubig.

»Ich weiß, mein Schatz. Du weißt doch, wie wichtig ihre Arbeit ist. Ich bin mir sicher, dass sie hier wäre, wenn es irgendwie möglich gewesen wäre.«

Joey sah aus, als würde sie gleich weinen, doch ihre Stimme war eisenhart. »Egal. War mir sowieso nicht wichtig.«

»Joey, es ist in Ordnung, traurig zu sein«, sagte Tara leise.

»Ich bin nicht traurig!«, pampte Joey sie an.

»Josephine Steele, pass auf deinen Ton auf«, sagte er streng. Dies war der Teil der Erziehung – wenn er sie ermahnen musste, obwohl sie ohnehin schon durcheinander war –, den er am wenigsten leiden konnte. »Tante Tara ist nicht diejenige, auf die du sauer bist.«

»Ich habe gesagt, ich bin nicht sauer!« Sie rannte nach oben und knallte ihre Tür zu.

»Mist!«

Mit zittrigen Händen nahm Tara das Handy aus ihrer Tasche. »Dafür werde ich Amelia büßen lassen.«

Levi legte die Hand auf Taras. »Das ist meine Aufgabe, und die werde ich erledigen, gleich nachdem ich das gebrochene Herz meiner Tochter zusammengeflickt habe.«

Mit einem sanfteren Blick sah sie ihn an. »Soll ich mitkommen?«

»Nein, ich schaff das schon.« Er ging nach oben und klopfte an Joeys Tür. »Schatz, mach die Tür auf.«

Sie antwortete nicht.

»Ich komme rein.« Er öffnete die Tür und ließ den Blick kurz über die Skateboarding-Poster und die Fotos an den Wänden gleiten, die Tara von ihnen beiden und von Joey mit ihren Freunden, Großeltern, Tanten und Onkel gemacht hatte. Ihr Bett war leer und auch auf dem Hochbett, das er als Versteck zu ihrem fünften Geburtstag gebaut hatte, mit Bücherregalen zu beiden Seiten und einem Vorhang davor, war sie nicht. Die Vorhänge waren aufgezogen und das Versteck war leer. Darunter war ihr Sitzsack, und das Notizbuch, das Jules und Bellamy ihr geschenkt hatten, lag offen auf ihrem Schreibtisch, doch von Joey war nichts zu sehen.

Ein kleiner Lichtstrahl drang unter der Geheimtür hinten in ihrem Einbauschrank hindurch. Sein Herz zog sich zusammen, als er durch das Zimmer ging und sich vor die Wand hockte. »Peanut?«

»Geh weg.«

Er hörte die Tränen in ihrer Stimme und spürte den Kloß im eigenen Hals. »Das mit Amelia tut mir leid, Schatz.«

»Ich hab dir doch gesagt, dass sie mir egal ist.«

»Das habe ich verstanden, aber ich weiß auch, dass es wehtut, wenn jemand ein Versprechen nicht einhält.«

Sie schniefte.

»Du weißt, dass es eine Menge Leute gibt, die dich liebhaben, und sie alle kommen, um deinen Wettkampf zu sehen.«

»Ist mir egal«, maulte sie. »Ich will da auch gar nicht mehr hin.«

Er rieb sich über den Nasenrücken und versuchte, seinen Ärger auf Amelia, die im Alleingang den Tag seiner Tochter ruiniert hatte, im Zaum zu halten. »Schatz, ich weiß, dass du traurig und verwirrt bist, aber du hast so viel dafür trainiert. Bitte lass dir das davon, dass Amelia nicht da ist, nicht nehmen.«

»Es ist mir egal, dass sie nicht hier ist. Ich will sie nie wieder sehen!«

Die Hand an die versteckte Tür gepresst, kämpfte er gegen den Teil von sich an, der genau das Gleiche wie sie empfand. Der glaubte, dass Joey ohne die halbherzigen Bemühungen von Amelia besser dran wäre. »Ich verstehe, warum du das so empfindest. Es ist schwer, jemandem zu vergeben, der dich enttäuscht hat, trotzdem können wir Menschen nicht einfach unser ganzes Leben lang den Rücken kehren, nur weil sie einen Fehler gemacht oder eine falsche Entscheidung getroffen haben.«

»Doch, ich kann das!« Ihr Schluchzen drang durch die Tür. »Es ist meine Entscheidung, ob ich jemanden mag oder nicht.«

»Das stimmt, aber erinnerst du dich noch daran, wie Onkel Archer und Onkel Jock ganz lange nicht gut miteinander auskamen und dass Onkel Jock nur sehr selten nach Hause zu Besuch kam?«

Sie antwortete nicht.

»Ich war wütend auf Archer, weil er nicht mit Jock geredet hat, und ich war sauer auf Jock, weil er nie auf die Insel kam, nur weil Archer ihn nicht sehen wollte. Aber ich war auch wirklich traurig, weil sie mir so gefehlt haben. Ich dachte, wir anderen wären ihnen einfach nicht wichtig genug, und das hat mir das Herz gebrochen. Wir haben in all den Jahren viel gemeinsame Zeit mit ihnen verloren, und das hätte für immer so bleiben können, wenn wir nicht Wege gefunden hätten, uns zu verzeihen. Und jetzt sind nicht nur Jock und Archer wieder Teil unseres Lebens. Wir haben auch Daphne, Hadley und Indi. Was ich also wohl damit sagen will, ist, dass ich verstehe, wie es ist, wenn man so verletzt und enttäuscht worden ist, dass man den Menschen, der einem wehgetan hat, für immer aus seinem Leben verbannen will.«

Hinter der Wand war wieder ein Schniefen zu hören.

All seine Muskeln waren angespannt, als er für Amelia eine Lanze brach, um seine Tochter zu retten. Er legte die Stirn an die Tür und schloss die Augen. »Ich weiß, dass Amelias Arbeit es kaum zulässt, dass sie dich besuchen kann, aber sie hat dich angerufen und *versucht*, zu kommen, und das sollte auch zählen.

Wenn du sie aus deinem Leben verbannst, wird es dir langfristig nur noch mehr wehtun, glaube ich, und ich habe das Gefühl, wenn du nicht an dem Wettkampf teilnimmst, wirst du nur noch trauriger sein.«

Sie sagte nichts, doch er hörte noch das Schniefen.

»Heute ist dein Tag, Peanut, und ich unterstütze dich in deiner Entscheidung, ob du an dem Wettkampf teilnimmst oder nicht. Ich bin mir sicher, die anderen Kids werden froh sein, wenn du nicht auftauchst. Dann haben sie eine große Konkurrentin weniger, stimmt's?«

Langsam öffnete sich die Tür, und Joeys verweinte, gerötete Augen kamen zum Vorschein, sodass sein Herz noch einen Knacks bekam.

»Komm her, mein Schatz.« Levi breitete die Arme aus, und sie kroch hinein, klammerte sich an ihn und schluchzte an seiner Schulter. Sein Entschluss, Amelias Missachtung ihrer Gefühle einen Riegel vorzuschieben, war endgültig gefasst. Er wünschte sich, er könnte ihr den Schmerz nehmen, und auch wenn er sich einredete, dass es sie stärker machen würde, was sicher auch zutraf, so war dies doch eine Lektion, die man ihr hätte ersparen sollen. »Ich habe dich lieb, Joey, und es tut mir so leid.«

Er hielt sie in den Armen, bis sie nicht mehr schluchzte und ihre Tränen trockneten. Dann wischte er ihr mit den Daumen über die Wangen. »Willst du darüber reden?«

Sie schüttelte den Kopf und ihre Unterlippe zitterte wieder.

»Viele Leute kommen heute, um dir zuzusehen. Willst du zum Wettkampf gehen?«

Sie nickte.

»Gut. Ich bin stolz auf dich, Peanut.« Er küsste sie auf die Stirn, musste jedoch eine weitere schwierige Erziehungsaufgabe erfüllen. »Ich weiß, dass du durcheinander warst, als du Tara angeschnauzt hast, aber sie hat das nicht verdient. Sie hat dich lieb und hat dich niemals enttäuscht.«

Tränen schossen ihr wieder aus den Augen. »Ich entschuldige mich bei ihr.«

»Du bist ein tolles Mädchen.« Er umarmte sie noch einmal. »Was hältst du davon, wenn du dir kurz das Gesicht wäschst und wir dann zusammen hinuntergehen?«

Während sie sich frisch machte, versuchte er, ihre Stimmung zu verbessern, indem er darüber redete, wie gut sie im Wettkampf sein würde, doch es waren sicher mehr als ein paar Worte nötig, um diese Wunde zu heilen.

Tara beendete gerade ein Telefonat, als sie nach unten kamen. Mit einem Lächeln drehte sie sich um. »Wie geht's dir, Süße?«

Joey rannte auf sie zu und schlang die Arme um ihre Taille. »Tut mir leid, dass ich dich angeschnauzt habe.«

»Schon gut.« Tara ging in die Hocke, um sie zu umarmen, und als sie ihr in die Augen blickte, wischte sie Joeys Tränen fort. »Ich weiß, dass du durcheinander warst, und es tut mir leid, dass Amelia nicht kommen konnte. Aber weißt du was? Ich werde jede Menge Fotos machen und die können wir ihr dann schicken.«

Es kam ihm vor, als spielte sich hier direkt vor ihm der Inbegriff von Liebe ab. Zu beobachten, wie Tara ihre Gefühle in Bezug auf ihre Schwester, die sie immer nur miserabel behandelt hatte, beiseitelegte, einzig und allein um seine Tochter zu trösten, bedeutete ihm alles.

»Joey, geh doch am besten noch einmal deine Ausrüstung durch und prüf nach, ob du alles Nötige beisammenhast. Ich muss noch etwas aus der Garage holen und bin in ein paar

Minuten wieder da.« Auf dem Weg hinaus holte er sein Handy hervor und rief Amelia an.

»Wie hat sie abgeschnitten?«, fragte Amelia, als sie das Gespräch annahm, was ihn nur noch wütender machte.

»Der Wettkampf geht erst in einer Stunde los, und du hast Joey derart traurig gemacht, dass sie kurz davor war, ihn sausen zu lassen.« Er tigerte neben seinem Motorrad auf und ab.

»Hat Tara ihr nicht erzählt, dass ich ihr ein Geschenk schicke?«

»Wann kapierst du endlich, dass Joey keine Geschenke will? Sie will, dass du deine Versprechen hältst. Und warum hast du Tara geschrieben und nicht mir?«

Sie seufzte. »Weil ich wusste, dass du ein Drama daraus machen würdest, und ich hatte recht.«

»Das siehst du falsch, Amelia«, zischte er. »Ich mache kein Drama daraus. Ich bin stinksauer, dass dir die Gefühle unserer Tochter vollkommen egal sind.«

»Wenn mir ihre Gefühle vollkommen egal wären, würde ich keine Geschenke schicken. Meine Güte, Levi, ich bin kein Ungeheuer. Du weißt, dass ich niemals Mutter sein wollte.«

»Was du nicht sagst! Und ich bin hier der Trottel, der den Fehler gemacht hat, indem ich versucht habe, irgendeine Art der Kommunikation zwischen euch beiden aufrechtzuerhalten, damit Joey nicht mit dem Gefühl aufwächst, im Stich gelassen worden zu sein oder die Liebe ihrer Mutter nicht wert zu sein. Damit es nicht unangenehm ist, wenn sie dir zufällig auf der Insel begegnet, und damit sie sich nicht ihr Leben lang fragen muss, warum ihre eigene Mutter nie mit ihr spricht. Das war ein verdammter Riesenfehler meinerseits.« Er musste sich zusammenreißen, um ihr nicht die Hölle heißzumachen, weil sie Tara so mies behandelt hatte, doch er würde Taras Vertrauen nicht hintergehen, egal, wie sehr er es gewollt hätte.

Amelia stöhnte auf. »Könntest du dich jetzt mal abregen? Ich musste arbeiten. Und dann ist da noch eine große Dinnerparty, zu der ich gehen muss, um mir einen neuen Sponsorenvertrag zu sichern. Das nennt man Verantwortungsbewusstsein.«

»Du hast nicht die geringste Ahnung, was Verantwortung bedeutet, und für Joey tut es mir leid, dass ich so lange gebraucht habe, um das endlich zu verstehen. Aber du hast ihr zum letzten Mal wehgetan. Von nun an findet jegliche Kommunikation über mich statt. Wenn du mit Joey reden willst, rufst du zuerst mich an. Wenn du sie sehen willst, ihr Nachrichten schreiben, einen Videoanruf machen oder ihr auch nur einen Brief schreiben willst, klärst du das zuerst mit mir ab. Hast du das verstanden?«

»Ach, das juckt mich nicht, aber was glaubst du, wie sie sich fühlt, wenn sie mir schreibt und ich nicht antworte?«

»In etwa so, wie sie sich fühlt, wenn du sagst, dass du kommst, nur um dann doch nicht aufzutauchen.« Damit würde er sich später abgeben, so wie mit allen anderen Unzulänglichkeiten von Amelia auch.

»Ach, guck mal, wie du dich vor mir als Bärenpapa aufspielst. Irgendwie ist das richtig heiß!«

»Hör auf mit dem Mist, Amelia, und merk dir, was ich gesagt habe.« Er beendete das Gespräch, steckte das Handy weg und wünschte sich, er hätte Zeit, um auf seinen Boxsack einzudreschen oder eine Runde zu laufen. Doch das Dröhnen der Motorräder war in der Ferne schon zu hören. Den Luxus, sich mit seinen Gefühlen auseinanderzusetzen, hatte er nicht.

Auf seine Tochter wartete ein Wettkampf.

Er holte ihre Helme und Joeys Sicherheitsgeschirr fürs Motorrad und ging wieder ins Haus. Joey und Tara schauten sich gerade ein Video auf Taras Handy an und Joey kicherte. Voller Erleichterung über das Lächeln seiner Tochter und Dankbarkeit für das liebevolle Herz dieser umwerfenden Frau schlich er sich hinter sie und umarmte sie beide gleichzeitig.

»Da-ad!«, sagte Joey lachend.

»Das musste einfach sein.« Er gab Joey und Tara einen Kuss auf die Wange. »Seid ihr bereit?«

Tara schaute zur Auffahrt, während sich der dröhnende Lärm der Motorräder rasch näherte, und wandte sich mit einem vielsagenden Blick an Levi. »Wir sind Joeys Ausrüstung durchgegangen. Sie ist bereit zum Aufbruch.«

»Wunderbar. Dann können wir ja los.«

Es klopfte an der Tür, und als er sich auf den Weg zum Eingang machte, rannte Joey an ihm vorbei. »Ich mach auf!«, rief sie, und genau das hatte er gehofft.

Sie riss die Tür auf. Jesse und Brent standen in voller Kluft mit Lederjacken, Jeans und Stiefeln bekleidet und Helmen in der Hand auf der Veranda. Die anderen Dark Knights warteten neben ihren Motorrädern aufgereiht an der Straße.

»Hallo«, sagte Joey. »Dad kann heute keine Tour mit euch machen. Wir sind gerade auf dem Weg zu meinem Wettkampf.«

»Wir sind nicht hier, um deinen Dad abzuholen, meine Kleine. Wir sind deine Eskorte«, sagte Jesse.

»Eskorte?« Verwirrt schaute sie zu ihrem Vater auf.

»Genau, Peanut. Heute ist dein großer Tag und du wirst stilvoll dort eintreffen. Wir beide nehmen mein Motorrad und fahren vor den Jungs mitten durch die Stadt zum Wettkampf.«

»So wie eine Parade? Was ist mit meinem Skateboard und der Ausrüstung?«

»Das nehme ich in meinem Auto mit«, sagte Tara und ließ die Kamera sinken. Levi war froh, dass sie daran gedacht hatte, diesen Moment festzuhalten.

»Deine Konkurrenz hat keine Ahnung, dass sie gegen eine Dark-Knight-Prinzessin verlieren wird«, sagte Brent.

Joey strahlte über das ganze Gesicht. »Ich brauche meine Lederjacke.« Aufgeregt hüpfte sie auf den Zehenspitzen, während Levi ihre Jacke aus dem Garderobenschrank nahm und ihr beim Anziehen half. »Das wird so cool!«

»Geh doch schon mal mit Jesse und Brent mit und zieh dir Helm und Gurt an. Ich bin gleich da.« Levi nickte seinen Cousins dankbar zu. Als Joey hinausrannte, schloss er die Tür und zog Tara in die Arme. »Tut mir leid wegen dieses ungemütlichen Morgens.«

»Mir tut es einfach nur für Joey leid.«

»Mir auch, aber sie wird schon zurechtkommen. Sie wird heute eine Menge Menschen sehen, die sie liebhaben, und ich werde nicht zulassen, dass Amelia ihr noch einmal wehtut. Sie hat abgesagt, um auf eine Party zu gehen und dort einen Sponsorenvertrag klarzumachen. Ich habe ihr gesagt, dass ihr Kontakt zu Joey von nun an nur noch über mich stattfindet. Sie wird nicht mehr ankündigen können, dass sie kommt, ohne konkrete Pläne vorzulegen.«

»Das ist klug. Es tut mir leid, dass Amelia so ist.«

»Sie ist, wie sie ist.« Er legte die Hände um ihr Gesicht. »Ich bin so froh, dass du in unserem Leben bist, Blondie. Es wird für mich die reinste Folter werden, dich heute nicht küssen zu können.«

»Dito«, sagte sie leise, und die Emotionen in ihren Augen sprachen Bände.

Wie konnte ein einziges Wort ihn derart intensiv berühren?

»Ich verspreche, dass ich das heute Abend wiedergutmache.« Er küsste sie langsam, liebevoll und gerade lang genug, dass ihr die Luft wegblieb und er sich nur noch nach mehr sehnte.

»Komm, lass uns unserer Kleinen einen großartigen Tag bescheren.«

»Mach langsam, großer Junge. Du bist der beste Vater, den Joey sich je wünschen könnte, und dass all die Jungs als Eskorte für sie auftauchen, ist der Traum aller jungen Mädchen. Ich möchte sichergehen, dass ihr mehr als nur die Erinnerungen bleiben.« Sie schulterte ihre Kameratasche und legte die Hand auf den Türknauf. »Gib mir fünf Minuten Vorsprung, damit ich Fotos davon machen kann, wie du, Joey und ihr Gefolge in den Park fahrt.«

»Himmel, ich bin einfach verrückt nach dir.« Er drückte seine Lippen auf ihre.

Sie schob ihn grinsend von sich. »Geht mir genauso, aber wenn wir jetzt nicht loskommen, verpasst Joey ihren Wettkampf.«

Der Parkplatz war prall gefüllt. Familienautos und Pick-ups reihten sich am Straßenrand aneinander. Ballons hingen an langen Bändern am Zaun, der den Skatepark umgab, und über dem Eingang wurde mit einem Transparent der 15. Skateboarding-Wettkampf angekündigt. Eine riesige Menschenmenge schlenderte umher, aufgeregte Kinder hatten sich ihre Skateboards unter den Arm geklemmt.

Eilig bog Tara noch einmal ab und fand einen Parkplatz eine Straße entfernt. Sie schnappte sich ihre Kameratasche,

Joeys Ausrüstung und ihr Skateboard und joggte zum Parkeingang zurück. Gerade als das Geräusch der Motorräder über die lärmende Menschenmenge drang und näherkam, holte sie ihre Kamera hervor. Sie nahm den Apparat vors Auge und stellte mit pochendem Herz die Linse auf Levi und Joey scharf, wobei sie darauf achtete, Fotos aus allen Perspektiven zu machen, einschließlich all der Motorräder hinter ihnen und der Menschen, die ihnen vom Straßenrand aus bewundernd hinterhersahen. Levis starke Schultern und die Art, mit der Joey mit hoch erhobenem Kopf hinter ihm saß, passte zu dem Stolz, den sie sicher empfanden. Was für ein grandioser Anblick, ihre geliebte Nichte von so vielen Menschen unterstützt zu sehen.

Als Tara Fotos von dem Mann machte, der die Last des ganzen Universums seiner kleinen Tochter auf den Schultern trug, ohne jemals auch nur ins Wanken zu geraten, und von dem Mädchen, das sich nie Sorgen darum zu machen brauchte, ob sie das Zentrum seiner Welt darstellte, war auch sie voller Bewunderung – für die Mühen, die Levi für Joey auf sich nahm und schon immer auf sich genommen hatte.

Levi führte die Motorradkolonne um den Block, wahrscheinlich um Parkmöglichkeiten aufzutun, und Tara griff nach ihrer Tasche.

»Tara!«

Sie schaute auf und sah Jules auf sich zurennen – mit einem breitkrempigen Hut auf dem Kopf, einer rostfarbenen Hose mit weißen Tupfen, einem weißen Cropshirt und einer kurzen verwaschenen Jeansjacke sah sie unglaublich süß aus. Sie wirkte wie ein Collegemädchen, obwohl sie ein Jahr älter als Tara war. Hinter ihr bemühte Leni sich, zu ihr aufzuholen, wobei sie den gleichen Hut auf ihren kastanienbraunen Haaren festhielt und einen weiteren in der Hand hielt.

»Hallo!«, sagte Tara, als Jules auf sie zustürmte und sie so fest umarmte, dass sie kaum noch Luft bekam.

»Du siehst irgendwie anders aus, als hättest du ein süßes Geheimnis«, säuselte Jules.

»Jules!«, warnte Tara sie. »Süßer Hut.«

»Was ist aus deinem Versprechen geworden, dass du nicht rennen wolltest?«, fragte Leni und sah Jules finster an.

»Ich wollte ja auch nicht rennen, doch dann habe ich Tara gesehen und mich so gefreut«, erklärte Jules.

Leni verdrehte die Augen und nahm Tara kurz in Augenschein. »Mädel, die Frühlingsferien tun dir gut. Du siehst großartig aus.«

»Sag ich doch«, säuselte Jules erneut.

»Danke. Eure Hüte gefallen mir.«

»Gut, denn Jules hat darauf bestanden, dir einen mitzubringen.« Leni setzte Tara den mitgebrachten Hut auf.

»Oh ... okay.« Tara sah den *Sag nichts*-Blick von Leni. »Danke, Jules.«

»Sind die nicht total süß?«, schwärmte Jules. »Die habe ich gerade im Laden reinbekommen, und ich habe einen für jede Frau in unserer Familie gekauft, und da du und Bellamy wie meine Schwestern seid, dachte ich, wir könnten sie alle aufsetzen, wenn wir uns sonnen oder durch den Ort schlendern.«

»Weil wir ja auch so oft als Gruppe durch den Ort schlendern«, merkte Leni sarkastisch an.

»Also, ich find's schön«, sagte Tara zustimmend. Sie war die skurrilen Ideen ihrer Freundin gewohnt.

»Ist Joey aufgeregt?«, fragte Jules.

»Ja, aber vor allem war der Morgen ziemlich unangenehm für sie. Amelia hat kurzfristig abgesagt und Joey war am Boden zerstört.«

»Dieses egoistische Miststück.« Leni presste die Lippen aufeinander. »Dass mein Bruder sich mit ihr abgibt, macht ihn zu einem Heiligen. Ich weiß, er hofft darauf, dass sie eines Tages erwachsen wird, aber Leute wie sie ändern sich nicht.«

Tara wollte das Thema nicht vertiefen und sich von Amelia nicht auch noch den Rest des Tages vermiesen lassen. Sie sah, dass Levi mit Joey an der Hand und gemeinsam mit den anderen Dark Knights die Straße überquerte. Er schaute zu ihr und ließ die vertrauten Schmetterlinge flattern. Sie war sich sicher, dass seine Schwestern die bebende Erde ebenfalls spürten.

»Scheint so, als hätte sich Joeys mieser Morgen schon um einiges gebessert«, sagte Leni. »Ich würde mich von einer Horde heißer Biker auch gern eskortieren lassen. Kommt. Wir gesellen uns zu ihnen.«

Sie halfen beim Tragen von Joeys Skateboard und ihrer Ausrüstung, und als sie zu Levi, Joey und den anderen aufschlossen, machte Tara sich Sorgen darum, wie sie ihre Gefühle für Levi verbergen sollte, wenn diese doch so übermächtig waren. Und als wäre es nicht schon schwierig genug, beobachtete Leni ihn auch noch mit Adleraugen. Tara war sich ziemlich sicher, dass sein lüsternes Lächeln und der ständig auf sie gerichtete Blick seiner dunklen Augen Bände sprachen.

Jules sah so aus, als würde sie vor Freude in die Lüfte springen, doch sie schaffte es, sich gelassen zu geben und zog Joey in eine Umarmung. »Da ist ja der Star der Show.«

»Viel Glück heute, Kleine.« Leni fuhr Joey durch die Haare.

»Ich gewinne einen Pokal«, verkündete Joey voller Selbstvertrauen.

»Und ob!«, stimmte Jules zu und umarmte auch Brent und Jesse.

Leni beäugte die anderen Biker, die sie alle gut kannte. »Also, nur damit ich das richtig verstehe: Ich muss also nur lernen, wie man Skateboard fährt, und schon laufen alle starken, toughen Biker auf?«

Ozzy stellte sich neben sie. »Baby, ein Wort und ich bin da. Ein Skateboard ist nicht nötig.«

»Du bist für mich vielleicht ein bisschen zu viel Mann, Oz.« Leni ließ den Blick über seinen Körper gleiten. »Du siehst aus, als könntest du mich zum Frühstück verspeisen.«

Sein Mundwinkel zuckte hoch. »Stimmt genau, Darling. Und auch zum Mittag- und Abendessen.«

»Halt dich zurück, Ozzy«, warnte Levi, der daraufhin Leni finster ansah. »Hör auf, Unruhe zu stiften.«

Leni lachte.

»Warum baggerst du die Jungs überhaupt an? Du sagst doch immer, dass du gar keine Zeit für Männer hast. Bei dir geht es immer nur um die Arbeit«, erinnerte Jules sie.

»Komm her, du Unruhestifterin.« Jesse zog Leni in eine Umarmung und reichte sie an Brent weiter. »Sieh zu, dass du die hier gut beschäftigst, in Ordnung?«

»Kein Problem, Bruderherz.« Brent grinste Leni an. »So, liebes Cousinchen, hast du zufällig eine süße Freundin, die noch Single ist?«

»Dad, da sind Grandma Lenore und Grandma Blanche.« Joey deutete in die Menge. »Und Onkel Archer und Hadley …«

Während Joey die Namen aufzählte, folgte Tara ihrem Blick. Lenore und Blanche unterhielten sich mit Taras und Levis Eltern. Allein beim Anblick ihrer Mutter straffte sie schon die Schultern und die Schmetterlinge in ihrem Bauch verwandelten sich in Wespen. Archer hatte Hadley auf dem Arm und stand in der Nähe mit Jock, Grant und – sehr zu Taras

Überraschung – mit ihrem Bruder Robert zusammen. Sie freute sich, dass er gekommen war, um Joey zu unterstützen. Tara hob die Kamera, um ein paar Aufnahmen zu machen und in der Hoffnung, dass es die Nervosität lindern würde, die sich schleichend in ihr ausbreitete. Ihre Aufmerksamkeit richtete sich automatisch auf ihre Mutter mit ihrer perfekten Haltung, der makellosen Hose und teuren Bluse. Neben Shelley, die mit Jeans, T-Shirt und einer weinroten Strickjacke angemessen ungezwungen gekleidet war, wirkte sie fehl am Platz. Taras Vater dagegen sah ebenso entspannt aus wie Steve Steele. Beide Männer trugen Hemden und Jeans. Tara fragte sich, warum ihre Mutter das Bedürfnis verspürte, sich abzuheben, beziehungsweise sich über alle zu stellen. Es musste doch anstrengend sein, so viele Mühen in ihr äußeres Erscheinungsbild und ihr Benehmen zu stecken. Sie verspürte ein ungewohntes Gefühl von Mitleid mit ihrer Mutter.

»Kann ich rübergehen?«, fragte Joey und riss Tara aus ihren Gedanken.

»Klar.« Levi ließ ihre Hand los und Joey rannte hinüber zu den anderen, woraufhin er sich neben Tara stellte und den Arm um sie legte. »Hast du mich schon vermisst?«

»Dich vermisst? Sie sieht dich ständig.« Leni nahm seinen Arm von Taras Schulter und stellte sich zwischen sie. »Lass ihr etwas Raum zum Atmen. Wir sind hier quasi umzingelt von heißen Typen. Wie soll sie jemals einen Mann kennenlernen, wenn du so tust, als gehörte sie zu dir?«

Levis Kiefermuskeln zuckten und Tara verkniff sich ein Lachen.

»Wie kommst du auf die Idee, dass Tara noch Single ist?« Joker kam herüber und legte den Arm um Tara. »Weißt du noch nicht von mir und meiner Fotografin? Wir nutzen die

Kamera für ganz tolle Sachen.« Er rieb sein Gesicht an Taras Hals. »Stimmt's, Baby?«

Levi sah so aus, als würde er jeden Moment explodieren.

Tara duckte sich unter Jokers Arm weg. »Sind wir nicht wegen Joey hier?«

»Genau«, brummte Levi und zog Tara von Joker fort. »Wenn ich verhaftet werde, weil ich heute jemanden umbringe, musst du mich aus dem Knast holen.«

»Und schon wieder lässt er alle Typen glauben, dass sie vergeben wäre«, rief Leni ihnen hinterher, als sie zu ihren Familien gingen.

Levi blieb an Taras Seite, als sie sich alle begrüßten. Sie war froh, dass er nicht direkt zu ihren Eltern ging. Während Levis Brüder sich zu ihren Cousins gesellten und Grant die von Levi organisierte Eskorte von Joey lobte, umarmte Tara Robert. »Ich freue mich so, dass du hier bist. Mit dir habe ich gar nicht gerechnet.«

»Ich war nicht sicher, ob ich es schaffen würde, aber ich konnte ein paar Sachen verlegen.« Er nickte in Richtung ihrer Großmutter und Lenore, die von den Dark Knights umgeben waren. »Glaubst du, die versuchen die Jungs zu überreden, im Pythons zu arbeiten?«

»Oder hier in Harborside ein Pythons zu eröffnen.« Tara winkte Tonya und Leilani zu, und direkt hinter ihnen sah sie ihren Vater ebenfalls winken. »Ich begrüße lieber mal Mom und Dad.«

»Brauchst du Verstärkung?«, fragte Robert.

»Nein, aber danke.« Sie ging hinüber zu ihren und Levis Eltern, wobei sich mit jedem Schritt ihre Ängste wieder aufbauten.

»Hallo, mein Schatz.« Ihre Mutter gab ihr einen Kuss auf

die Wange. »Joey ist sicher aufgeregt.«

»Ja, das ist sie. Amelias kurzfristige Absage war da nicht hilfreich.«

Ihr Vater umarmte sie. »Sie hat es uns erzählt.« Er schüttelte den Kopf. »Ich wünschte, Amelia würde aufhören, Versprechen abzugeben, die sie nicht halten kann.«

»Wirklich zu schade«, sagte Shelley und zog Tara zu einer herzlichen Umarmung an sich.

»Du weißt doch, wie viel Amelia zu tun hat«, sagte ihre Mutter. »Sie hat kaum Zeit, mal Luft zu holen.«

»Kann mir gar nicht vorstellen, wie sie das alles hinbekommt«, sagte Tara sarkastisch. »Muss ganz schön hart sein, an exotische Orte zu fliegen, gratis in luxuriösen Hotels zu wohnen und mit den Reichen und Schönen auf Partys zu gehen. Klingt total stressig.«

»Ganz genau«, sagte ihre Mutter.

»Zum Glück hat Joey viele andere Menschen, die heute für sie gekommen sind«, sagte Steve und umarmte Tara.

Shelley berührte Taras Hand. »Liebes, du sollst wissen, wie dankbar wir dir sind, dass du dein Leben eine Zeit lang hintanstellst, damit Joey sich mit ihren Freunden amüsieren und am Wettkampf teilnehmen kann.«

»So eine große Sache ist das nicht, und außerdem verbringe ich sehr gern Zeit mit ihr.«

»Zwei Wochen sind eine sehr große Sache für eine so vielbeschäftigte Frau wie dich«, sagte Steve, während er Levi zulächelte, der mit Joey zu ihnen kam. »Levi, ich hoffe, dir ist bewusst, was für ein Glück du hast, die beste Fotografin unserer Insel zwei Wochen ganz für dich zu haben.«

»Joey und ich sind uns dessen bewusst«, sagte Levi und lächelte Taras Eltern herzlich an. »Ich bin so froh, dass ihr kommen konntet.«

»Wir auch«, sagte ihr Vater. »Wir sind stolz auf unsere Jojo-Bean.«

»Mir wäre es lieb, ihr bei etwas weniger Gefährlichem zuzusehen«, sagte ihre Mutter.

»Ich bin vorsichtig, Grandma«, rief Joey aus. »Grandpa Steve, rate mal, was ich gemacht hab! Tante Tara hat mir gezeigt, wie ich Dad einen Streich spielen kann, und dann habe ich ihr auch einen gespielt.«

»Du meine Güte«, sagte Taras Mutter, während alle anderen schmunzelten.

»Sie hat uns richtig reingelegt, Pop«, sagte Levi.

»Gut gemacht, Kleine.« Steve schlug Joey ab.

Jock gesellte sich dazu und gab Levi einen Klaps auf den Rücken. »Das nenne ich mal gute Erziehung.«

»Sie muss doch die Steele-Tradition fortführen«, sagte Levi.

»Da kommen Archer und Hadley.« Shelley nahm Steves Hand. »Schatz, da sind auch Brent und Jesse. Wir müssen unsere Neffen mal kurz drücken. Marsha und Patrick, wollt ihr auch Hallo sagen?«

»Ja, gern«, antwortete Taras Vater, während ihre Mutter angestrengt lächelte.

Als sie fortgingen, rief Hadley gerade: »Joey!«, und wand sich aus Archers Armen, um zu Joey zu laufen. Sie sah in ihrem rosa-weißen Cheerleader-Rock, einem passenden Pullover und den weißen Sneakers mit den rosa Schnürbändern zuckersüß aus.

»Hallo, Hadley«, sagte Tara. »Dein Cheerleader-Outfit sieht ja toll aus.«

»Hört euch das mal an.« Archer tippte Hadley auf die Schulter. »Hey, Zwerg, was machen wir, wenn Joey mit ihrem

Skateboard dran ist?«

Sie reckte die Fäuste in die Luft und stampfte mit einem Fuß rhythmisch auf den Boden. »Joey! Joey!«

Alle klatschten und lobten sie.

»Super gemacht, Hadley!«, sagte Leni, als sie und Jules sich zu ihnen stellten.

»Wie süß«, sagte Tara. »Hat Daphne ihr das beigebracht?«

»Na klar«, sagte Jock stolz.

»Aber ich habe ihr das hier beigebracht«, sagte Archer. »Hadley, was machen wir, wenn andere Kinder dran sind?«

In Hadleys Gesicht trat ein grimmiger Ausdruck, sie verschränkte die Arme und gab ein knurrendes Geräusch von sich. Tara und die anderen versuchten, ihre Belustigung zu verbergen, während Jock Archer einen Blick zuwarf, der hätte töten können, und Jules ihn auf den Arm schlug und zurechtwies. »Bring ihr doch nicht bei, wie man ein schlechter Verlierer ist.«

Archer grinste. »Hey, jemand muss doch meine Tradition weiterführen.«

Jock nahm Hadley auf den Arm und erklärte ihr, warum sie sich nicht so verhalten sollte.

Über Lautsprecher wurden alle Teilnehmer des Wettkampfs aufgerufen, sich zur Skate-Anlage zu begeben, und in dem Tumult wünschten alle Joey noch einmal Glück.

Levi legte die Hand auf Taras Rücken und raunte ihr zu. »Geht's dir gut?«

»Ja, absolut.«

»Gut. Wir sprechen uns danach. Wie gern würde ich dich jetzt küssen.«

»Dito.«

Er zwinkerte ihr zu und ging zu Jesse. Kurz darauf machte Joey sich mit Brent und Levi und der Hälfte der Dark Knights im Gefolge auf den Weg zur Skate-Anlage. Tara schnappte sich ihre Kamera und fotografierte Levi, Brent und Joey, während die Menge den Weg für das entzückende kleine Mädchen und ihre beeindruckenden in Leder gekleideten Beschützer frei machte.

»Ich muss einen guten Platz finden, um Fotos von dem Wettkampf zu machen«, sagte Tara zu Jules und Leni. »Kommt ihr mit?«

»Klar«, sagten beide gleichzeitig.

»Wir regeln das für euch. Folgt mir«, sagte Jesse.

Die Frauen liefen hinter Jesse her, und als hätte er ein stillschweigendes Kommando ausgegeben, wurden sie von den übrigen Dark Knights begleitet.

Der Wettkampf war chaotisch und aufregend zugleich. Die Kinder und Jugendlichen vollführten ihre Tricks mit den Skateboards und erlitten Stürze, die trotz all ihrer Schutzausrüstung sicherlich wehtaten, während die Menge johlte und den Atem anhielt. Durch die Anwesenheit von Levis und Taras Familien und der lautstarken Biker-Truppe wurde niemand lauter angefeuert als Joey, während sie gekonnt jeden einzelnen Trick ausführte. Es wurde gejohlt, gebrüllt und applaudiert, und Tara machte ein Foto nach dem anderen von Levis selbstbewusster Tochter, deren Widerstandsfähigkeit und absolute Entschlossenheit sie immer wieder in Staunen versetzten.

Joey strahlte nach jedem gelungenen Trick und ihr Blick fand den ihres Vaters jedes Mal aufs Neue, ohne auch nur ansatzweise auf die schmerzhafte Enttäuschung hinzudeuten, die sie heute schon hatte hinnehmen müssen.

Als der Wettkampf beendet war und die Punkte der Juroren ausgezählt waren, wurden zuerst die Gewinner der acht- bis zehnjährigen Anfänger verkündet. Unter Applaus rannten die drei Gewinner zu der improvisierten Bühne. Die ganze Welt schien den Atem anzuhalten und auf die Verkündung für die acht- bis zehnjährigen Teilnehmer des nächsthöheren Levels zu warten, in dem Joey angetreten war.

»Auf dem dritten Platz bei den acht- bis zehnjährigen Skatern im mittleren Level ist Tyrell Johnson.« Alle klatschten und eine Handvoll Leute riefen »Super, Tyrell!« und »Gut gemacht!«. Der Sprecher wartete, bis Tyrell, ein süßer, schlaksiger Junge, zu den anderen auf die Bühne gelaufen war, bevor er weitersprach: »Der zweite Platz in dieser Gruppe geht an Josephine – Joey – Steele!«

Tränen nahmen Tara die Sicht und der Jubel brandete um sie herum auf, als Joey Levi in die Arme sprang. Tara hielt jede Sekunde ihrer Umarmung fest, und sie war nicht die Einzige, die weinte. Levis Augen schimmerten feucht, als Joey zur Bühne rannte, und mit erhobener Faust brüllte er: »Woo-hoo! Meine Tochter!« Auch die glitzernden Tränen auf Shelleys Wangen hielt sie fest, während all ihre Familienmitglieder und Freunde jubelten.

Nachdem alle Gewinner verkündet und den Kindern ihre Pokale und Geschenkgutscheine überreicht worden waren, rannte Joey zu Levi, um ihm ihre Preise zu zeigen, und als Nächstes direkt zu Tara. »Ich hab's geschafft! Ich habe einen Pokal gewonnen!«

Tara hob Joey hoch und schwang sie im Kreis herum. »Ich wusste, du schaffst das, Süße. Du bist das mutigste Mädchen, das ich kenne. Ich bin so stolz auf dich!«

Joey umarmte sie ganz fest, und als sie an Taras Körper wieder hinunter auf den Boden glitt, bemerkte Tara, dass Levi mit seinem Handy ein Foto von ihnen gemacht hatte. Er gab Archer sein Telefon und sagte: »Mach mal ein Foto von uns dreien, ja?« Er hob das Kinn in ihre Richtung. »Komm her, Blondie. Du bist diejenige, die diesen Tag erst möglich gemacht hat.«

Levi hob Joey auf seine Schultern und legte den Arm um Tara, und unter den Augen ihrer Familien und Freunde machte Archer ein Foto von ihrem – da war Tara sich sicher – strahlendsten Lächeln.

Neunzehn

In Levis Garten herrschte eine emsig fröhliche Atmosphäre. Das Sandwich-Büffet war ein großer Erfolg, und auf dem Weg mit einer weiteren Schüssel Kartoffelsalat hielt Tara kurz inne, um alles auf sich wirken zu lassen. Joey spielte Ball mit Hadley und Leilani, während Jock, Shelley, Taras Vater und Tonya miteinander plauderten und ihnen zusahen. Joey schwebte nach ihrem Sieg auf Wolke sieben und erzählte allen von dem Flohmarkt und ihrem Limonadenstand. Tara entdeckte Robert, der sich mit Joker und einigen anderen Dark Knights unterhielt. Die meisten von ihnen, einschließlich Robert, hatten den ganzen Nachmittag mit Leni geflirtet, aber die zeigte wieder ihre scharfzüngige Seite, gab sich kokett und verführerisch, um sie gleich darauf wieder zu verspotten. Tara hatte das Gefühl, dass Leni das Spiel genoss und gar keinen Mann in ihrem Leben wollte oder gar brauchte.

Sie schaute über den Garten hinweg zu ihrem attraktiven Freund. Was für eine seltsame Bezeichnung das doch war. Levi war so viel mehr als ein Freund, doch Partner klang nicht intim genug, wenn man bedachte, wie nah sie sich mittlerweile waren. Er unterhielt sich mit seinem Vater, Jesse, Brent, Archer und Grant. Als er zu ihr schaute, stockte ihr der Atem, so schnell tauchte in diesen wunderschönen, liebevollen Augen etwas Verruchtes auf. Er hatte jede Gelegenheit genutzt, ihr verführerisch etwas zuzuflüstern oder sie im Vorbeigehen zu berühren, und es machte ihr Spaß, es ebenso zu tun.

Jules kam in ihr Sichtfeld und stemmte die Hände in die Hüfte.

Tara eilte zum Tisch mit dem Sandwich-Büffet. Den ganzen Tag über hatte Jules schon versucht, etwas über die Beziehung zwischen ihr und Levi aus ihr herauszubekommen, doch mit so vielen Leuten um sie herum befürchtete Tara, dass andere mithören konnten.

»Du kannst mir nicht den ganzen Tag aus dem Weg gehen«, zischte Jules ihr zu.

»Wenn du mir ständig folgst, geht das wirklich nicht.« Tara füllte den Kartoffelsalat auf. »Du weißt, dass ich dir brennend gern etwas erzählen will, aber das geht nicht.«

»Tja, ich habe ein Geheimnis. Ich verrate es dir, wenn du mir zumindest ein bisschen erzählst.«

Tara schaute sich um, um sicherzugehen, dass sich niemand in Hörweite befand, und flüsterte: »Was willst du hören? Dass ich deinen Bruder für eine Art Sexgott halte und dass es mich umbringt, so zu tun, als wären wir nicht zusammen? Denn genau das ist der Fall. Er ist liebevoll und beschützend, und wenn ich in seinen Armen liege, will ich gar nicht mehr weg.«

Jules kreischte auf und umarmte sie, woraufhin sich einige Leute zu ihnen umdrehten.

»Hörst du jetzt bitte damit auf? Und was ist dein Geheimnis?«

»Grant und ich haben einen Hochzeitstermin festgelegt!«
»Großartig! Wann?«
»Wir wollen uns unsere Eheversprechen geben, wenn die

Beleuchtung am Weihnachtsbaum im Majestic Park eingeschaltet wird, weil wir uns dort verlobt haben.«

»Wie romantisch! Und für Grant ist es in Ordnung, das in der Öffentlichkeit zu machen? Er ist sonst so diskret.«

»Mein ach so diskreter Verlobter hat mir vor den Augen der ganzen Insel einen Antrag gemacht, falls du dich erinnerst?«

»Stimmt. Das war so untypisch für ihn.«

»Es zeigt einfach, was wahre Liebe mit einem Menschen anstellen kann, und der Termin war seine Idee! Er weiß, wie ich die Weihnachtszeit und unsere Gemeinschaft auf der Insel mag. Er dachte, ich würde sicher allen die Gelegenheit geben wollen, dabei zu sein.«

»Ach, Jules. Das ist so schön.«

»Finde ich auch.« Voller Liebe schaute sie zu Grant. »Mit jedem Tag verliebe ich mich mehr in ihn.«

»Das Gefühl kenne ich«, sagte Tara, ohne nachzudenken, und presste dann schnell die Lippen aufeinander.

»Ich wusste es! Du liebst ihn.«

»Bist du gefälligst mal leise?«, schalt Tara sie. »Das L-Wort habe ich noch nie gesagt.«

»Tut mir leid«, flüsterte Jules. »Das musstest du auch gar nicht. Das steht dir ins Gesicht geschrieben, und er sieht so aus, als käme er gleich herüber, um seine Ansprüche hier an Ort und Stelle anzumelden.«

Tara schaute verstohlen zu Levi, dessen durchdringender Blick ihr Herz in Aufregung versetzte. Sie wandte sich ab, musste sich wieder unter Kontrolle bringen und Jules bremsen. »Warum haben wir im Gruppenchat noch nichts über euer Hochzeitsdatum gehört?«

»Wir haben es gerade erst heute Morgen beschlossen, und dies ist Joeys großer Tag, nicht unserer. Außerdem muss ich mit dem Bürgermeister reden und seine Einwilligung einholen.«

»Du meinst meinen Vater«, bemerkte Tara.

»Ja. Kannst du mir dabei helfen, wie ich das am besten anstelle? Muss ich ihn irgendwie bestechen, um die Genehmigung zu bekommen? Sollte ich ihm etwas aus dem Sweet Barista mitbringen, einen Geschenkegutschein vom Buchladen oder so etwas? Wird das nicht als Bestechung von Amtsträgern angesehen? Kann ich dafür bestraft werden? Oder ins Gefängnis wandern?«, fragte sie, als ihre Großmütter sich näherten. »Was ist der beste Zeitpunkt, um deinen Vater um so etwas zu bitten?«

»Um meinen Sohn um was zu bitten?«, wollte Grandma Blanche wissen.

»Äh …« Jules verschlug es die Sprache und sie schaute hilfesuchend zu Tara.

»Jules hatte mich nur gerade …« Krampfhaft überlegte sie. »… nach der Spendensammlung gefragt, die Mom und Goldie organisieren.«

Jules nickte heftig. »Genau. Ich hatte überlegt, mich zu verkleiden, um die Kinder zu unterhalten, und dafür wollte ich die Genehmigung des Bürgermeisters bekommen.«

Lenore und Blanche schauten sich skeptisch an.

»Quatsch«, sagte Lenore.

Grandma Blanche gab sich verschwörerisch: »Erzählt uns eure Geheimnisse und wir verraten euch unsere.«

»Ich kenne schon einige von deinen, Grandma, und ich glaube nicht, dass ich noch mehr vertrage.« Tara musste Jules da herausholen, bevor ihre Großmütter sie zum Reden brachten und sie aus Versehen etwas über sie und Levi preisgab. »Jules, ich glaube, Grant hat dich gerade zu sich gewunken.«

»Was?« Jules drehte sich herum und winkte Grant zu.

»Wahrscheinlich will er einen Kuss. Wir sehen uns später, Ladys.«

Als Jules davoneilte, fragte Lenore: »Was verheimlicht sie uns?«

»Ich habe keine Ahnung, wovon du sprichst.« Tara hielt die leere Salatschüssel wie einen Schutzschild vor ihre Brust. »Ich bring die mal lieber rein.« Sie hatte erst zwei Schritte gemacht, bevor ihre Großmutter ihr hinterherrief. Tara schloss die Augen, atmete tief durch und zwang sich zu einem Lächeln, bevor sie sich umdrehte. »Ja?«

Ihre Großmutter gab ihr das Senfglas. »Das ist leer. Kannst du ein neues holen?«

Erleichtert sagte sie: »Klar.«

»Ich kann es nicht mehr länger für mich behalten«, sagte ihre Großmutter aufgeregt. »Lenore und ich haben nächste Woche ein Date mit Jokers Großvater und einem Freund von ihm.«

»Wow! Ihr beide vergeudet keine Zeit, oder?«

»Das Leben ist zu kurz, um seine Zeit zu vergeuden«, sagte ihre Großmutter. »Was immer du und Julesy auch verheimlicht, vor uns braucht ihr es nicht geheim zu halten.«

Wenn es einen Menschen gab, der ihr Geheimnis bis in alle Ewigkeiten für sich behalten würde, dann war es ihre Großmutter, da war Tara sich sicher. Doch da Joeys Gefühle oberste Priorität hatten, wollte sie kein Risiko eingehen. »Wir verheimlichen gar nichts, Gram. Ich hole den Senf.«

Sie ging hinein und dachte über ihre Großmutter und Lenore nach. Sie warf gerade etwas in den Müll, als Levi durch die Terrassentür hereinkam. Wie eine Raubkatze auf Beutefang eilte er auf sie zu, während sein lüsterner Blick ihr Herz zum Rasen brachte.

Wortlos nahm er ihre Hand und führte sie aus der Küche.

»Wohin gehen wir?«

Er zog sie ins Gäste-WC und schloss die Tür. Sein Mund landete auf ihrem und ein intensiver, inniger Kuss folgte. Als ihre Lippen sich schließlich voneinander lösten, sagte er: »Danach habe ich mich schon die ganze Zeit gesehnt.«

»Dito.« Sie zog seinen Mund wieder an ihren und seine kräftigen Hände legten sich um ihre Taille. Ohne den Kuss zu unterbrechen, hob er sie auf den Waschtisch und drängte seinen starken Körper zwischen ihre Beine.

»Himmel, Baby«, sagte er an ihren Lippen. »Wie ist es nur möglich, dass ich es nach nur wenigen Stunden so vermisse, dir nahe zu sein?« Er bedeckte ihren Kiefer mit Küssen. »Ich bin dir hörig, mein Schatz.«

»Dito«, keuchte sie und wünschte, sie könnte einen ganzen Satz herausbringen, aber seine verführerischen Küsse waren so viel besser, als alle aneinandergereihten Wörter es je sein konnten. Als er die Hände in ihre Haare schob und sie mit einem glühend heißen Kuss eroberte, war Denken nicht mehr möglich. Sie ergab sich dem in ihr brodelnden Begehren, klammerte sich an ihn, schlang die Beine um seine Taille und presste ihre Hüften an ihn. Er rieb sich an ihr, verstärkte ihr Verlangen. Stöhnend und knurrend lösten sie ihre Lippen voneinander, doch er hielt ihr Gesicht nah bei sich, biss ihr ins Ohrläppchen und jagte Flammen in ihren Unterleib. Vor Lust blieb ihr die Luft weg und sie flehte: »Noch einmal!« Er ließ sich nicht zweimal bitten. »Levi ...« Ihr Flehen wurde mit dem nächsten gierigen Kuss zum Schweigen gebracht. Er schob die Hände unter ihren Hintern, lehnte sich an sie und sie konnte das bedürftige Stöhnen nicht zurückhalten.

Die Tür zum Bad ging auf und sie schreckten auseinander.

Mit großen Augen, entsetzt und errötend starrte Taras Mutter sie an. »Tara Ann!«

»Mom, was machst du …« Tara kletterte hastig vom Waschtisch, doch Levi bewegte sich langsamer, entschlossener und legte den Arm um ihre Taille, als er sich aufrecht und beschützend neben sie stellte.

»Du!« Ihre Mutter blickte Levi wütend an. »Reicht es dir nicht, dass du eine meiner Töchter beschmutzt hast? Jetzt musst du dich auch noch an Tara ranmachen?« Sie richtete ihre Boshaftigkeit an Tara. »Bist du deshalb ständig hier, Tara Ann?«

»Nein, aber das …«

»Lasst uns doch erst mal zur Ruhe kommen«, sagte Levi energisch. »Ich lasse nicht zu, dass du in meinem Haus in diesem Ton mit Tara sprichst. Das hier ist nicht das, was du denkst.«

Höhnisch entgegnete ihre Mutter: »Ach nein? Ich denke, es ist ziemlich eindeutig. Ich hätte dir nie vertrauen und dich in die Nähe meiner Töchter lassen sollen.«

»Hört ihr beide jetzt mal auf, bitte?« Tara stürmte aus dem Badezimmer und blieb zitternd vor Wut vor ihrer Mutter stehen. »Was ich mit Levi mache, oder mit sonst jemandem, geht dich überhaupt nichts an. Ich bin kein Kind mehr, und Levi ist mit Sicherheit kein Mann, dem man nicht vertrauen kann.«

»Er hat deine Schwester geschwängert, Tara. Weiß Amelia, was hier vor sich geht?«

»Das geht auch sie nichts an, und ja, Amelia wurde von Levi schwanger, aber zum Kinderkriegen gehören immer noch zwei. Amelia ist nicht so unschuldig, wie du sie darstellst.« Vage nahm Tara eine Bewegung in der Küche wahr, doch sie war zu aufgebracht, um zur Ruhe zu kommen. »Sie hat in der Highschool mit allen möglichen Jungs geschlafen, und das weiß die ganze Stadt, ob du es wahrhaben willst oder nicht, und ja, sie wurde geschwängert. Jetzt finde dich endlich damit ab.« Ihre Worte schossen schnellfeuerartig aus ihr heraus. »Du hast dabei eine wunderschöne Enkelin gewonnen, und deine liebe Amelia hat keinen Finger gekrümmt, um sich um sie zu kümmern. Levi hat mit zwanzig Jahren sein Leben aufgegeben, um ihre gemeinsame Tochter großzuziehen. Tag und Nacht hat er sich um sie gekümmert, hat ihr ein glückliches, erfülltes Leben aufgebaut und sich immer und in jeder Hinsicht hintangestellt. Seit ihrer Geburt hat er immer nur das getan, was für Joey das Beste war, und du mit deinem verzerrten Sinn für Ansehen hast versucht, ihn dafür fertigzumachen. Aber jetzt rate mal, was Sache ist, Mom!« Heiße Tränen liefen über ihre Wangen.

»Pass auf, was du sagst, Tara Ann«, sagte ihre Mutter kalt.

»Nein, es wird Zeit, dass du mal aufpasst«, sagte sie, als Levi sich neben sie stellte. »Ich habe großen Respekt vor Levi, und es ist mir egal, ob dir missfällt, was ich fühle, denn ich liebe ihn. Ich liebe ihn dafür, dass er mir als Junge Gesellschaft geleistet hat, wenn ich mich auf Partys versteckt habe, weil meine eigene Schwester mich bei jeder sich bietenden Gelegenheit als fett, wertlos und hässlich betitelt hat, und du hast das nicht nur zugelassen, du hast ihr beigebracht, wie man an mir herummäkelt, bis zum heutigen Tag, als wäre ich niemals gut genug. Und während du mir das Gefühl gibst, einfach nur schlecht zu sein, verleiht Levi mir ein gutes Gefühl, wann immer wir zusammen sind, und das ist schon seit jeher so. Ich liebe ihn, weil er stets ein fürsorglicher Freund für mich war und ein liebevoller Vater für Joey, und ich liebe ihn, weil er der Mann ist, mit dem ich ohne jegliche Ängste lachen und weinen kann.«

»Tara …«, warnte Levi sie behutsam und nahm ihre Hand.

Doch sie schüttelte den Kopf und sah mit feuchten Augen zu ihm auf. »Ich habe dich schon geliebt, bevor ich überhaupt verstanden habe, was das Wort bedeutet, und sie muss es wissen.«

»Das werde ich nicht dulden, Tara Ann«, sagte ihre Mutter mit monotoner Stimme. »Nicht, solange du unter meinem Dach lebst.«

Tara hätte damit rechnen sollen, dass sie das Haus als Druckmittel nutzen würde, und doch kam es einem Schlag in die Magengrube gleich. Sie hob das Kinn und sah ihre Mutter an. »Dann ist es ja gut, dass ich bereits nach einer neuen Bleibe Ausschau gehalten habe, denn ich werde meine Beziehung zu Levi nicht beenden, nur um es dir recht zu machen.«

Levi drückte ihre Hand, und in seinem Gesicht spiegelte sich eine beklemmende Mischung aus Sorge und Stolz.

»Willst du die Freundin von meinem Daddy sein?« Leise ertönte Joeys Stimme hinter Tara und bohrte sich wie ein Messer in ihre Brust.

Oh mein Gott! Was habe ich getan? Entschuldigend sah sie Levi an, bevor sie sich mit zugeschnürter Kehle umdrehte. Voller Entsetzen sah sie ihre Familien und ihre Freunde stumm vor Schreck auf der Schwelle zum Wohnzimmer stehen. Joey hielt Shelleys Hand. Tara nahm Joeys verwirrten Gesichtsausdruck wahr, Shelley gab ein lautloses »Sorry« von sich.

Tara schluckte. »Ja, Joey, das will ich. Mehr als alles andere auf der Welt.« Sie hielt den Atem an, während eine scheinbar ewig dauernde Stille einsetzte. Vor Angst, es richtig vermasselt zu haben, fing sie an, sich zu entschuldigen, doch Joey riss sich von Shelley los, rannte zu Tara und schlang die Arme um sie.

»Das will ich auch«, sagte Joey.

Noch mehr Tränen liefen Tara über die Wangen, als sie sie

fest umarmte. »Ich hab dich lieb.«

Ihre Mutter schimpfte etwas vor sich hin und stürmte aus dem Haus.

Tara senkte den Kopf und die Tränen liefen, als Levi die Arme um sie und Joey legte. Sie schloss die Augen, dankte dem Universum, dass er sie nicht von sich wies, und hörte, dass Shelley alle aus dem Haus scheuchte. Tara schaute zu Levi auf, voller Scham, weil er, Joey, ihre Familien und ihre Freunde den Streit mit ihrer Mutter miterlebt hatten. Dass sie ihm und allen anderen ihr Innerstes offenbart hatte, war unerheblich im Vergleich zum Wohlergehen des wunderbaren Mädchens in ihren Armen. »Es tut mir leid! Ich …«

»Schsch. Es ist in Ordnung, Baby.«

Mühsam brachte sie hervor: »Joey …?«

Lautlos gab er ihr zu verstehen: *Sie hat nicht alles mitbekommen.*

Tara wurde klar, dass er deshalb versucht hatte, sie zu warnen, und als Joey fragend zu ihnen aufschaute, versuchte sie sich daran zu erinnern, was sie nach dieser Warnung gesagt hatte. *Ich habe dich schon geliebt, bevor ich überhaupt verstanden habe, was das Wort bedeutet, und sie muss es wissen.* Hoffentlich hatte sie nicht gehört, was Tara über ihre Schwester und Mutter gesagt hatte. »Es tut mir leid, dass du gesehen hast, wie wir uns streiten. Willst du über das reden, was du gehört hast?«

Ein zaghaftes Lächeln trat in Joeys Gesicht, als wäre sie nicht sicher, ob es in Ordnung war, glücklich zu sein, nachdem sie einen derartigen Zwist mitbekommen hatte. »Daddy, willst du Taras Freund sein?«

»Ja, Peanut, mehr als alles andere auf der Welt.«

Er wurde mit einem zuversichtlichen Lächeln von Joey belohnt, das jedoch schnell wieder schwand. »Tante Tara, war

Grandma das gemeine Mädchen, von dem du mir erzählt hast? War sie der Grund dafür, dass du früher so viel gegessen hast?«

Tara seufzte und überlegte, ob sie lügen sollte, doch Lügen führten nie zu etwas Gutem. »Manchmal.«

»Doch meistens war es Amelia«, sagte Levi ernst.

Mit einem flehenden Blick sah Tara ihn an und fragte sich insgeheim, warum er Joey noch mehr aufwühlen wollte, doch seine entschlossen aufeinandergepressten Kiefer verrieten ihr, dass er wusste, was er tat.

Er hockte sich neben Joey und nahm ihre Hand. »Du bist alt genug, um die Wahrheit zu erfahren. Amelia war kein sehr nettes Mädchen, als sie jünger war, und wegen ihr hat Tante Tara sich oft schlecht gefühlt.«

»Aber so ist sie jetzt nicht mehr«, sagte Tara rasch, wobei sie nicht genau wusste, warum sie ihre egoistische Schwester beschützte.

Joey zog die Augenbrauen zusammen. »Ich fühle mich wegen ihr auch schlecht.«

Wieder traten Tara die Tränen in die Augen.

»Ich weiß, und das tut mir leid, meine Süße. Das ist meine Schuld, aber ich werde nicht mehr zulassen, dass sie dir das antut.« Er umarmte sie und zog Tara ebenfalls an sich.

»Dad, du kannst nicht jemanden nett machen«, sagte Joey. »Du kannst nur für dich einstehen und entscheiden, ob du dich von den Worten anderer verletzen lässt.« Sie schwieg kurz und ihr Gesicht verriet ihre Betroffenheit. »Wenn Amelia mich das nächste Mal traurig macht, dann sage ich ihr vielleicht genauso die Meinung, wie Tara es mit Grandma gemacht hat.«

»Darüber können wir ein anderes Mal reden«, versprach Levi. »Peanut, du sollst wissen, dass Tara und ich dir schon bald erzählen wollten, was wir füreinander empfinden.«

»Aber ich wollte bis nach den Frühlingsferien warten«, erklärte Tara. »Es tut mir leid, dass wir deinen großen Tag ruiniert haben.«

»Das ist schon in Ordnung«, sagte Joey. »Zumindest habt ihr euch nicht geprügelt wie Onkel Archer und Onkel Jock.«

Levi legte die Hand auf Joeys Rücken. »So ist es richtig, Kleines. Immer die positive Seite sehen.«

»Kann ich jetzt mit Leilani und Hadley spielen?«, fragte Joey.

»Na klar.« Levi gab ihr einen Kuss auf den Kopf, und als Joey hinausrannte, zog er Tara in seine Arme. »Es tut mir leid, Baby. Was kann ich tun?«

»Die Zeit zurückdrehen und dafür sorgen, dass ich den Mund halte.«

»Du hattest eine Menge zu sagen.«

Sie war beschämt, und die Bedeutung dessen, was sie über ihre Mutter und Schwester gesagt hatte, und auch über ihre Gefühle für Levi, traf sie mit voller Wucht. Die Beklemmung wurde unerträglich. »Ich will nicht darüber reden. Das kann ich jetzt nicht. Ich muss mich bei allen entschuldigen, bevor sie mich für vollkommen verrückt halten.«

»Niemand hält dich für verrückt, Tara. Du hast genug durchgemacht. Entspann dich doch erst einmal und ich rede mit ihnen.«

»Nein. Es ist meine Schuld. Ich sollte …« Sie sah ihren Vater, ihre Großmutter und Robert wieder ins Haus und auf sie zukommen.

Levi folgte ihrem Blick, hielt sie nah bei sich und straffte die Schultern. »Tara hat heute schon genug durchgemacht.«

Ihr Vater hob die Hände. »Wir sind nicht hier, um noch mehr Ärger zu machen. Ich möchte mich für meine Frau entschuldigen. Ich dachte, sie hätte es hinter sich gelassen, dir die Schuld zu geben, und es tut mir leid, was sie gesagt hat.«

»Danke«, sagte Levi, »aber ich mache mir keine Sorgen um mich.«

»Jelly Bean, ich wollte immer nur, dass du glücklich bist«, sagte ihr Vater zärtlich. »Es tut mir leid, dass ich dir vor all den Jahren nicht geglaubt habe, was du über Amelia gesagt hast. Es gibt keine Entschuldigung dafür. Wahrscheinlich wollte ich einfach nicht glauben, dass sie so grausam sein kann.«

»Eine gut getarnte fiese Hexe«, zischte ihre Großmutter leise.

Ihr Vater warf ihr einen strengen Blick zu. »Mutter!« Mit weicherem Blick wandte er sich wieder an Tara. »Was dich und Levi angeht, so habe ich das schon eine Weile kommen sehen. Levi, du bist all das, was Tara gerade gesagt hat, und ihr beide habt meinen Segen.«

Tränen stiegen Tara wieder in die Augen. »Danke, Dad.« Sie sah ihren Bruder an.

»Ich habe mit euch beiden kein Problem«, sagte Robert. »Aber warum hast du mir nie erzählt, was Amelia dir angetan hat?«

Sie zuckte mit den Schultern. »Du bist so viel älter als ich … du warst nicht wirklich da.«

»Tja, jetzt bin ich es aber, und wenn irgendjemand dir weh- tut …« Robert sah Levi an.

»Ey, Kumpel, du brauchst mich gar nicht so anzusehen«, sagte Levi. »Ich würde ihr nie wehtun.«

»Das weiß ich, aber wenn doch, würde ich mich richtig anstrengen, um dich fertigzumachen.«

»Ist angekommen«, sagte Levi.

»Gott sei Dank hast du endlich kapiert, was direkt vor deiner Nase war«, sagte Großmutter Blanche zu Levi. »Ich dachte schon, ich muss Tara mit meinen *Geschäftspartnern* bekannt machen, und so eine Art von Konkurrenz kann ich nicht gebrauchen. So ein süßes junges Ding kann jeden Mann haben.« Sie zwinkerte Tara zu. »Wenn du ausziehst, solltest du unbedingt ein Gästezimmer für mich einplanen.«

»Das mache ich, Grandma. Charmaine sieht sich für mich nach Immobilien um.«

»Wenn ihr mich kurz entschuldigt? Ich lasse euch mal allein und rede mit meiner Familie.« Levi küsste Tara. »Ich bin draußen, falls du mich brauchst.«

Levi ging zur Terrassentür, machte dann jedoch kehrt und trat stattdessen zur Vordertür hinaus. Taras Mutter saß auf dem Beifahrersitz ihres Autos und wartete wahrscheinlich auf den Rest ihrer Familie. Er klopfte an die Scheibe. Sie öffnete die Tür, blickte jedoch weiter mit fest aufeinandergepressten Zähnen und feuchten Augen starr durch die Windschutzscheibe.

Levi beugte sich hinunter und sagte in freundlichem, aber entschiedenem Ton: »Es tut mir leid, dass du auf diese Art von uns erfahren hast, und es tut mir auch leid, dass du es nicht billigst, dass Tara und ich zusammen sind, aber ich bin diese Beziehung nicht leichtfertig eingegangen, und ich habe auch nicht vor, sie zu beenden. Ich hoffe, dass du eines Tages die Peinlichkeit oder welchen Schmerz auch immer du empfunden hast, als Amelia schwanger wurde, überwinden kannst und in mir den Mann siehst, der ich bin. Aber ich hoffe auch – und das ist noch wichtiger –, dass du einen Weg findest, in Tara den Menschen zu sehen, der sie immer gewesen ist. Deine Tochter ist eine unglaubliche Frau, die so innige Liebe empfindet, dass sie alle anderen über sich stellt. Sie hat es nicht verdient, beiseitegedrängt oder so behandelt zu werden, als könnte man sie einfach wegwerfen.«

Marshas Kinn zitterte, doch sie presste die Lippen aufeinander und blickte weiterhin starr geradeaus.

»Ich würde gern glauben, dass Joey aufwachsen kann, ohne dass die Umstände, unter denen sie auf diese Welt gekommen ist, ständig wie eine dunkle Wolke über uns schweben, doch das liegt nicht allein in meiner Hand.« Er schwieg kurz, gab ihr die Gelegenheit, etwas zu sagen, doch es kam nichts. »Danke, dass du heute gekommen bist, um Joey zu unterstützen. Kommt sicher nach Hause.«

Als er fortging, hörte er, wie die Tür geschlossen wurde, und er hoffte inständig, dass sie zur Vernunft kommen und das Richtige tun würde. Er machte sich auf den Weg in den Garten, wo seine Familie sorgenvoll auf ihn wartete. Joey spielte mit Hadley und Leilani, kicherte und rannte umher. War sie wirklich so widerstandsfähig? Forge und Tonya hatten ein Auge auf sie, und die anderen Dark Knights unterhielten sich miteinander, während sie respektvoll einige Meter von seiner Familie entfernt standen. Dies alles war seine Schuld, und er würde alles dafür geben, mit Tara tauschen und derjenige sein zu können, der sich mit einer solchen Mutter auseinandersetzen musste. Zum Glück war der Rest ihrer Familie nicht so.

»Hey, Mann, das war ja ganz schön heftig«, sagte Archer mitfühlend. »Ist Tara in Ordnung?«

»Bist du in Ordnung?«, fragte Jock.

Levi schnaufte tief durch. »Mir geht es gut, und Tara geht es so gut, wie es nach einem solchen Albtraum eben möglich ist.« Er war nicht sicher, ob es ihr wirklich gut ging, und er machte sich Sorgen darüber, was der Streit mit ihrer Mutter bei ihr anrichten würde, wenn ihr das alles erst einmal richtig bewusst wurde. Wie zum Teufel sollte er das in Ordnung bringen?

»Ist es okay, wenn ich mit ihr rede?«, fragte Jules.

»Vielleicht sollten wir beide zu ihr gehen«, schlug seine Mutter vor.

»Sie ist mit den anderen aus ihrer Familie zusammen«, sagte Levi. »Ich glaube, sie braucht einen Augenblick mit ihnen.«

Leni verschränkte die Arme. »Ich hatte keine Ahnung, dass Amelia sie so behandelt hat. Wo steckt sie? Ich würde ihr gern die Hölle heiß machen.«

»Das wäre nicht hilfreich«, schalt ihr Vater sie.

»Jetzt aber mal halblang. Ich bin da voll bei Leni«, sagte seine Großmutter. »Amelia hat eine Tracht Prügel verdient, so wie sie Tara behandelt hat, und ihre Mutter ebenso. Schämen sollte Marsha sich.«

Levi versuchte, ruhig zu bleiben. »Das Ganze hat eine lange Geschichte, Grandma. Tara und ich werden das schon regeln.«

»Was können wir tun?«, fragte Jesse.

»Nichts, trotzdem danke. Es ist nett, dass ihr alle noch geblieben seid, aber wir kommen schon zurecht. Ich werde jetzt wohl nur noch aufräumen und dann ist Schluss für heute.«

»Sollen wir dir helfen?«, bot Jesse an.

»Ja, Mann, sag uns einfach, was wir tun sollen«, stimmte Brent mit ein.

»Wir haben das im Griff«, versicherte Shelley ihnen. »Ihr habt Joey heute großartig unterstützt. Sie hat wirklich Glück, euch beide zu haben. Jetzt zieht los und genießt den Rest des Tages mit euren Freunden.«

Levi bedankte und verabschiedete sich bei seinen Kumpels. Nachdem sie gegangen waren, umarmte Jules ihn.

»Tut mir leid, dass es so schwierig ist«, sagte sie.

»Familienkram ist echt Mist«, pflichtete Grant mitfühlend bei.

»Wir finden schon einen Weg«, sagte Levi.

»Das macht mich dann ja wohl zum König der Steeles-Verkuppler«, sagte Archer grinsend.

»Von wegen«, entgegnete Jules. »Du warst absolut nutzlos.«

»Schluss, ihr beiden. Lasst uns aufräumen, damit Levi bald seine Ruhe hat.« Grant legte die Hände auf ihre Schultern und führte sie von Levi weg.

Levi schaute ins Haus und sah, wie Tara ihren Bruder umarmte. In ihm zog sich alles zusammen, als ihm ihre Worte wieder einfielen. *Ich habe dich schon geliebt, bevor ich überhaupt verstanden habe, was das Wort bedeutet, und sie muss es wissen.*

»Ich nehme an, Tara ist diese besondere Freundin, von der du neulich in der Küche gesprochen hast?«, fragte sein Vater.

Levi nickte, doch seine Gedanken kamen nicht zur Ruhe.

»Er hat dir gegenüber auch eine Freundin erwähnt?«, fragte Leni. »Dann bin ich ja wohl doch nicht so etwas Besonderes.«

Levi sah sie ausdruckslos an.

»Ha! War nur ein Scherz. Ich weiß, dass ich etwas Besonderes bin. Nichts geht über Mutterleibgenossen.« Sie hob die Hand, um Levi abzuklatschen, doch sie hatte wohl gemerkt, dass er dafür nicht in Stimmung war, denn sie schlang stattdessen die Arme um ihn. Leiser sagte sie: »Ich weiß, dass du dir Sorgen um Tara machst, aber sie packt das. Das weiß ich. Du würdest gar nichts anderes zulassen.«

Worauf du Gift nehmen kannst.

Nach einem der längsten Tage seines Lebens saß Levi mit Joey auf ihrem Bett und las ihr ein paar Kapitel aus einem ihrer Unicorn-Academy-Bücher vor. Seine Familie war nach dem Aufräumen noch ein wenig geblieben, um mit Tara zu reden, sie zu beruhigen und sie wissen zu lassen, wie sehr sie von allen geliebt wurde und dass sie für sie da waren. Den ganzen Nachmittag und Abend hatte sie sich tapfer und gefasst gegeben, doch nach dem Abendessen hatte sie sich zurückgezogen und war für anderthalb Stunden fort gewesen, um angeblich noch ein paar Dinge zu erledigen. Sie war mit Sand an den Schuhen zurückgekehrt und das hatte Levi einen schmerzhaften Stich versetzt. Er verstand ihr Bedürfnis, allein zu sein, doch er wünschte sich, sie würde mit ihm reden.

Als er die Vorlesezeit beendete, kuschelte Joey sich an seine Seite. »Dad?«

»Ja, Peanut?«

»Geht es Tante Tara gut?«

»Mit Sicherheit bald wieder, Jo. Sie ist nur traurig wegen der Sache mit Grandma.« Er drückte sie an sich und gab ihr einen Kuss auf den Kopf. Vor einiger Zeit hatte er gehört, dass Tara unter der Dusche stand, und er hoffte, dass es ihr etwas von der Anspannung nahm.

»Glaubst du, ich sollte bei ihr schlafen, damit sie nicht allein ist?«

Ihre Fürsorge traf ihn mitten ins Herz, doch er hatte nicht vor, Tara allein schlafen zu lassen. Er wollte, dass sie sicher und warm in seinen Armen lag. »Das ist wirklich lieb von dir, mein Schatz, aber du hattest auch einen anstrengenden Tag. Du brauchst jetzt deinen Schlaf.«

»Sorgst du dafür, dass es ihr gut geht?«

»Natürlich.« Er stand auf und arrangierte ihre Stofftiere. Als sie von ihrem ganzen Zoo umgeben war, sagte er: »Ich bin stolz auf dich, Kleine. Glückwunsch noch mal zu deinem großen Sieg.«

Joey strahlte. »Onkel Brent hat gesagt, wenn ich weiter trainiere, kann ich nächstes Frühjahr bei den Fortgeschrittenen antreten.«

»Du wirst die Skateboard-Szene von Harborside im Sturm erobern, und ich kann es nicht abwarten, dabei zuzusehen.« Er gab ihr noch einen Kuss auf die Stirn. »Träum was Schönes. Hab dich lieb.«

»Ich dich auch, Dad. Sag Tante Tara gute Nacht von mir und dass ich sie lieb habe.«

»Mach ich.«

Er ließ ihre Tür einen Spalt breit geöffnet und ging den Flur entlang zu dem extra Schlafzimmer, aus dem er leise Geräusche vernahm. Tara leerte die Kommodenschubladen und verstaute ihre Kleidung im Koffer. Die Haare hatte sie locker hochgesteckt, ein paar feuchte Locken umrahmten ihr Gesicht und sie trug Leggings mit einem T-Shirt. Ein dumpfes Gefühl breitete sich in seiner Magengrube aus. »Du reist doch nicht ab, oder?«

Sie schüttelte den Kopf. »Ziehe nur wieder nach unten um.«

Er nahm sie in den Arm. Sie roch nach Sonnenschein und Blumen, doch der graue Schleier in ihren Augen verriet, welches Unwetter in ihrem Herzen tobte. »Tut mir leid wegen heute. Ich hätte dich nicht ins Bad zerren sollen. Das war egoistisch von mir.«

»Nein, war es nicht. Ich wollte mit dir dort sein. Nichts von all dem ist deine Schuld. Ich bin diejenige, die den Mund so weit aufgerissen hat. Ich hätte nichts sagen sollen. Ich hätte sie reden lassen und einfach weggehen sollen.«

»Damit wäre es nicht vorbei gewesen.«

»Was ist, wenn meine Mutter mich nun hasst?«

Er dachte an ihre Mutter und daran, wie sie im Auto die Tränen zurückgehalten hatte. »Die Liebe einer Mutter endet nicht einfach so nach über zwanzig Jahren.« Er schwieg kurz, um sie darüber nachdenken zu lassen. »Du bist endlich für dich eingestanden, und du hast deiner Mutter ihr eigenes Handeln und den Schmerz, den sie verursacht hat, mal richtig vor Augen gehalten. Das ist für niemanden leicht, und ich kann mir vorstellen, dass sie eine gewisse Zeit braucht, um herauszufinden, wie sie damit umgehen soll.«

»Du gehst davon aus, dass sie überhaupt damit umgehen will.«

»Das will sie. Sie liebt dich, Tara, und ich weiß, dass du das auch glaubst. Sonst würdest du nicht mehr im Haus deiner Eltern wohnen. Du hast die scharfen Kanten von einigen der schlimmsten Angewohnheiten deiner Mutter zu spüren bekommen, und sie haben dir unendlich wehgetan, aber das hat dich nie davon abgehalten, das Gute in ihr zu sehen und die Mom wertzuschätzen, die dich auf Fotoausstellungen mitgenommen hat und die Liebe zur Gartenarbeit in dir geweckt hat, und die auch stolz auf dich und deine Selbstständigkeit ist, die du dir aufgebaut hast, auch wenn sie nicht immer weiß, wie sie es sagen soll. Sie wird dir nicht den Rücken kehren.«

Sie schüttelte den Kopf und schlang die Arme um ihn, um dann ihre Wange an seine Brust zu legen. »Ich will nicht reden. Ich möchte nur, dass du mich hältst.«

Und das tat er. Er strich ihr über den Rücken und nahm ihre Anspannung als seine eigene wahr.

»Ich möchte nicht Joeys Leben ruinieren oder für eine un-angenehme Stimmung zwischen ihr und meiner Mutter sorgen. Sie ist immerhin ihre Großmutter«, sagte sie mit zittriger Stimme.

»Du zerstörst ihr Leben nicht. Du machst es besser. Sie will, dass wir zusammen sind. Sie liebt dich, Tara.« *Und ich auch.* Diese Wahrheit traf ihn mit voller Wucht, und er wollte es ihr sagen, um alles erträglicher zu machen, doch er wollte auch nicht, dass solch große Worte in allem anderen, was vor sich ging, verloren gingen.

»Ich fasse es nur einfach nicht, dass ich all das über Amelia, meine Mutter und meine Gefühle für dich gesagt habe. Ich hoffe, du glaubst nicht, dass ich von dir erwarte, das Gleiche zu empfinden. Wahrscheinlich würdest du mich am liebsten ins Irrenhaus sperren. Wer spricht denn schon nach einer Woche von Liebe?« Sie gab ihm nicht die Gelegenheit zu antworten. »Doch fairerweise muss ich sagen, dass ich dich wirklich schon seit Ewigkeiten liebe, und klar, es war nur eine Schwärmerei, als ich jünger war, doch ich habe dich als einen Freund geliebt, und das wuchs immer mehr an. Es wurde real, und jetzt ist es heraus, alle wissen es, und ich hätte nichts sagen sollen, denn jetzt ist es mir unangenehm und du fühlst dich unter Druck gesetzt, und ich möchte mich am liebsten einfach nur in einem Loch verkriechen und verstecken.« Sie drückte das Gesicht an seine Brust.

»Hey, Blondie.«

»Ja?«, sagte sie gedämpft an seiner Brust.

Er hob ihr Gesicht an und gab ihr einen Kuss auf die errötenden Wangen. »Wenn du in ein Irrenhaus gehst, ziehe ich mit ein, denn ich hatte nicht jahrelang Zeit, um mich in dich zu verlieben. Meine eigene Entschlossenheit hat mich blind gemacht. Aber nachdem ich erst einmal aufgehört hatte, mir selbst im Weg zu stehen, war das, was wahrscheinlich schon viel länger da war, als mir bewusst gewesen ist, nicht mehr aufzuhalten. Ich wusste, dass ich mich in dich verliebe, noch bevor wir uns geküsst hatten, und als ich das erste Mal mit dir in meinen Armen aufgewacht bin, wollte ich dich nicht mehr loslassen. Da wusste ich, dass wir genau dort waren, wo wir sein sollten, und seitdem verliebe ich mich mit jedem Tag mehr in dich.«

»Und das sagst du nicht nur, damit ich mich besser fühle? Das meinst du wirklich, ehrlich, absolut?«

Sie fragte so entzückend hoffnungsvoll, dass er leise lachte. »Wirklich, ehrlich, absolut.«

Eine Träne rann über ihre Wange. »Das Verhältnis zu meiner Mom und Amelia ist voller Probleme. Das wird nicht leicht.«

»Hast du je erlebt, dass ich mich für den leichten Weg entscheide?«

Sie schüttelte den Kopf. »Aber …«

Mit einem zärtlichen Kuss brachte er sie zum Schweigen. »Kein *Aber*, Tara. Ich liebe alles, was zu dir gehört, und ich bin stolz auf dich, weil du dich gegen deine Mutter gewehrt hast, auch wenn es wahrscheinlich das Schwerste war, was du je getan hast.«

»Ich bin auch stolz auf mich, aber es war schrecklich.« Sie legte die Stirn an seine Brust und seufzte laut auf.

»Sich gegen die Menschen zu wehren, die wir lieben, macht uns Angst, aber du hast dein Leben lang die schmerzvollen Dinge hingenommen, die zwei der Menschen, die dich eigentlich beschützen sollten, dir angetan haben. Du hast es verdient, wie die kluge, schöne und fürsorgliche Frau behandelt zu werden, die du nun einmal bist, und du musst dein Leben so leben können, wie es dich glücklich macht.«

Sie schaute mit ihren wunderschönen Augen zu ihm auf.

»Willst du es abschütteln?«, fragte er, um für eine lockerere Stimmung zu sorgen. »Wir könnten zu Taylor Swift auf dem Bett abtanzen und ›Shake It Off‹ in unsere Haarbürsten grölen.«

Sie schüttelte den Kopf, sah jedoch schon etwas gelöster aus. »Ich glaube, ich muss das alles erst einmal sacken lassen und verarbeiten, aber im Moment möchte ich nicht darüber nachdenken. Ich will an gar nichts denken, sondern einfach nur bei dir sein.«

Er fuhr mit den Fingern über ihre Wange und strich die Haare hinter ihr Ohr. »Ich kenne die perfekte Art, um dir beim Entspannen zu helfen.« Er hauchte einen Kuss auf ihre Lippen. »Komm. Ich bringe deine Sachen nach unten.«

Er sammelte ihr Gepäck zusammen und trug es nach unten ins Gästezimmer.

»Danke, du kannst das alles einfach irgendwo hinlegen.« Gedankenverloren deutete sie in den Raum und er stellte die Taschen neben die Kommode.

Barfuß stand sie in der Tür, und diese gefühlvollen Augen flehten ihn an, ihre Welt wieder geradezurücken. *Keine Sorge, Baby. Ich bin für dich da.* Er schloss die Tür ab und schob den Finger unter den Kragen ihres T-Shirts, den er so weit hinunterzog, dass er ihr Brustbein küssen konnte. »Darf ich dich auch einfach irgendwo hinlegen?«

»Das hatte ich gehofft. Ich gehöre ganz dir. Du kannst mich hinlegen, wo du willst.«

Bei dieser Einladung schoss die Hitze durch seinen gesamten Körper.« Er hob das T-Shirt über ihren Kopf und warf es beiseite. Die Halskette funkelte auf ihrer makellosen Haut. Er schaute ihr tief in die Augen, fuhr mit dem Finger über ihr

Brustbein hin zu dem aquamarinblauen Anhänger und küsste sie sanft. »An die Tür, meine Schöne«, flüsterte er. Er hauchte Küsse auf ihren Hals, trat nach vorne, während sie nach hinten ging, bis sie mit dem Rücken an die Tür stieß. Mit sinnlichen Küssen bedeckte er ihre Schulter, während er ihre umwerfenden Brüste freilegte, die sich mit jedem stockenden Atemzug hoben. »So wunderschön …« Er berührte ihre Lippen mit seinen. »Ich liebe dich, Baby.« Ein bedürftiges Wimmern entwich ihr und er küsste sie erneut ganz langsam und innig.

Er nahm den Kopf zurück und hielt ihren Blick gefangen, während seine Hände an ihrem Oberkörper hinaufglitten und er mit den Daumen über ihre Brüste strich. Sie schloss die Augen, ein erregter Seufzer bahnte sich den Weg über ihre Lippen, und er senkte den Kopf, um ihren Nippel zu reizen, über ihre feste Brust zu gleiten und noch einmal um ihren Nippel zu kreisen. Sie zitterte, atmete heftig.

Sie umfasste seinen Kopf und hielt seinen Mund über ihrem Nippel. »Levi!«, keuchte sie.

»Ich bin bei dir, Baby.« Er leckte und reizte, strich mit den Zähnen über die Spitze. Sie löste sich von der Tür, rieb sich an seiner Härte und er neckte sie weiter.

»Saug dran!«

Das Flehen in ihrer Stimme lockte seinen Mund zu ihrem und in einen erregenden Kuss. »Himmel, Baby, ich liebe diesen unverschämten Mund. Ich möchte darin leben, verdammt.«

Sie griff nach seiner Jeans, doch er legte seine Hand auf ihre und hielt sie zurück.

»Nein, heute Nacht geht es nur um dich.« Er schloss ihren Mund mit seinem, ihre Zungen tanzten und ein Stöhnen drang aus seiner Lunge in ihre. Sie zu küssen, war eine seiner Lieblingsbeschäftigungen geworden. Er liebte die Laute, die sie von sich gab, wie sie auf die Zehenspitzen ging und mit ihrer Zunge gegen seine drängte. Er hielt sie dort an der Tür fest, ihre Körper rieben sich aneinander, die Hände forschten, während sie einander verschlangen. Die Begierde pochte in ihm, heiß und tief und drängend, bis er es nicht mehr aushielt. Er zog ihr Leggings und Slip aus und wanderte mit seinen Küssen an ihren Beinen aufwärts, bis er mittendrin innehielt, um seine Zunge seitlich über ihr Knie gleiten zu lassen. Sie wimmerte wieder, er leckte innen über ihre Oberschenkel und genoss ihre sündigen Laute. Er wusste bereits, dass es sie erregte, wenn er seine Zähne auf ihrer Haut zum Einsatz brachte, und so knabberte er an dieser sensiblen Stelle. Zischend atmete sie ein und ihre Hüften drängten vor. Er umfasste diese wunderbaren Hüften und leckte über die sensible Falte an ihrer Mitte. Zuerst auf der einen Seite, dann auf der anderen, während sie stöhnte und sich wand und mit jeder Sekunde feuchter wurde. Auf den Duft ihrer Erregung antwortete seine Länge mit Lusttropfen. Er glitt mit der Zunge zwischen ihre Beine und ihr Saft breitete sich darauf aus, was ein Knurren irgendwo tief in ihm auslöste. Er wiederholte es, glitt mit der Zunge bis hin zu ihrer Perle, die er langsam, mit entschlossenem Druck massierte, und eine Flut von undeutlichen, sexy Lauten brach aus ihr hervor, ihre Fingernägel gruben sich in seine Schultern, während er sie weiter reizte und erregte.

»Himmel, Baby! Ich liebe es, wie du schmeckst, wie du riechst, wie du zitterst, wenn du kurz davor bist.«

»Berühr mich«, flehte sie ihn an.

»Nein, Blondie. Heute Abend wirst du nur meine Härte in dir spüren. Press die Oberschenkel zusammen.«

Sie gehorchte mit einem widerwilligen Wimmern.

»Vertrau mir. Du wirst so heiß und so eng sein, wenn ich dich liebe, dass es dich um den Verstand bringt.« Er küsste sie über ihrer Mitte. »Mach die Augen auf. Sieh mir zu, wie ich dich liebe.«

Sein Blick fand ihren und die Hitze in ihren Augen brannte auf seiner Haut. Ihre Beine zitterten, als sie sie zusammenpresste. Mit den Daumen hielt er ihre Mitte auseinander, um zu lecken und zu saugen. Als er mit den Zähnen über ihre Perle glitt, verlor sie die Beherrschung und schrie vor Lust auf. Er blieb bei ihr, liebkoste sie, bis sie erschöpft seinen Namen keuchte.

Er nahm sie auf den Arm und trug sie zum Bett, wo er sich auszog und sich auf sie legte. Als er in ihre Augen blickte und sie ihn umarmte, war keine Traurigkeit mehr zu sehen, nur reine, unbändige Liebe, und das war der schönste Anblick, den er jemals hatte sehen dürfen.

Ihre Münder fanden sich ohne Dringlichkeit oder Verzweiflung. Sie hob die Hüften, und er drang langsam in sie ein, hielt sie unter sich geborgen, bis er ganz in ihr versunken war und sie sich so nahe waren, wie es zwei Menschen nur möglich war. Sein Atem wurde ihrer, ihre Herzen schlugen wie eines, während sie den Rhythmus fanden, der sie verband, sie alle Traurigkeit, alle Sorgen auslöschten und nur noch sie beide existierten.

Sie bewegten sich in dem Rhythmus von Liebenden, die einander sicher waren, die die Regungen und Berührungen kannten, die ihre Herzen in Flammen setzten und ihre Körper glühen ließen, die gleichermaßen nahmen und gaben. Sie liebten sich, bis sie nichts mehr zu geben hatten. Und dann hielt er sie in seinen Armen, während sie wieder zu Atem kamen, und flüsterte im Dunkeln seine Versprechen. »Du bist mein, ich bin dein, und ich werde immer für dich da sein.«

»Immer?«, flüsterte sie. »Denn ich brauche ein klein wenig mehr.«

Er stützte sich auf einem Ellbogen ab und sah in ihr errötetes, wunderschönes Gesicht. »Mehr? Verdammt, Baby. Frag und du bekommst alles, was du willst. Gib mir zwei Minuten, dann kann ich wieder loslegen.«

»Nicht *das*«, sagte sie amüsiert. »Ich muss mich erst erholen. Ich habe Hunger und denke eher an den Nachtisch, den wir gemacht haben.«

»Ach, Baby, das tut mir leid, Archer und Jock haben den Rest für Indi und Daphne mit nach Hause genommen. Aber Archer hat uns eine Flasche von seinem neuesten Wein dagelassen, und wir haben noch ein paar von den Käsekuchen-Häppchen im Kühlschrank. Könnte sein, dass es die kleinen Spaßbomben von Du-weißt-schon-wem sind, aber wir könnten sie aufschneiden und nachsehen, bevor wir sie essen.«

»Klingt perfekt. Aber lassen wir uns von den Spaßbomben überraschen. Das macht noch mehr Spaß.«

Zwanzig

Ihnen war ein warmer, sonniger Vormittag für ihren Bootsausflug mit Jesse und Brent vergönnt, und das hätte zu keinem besseren Zeitpunkt kommen können. Die Woche war mit mehr schönen als schlechten Momenten vergangen, doch über allem schwebte weiterhin eine Wolke des Schmerzes. Tara hatte nichts von ihrer Mutter gehört, und das belastete beide schwer, doch sie hatten sich abgelenkt. Levi machte beträchtliche Fortschritte bei den Renovierungsarbeiten, Tara und Joey hatten die Beete im Garten fertiggestellt, wenn sie nicht gerade Skateboard gefahren, Verabredungen wahrgenommen und den Schuppen ausgemistet hatten, um sich für den Flohmarkt zu rüsten. Levi hatte vorgeschlagen, den zu verschieben, doch Tara und Joey waren hartnäckig geblieben. Jeden Abend, nachdem sie mit Joey Spiele gespielt oder Filme angesehen hatten – und er es genoss, seine Gefühle für Tara mit seiner Tochter teilen zu können, die sie ebenso sehr vergötterte wie er –, fielen er und Tara sich mit der Erleichterung und Verzweiflung geretteter Schiffbrüchiger in die Arme. Sie schliefen weiterhin gemeinsam ein und stellten sich den Wecker, damit er in sein Schlafzimmer zurückkehren konnte, bevor Joey morgens aufwachte. Doch mit jedem Tag wurde es schwerer, von Taras Seite zu weichen.

Tara war der Fels in der Brandung und gab sich Joey zuliebe stets munter. Sie versuchte alles, um auch in Levis Gegenwart positiv gestimmt zu sein, doch er kannte sie zu gut. Er wusste, dass sie befürchtete, eine Last für ihn zu sein. Er verstand, wie schwierig es sein konnte, sich zu öffnen, wenn sie es doch gewohnt war, allein für sich zu kämpfen, alles in sich zu tragen und mit sich selbst auszumachen. Doch spätabends, wenn sie zufrieden in seinen Armen lag, geborgen und geliebt, setzte sich ihr Vertrauen in ihn durch. Manchmal redeten sie stundenlang nachts und manchmal nur wenige Minuten. Das alles half, ebenso wie die Tatsache, dass ihr Vater und ihre Brüder sie regelmäßig anriefen, um zu hören, wie es ihr ging. Doch er wusste, dass dieses besondere Funkeln erst wieder in ihre Augen treten würde, wenn sie die Probleme mit ihrer Mutter geklärt hätte.

Und dann war da noch dieser Elefant im Raum, über den keiner von beiden gern redete.

Amelia.

Er konnte nur mutmaßen, dass sie die Neuigkeit erfahren hatte, und er war gleichermaßen erleichtert wie schockiert, dass sie noch nichts von ihr gehört hatten. Er wusste, dass er irgendwann mit Amelia über seine Beziehung mit Tara reden müsste, doch er wusste auch, dass es noch mehr Probleme für Tara verursachen konnte, und genau deshalb durfte es noch warten.

Diese Gedanken schob er beiseite, als er nun die Tasche mit Handtüchern, Decken, zusätzlicher Kleidung, Mützen und Schlechtwetterklamotten für sie alle im SUV verstaute. An Land war es vielleicht sonnig und für die Jahreszeit ungewöhnlich warm, auf dem Wasser konnte es dennoch ungemütlich werden. Zumindest war ein schöner Abend vorhergesagt – perfekt für die Pläne, die er für seine beiden Lieblingsfrauen geschmiedet hatte.

Auf seinem Handy ging vibrierend eine Nachricht ein und Lenis Name erschien auf dem Bildschirm. Seine Geschwister und Eltern hatten sich im Laufe der Woche gemeldet, um sich nach ihnen zu erkundigen. Sogar Sutton, die von Leni von dem Streit am Samstag erfahren hatte. Er las die Nachricht: *Hab mich nur gerade gefragt, ob ich meiner Nichte Ohrstöpsel kaufen soll, damit sie nachts schlafen kann.* Schmunzelnd antwortete er: *Sie kann uns aus unserem Erwachsenenzimmer im Keller nicht hören.* Er fügte ein Teufel-Emoji hinzu. Leni antwortete mit einem schockierten und einem lachenden Emoji und fragte: *Aber im Ernst, wie geht es Joey? Kommt sie mit eurer neuen Turteltaubensituation zurecht? Wie hält Tara sich?*

Er tippte: *Klingt vielleicht seltsam, nach allem, was passiert ist, aber ich glaube, Joey ist glücklicher als je zuvor.* Lenis Antwort kam eine Minute später. *Das dachte ich mir. Ihr drei wart immer schon ein Team, also ergibt das in ihrem kleinen Hirn einfach Sinn.* Levi erwiderte: *Meine Tochter hat ein großes Hirn. Hat sie von mir.* Leni reagierte mit einem augenverdrehenden Emoji. *Ich muss Schluss machen. Treffe einen Bekannten auf einen Kaffee.* Levi tippte: *Zu einer Date-Vorauswahlbefragung?* Noch eine letzte Nachricht von Leni: *Wir können ja nicht alle sexy Singles in unserem Gästezimmer haben.*

Er lachte, steckte das Handy weg und ging wieder ins Haus.

Tara saß in schwarzen Leggings und einem pfirsichfarbenen Oversize-Sweatshirt auf dem Sofa und arbeitete an ihrem Laptop. Es waren genau die Leggings, die er sie gebeten hatte, nicht anzuziehen, da sie sie getragen hatte, als er sie in der Vorratskammer verwöhnt hatte, und sein Körper jetzt allein beim Anblick von ihr darin sofort in Flammen stand. Da spielte es auch keine Rolle, dass ihr Sweatshirt all ihre Kurven bedeckte. Er wusste, was darunter war, und ihr Grinsen verriet ihm, dass sie seine mangelnde Beherrschung voll ausnutzen würde.

»Hallo, Baby. Ist Joey oben?«

»Ja, sie packt noch ein paar Spielsachen ein.«

»Gut. Bist du fast fertig?«

»Ja, ich wollte mir nur kurz die beiden neuen Mietobjekte ansehen, die Charmaine mir geschickt hat. Dauert nur eine Minute.«

Er wollte nicht darüber nachdenken, wie es sein würde, wenn sie zurück auf die Insel ging. Gerade passierte so viel, dass er ziemlich gut darin gewesen war, diese Gedanken zu verdrängen. Aber das Ende der Frühlingsferien war bedrohlich nah, und es würde unerträglich werden, sie nicht jeden Tag zu sehen. Sie nicht in den Armen halten oder spüren zu können, wie es ihr ging, würde ihn wahrscheinlich in den Wahnsinn treiben. Klar, er würde sie fragen, wie es ihr ging, aber Tara musste er in den Armen halten, um wirklich die Wahrheit zu erfahren. Er musste ihr in die Augen schauen und spüren, ob ihr Herz regelmäßig oder hektisch schlug. All die Jahre zuvor hatte er sie nicht beschützen können, und er konnte es mit Sicherheit auch nicht, wenn sie auf der Insel und er in Harborside war.

»Du weißt, dass du bei uns bleiben kannst, so lange du willst«, sagte er unbeschwerter, als er sich fühlte.

»Danke, aber ich würde dir und Joey nie so zur Last fallen wollen, und außerdem muss ich zurück auf die Insel und mein Leben in den Griff kriegen. Nächste Woche habe ich für jeden Tag Fotoshootings geplant, und ich muss anfangen, mir Studioräume anzusehen, für den Fall, dass ich etwas mieten und nicht kaufen werde. Jules hat gesagt, dass ich in ihrer Wohnung über dem Geschäft wohnen kann, aber ich dachte, ich schaue mich erst einmal um, was es sonst noch gibt. Ich weiß, dass sie mit der Idee gespielt hat, Happy End zu vergrößern, und da möchte ich ihr nicht im Weg sein. Am Sonntag nach der Spendensammlung werde ich mir ein paar Häuser anschauen.«

»Du überlegst also immer noch, etwas zu kaufen?«

Sie zuckte mit den Schultern. »Keine Ahnung. Es gibt nicht viele Angebote für eine Langzeitmiete, und ich brauche ja immer noch ein Fotostudio.«

»Ich bin fertig!«, rief Joey, als sie in Batikleggings, einem schwarzen Sweatshirt mit rosa Herzen darauf und ihrem Rucksack in der Hand heruntergerannt kam.

»Das kann ich später erledigen.« Tara klappte den Laptop zu und legte ihn auf den Couchtisch. Sie stand auf, als Joey an ihr vorbeiflitzen wollte, nahm sie auf den Arm und übersäte ihr Gesicht mit Küssen. »Auf dem Wasser wird es kalt werden. Hast du unter dem Sweatshirt noch ein T-Shirt an?«

»Ja.« Joey hob zum Beweis ihr Sweatshirt an. »Und du?«

Tara schaute unter den Ausschnitt ihres eigenen Sweatshirts und flüsterte: »Hoppla.«

»Tante Tara!« Joey zeigte über Taras Schulter. »Zieh dir sofort etwas drunter an.«

Sie setzte Joey ab, gab sich geknickt und trat einen Schritt weg, doch dann drehte sie sich herum, hob ihr Sweatshirt am Saum an und zeigte Joey das T-Shirt, das sie darunter trug. »Reingelegt!«, rief sie und kitzelte Joey ausgelassen. Plötzlich hielt Tara inne und flüsterte Joey etwas ins Ohr, was sie kichern ließ.

»Mal sehen, ob Daddy ein T-Shirt drunter trägt.« Joey ging auf ihn zu und streckte die kleinen Hände nach ihm aus.

Hinter ihr leckte Tara sich über die Lippen, verknotete den Saum ihres Sweatshirts in der Taille, und mit so einem verwegenen Grinsen, wie er es gesehen hatte, als sie den Mund letzte Nacht über seine Härte gesenkt hatte, schenkte sie ihm einen Blick auf ihren wundervollen Hintern, als sie sich bückte, um Joeys Rucksack aufzuheben.

Mist.

Wenn Tara abreiste, würde es mit Sicherheit unerträglich werden, doch bis dahin: *Pass auf, Blondie. Das hier wirst du büßen und es wird mir einen Heidenspaß bereiten.*

Eine Stunde später, als die Küste in der Ferne verschwand und die salzige Meeresluft auf ihren Gesichtern prickelte, fuhr das Boot zu einem der Angelspots, die Brent gern aufsuchte. Brent steuerte das Boot, das ebenso wie der Surfshop auf den Namen *Endless Summer* getauft war. Levi quatschte mit Jesse und Tara saß mit Joey auf dem Schoß an der Reling. Joey war in eine Decke eingewickelt und Tara flocht ihr die Haare. Ihre Wangen waren von der Kälte rosa, doch sie unterhielten sich fröhlich.

Levi machte ein Foto mit seinem Handy und fing dabei ein, wie Taras Haare im Wind wehten und Joey hinaus aufs Wasser schaute, kurz bevor Brent den Motor abstellte, das Boot langsamer wurde und der Wind abebbte.

»Was von Taras Mutter gehört?«, fragte Jesse leise.

»Nein. Tara hat überlegt, ob sie sie anrufen soll, doch der Ball muss im Feld ihrer Mutter bleiben. Ich versteh's nicht. Es ist fünf Tage her. Wie kann sie das ihrer eigenen Tochter antun?«

Jesse schnaubte verächtlich. »Manche verhalten sich einfach dumm. Guck dir Amelia an und bei unserem alten Herrn ist es ja nicht anders.«

Jesse und Brents Vater Jeffrey war Levis Onkel und der Bruder seines Vaters, von dem die Familie nur selten sprach. Jeffrey war mit Levis Tante Faye verheiratet gewesen, einer der liebsten Frauen auf Erden. Selbst nach der Scheidung war sie die beste Freundin von Levis Mutter geblieben. Jeffrey und Faye hatten sechs Kinder: Reggie, Fiona, Finn, Jesse, Brent und Shea. Eines Tages war Jeffrey nach der Arbeit nach Hause gekommen und hatte gesagt, er würde sie verlassen, weil ihre Mutter ihn nicht mehr verstünde und er jemanden gefunden habe, der genau das tat. Jesse und Brent waren damals Teenager gewesen.

»Mhm, ich kann von Glück sagen, dass ich Eltern habe, die nicht die Finger voneinander lassen können.«

Joey stand auf. »Können wir jetzt angeln, Onkel Brent?«

»Und ob.« Brent schob sich die Haare aus dem Gesicht.

»Ohne den Wind ist es viel wärmer«, sagte Tara, die schon die Kamera vors Auge hielt und Fotos von ihnen allen machte.

»Ich hätte dich gewärmt.« Levi zog sie in seine Arme und küsste sie.

»Dad, hör auf, Tante Tara zu küssen. Sie hat versprochen, mit mir zu angeln.«

»In Ordnung, aber ich treibe es später mit Zinseszinsen ein.« Er gab Tara einen schnellen Kuss und ließ sie los.

»Lasst mich noch schnell ein Foto von euch allen machen, bevor wir ganz fischig sind.« Tara winkte sie beisammen.

»Können wir den Stuhl machen?« Joey hüpfte auf den Zehenspitzen. »Bitte!«

Brent und Jesse sahen sich achselzuckend an und Jesse sagte: »Klar.« Sie streckten beide die Arme aus, überkreuzten sie und hielten sich an den Händen fest, sodass sie eine Sitzfläche bildeten. Levi hob Joey darauf und stellte sich hinter sie.

Tara hob die Kamera vors Auge. »Und jetzt sagt frischer Fisch!«

»Frischer Fisch!«, riefen alle gleichzeitig, als sie das Foto machte.

»Jetzt schneidet noch eine Grimasse.« Tara schoss das Foto aus einer anderen Perspektive, als Levi in die Kamera schielte. Sie ließ sie das Victory-Zeichen machen, sich wie Piraten benehmen, und schließlich sagte sie: »Seid einfach normal.« Woraufhin sie sich natürlich alle so seltsam wie nur möglich aufführten.

Joey deutete hinter Tara. »Guckt mal, wie schnell das Boot da fährt. Die frieren bestimmt total.«

»Das ist die Küstenwache«, sagte Brent, als eine Stimme über das Funkgerät ertönte.

»An die *Endless Summer*, hier spricht die Küstenwache …« Dann wurde noch ihre Identifikation durchgegeben.

Brent funkte zurück. »Küstenwache, hier ist die Endless Summer. Over.«

»Endless Summer, wechseln Sie auf Kanal zweiundzwanzig. Over.«

Das andere Boot kam näher und hielt direkt neben ihnen an. »Endless Summer, halten Sie sich bereit für das Betreten ihres Schiffes durch die Küstenwache.«

»Daddy, was ist los?«, fragte Joey.

»Keine Ahnung, Peanut. Klingt so, als würde die Küstenwache zu uns an Bord kommen.« Levi sah seinen Cousin an. »Brent, was ist los?«

»Wahrscheinlich nur eine Routinekontrolle. Nichts Dramatisches. Das machen sie jedes Jahr mit fast jedem Schiff, das viel Zeit draußen auf dem Wasser ist«, erklärte Brent, während sich zwei große Männer mit den orange-schwarzen Schwimmwesten der US Coast Guard und Pistolenholstern am Gürtel bereit machten, um zu ihnen an Bord zu kommen.

»Kommt, wir gehen ihnen lieber mal aus dem Weg.« Levi zog Tara und Joey an seine Seite und hielt sie nah an sich gedrückt, als sie zurücktraten, um den Männern Platz zu machen.

»Die sehen nicht gerade sehr nett aus«, merkte Tara nervös an, als die Männer an Bord kamen.

»Guten Tag«, sagte einer der Männer. »Ich bin Officer Markle. Die Küstenwache ist hier, um den Status ihres Schiffs festzustellen und sicherzugehen, dass alles den Bundesgesetzen entspricht. Captain, haben Sie irgendwelche Waffen an Bord?«

»Nein, Sir«, sagte Brent.

»Wir würden gern ihren Ausweis sehen, ebenso wie die ihrer Crew und der Passagiere«, sagte Officer Markle.

»Ich hab mein Portemonnaie nicht dabei«, flüsterte Tara.

»Ich kümmere mich darum«, beruhigte Levi sie. »Bleib du bei Joey.«

»Dad …?«, sagte Joey besorgt, als Tara ihre Hand nahm.

»Alles in Ordnung, Joey. Ich bin gleich wieder da.« Levi zog sein Portemonnaie heraus, und als die Männer Jesse und Brent ihren Ausweis zurückgaben, reichte Levi dem namenlosen Mann seinen Führerschein. »Meine Freundin hat keinen Ausweis dabei und meine Tochter hat gar keinen.«

Der Mann betrachtete den Führerschein und legte eine Hand auf sein Holster. »Das ist unser Mann.« Mit einer schnellen Handbewegung brachte er Levis Arm hinter seinen Rücken und sicherte ihn mit Handschellen. »Levi Steele, hiermit verhafte ich Sie wegen des unerlaubten Eindringens in drei Schiffe.«

»Daddy!«, schrie Joey.

Levi kämpfte gegen seinen Zorn an. »Schon gut, Joey. Das ist nur ein Missverständnis.« Seine Wut richtete sich gegen den Officer. »Sie haben den Falschen! Ich habe gegen keine Gesetze verstoßen.«

»Die Entscheidung überlassen wir mal lieber dem Richter.« Er drängte Levi zum anderen Boot.

»Hey, jetzt warten Sie mal, Officer.« Brent ging zu ihnen.

»Halten Sie sich zurück, Captain.« Markle stellte sich zwischen Levi und Brent. »Es liegt ein Haftbefehl gegen diesen Mann vor und wir nehmen ihn mit.«

»Das ist Schwachsinn. Er war den ganzen Tag mit uns zusammen«, sagte Jesse. »Sie haben eindeutig den Falschen.«

»Und gestern Abend war er mit uns zusammen«, fügte Tara noch panisch hinzu. »Er hat nicht mal das Haus verlassen.«

Joey rannte zu Levi und klammerte sich an ihn. »Nehmen Sie meinen Daddy nicht mit!«

»Joey!« Tara eilte hinter ihr her und versuchte, sie von ihm loszureißen.

Sie waren im reinsten Albtraum gelandet. »Joey, du musst ihn loslassen, Kleines.«

»Nein! Geh nicht mit ihnen mit, Daddy!«

Jesse zog Joey von Levi weg, doch sie schrie und weinte, wollte unbedingt zu ihm zurück, während der Officer Levi zum anderen Boot führte.

»Geben Sie mir nur einen Augenblick mit ihr«, verlangte Levi. »Sie ist doch nur ein kleines Kind! Sie versteht das nicht.« Er schaute über die Schulter und sein Herz zerbrach, als er Joeys verängstigtes Jammern hörte und Taras angstvolle Augen sah, als die versuchte, sie zu trösten. »Wir klären das, Tara! Das kommt alles wieder in Ordnung.« Rasend vor Wut wandte er sich an die Officers. »Sie haben den Falschen! Sie werden dafür büßen, dass Sie meine Tochter derart traumatisieren.«

»Das können Sie mit unserem Chef besprechen«, sagte Markle.

»Das werde ich, verdammt!«, sagte Levi, als die Tür zu der Kabine aufging und Archer mit einem unverschämten Grinsen herauskam, gefolgt von Jock, Brant und Grant, die allesamt lachten. Dieser verfluchte Brant Remington mit seinen Beziehungen zur Küstenwache.

»Das war genial!« rief Archer und breitete die Arme aus, als würde er einer Menschenmenge zujubeln.

»Macht sofort die Dinger ab!« Wütend blickte Levi zu seinen Brüdern und Freunden. »Ihr seid erledigt. Ihr habt Joey und Tara eine höllische Angst eingejagt!« Seine Nasenflügel bebten, während er sich mit den Handschellen abmühte. Egal. Er senkte die Schultern und stürmte mit noch immer gefesselten Handgelenken vor, doch die Officers hielten ihn zurück.

Tara sprang wie ein Blitz auf das Boot der Küstenwache, und noch bevor Archer ein Wort herausbrachte, hatte sie ihm schon die Faust an den Kiefer gerammt. Doch damit hörte sie nicht auf, sie prügelte auf seine Brust und seine Arme ein und drängte ihn nach hinten. »Du Riesenarschloch! Was hast du Joey angetan?«

Levi wusste nicht, ob er sie je mehr lieben konnte als in diesem Moment.

Archer packte Taras Hände. »Entspann dich. Joey ist nicht traumatisiert.« Dann rief er: »Gut gemacht, Kleine! Du verdienst einen Emmy für diesen Auftritt.«

Levi drehte sich herum und sah gerade noch, wie seine süße, hinterhältige Tochter Jesse und Brent abklatschte.

»Ihr könnt ihm jetzt die Handschellen abnehmen«, sagte Archer, und während die Officers der Bitte nachkamen, sah

Archer Tara mit hochgezogener Augenbraue an. »Nächstes Mal solltest du vielleicht etwas mehr Muskelmasse in deinen Schlag legen, Schätzchen. Ich hatte schon Bienenstiche, die schmerzhafter waren.«

Levi stürmte mit geballten Fäusten auf Archer zu. »Du willst Muskelmasse? Davon habe ich jede Menge.«

Jock stellte sich zwischen sie. »Hey, Levi! Jetzt atme erst mal ganz ruhig durch.«

»Ihr wisst genau, was Tara gerade durchmacht«, zischte Levi.

Archer hielt ergeben die Hände hoch. »Ey, Mann, tut mir leid. Daran habe ich nicht gedacht. Aber gerechterweise muss man sagen, dass Indi den Streich, den ihr ausgeheckt habt, auch nicht gerade gebrauchen konnte.«

»Das war etwas anderes«, entgegnete Levi heftig. »Wir haben sie nicht in dem Glauben gelassen, dass du durch die Hölle gehen musst.«

»Und es war ein großartiger Streich«, sagte Brant, woraufhin Jock und Grant zustimmend nickten.

»Ich habe gehört, der war geradezu episch«, rief Jesse vom anderen Boot.

»Ich wünschte nur, wir hätten das miterleben können«, sagte Brent.

Tara berührte Levi am Arm. »Ist schon gut. Ich wusste, dass du nichts Unrechtes getan hast. Nur um Joey habe ich mir Sorgen gemacht. Du musst zugeben, sie haben uns ziemlich gut reingelegt.«

»Oh ja, das haben sie«, sagte Officer Markle. »Aber wir müssen jetzt zurück an die Arbeit, also könntet ihr eure Party bitte wieder auf euer Boot verlagern und uns auch keinen Anlass geben, noch mal hier aufzukreuzen?«

Während Archer und die anderen auf Brents Boot wechselten, deutete Levi mit den Daumen auf sie. »Sie lassen diese Jungs hier bei uns und vertrauen darauf, dass ich sie nicht über Bord werfe?«

Die Officers der Küstenwache sahen Brant verunsichert an.

»Er macht nur Spaß«, versicherte Brant ihnen. »Wirklich. Zwischen uns ist alles in Ordnung. Sag's ihnen, Levi.«

Levi schmunzelte und ging zurück auf Brents Boot.

Wie immer dauerte es nicht lange, bis sie den Streich hinter sich gelassen hatten. Am Ende genossen sie einen herrlichen Tag beim Angeln, Herumalbern und Scharade-Spiel mit Joey. Tara hatte eine Menge großartiger Fotos geschossen, und es war herrlich, sie küssen und ihre Hand halten zu können, oder die Arme um sie zu legen, ohne sich darum Sorgen machen zu müssen, wer sie vielleicht sehen konnte. Er genoss es, sie für das Wackeln mit ihrem Hintern am Morgen büßen zu lassen, indem er ihr unanständige Versprechen machte, sie verstohlen berührte und sie so aus der Fassung brachte. Nur zu gern entschädigte er sie dafür, als Joey mit ihren Onkels beschäftigt war und er mit Tara hinunter in die Kajüte schleichen konnte, um kurz mit ihr herumzumachen.

Als Brent und Jesse sie schließlich am Anleger absetzten und nach Silver Island weiterfuhren, um die anderen nach Hause zu bringen, war Joey und Tara dieser herrliche Tag im Gesicht anzusehen. Sie gingen neben ihm Hand in Hand, und es war ein großartiges Gefühl, Tara so glücklich zu erleben.

»Wer will noch auf die Promenade?«, fragte Levi, als er ihre Tasche hinten in den SUV warf.

»Ichichich!«, rief Joey.

Levi schaute zu Tara. »Es sei denn, du bist zu müde?«

»Wann war ich je für irgendwas zu müde?«, fragte sie mit

einem frechen Grinsen.

»Du hast tatsächlich eine unglaubliche Ausdauer.« Er war sich sicher, dass sie beide Jahre unterdrückter sexueller Energie aufholten, denn sie waren unersättlich. Er nahm ihre Hand und zog sie zu einem Kuss an sich.

Joey nahm Taras andere Hand und zerrte sie beide weiter. »Kommt schon. Ihr könnt euch auf der Promenade küssen.«

Die Promenade war nicht von bunten Läden gesäumt, die kitschige Souvenirs verkauften, wie man sie in anderen Küstenstädten fand. Stattdessen hatten die Läden mit ihren Zedernholzfassaden und den wettergegerbten Holzschildern den Charme eines New-England-Ortes und erinnerten Levi an sein Zuhause. Es gab einige wenige Souvenirläden, doch die verkauften Kunstwerke und andere Gegenstände, die von lokalen Kunsthandwerkern hergestellt worden waren. Man fand hier keine hässlichen Hotels, die über dem Strand aufragten, sondern nur zweigeschossige Pensionen mit breiten Balkonen, die im gleichen Stil wie die Geschäfte erbaut worden waren.

Während sie die Promenade entlangspazierten, ging Joey zwischen Levi und Tara, hielt beide an der Hand, redete pausenlos und ließ sie erst los, wenn sie ein Geschäft betraten, um anschließend wieder ihre Position in ihrer Mitte einzunehmen und zum nächsten Laden zu schlendern.

Der Geruch von Popcorn und die leise herüberdringenden Geräusche der Spielhalle erreichten Levi. Die Spielhalle lag nicht weit entfernt zwischen den Geschäften Hidden Treasure und Sally's Saltwater Taffy & Fudge. Joey liebte die Spielhalle. Er schaute zu Tara, die ihn wissend ansah. Wie aufs Stichwort fragte Joey: »Können wir in die Spielhalle?«

»Du meinst, du willst beim Airhockey verlieren?«, ärgerte Levi sie.

»Ich werde nicht verlieren«, widersprach Joey.

»Da wäre ich mir nicht so sicher, Süße. Dein alter Dad ist ziemlich gut darin.«

»Dann kommt Tante Tara in mein Team!« Hoffnungsvoll schaute Joey zu Tara auf.

»Girlpower!« Tara schlug Joey ab. »Wir werden dich in die Knie zwingen, mein lieber alter Steele.«

Er schaute ihr unverwandt in die Augen. »Für dich gehe ich gern in die Knie, egal ob ich verliere oder gewinne.«

Sie warf ihm einen ungläubigen Blick zu, während sie die Spielhalle betraten, und augenblicklich waren sie von den Geräuschen der Flipperkugeln, computeranimierten Explosionen, herumflachsenden Kindern und rufenden Teenagern umgeben. Sie spielten zwei Partien Airhockey, von denen jedes Team eines gewann. Das dritte Spiel ließ Levi sie gewinnen, woraufhin Joey jubelte und sich in Taras Arme warf. Die beiden strahlten, als hätten sie die Olympischen Spiele gewonnen, und das war es absolut wert, das Spiel absichtlich zu verlieren, auch wenn sie ihn den restlichen Nachmittag damit aufzogen.

Sie spielten Skee-Ball, Pac-Man, fuhren ein Motorradrennen und warfen Basketbälle in Körbe. Levi gab sich als Dinosaurier, um die beiden abzulenken, als sie mit Plastikgewehren ein Jurassic-Park-Spiel bestritten, und Tara rächte sich bei einem Schlag-den-Maulwurf-Spiel, indem sie versuchte, Levi statt die Maulwürfe zu treffen. Joey amüsierte sich köstlich.

Als sie fast eine Stunde später die Spielhalle verließen, zog Levi Tara zu einem Kuss an sich.

»Da-ad! Deine Lippen werden noch ganz wund.«

»Glaubst du?« Er packte sie und hob seine kreischende Tochter über seinen Kopf. »Ich küsse dich schon seit deiner Geburt und meine Lippen sind trotzdem nie wund gewesen.«

Sie kicherte, als er ihr einen fetten Schmatzer auf die Wange gab und sie wieder absetzte.

»Lasst uns zu Brooke gehen!« Joey rannte auf die Tür von Brooke's Bytes zu, über der eine blaue Markise leuchtete.

Levi zog Tara zu einem nicht ganz so kurzen Kuss an sich, bevor er ihr einen Klaps auf den Hintern gab und sie beide Joey in das Geschäft folgten. Über die Schulter hinweg sah Tara ihn finster an.

Aus der Jukebox ertönte Musik und die meisten Tische und Sitzecken waren von Kunden besetzt.

»Hallo!«, begrüßte Brooke sie von hinter dem Tresen. Die temperamentvolle Brünette trug eine blaue Schürze mit der Aufschrift *Brooke's Bytes* auf der Brust. Ihr Pferdeschwanz wedelte hin und her, als sie hinter dem Tresen hervorkam, um einige Gäste auf roten Drehhockern herumging und Joey umarmte. »Wie geht's dir, meine Süße? Dein Pokalgewinn lässt dich ja immer noch strahlen, wie ich sehe.«

Joey kicherte. »Wir sind mit dem Boot von Onkel Jesse und Onkel Brent rausgefahren und …« Sie erzählte Brooke in allen Einzelheiten von ihrem Tag, einschließlich des Streichs und allem, was sie in der Spielhalle gemacht hatten. »Und an diesem Wochenende verkaufe ich Limonade auf unserem Flohmarkt. Kannst du kommen?«

»Ich komme mit den Taschen voller Geld«, versprach Brooke.

»Yippie! Und rate mal, was noch passiert ist!« Bevor Brooke auch nur ein Wort herausbrachte, sagte Joey: »Daddy und Tante Tara sind jetzt Freund und Freundin.«

Levi lachte und Tara errötete.

»Dann stimmt das Gerücht also. Wurde auch mal Zeit, dass ihr beiden es kapiert.« Brooke rieb sich die Hände und umarmte

Tara dann. »Ich freue mich so für euch beide.«

»Tara hat meinen Dad schon geliebt, bevor sie überhaupt wusste, was Liebe bedeutet«, sagte Joey, überraschte Levi damit, und Taras Gesicht ließ vermuten, dass auch sie nicht damit gerechnet hatte. »Stimmt's, Tara?«

Tara wirkte etwas verlegen. »Das stimmt, aber ich hatte vergessen, dass du das gehört hast.«

»Ich hab's nicht vergessen«, sagte Joey achselzuckend.

»Das überrascht mich jetzt nicht, Mädel«, sagte Brooke. »Ihr beide schleicht schon viel zu lang umeinander herum. Apropos, hat Cassidy dich erreicht wegen der Fotos auf ihrer und Wyatts Hochzeit im September?«

»Ja, sie hat mich gestern angerufen«, sagte Tara. »Zum Glück hatte ich an dem Wochenende bisher nur ein Fotoshooting am Sonntag im Terminkalender, also kann ich ihre Hochzeit übernehmen. Ich freue mich schon darauf.«

Sie war völlig aus dem Häuschen gewesen, als sie Levi gestern davon erzählt hatte. Er war ebenfalls begeistert, denn so hatte Tara noch einen Grund nach Harborside zu kommen, und er und Joey würden auch auf der Hochzeit sein.

Brooke hob die Augenbrauen. »Lang ist das nicht mehr hin. Der September kommt schnell.«

»Und dann können sie ein Baby bekommen«, rief Joey. »Grandma Shelley hat gesagt, nachdem zwei Menschen heiraten, bekommen sie Babys, und sie wartet darauf, dass Daphne und Jock ein Baby bekommen.« Sie schaute zu Levi auf. »Du und Tante Tara, werdet ihr auch heiraten? Denn ich glaube, ich hätte gern eine kleine Schwester. Mit Hadley spiele ich auch so gern.«

»Oh ja! Ihr beide hättet so süße Babys«, stimmte Brooke zu.

Tara starrte sie mit großen Augen an. »Wir haben gerade erst angefangen zu daten.«

»Ja und?« Joey zog die Augenbrauen zusammen. »In Cinderella zieht der Prinz ihr den Schuh an und dann haben sie geheiratet, und in Rapunzel haben sie sich geküsst und geheiratet.«

»Schatz, in den Filmen haben sie Zeit übersprungen«, versuchte Levi, ihr zu verdeutlichen.

»Nein, gar nicht«, beharrte sie. »Ihr beide liebt euch doch, oder?«

»Ja, aber das echte Leben ist etwas komplizierter als ein Märchen«, erklärte Levi.

Tara ging neben Joey in die Hocke. »Du weißt, dass ich dich liebhabe und deinen Daddy auch liebe, aber ich bin noch nicht bereit für Babys, Joey. Vielleicht eines Tages, aber was hältst du davon, wenn wir erst einmal das genießen, was wir jetzt haben, und nichts überstürzen? Mit einem Baby ist alles, was wir jetzt machen, viel schwieriger.«

»Wahrscheinlich. Kann ich mir ein Lied auf der Jukebox aussuchen?«, fragte Joey. Die Jukebox war so eingerichtet, dass sie ohne Münzen funktionierte.

»Klar«, sagte Brooke. »Ich komme mit.«

Levi legte den Arm um Tara und zog sie näher an sich. »Tut mir leid.«

»Sie versucht nur, sich einen Reim auf alles zu machen.«

»Vielleicht kann sie uns auch dabei helfen.« Er küsste sie und auf einmal ertönte der Song »Shake It Off«.

Joey und Brooke fingen an zu tanzen und Joey rief: »Dad! Tara! Tanzt mit uns!«

Als sie zu ihnen gingen, flüsterte Levi. »Dich will ich niemals abschütteln.«

Taras lange Wimpern zuckten, und sie drückte seine Hand, als sie sagte: »Dito.«

Eine Weile später hatten sie genug von der Promenade, also zogen sie ihre Schuhe aus und spielten am Strand. Joey hüpfte, rannte, schlug Räder, und als sie ans Wasser gingen, hob Levi Tara hoch und tat so, als würde er sie hineinwerfen.

Joey stellte sich mit ausgestreckten Armen vor ihn und versuchte, ihn aufzuhalten. »Nicht, Daddy! Sie erfriert ja.«

»Ach ja?« Er ging in die Hocke, als würde er Tara absetzen wollen, doch stattdessen legte er den Arm um Joey und warf sie sich über die andere Schulter. Beide kreischten und hämmerten auf seinen Rücken ein. Er lachte, lief mit ihnen bis zu den Knöcheln ins Wasser, während sie ihn anflehten, damit aufzuhören. Das eiskalte Wasser schwappte um seine Füße. »Ich bin mir nicht sicher … Sollte ich euch vielleicht ins Meer werfen und mal sehen, ob ihr euch in Meerjungfrauen verwandelt?«

»Nein!«, riefen sie kichernd.

»Soll ich die Haie mit euch füttern?«

»Nein!«, sagten sie und lachten noch mehr.

»Dann bleibt mir nur noch eine Möglichkeit.« Er ging tiefer ins Wasser, bis seine Jeans unten ganz nass war.

Sie kreischten. »Nein, Dad! Wirf uns nicht da rein!«

»Levi! Wenn du das machst …«, warnte Tara ihn.

»Okay.« Er seufzte gespielt auf. »Dann habe ich wohl keine andere Wahl, als euch nach Hause zu bringen, damit ihr euch hübsch macht und ich euch zum Essen ausführen kann.«

Als er sie zurück zum trockenen Sand brachte, war nur noch ein freudiges »Yippie!« zu hören.

Einundzwanzig

Tara stand vor dem Spiegel und nahm ihr Outfit in Augenschein. Sie und Joey hatten sich nicht zusammen fertiggemacht, da sie nur zum Essen gingen und nicht auf eine Veranstaltung, und so hatte Tara etwas mehr Zeit, sich darüber Gedanken zu machen, was sie anziehen wollte. Levi hatte gesagt, dass sie sich schick machen sollten, aber sie hatte keine schicken Klamotten mitgebracht. Sie musste kreativ sein und trug nun einen langen hellgrauen Pullover mit einem dünnen Gürtel um die Taille. Er bedeckte die Hälfte ihrer Oberschenkel und dazu hatte sie süße schwarze Stiefeletten angezogen. Es klopfte an ihrer Tür. »Herein.«

»Bist du fertig?« Joey betrat das Zimmer und sah in ihrem rosa Pullover mit den Herzen vorne drauf und den schwarzen Leggings mit rosa Blumen entzückend aus. »Du bist so hübsch!«

»Findest du?« Tara schaute auf ihre bloßen Beine hinab und fühlte sich etwas nackt.

»Mhm! Warte nur, bis du Daddy siehst. Er hat sich auch schick gemacht.«

»Dann bin ich wohl fertig. Du bist auch wunderschön, Süße.«

»Danke. Daddy hat gesagt, ich bin hübscher als eine Skater-

Prinzessin. Ich wusste nicht, dass ich eine Skaterin und eine Prinzessin gleichzeitig sein kann.«

»Du kannst alles sein, was du willst.«

»Das hat Daddy auch gesagt.« Sie fasste sich an ihren Haarreifen. »Sieht mein Haarreifen gut aus?« Sie beugte den Kopf vor, als könnte Tara ihn sonst nicht sehen.

»Perfekt.« Sie nahm Joeys Hand.

Als sie Taras Schlafzimmer verließen, rief Joey: »Dad, sie ist fertig!«

Levi wartete im Wohnzimmer auf sie. Mit dem schwarzen Hemd, das sich eng um seine Muskeln legte, und der schwarzen Hose sah er atemberaubend aus. In Taras Bauch brodelte Hitze, als sie merkte, wie sein Blick über ihren Körper glitt, so voller Liebe und auf eine Weise animalisch, die sie unbedingt erkunden wollte. Als sie das letzte Mal so eine Art Auftritt hingelegt hatte, an dem Abend der Schulparty, hatte sie ihre lustvollen Gedanken unterdrücken müssen, da sie sie für kindische Wunschträume gehalten hatte.

Unfassbar, wie weit wir gekommen sind, dachte sie, während der Blick seiner liebevollen Augen in ihrem versank.

»Wow, Tara! Du siehst umwerfend aus. Fast so schön wie Joey.« Er zwinkerte Joey zu.

»Danke. Sie sehen ebenfalls umwerfend aus, Mr. Steele.«

»Vielen Dank, meine Dame.« Er bot ihnen beiden den Arm an. »Sollen wir?«

Sie hakten sich bei ihm ein und gemeinsam verließen sie das Haus.

Als Levi auf den Parkplatz des Crave fuhr, des nobelsten Restaurants in Harborside, verschlug es Tara die Sprache. Vor drei Jahren, als es erbaut worden war, hatte sie einen Artikel über das exklusive Restaurant gelesen. Sie hatte den Eigentümer aufgespürt, um sich zu erkundigen, ob sie die Fotos für die Speisekarten und die Werbung machen könnte, doch er hatte freundlich abgelehnt, da er schon einen Fotografen engagiert hatte. Tara war fasziniert gewesen von dem wunderschönen Restaurant aus Ziegelsteinen und Zedernholz, von dem aus man einen herrlichen Blick über die Bucht Cider Cove hatte. Von jedem Tisch konnte man aufs Meer blicken, und sie hatte gehört, dass man Monate auf einen Tisch warten musste und niemand den Ort verließ, ohne nicht einige hundert Dollar hingeblättert zu haben. »Levi …«

»Sag nichts«, unterbrach er sie sanft und schenkte ihr dieses Lächeln, das Schmetterlinge fliegen ließ. »Erinnerst du dich daran, wie wir gesagt haben, dass man manchmal einfach nur Danke sagen sollte?«

Es schien eine Ewigkeit her zu sein, dass sie sich zusammen die Häuser angesehen hatten, und jetzt ergaben all diese Berührungen, geflüsterten Scherze und Momente der ausgetesteten Grenzen einen Sinn. Ebenso wie seine Worte. *Es wird Zeit, dass du aufhörst, Leuten zu erzählen, was sie nicht für dich tun sollen, sondern stattdessen lernst, einfach Danke zu sagen.* »Danke, aber …«

Er drückte seine Lippen auf ihre. »Kein Aber, meine Schöne. Du warst monatelang von diesem Restaurant fasziniert. Es wird Zeit, dass du es einmal genießt.«

Du erinnerst dich daran. Ihr Herz tat einen Sprung.

»Ich will es genießen«, meldete Joey sich von der Rückbank zu Wort und beide lachten.

Auf dem Weg zum Eingang schaute Tara voller Verwunderung zu Levi. Er hatte immer so viel mit seiner Arbeit um die Ohren, kümmerte sich um Joeys Trainingszeiten und seine eigenen Verpflichtungen. Wie konnte er sich daran erinnern, dass Tara vor drei Jahren in Webseiten und Artikel vertieft gewesen war?

Er öffnete die schwere hölzerne Rundbogentür, und als sie hineingingen, betrachteten Joey und Tara staunend den mit bunten Blumen und rankenden Reben verzierten Laubengang, in dem zudem noch Lichter funkelten.

»Das ist sogar noch schöner als auf den Fotos«, sagte Tara von Ehrfurcht erfüllt.

»Ich will auch so einen, Daddy. Kannst du so etwas in unserem Haus bauen?«

»Vielleicht eines Tages.« Er legte die Hand auf Taras Rücken.

»Levi, wir brauchen hier nicht einmal essen. Allein es zu sehen ...« Sie schüttelte sprachlos den Kopf. »Ich wünschte, ich hätte meine Kamera dabei.«

»Dann müssen wir irgendwann noch einmal kommen.«

Sie betraten das Restaurant, das sogar noch vornehmer war als der Eingang. Die Backsteinwände waren geschmückt mit Grün und leuchtenden, blätterreichen Pflanzen, die Mittelmeeratmosphäre verbreiteten. Als sie durch einen gemauerten Bogengang geführt wurden, flüsterte Tara: »Wie hast du denn so kurzfristig einen Tisch bekommen?«

Er gab ihr einen Kuss auf die Wange. »Wo ein Wille ist, da ist auch ein Weg.«

Sie wurden zu einem Raum geführt, in dem nur drei Tische standen. Eine Glasfront gab den Blick auf die Bucht frei. Blaue und weiße Lichter führten zu einem Weg von der mit Schieferstein gepflasterten Terrasse, auf der man – wie Tara gehört hatte – bei warmem Wetter draußen speisen konnte, durch üppige Beete ganz hinunter zum Ufer.

»Wow, guckt mal!« Joey zeigte zum Fenster hinaus.

»Schön, oder?« Levi nahm Taras Hand.

»Atemberaubend«, sagte Tara.

»Wie im Märchen«, pflichtete Joey bei, als ein junger attraktiver Kellner an den Tisch kam.

»Guten Abend. Ich bin Ricky und heute Abend für Sie da.« Vor jedem von ihnen stellte er ein Glas ab und schenkte Eiswasser ein. Dann folgten Champagnergläser, und in Joeys Glas goss er etwas, das sehr nach Champagner aussah.

»Das darf ich nicht trinken«, sagte Joey.

»Das ist ein ganz besonderer Champagner für Kinder«, sagte Ricky.

Joey straffte die Schultern und grinste. »Danke.«

Ricky schenkte Tara und Levi Champagner ein und stellte die Flasche dann in einen Eiskübel neben Levi.

»Feiern wir etwas?« Tara schaute verwundert zu Levi.

Wortlos zwinkerte Levi ihr zu, während Ricky einen Korb mit frischem, himmlisch riechendem Brot auf den Tisch und einen riesigen Servierteller mit Haube vor Tara stellte. »Bin sofort wieder bei Ihnen.«

Als der Kellner sich entfernte, fragte Joey: »Was ist da drunter?«

»Keine Ahnung.« Tara sah Levi an. »Was geht hier vor sich?«

»Brauchen wir einen Grund zum Feiern?« Er nahm sein Champagnerglas und bedeutete ihnen, es ihm gleichzutun. »Auf den glücklichsten Mann auf Erden und ein Essen mit der zweiten Skateboard-Siegerin und der talentiertesten – wenn auch nicht die mit der größten Beobachtungsgabe – Fotografin von Massachusetts.«

Als er mit Joey anstieß, fragte Tara: »Nicht die mit der größten Beobachtungsgabe? Was soll das denn heißen?«

»Nur dass dir einige Dinge entgangen sind, aber das kann man dir nicht verübeln. Immerhin bist du für gewöhnlich von Joeys funkelnder Persönlichkeit geblendet, und wenn wir zusammen sind, bist du nun mal von meinem guten Aussehen fasziniert.«

Joey kicherte.

Tara zog die Augenbrauen zusammen. »Ich habe noch immer keine Ahnung, wovon du sprichst.«

»Heb den Deckel hoch«, sagte er mit einem verschmitzten Funkeln in den Augen.

»Heb ihn hoch«, drängelte Joey.

Die Aufregung breitete sich prickelnd in ihrer Brust aus, während sie Levi anschaute. »Was führst du im Schilde?«

Levi hob achselzuckend die Hände.

Sie hielt den Atem an, als sie den silbernen Deckel anhob und ein Stapel Fotos auftauchte. Ganz oben lag ein Foto von ihnen drei, wie sie Hand in Hand über die Promenade liefen, mit Joey in der Mitte und in den Klamotten, die sie heute anhatten. Die Emotionen brauten sich zu einem Kloß in ihrer Kehle zusammen. »Wer hat die gemacht?«

»Cassidy. In meinem Haus hängen lauter Fotos von unserem *alten* Wir, und ich liebe sie alle, aber ich möchte Fotos von unserem neuen Wir aufhängen.«

Tränen stiegen ihr in die Augen. »Oh, Levi!«, flüsterte sie, während sie das Bild bewunderte, bevor sie das nächste aufdeckte.

»Darf ich auch mal gucken?« Joey stand von ihrem Stuhl auf

und stellte sich neben Tara.

»Ich habe sie auch noch nicht gesehen.« Levi ging an Taras andere Seite und gemeinsam bestaunten sie die Fotos.

Einige stammten von ihrem Nachmittag an der Promenade: Tara und Joey, die sich an dem Airhockey-Tisch abschlugen, während Levi sie mit so viel Liebe in den Augen ansah, dass es nahezu aus dem Foto hervorquoll. Levi und Tara, die sich küssten, als Joey gerade einen Basketball warf. Levi, der Tara auf dem Weg ins Brooke's Bytes einen Klaps auf den Hintern gab.

»Daddy!«, rief Joey kichernd.

Außerdem gab es Aufnahmen von ihnen dreien am Strand und von Levi, der sie ins Wasser trug, und noch viele mehr von Tara und Joey bei ihren Ausflügen in den vergangenen Tagen – von ihr und Joey auf einer Wippe im Park und wie sie auf einer Decke am Strand lagen, während Tara eines von Joeys Büchern in der Hand hielt und ihr vorlas.

»Das weiß ich noch«, sagte Joey glücklich.

»Ich auch. Das war ein richtig schöner Tag.«

Während Tara die Fotos durchschaute, verliebte sie sich noch mehr in Levi und Joey und in die Vorstellung von ihnen als Familie. Ein Bild zeigte Joey auf dem Skateboard, während Tara mit der Kamera vor dem Auge an der Seitenlinie stand, und auf einem umarmte Levi Joey im Garten vor dem Haus, während Tara sie mit leicht zur Seite geneigtem Kopf beobachtete und man ihr all die Emotionen ansah. Auf einem weiteren Bild goss Tara die Pflanzen im Garten und Joey sprang gerade vor dem Schlauch in die Luft.

»Du kleiner Frechdachs«, scherzte Levi.

Es gab sogar ein Foto von Tara und Joey, die in Levis Garten auf dem Rasen saßen, umgeben von Kartons, die sie aus dem Schuppen geholt hatten, und beim Kartenspielen Limonade tranken. Sie hatten sich so ins Zeug gelegt, um den Schuppen aufzuräumen, und Joey war so stolz auf das, was sie geschafft hatten, dass sie jeden Abend mit Levi hinausgegangen war, um ihm ihre Fortschritte zu zeigen. Tara konnte es gar nicht glauben, dass Cassidy all diese Fotos hatte machen können, ohne dass sie es gemerkt hatte. Auf dem letzten Foto saßen all ihre Freunde aus Harborside um ein Lagerfeuer und Tara hatte die tief schlafende Joey auf dem Schoß. Joey konnte damals nicht älter als sechs Jahre gewesen sein.

Taras Emotionen schnürten ihr die Kehle zu. »Wann wurde das aufgenommen?«

»Ich habe es vor zwei Jahren gemacht. Es ist mein Lieblingsbild von euch beiden. Es war seitdem auf meinem Handy und ich habe es für mich behalten. Aber jetzt, da ich weiß, warum es das Bild ist, was ich immer anschaue, wenn ich einen schlechten Tag habe oder mein Zuhause vermisse, dachte ich mir, wir könnten es aufhängen.«

Tara traten Tränen in die Augen. Sie schaute zu ihm auf und versuchte, sie fortzublinzeln, doch dies war die beste Überraschung, mit der sie je beschenkt worden war, und sie konnte die Tränen nicht zurückhalten, als sie mit zugeschnürter Kehle sagte: »Ich liebe all die Fotos.«

»Ich liebe dich, Tara«, erwiderte er zärtlich.

»Ich hab dich auch lieb«, sagte Joey. »Ich wünschte, du würdest nicht an diesem Wochenende abfahren.«

»Dito«, brachte Tara nur hervor, legte den Arm um Joeys Taille und zog sie an ihre Seite. Sie hatte keine Ahnung, wie sie am Sonntag abreisen sollte. Wie konnten zwei Wochen sich anfühlen wie zwei Monate? Sie konnte sich kaum noch daran erinnern, wie es war, bevor sie und Levi zusammengekommen waren. Natürlich erinnerte sie sich, doch es kam ihr vor, als wäre das das Leben von jemand anderem gewesen. Als wäre das hier genau das, was schon immer hatte sein sollen.

Sie wischte sich über die Augen und versuchte, sich zusammenzureißen. »Ich habe keine Ahnung, wie du und Cassidy das angestellt habt. Kein einziges Mal habe ich gesehen, wie sie diese Fotos gemacht hat.«

»Ich auch nicht. Sie ist echt gut im Verstecken«, stimmte Joey zu.

»Genau so sollte es sein«, sagte Levi und seine warmen braunen Augen blickten in Taras. »Eine weise und wunderschöne Fotografin hat mir einmal erzählt, dass sie einige ihrer besten Fotos in den am wenigsten erwarteten Momenten gemacht hat, und alles an dir, Blondie, ist ebenso unerwartet wie wunderschön.«

Zweiundzwanzig

Der Samstag versprach, mit warmen Temperaturen und Sonnenschein perfekt für ihren Flohmarkt zu werden. Levi war früh aufgestanden und eine Runde gelaufen, um einen klaren Kopf zu bekommen. Die vergangenen zwei Wochen waren zu schnell vergangen. Morgen würde Tara zurück auf die Insel fahren, ihrer Mutter gegenübertreten, wieder arbeiten und nach einer neuen Bleibe und einem Fotostudio suchen. Er hatte gewusst, dass der Zeitpunkt irgendwann kommen musste, doch es fühlte sich trotzdem so an, als hätte er sich klammheimlich herangeschlichen, und jedes Mal, wenn er versucht hatte, mit Tara darüber zu reden, hatte sie ihn mit einem Kuss zum Schweigen gebracht. *Ich will nicht darüber nachdenken, dass ich dich und Joey nicht jeden Tag sehe. Ich will einfach nur den Moment genießen.* Nicht, dass er sich über die Küsse beschwerte, aber dem Unvermeidbaren konnten sie nicht aus dem Weg gehen. Er wusste, dass sie so mit Dingen umging, allein, in ihrem eigenen Kopf. Das hatte er ihr in den letzten Tagen zugestanden. Doch er wollte mit ihr zurückfahren, zusammen ihrer Mutter gegenübertreten, und als er es schließlich ausgesprochen hatte, hatte sie darauf bestanden, es allein in Angriff zu nehmen, um ihrer Mutter zu zeigen, dass sie alles schaffen konnte.

Das verstand er. Wirklich. Aber ihr Leben stand seinetwegen Kopf und er wollte es in Ordnung bringen. Sie vor möglichen weiteren Schmerzen beschützen, was mit einem Anruf und einer Fahrt auf der Fähre nicht getan wäre. Doch sie wollte davon nichts hören und die Joggingrunde hatte nicht geholfen. Ebenso wenig wie die Dusche oder die Blaubeerwaffeln, die sie zum Frühstück gegessen hatten. Also trug er noch einen Karton aus dem Schuppen und versuchte, nicht daran zu denken, als er ihn vors Haus brachte, wo die Mädels Tische für den Flohmarkt aufstellten.

Es war kaum zu fassen, wie viel Kram sich angesammelt hatte, doch er hatte Sachen im Schuppen gelagert, seit er das Haus gekauft hatte. Tara hatte versucht, ihn dazu zu bringen, dass er sich alles einmal anschaute, was sie verkaufen wollten, er wollte jedoch die wenige Zeit, die sie noch miteinander hatten, nicht damit verbringen, aussortierte Dinge zu durchwühlen, an die er seit Jahren nicht mehr gedacht hatte.

»Guck dir mal mein Schild an, Daddy«, sagte Joey, als er die letzten Kartons nach draußen stellte.

Sie und Tara klebten gerade ein Pappschild vorne an den Tisch, den sie für ihren Limonadenstand benutzte. Auf dem Weg dorthin bewunderte er Taras lange Beine und ihren umwerfenden Hintern. In den weißen Shorts und dem taubenblauen langärmeligen Shirt mit V-Ausschnitt sah sie unverschämt sexy aus. Sie zeigte ihm dieses verschworene Lächeln, das ihn immer anmachte. Sie genoss es, ihn so zu quälen, und er hatte mit Sicherheit nichts dagegen einzuwenden. Aber jetzt beobachtete seine Tochter ihn, also konzentrierte er sich auf das Schild und nicht auf das Verlangen, Tara über den Tisch zu legen.

Joeys selbstgemachte Limonade 50 Cent stand oben auf einem großen Kartonschild. Darunter waren ein Glas Limonade samt Eiswürfel gemalt und daneben befanden sich noch ein Regenbogen, Sterne und der Werbespruch: *Bessere haben Sie noch nie getrunken!* Joey war gestern Abend unglaublich aufgeregt gewesen, Tara hatte auf etwa fünfzig Servietten *Danke!* geschrieben, und Joey hatte jede von ihnen mit einem Autogramm versehen, als wäre sie eine Art Star. Es war unfassbar schön, dass Tara jede Idee seiner Tochter ebenso unterstützte wie er, und nach all der Arbeit, die die beiden hineingesteckt hatten, hoffte er, dass heute Vormittag auch Leute auftauchten. Joey hatte ihm gestern Abend erzählt, dass sie sich mit dem verdienten Geld doch keine Aufkleber kaufen wollte, sondern lieber etwas Besonderes für Tara besorgen wollte.

Er würde Leute dafür bezahlen, dass sie hier auftauchten, wenn das seiner kleinen Tochter helfen würde, ihre Wünsche zu erfüllen.

Wenn das Leben doch nur so einfach wäre. Vielleicht könnte er dann jemanden bezahlen, um die Zeit anzuhalten.

Sein verdammtes Herz musste in letzter Zeit ziemlich viel einstecken. Das Witzige war, dass er über dieses ganz bestimmte Organ vor Tara nur ein einziges Mal nachgedacht hatte, und das war bei der Geburt von Joey gewesen. Als er sie das erste Mal im Arm gehalten hatte, war das Herz in seiner Brust so angeschwollen, dass er befürchtete, für den Rest des Lebens genau dort Schmerzen ertragen zu müssen.

»Gefällt es dir?«, fragte Joey und riss ihn aus seinen Gedanken.

»Das Schild ist großartig, Süße«, sagte er. »Ich hoffe, du verkaufst eine Menge Limonade.«

»Das ist mein Geldglas.« Sie hielt ein Mayonnaise-Glas, um

das sie eine blaue Schleife gebunden hatte und in dem sich eine Handvoll Münzen befanden, in die Höhe. »Tara hat schon etwas Geld hineingetan, damit die Leute denken, ich hätte schon Kunden gehabt.«

Er legte die Hand auf Taras Rücken. »Ziemlich cleveres Marketing, Tara.«

»Wir Frauen müssen doch zusammenhalten. Stimmt's, Joey?«

»Genau! Ist es bald schon zehn? Ich habe allen gesagt, dass sie um zehn kommen sollen.«

Tara schaute auf ihrem Handy nach der Uhrzeit. »Wieso ist es schon so spät? Wir haben nur noch eine halbe Stunde, um alles fertig vorzubereiten. Levi, du solltest lieber jetzt zur Bank fahren, um das Wechselgeld zu holen, und die Schilder aufstellen.«

»Für einen Kuss mache ich das vielleicht.« Den Spruch hatte er am Freitagabend einige Male benutzt, als sie die Fotos aufgehängt hatten, die Cassidy gemacht hatte, und auch das Bild, das er von seinem Handy ausgedruckt hatte. Tara und Joey hatten Rahmen für sie gefunden, und Joey hatte das Foto, auf dem Tara ihr vorlas, auf ihrem Nachttisch aufgestellt.

Tara ging auf die Zehenspitzen und gab ihm einen Kuss.

»Du auch, Peanut.« Levi hockte sich hin.

»Da-ad!«

Er tippte sich auf die Wange.

Joey gab ihm einen Kuss und schob ihn dann zu seinem Pick-up. »Jetzt fahr!«

Die nächste Dreiviertelstunde verbrachte Levi damit, Plakate aufzuhängen und bei der Bank Wechselgeld zu besorgen. Auf dem Rückweg kaufte er noch ein paar Beutel Eiswürfel für Joeys Limonadenstand.

Als er zu Hause ankam, standen schon Autos am Straßenrand und einige Leute schlenderten im Vorgarten herum. Ein Paar begutachtete die alten Terrassenmöbel und die Küchenstühle, von denen er gar nicht mehr gewusst hatte, dass sie im Schuppen gewesen waren, und eine ältere Dame schaute sich den Tisch mit den Küchenutensilien an. Zwei Kinder unterhielten sich mit Joey und tranken Limonade, zwei andere stöberten durch eine Wanne mit Stofftieren und einen Tisch mit alten Spielen und Puzzles. Tara nahm gerade von einer Frau Geld für einen Stapel Bücher entgegen. Als er in die Garage ging, um eine Kühlbox zu suchen, fiel sein Blick auf Joeys alte Schiebespielzeuge, ihr erstes Dreirad, einen alten Buggy und einen Tisch mit ihren Babysachen.

Ein seltsames Gefühl überkam ihn, sodass er sich lieber schnell die Kühlbox schnappte, das Eis hineinwarf und sie hinaus zu Joey trug, wo sich gerade die Kinder, mit denen sie sich unterhalten hatte, verabschiedeten und zu ihren Eltern gingen.

»Wie läuft's, Peanut? Ich habe dir Eis mitgebracht.« Er stellte die Kühlbox neben den Tisch.

»Danke. Ich habe schon sechs Becher Limonade verkauft.«

»Großartig. Ich bin gleich wieder da. Muss nur kurz was nachschauen.«

Als er fortging, nickte er einem Paar zu, das sich mit leeren Händen wieder auf den Weg zu ihrem Auto machte. Er ging zu dem Tisch mit den Babysachen und schaute Joeys alte Babykleidung und die kleinen Strickmützchen durch. Einen Strampler, den Leni ihr geschenkt hatte, hielt er hoch und betrachtete die rosa Pfeile, die zu den Arm-, Bein- und Kopflöchern zeigten, und die Aufschrift *Du schaffst das, Daddy* in der Mitte. Er behielt ihn in der Hand und griff nach dem gelben

Strickhut, den Gail Remington angefertigt hatte, als Joey ein Jahr alt gewesen war, und nach dem *Daddys Prinzessin*-T-Shirt, das Jules ihr geschenkt hatte. Er fand auch das rosa Rüschenkleid, das Joey an ihrem zweiten Geburtstag getragen hatte. Wie konnte Tara all diese Dinge weggeben? Wusste sie nicht, wie viel sie ihm bedeuteten?

Er ging von einem Tisch zum nächsten und fischte Joeys erstes Plastikbesteck ebenso wie ihre Disney-Prinzessin-Decke heraus. Das vertraute Knattern von Motorrädern näherte sich, und wenige Minuten später waren die Dark Knights vorgefahren, stiegen in ihren Jeans und den schwarzen Lederjacken von ihren Bikes und gingen zu Joeys Limonadenstand. Ihre begeisterten Begrüßungsrufe waren wahrscheinlich noch zwei Straßen weiter zu hören.

Levi trug seine Sachen zu Tara, die gerade etwas in einem Karton verstaute. »Hey, Blondie.« Er gab ihr einen Kuss, und sie beäugte die Flohmarktartikel, mit denen er bepackt war.

»Hallo, was machst du mit all den Sachen?«

»Behalten. Ich kann diesen Kram nicht verkaufen, der hat ideellen Wert.«

»Aber du hast doch gesagt, du bist alle Kartons durchgegangen, und alles kann verkauft werden.«

»Na ja, vielleicht habe ich das etwas beschönigt. Ich habe angefangen, sie durchzugehen, aber ich wollte damit keine Zeit verschwenden, die ich mit dir verbringen konnte.«

»Levi, das hättest du mir sagen sollen! Ich wäre es gemeinsam mit dir durchgegangen.«

»Tut mir leid, aber guck dir das hier mal an.« Er legte alles ab, was er auf dem Arm hatte, und zeigte ihr jedes einzelne Teil. »*Königin des Mittagsschlafs*, mit einer kleinen Krone? Wie kann man das weggeben?«

»Sie war nie gut im Mittagsschlafen«, erinnerte Tara ihn.

»Ich weiß, aber was ist, wenn sie eines Tages einen Bruder oder eine Schwester hat, die gut darin sind? Wie süß wäre das, wenn die ihre Sachen tragen würden?«

»Oh, der Gedanke ist so schön! Tut mir leid. Ich nehme alle alten Kleidungsstücke von Joey vom Tisch.«

»Hey, Leute! Ich hab meinen neuen Kaffeebecher gefunden«, rief Joker vom Rasen herüber und hielt einen Becher in die Höhe, auf dem stand *Nr. 1 Daddy*.

»Nix hast du!«, sagte Levi. »Den habe ich von Joey bekommen, als sie sechs war.«

»Und bei mir bekommt er eine ganz neue Bedeutung«, sagte Joker und brachte damit die Männer zum Lachen.

Levi marschierte zu ihm und nahm ihm den Becher aus der Hand.

»Mann, da ist schon ne Ecke abgesplittert«, sagte Joker.

»Und wenn er ganz kaputt wäre, ist mir egal. Meine kleine Tochter hat den für mich ausgesucht, nicht für dich und deine perversen Daddy-Fantasien.«

»Hier ist noch ein Besserer für dich, Joker.« Ozzy hielt einen anderen Becher hoch und las die Aufschrift laut vor: »*Daddys kleines Mädchen.*«

Sie brüllten vor Lachen.

»Den verkaufen wir auch nicht.« Levi schnappte sich den Becher und hob die Arme. »Hört mal zu, Leute. Der Flohmarkt ist abgesagt. Wir verkaufen nichts.«

»Daddy!«, beschwerte sich Joey.

»Wir sind für dich da, Prinzessin«, sagte Jesse und zog sein Portemonnaie hervor, und die anderen Jungs, die sich um Joeys Tisch versammelten, taten es ihm gleich.

Tara trug einen Karton zu Levi hinüber. »Du kannst deine

Sachen zu meinen packen.«

»Deinen?« Verwundert schaute er auf den Karton.

»Joey muss das hier aus dem Stapel genommen haben, den ich behalten wollte. Ich habe die Sachen vor einiger Zeit gefunden. Aber keine Sorge, ich bezahle sie dir.«

»In Naturalien vielleicht.« Er küsste sie. »Dann bist du also doch ebenso sentimental wie ich.« Als er die Becher in den Karton legte, nahm er eines von Joeys Kinderbüchern heraus. »*Wrangler und Mouse*. Das hast du Joey geschenkt. Es war eines ihrer Lieblingsbücher.«

»Mhm.«

Er lehnte sich gegen den Tisch, schlug das Buch auf und überflog die Geschichte von einer Maus, die unter einem Haus lebte. Jedes Mal, wenn sie sich nach draußen wagte, wurde sie von einer fiesen Katze verjagt. Wrangler, der kleine Junge, der in dem Haus wohnte, freundete sich mit der Maus an und beschützte sie vor der Katze. *Wrangler schmuggelte Mouse in sein Schlafzimmer und teilte seine Snacks mit ihr. Er sorgte dafür, dass sie sich sicher fühlte, und erzählte ihr Geschichten, die sie glücklich machten. Wenn Wrangler fort war und die fiese Katze Mouse Angst einjagte, verkroch sie sich wieder unter dem Haus und dachte an diese Geschichten, bis sie keine Angst mehr hatte.* Levis Herz wurde erneut in Mitleidenschaft gezogen. Wie konnte er die Ähnlichkeiten übersehen haben? Hatte Tara dieses Buch für Joey anfertigen lassen? Er blätterte um und las weiter. *Eines Tages überraschte Wrangler Mouse mit einem kleinen Haus ganz für sie allein, das er in seinem Schrank aufbewahrte. So konnte er immer sicher sein, dass es ihr gut ging. Und von dem Tag an erzählte er Mouse jeden Abend Geschichten und teilte seine Snacks und sie lebten glücklich bis ans Ende ihrer Tage.*

Er klappte das Buch zu und sah Taras verlegenes Lächeln.

»Das habe ich Joey sicher dutzende Male vorgelesen. Du hast das für sie machen lassen, oder? Wie konnte ich übersehen, dass es um uns ging?«

Sie zuckte mit den Schultern. »Es sollte niemand merken.«

»Warum Wrangler?«

»Weil das die einzige Jeansmarke war, die du damals getragen hast.«

Himmel, er liebte sie. »Wann hast du das geschrieben?«

»Als ich dreizehn war. Aber in der ursprünglichen Fassung lebte die Maus in der Vorratskammer. Als ich beschlossen habe, es zu einem Buch für Joey machen zu lassen, hatte ich Angst, dass du eins und eins zusammenzählen würdest, also habe ich es geändert und die Maus unter dem Haus leben lassen.«

»Schlau und schön. Du bist voller Überraschungen.« Er legte das Buch in den Karton und zog sie in seine Arme. »Ich glaube, ich habe mich soeben noch mehr in dich verliebt.«

»In dem Fall werde ich wohl eine ganze Reihe über Wrangler und Mouse schreiben müssen.«

»Ich fürchte, das entwickelt sich dann aber von Kinderbüchern hin zu erotischer Literatur.«

Levi sammelte die Flohmarkt-Schilder ein, und obwohl sie gut ein Dutzend Leute, die sie bereits gesehen hatten, wegschicken mussten, war niemand verstimmt. Alle verstanden Levis Sinneswandel. Seine Kumpel waren noch ein wenig geblieben, und – wie versprochen – war auch Brooke vorbeigekommen und hatte Cassidy, Wyatt, Wyatts Zwillingsschwester Delilah und deren Partnerin Ashley mitgebracht. Alle halfen dabei, die

Kartons wieder zu verstauen, die Tische hineinzutragen und der Spaß kam auch nicht zu kurz.

Nachdem sie gegangen waren, aßen Levi, Tara und Joey etwas zu Mittag und zogen danach los, damit Joey Skateboard fahren konnte. Später erledigte Tara einige berufliche Telefonate, während Levi und Joey das Abendessen abholten. Den Großteil des Sommers war Tara mit Hochzeiten und Veranstaltungen verplant und sie wurde bereits für Shootings im Herbst und Winter gebucht. Sie versuchte alles, um nicht zu viele Termine an den Wochenenden einzuplanen, damit sie Levi zumindest an einem Abend sehen konnte, doch manche Kunden waren nur am Wochenende verfügbar und die Veranstaltungen fanden generell an den Wochenenden statt. Sie fing an, sich Sorgen zu machen, wie ihre Beziehung funktionieren würde. Wenn sie samstagabends fotografierte, war sie manchmal nicht vor zehn Uhr oder später fertig, und an manchen Sonntagen hatte sie auch Termine, was bedeutete, dass sie und Levi sich nur für wenige Stunden sehen konnten. Durch die Fahrten mit der Fähre blieb ihnen nicht viel gemeinsame Zeit übrig.

Als sie einen Anruf von Carey bekam, freute sie sich über die Ablenkung. »Hallo!«

»Hallo, Schwesterherz. Wie läuft's? Wie geht es dir? Was von Mom gehört?«

»Mir geht's gut, aber sie hat nicht angerufen. Du weißt ja, wie sie ist. Sie wird einfach so tun, als wäre es nie passiert.«

»Ja, so ist sie. Erinnerst du dich noch daran, wie sie zu mir gesagt hat, dass sie nie wieder mit mir reden wird, als ich mir die Haare wachsen ließ und gesagt habe, dass ich in meinem Bus leben werde? Sie kommt drüber hinweg.«

»Ob *ich* darüber hinwegkomme, weiß ich allerdings nicht.«

»Das Gefühl kenne ich. Hast du etwas von Amelia gehört?«

Allein den Namen ihrer Schwester zu hören, brachte ihr Herz schon zum Rasen. »Nein. Weiß sie, was passiert ist?«

»Ja, Mom hat es ihr erzählt.«

Ein schmerzhafter Stich fuhr durch ihr Herz. »Mein Gott, Mom beschützt mich einfach nie.«

»Das fühlt sich mit Sicherheit so an. Vor allem, nachdem sie sich so mies verhalten hat. Aber ich glaube nicht, dass sie es ihr gesagt hat, um dir wehzutun. Immerhin ist Amelia Joeys Mutter.«

»Trotzdem. Das sollte sie von mir hören, nicht von ihr.«

»Tja, das tut mir leid. Aber wenn Amelia dich nicht angerufen hat, dann kümmert es sie wahrscheinlich nicht, dass du mit Levi zusammen bist.«

»Natürlich kümmert es sie nicht. Warum auch? Sie wollte ihn ja nicht mal, als …« Nein, damit würde sie jetzt nicht anfangen. »Egal. Wie geht es dir?«

»Alles paletti, aber ich mache mir Sorgen um dich.«

»Mir geht's gut, oder zumindest bin ich auf dem Weg dahin.«

»Wie läuft's mit dir und Levi? Wirkt sich dieser Mist mit Mom auf eure Beziehung aus?«

»Nein, uns geht's großartig. Er unterstützt mich total und ist der Meinung, dass sie diejenige ist, die den nächsten Schritt machen sollte. In der Hinsicht bin ich glücklicher als je zuvor. Nur wenn ich an Mom denke, werde ich traurig oder wütend. Sie ist einfach so …«

»Nervig? Egoistisch? Gemein?«

»Früher habe ich sie nie als einen gemeinen Menschen angesehen, aber nach den Dingen, die sie letztes Wochenende gesagt hat, frage ich mich, ob ihre bissigen Bemerkungen doch Absicht waren.«

»Ich wünschte, ich hätte Antworten darauf, aber ich habe seit Jahren nicht mehr viel Zeit mit Mom verbracht. Robert hat erzählt, dass du zu einer Spendensammlung gehst und sie auch dort sein wird. Ich bin heute Abend bei Drake in Bayside. Soll ich bei der Veranstaltung vorbeischauen und für dich den Blitzableiter geben?«

Ihre Brüder waren immer bereit gewesen, alles für sie stehen und liegen zu lassen, wenn sie darum gebeten hatte. Sie war zwar nie sehr gut darin gewesen, um Hilfe zu bitten, doch es war ein gutes Gefühl, zu wissen, dass sie da waren. »Nein, danke. Ich komme schon zurecht.«

»In Ordnung, aber falls du deine Meinung ändern solltest, ruf mich an.«

Levi und Joey kamen zur Haustür herein, und sie sagte: »Vielen Dank. Ich muss Schluss machen. Hab dich lieb.«

»Ich dich auch. Grüß Levi und drück Joey für mich.«

»Mach ich.«

Als sie das Gespräch beendete, rief Joey: »Bin gleich wieder da!«, und rannte die Treppe hinauf.

»Wie liefen deine Telefonate?«, fragte Levi und trug ihr Essen in die Küche.

»Gut«, antwortete sie und berichtete ihm von ihrer Unterhaltung mit Carey.

Joey kam heruntergestürmt. »Dad! Können wir draußen essen?«

Kurz darauf ließen sie es sich auf der Veranda schmecken, machten Witze über ihren verkorksten Flohmarkt und über die Notwendigkeit, einen neuen Schuppen nur für all die Dinge zu bauen, die Levi behalten wollte. Er schlug Joey im Spaß vor, den Schuppen zu kaufen, da sie mit ihrem Limonadenstand so viel Geld eingenommen hatte. Sie spielten Silver-Island-

Monopoly, das Joey letztes Jahr von Levis Eltern zu Weihnachten bekommen hatte, und anschließen schauten sie sich *Rapunzel – Neu verföhnt* an. Und obwohl es ein wunderbarer, lustiger Abend war, versuchte Tara doch die ganze Zeit, nicht an ihre Abreise zu denken, die ihnen wie ein Bösewicht im Schatten auflauerte. Sie wusste, dass es albern war, da sie ja nur eine Fährfahrt entfernt sein und am nächsten Wochenende schon zurückkommen würde. Am Freitagnachmittag und Samstagvormittag hatte sie Kunden, aber um zwei Uhr konnte sie wieder in Harborside sein. Levi hatte angeboten, stattdessen auf die Insel zu kommen, aber es machte keinen Sinn, bevor sie nicht ihre Wohnsituation geklärt hatte.

Jetzt war Joeys Bettzeit gekommen, und sie hatte Tara gebeten, ihr etwas vorzulesen, doch sie hatte darauf bestanden, dass Tara unten wartete, bis sie bettfertig war. Levi war zum Duschen nach oben gegangen, und Tara tigerte im Wohnzimmer auf und ab und wünschte sich, sie könnte ihren Kopf abschalten.

»Fertig!«, rief Joey von oben herunter.

Tara fand Levi stehend neben Joeys Bett vor, während Joey auf ihrem Bett herumhüpfte. Beide grinsten übers ganze Gesicht. Tara musste lachen. »Was ist denn hier los?«

Joey ließ sich auf den Hintern fallen. »Ich hab ein Geschenk für dich!«

»Ein Geschenk? Warum das denn?« Sie sah zu, wie Joey eine Hand unter ihr Kissen schob und eine Schachtel mit einer roten Schleife darauf hervorholte.

»Weil du deine ganzen Frühlingsferien geopfert hast, damit ich zu meinem Wettkampf konnte.«

»Ich habe keine Frühlingsferien, du Ulknudel, und du musst mir gar nichts schenken. Ich wollte hier bei dir und deinem

Dad sein. Hier bin ich am liebsten.«

»Ich weiß, aber ich will es dir trotzdem schenken.« Joey stieg vom Bett und gab ihr die Schachtel.

Die Art und Weise, mit der sie sagte, dass sie wusste, wie sehr sie geliebt wurde, so voller Überzeugung, war das einzige Geschenk, das Tara brauchte, trotzdem nahm sie die Schachtel entgegen und bewunderte die Blumen, die Joey darauf gemalt hatte. »Danke. Die Blumen sind wunderschön.«

»Das sind die aus unseren Beeten. Mach auf!«

»Sie konnte es gar nicht abwarten, es dir zu geben«, sagte Levi.

Tara löste die Schleife, hob den Deckel an und nahm einen Becher heraus, auf dem *Einhorn-Tante* über einem Bild von einem tanzenden Einhorn und *Wie eine normale Tante, nur wunderbarer* darunter stand. »Joey, die ist toll!«

»Ich wusste, dass sie dir gefällt!«

Tara überlegte, wann sie den Becher gekauft haben konnte, und zählte eins und eins zusammen. »Hast du den mit dem Geld gekauft, das du heute verdient hast?«

»Genau«, sagte Joey stolz.

»Aber du wolltest doch Aufkleber und …«

»Ich hab meine Meinung geändert. Tante Jules und Bellamy haben mir doch Aufkleber geschickt, weißt du noch?« Sie kletterte zurück auf ihr Bett und hüpfte wieder darauf herum.

Tara drückte den Becher an ihre Brust und verstand endlich, warum Levi beim Flohmarkt so emotional auf die Becher reagiert hatte, die Joey ihm geschenkt hatte. Nie wieder würde sie diesen Fehler begehen. »Ich werde ihn jeden Tag benutzen. Danke!«

»Yippiiie!« Sie plumpste auf den Hintern. »Liest du mir jetzt vor?«

»Gern!« Tara setzte sich neben sie aufs Bett und stellte den Becher auf den Nachttisch, wobei sie der Anblick des Fotos von ihnen beiden im Park, das Joey dort aufgestellt hatte, erneut rührte.

»Geh duschen, Dad. Wenn du fertig bist, kannst du vorlesen.«

»Hey!«, ermahnte Tara sie leise.

Levi sah Joey mit angehobener Augenbraue an. »Seit wann kommandierst du so herum?«

»Sorry, Dad.« Joey kuschelte sich an Tara. »Würdest du mir nach deiner Dusche bitte etwas vorlesen?«

»Schon besser, und ja, mache ich.« Er gab ihr einen Kuss auf den Kopf, tat das Gleiche bei Tara und drückte ihre Schulter.

Als Levi hinausging, fing Tara an zu lesen. Er blieb in der Tür stehen und drehte sich um. Er sagte nichts, beobachtete sie nur einen Moment lang und sah aus, als würde er sich den Anblick einprägen wollen. Tara erkannte diesen Blick, denn sie hatte den ganzen Tag über das Gleiche mit den beiden gemacht, und sie hatte vor, ihre und Levis letzte gemeinsame Nacht unvergesslich zu machen, indem sie ihm jede Menge unanständiger Bilder schenkte, die er sich einprägen konnte.

Als Levi zurückkam, um Joey vorzulesen, gab Tara ihr einen Gutenachtkuss, kletterte aus dem Bett und warf Levi einen hoffentlich verführerischen Blick zu. Langsam ging sie an ihm vorbei und flüsterte: »Komm in mein Zimmer, wenn du fertig bist.«

Sie eilte nach unten, duschte mit dem Lavendel-Duschgel,

das Levi so liebte, und zog sich das rosa Babydoll-Nachthemd an, das Jules und Bellamy ihr geschickt hatten, und darüber das seidene Hemd. Sie hatte die Dessous für einen besonderen Abend aufbewahrt, und auch wenn sie sich in Levis Gegenwart wohl in ihrer Haut fühlte, so war doch noch ein anderes Level an Selbstbewusstsein nötig, um ihm in einem sexy Hemdchen gegenüberzutreten, bei dem winzige Spitzendreiecke ihre Brüste bedeckten, darunter ein Satinband und ein durchsichtiger Plisseerock, der gerade so ihren Schritt verdeckte. Sie hatte sich gut zureden müssen. Sie wollte gerade den hübschen pinken Spitzentanga anziehen, entschied sich jedoch dagegen, um Levi hoffentlich eine Extraportion Nervenkitzel zu schenken. Sie überlegte und zog schließlich auch den seidenen Morgenmantel wieder aus, um es nicht unnötig kompliziert zu machen.

Heute Abend übernahm die verführerische Sirene in ihr das Kommando.

Die Erregung überkam sie allein bei dem Gedanken an den Moment, in dem er merken würde, dass sie unter dem Hemdchen nackt war. Sie zündete Kerzen auf der Kommode an und überlegte, auch auf dem Nachttisch Kerzen aufzustellen, doch manchmal wurden sie etwas ungestüm, und sie wollte nicht das Risiko eingehen, dass sie umgestoßen wurden oder ein Kleidungsstück darauf landete und Feuer fing. Als sie seine Schritte im oberen Stockwerk hörte, überkam sie eine prickelnde Ungeduld.

Sie schaltete das Licht aus, öffnete die Tür einen Spalt und war sich plötzlich unsicher, wo sie warten sollte. Sie hörte ihn nach unten kommen und überlegte. Sollte sie auf dem Bett liegen? Auf der Bettkante sitzen? Durch die geöffnete Tür hinausschauen?

Seine Schritte im Flur ließen ihren Puls rasen, und gleichzeitig wurde sie von einer inneren Ruhe erfasst, denn sie wusste, dass es keine Rolle spielte, ob sie irgendwo posierte oder nicht. Er würde sie so oder so lieben.

Sie stand direkt hinter der Tür, und als er sie öffnete, glitt sein Blick so lüstern an ihrem Körper hinab, dass ihr Mund ganz trocken wurde, ihre Brustwarzen fest wurden und sie die Oberschenkel anspannte, um gegen das Kitzeln zwischen ihren Beinen anzukämpfen.

Er schloss die Tür hinter sich ab und streckte die Arme nach ihr aus. »Wo hat sich denn dieses hübsche kleine Nachthemd bisher versteckt?«

»Ich habe es für eine besondere Nacht aufbewahrt.«

»Jede Nacht mit dir ist besonders, Tara.« Als er seinen Mund auf ihren senkte, glitten seine Hände unter den Rock, und ein tiefer, hungriger Laut drang aus seiner Lunge, und dann hob er sie auch schon hoch, warf sie aufs Bett und zog sich aus. Mit einem erobernden Blick, der ihren ganzen Körper ins Taumeln geraten ließ, kam er über sie und drückte ihre Hände neben ihrem Kopf in die Matratze. Seine schwere Härte ruhte an ihrer Mitte.

»So viel zu meinem Vorhaben, dich zu verführen«, scherzte sie.

Er senkte den Kopf und strich mit der Nasenspitze über ihre Wange. »Baby, du verführst mich, wenn du nur den Raum betrittst.«

Ein unbändiges Glücksgefühl erfüllte sie, als sein Mund ihren bedeckte, seine Zunge gekonnt ihren Mund liebkoste, eintauchte, forschte, an ihren Zähnen und ihrem Gaumen entlangglitt, als wollte er überall in ihr sein. Sie war bei ihm, sehnte sich nach seinem Geschmack, küsste ihn intensiver, leidenschaftlicher. Als die breite Spitze seiner Härte an ihre feuchte Mitte drückte, verwehrte sie ihm mit einem ablehnenden Laut den Zugang, denn sie wollte immer noch ihn verführen. Er schenkte ihr eine Reihe von langsamen, berauschenden Küssen, und ihr wurde nahezu schwindelig, als er mit so viel Gefühl auf sie hinabsah, dass es sich anfühlte, als würde sein Blick ihre Haut durchdringen und ihr Herz umfassen.

»Himmel, Baby!«, sagte er langsam ausatmend. »Wie soll ich auch nur eine einzige Nacht ohne dich durchstehen?«

All die Emotionen, die sie zurückgehalten hatte, drängten sich vor, doch sie kämpfte dagegen an. »Lass uns heute Nacht nicht darüber reden. Ich will dir Fantasien schenken, an die du dich immer zurückerinnerst, und das kann ich nicht, wenn mich die Gedanken an meine Abreise traurig machen.«

Er legte seine Stirn an ihre. »Hast du eine Ahnung, wie verrückt ich nach dir bin?«

»In etwa so verrückt wie ich nach dir.«

Er küsste sie sanft. »Erzähl mir von den Fantasien, die du für mich geplant hast.«

»Erzählen?« Sie hatte nicht vorgehabt, darüber zu reden, doch sie konnte jetzt keinen Rückzieher machen. »Es war nicht vorgesehen, dass du auf mir liegst.«

Er gab ihr einen raschen Kuss, drehte sich auf den Rücken und lag nackt und schön, mit den Händen hinter dem Kopf verschränkt, vor ihr. »Ich gehöre ganz und gar dir. Bediene dich.«

»Das hatte ich mir irgendwie anders vorgestellt.« Sie vergrub ihr Gesicht an seiner Schulter.

Er deutete zur Tür. »Soll ich rausgehen und noch mal hereinkommen?«

»Nein! Ich hatte nur diese Bilder im Kopf, wie ich den Finger krümme …« Sie krümmte den Finger, während sie sprach.

»Und wie du näherkommst und ich dich küsse, mit den Händen über deine Brust gleite und …«

»So?« Er nahm ihre Hände und führte sie über seine Brust.

»Ja.« Seine Haut war warm und seine Nippel wurden unter ihren Fingern hart. »Und dich ein wenig reize.« Sie rutschte etwas hinunter, damit sie seinen Nippel mit der Zunge liebkosen konnte. Ein verführerisches Zischen war die Antwort.

»Mir gefällt es, wie du mich reizt. Was sonst noch?«

»Dann wollte ich dich so küssen.« Sie küsste einen Pfad entlang über seinen Bauch, knabberte an den Wölbungen seiner Muskeln, die sich unter ihren Lippen anspannten.

»Verdammt, Baby! Ich liebe diese Fantasie.«

»Und dann hatte ich vor, dir deine Jogginghose auszuziehen und auf die Knie zu gehen.« Sie hob seine Härte von seinem Bauch und ließ die Zunge über die Spitze gleiten. Den Blick hatte sie weiter auf ihn gerichtet, und sie genoss es, wie seine Kiefermuskeln zuckten und er zischend durch die zusammengebissenen Zähne einatmete, während er mit den Fingern durch ihre Haare glitt und einen Schauer des Begehrens in ihr auslöste. Sie leckte über den Ansatz seines Schafts und entlang der Hoden, die sich unter ihrer Zunge zusammenzogen, bis er die Fäuste ballte, während ihm ein »Fuck!« entwich.

Also wiederholte sie es, und er reagierte mit einem Knurren, als sie die Zähne in der Innenseite seiner Schenkel vergrub und saugte. Seine Hüfte stieß vor, und er legte eine Hand fest um den Ansatz seiner Länge, während die andere sich in ihre Haare krallte. »Mein Gott, Tara!«

Vergessen war die Unsicherheit, die sie anfangs gespürt hatte, verdrängt von der heimlichen Sirene, die er schon so oft hervorgelockt hatte. Sie glitt mit dem Mund über seine Härte und leckte über die geschwollene Eichel. Jeder einzelne seiner

Muskeln war angespannt. »Soll ich saugen?«

Sein Blick bohrte sich in ihren. »Ich will in deinem Mund sein, Baby, und das, während mein Mund auf dir ist. Leg dich auf den Rücken.«

Überwältigt von Lust, die zwischen ihren Beinen pulsierte, schüttelte sie den Kopf und zog sich das Nachthemd über den Kopf. »Ich will oben sein.«

Das hatte sie noch nie gemacht, aber sie hatte das Gefühl, so mehr Kontrolle zu haben. Doch als sie über ihn kam, die Knie zu beiden Seiten seines Gesichts, fürchtete sie, sie könnte ihm die Luft zum Atmen rauben. Doch sie hätte sich keine Sorgen machen müssen. Er umfasste ihre Hüften, führte sie zu seinem Mund und ... Heiliger! Die Position und seine starken Hände, die sie genau dort hielten, wo er sie haben wollte, steigerten das Empfinden ins Unermessliche. Glühend heiße Nadelstiche schienen über ihre Haut zu jagen, als er sich an ihr labte.

»Hör nicht auf!«, flehte sie, senkte den Mund über seine Härte und gab ihm alles, was sie zu geben hatte. Sie saugte, leckte, streichelte, nutzte Zähne, Zunge und Hände. Sie leckte über ihre Hand und strich damit ganz fest über seine Härte. Seine genussvollen, kehligen Laute ließen sie noch schneller und heftiger auf seinem Mund reiten.

Er knurrte: »So komme ich gleich.«

Ein bislang unbekanntes Begehren erfüllte sie, spornte sie an. »Gut!« Sie wurde schneller und wollte alles von ihm.

Wieder gab er knurrende Laute von sich, während seine Hände zu ihrem Hintern glitten, ihre Gesäßhälften spreizten und er mit den Fingerspitzen das Neuland reizte und orkanartige Schauer durch sie hindurchfegen ließ. Sie versuchte, sich darauf zu konzentrieren, ihn zum Höhepunkt zu bringen, während er sie neckte und leckte, seinen Finger mit ihrem Saft befeuchtete und die Spitze dort versank, wo noch nie zuvor etwas gewesen war. Blitze zuckten hinter ihren geschlossenen Lidern auf, und sie legte die Hand fester um ihn, wurde schneller und schloss stöhnend die Lippen um seine Länge. Irgendetwas Außergewöhnliches stellte er mit seiner Zunge an, das sie fast in die Besinnungslosigkeit katapultierte, während seine Hüften nach oben stießen und der erste heiße Strahl auf ihre Kehle traf. Keiner von ihnen beiden wurde langsamer, sie stöhnten, rieben, leckten, saugten, und als sie nicht mehr schlucken konnte, zog sie seine Härte aus ihrem Mund und er kam auf ihren Brüsten. Er saugte an ihrer Perle, schob die Fingerspitze wieder in sie und jagte sie gleich wieder in extremste Höhen – und hielt sie dort, ließ sie in einem Zustand der Ekstase verharren und ihr gesamtes Wesen unter Strom stehen, während er weiter seine Härte in ihre Faust stieß.

Als sie schließlich herabschwebten aus diesen hohen Sphären, legte er sich wieder mit ihr hin, sein Blick ruhte auf ihren Brüsten, die von seinem Saft bedeckt waren. Verlegenheit überkam sie, als sie mit den Fingern über die klebrige Haut strich. Doch sein lustvoller Blick spornte sie an, als sie die Finger an ihre Lippen legte, sie mit seinem Saft bedeckte und sie betont verführerisch ableckte.

»Himmel, Tara! Du lässt all meine Fantasien wahr werden.«

»Dito«, flüsterte sie.

Er wischte mit der Hand sein Sperma von ihrer Brust und strich mit ebendieser Hand über seine Länge. *Verdammt heiß!*

Sie streckte die Arme nach ihm aus, als er über sie kam, und er verschränkte ihre Hände, während er sie sanft küsste. Sein Blick wurde ernst. »Ich weiß, dass du dich fragst, wie das hier funktionieren soll, und es macht dir Angst, darüber zu reden, aber du sollst wissen ...«

»Können wir bitte nicht …?« Ihre Stimme versagte.

Er strich mit den Lippen über ihre. »Ich *muss* ein paar Dinge sagen, und ich möchte, dass du sie hörst. Ich respektiere dein Bedürfnis, deine Mutter allein zu konfrontieren, aber bitte verstehe das nicht falsch und denke, dass ich nicht für dich da sein will, dich beschützen und dir den Rücken stärken will.«

»Das tue ich nicht«, sagte sie und hielt die Tränen zurück.

»Wir werden uns jede Woche sehen. Ich weiß, dass du Termine hast, aber wir kriegen das hin. Es ist mir egal, ob ich eine Stunde mit dir bekomme, zehn Minuten oder die ganze Nacht, und ob wir spazieren gehen, uns lieben oder einfach am Fähranleger sitzen. Ich werde dafür sorgen, dass wir uns jede Woche sehen, okay?«

Sie nickte, während ihr eine Träne über die Wange lief. »Joey auch?«

Er küsste die Träne fort. »Joey auch. Ich liebe dich, Tara, und ich weiß, dass wir gerade erst am Anfang stehen und dein Leben auf der Insel ist, während unseres hier stattfindet, doch ich verspreche dir, dass wir einen Weg finden werden.«

Sie nickte und die Tränen liefen ihr nun über die Wangen. So sehr war sie voller Emotionen, dass sie kein Wort herausbrachte.

Er hielt sie fest in seinen Armen, als ihre Körper sich vereinten, und sie saugte seine Stärke, seine Zärtlichkeit und seine Liebe in sich auf. Als er sie tiefer, gieriger küsste, als seine Berührungen ungestümer wurden, wusste sie, dass er versuchte, ihre Sorgen mit Liebe in die Flucht zu schlagen, und dass er es bis zum Morgengrauen tun würde, wenn es nötig war.

Dreiundzwanzig

Tara hatte Levi und Joey schon dutzende Male zurückgelassen, und meistens war es relativ reibungslos verlaufen – abgesehen von Joeys flehenden Bitten, dass Tara doch bleiben sollte. Es brach ihr immer das Herz, doch Tara hatte ihren Kummer und ihre heimliche Liebe zu Levi stets mit auf die Fähre genommen, und wenn sie auf der Insel angekommen war, hatte sie all das so tief in sich vergraben, dass alle nur die ewig strahlende Tara sahen. Doch dieses Mal, als Levi ihr Gepäck in ihrem Kofferraum verstaute und Joey sich an ihrer Hand festklammerte, hatte sie das Gefühl, das Herz würde ihr aus der Brust gerissen. So schwer sollte es doch nicht sein. Vor allem nicht nach all den Versprechen, die sie und Levi sich in der vergangenen Nacht gegeben hatten. Aber sie wollte nicht zurückgehen, sich mit ihrer Mutter abgeben und herausfinden müssen, wie es in ihrem Leben weiterging. Sie wollte hier herausfinden, wie es weiterging, mit ihnen, und das weiterführen, was sie angefangen hatten.

Ihr Vater hatte angerufen und ihr angeboten, den Fotojob bei der Spendensammlung abzugeben, und sie war versucht gewesen, sein Angebot anzunehmen. Doch sie konnte sich nicht ein Leben mit Levi und Joey aufbauen, wenn ihr eigenes Leben so ungeordnet war. Sie musste herausfinden, wie ihr Verhältnis zu ihrer Mutter nun wirklich aussah, sonst würde es wie eine drohende dunkle Regenwolke immer über ihren Köpfen hängen.

»Du hast alles beisammen, Blondie.« Levi schloss den Kofferraum.

»Nein!« Joey schlang die Arme um Taras Taille. »Kannst du nicht doch bleiben? Ich will nicht, dass du gehst.«

»Ich wünschte, das wäre möglich.« Tara umarmte sie und Joeys Tränen ließen auch ihre Augen feucht werden. »Wir werden uns öfter sehen, versprochen!«

»Daddy hat gesagt, dass du eine Wohnung oder ein Haus auf der Insel haben wirst. Hast du da denn auch Platz für mich?«

»Für dich habe ich immer Platz. Vielleicht wohne ich eine Zeit lang in der alten Wohnung von Tante Jules. Da gibt es nur ein Schlafzimmer, aber ich werde dafür sorgen, dass ich ein bequemes Sofa habe. In Ordnung?«

Sie nickte, doch weitere Tränen rannen ihr über die Wangen. »Bitte, geh nicht!«

Tara umarmte sie und kämpfte dabei gegen die eigenen Tränen an. Levi hatte die Zähne zusammengebissen und seine Augen waren trocken, wenn auch ebenso traurig wie die der beiden. Sie lehnte sich zurück, damit sie Joeys Gesicht sehen konnte, und wischte sich über die Augen. »In den letzten beiden Wochen hatte ich so viel Spaß. Ich möchte, dass du mir etwas versprichst. Ich möchte, dass du heute den besten aller Tage hast. Gieß unsere Pflanzen und spritz Daddy vielleicht mit dem Schlauch nass.«

Joey nickte und wischte sich ebenfalls die Tränen fort. »Ich möchte, dass du auch einen guten Tag hast.«

»Das werde ich. Aber ich sollte lieber los, sonst verpasse ich noch die Fähre.« *Oder breche in Tränen aus.* Sie umarmte Joey noch einmal kurz und schaute voller Sehnsucht zu Levi, der die Arme ausstreckte.

»Komm her, Tara.« Er zog sie an sich und hielt sie so fest, weil auch er sie sicher niemals gehen lassen wollte. Er schob die Hände in ihre Gesäßtaschen und drückte seine Wange an ihre, als er flüsterte: »Ich weiß nicht, was du mit mir gemacht hast, aber das hier ist schwerer als damals, als ich von der Insel fortgezogen bin.«

Ihre Kehle war wie zugeschnürt, sodass sie nichts sagen konnte und nur einen Moment die Augen schloss, um die Tränen zurückzuhalten.

Er küsste sie auf die Wange, schaute ihr in die Augen, schob eine Hand in ihre Haare und strich mit dem Daumen über die Stelle, die er gerade geküsst hatte. »Ich liebe dich, Blondie.«

»Dito.« Mehr brachte sie nicht heraus.

»Ruf mich an, wenn es bei dir passt. Und lass mich wissen, wie es mit deiner Mom läuft.«

Sie nickte, sie gaben sich noch einen Joey-angemessenen Kuss und dann stieg sie ins Auto, ließ rasch den Motor an und ging in Gedanken alles durch, um sicherzustellen, dass sie auch nichts vergessen hatte. Sie wusste, dass sie alles hatte, aber es half ihr, die Traurigkeit in Schach zu halten.

Zumindest bis sie zu Joey schaute, die sich mit Tränen in den Augen an Levi klammerte und weinte. Tara ließ die Fensterscheibe herunter. »Hab euch lieb! Bis bald!«

Winkend fuhr sie davon. Joey rannte bis zum Ende der Auffahrt und winkte, während Tara die Straße entlangfuhr. Als sie um die Ecke bog, liefen ihr die Tränen über die Wangen.

Beim Erreichen der Fähre hatte sie aufgehört zu weinen,

und als sie ablegten, setzte sie zu ihrem inneren Motivationsmonolog an, um wie schon so viele Male zuvor ihre Gefühle tief in sich zu verstauen. Ihr Handy klingelte und sie zog es zusammen mit einem ihr unbekannten, gefalteten Zettel aus der Hosentasche. Sie erinnerte sich daran, wie Levi die Hände in ihre Gesäßtaschen geschoben hatte. Jules' Anruf wurde auf den Anrufbeantworter weitergeleitet, als Tara rasch den Zettel auseinanderfaltete.

Blondie, bevor wir zusammenkamen, hat mein Vater mich gefragt, ob ich einsam war, und ich habe es verneint. Das stimmte auch, aber in den letzten Wochen wurde mir bewusst, dass es daran lag, dass du so viel Freude in unser Leben gebracht hast, wenn du bei uns warst, und das hat mich in der Zeit zwischen deinen Besuchen gestärkt. Dieses Mal ist alles anders. Jetzt weiß ich, wie es sich anfühlt, dich zu halten, zu küssen, zu lieben und unanständige Dinge mit dir anzustellen (und umgekehrt), und deshalb sehne ich mich jetzt schon nach dir, obwohl du noch gar nicht abgereist bist. Während ich das hier schreibe, liegst du tief und fest schlafend neben mir im Bett. Du sollst wissen, dass ich heute bei dir bin, wenn du deiner Mutter gegenüberstehst, und wenn du die ersten Schritte unternimmst und herauszufinden versuchst, wie du weiter vorgehst, dann denk daran, Platz für mich und Joey zu lassen, die mit dir gehen. XO, Levi.

Tara wischte sich über die nassen Wangen und fragte sich, wie sie ihr Leben in den Griff bekommen sollte, wenn sie den besten Teil davon zurückgelassen hatte.

Tara schrieb Jules, bevor sie von der Fähre fuhr, und verabredete sich mit ihr und Bellamy in Jules' und Grants Strandhaus, wollte vorher aber noch zwei Immobilien anschauen, die sie mit Charmaine ausgesucht hatte. Sie fuhr nach Seaport und erinnerte sich an den Abend, an dem Levi sie hier zum Essen ausgeführt hatte. Seitdem hatte sich ihr Leben so sehr verändert. *Sie* hatte sich verändert.

Sie war nicht mehr das Mädchen mit dem Liebeskummer, das für Levi geschwärmt hatte und das sich von ihrer Mutter und ihrer Schwester fertigmachen ließ. Zum ersten Mal in ihrem Leben fühlte sie sich wie eine Frau. Sie wusste nicht, ob es daher kam, dass sie sich gegen ihre Mutter zur Wehr gesetzt hatte, oder von ihrer Beziehung mit Levi, doch sie hatte das Gefühl, dass es an beidem lag.

Als sie zum Gallow Pointe abbog, wo die Spendensammlung stattfinden sollte, sprach sie sich Mut zu und bereitete sich mental auf die Begegnung mit ihrer Mutter vor. Der Leuchtturm tauchte in der Ferne auf, als sie der Kurve folgte, und ihre Nerven lagen blank. Sie fuhr unter einem Transparent hindurch, das die Veranstaltung ankündigte, und die Pension der Familie Gallow tauchte auf. Ihre Hände verkrampften sich um das Steuer. Der Gasthof wurde von Goldie Gallow geführt, einer großen, dünnen, temperamentvollen achtzigjährigen Dame, die mit ihrer Kleidung, ihrem Stufenschnitt und dem kräftigen Augen-Make-up der Rocksängerin Joan Jett nacheiferte, die aussah wie eine Siebzigjährige und sich benahm wie eine Dreißigjährige.

Goldie veranstaltete seit Ewigkeiten regelmäßig ein Frühstückstreffen und auch Büffets, zu denen jeder der Inselbewohner etwas mitbrachte. Tara hatte an vielen dieser Veranstaltungen teilgenommen, doch da das Bedürfnis ihrer Mutter nach Perfektion immer nerviger geworden war, war sie nicht mehr als Gast, sondern nur noch als Fotografin aufgetaucht. Sich hinter der Kamera verstecken zu können, hatte seine Vorteile. Es ermöglichte ihr, mit Leuten in Kontakt zu bleiben, die sie nicht sehr oft sah, während sie gleichzeitig vermeiden konnte, in die zur Schau gestellte Welt ihrer Mutter hineingezogen zu werden.

Der Parkplatz beim Leuchtturm war voll und die Wohltätigkeitsveranstaltung war in vollem Gange. Menschenmengen schlenderten über die Rasenflächen, einige trugen große Taschen zu riesigen Spendencontainern, andere schauten sich bei den Essensständen unter einem weißen Baldachin um. Kinder rannten mit Ballons, die sie mit Bändern an ihren Handgelenken befestigt hatten, und Keksen in den Händen herum.

Tara fand eine Lücke ganz am Ende des Parkplatzes, nahm ihre Ausrüstung aus dem Auto und ging hinüber zu der Veranstaltung. Sie liebte diese Events auf der Insel, bei denen die Menschen zusammenkamen, um anderen zu helfen. Ihre Gedanken wanderten zu Levi, der hart arbeitete, um Autumns Hausträume wahr werden zu lassen. Sie vermisste ihn schmerzlich, aber sie konnte es sich nicht erlauben, sich in diesen Gefühlen zu verlieren. Sie brauchte alle Kraft, die sie aufbringen konnte, um ein Gespräch mit ihrer Mutter zu überstehen.

Mit der Kamera vor dem Auge machte sie Fotos von lachenden und spielenden Kindern, von Händchen haltenden Paaren und Freiwilligen, die beim Sortieren der Spenden halfen. Ihre Mutter hielt am Eingang zum Leuchtturm Hof vor einer

Gruppe von Frauen. Sie war tadellos und übertrieben schick gekleidet mit einem malvenfarbigen Etuikleid und Highheels. Tara wandte sich in die entgegengesetzte Richtung und machte noch mehr Aufnahmen von Menschen, die ihre Spenden abgaben. Ihr wurde warm ums Herz, als sie ihren Vater im Gespräch mit Leuten sah, die jünger als Tara zu sein schienen. Sie machte einige ungestellte Aufnahmen und würde noch mehr Fotos von ihm machen, wenn er seine Rede hielt und allen fürs Erscheinen dankte.

Sie entdeckte ihre Großmutter in Gesellschaft von Goldie, die für alles, was sie für die Gemeinschaft tat, ganz besondere Aufmerksamkeit verdient hatte, und von Goldies zierlicher bester Freundin Estelle. Estelle war ein Energiebündel. Sie hatte volle, lockige graublaue Haare und trug eine Sonnenbrille mit rotem Gestell. Taras Großmutter sah in ihren hellbraunen Caprihosen, dem knallblauen Oberteil und der dazu passenden blauen Brille richtig süß aus, während Goldie schwarze Skinny Jeans und ein violettes Shirt mit einem bedrohlich tiefen Ausschnitt und der Aufschrift *Nichts ist so sexy wie ein Mann, der geben kann* trug. *Geben* war das einzige fettgedruckte Wort.

Tara machte einige Fotos von ihnen, bevor ihre Großmutter sie herüberwinkte.

In der vergangenen Woche hatte Blanche sie mehrere Male angerufen, um sich zu versichern, dass es Tara gut ging, und ihr Mitgefühl auszudrücken. Tara hatte ihre Großmutter gefragt, ob sie wüsste, warum ihre Mutter sich so verhielt, doch sie hatte nur *So ist sie schon immer gewesen* zur Antwort bekommen, was nicht besonders hilfreich gewesen war.

»Hallo, Gram.« Tara umarmte sie.

»Tara, Liebes, Grandma Goldie will auch begrüßt werden«, sagte Goldie und zog sie zu einer herzlichen Umarmung an sich.

»Schön, euch beide zu sehen. Wie geht es euch?«, fragte Tara, als Goldie sie an Estelle weiterreichte, die sie ebenfalls umarmte.

»Nach dem, was ich gehört habe, nicht annähernd so gut wie dir«, sagte Estelle.

»Was hat meine Großmutter euch erzählt?«

»Nichts, was nicht stimmt«, sagte ihre Großmutter.

»Wie ich höre, schnackselt ihr, also du und Levi Steele, miteinander«, sagte Goldie.

Tara warf ihrer Großmutter einen missbilligenden Blick zu.

»Er ist ein klasse Junge«, fügte Estelle hinzu. »Ein richtiges Mannsbild und ein toller Vater.«

»Toll, das trifft’s«, fügte ihre Großmutter hinzu.

Tara war hin- und hergerissen zwischen Belustigung und Verwirrung darüber, dass sie Levi anscheinend so unter die Lupe genommen hatten.

»Warum guckst du so, als hättest du kratzige Unterwäsche an?«, wollte Estelle wissen.

»Weil ich versuche, mir keine Gedanken darüber zu machen, dass ihr Levi abcheckt«, sagte sie ehrlich.

»Oh, Liebes, wir checken alle ab. Männer, Frauen, macht keinen Unterschied«, sagte Goldie.

»Wir müssen doch sicherstellen, dass die jungen Leute von Silver Island die Partner bekommen, die sie verdienen«, bemerkte Estelle.

»Vielleicht solltet ihr eine Partnervermittlung aufmachen.« Tara scherzte, aber sie verstanden den Witz nicht, denn nun überlegten sie sich Firmennamen.

»Tee für Zwei?«, schlug ihre Großmutter vor.

»Zu langweilig«, sagte Estelle. »Wie wär’s mit Love Connection?«

»Oder Love Ladys?«, überlegte Goldie.

»Klingt nach einem Bordell«, warf Tara ein.

»Das würde eine ganz neue Kundschaft für Goldies Pension anlocken«, sagte ihre Großmutter und alle brachen in Gelächter aus.

Doch plötzlich wurden sie still und setzten einen ernsteren Gesichtsausdruck auf. Tara folgte ihren Blicken und sah ihre Mutter, die zu ihnen kam. Sie richtete sich auf, straffte die Schultern und bereitete sich innerlich auf den Kampf vor.

»Tara, Schatz, ich bin ja so froh, dass du kommen konntest.« Ihre Mutter gab ihr einen Kuss auf die Wange.

Verärgert darüber, dass ihre Mutter den Nerv hatte, so zu tun, als wäre zwischen ihnen alles in Ordnung, erwiderte Tara: »Ich würde Dad nie enttäuschen.«

»Natürlich nicht, und wir sind so stolz darauf, dass du deine Verpflichtungen ernst nimmst.« Ihre Mutter wandte sich an Goldie und Estelle. »Hat Tara euch erzählt, dass unsere wunderbare Enkelin einen Pokal im Skateboarden gewonnen hat? Wir hatten ja so viel Spaß dabei, ihr bei ihren Tricks zuzuschauen …«

Wenn Tara sich noch mehr davon anhören müsste, würde ihr schlecht werden. »Entschuldigt mich. Ich muss noch ein paar Fotos machen.«

»Ich helfe dir.« Ihre Großmutter entfernte sich mit ihr und sagte leise: »Ich wette, du würdest am liebsten die erste Fähre zurück nach Harborside nehmen.«

»Lieber als du dir vorstellen kannst.«

Ihre Mutter spielte die ganze Veranstaltung über weiter ihre heile Welt vor, und als Tara aufbrach, kochte sie vor Wut. Die arme Charmaine dachte wahrscheinlich, dass Tara den Verstand verloren hatte, denn während der Besichtigung der Mietobjekte war sie ziemlich wortlos. Tara hatte Angst, etwas zu sagen, weil sie befürchtete, ihre Wut würde bei der Falschen landen. Vor lauter Ärger hatte sie den Wohnungen kaum Aufmerksamkeit schenken können.

Hinterher fuhr sie hinaus zu den Brighton Bluffs und spazierte an den Klippen entlang, um sich von der Meeresbrise streicheln zu lassen und sich etwas zu beruhigen, bevor sie Jules und Bellamy traf, doch es half nicht. Levi schrieb ihr und erkundigte sich, wie die Veranstaltung und die Besichtigungen gelaufen waren, doch sie wollte ihn mit ihren Problemen nicht belasten. Er konnte sie nicht aus der Welt schaffen, und auch wenn sie sich in seinen Armen besser fühlen würde, brachte sie sich selbst darum, indem sie ihm sagte, dass er nicht kommen musste. Also erzählte sie ihm einfach, dass die Veranstaltung gut gelaufen wäre und sie beschlossen hätte, eine Weile in Jules' Apartment zu wohnen. Sie versprach, ihm zu schreiben, sobald sie sich abends eingerichtet hätte.

Es war fast sechs Uhr, als sie Jules' und Grants Strandhaus erreichte. Zu wissen, dass sie ihre besten Freundinnen sehen würde, nahm ihr schon etwas von ihrer Anspannung. Sie stellte ihr Auto zwischen Jules' knallgelbem Jeep und Bellamys stahlblauem Hybridwagen ab und nahm sich einen Moment, um durchzuatmen.

Eine kalte Brise wehte vom Wasser hinauf, als sie zur Veranda ging. Sie schlang die Arme um sich und dachte daran, wie heruntergekommen das Strandhaus gewesen war, bevor Jules und Grant zusammengekommen waren, und wie es sie daran erinnert hatte, wie Grant sich selbst zu jener Zeit gesehen hatte. Er hatte seine Kameraden verloren, die Männer, mit denen er Militärmissionen durchgeführt hatte, und schlimmer noch, er hatte den Sinn seines Daseins aus den Augen verloren. Jules hatte ihm dabei geholfen, das zurückzuerobern und seine Liebe zum Malen wiederzuentdecken. Taras Gedanken wandten sich ihrem eigenen Inneren zu. Sie hatte sich nicht gebrochen gefühlt, bevor sie und Levi zusammengekommen waren, aber sie hatte sich auch nicht vollständig und erfüllt gefühlt. Jetzt konnte sie das von sich behaupten, doch ein Teil von ihr war wegen ihres Streits mit ihrer Mutter auch gebrochen, und sie hatte keine Ahnung, ob das wieder in Ordnung zu bringen war.

Sie hob die Hand, um zu klopfen, doch die Tür wurde schon aufgerissen und Jules und Bellamy traten mit offenen Armen auf sie zu.

»Endlich!«, sagte Bellamy.

»Wir haben dich vermisst«, sagte Jules. »Alles in Ordnung mit dir?«

Sie führten sie hinein. »Mir geht es gut.«

»Wie war es, deine Mutter wiederzusehen?«, wollte Bellamy wissen.

»Soll meine Mutter ihr mal die Meinung geigen?«, fragte Jules. »Warte. Setz dich erst mal, entspann dich und dann reden wir. Wir haben dir ein Glas Wein eingeschenkt und Belly hat Kleinigkeiten zum Essen mitgebracht.«

»Trostfutter«, erklärte Bellamy. »Pizzahäppchen und Schokolade.«

»Ich hab euch so lieb«, sagte Tara.

»Logisch. Wir sind die besten besten Freundinnen, die man sich wünschen kann«, sagte Bellamy, als sie mit Tara in ihrer Mitte auf dem Sofa Platz nahmen.

Tara zog ihre Sneakers aus, setzte sich in den Schneidersitz und erzählte ihnen, wie ihre Mutter den ganzen Nachmittag allen die perfekte Familie vorgegaukelt hatte und wie schmerzhaft das gewesen war. Sie legte den Kopf in den Nacken und schaute zur Decke hinauf. »Wie kann mein Leben auf eine Art so perfekt sein und so verkorkst auf eine andere?«

»Ich glaube, einige Dinge müssen brechen, um dann besser wieder heilen zu können«, sagte Jules.

Tara sah sie an. »Warum? Das tut so weh.«

»Weil das Gebrochene manchmal zu dem Normalen wird, so wie deine Mom Bemerkungen über dich gemacht hat und nicht gesehen hat …«

»Augenblick!«, ging Tara dazwischen. »Ihr ist es vielleicht vorher nicht bewusst gewesen, aber jetzt weiß sie es. Ich habe es ihr in aller Deutlichkeit gesagt, als wir uns gestritten haben.«

»Und deshalb sind wir stolz auf dich.« Bellamy umarmte sie.

»Danke. Aber es hat nichts geholfen.«

»Vielleicht ist es für sie einfacher, so zu tun, als wäre es nie passiert, und sie ändert sich trotzdem«, sagte Jules.

»Nee. Bevor ich gegangen bin, hat sie noch gesagt: ›Vielleicht möchtest du nächstes Mal etwas Modischeres anziehen.‹« Sie schloss die Augen, um die drohenden Tränen abzuwehren. »Ich verstehe es einfach nicht. Ich bin doch keine schreckliche Tochter.«

»Du bist eine wunderbare Tochter. Das ist *ihr* Problem, nicht deines«, sagte Bellamy.

»Warum tut es dann so weh?« Sie lehnte sich vor, um sich eine Handvoll Schokolade zu nehmen, hielt jedoch inne. »Seht ihr? Wegen ihr will ich meine Gefühle wieder wegessen.«

»Es tut weh, weil sie deine Mom ist«, sagte Jules. »Warum redest du nicht mit ihr?«

»Weil ich Angst davor habe. Ich bin mir nicht sicher, was aus meinem Mund herauspoltert.«

»Gutes Argument«, sagte Bellamy. »Hast du etwas von Amelia gehört?«

Tara schüttelte den Kopf. »Nein, zum Glück. Ich glaube nicht, dass ich mich im Moment mit ihr abgeben könnte.«

»Und wie hat dein Vater sich heute verhalten?«, fragte Jules.

»Gut. Er hat sich für mich eingesetzt, als meine Mutter die Bemerkung über mein Outfit gemacht hat. Er hat ihr auf eine Art gesagt, dass sie mich in Ruhe lassen soll, wie ich ihn noch nie mit ihr habe reden hören. Ich hatte den Eindruck, dass die Stimmung zwischen ihnen nicht gut ist, und ich habe deswegen ein schlechtes Gewissen.«

»Das darfst du nicht haben«, warnte Jules sie. »Meine Mom sagt, dass Kinder nie die Verantwortung für die Probleme ihrer Eltern übernehmen sollten, und dass alles, was zwischen den Eltern vor sich geht, oft nichts mit dem zu tun hat, was gerade sonst in dem Moment passiert.«

»Was soll das heißen? Vorher haben sie sich doch gut verstanden«, sagte Tara.

»Das weißt du nicht. Du weißt nur, was sie dich haben sehen lassen«, sagte Bellamy. »Sieh dir meine Eltern an.« Ihre Eltern liebten sich, lebten aber schon seit Ewigkeiten in getrennten Häusern.

»Du hast recht«, gestand Tara ein. »Jules, würde es dir etwas ausmachen, wenn ich eine Zeit lang in deinem Apartment wohne? Sicher nicht für lange. Ich bin noch auf der Suche, aber ich glaube nicht, dass ich bei meinen Eltern schlafen könnte.«

»Natürlich. Das habe ich mir schon gedacht, und deshalb habe ich dir einen Schlüssel nachgemacht.« Jules nahm einen rosafarbenen Schlüssel vom Couchtisch und gab ihn ihr.

»Danke.«

»War es schwer, Levi und Joey zu verlassen?«, wollte Bellamy wissen.

»Unfassbar schwer! Er wollte mitkommen, aber ich hatte das Gefühl, beweisen zu müssen, dass ich das allein hinkriege. Und jetzt wünschte ich, er wäre hier.«

»Ooh!«, sagten Jules und Bellamy voller Mitgefühl und umarmten sie.

»Okay, Schluss damit! Wir verfallen deswegen jetzt nicht in Trauerstimmung«, sagte Tara. »Ihr sollt mich aufmuntern und zum Lachen bringen, nicht dafür sorgen, dass ich in Selbstmitleid verfalle, weil ich Levi so vermisse. Erzählt mir etwas Witziges.«

»Ich habe interessanten Tratsch«, sagte Jules.

»Erzähl!«, drängte Bellamy sie.

»Leni hat mir erzählt, dass Shea gerade Duncan Raz als Kunden angenommen hat!« Leni arbeitete für die PR-Firma ihrer Cousine Shea und Duncan »Raz« Raznick war ein umwerfender berühmter Schauspieler.

»Was?!«, kreischte Bellamy auf. »Ich hab gehört, der hat eine richtig miese Trennung von dieser Jacinda hinter sich, mit der er zusammen war.«

»Darüber habe ich auch etwas gelesen«, sagte Tara. »Sie hat ihn mit einem anderen Hauptdarsteller betrogen. Kein Wunder, dass er eine neue PR-Firma brauchte.«

»Hallo! Hier bin ich!« Bellamy hob winkend die Hand. »Ihr Verlust könnte mein Gewinn sein. Sag Leni, sie soll mich mit ihm verkuppeln!«

»Das willst du vielleicht lieber nicht«, sagte Jules. »Leni hat mir erzählt, dass er Shea in den Wahnsinn treibt. Nie will er das machen, was sie ihm sagt.«

Sie unterhielten sich noch ganze zwei Stunden, erzählten sich den neuesten Tratsch und kamen auch wieder auf Taras Eltern, Amelia und auf Levi und Joey zu sprechen. Tara vertraute ihnen an, wie wunderbar es war, sich wahrhaft geliebt zu fühlen. Sie und Jules klagten gemeinsam darüber, wie sehr sie ihre Männer vermissten, wenn sie nicht zusammen waren, und Bellamy beschwerte sich, weil sie sich als Außenseiterin fühlte und einen Mann brauchte, was sie zu Bellamys Bewerbung bei der Reality-Show brachte. Sie hatte noch keine Rückmeldung erhalten, wusste aber, dass es lange dauern könnte.

Irgendwann nachdem die Sonne untergegangen war, kam Grant herein und fand sie angeregt plaudernd und mit den Füßen auf dem Couchtisch vor. Abrupt blieb er stehen, wie ein Reh im Scheinwerferlicht. »Oh … äh… noch Mädelsabend?« Er deutete hinter sich. »Ich trainiere noch ein bisschen, Pix. Lass es mich wissen, wenn die Luft rein ist.«

Er machte auf dem Absatz kehrt und ging hinaus.

»Okay, Mädels. Trinkt euren Wein aus. Ihr müsst gehen«, sagte Jules hektisch.

»Was? Warum?«, beschwerte Bellamy sich.

»Er trainiert. Das bedeutet: freier Oberkörper. Nichts ist so sexy wie dein Bruder mit freiem Oberkörper und in grauen Jogginghosen.« Sie wedelte vor ihrem Gesicht herum. »Beeilt euch. Mir wird jetzt schon heiß.«

Tara und Bellamy lachten.

»Ich fühle deinen Schmerz. Ich gehe.« Tara stand auf. »Sollen wir mit aufräumen?«

»Nein. Ich will ja nicht unhöflich sein, aber …« Jules zog Bellamy vom Sofa.

»Hey!«, beschwerte Bellamy sich.

»Du wirst es verstehen, wenn du deine große Liebe gefunden hast, stimmt's, Tara?« Jules umarmte sie und geleitete sie übertrieben höflich zur Tür.

»Kommt mir seltsam vor, dir zuzustimmen, weil ich mit deinem Bruder zusammen bin, aber ja.«

Die Autos ihrer Eltern standen beide in der Garage, als sie nach Hause kam. Tara zog sich der Magen schmerzhaft zusammen, und sie überlegte, ob sie das Spiel ihrer Mutter mitspielen und es einfach dabei belassen sollte. War sie überhaupt in der Lage, so zu tun, als wäre alles in Ordnung? Levis Stimme erklang in ihrem Kopf. *Wenn du es schon nicht für dich selbst machen willst, dann tue es für Joey … Sie lernt von dir.* Sie berührte die dünnen Lederbänder ihres Armbands und dachte an Joey, die das Ende ihres Streits mitverfolgt hatte. Wenn sie jetzt einen Rückzieher machte, wäre alles umsonst gewesen.

Sie gestattete es sich, den Schmerz und die Wut zu empfinden, beides als die Last zu tragen, die es nun mal war. Und sie nutzte beides, um ihre Entschlossenheit zu befeuern, mit der sie nun zur Küchentür hineinstürmte.

Ihre Mutter saß mit dem Rücken zur Tür, den Kopf nach vorne geneigt und mit der Hand abgestützt. Sie schaute nicht auf, als Tara an ihr vorbeiging. Tara sagte sich, dass sie nicht explodieren würde, kein Wort sagen würde, bis sie ihre Sachen gepackt hatte, damit sie nicht nach ihrem nächsten Streit noch im Haus bleiben musste. Sie versuchte, sich gegen den Schmerz durch das ignorierende Verhalten ihrer Mutter zu wappnen und hatte es fast zur Küche hinausgeschafft, doch der Streit und die Farce heute waren zu gewaltig, als dass sie sich noch zurückhalten konnte. »Wo ist denn mein falsches *Hallo, Schatz?* Wo ist das Theater, das du allen vorgespielt hast, nachdem du so grauenhafte Dinge zu mir gesagt hast, und über Levi, und nachdem du eine Woche lang nicht mit mir geredet hast? Was glaubst du, wie all diese Leute reagieren würden, wenn sie die Wahrheit kennen und erfahren würden, wie du deine Tochter behandelst? Was dann, Mutter? Würdest du dann immer noch so tun, als wäre es nie passiert?« Tara tigerte auf und ab, die Wut schoss so heiß und ungebremst aus ihr heraus wie Lava. »Ich habe keine Ahnung, warum ich nie gut genug für dich war, aber es ist mir mittlerweile egal. Ich bin gut genug für mich, und ich bin stolz darauf, was ich für ein Mensch bin, und ich bin stolz darauf, was Levi für ein Mensch ist. Und ich werde meine Kinder nie so behandeln, wie du mich behandelt hast.«

Ihre Mutter hob das Gesicht, die Augen waren rot und geschwollen, Tränen liefen ihr über die Wangen.

Tara blinzelte mehrere Male. Noch nie hatte sie gesehen, dass ihre Mutter weinte, und der Schock darüber brachte sie lang genug aus dem Konzept, um zu bemerken, dass die Kleidung ihrer Mutter zerknittert war, die Haare durcheinander und ihr Augen-Make-up verschmiert. Ihr Mund stand offen, als könne sie nicht sprechen. Tara wandte den Blick ab, und da bemerkte sie den leeren Eisbecher, der umgekippt auf dem Tisch lag, daneben ein Löffel in einer Pfütze aus geschmolzenem Eis.

Panik überkam Tara. Ihr kam nur eine einzige Sache in den Sinn, die dazu geführt haben konnte, dass ihre Mutter so aussah. »Ist etwas mit Dad?«

Ihre Mutter schüttelte den Kopf. »Abgesehen davon, dass er nicht mit mir redet? Nein. Es geht ihm gut.«

»Grandma?«, fragte sie hysterisch.

»Ihr geht es so gut, dass sie mir jeden verdammten Tag seit letztem Wochenende die Hölle heißmacht«, sagte sie tonlos. »Und frag nicht nach deinen Brüdern, denen geht's gut. Und ich weiß, dass du nicht fragen wirst, aber es ist nichts mit Amelia.«

»Was ist dann los?« Tara verschränkte die Arme und merkte, dass sie zitterte. »Feierst du hier deine eigene Mitleidsparty?«

Ihre Mutter schüttelte den Kopf und sah zehn Jahre älter aus als noch am Nachmittag. »Ich will kein Mitleid. Ich will einen neuen Versuch.«

»Warum? Ist irgendetwas passiert, nachdem ich die Veranstaltung verlassen habe? Sind nicht genug Spenden zusammengekommen?«

»Nicht die Veranstaltung, Tara«, sagte sie mit einer zutiefst erschöpft klingenden Stimme. »Ich will einen neuen Versuch, um noch einmal meine Familie großzuziehen und eine Ehefrau sein. Ich höre die Dinge, die ich sage, und es sind all die Dinge, die ich mir geschworen habe, nie zu sagen.«

Taras Herz hämmerte in ihrer Brust, während ihre Mutter weitere Tränen vergoss. »Wovon redest du?«

»Es gibt einen Grund dafür, dass wir meine Eltern so selten sehen. Ich kann nur diese eine Person sein, und das ist die Person, die sie großgezogen haben. Meine Mutter war Perfektionistin. Sie hat mir wegen allem Stress gemacht. Wie ich gestanden habe, wie ich gegangen bin, wie ich geredet habe. Nichts war tabu.«

Die widersprüchlichsten Gefühle suchten Tara heim – Mitgefühl für ihre Mutter und Wut auf sich selbst, weil sie das empfand. »Von mir wirst du kein Mitleid bekommen. Du hattest die Wahl! Jedes einzelne Mal, wenn du mit mir geredet hast und dich dafür entschieden hast, unverhältnismäßig kritisch zu sein.«

»Ich will kein Mitleid von dir!«, entgegnete ihre Mutter heftig. »Ich will es nur erklären. Ich weiß, dass du mir vielleicht nie vergeben wirst, aber ich hasse mich dafür, dass ich dich so behandelt habe. Und ich habe es nicht gesehen. Ich habe gehört, was aus meinem Mund kommt, aber ich habe mir eingeredet, dass ich dir damit nur helfe, so gut zu sein wie nur möglich. Ich habe versucht, dieselben Dinge zu rechtfertigen, die ich als Kind verabscheut habe.«

»Aber du machst das nur mit mir«, sagte Tara mit zittriger Stimme.

»Nein, nicht nur mit dir. Ich tue es auch deinem Vater an, und ich habe es mit Carey gemacht, wenn er ermahnt werden musste.«

»Mit Amelia hast du das nie gemacht.«

»Als ich Amelia bekam, war sie so einfach. Sie hat es geliebt, im Mittelpunkt zu stehen. Sie war glücklich, wenn sie hübsche Kleider trug, und hat mich ihre Haare frisieren lassen. Und als sie älter war, musste ich sie nie daran erinnern, wie wichtig es war, auf ihre Erscheinung zu achten.«

»Du meinst ihren Schein zu wahren?«

»Nein, für sie war es kein Schein. Aber dann kamst du, und du warst dieses süße, wunderschöne ruhige Mädchen, dem es egal war, ob es dreckig wurde, und das niemanden beeindrucken wollte. Du wolltest dich wohlfühlen und einfach du selbst sein. Das hätte ich an dir feiern sollen, aber ich war verwirrt und orientierungslos. Ich wusste nicht, wie ich eine Verbindung zu dir herstellen sollte. Es ist grauenhaft, so etwas zu seinem Kind zu sagen, aber es ist wahr. Du konntest es nicht ausstehen, stillzuhalten, damit ich dir die Haare bürsten oder dir Schleifen hineinmachen konnte, und du wolltest Sneakers tragen, keine

Spangenschuhe oder hübsche Sandalen. Du wolltest Jeans und Leggings und die Sachen, die deine Freunde auch trugen, und das hätte in Ordnung sein müssen. Es hätte mich sogar erleichtern müssen, dass du nicht so warst wie ich. Aber ich hatte diese festgefahrene Vorstellung, dass die Familie ein bestimmtes Aussehen und Verhalten an den Tag legen musste, und ich wusste nicht, wie ich mich davon lösen sollte.«

»Tja, das ist ziemlich verkorkst«, sagte Tara und weigerte sich, sie so einfach vom Haken zu lassen. »Und ich habe den Preis dafür bezahlt.«

»Damit hast du recht, und der Rest der Familie auch, ebenso wie Levi und seine Familie, und das war nicht fair von mir. Ich bereue so viel. Ich wollte einfach nicht glauben, dass Amelia so mies zu dir sein konnte, als du klein warst. Ich wünschte, ich könnte all das rückgängig machen. Ich wünschte, ich hätte dir geglaubt und ihr nie die Gelegenheit gegeben, gemein zu dir zu sein. Mir *selbst* nie die Gelegenheit gegeben.«

Dieses Eingeständnis trieb Tara die Tränen in die Augen.

»Ich hatte mir versprochen, dir das heute nicht anzutun. Ich hatte einen Plan! Ich wollte dich beiseitenehmen, mich entschuldigen und dir all das erzählen, aber dann waren wir da auf der Veranstaltung, und all diese Leute kennen mich so, wie ich immer gewesen bin. Ich wusste nicht … Ich bin gleich wieder in meine alten Angewohnheiten verfallen. Ich weiß nicht, wie ich es anstellen soll, mich anders zu verhalten. Aber ich will es, Tara!« Sie stand auf und instinktiv wich Tara einen Schritt zurück. Ihre Mutter hielt inne, senkte den Kopf und noch mehr Tränen rannen ihr übers Gesicht. »Ich kann es dir nicht verübeln, wenn du auf Abstand bleibst.« Sie schaute Tara an und die Liebe in ihren Augen war nicht zu übersehen. »Ich habe keine Ahnung, wie du zu so einem liebenswerten Menschen werden konntest, obwohl ich so mies war.«

Der tief verwurzelte Kummer, den sie in Bezug auf ihre Mutter in sich trug, und der pure Schmerz in der Stimme ihre Mutter ließen Tränen über Taras Wangen laufen.

»Aber ich werde mir Hilfe suchen.« Ihre Mutter hob das Kinn. »Ich weiß, dass du mir vielleicht nie vergeben wirst, aber ich will mich ändern, und ich möchte eine bessere Mutter und Ehefrau sein.«

Plötzlich fragte sie sich, ob ihre Eltern am Rande des Abgrunds standen. »Wo ist Daddy?«

»In seinem Büro.«

»Werdet ihr euch ... trennen?«

»Nein. Zumindest hoffe ich das. Dein Vater ist kein Mensch, der aufgibt. Er liebt mich trotz meiner Fehler, und du musst wissen, dass er sich immer für dich eingesetzt hat. Nicht nur heute. In der Vergangenheit hat er immer – unter vier Augen – versucht, mich dazu zu bringen, das Richtige zu sagen, und das wollte ich auch. Aber dann kam der Alltag, war chaotisch, ich hab's versucht ... und bin gescheitert. Und ich habe mir immer gesagt, dass ich es am nächsten Tag aufs Neue versuche.«

»Du bist nicht immer gescheitert«, gab Tara unter Tränen zu.

»Oft genug«, sagte ihre Mutter. »Ich habe dich enttäuscht und ich habe deinen Vater enttäuscht. Er hat mich gerettet, als ich jung war, und ich habe ständig versprochen, mich zu ändern. Als ich Amelia und deine Brüder bekam, dachte ich wirklich, ich hätte mich geändert. Aber dann ...«

»Also ist es *meine* Schuld?«

»Nein, Schatz, weder jetzt noch je zuvor! Das meinte ich damit nicht. Ich will damit sagen, dass ich mich geirrt hatte. Ich hatte mich nicht geändert. Ich war einfach nur nicht in die Situation gekommen, es beweisen zu müssen. Robert hat immer getan, was ihm gesagt wurde, und Carey wusste, wie er das Spiel mitspielen und durchs Leben gehen musste, bis er weit weg gehen und die Insel verlassen konnte. Ich weiß, dass auch das meine Schuld ist.«

»Carey ist von Natur aus ein Vagabund«, sagte Tara sanft. »Er wäre so oder so ständig herumgereist.«

»Vielleicht, vielleicht aber auch nicht. Das werden wir nie wissen. Ich habe mit einer Therapeutin in Chaffee gesprochen, zu der ich von nun an wöchentlich gehen werde.«

»Im Ernst?«, fragte Tara vorsichtig. »Und das ist nicht nur eine Masche, um Aufmerksamkeit zu bekommen?«

Ihre Mutter schüttelte den Kopf. »Das Letzte, was ich will, ist Aufmerksamkeit. Es ist mir unfassbar unangenehm, was ich gesagt habe und wie ich mich benommen habe, und ich bin entsetzt über mich selbst, weil ich dafür gesorgt habe, dass sich meine eigene wunderschöne, gutherzige Tochter so schlecht fühlt.«

Tara spürte ihrer beider Schmerz in sich. »Warum hast du mir nie erzählt, wie deine Mutter dich behandelt hat?«

»Weil es zu wehtat, als dass ich darüber hätte reden können, zumal ich genau dieses Verhalten wiederholt habe.« Sie schloss die Augen und hielt sich an der Arbeitsfläche fest, um das Gleichgewicht zu bewahren, als sie tief durchatmete. Als sie die Augen öffnete, versuchte sie nicht einmal, ihre Tränen zurückzuhalten.

Zum ersten Mal überhaupt sah Tara die Frau hinter der stählernen Fassade. Sie sah die Fehler ihrer Mutter, ihre Verletzlichkeit, und – so schockierend es auch war – sie sah die Stärke ihrer Mutter, denn gerade Tara wusste, wie es war, ein unfassbar großes Geheimnis mit sich herumzutragen, und wie viel Stärke nötig war, es sich und anderen einzugestehen.

»Ich werde mich bei allen entschuldigen«, versprach ihre Mutter. »Bei Levi, seiner Familie, bei Joey. Bitte gib mir die Gelegenheit, es wiedergutzumachen. Bitte zieh nicht aus.«

Taras Herz sagte ihr, sie sollte einlenken, sagen, dass sie bleiben und alles tun würde, damit sich die Situation besserte. Aber sie dachte an Joey und daran, welchen Rat sie ihr in einer gleichen Situation geben würde. Wenn sie blieb, mochte es einfacher für ihre Mutter werden, doch es würde Tara auch in eine Situation bringen, in der sie gezwungen war, diese Behandlung weiter hinzunehmen, während ihre Mutter versuchte, einen Weg für sich zu finden. Wenn Joey in dieser Situation wäre, würde Tara nicht wollen, dass sie blieb. Sie nahm all ihren Mut zusammen und sagte: »Ich bin froh, dass du dir Hilfe suchst, und ich hoffe, dass sie etwas ändern kann. Aber ich werde ausziehen, Mom. Fürs Erste werde ich in Jules' Apartment wohnen, und sobald wie möglich finde ich eine langfristigere Lösung. Ich kann nicht hier bleiben.«

»Ich kann es dir nicht verübeln, dass du mich hasst«, sagte ihre Mutter leise.

»Ich hasse dich nicht.« Tara wischte ihre Tränen fort. Es machte sie traurig, was sie alles verloren hatten und nie wieder würden aufholen können, und trotz allem war sie voller Hoffnung auf das, was sie vielleicht eines Tages haben würden. »Ich habe dich lieb, auch wenn ich einige von den Dingen hasse, die du zu mir gesagt hast und die du über Levi gesagt hast. Aber es ist an der Zeit, dass ich als Erwachsene handle, und vielleicht wird es einfacher für dich, an einigen von deinen Problemen zu arbeiten, wenn wir etwas auf Abstand gehen. Ich werde noch ein paar Sachen zusammenpacken, bevor ich gehe.«

Ihre Mutter ließ die Schultern sacken und die Traurigkeit lag trotz ihres Nickens schwer auf ihren Gesichtszügen. »Möchtest du, dass ich dir beim Packen helfe?«

Tara nahm das Friedensangebot an. »Klar, wenn du versprichst, mir nicht das Gefühl zu geben, dass ich nicht gut genug packe.«

»Versprochen.« Ihre Mutter verschloss den imaginären Reißverschluss ihres Mundes und warf den Schlüssel fort.

Dieser seltene Anflug von Humor war wie ein Geschenk für Tara. »In Ordnung.«

Als sie nach oben gingen, wurde Tara von ihrem hoffnungsvollen Herzen geleitet, das so von Levi eingenommen worden war, dass sie gar nicht in der Lage gewesen war, sich noch mehr zu erhoffen.

Kurz darauf, als Tara Richtung Main Street fuhr, traf die neue Realität sie mit voller Wucht. Sie hatte kein Zuhause, und sie hatte keine Ahnung, ob ihre Mutter fähig war, sich zu ändern. Was, wenn sie sich gar nicht ändern konnte? Was für eine Art von Verhältnis hätten sie dann? Der Kloß in ihrer Kehle wurde immer größer. Damit konnte sie sich jetzt nicht befassen. Für einen Abend hatte sie schon genug zu verdauen, doch gleichzeitig verspürte sie ein unerwartetes, unerklärliches Kribbeln. Etwas Gutes. Die widersprüchlichen Empfindungen überraschten sie, und sie schaute zu den erleuchteten altmodischen Straßenlaternen auf, den geschlossenen Geschäften und menschenleeren Gehsteigen. In den Blumenkästen blühten farbenprächtige Pflanzen, und die Giraffen vor dem Geschenkeladen Happy End trugen die munteren *Bis morgen*-Schilder um den Hals.

Und plötzlich verstand sie dieses unerwartete Kribbeln. Dieses Verstehen brach nicht gewaltig oder mit einem Mal über sie herein, sondern breitete sich sanft in ihr aus, wie das allmähliche Gefühl sinkender Temperaturen in der Dämmerung, mit dem Versprechen eines neuen herannahenden Tages. Nur dass es sich nicht wie ein Versprechen anfühlte. Es war wie eine Möglichkeit, und nicht nur die Möglichkeit eines neuen Anfangs. Es war die Möglichkeit vieler neuer Anfänge. Für sie selbst, mit Levi und Joey, und wenn die Sterne es gut mit ihnen meinten und der Wille ihrer Mutter wirklich stark genug war, würde auch ihnen vielleicht ein neuer Anfang vergönnt sein.

Als sie das Auto vor Jules' Geschäft abstellte, deckte sie diese zarten Samen an Möglichkeiten behutsam zu, klopfte mit fürsorglichen Händen sanft die Erde um sie herum fest und wässerte sie mit Hoffnung. Sie fühlte sich leichter, wenn auch einsam, da Levi nicht bei ihr war und sie ihm nicht von ihrem Gefühl von Erwachen berichten konnte. Sie schnappte sich ihre Handtasche und Laptoptasche, öffnete den Kofferraum mit ihrem Autoschlüssel und stieg aus. Als sie die Wagentür zustieß, tauchte eine dunkle Gestalt vorne an der Gasse neben dem Gebäude auf. Sie erstarrte, ihr Herz raste und sie krallte die Finger um die Schlüssel wie um eine Waffe.

»Hättest du gern etwas Hilfe mit deinen Taschen, Blondie?«

Taras Herz tat einen Sprung, als Levi unter den Lichtschein der Laterne trat. Sie lief zu ihm, warf sich in seine Arme und schlang die Beine um seine Taille. »Du bist hier! Ich fasse es nicht, dass du hier bist.« Woher hatte er gewusst, dass sie ihn brauchte?

»Ich habe dir versprochen, dich allein deiner Mutter gegenübertreten zu lassen, aber auf keinen Fall werde ich dich mit all den Gefühlen, die danach über dich hereinbrechen, allein lassen.«

»Ich liebe dich. Ich liebe dich. Ich liebe dich!« Sie küsste ihn auf die Lippen, auf die Wangen und dann wieder auf die Lippen und konnte gar nicht begreifen, dass er da war. »Wo ist Joey? Warum hast du mir nicht gesagt, dass du kommst?«

»Joey übernachtet heute bei Jesse und er bringt sie morgen auch zur Schule. Und ich habe nichts gesagt, weil ich wusste, du würdest mir sagen, dass ich nicht kommen soll.«

Tränen liefen über ihre Wangen. »Das hätte ich, aber ich bin so froh, dass du hier bist. Ich muss dir so viel erzählen.«

»Ich muss morgen früh gleich die erste Fähre zurücknehmen, aber ich gehöre die ganze Nacht nur dir.«

»Ich hoffe, da irrst du dich. Du bist die ganze Nacht hier, aber du *gehörst* mir viel länger.«

»Jede Sekunde an jedem einzelnen Tag, Liebling.«

Der Mond spiegelte sich in seinen Augen, und in den Armen des Mannes ihrer Träume, mit dem Versprechen ihrer Mutter und all diesen anderen wunderbaren Möglichkeiten im Sinn, die auf sie warteten, besiegelte er seinen Schwur mit einem intensiven, köstlichen Kuss.

Vierundzwanzig

»Können wir an den Strand gehen, wenn Tante Tara am Wochenende kommt?«, fragte Joey, als sie ihren Skate-Helm aufsetzte. Levi hatte sie vom Hort abgeholt und für eine Trainingsstunde mit Brent zum Park gebracht. Sie wollten an einem neuen Trick arbeiten.

»Wenn sie Lust hat, klar.«

Mittlerweile waren einige Wochen vergangen, seit Joeys Frühlingsferien zu Ende gegangen waren und Tara wieder auf der Insel wohnte, und die Fernbeziehung machte ihnen schon jetzt zu schaffen. An dem Samstag nach Taras Abreise hatte sie den ganzen Tag über Termine mit Kunden gehabt, einige von ihnen hatten sich länger hingezogen, also waren er und Joey nach Silver Island gefahren, um sie zu sehen. Joey war so begeistert davon, dass Tara in Jules' Wohnung gezogen war, dass sie dort übernachten wollte statt bei ihren Großeltern, was letztendlich dazu geführt hatte, dass die beiden Mädels im Bett geschlafen hatten und Levi auf die Couch verbannt worden war. Na klasse. Am nächsten Wochenende war Cassidy krank geworden und hatte Tara gebeten, einen Auftrag für eine zweitägige Hochzeit einer ihrer Freundinnen in Connecticut zu übernehmen, wo sie und Wyatt ursprünglich herkamen. Tara hatte zwar Termine mit ihren eigenen Kunden gehabt, doch sie hatte sie umbuchen und Cassidy vertreten können, was allerdings eine Übernachtung in Connecticut erforderlich gemacht hatte. Sie rief Joey jeden Abend um acht Uhr an, um ihr süße Träume zu wünschen. Selbst wenn sie um die Zeit gerade ein Fotoshooting hatte, nahm sie sich einen Augenblick für einen Anruf, und seine kleine Tochter saugte die Aufmerksamkeit nur so auf.

Er hatte versucht, sein Versprechen einzuhalten und die Fähre zu nehmen, um sie zu sehen, auch wenn es nur eine Stunde in der Woche war, aber mit ihren beruflichen Verpflichtungen und Joeys Schule war es nicht leicht und nicht immer möglich. Auch wenn sie mittlerweile erprobt im Video-Sex waren und sogar Halter für ihre Handys gekauft hatten, um die Hände frei zu haben, so war es doch nur ein schlechter Ersatz für das Gefühl, die Frau, die er liebte, in den Armen zu halten.

An diesem Wochenende würden sie sich endlich wiedersehen und etwas Zeit für sich allein haben. Sie kam nach Harborside und Joey übernachtete Freitagabend bei Freunden.

Levi konnte es kaum erwarten.

»Dad.« Joey hob ihr Skateboard auf. »Können wir den Sommer auf der Insel verbringen?«

»Ich muss arbeiten, mein Schatz, aber ich schaue mal, ob du etwas Zeit dort verbringen kannst, wenn du möchtest.«

»Kann ich dann bei Tante Tara wohnen?«, fragte sie hoffnungsvoll.

Sie vermisste Tara ebenso sehr wie er und redete jeden Tag von ihr. »Sie arbeitet ja auch, aber wir überlegen uns etwas.«

»In Ordnung.« Sie rannte zu Brent. »Ich bin bereit!«

Levi machte ein Foto von Joey auf dem Skateboard und schickte es an Tara mit der Nachricht: *Wünschte, du wärst hier!* Sie antwortete sofort. *Ich auch. Bin gerade bei einem Kunden, aber ich vermisse euch wahnsinnig. Wir hören uns heute Abend?* Sie fügte ein Herz-Emoji hinzu. Er würde alles dafür geben, ihre Stimme zu hören, doch er tippte: *Ich ruf dich an, nachdem ich Joey zu Bett gebracht habe. Liebe dich.* Ihre Antwort kam wieder unmittelbar: *Dito,* ergänzt von einem Herz-Emoji mit drei Herzen darum. Dieses eine Wort löste immer die Sehnsucht danach aus, es ganz nah geflüstert zu hören. Noch eine Nachricht kam an. *Mit den Worten meiner Lieblingsnichte: Fernbeziehung ist blöd.*

Das war so was von wahr. An dem Abend, nachdem Tara am Ende der Frühlingsferien abgereist war, hatte Joey nur noch geweint. Sie war vollkommen übermüdet gewesen und konnte nicht akzeptieren, dass Daddy zwar mit Tara zusammen war, es aber nicht bedeutete, dass sie jeden Tag mit ihr zusammen sein konnten. Sie hatte ihr Gesicht an seiner Brust vergraben, so wie Tara es mitunter tat, und geschluchzt: *Ich werde nie eine Fernbeziehung mit meinem Freund führen. Fernbeziehung ist blöd!*

Später an jenem Abend hatte er es Tara erzählt und es hatte auch ihr das Herz zerrissen.

Er und Joey spielten nach dem Abendessen noch ein Brettspiel, und als Tara um acht Uhr anrief, erzählte Joey ihr stolz, wie sie es ihrem Dad bei Monopoly so richtig gezeigt hatte. Jetzt las Levi ihr in ihrem Zimmer vor und fühlte sich richtig mies, weil er die Minuten zählte, bis er allein mit Tara reden konnte. Er beeilte sich nicht beim Vorlesen, und er klang auch nicht gestresst, doch er spürte den Unterschied und das gefiel ihm nicht.

Er hatte nicht erwartet, Tara in so vielerlei Hinsicht zu vermissen. Alles kam ihm ohne sie seltsam vor, vom Frühstück bis hin zu Ausflügen, das Abendessen und selbst die Zeit, in der er Joey zu Bett brachte, offenbarte ihre Abwesenheit noch mehr. Wäre er in einer Beziehung mit irgendeiner anderen Frau, so würden sie sich noch in der Kennenlern-Phase befinden, doch er kannte Tara, und er liebte einfach alles an ihr, nur nicht die Entfernung, die sie voneinander trennte. Doch dafür gab es keine einfache Lösung, und das Schlimmste daran war, dass sie und ihre Mutter an ihrem neuen Verhältnis arbeiteten und er nicht bei ihr sein konnte, um die Erfolge zu feiern und ihr bei Rückschlägen zur Seite zu stehen.

Als er das Buch zuschlug, fummelte Joey an ihrem Armband herum. »Dad?«

»Ja, Peanut?«

»Du bist doch jetzt der Freund von Tante Tara, da sollten wir doch vielleicht ein Armband für dich finden, in das Taras Kreis passt, damit du nicht außen vor bist.«

»Die Idee finde ich schön. Wir sollten Tara fragen, was sie davon hält.«

»Sie wird bestimmt wollen, dass du so eines hast«, sagte sie zuversichtlich.

»Wie kommst du darauf?«

»Weil sie dich liebt, und sie hat zu mir gesagt, wenn man jemanden liebt, dann will man immer mit dem Menschen zusammen sein. Deshalb ruft sie mich jeden Abend an, weil wir uns liebhaben, und deshalb hat sie mir auch so ein Armband geschenkt, wie sie es hat. Sie bedeuten, dass es egal ist, wie weit wir voneinander entfernt sind, im Herzen sind wir immer zusammen.«

Die Gewissheit, dass seine Tochter in aller Vollkommenheit

geliebt wurde und es auch wusste, löste in ihm ein Gefühl aus, das über *geliebt werden* oder *lieben* hinausging. Es war sehr gut möglich, dass es das fantastischste Gefühl war, das er je empfunden hatte.

»Jo, ich glaube, damit hast du absolut recht.« Er gab ihr einen Kuss auf die Stirn und nahm ihren Teddy in die Hand. »Wo schläft der heute Nacht?«

Ein paar Minuten später, nachdem seine Tochter von all ihren Stofftieren umringt war, ging er in sein Zimmer, um zu duschen und Joey Zeit zum Einschlafen zu geben.

Schließlich schloss er die Schlafzimmertür und legte sich aufs Bett, um Tara anzurufen. Sie nahm das Gespräch beim zweiten Klingeln an und ihr wunderschönes Gesicht erhellte das Display.

»Hallo, Blondie. Wie geht's meiner Schönen?«

»Ich wünschte, ich wäre da, um Joey ins Bett zu bringen und neben dir zu liegen.«

»Ich auch, Baby. Nichts fühlt sich ohne dich hier richtig an. Wie war dein Tag?«

»Ziemlich interessant.«

»Ach ja? Mit deiner Mom oder bei der Arbeit?«

»Beides. Ich habe mit meiner Mom Mittag gegessen und es war nett. Sie strengt sich wirklich an, aber sie macht sich solche Sorgen, ob sie auch das Richtige sagt, und das ist schwer, verstehst du? Es ist noch nicht unbeschwert. Ich wünschte, ich könnte ihr einfach sagen, dass sie sich entspannen und einfach sie selbst sein soll, doch ich bin mir nicht sicher, ob sie überhaupt noch weiß, wer das ist. Genau das versucht sie wohl herauszufinden.«

»Da hast du sicher recht. Es muss schwer für sie sein. Aber ich bin froh, dass ihr eine nette Zeit miteinander hattet. Das ist das, was zählt.«

»Ich glaube, die Therapie und die Veränderungen, die sie vornimmt, helfen auch in ihrer Beziehung zu meinem Vater. Sie hat gefragt, ob ich mir vorstellen könnte, irgendwann einmal mit ihr zur Therapie zu gehen. Nicht jetzt, vielleicht in einem Monat oder zwei.«

»Und was hältst du davon?«

»Es wäre hilfreich, denke ich. Ich habe ihr gesagt, dass ich es machen würde. Ach, und rate mal, was noch passiert ist! Ich habe von einem Studio gehört, das zu mieten sein soll. Es ist noch nicht offiziell auf dem Markt und ideal ist es auch nicht. In Rock Harbor gibt es jemanden, der Räumlichkeiten über seinem Atelier hat. Wenn möglich, wäre ich lieber in Silver Haven, aber ich behalte es im Hinterkopf, für den Fall … Und dann«, sagte sie vorsichtig, »habe ich ein kleines Haus gefunden, das mir sehr gefällt. Es ist nicht weit entfernt. Es ist klein, nur zwei Schlafzimmer, aber zumindest könnte Jules ihre Wohnung wiederhaben. Ich überlege, ob ich einen Vertrag unterschreiben soll.«

»Monatlich kündbar?«

»Nein, ich habe danach gefragt, aber das wollen sie nicht. Charmaine hat gesagt, wir könnten versuchen, einen Jahresvertrag zu bekommen, aber die Eigentümer wollen es für achtzehn Monate vermieten. Finde ich seltsam, doch ihr Sohn kommt wohl danach, um in ihrer Nähe zu wohnen.«

»Achtzehn Monate? Das ist eine verdammt lange Bindung.«

»Ich weiß, aber dann wäre Jules' Apartment wieder für sie verfügbar.«

»Sie nutzt es nicht, Tara. Es macht ihr nichts aus.«

»Levi, wir haben darüber geredet. Sie will einfach nur nett sein. Ich bin mir sicher, dass sie gern mehr Platz haben würde, um Grants Gemälde auszustellen und ihren Laden zu vergrö-ßern. Seit Monaten redet sie davon. Außerdem gefällt es mir nicht, kein eigenes Zuhause zu haben. Das meiste von meinen Sachen ist noch im Haus meiner Eltern, und mir fehlt es, meine Fotos an der Wand zu sehen und das Gefühl zu haben, geborgen in meinem Heim zu sitzen.«

»Das verstehe ich. Willst du nicht trotzdem eher etwas Kurzfristiges suchen? Ich weiß, dass wir gerade viel zu klären haben, das alles mit deiner Mom, mit Joey und unserer Arbeit, und es gibt keine einfache Lösung dafür, wie wir uns häufiger sehen können, aber das finden wir schon noch heraus. Willst du dich wirklich mit einem langfristigen Mietvertrag binden?«

»Vielleicht habe ich keine andere Wahl. So viele bezahlbare Mietwohnungen gibt es nicht, schon gar nicht auf monatlicher Basis. Jeder, der monatlich vermietet, verlangt Touristenpreise, und das kann ich mir nicht leisten.«

Verdammt. So kann es nicht weitergehen. »Ja, verstehe ich. Ich unterstütze dich, egal, wie du dich entscheidest. Aber vielleicht solltest du dir das Wochenende noch mal Gedanken darüber machen, bevor du unterschreibst.«

»Das habe ich auch vor. Ich habe Charmaine gesagt, dass ich es am Wochenende mit dir besprechen will und ihr am Montag Bescheid gebe.«

»Großartig.« Er hatte keine Antworten, doch zumindest konnten sie so ein paar Tage herausschlagen.

»Warum zuckt deine Augenbraue?«, fragte sie unfassbar lieb.

»Weil du mir fehlst! Ich bin wie ein dämlicher Teenager, der das erste Mal verknallt ist. Nur dass die Liebe noch viel aufwühlender ist.«

»Da bin ich aber froh, dass du das sagst, denn ich kann auch nur daran denken, dass ich bei dir und Joey sein möchte. Das letzte Wochenende war absolut schlimm. Jules behauptet, ich hätte Levi-Entzugserscheinungen, und ich glaube, sie könnte recht haben.«

»Leni hat in Bezug auf meine Entzugserscheinungen das Gleiche gesagt. Sie meinte, ich hätte nach Liebe süchtig machende Läuse von meinen Brüdern abbekommen, und ich sollte sie lieber für mich behalten, weil sie es sich nicht leisten kann, von so einem Ungeziefer befallen zu werden.«

Tara lachte leise. »Leni ist einfach großartig.«

»Sie ist schon speziell.«

»Rate, was es sonst noch Neues gibt.«

Er hob eine Augenbraue.

»Nur noch einmal schlafen und dann sehen wir uns, und ich habe etwas ganz Besonderes, was ich dir morgen Abend zeigen will.«

»Warum lässt du mich warten?«

»Weil es etwas ist, das du mir vom Leib reißen willst, und es ist ziemlich gewagt.«

In seinen Boxershorts zuckte es. »Du hast die Schlange geweckt, Blondie. Jetzt musst du es vorführen.«

»Oh, will sie spielen?«, fragte sie neckend.

»Wie kannst du so etwas überhaupt fragen? Ich muss nur an dich denken, dann stehe ich schon bereit.«

»In dem Fall ist es wohl gut, dass ich gleich drei Outfits gekauft habe. Als ich auf der Internetseite war, musste ich immer wieder an deine Reaktion auf mein rosa Babydoll-Hemdchen denken, und ich habe mich gefragt, wie du wohl auf etwas reagierst, das ein wenig unanständiger ist.«

»Beweg deinen hübschen kleinen Hintern, denn jetzt muss ich dich in allen drei Outfits sehen.«

Sie kicherte. »Guck mal an, du kannst ja richtig den Chef

raushängen lassen.«

»Du magst es, wenn ich den Chef raushängen lasse.« Die anzüglichen Sprüche machten sie an, und er war der Richtige dafür, denn bei ihr hatte er keine Hemmungen.

»Was bekomme ich dafür?«

Er liebte diese verspielte Sirene und fragte grinsend: »Was willst du denn haben?«

»Dich«, antwortete sie unschuldig.

»Himmel, Baby! Du machst mich so verrückt, dass ich gar nicht mehr weiß, wer ich ohne dich bin.«

»Dito«, hauchte sie. »Warte kurz.«

Er sah, dass sie ihr Handy hinlegte und eine Tüte von dem Stuhl neben der Badezimmertür holte. Als sie im Bad verschwand, machte er sein Handy in der Halterung fest und stellte sich vor, wie sie sich vollständig auszog, die Haare ihr über die Brüste fielen. Er glitt mit der Hand in seine Boxershorts und strich einmal fest über seine Härte, als die Badezimmertür aufging.

Sie schlenderte zum Bett. Zu einem schwarzen Spitzenchoker trug sie einen schwarzen Spitzen-BH, der ihre Brüste zusammenschob und kaum die Nippel bedeckte. Dünne schwarze Riemen legten sich um die Wölbung ihrer Brüste und reichten bis zu den Trägern. Auf ihrem Bauch überkreuzten sich dünne Spitzenbänder, und ein schwarzer Spitzentanga lag hoch auf ihren Hüften. Sie drehte sich herum und schaute so verführerisch über die Schulter, dass seine Härte zuckte.

»Du kannst von Glück sagen, dass ich nicht im Raum bin, du süßes Biest, denn … verdammt!«

Sie kicherte.

»Komm näher, Schöne. Ich will alles von dir sehen.«

Mit aufreizend schwingenden Hüften ging sie näher zum

Handy und glitt dabei mit den Fingern über den Saum ihres Tangas und die Hüften entlang. »Gefällt es dir?«

»Oh ja! Ich würde dich gern mit diesen Riemen fesseln und jeden Zentimeter von dir lecken, bis du so voller Verlangen bist, dass du mich anflehst, es dir zu besorgen.«

Sie stieg auf allen vieren aufs Bett und schob die Finger in ihren Tanga. »Was würdest du sonst noch tun?«

»Ich würde dir diesen BH mit den Zähnen vom Leib reißen und an deinen Brüsten saugen.«

Ihre Augenlider senkten sich ein wenig. »Ja!«

»Berühre deine Brüste für mich. So, als würde ich dich berühren.«

Sie kam seiner Aufforderung nach und er schob seine Boxershorts nach unten.

»Ich will dich sehen«, hauchte sie mit rauer Stimme.

Er stellte das Handy entsprechend um, leckte sich über die Hand und fing an, über seine Länge zu streichen. »Ich will deinen Mund dort haben, Baby. Ich will deine Lippen um mich spüren, wenn du saugst und deine Hand mich packt. Ich will in deinem Mund kommen, auf deinen Brüsten und auf diesem sexy Hintern, und dann will ich mich tief in dir vergraben und noch einmal kommen.«

»Levi!«, stöhnte sie. Das Zittern in ihrer Stimme verriet ihm, dass sie dem Höhepunkt nahe war.

»Ich will dich lecken, Baby, an deiner Perle saugen. Ich will hören, wie du meinen Namen schreist, wenn ich dich nehme.«

»Ja! Mehr!«

»Leg dich auf den Rücken und zieh diesen Tanga aus.«

Sie tat, was er ihr sagte.

»Spreiz die Beine. Zeig mir, wie feucht du für mich bist.« Er knurrte, als sie seiner Aufforderung nachkam. »So verdammt schön. Fass dich so an, wie ich es tue.«

Als sie es tat, wand sie sich auf dem Bett. »Levi!«, flehte sie.

»Ja, Baby, genau so. Sieh mir zu.«

Sie schaute zu, wie er sich rieb, und biss sich auf die Unterlippe.

»Genau, Baby. Stell dir meinen Mund auf dir vor. Ich will meinen Mund zwischen deinen Beinen haben, ich will dich die ganze Nacht lang genau dort verwöhnen.«

»Morgen Abend. Versprochen?«

»Und ob, versprochen! Ich werde es dir auf jede nur erdenkliche Weise besorgen und du wirst mich so wunderbar verwöhnen. Deine Hände werden schneller, und nimm die andere Hand, um deinen Nippel zu drücken.«

Sie stöhnte und wimmerte, und er packte fester zu, wurde auch schneller, bis sie beide keuchten und ihre Hüften zuckten. Er griff nach seinen Boxershorts, um seinen Saft aufzufangen, und knurrte »Tara!«, als auch sein Name aus ihr herausbrach und sie sich beide ihrer Ekstase hingaben. Ihre sündigen Laute verlängerten seinen Höhepunkt, bis er aufs Bett zurücksank, erschöpft, aber nicht annähernd befriedigt. Er brauchte Tara, musste ihren Atem auf seiner Haut spüren, sie halten und wissen, dass sie geborgen in seinem Zimmer, in seinen Armen lag.

Sie lagen auf ihren weit voneinander entfernten Betten und kamen langsam wieder zu Atem. »Himmel, Tara! Ich vermisse es, dich zu berühren, und ich vermisse es, dich zu küssen, mehr als du dir vorstellen kannst, aber ich glaube, am meisten vermisse ich, einfach nur mit dir zusammen zu sein.«

»Noch einmal schlafen, dann sind wir zusammen«, sagte sie leise mit einer absolut glückselig klingenden Stimme, was sie ihn nur noch mehr vermissen ließ.

»Ich zähle die Stunden, Baby.«

»Dito.« Sie gähnte. »Levi?«

»Ja, Liebling?«

»Kannst du am Handy bleiben, während ich einschlafe? Ich hab es gern, wenn ich weiß, dass du da bist.«

»Ich wüsste nicht, wie ich den Abend lieber beenden würde als mit dir hier in meinen Armen.«

Fünfundzwanzig

Am Freitagabend fuhr Tara zur Fähre, sang zur Radiomusik mit und wippte im Takt auf ihrem Sitz. Schon den ganzen Tag über war sie bester Laune gewesen, weil sie wusste, dass sie Levi und Joey heute Abend sehen würde. Sie hatte ein neues Buch für Joey gekauft und konnte es nicht abwarten, sie morgen wiederzusehen, wenn sie von der Übernachtungsparty zurückkam. Heute Morgen, als sie neben Levis attraktivem Gesicht auf ihrem Handy neben sich aufgewacht war – er war gestern Abend eingeschlafen, während er darauf gewartet hatte, dass sie einschlief –, hatte sie lächerlicherweise überlegt, ihn zu fragen, ob sie jeden Morgen so aufwachen könnte, wenn sie nicht beisammen waren. Doch das war vielleicht doch ein bisschen viel klammern, also behielt sie es für sich, und nach ein paar süßen schläfrigen Worten unterhielten sie sich darüber, wie sehr sie sich auf ihr Wiedersehen am Abend freuten, und schmiedeten Pläne, um morgen mit Joey an den Strand zu gehen. Nach den letzten wahnsinnig hektischen Wochen klang es nach einem perfekten Tag.

Sie fuhr auf den Parkplatz an der Fähre und wurde von einem Schauer der Vorfreude erfasst. Schon bald würde sie in Levis Armen liegen. Die Stimme ihrer Großmutter hallte flüsternd durch ihren Kopf. *Wenn ich all das hätte, was für dich spricht, dann würde ich nur mit einem Trenchcoat bekleidet und mit einem einladenden Lächeln vor seiner Haustür sitzen.* Als sie das vor einiger Zeit gesagt hatte, hätte Tara sich niemals vorstellen können, sich sicher genug zu fühlen, um so kühn zu sein, doch das war jetzt kein Problem mehr. Levi schenkte ihr immer ein Gefühl der Sicherheit, und nach seiner Reaktion auf ihre Dessous gestern Abend sollte sie vielleicht tatsächlich mit einem Trenchcoat über einem ihrer sexy Outfits bei ihm auftauchen.

Sie parkte, und als sie den Motor abstellte, klingelte ihr Telefon. Amelias Name erschien auf dem Display. Tara zog sich der Magen zusammen, während ihr Herzschlag augenblicklich in Panikmodus verfiel. Sie hatte sich schon gefragt, wann ihre Schwester sich wohl melden würde, um sie wegen Levi fertigzumachen. Sie starrte aufs Display, überlegte, ob sie den Anruf der Mobilbox überlassen sollte, doch wenn sie es hinausschob, würde sie das ganze Wochenende darüber nachdenken, und sie wollte die wenige Zeit mit Levi und Joey nicht damit kaputtmachen.

Sie atmete tief durch und mit einem hektisch hämmernden Herz nahm sie das Gespräch an. »Hallo.«

»Hallo, Tara«, sagte ihre Schwester unbekümmert. »Wie ich höre, geht's dir großartig.«

Obwohl ihre Schwester sie nicht sehen konnte, hob Tara das Kinn. »In der Tat. Ich bin glücklicher denn je und Joey ist auch glücklich. Sie war wirklich traurig, als du nicht zu ihrem Wettkampf gekommen bist.«

»Ich weiß. Levi hat mir deswegen schon die Meinung ge-geigt. Deshalb rufe ich auch an.« Amelias Tonfall war ungewöhnlich zaghaft. »Ich weiß ja, wie wichtig dir und Levi die Familie ist.« Und da war sie wieder, diese leicht sarkastische Art, als wären Taras Ansichten zwar lächerlich, sie würde sich ihnen aber dennoch beugen. »Ich möchte das mit Levi und Joey wieder geradebiegen und alles in Ordnung bringen, damit du nicht dein Leben mit dem Gefühl verbringen musst, meine Fehler wiedergutzumachen.«

»Warum?« Sie hatte immer einen Hintergedanken.

Amelia seufzte. »Weil es das Richtige ist, und außerdem kann Joey es nicht gebrauchen, dass wir uns ständig streiten. Ich habe mit Mom geredet, und sie hat mir erzählt, was du alles gesagt hast, und ich will es wohl irgendwie auch bei dir wiedergutmachen. Was wäre da besser, als alles mit dem Mann in Ordnung zu bringen, den du *liebst*?«

Schreck und Ungläubigkeit brachen gleichzeitig über sie herein, und Taras hoffnungsvolles Herz regte sich, als sie vorsichtig fragte: »Was hast du vor?«

»Ich bin für ein Sponsorenprojekt ganz in der Nähe von Cape Cod und Harborside. Mom hat erzählt, dass du an diesem Wochenende zu Levi fährst, aber ich könnte nur jetzt von hier weg. Ich hatte gehofft, dass du erst morgen zu ihm fahren könntest und mir heute Abend gibst, damit ich versuchen kann, mit ihm zu reden und alles zu klären. Ich weiß, dass er mir nicht vertraut, und wenn du da bist, wäre es noch mal doppelt so schwer, mit ihm zu reden. Das ist nicht leicht für mich. Wir haben nicht gerade eine tolle Vergangenheit, was die Kommunikation angeht.«

Tara schwieg kurz und dachte an Joey. »Du musst es dieses Mal ernst meinen. Joey ist zu alt dafür, dass du nach Lust und Laune auftauchst oder auch nicht. Jedes Mal, wenn du sie enttäuschst, ist sie am Boden zerstört, und sie fühlt sich, als wäre sie deiner Liebe nicht wert.« *Und das ist genau das Gefühl, das du mir immer gegeben hast.*

»Ich weiß, Tara! Ich meine es ernst. Kannst du mir nur den einen Abend mit Levi geben, damit ich meiner Tochter zuliebe alles in Ordnung bringen kann? Einen Abend. Ist es nicht das, was du willst? Dass alles besser wird?«

Tara nahm all ihre Kraft zusammen. »Ja.«

»Dann gib mir nur heute Abend. Ich kann in einer halben Stunde da sein.«

»Okay. Es ist wahrscheinlich ohnehin der beste Zeitpunkt dafür. Joey übernachtet bei Freunden, also bekommt sie den Streit nicht mit. Ich rufe Levi an und sage ihm, dass du kommst.«

»Bitte nicht. Du weißt doch, wie er dann ist. Er ist sauer, noch bevor ich überhaupt angekommen bin, und so habe ich gar keine Chance mehr.«

Das stimmte, er würde so reagieren. »Er wird mich fragen, warum ich nicht komme.«

»Kannst du ihm nicht einfach erzählen, dass du bei der Arbeit aufgehalten wurdest?«

»Ihn anlügen?« Sie schnaubte verächtlich. »Ich lüge die Menschen, die ich liebe, nicht an.«

»Dann lüg eben nicht. Sag einfach, es ist etwas Wichtiges dazwischengekommen. Meine Güte! Ich hab vergessen, wie *gut* du bist.«

Wut kroch ihr in den Nacken, doch der Gedanke daran, dass Joey die nächsten Jahre nicht ständig wieder mit der gleichen Enttäuschung kämpfen musste, setzte sich gegen ihre eigene Enttäuschung darüber, auf ihren einen Abend mit Levi verzichten zu müssen, durch. »Okay. Aber versau es nicht. Und sorg nicht dafür, dass er wütend wird. Wenn du alles in Ordnung bringen willst, dann hör dir an, was er zu sagen hat, denn er liebt Joey, und alles, was er sagt, dient ihrem Schutz.«

»Ich bin ja nicht blöd. Ich weiß, wie man das Spiel spielen muss. Danke, Mouse.«

Die Verbindung wurde beendet.

Tara verspürte echten Schmerz in der Brust. Voller Sehnsucht schaute sie zur Fähre, und während sie das Gespräch mit ihrer Schwester immer wieder in Gedanken durchging, brannte es in ihrem Magen. Ihre Mutter strengte sich so sehr an, umsichtiger in den Dingen zu sein, die sie sagte und tat. Hatte sie vielleicht auch versucht, Amelia zum Umdenken zu bewegen? Würden die Sterne für sie, Joey und Levi endlich günstiger stehen? Sie hoffte es inständig, als sie ihr Handy nahm, Levi eine Nachricht schickte und ein Stoßgebet gen Himmel schickte, dass sie das Richtige tat.

Levi stellte die Weinflasche auf den Tisch und zündete die Kerzen an. Tara würde jede Minute kommen. Er konnte es kaum erwarten, sie in der Tür zu erblicken und das Lächeln zu sehen, das allein ihm galt und das ihre hübschen Wangen anhob und die süßesten blauen Augen, die er je gesehen hatte, zum Strahlen brachte. Er konnte es nicht abwarten, sie in den Armen zu halten, sie zu küssen und ihre Stimme ohne all die Kilometer zwischen ihnen zu hören. Sie hatten die ganze Nacht für sich, um zu tun und zu sagen, was auch immer sie wollten.

Er dimmte das Licht und griff in seine Gesäßtasche nach seinem Handy, um zu sehen, wie weit entfernt sie war. Es war nicht da. *Mist.* Er hatte es wohl nach der Dusche am Ladegerät gelassen. Er rannte nach oben und fand es am Kabel hängend neben seinem Bett. Auf dem Weg nach unten las er eine verpasste Nachricht von Tara.

Hi! Es tut mir so leid, aber ich schaffe es heute Abend nicht. Ich liebe dich, und ich verspreche, ich mache es wieder gut. Morgen früh nehme ich gleich die erste Fähre.

Seine Euphorie platzte wie ein Ballon, er fühlte sich einfach nur noch ausgelaugt und enttäuscht, wobei die Enttäuschung noch schmerzhafter in sein Herz stach, als er mit einem Gefühl zum Tisch ging, als hätte er seinen besten Freund verloren, und die Kerzen ausblies. Er wusste, dass sie nur absagen würde, wenn sie gar keine andere Wahl hatte, doch das machte es nicht besser. Er fing an, eine Nachricht zu schreiben und zu fragen, was ihr dazwischengekommen war, als es an der Tür klopfte. »Gott sei Dank«, stieß er leise aus und steckte das Handy auf dem Weg zum Eingang in die Hosentasche.

Als er die Tür öffnete, war er von Erleichterung erfüllt. »Du hast mir einen Schrecken eingejagt, Bab…«

Das Blut gefror ihm in den Adern, als er Amelia vor sich sah – in Schwindel erregend hohen Highheels, einem kurzärmeligen hellgrünen Minikleid mit einem so tiefen Ausschnitt, dass ihre Brüste kaum verhüllt waren, mit schräg aufgesetzten Taschen, die zwischen ihre Beine zu zeigen schienen, und einem Reißverschluss, der von ihrem Brustbein bis hinab zu dem lächerlich kurzen Saum reichte, der kaum ihren Schritt bedeckte. Ihre glänzenden rotblonden Haare reichten bis zu den winzigen Reißverschlusstaschen über ihren Brüsten. Das Make-up schien gerade erst aufgelegt worden zu sein, die Lippen waren in einem Pink angemalt, das auf jeden anderen vielleicht verführerisch gewirkt hätte. Doch Levi sah nur die hinterhältig funkelnden Augen, die ihm irgendwie entgangen waren, als er ein lüsterner Teenager gewesen war.

»Hat es dir die Sprache verschlagen, Daddy?« Amelia marschierte an ihm vorbei und ließ dabei die Finger über seine Brust gleiten.

Die Wut auf all das, was Amelia Tara angetan hatte und wie sehr sie Joey wehgetan hatte, brodelte in Levis Magen. »Was machst du hier, Amelia?« Er blieb an der Tür stehen, denn er hatte vor, sie hinauszuwerfen. »Ich habe dir doch gesagt, dass es keine unangemeldeten Besuche mehr gibt.«

»Oh!«, hauchte sie mit perfekt gespielter Überraschung. »Hat dir meine wunderbare Schwester nicht erzählt, dass ich komme?« Während sie sprach, schritt sie durch das Wohnzimmer. »Ich hatte sie darum gebeten. Ich wusste, wie sehr du dich aufregen würdest, aber sie hat darauf bestanden, es dir selbst zu sagen.«

Er zog die Augenbrauen zusammen. Nun ergab Taras seltsame Absage einen Sinn. »Schwachsinn. Ich weiß, was du für ein Spielchen spielst, aber du musst jetzt gehen.«

Theatralisch verdrehte sie die Augen. »Jetzt mach hier mal nicht einen auf Miesepeter. Wir haben den ganzen Abend Zeit und ich will ein paar Dinge mit dir bereden.«

Sie klimperte mit ihren Wimpern und drehte sich um, woraufhin sie den Esstisch sah, den er für Tara gedeckt hatte, samt einer Vase mit roten Rosen, ihrem Lieblingswein und dem Essen und Nachtisch von ihrem Lieblingsrestaurant. Er hatte sogar einen hübschen Armleuchter gekauft, um ihr den romantischen Abend zu schenken, den sie verdiente.

Doch ihre Schwester, dieses egoistische Biest, ging zum Tisch und hielt sich die einzelne Rose, die er auf Taras Teller gelegt hatte, an die Nase. »Och, hab ich dir deinen romantischen Abend vermiest? Du scheinst ja ganz schön besessen von

Mouse zu sein.«

»Wage es nicht, sie jemals wieder so zu nennen!« Er ging zu ihr und nahm ihr die Rose weg. »Was auch immer das hier für ein Schmierentheater sein soll, es ist jetzt vorbei. Du willst über Joey reden? Dann schreib mir und wir machen einen Termin aus. Und jetzt sieh zu, dass du hier rauskommst.«

Sie trat einen Schritt näher, beäugte ihn verführerisch und legte die Hände auf seine Brust. »Ich liebe es, wenn du so auf beschützender Daddy machst.«

Er packte sie an den Handgelenken und zischte: »Ich werde es nur einmal sagen, also hörst du besser gut zu. Ich weiß, wie du Tara behandelt hast, als sie klein war, und ich habe endlich verstanden, warum du diesen Mist gesagt hast, nachdem wir Sex hatten. Du brauchst ernsthaft Hilfe, Amelia.«

Die Haustür wurde aufgestoßen und Tara kam wutentbrannt hereingestürmt.

Levi trat zurück und ließ Amelias Handgelenke fallen, als hätte er sich verbrannt. »Tara, das hier ist nicht …«

»Keine Sorge, Levi. Ich weiß ganz genau, was das hier ist.« Sie stellte sich zwischen Levi und Amelia und funkelte ihre Schwester an. »Fast hättest du mich überzeugt«, sagte sie mit zittriger Stimme. »Ich habe dir geglaubt, als du gesagt hast, du wolltest einen Abend allein mit Levi haben, um für Joey alles geradezubiegen. Aber dann dachte ich, du hast Jahre Zeit gehabt, um alles in Ordnung zu bringen. Jahre, Amelia! Ich lass mich nicht verarschen. Schon gar nicht von dir. Du weißt, *wie man das Spiel spielen muss*? Hast du geglaubt, das würde ich überhören? Wie sah dein Plan aus? Wolltest du hier auftauchen und Levi verführen, weil ich ihn liebe? Was für ein Mensch macht so etwas? Wer tut so etwas seiner eigenen Schwester an? Hast du nicht genug, auch ohne dich wieder an den Mann ranzumachen, den du von vornherein nicht verdient hast? Ich habe dir nie etwas angetan, und du hast nichts anderes im Sinn, als mich unglücklich zu machen.«

»Ach, jetzt komm!« Amelia gab einen Laut von sich, der nach Ungeduld und Abscheu zugleich klang, und machte ein paar Schritte durch den Raum. »Jetzt komm mal von deinem hohen Ross herunter. Hast du überhaupt eine Ahnung, wie es war, in deinem Schatten zu leben? In einem Moment noch der Mittelpunkt in Moms und Dads Welt zu sein und dann plötzlich gesagt zu bekommen, dass ich still sein soll, weil Tara schläft, oder dass ich nicht mit Mom shoppen gehen kann, weil du nicht gehen willst?«

»Ich war ein Kind«, fuhr Tara sie an.

»*Die perfekte Tara. Schaut sie euch an. Sie ist so süß und niedlich*«, höhnte Amelia. »Glaubst du, ich hab nicht gehört, was die Leute gesagt haben? Du warst diejenige, die von allen gemocht wurde, bevor du überhaupt das Sprechen gelernt hast. Du hattest unzählige Freunde und musstest dich nicht mal dafür anstrengen, und ich musste für jede einzelne Freundschaft arbeiten.«

Tara stand mit offenem Mund da, in ihren Augen schimmerten Tränen.

»Es reicht!«, schnaubte Levi und zog Tara in seine Arme.

»Oh ja! Und den Kerl hast du sogar auch noch bekommen.« Ihre Stimme hatte jetzt einen teuflischen Ton. »Wie verdammt perfekt.«

»Hast du vollends den Verstand verloren?«, wütete Tara mit Tränen auf den Wangen. »Du hast meine Kindheit ruiniert. Du hast mich glauben lassen, dass ich wertlos bin, und du hast mir beigebracht, mich vollzustopfen, um mich besser zu fühlen. Das warst du, Amelia, die mir das Essen aufgedrängt hat, die mir mit

Worten so viel Schmerz zugefügt hat, wie es dir nur irgendwie möglich war, und all das, weil du eifersüchtig warst? Ich wollte immer nur geliebt werden. Ich wollte so eine große Schwester haben, wie Jules und Bellamy sie hatten, die mich liebte, auch wenn ich mal genervt habe. Aber ich hatte überhaupt keine Chance, oder? Es hört sich so an, als hättest du mich schon von dem Moment an gehasst, als Mom und Dad mich aus dem Krankenhaus nach Hause gebracht haben.«

»Nein«, entgegnete Amelia heftig. »Ich habe dich schon gehasst, bevor du überhaupt geboren wurdest, als Mom aufgehört hat, mir all die süßen Klamotten zu kaufen und alles für dich gehortet hat.«

»Warum hast du Carey nicht gehasst? Er ist auch jünger als du.« Taras Stimme versagte fast.

Amelia schnaubte verächtlich. »Er war ein Junge, keine Konkurrenz für mich.«

»Du bist krank«, fuhr Levi sie an. »Und gefährlich. Du brauchst wirklich Hilfe, Amelia, und ich habe eindeutig einen Fehler gemacht, indem ich versucht habe, dich in Joeys Leben einzubeziehen. Das ist nicht mehr machbar. Ich werde nicht zulassen, dass du noch einmal in die Nähe meiner Tochter kommst, und halte dich verdammt noch mal von Tara fern.«

»Und du glaubst, dass Joey das zulassen wird? Ihr werden meine teuren Geschenke fehlen«, sagte Amelia mit einem widerlichen Grinsen.

»Joey ist acht Jahre alt. Sie trifft diese Entscheidung nicht und sie braucht keine Geschenke. Sie braucht Eltern, die sie lieben, respektieren und beschützen, und genau das mache ich. Vielleicht versteht sie es im Moment nicht, aber eines Tages wird sie mir dafür danken.« Er packte Amelia am Ellbogen und schob sie zur Tür, die er mit der anderen Hand öffnete. »Jetzt sieh zu, dass du aus unserem Haus rauskommst, und falls ich je hören sollte, dass du versuchst, dich bei meiner Tochter zu melden oder Tara noch einmal wehzutun, werde ich eine einstweilige Verfügung und ein Kontaktverbot erwirken. Ich frage mich, wie das wohl bei deinen verdammten Sponsoren ankommen wird.«

Er schob sie aus dem Haus, machte die Tür hinter ihr zu und schloss ab. Dann eilte er zu Tara, die am ganzen Leib zitterte, und nahm sie in die Arme. »Tut mir leid, Tara. Ich musste das tun.«

»Nein, *mir* tut es leid. Ich sollte dir nicht erzählen, dass sie kommt, und eine Zeit lang dachte ich wirklich, sie hätte sich geändert oder wollte es zumindest.«

Levi nahm ihr Gesicht in die Hände und küsste sie sanft. »Es ist nicht deine Schuld. Du hast ihr einfach nur einen Vertrauensvorschuss gegeben, denn so bist du eben, und ich auch. Ich denke, wir haben beide auf schmerzhafte Weise etwas gelernt. Es tut mir leid, Tara, aber ich kann Joey nicht in ihre Nähe lassen.«

»Das will ich auch nicht. Sie ist ...« Sie schüttelte den Kopf, denn die Worte fehlten ihr.

»Toxisch. Es tut mir leid, dass sie all diese grauenvollen Dinge gesagt hat.« Er umarmte sie. »Was kann ich tun, damit du dich besser fühlst?«

»Nichts. Ich komm schon zurecht.«

Er schaute sie an. »Baby, es ist in Ordnung, wenn es dir nicht gut geht. Das war wirklich schlimm.«

»Ehrlich gesagt, bin ich irgendwie erleichtert. Jetzt weiß ich, warum sie mich verabscheut. Ich hatte keine Ahnung, dass sie dermaßen verkorkst ist.«

»Dann sind wir schon zwei. Ich muss überlegen, wie ich mit

Joey darüber rede.«

»Wir überlegen es uns.«

Es war wundervoll, wenn sie *wir* sagte. »Ja, das machen wir.« Er küsste sie sanft.

»Aber im Moment möchte ich nicht darüber nachdenken. Auch wenn sie sich mir gegenüber mies verhalten und Joey wehgetan hat, so hat ein Teil von mir doch immer noch mit der Hoffnung gelebt, dass sie sich ändern würde, und jetzt ist diese Hoffnung zerstört. Auch wenn das in Ordnung ist, ist es trotzdem wirklich traurig. Irgendwann wird es mich wahrscheinlich einholen und dann muss ich ein bisschen weinen, aber Amelia hat in meinem Leben schon genug ruiniert. Ich werde nicht zulassen, dass sie auch noch den Rest vom heutigen Abend ruiniert. Es sei denn, du hast das Bedürfnis, jetzt darüber zu reden?«

»Nein, habe ich nicht, aber wenn du bereit dazu bist, lass es mich wissen.«

Sie nickte und atmete hörbar aus. »Vielleicht etwas später?« Fragend sah sie ihn an. »Ist das in Ordnung?«

»Alles ist in Ordnung, Baby.« Er schaute zum Esstisch. »Das ist nicht gerade der romantische Abend, den ich geplant hatte.«

»Hab ich da Rosen und Kerzen gesehen?« In ihren Augen funkelte Freude auf. »Levi …?«

»Ich hatte mir vorgenommen, dich mit einem tollen Abend zu bezirzen und dafür zu sorgen, dass du mir wohlgesonnen bist, damit du gar keine andere Wahl hast, als zuzustimmen, wenn ich dir erzähle, was ich mir überlegt habe.«

»Hast du etwas so Unanständiges im Sinn?«

»Nein. Oder doch, ja.« Er lachte. »Aber deshalb wollte ich dich nicht positiv stimmen.«

»Gut, denn mittlerweile solltest du wissen, dass du mich für so etwas nicht zu bestechen brauchst. Du hast aus mir eine nicht mehr allzu geheime Sirene gemacht.«

»Oh, Tara, ich liebe dich.« Er küsste sie. »Baby, ich kann es nicht mehr für mich behalten. Ich will dich morgens sehen und nach der Arbeit zu dir und Joey nach Hause kommen. Ich will gemeinsame Abendessen und Joey mit dir zusammen ins Bett bringen. Dieses ganze Hin und Her halte ich nicht aus. Du fehlst mir einfach zu sehr. Ich möchte, dass du bei uns einziehst. Ich baue dir hier ein schönes Studio und kaufe dir eines auf der Insel, wenn du dort auch eines brauchst. Ich weiß, dass ein Großteil deiner Arbeit und deiner Familie dort ist, und du fängst gerade erst an, das alles mit deiner Mutter zu klären, aber … Mist! Das wird nicht funktionieren.« Er tigerte auf und ab. »Wie bin ich nur auf die Idee gekommen, dass das möglich wäre? Ich verlange viel zu viel von dir. Okay, neuer Plan.« Die Worte sprudelten nur so aus ihm heraus, während er ihren verwirrten, amüsierten und überraschten Gesichtsausdruck wahrnahm. »Ich hab's, Tara. Hoffentlich findest du nicht, dass es zu aufdringlich ist, aber Joey und ich müssen bei dir einziehen. Mit uns dreien wird es in Jules' Wohnung vielleicht etwas eng, aber wir suchen uns etwas Größeres, sobald wir Zeit dazu haben. Ich nehme die Fähre und bringe Joey zur Schule und ich komme für die Treffen mit den Jungs her. Joey will sowieso den Sommer auf der Insel verbringen, und das ist ja auch schon in ein paar Wochen. Ja, das ist perf… Verdammt! So eine Entscheidung kann ich nicht treffen, ohne mit Joey gesprochen zu haben. Das ist zu viel für so ein kleines Mädchen …«

Tara ging auf die Zehenspitzen und brachte ihn mit ihren Lippen und einem sanften Kuss zum Schweigen. Liebe glänzte in ihren Augen, als sie sagte: »Ich will all das auch. Ja!«

»Ja?« Ihm schwirrte der Kopf.

»Ja, ich ziehe bei euch ein, hier in Harborside. Ich will nicht, dass Joey pendeln muss, und ich nehme gern die Fähre. Da habe ich Zeit, meine Fotos zu bearbeiten, und wenn ich nach Hause komme, kann ich mich auf die Menschen konzentrieren, die wirklich wichtig sind.«

»Wirklich? Ist das nicht zu viel? Wenn es zu viel wird, überlegen wir uns etwas anderes.«

»Nichts ist zu viel, wenn es bedeutet, dass ich bei euch beiden sein kann. Das ist alles, was ich immer gewollt habe.«

»Oh, Baby!« Er zog sie in seine Arme, küsste sie und wirbelte sie herum. »Sie hat Ja gesagt!«, rief er und beide lachten. Er küsste sie erneut, und als er sie wieder absetzte, liefen ihr Tränen über die Wangen. »Bitte sag, dass das Freudentränen sind.«

»Wie könnte es etwas anderes sein? Aber hast du mit Joey darüber gesprochen?«

»Was glaubst du, wer mich angewiesen hat, deinen Lieblingsnachtisch zu besorgen?«

Er senkte die Lippen auf ihre und wusste, dass ihnen ein schwieriger Weg bevorstand, auf dem sie Joey die Problematik mit Amelia erklären und sich eine langfristige Lösung für ihre Wohnsituation überlegen mussten. Irgendwann würden diese Frau mit ihrem sanften Gemüt und seine vertrauensvolle Tochter wahrscheinlich all das realisieren, was mit Amelia geschehen war, doch er würde da sein, um die Stücke ihrer gebrochenen Herzen aufzusammeln und sie durch seine Liebe wieder zusammenzufügen, denn sie beide waren auch das, was er immer gewollt hatte.

Sechsundzwanzig

Nach einem bittersüßen Abend, an dem sie das von Levi geplante wunderbare Abendessen genossen, sich geliebt und später versucht hatten, zu verstehen, was alles geschehen war, nachdem sie ein paar Tränen vergossen und sich noch einmal geliebt hatten, brachte der Morgen eine positivere Aussicht und das Versprechen eines Neuanfangs mit sich.

Tara fühlte sich ein wenig schuldig, weil sie erleichtert darüber war, dass Levi so eine endgültige Grenze zwischen ihnen und Amelia gezogen hatte, doch die Erleichterung war größer als das schlechte Gewissen, und so genossen sie einen entspannten Morgen, verwöhnten sich gegenseitig und frühstückten auf der Veranda, bevor sie Joey abholten. Sie beschlossen, die Neuigkeit, dass Tara einziehen würde, zu feiern, ihr von Amelia jedoch erst zu erzählen, wenn der richtige Zeitpunkt kam. Einen guten Zeitpunkt für ein solches Gespräch gab es sicherlich nie, aber bis Joey nicht von sich aus auf sie zu sprechen kam, gab es keinen Grund, sie aufzuwühlen.

Vor Emilys Haus stiegen sie aus dem Auto und fast im gleichen Moment flog auch schon die Haustür auf. Joey rannte durch den Vorgarten und rief: »Hat sie Ja gesagt?«

Taras Herz explodierte fast, und gleichzeitig wusste sie, dass es richtig war zu warten. Diese Art von ehrlicher Freude war zu wertvoll, um sie zu ruinieren.

»Ja!«, sagte Levi mit einem so strahlenden Lächeln, wie Tara es noch nie gesehen hatte.

Joey warf sich Tara in die Arme und klammerte sich an sie. »Ich hab dich lieb! Ich hab dich sooo lieb!«

»Ich dich auch, meine Süße. Ich hab dich unfassbar lieb!«

»Wir werden jeden Morgen zusammen frühstücken und jeden Abend zusammen essen, und auch wenn du und Daddy im selben Zimmer schlaft, können wir trotzdem noch manchmal Übernachtungspartys feiern, hat Daddy gesagt!«

Taras Augen wurden feucht. »Etwas anderes würde ich gar nicht wollen.«

»Glückwunsch«, sagte Lauren, als sie und Emily zu ihnen kamen. »Joey hat uns von den großen Neuigkeiten berichtet und wir freuen uns für euch.«

»Danke«, sagten Levi und Tara gleichzeitig.

»Tara, ich würde gern kurz etwas besprechen«, sagte Lauren.

»Oh, klar.« Sie trat einen Schritt weg.

»Nein, ich meine mit dir und Levi.« Lauren legte die Hand auf Emilys Schulter. »Schatz, geh doch schon mal mit Joey hinein und sammelt ihre Sachen zusammen.«

Die Mädchen rannten ins Haus und Lauren wirkte etwas verlegen. »Levi, ich wollte mich dafür entschuldigen, dass ich dich so oft angebaggert habe. Mir war nicht klar, was ihr beide füreinander empfindet, sonst hätte ich es niemals versucht.«

Levi und Tara sahen sich wissend und leicht amüsiert an, schließlich war es ihm auch nicht klar gewesen. Er nahm Taras Hand. »Das ist schon in Ordnung.«

»Das ist sehr nett von dir, aber es ist nicht in Ordnung. Ich bin in den letzten Monaten in Sachen Flirten etwas zu übereifrig gewesen, doch mir wird gerade bewusst, dass man die Liebe nicht erzwingen kann, und es ist auch nicht schlimm, allein zu sein, bis der richtige Mensch vorbeikommt, also wird sich einiges ändern. Tara, ich hoffe, wir können Freundinnen werden.«

»Das würde mir gefallen«, sagte sie, auch wenn sie wusste, dass ihr nur wenig Zeit für neue Freundschaften bleiben würde, doch sie hoffte, dass sich für Lauren etwas ändern würde. Denn auch wenn ihre Schwester ihr bewusst gemacht hatte, dass sie sich geirrt hatte, so glaubte Tara doch noch immer daran, wie wichtig es war, sich ein hoffnungsvolles Herz zu bewahren.

Die Mädchen kamen aus dem Haus gerannt, und nachdem sie sich bei Lauren bedankt und sich verabschiedet hatten, stiegen Tara, Levi und Joey in den Wagen.

»Fahren wir jetzt zum Strand?«, fragte Joey. »Ich habe meinen Badeanzug schon druntergezogen.«

Tara schaute über die Schulter zum Rücksitz und zwinkerte ihr zu. »Sofort. Levi, kann ich mal deine linke Hand sehen, bitte?«

»Okay …« Er streckte die Hand über der Mittelkonsole aus und sah sie skeptisch an.

»Joey und ich haben das hier für dich anfertigen lassen.« Tara holte das Lederarmband mit dem flachen silbernen Ring hervor, in das ihr Anhänger passte, in den wiederum Joeys herzförmiger Anhänger passte, und legte es ihm ums Handgelenk. »Also egal, wie weit entfernt wir drei voneinander sind, im Herzen sind wir uns immer nah.«

Er schaute voller Liebe und einem etwas überwältigten Gesichtsausdruck auf das Armband. »Das ist wunderschön.« Er schaute zu Joey. »Tut mir leid, dass ich das vergeigt habe, Kleine.«

»Schon okay«, sagte Joey unbekümmert. »Ich wusste, dass du es vergisst und Tante Tara nicht, also habe ich sie gefragt.«

»Tante Tara vergisst nie etwas.« Als er sein vernichtendes Lächeln und diesen sexy Blick aus seinen braunen Augen auf Tara richtete, legte sich die Liebe darin wie eine Umarmung um sie. »Ich bin froh, dass sie ihre Gefühle für uns nie aufgegeben hat, denn dein Daddy ist manchmal schon etwas neben der Spur.«

Sie schaute zu dem kleinen Mädchen, das ihr halbes Herz schon von Geburt an in Besitz genommen hatte, und zu dem Mann, dem die andere Hälfte gehörte, seit Tara in Joeys Alter gewesen war, und da ihre Kehle wie zugeschnürt war, brachte sie keinen ganzen Satz heraus. Doch das war auch nicht nötig, denn ein Wort sagte alles: »Dito.«

Siebenundzwanzig

Die kühlen Maitage gingen in einen wärmeren Juni über, dann in einen heißen Juli und einen noch heißeren August – voller Anpassungen und Veränderungen und mehr Liebe, als Tara es je für möglich gehalten hätte. Vergessen war die Routine, einen Wecker zu stellen, um sich aus dem Bett zu schleichen, doch nun mussten sie an andere Dinge denken. Zum Beispiel, sich etwas anzuziehen, bevor sie einschliefen, denn Joey kam allzu gern morgens in ihr Schlafzimmer gerannt, um mit ihnen beiden zu kuscheln, während sie all ihre Pläne für den Tag aufzählte. Ihr gemeinsames Leben war voller alltäglicher Tätigkeiten wie Arbeit, Termine und Verabredungen zum Spielen koordinieren, Wäsche machen und anderer banaler Aufgaben, die es zu erledigen galt. Doch es wurde auch im Überfluss gelacht, gelegentlich geweint und zahlreiche intensive Gespräche geführt. Von Amelia hatten sie kein Sterbenswörtchen gehört, doch Joey hatte ein paar Wochen nach Taras Einzug nach ihr gefragt, und so hatten sie sich mit ihr hingesetzt und ihr erklärt, wie sich manches geändert hatte. Wie erwartet, hatte es Joey stark zugesetzt, und eine Zeit lang war sie schwierig gewesen, doch schließlich hatte sich alles wieder beruhigt. Sie wussten, dass es ein andauernder Prozess sein würde, der vielleicht an Feiertagen oder anderen Punkten ihres Lebens fühlbarer werden würde, daher überlegten sie, eine Therapie für sie zu organisieren, damit sie mit jemandem darüber reden konnte, der ihr bei der Verarbeitung half.

Tara und Levi dachten auch darüber nach, mit jemandem zu reden, der ihnen helfen konnte, die holperigen Phasen zu meistern. Joeys Wohl – und ihr eigenes – zu beschützen, ging mit einer Menge Schuldgefühle einher. Auch wenn Taras Brüder und ihre Großmutter es bedauerten, dass die Probleme mit Amelia zu einem so schmerzhaften Ende gekommen waren, unterstützten sie dennoch ihre und Levis Entscheidung. Ihre Eltern hatten es schlechter aufgenommen. Sie waren traurig angesichts der tieferen Kluft zwischen ihren Töchtern, aber sie übten keinerlei Druck auf Tara aus, außer dass sie ihr rieten, die Türen nicht für alle Zukunft zu verschließen. Sie und Levi hatten bereits darüber geredet, denn wie Taras Mutter unter Beweis gestellt hatte, konnte ein Mensch sich, wenn er es denn wirklich wollte, auch ändern.

Das Leben war herrlich unvollkommen, und trotz der Probleme im Hintergrund waren Tara und Levi unfassbar glücklich, und Joey hatte gerade sogar noch mehr Grund, glücklich zu sein, denn sie konnte wie gewünscht den Sommer auf Silver Island verbringen. Levi hatte die Arbeiten an Autumns Haus Anfang Juni fertiggestellt und anschließend mehrere Aufträge auf der Insel angenommen. Er hatte Joker die Leitung seines Teams von Husbands for Hire in Harborside übertragen, und für einen so entspannten Kerl konnte Joker richtig anpacken, wenn es darauf ankam. Jede Woche brachte er Levi bei der Church auf den neuesten Stand. In der Zwischenzeit nahm Levi lange Arbeitstage mit der Renovierung eines Hauses in Seaport auf sich, doch das war für Tara in Ordnung, denn sie hatte einen ihrer Kindheitsträume wahrmachen können. Sie wohnten den Sommer über bei Levis Eltern, und abends, wenn er noch arbeiten musste, verbrachten Tara und Joey die Zeit mit einigen ihrer Lieblingsmenschen und lauschten den Geschichten seiner Eltern.

An diesem Sonntag war Joey zum Spielen bei Hadley. Tara hatte gerade einen morgendlichen Auftrag mit Kunden hinter sich gebracht, und jetzt saß sie zum Mittagessen mit ihrer Mutter, Großmutter, Jules, Shelley und Lenore auf der Terrasse des Restaurants Rock Bottom. Vor ein paar Tagen hatte sie die Fotos für Jules' und Grants Hochzeitseinladung gemacht und nun bewunderten sie die Kontaktabzüge. Taras Mutter wirkte ehrlich entspannt, als sie sich mit den anderen Frauen über die Fotos beugte.

Tara waren viele Unterschiede aufgefallen, und nicht nur in der Art, wie ihre Mutter sie in den letzten Monaten behandelt hatte, was an sich schon eine wunderbare Veränderung war. Immer, wenn sie Tara sah, umarmte sie sie, und sie rief einfach an, nur um zu hören, wie es ihr ging, und meist sagte sie ein paar nette oder schmeichelnde Worte. Gelegentlich war sie kritisch, korrigierte sich dann jedoch rasch und entschuldigte sich. Um ehrlich zu sein, hatte es tatsächlich Zeiten gegeben, in denen Tara müde ausgesehen hatte oder sich etwas besser hätte anziehen können. Doch die Veränderungen ihrer Mutter hörten damit nicht auf. Sie sah jünger und glücklicher aus und verhielt sich auch dementsprechend. Ihre Augen waren klarer und sie hatte eine herzlichere Ausstrahlung. Sie verstand sich besser mit Taras Großmutter und war auch Taras Vater wieder näher. Außerdem hatte sie angefangen, mehr Freizeit mit Shelley und einigen anderen Frauen auf der Insel zu verbringen. Sie hatten sie sogar überzeugt, sie auf einen Ausflug der BH-Brigade zu begleiten, was Tara ziemlich schockiert hatte. Doch wenn ein Mensch wusste, dass der richtige Mensch – oder die richtigen Menschen – Seiten an einem hervorlocken konnte, von denen man gar nichts gewusst hatte, dann war sie es.

»Ich fasse es nicht, dass wir tatsächlich eine Weihnachtshochzeit bekommen«, sagte Jules aufgeregt. »Ich treibe Grant mit all meinen Ideen schon in den Wahnsinn.«

»Vielleicht solltest du ihn lieber mit Überlegungen zu den Flitterwochen in den Wahnsinn treiben, damit ihr an Enkelkindern arbeiten könnt«, schlug Shelley vor.

»Shelley, treib sie nicht gleich ins Elterndasein«, riet Taras Großmutter ihr. »Lass sie ihre Jugend und Liebe genießen, bevor sie sich an Kinderwagen und Windeln binden.«

»Sehe ich genauso«, stimmte Lenore zu. »Sie sollten genau das tun, was sie gerade tun. Reisen, um sich herumscharwenzeln, bis drei Uhr morgens ihren Spaß haben und den Sonnenaufgang erleben, denn wenn man erst einmal Kinder hat, wird all das auf Eis gelegt.«

»Wisst ihr noch, wie erschöpft Levi war, als Joey ein Baby war?«, fügte Tara hinzu. »Und dabei hatte er Hilfe von Shelley und Steve.«

»Ich fühle mich hier etwas überstimmt.« Shelley lehnte sich zu Taras Mutter hinüber. »Aber du pflichtest mir doch bei, oder, Marsha?«

»Oh, nein, Shelley Steele«, widersprach ihre Mutter mit einem sanften Lachen, das Musik in Taras Ohren war. »Ich lasse mich nicht dazu verleiten, irgendeiner Tochter zu sagen, was sie zu tun und zu lassen hat. Ich habe herausgefunden, dass das Leben viel einfacher ist, wenn man es einfach geschehen lässt, anstatt es kontrollieren zu wollen.«

»Braves Mädchen«, sagte Taras Großmutter. »Dich nehme

ich schon noch mit ins Pythons.«

»Oh, du meine Güte, nein!«, sagte ihre Mutter und die Röte breitete sich auf ihren Wangen aus.

Um sie herum lachten alle.

»Ich hatte wirklich auf ein wenig Unterstützung in Sachen Enkelkinder gehofft«, scherzte Shelley. »Das nächste Mal muss ich Gail und Margot in unsere Runde bitten.«

»Keine Sorge, Mom«, sagte Jules. »Grant und ich möchten Kinder haben, nur eben noch nicht so schnell. Wir müssen erst einmal die Hochzeit planen.«

»Die Fotos für die Einladung sind wunderbar.« Taras Mutter sah sie über den Tisch hinweg an. »Du hast so ein gutes Auge, Tara. Du hast auf jedem Bild das Wesen ihrer Liebe erfasst.«

»Danke, Mom.« Tara genoss das Kompliment, doch die herzliche Art, in der ihre Mutter es gesagt hatte, sorgte dafür, dass Tara das Gefühl verinnerlichte und zusammen mit all den anderen schönen Momenten tief in sich verstaute.

»Man muss sich gar nicht so anstrengen, um ihre Liebe zu sehen«, sagte ihre Großmutter. »Jules und Grant strahlen sie ebenso aus wie Tara und Levi.«

Auch dieses Gefühl verinnerlichte Tara, obwohl sie sich die Worte nicht merken musste, um sich daran zu erinnern. Sie spürte es jedes Mal, wenn sie und Levi zusammen waren. Ihr Handy vibrierte in ihrer Tasche, und sie holte es in der Hoffnung hervor, dass es Levi war. Er hatte gesagt, er würde ihr schreiben, wenn er früher fertig wäre. Doch es war eine Nachricht von Charmaine. *Du kommst niemals darauf, was gestern auf den Markt gekommen ist. 800 Gable Place! Es ist noch nicht einmal bei uns im System. Ich fahre hin, um ein Schild aufzustellen. Sollen wir uns da treffen? Geht auch schnell.*

»Du meine Güte, Leute!« Sie schaute alle am Tisch an. »Mein Lieblingshaus wird zum Verkauf angeboten.«

»In Harborside?«, fragte ihre Mutter.

»Nein, hier in dem älteren Teil von Silver Haven. Das Haus 800 Gable Place. Ich habe immer davon geträumt, da mal zu wohnen.«

»Überlegt ihr, auf die Insel zu ziehen?«, fragte Jules hoffnungsvoll.

»Das wäre so schön«, sagte ihre Mutter.

»Ich würde alles dafür geben, mehr Familienmitglieder hier zu haben. Bitte sag, dass ihr darüber nachdenkt«, drängte Shelley.

»Nein, tut mir leid, das tun wir nicht. Wir halten es für besser, wenn wir Joey nicht aus ihrem Freundeskreis und der Schule herausreißen.« Aber es war nicht zu leugnen, wie sehr Tara es genoss, wieder die ganze Zeit auf der Insel zu verbringen. Levi schien hier auch glücklicher zu sein und Joey hatte einen großartigen Sommer. Sie hatte sogar schon ein paar Mal bei den Kindern der Fröhlichen Frustschwestern übernachtet. Doch ein toller Sommer fern von zu Hause war eine Sache. Von ihren Freunden und ihrem Skateboard-Coach wegzuziehen, war eine ganz andere Nummer.

»Das ist sicher sinnvoll und in Joeys Interesse«, sagte ihre Großmutter. »Ein Umzug ist für Kinder schwer zu verkraften.«

»Genau. Ich möchte das Haus wirklich gern von innen sehen, aber ich sollte Charmaine sagen, dass ich es nicht sehen will, um ihre Zeit nicht zu vergeuden, oder?«

»Wie kommst du denn darauf?«, fragte Lenore.

»Das Leben ist zu kurz, um unsere Lieblingssachen zu verpassen«, sagte ihre Großmutter.

»Das sehe ich auch so«, pflichtete ihre Mutter ihnen bei.

»Schadet doch nicht, es sich mal anzusehen.«

Tara wurde ganz aufgeregt. »Charmaine hat gesagt, sie will ein Schild aufstellen, sie ist also ohnehin da. Aber ich müsste sie jetzt gleich dort treffen und ich lasse euch nur ungern allein.«

»Geh!«, sagten sie alle gleichzeitig.

»Okay! Danke!« Sie sprang auf, eilte von der Terrasse herunter und tippte noch auf dem Weg zum Parkplatz eine Nachricht an Charmaine. *Bin unterwegs. Danke!*

Als sie zum Gable Place fuhr, wollte sie Levi anrufen und ihm davon erzählen, doch sie wollte ihn auch nicht unter Druck setzen. Er war so gut zu ihr, und er hatte große Zugeständnisse gemacht, indem er die Leitung seiner Firma Joker übertragen hatte, damit sie den Sommer über beide bei Joey sein konnten. Aber es war zu aufregend. Sie musste ihn anrufen.

»Hallo, meine Schöne. Wie war das Mittagessen? Haben die Fotos von Jules und Grant allen gefallen?«

»Ja, sie fanden sie wunderbar, aber ich bin schon früher gegangen. Die anderen sind noch dort. Das Haus am Gable Place ist gerade zum Verkauf angeboten worden, und wir bleiben zwar in Harborside, aber ich will trotzdem kurz einen Blick hineinwerfen. Ich nehme an, du kannst dir nicht gerade eine Stunde freinehmen und mitkommen, oder?«

»Ich wünschte, ich könnte, aber ich stecke gerade bis zu den Knien in einer Küchenrenovierung. Wenn du etwas in dem Haus siehst, das dir gefällt, mach Fotos davon, dann baue ich es dir in unserem Zuhause.«

Lächelnd stieg sie in ihr Auto. *Unser Zuhause.* Selbst nach drei Monaten jagten ihr diese Worte einen warmen Schauer über den Rücken. »In Ordnung. Ich liebe dich.«

»Ich liebe dich auch. Bis später.«

Sie fuhr zum Gable Place und war überrascht, dass der Eigentümer gar nichts unternommen hatte, um es für den Verkauf herzurichten. Das Gebäude befand sich in demselben heruntergekommenen Zustand wie noch Anfang April, als sie auf der anderen Straßenseite gestanden und darüber fantasiert hatte, wie es wohl wäre, dort mit Levi und Joey zu wohnen, und er wie aus dem Nichts aufgetaucht war. Sie sah das Haus an, von dem sie jahrelang geträumt hatte, mit seinen zugenagelten Fenstern, den kaputten Fensterläden und den schief herunterhängenden Regenrinnen, und sie fand es noch ebenso schön wie schon immer. Doch sie musste nicht mehr von einem Leben träumen, nach dem sie sich sehnte. Sie lebte es, und jetzt wusste sie, dass nicht ein Haus ein Zuhause ausmachte. Es waren die Menschen, die darin wohnten.

Als sie durch den kaputten Palisadenzaun ging, kam Charmaine zur Haustür heraus und sah in dem hübschen Paisley-Rock und der weißen Bluse professionell wie immer aus. Die Haare waren aus dem Gesicht frisiert und festgesteckt und sie hielt sich das Handy ans Ohr.

»In Ordnung, einen Augenblick.« Charmaine nahm das Handy herunter. »Ich muss diesen Anruf gerade entgegennehmen, aber du kannst schon mal hineingehen und dich umsehen. Lass dir Zeit.«

Tara nickte, stieg die Stufen der Veranda hinauf und betrat das Haus. Beim Anblick der riesigen Diele stockte ihr der Atem. Die Innenausstattung war makellos. Der Raum hatte einen hellen Bambusboden, hohe Kassettendecken und wunderschöne sandfarbene Wände mit weißen Zierleisten. Wie konnte ein Haus, das von außen so heruntergekommen aussah, drinnen in so einem perfekten Zustand sein? Sie spürte ein Kribbeln unter der Haut, als würde die Energie des Hauses auf sie überspringen.

Zu ihrer Linken befand sich ein Wohnzimmer und zur Rechten ein kleinerer Raum, der jedoch durch das große Fenster nach vorne hinaus viel größer wirkte. Die Diele führte zu einem herrlichen Raum mit einem umwerfenden Steinkamin. Sie holte ihr Handy heraus und fing an, Fotos zu machen, denn Levi würde ihr das hier niemals glauben. Sie drehte sich um, um ein Foto von der Diele zu machen, und entdeckte zwei hängende Scheunentüren aus Holz, in Grau- und Brauntönen gebeizt, passend zu den Steinen des Kamins. Fasziniert machte Tara ein Foto und schickte es Levi mit der Nachricht: *Kaum zu glauben, oder?*

Sie schob die Scheunentüren beiseite und erstarrte, als sie eine Ecke erblickte, die genauso aussah wie die in Levis Haus, bis hin zu der Matratze, auf der die gleichen hübschen Decken lagen. Die Kartonsterne, die sie ausgeschnitten und in Alufolie gewickelt hatte, hingen an silbernen Bändern an einer Stange unter der Decke. Die Wände waren mit ihren Bettzeitfotos und Bildern von Sonnenuntergängen dekoriert, nur dass diese hier von Levis hinterer Veranda aus aufgenommen worden waren. Sie wandte sich um, um nach hinten aus dem Haus zu schauen, und wäre fast über Levi und Joey gestolpert, die beide vor ihr knieten. Joey strahlte übers ganze Gesicht, als würde sie jeden Moment platzen, und Levi sah sie halb lächelnd, halb ängstlich an. Tränen stiegen Tara in die Augen.

Levi war sich sicher, dass er sich entweder übergeben oder ohnmächtig werden würde.

»Dad!«, flüsterte Joey ihm hektisch zu. »Beeil dich!«

Wenn er sich doch nur daran erinnern könnte, was er sagen wollte. Er räusperte sich. »Tara, mein Liebling, du bist die erste und einzige Frau, die ich je geliebt …«

»So fängt es nicht an«, flüsterte Joey. »*Du bist unerwartet* kommt zuerst. Erinnerst du dich?«

Tara musste ein Lachen unterdrücken.

»Stimmt. Danke.« Er atmete tief durch, schaute auf und lächelte Tara an. »Alles an uns war unerwartet. Ich hatte nie das Gefühl, dass Joey und mir etwas fehlte, aber jetzt weiß ich, dass es daran lag, dass du schon immer in unserem Leben warst, und deshalb, dank dir, fehlte es uns an nichts. Du bist die erste und einzige Frau, die ich je geliebt habe, und ich weiß, dass ich dich bis zu meinem letzten Atemzug lieben werde.«

»Levi …?«, sagte sie mit zarter Stimme, während ihr die Tränen über die Wange liefen.

»Baby, ich liebe dich …«

»Wir lieben dich«, sagte Joey, als sie aufstanden.

»Wir lieben dich.« Levis Stimme war rau vor lauter Nervosität. »Ich weiß, wie viel dir dieses Haus bedeutet, aber du weißt nicht, dass es auch schon immer mein Lieblingshaus gewesen ist. Charmaine hat mir geholfen, vor zwei Monaten den Eigentümer ausfindig zu machen. Es gehört uns, Blondie. Der Garten wartet nur darauf, dass du und Joey dort eure Wunder vollbringt, und ich habe meine hier drinnen schon vollbracht. Es steht für uns bereit, damit wir es mit Liebe füllen und Bilder von unseren Kindern an jede einzelne Wand und ihre Fingermalereien an den Kühlschrank hängen können. Ich möchte hören, wie unsere Kinder mit dir in ihre Haarbürsten singen, und ich möchte dich zum Lachen bringen und im Arm halten, wenn du weinst. Ich will der Mensch sein, dem du genug vertraust, um dich ganz zu zeigen, und bei dem du weißt, dass du bedingungslos geliebt wirst, egal ob du Haare verlierst oder zwanzig Kilo zunimmst, denn das, was uns verbindet, geht viel tiefer.«

»Du erinnerst dich daran«, entwich es Tara voller Staunen.

»An jedes Wort, das du je gesagt hast. Du erfüllst meine ganze Welt, Tara, du besänftigst meine Seele, und ich möchte mein Leben lang versuchen, das Gleiche für dich zu tun. Das Studio da hinten gehört dir, und Joey will hier zur Schule gehen …«

»Dad, du bringst wieder alles durcheinander«, flüsterte Joey. Und lauter sagte sie: »Wir lieben dich, Tante Tara, und wir wollen den Rest unseres Lebens mit dir verbringen. Willst du uns heiraten?« Sie stieß Levi mit dem Ellbogen an. »Zeig ihr den Ring.«

Tara lächelte, und die Tränen wollten gar nicht mehr versiegen, als Levi den schlichten, eleganten Ring mit dem Princess-Diamanten hervorholte, den er für sie hatte anfertigen lassen. An allen vier Seiten des Diamanten befand sich je ein kleinerer Diamant, was ihm eine blumige Wirkung verlieh, und auf beiden Seiten des Ringes waren jeweils noch weitere vier Diamanten.

»Tara, meine Liebste, ich hoffe, dein Herz sagt es dir und du machst mich zum glücklichsten Mann auf Erden, wenn ich dich frage: Erweist du mir die Ehre, meine Frau zu werden?«

»Mein Herz hat schon immer gesagt, dass du es bist«, sagte sie unter Tränen.

»Heißt das Ja?«, fragte Joey, und er und Tara lachten.

»Ja!«, brach es aus Tara heraus. »Ich liebe euch beide. Ja, ich will euch heiraten!«

Als er ihr den Ring ansteckte, rannte Joey zur Hintertür hinaus und rief: »Sie hat Ja gesagt!«

Jubel brandete auf, und als sich die Familien um sie drängten, zog Levi sie in seine Arme und schaute ihr tief in die Augen. »Ich habe keine Ahnung, wie wir in dieses magische Reich gekommen sind, aber ich möchte hier nie wieder weg.«

Als er die Lippen auf ihre senkte, entwich ihr nur: »Dito.«

Lerne die Wickeds kennen: Dark Knights von Bayside

Wenn die Dark Knights von Bayside und der Cast von *Bayside Summers* aufeinandertreffen, sprühen die Funken, und Ärger – oder vielleicht Liebe – lässt nicht lange auf sich warten.

Was haben ein frecher Biker und eine Geschäftsfrau, die Bad Boys abgeschworen hat, gemeinsam? Laut Chloe Mallery nicht viel, doch da hätte sie sich kaum mehr irren können …

Ein kleines bisschen Wicked ist bei deinem Online-Buchhändler erhältlich!

Kennst du die Bradens in Ridgeport schon?

Verlieb dich mit Clay Braden und Pepper Montgomery!

Quarterback Clay »Mr. Perfect« Braden ist fest entschlossen, der sexy Wissenschaftlerin Pepper Montgomery die Vorteile eines ganz praktischen Ansatzes bei der Forschung nahezubringen – und zwar sehr nahe. Die ganze Geschichte gibt's in: *Gut gespielt, Mr. Perfect*, dem ersten Band der humorvollen, heißen Reihe *Die Bradens in Ridgeport*.

Gut gespielt, Mr. Perfect ist bei deinem Online-Buchhändler erhältlich!

Neu bei »Love in Bloom – Herzen im Aufbruch«?

Ich hoffe, du hattest genauso viel Spaß mit den Steeles wie ich! Falls dieser Band dein erstes Buch aus der Reihe »Love in Bloom – Herzen im Aufbruch« ist, warten noch jede Menge Geschichten über unsere sexy, selbstbewussten und loyalen Heldinnen und Helden auf dich.

Die Steeles auf Silver Island ist nur eine der Serien aus meiner großen Sammlung von Liebesromanen mit Tiefgang, Humor und Happy-End-Garantie. In allen Büchern findest du eine abgeschlossene Geschichte, die auch für sich allein gelesen werden kann. Figuren aus den einzelnen Serien und Büchern der weitverzweigten »Love in Bloom – Herzen im Aufbruch«-Familien tauchen immer wieder auch in den anderen Bänden auf. So verpasst du nie eine Verlobung, eine Hochzeit oder eine Geburt. Wenn du magst, lerne doch auch die anderen Serien der Reihe kennen! Eine vollständige Liste aller auf Deutsch erschienenen und geplanten Bücher gibt es am Ende des Buches und unter dem folgenden Link findest du weitere Informationen:

MelissaFoster.com/Herzen-im-Aufbruch

Danksagung

Ich hoffe, die Liebesgeschichte von Levi und Tara hat dir gefallen, und ich freue mich, dir noch weitere Liebesgeschichten von Silver Island präsentieren zu können. Wie immer begegnest du vielen Figuren auch in anderen Serien wieder. Wer mehr von Silver Island lesen möchte, wird in *Der Liebe auf der Spur* fündig, ein Roman aus der Reihe *Die Bradens & Montgomerys* mit dem Schatzsucher Zev Braden. Ein Großteil von Zevs Liebesgeschichte spielt auf und um die Insel herum, ebenso wie *Versuchung in Bayside*, ein Roman der *Bayside Summers*-Reihe mit dem Milliardär Jett Masters.

Ein Buch schreibt sich nie im Alleingang, und ich habe das Glück, von Freunden und Familienmitgliedern unterstützt zu werden. Auch wenn ich sie niemals alle nennen kann, so geht doch mein besonderer Dank an Sharon Martin, Lisa Posillico-Filipe und Missy und Shelby DeHaven, die allesamt dafür sorgen, dass ich nicht durchdrehe. Besonders danke ich Lisa dafür, dass sie mich durch meine stressigsten Phasen begleitet und es irgendwie geschafft hat, mir währenddessen nicht die Gurgel umzudrehen. Vielen Dank auch an mein wundervolles Redaktionsteam aus Kristen, Penina, Elaini, Juliette, Lynn, Justin und Lee sowie an mein deutsches Team: Janet König, Stephanie Schottenhamel und Judith Zimmer, die meine Bücher glänzen lassen. Und natürlich ein unendlich großes Dankeschön an meine vier Söhne und meine Mutter für ihre grenzenlose Unterstützung.

Ich chatte unheimlich gern mit meinen Fans. Wenn du meinem Facebook-Fanclub noch nicht beigetreten bist, tust du es hoffentlich noch. Wir haben viel Spaß, unterhalten uns über Bücher und Mitglieder erhalten besondere Einblicke in geplante Veröffentlichungen und exklusive Zugaben. Facebook.com/groups/MelissaFosterFans

Love in Bloom – Herzen im Aufbruch

Für noch mehr Vergnügen lesen Sie die Bücher der Reihe nach.
Sie werden in jedem Band bekannte Figuren wiederfinden!

Die Snow-Schwestern

Schwestern im Aufbruch
Schwestern im Glück
Schwestern in Weiß

Die Bradens (Weston, Colorado)

Im Herzen eins – neu erzählt
Für die Liebe bestimmt
Freundschaft in Flammen
Wogen der Liebe
Liebe voller Abenteuer
Verspielte Herzen
Ein Fest für die Liebe (Hochzeits-Geschichte)
Nachwuchs für die Liebe (Savannahs & Jacks Baby)
Happy End für die Liebe (Hochzeits-Geschichte)
Weihnachten mit den Bradens (Kurzgeschichte)
Liebe ungebremst (Kurzroman)

Die Bradens (Trusty, Colorado)

Bei Heimkehr Liebe
Bei Ankunft Liebe
Im Zweifel Liebe
Bei Rückkehr Liebe
Trotz allem Liebe
Bei Aufprall Liebe

Die Bradens (Peaceful Harbor)

Geheilte Herzen
Voller Einsatz für die Liebe
Liebe gegen den Strom
Vereinte Herzen
Melodie der Liebe
Sieg für die Liebe
Endlich Liebe – ein Braden-Flirt

Die Bradens & Montgomerys (Pleasant Hill – Oak Falls)

Von der Liebe umarmt
Alles für die Liebe
Pfade der Liebe
Wilde Herzen
Schenk mir dein Herz
Der Liebe auf der Spur
Verrückt nach Liebe
Liebe süß und sündig
Und dann kam die Liebe
Eine unerwartete Liebe
Verliebt in Mr. Bad

Die Bradens (Ridgeport)

Gut gespielt, Mr. Perfect
Hochachtungsvoll, Mr. Braden

Die Remingtons

Spiel der Herzen
Im Dschungel der Liebe
Herzen in Flammen
Herzen im Schnee
Liebe zwischen den Zeilen
Von der Liebe berührt

Die Ryders

Von der Liebe bestimmt
Von der Liebe erobert
Von der Liebe verführt
Von der Liebe gerettet
Von der Liebe gefunden

Seaside Summers

Träume in Seaside
Herzen in Seaside
Hoffnung in Seaside
Geheimnisse in Seaside
Nächte in Seaside
Herzklopfen in Seaside
Sehnsucht in Seaside
Geflüster in Seaside
Sternenhimmel über Seaside

Bayside Summers

Sommernächte in Bayside
Verführung in Bayside

Sommerhitze in Bayside
Neuanfang in Bayside
Mondschein in Bayside
Versuchung in Bayside

Die Steeles auf Silver Island

Herzen in Versuchung
Meine wahre Liebe
Erobert von der Liebe
Immer mit dir
Wilde Liebe
Ausgerechnet du und ich

Die Whiskeys: Dark Knights aus Peaceful Harbor

Tru Blue – Im Herzen stark
Truly, Madly, Whiskey – Für immer und ganz
Driving Whiskey Wild – Herz über Kopf
Wicked Whiskey Love – Ganz und gar Liebe
Mad About Moon – Verrückt nach dir
Taming My Whiskey – Im Herzen wild
The Gritty Truth – Kein Blick zurück
In For A Penny – Süßes Glück
Running on Diesel – Harte Zeiten für die Liebe

Die Wickeds: Dark Knights von Bayside

Ein kleines bisschen Wicked
Das Wicked-Nachspiel
Verrückte Wicked-Liebe
Die Wicked-Wahrheit

Die Whiskeys: Dark Knights von der Redemption Ranch

Immer Ärger mit Whiskey
Sullys Befreiung
Um Whiskeys willen
Der Geschmack von Whiskey
Liebe, Lügen und Whiskey
Meine Whiskey-Erlösung

...

Entdecken Sie Melissa Fosters Bücher auch auf:
MelissaFoster.com/Herzen-im-Aufbruch